Lisa Wingate
Die Glasperlenmädchen

Lisa Wingate

Die Glasperlen-mädchen

Roman

Deutsch von Andrea Brandl

blanvalet

Die Originalausgabe erschien 2020 unter dem Titel
»The Book of Lost Friends« bei Ballantine Books, einem Imprint
von Random House, Penguin Random House LLC, New York.

Sollte diese Publikation Links auf Webseiten Dritter enthalten,
so übernehmen wir für deren Inhalte keine Haftung,
da wir uns diese nicht zu eigen machen, sondern lediglich auf
deren Stand zum Zeitpunkt der Erstveröffentlichung verweisen.

Penguin Random House Verlagsgruppe FSC® N001967

1. Auflage
Taschenbuchausgabe 2022 by Blanvalet, einem Unternehmen der
Penguin Random House Verlagsgruppe GmbH,
Neumarkter Str. 28, 81673 München
Copyright der Originalausgabe © 2020 by Wingate Media, LLC
Copyright der deutschsprachigen Ausgabe © 2021
by Limes in der Verlagsgruppe Random House GmbH,
Neumarkter Str. 28, 81673 München
Redaktion: Susann Rehlein
Umschlaggestaltung: www.bueросued.de
Umschlagmotiv: Trevillion Images (© Sandra Cunningham;
© Rekha Garton); Rekha Arcangel/Arcangel Images;
www.buerosued.de
DK · Herstellung: DM
Satz: Uhl + Massopust, Aalen
Druck und Bindung: GGP Media GmbH, Pößneck
Printed in Germany
ISBN 978-3-7341-1126-6

www.blanvalet.de

Für Gloria Close, die die Familien heute bei der Suche
nach einem sicheren Zuhause unterstützt.

Für Andy und Diane und die engagierten Mitarbeiter
der Historic New Orleans Collection. Danke,
dass ihr die Geschichte am Leben erhaltet.

Für die Vermissten und Verlorenen, wo auch immer
ihr gerade seid. Möge niemals der Zeitpunkt kommen,
an dem eure Namen nicht länger ausgesprochen
werden, und mögen uns eure Geschichten für alle
Zeiten begleiten.

PROLOG

Mit fedriger Leichtigkeit landet ein einzelner Marienkäfer auf dem Finger der Lehrerin und klammert sich daran fest, ein lebendiger, satt schimmernder Rubin mit schwarzen Punkten und Beinchen. Bevor eine leichte Brise den Besucher verscheucht, kommt ihr ein alter Kinderreim in den Sinn.

Marienkäferchen, Marienkäferchen, fliege weg!
Dein Häuschen brennt, dein Mütterchen flennt,
du stehst ganz alleine dort,
denn deine Kinder sind fort.

Wie ein düsterer Schatten schweben die Worte über der Lehrerin, als sie die Schülerin an der Schulter berührt, die feuchte Wärme des groben Baumwollkleids unter ihren Fingern spürt. Der handgenähte Saum wellt sich leicht auf der glatten hellbraunen Haut des Mädchens, weil ihm das Kleid etwas zu groß ist. Unter der lose zugeknöpften Ärmelmanschette ragt eine wulstige Narbe hervor. Kurz fragt sich die Lehrerin, woher sie sie wohl haben mag.

Was bringt es mir, das zu wissen?, denkt sie. *Wir alle haben unsere Narben.*

Sie lässt den Blick über den behelfsmäßigen Sammelplatz

unter den Bäumen schweifen, über die grob gezimmerten Holzbänke, auf denen sich die jungen Menschen zusammengefunden haben, Mädchen an der Schwelle zur Frau, Jungs, die es kaum erwarten können, endlich Teil der Männerwelt zu werden. Sie alle sitzen über die windschiefen Tische gebeugt, mit Füllfederhaltern, Löschpapier und Tintengläsern, lesen ihre Notizen, formen lautlos die Worte, fest entschlossen, die vor ihnen liegende wichtige Aufgabe in Angriff zu nehmen.

Alle bis auf ein Mädchen.

»Bereit?«, fragt die Lehrerin und deutet mit dem Kopf auf die Arbeit des Mädchens. »Hast du geübt, es laut vorzulesen?«

»Ich kann das nicht«, sagt das Mädchen. »Nicht... wenn *diese* Leute zuschauen.« Verzweifelt schweift ihr Blick zu den Besuchern, die sich rings um das Freiluft-Klassenzimmer versammelt haben – wohlhabende Männer in gut geschnittenen Anzügen und Damen in teuren Kleidern, die sich mit Handzetteln von der hitzigen politischen Debatte am Morgen Luft zufächeln.

»Man weiß erst, was man schaffen kann, wenn man es ausprobiert hat«, erwidert die Lehrerin. Oh, wie gut sie diese für Mädchen so typische Verunsicherung kennt. Vor nicht allzu vielen Jahren war sie selbst dieses Mädchen – nicht wissend, wo ihr Platz war, geradezu gelähmt vor Angst.

»Aber ich kann nicht«, stöhnt das Mädchen und presst sich die Hände auf den Bauch.

Die Lehrerin rafft die unhandlichen Stoffmassen ihres Kleids und Unterrocks und geht in die Hocke, um dem Mädchen ins Gesicht zu sehen. »Aber von wem sollen sie die Geschichte erfahren, wenn nicht von dir? Wie es ist, seiner eigenen Familie entrissen und einfach gestohlen zu werden?

Wie es sich anfühlt, wenn man sich an die Zeitung wendet, weil man so sehr darauf hofft, etwas über die Angehörigen zu erfahren. Wie man sich sehnlichst wünscht, irgendwie die fünfzig Cent zusammenzubekommen, damit der Aufruf im *Southwestern* veröffentlicht und vielleicht in den angrenzenden Bundesstaaten und Landesteilen verbreitet wird. Wie sollen unsere Gäste sonst diese drängende Sehnsucht all jener verstehen können, die nur einen Gedanken haben: *Ist meine Familie irgendwo da draußen?*«

Das Mädchen hebt die mageren Schultern, sackt jedoch sofort wieder in sich zusammen. »Aber die Leute wollen doch überhaupt nicht wissen, was ich zu sagen habe. Es würde rein gar nichts ändern.«

»Vielleicht aber doch. Wirklich wichtige Dinge lassen sich nicht ohne ein gewisses Risiko erreichen.« Die Lehrerin weiß nur allzu genau, wovon sie spricht. Eines Tages wird sie sich auf eine ganz ähnliche Reise begeben müssen … und auch die ihre wird mit einem Risiko verbunden sein.

Der heutige Tag jedoch gehört ihren Schülern und der Vermissten-Rubrik im *Southwestern Christian Advocate*. »Wir müssen unsere Geschichten unbedingt erzählen, findest du nicht auch? Die Namen laut aussprechen. Es gibt ein altes Sprichwort. *Jeder Mensch stirbt zweimal,* heißt es: *Das erste Mal, wenn wir unseren letzten Atemzug tun, und dann endgültig, wenn jemand zum letzten Mal unseren Namen ausspricht.* Auf Ersteres haben wir keinen Einfluss, das Zweite jedoch können wir versuchen zu verhindern.«

»Wenn Sie es sagen …« Das Mädchen holt tief und zittrig Luft. »Aber wenn, dann will ich es lieber gleich hinter mich bringen. Darf ich als Erste vorlesen, vor den anderen?«

Die Lehrerin nickt. »Wenn du den Anfang machst, ist es für die anderen bestimmt viel leichter.« Sie erhebt sich, tritt zurück und lässt den Blick über ihre Schüler schweifen. *All die Geschichten*, denkt sie, *all die Menschen, auseinandergerissen und voneinander getrennt durch schwere Fehler oder gar reinste Grausamkeit, und dann erleiden sie für den Rest ihres Lebens die schlimmste Qual überhaupt: Ungewissheit.*

Sie denkt an den geliebten Menschen, den sie selbst verloren hat, der irgendwo da draußen ist. Wer weiß, wo genau?

Ungeduld regt sich unter den Zuhörern. Das Mädchen steht auf und schreitet mit seltsam majestätischer Würde zwischen den Bankreihen nach vorn. Das hektische Wedeln der Handzettel verebbt, als es sich umdreht und zu sprechen beginnt, ohne nach links oder rechts zu blicken.

»Ich...« Kurz versagt ihr die Stimme. Sie lässt den Blick über die Anwesenden schweifen, ballt die Fäuste und krallt die Finger in die üppigen Falten ihres blau-weißen Baumwollkleids. Für einen Moment scheint die Zeit stillzustehen, wie der Marienkäfer bei seiner Entscheidung verharrt, ob er sich niederlassen oder weiterfliegen soll.

Schließlich reckt das Mädchen mit fester Entschlossenheit das Kinn. Ihre Stimme erhebt sich über die Köpfe der anderen Schüler hinweg zum Publikum, fordert ihre Aufmerksamkeit ein, als sie einen Namen sagt, der an diesem Tag nicht unausgesprochen bleiben soll. »Ich bin Hannie Gossett.«

VERMISST

Briefe von Abonnenten werden kostenfrei abgedruckt, für alle anderen fällt eine Gebühr in Höhe von 50 Cent an. Pastoren werden gebeten, die Gesuche im Zuge ihrer Predigten zu verlesen und uns über alle Fälle in Kenntnis zu setzen, in denen Freunde und Familien einander über im SOUTH-WESTERN veröffentlichte Briefe gefunden haben.

Sehr geehrter Herr Chefredakteur – ich wende mich an Sie, weil ich auf der Suche nach meiner Familie bin. Meine Mutter hieß Mittie. Mein Name ist Hannie Gossett, und ich bin das mittlere von neun Kindern. Meine Geschwister hießen Hardy, Het, Pratt, Epheme, Addie, Easter, Ike und Rose. Wir waren alles, was meine Mutter hatte, als wir voneinander getrennt wurden. Meine Großmutter hieß Caroline, mein Großvater Pap Ollie. Meine Tante Jenny war mit meinem Onkel Clem verheiratet, der jedoch im Krieg gefallen ist. Sie hatten vier Mädchen, Azelle, Louisa, Martha und Mary. Unser erster Besitzer war William Gossett, Eigentümer der Goswood Grove Plantation, wo wir aufgewachsen sind und gehalten wurden, bis unser Marse den Entschluss fasste, uns im Krieg von Louisiana nach Texas zu bringen, damit wir dort als Flüchtlinge auf der neu gegründeten Plantage bleiben können. Allerdings wurden wir auf besagter Flucht durch Jeptha Loach, einen Neffen der Missus, den Gossetts gestohlen. Er brachte uns von der Old River Road, südlich von Baton Rouge, in Richtung Norden und Westen quer durch Louisiana und nach Texas. Meine Geschwister, Cousinen und meine Tante wurden unterwegs in Big Creek, Jatt, Winfield, Saline, Kimballs, Greenwood, Bethany verkauft und von ihren neuen Besitzern mitgenommen. In Powell, Texas, haben sie meine Mutter mitgenommen, die ich seitdem nicht wiedergesehen habe. Inzwischen bin ich erwachsen und die Einzige, die der Käufer in Marshall, Texas, nicht haben wollte und die stattdessen zurück zu den Gossetts geschickt wurde, nachdem herauskam, wem ich in Wahrheit gehöre. Ich bin wohlauf, aber meine Mutter fehlt mir sehr, deshalb wäre ich für jede Auskunft über sie oder meine restliche Familie mehr als dankbar.

Ich bete, dass all die Pastoren und Freunde, die diesen Aufruf lesen, die Stimme eines verzweifelten Herzens hören und mir postlagernd schreiben, Goswood Grove Store, Augustine, Louisiana. Ich freue mich über jeden Hinweis.

KAPITEL 1

Hannie Gossett

LOUISIANA, 1875

Der Traum kommt mitten im seelenruhigen Schlaf, wie so viele Male zuvor, erfasst mich wie ein Staubwedel die Flusen in vergessenen Ecken. Schon schwebe ich dahin, zwölf Jahre in die Vergangenheit, aus dem Körper einer fast erwachsenen Frau in den einer Sechsjährigen, sehe das Bild, das sich in meine Augen damals eingebrannt hat.

Käufer versammeln sich auf dem Hof des Sklavenmarkts, als ich durch die Lücken im Staketenzaun des Verschlags spähe. Der Boden unter mir ist eiskalt, festgetrampelt von zahllosen Füßen, die vor mir hier gestanden haben – große Füße wie die von meiner Mama, aber auch kleine wie meine eigenen und die von Mary Angel. Zehen und Hacken, die tiefe Dellen und Furchen im Matsch hinterlassen haben.

Wie viele haben hier schon vor mir gestanden?, überlege ich. *Wie viele Menschen, mit hämmernden Herzen und angespannten Muskeln, aber ohne die Chance zu entkommen?*

Hundert könnten es gewesen sein, vielleicht sogar noch mal hundert oder Hunderte mehr. Überall Fußabdrücke, paarweise Fersen, zehnerweise Zehen. So weit kann ich noch gar nicht zählen. Erst vor wenigen Monaten bin ich sechs geworden. Jetzt ist *Feb-Feb-u-bah-bah*, ein Wort, das ich nicht richtig aussprechen kann, deshalb hört es sich an wie das Blöken eines Schafs. Meine Geschwister ärgern mich ständig damit, alle acht, sogar die jüngeren. Meistens haben wir miteinander gerangelt, wenn Mama bei der Arbeit auf dem Feld oder im Spinnhaus war, wo sie die Wolle verzwirnen und weben. Dann hat jedes Mal unsere ganze Holzhütte gewackelt und gebebt, bis einer durchs Fenster oder zur Tür rausgefallen ist und zu weinen angefangen hat. Worauf natürlich Ol'Tati mit dem Rohrstock angelaufen gekommen ist und geschimpft hat: »Wenn ihr elenden Bälger nicht gleich Ruhe gebt, setzt es 'ne anständige Tracht Prügel.« Sie hat uns spielerisch Klapse auf den Hintern und die Beine verpasst, und wir sind weggerannt und dabei übereinander drüber gefallen wie eine Horde kleiner Ziegen, die durchs Tor drängeln. Wir haben uns unter den Betten versteckt, aber es hat nichts genützt, weil hier ein Ellbogen, da ein Knie vorgelugt hat.

Aber damit ist längst Schluss. Alle von Mamas Kindern wurden fortgebracht, einzeln oder zu zweit. Jenny Angel und drei ihrer vier Mädchen sind auch weg, verkauft auf Sklavenmärkten wie diesem hier, von Süd-Louisiana bis fast rüber nach Texas. Ich muss mich anstrengen, um mich zu erinnern, wohin es uns alle verschlagen hat. Jeden Tag ist unsere Familie weiter geschrumpft, während wir hinter Jep Loachs Karren herschlurfen mussten – die erwachsenen Sklaven mit Ketten um die Handgelenke, während uns Kindern nichts anderes übrig blieb, als ihnen zu folgen.

Am schlimmsten sind die Nächte. Wir können bloß hoffen, dass Jep Loach schnell einschläft, weil er müde vom Whiskey und der langen Reise ist. Denn dann passieren die schlimmen Sachen nicht, anfangs Mama und Tante Jenny, aber jetzt nur noch Mama allein, weil Jenny weg ist. Bloß

Mama und ich sind übrig. Und Aunt Jennys Jüngste, die kleine Mary Angel.

Wann immer sie kann, flüstert Mama mir die Worte ins Ohr – wem sie uns weggenommen haben, wie die Männer heißen, die sie vom Versteigerungspodest heruntergekauft und wohin sie sie gebracht haben – zuerst Aunt Jenny und ihre drei älteren Mädchen, dann meine Brüder und Schwestern, dem Alter nach sortiert. *Hardy in Big Creek verkauft an einen Mann namens LeBas aus Woodville. Het in Jatt gekauft von einem Mann namens Palmer aus Big Woods…*

Prat, Epheme, Addie, Easter, Ike und Baby Rose. Sie alle wurden meiner Mutter in einer Stadt namens Bethany aus den Armen gerissen. Baby Rose hat geweint, und Mama hat sich aus Leibeskräften dagegen gewehrt. »Wir müssen zusammenbleiben. Das Baby ist noch nicht entwöhnt. Es braucht noch seine Mama…«, hat sie gefleht und gebettelt.

Sosehr ich mich heute auch dafür schäme, aber ich habe an Mamas Rockzipfel gehangen und geschrien: »Mama, nein! Mama, nein! Mama! Nicht!« Am ganzen Leib hab ich gezittert und war völlig durcheinander, halb verrückt vor Angst, die könnten mir meine Mama wegnehmen, und dann würde ich ganz allein zurückbleiben, nur mit meiner kleinen Cousine Mary, wenn der Karren davonfährt.

Jep Loach hatte von Anfang an geplant, uns loszuwerden und das Geld einzusacken, jetzt allerdings verkauft er in jedem Ort nur einen oder zwei, damit es nicht auffällt. Sein Onkel hätte ihm die Erlaubnis dafür gegeben, behauptet er, aber das stimmt nicht. Old Marse und Old Missus wollten, dass er tut, was alle gerade im Süden von Louisiana tun, seit die Yankees in ihren Kanonenbooten den Fluss von New Orleans heraufgekommen sind – ihre Sklaven nach Westen schaffen, damit die Federals uns nicht befreien können. Wir sollen auf dem Gossett-Anwesen in Texas bleiben, bis der Krieg vorbei ist. Deshalb haben sie uns mit Jep Loach losgeschickt, aber der hat uns stattdessen gestohlen.

»Wenn Marse Gossett herausfindet, dass Jep Loach ihn übern Tisch gezogen hat, kommt er uns holen«, hat Mama wieder und wieder versprochen. »Und dann spielt es auch keine Rolle mehr, dass er der Neffe von Old Missus ist. Marse schickt Jep geradewegs zur Armee, und dann muss er in den Krieg ziehen. Jep trägt die graue Uniform bloß noch nicht, weil Marse dafür zahlt, dass er nicht eingezogen wird. Aber damit ist dann Schluss, und Jep ist für immer weg. Wart's nur ab. Und deshalb sagen wir uns immer wieder die Namen der Käufer laut vor, damit wir wissen, wo wir suchen müssen, wenn Old Marse uns holen kommt. Merk's dir gut, damit du es sagen kannst, wenn du als Erste gefunden wirst.«

Doch die Hoffnung ist so schwach wie die fahle Wintersonne, die durch die Planken unseres Verschlags auf dem Sklavenmarkt fällt. Nur Mama, ich und Mary Angel sind noch da, und eine von uns wird auch heute verkauft werden. Mindestens. Damit hat Jep Loach noch mehr Geld in der Tasche, und alle Übrigen müssen mit ihm weiterziehen. Er wird sich sowieso als Erstes Schnaps davon kaufen, ohne sich darum zu scheren, dass er sein eigen Fleisch und Blut bestiehlt. Die ganze Familie von Old Missus – die Loaches – sind faule Äpfel, verrottet bis ins Mark, und Jep ist der Schlimmste von allen, schlimmer noch als Old Missus selbst, die der Teufel ist.

»Komm her, Hannie«, sagt Mama. »Komm her zu mir.«

Plötzlich geht die Tür auf. Ein Mann packt Mary Angel an ihrem dünnen Ärmchen, während Mama sie fest umklammert hält. Tränen strömen ihr übers Gesicht, als sie dem Kerl, einem Baum von einem Mann und so dunkel wie die Augen eines Hirschs, zuflüstert: »Wir gehören gar nicht ihm. Er hat uns Marse William Gossett gestohlen, dem Besitzer der Goswood Grove Plantage, unten an der River Road, südlich von Baton Rouge. Wir sind verschleppt worden. Wir ...«

Sie fällt auf die Knie, schlingt schützend die Arme um Mary Angel. »Bitte. Bitte! Meine Schwester Jenny hat dieser Kerl schon verkauft. Und all ihre Kinder, bis auf die Kleine hier, und meine Kinder auch, nur Hannie ist noch hier. Lasst doch wenigstens uns drei zusammenbleiben. Nimm uns mit, alle drei. Sag deinem Master, die Kleine hier ist zu schwach, um allein zu bleiben. Sag ihnen, wir können nur zu dritt verkauft werden. Sag ihm, wir wurden Marse William Gossett von Goswood Grove gestohlen, unten an der River Road. Man hat uns gestohlen. *Gestohlen!*«

Der Mann stöhnt bloß. »Ich kann da nichts machen. Keiner kann da was machen. Du machst es bloß noch schwerer für die Kleine, es nützt alles nix. Zwei werden heute weggebracht, aber nicht zusammen, sondern jede für sich. Zuerst die eine, dann die andere.«

»Nein!« Mama kneift die Augen zusammen, schlägt sie wieder auf und sieht dem Mann ins Gesicht. »Sag meinem Master William Gossett wenigstens, wo man uns hingebracht hat, wenn er uns holen kommt«, stößt sie hervor, wobei ihr die Tränen übers Gesicht laufen. »Sag ihm die Namen von denen, die uns mitgenommen haben, und wohin sie uns bringen. Old Marse Gossett wird uns dann schon finden und uns nach Texas bringen, wo wir bleiben können, bis der Krieg vorbei ist.«

Der Mann gibt keine Antwort. Mama wendet sich Mary Angel zu und zieht ein handgewebtes braunes Stoffstück heraus, das sie unterwegs aus dem Saum von Jenny Angels schwerem Winterunterrock getrennt hat. Eigenhändig haben

Mama und sie fünfzehn kleine Halsbänder gebastelt, mit Fäden, die sie aus den Jutesäcken auf dem Karren stibitzt haben.

An jedem hängen drei blaue Glasperlen von der Kette, die Grandma immer wie ihren Augapfel gehütet hat. Sie waren ihre größte Kostbarkeit, mitgebracht aus dem fernen Afrika. Dorther kamen meine Großeltern. An langen Winterabenden hat sie uns davon erzählt, wenn wir uns im Schein der Talgkerze zu ihren Füßen geschart haben – von Afrika, wo all unsere Vorfahren gelebt hatten, als Königinnen und Prinzen.

Blau ist die Farbe der Treue. Diese Perlen bedeuten, dass die Familie immer zusammenhält, egal, wo wir sind, sagte sie dann und lächelte, ehe sie die Perlenschnur hervorzog und herumgehen ließ. Ehrfürchtig haben wir sie berührt, ihr Gewicht in den Händen gewogen und dabei einen Hauch dieser Heimat in der Ferne erfühlt... und die Bedeutung der Farbe Blau.

Und nun hat sie die Schnur mit den drei Perlen in der Hand, die meine kleine Cousine mitbekommen soll.

Mama umfasst Mary Angels Kinn. »Das hier ist ein Versprechen.« Sie schiebt ihr die Perlen in den Ausschnitt und bindet ihr die Schnur um den Hals, der immer noch viel zu dünn wirkt, um ihren Kopf zu halten. »Du musst gut drauf aufpassen, kleiner Schatz. Sieh zu, dass sie dir keiner wegnimmt, egal, was passiert. Sie sind das Erkennungszeichen deiner Familie. Eines Tages werden wir uns wiedersehen, ganz egal, wie lange es dauern mag, und dann werden wir uns daran erkennen. Sollten viele Jahre vergehen, und du bist dann schon groß, werden wir trotzdem wissen, dass du eine von uns bist. Hör genau zu. Hast du verstanden, was deine Tante Mittie sagt?« Sie macht eine Handbewegung, als würde sie nähen. Perlen an einer Schnur. »Eines Tages werden wir alle wieder vereint sein. Mit Gottes Willen. Entweder in dieser Welt oder im Jenseits.«

Die kleine Mary Angel sagt nichts, zuckt nicht einmal mit der Wimper. Früher hat sie einem ununterbrochen die Ohren vollgequasselt, aber jetzt kommt kein Wort mehr über ihre Lippen. Nur eine dicke Träne kullert ihr über die braune Wange, als der Mann sie hochhebt und hinausträgt, und ihre Arme und Beine sind stocksteif wie bei einer Holzpuppe.

Ich stelle mich an die Wand, spähe zwischen den Latten hindurch und sehe zu, wie Mary Angel über den Hof geschleppt wird. Ihre kleinen braunen Schuhe baumeln in der Luft, feste Schnürer, wie wir sie alle vor zwei Monaten zu Weihnachten bekommen haben, eigens angefertigt von Uncle Ira, der die Sattlerei auf der Plantage betrieben und sich um die Zügel und Geschirre für die Pferde in Goswood gekümmert hat.

An ihn muss ich denken, als ich Mary Angels Schühchen sehe. Der kalte Wind bläst um ihre dürren Beine, als der Mann auf der Plattform ihren Rock hochhebt und sagt, sie habe gute Beine, schön gerade. Mama weint bloß. Aber einer muss schließlich zuhören, damit wir wissen, wohin sie sie bringen, damit wir ihren Namen in unsere Liste aufnehmen können.

Also tue ich es.

Kaum eine Minute später, so kommt es mir vor, packt eine riesige Pranke meinen Arm, und ich werde über den Boden geschleift. Mit einem Ploppen springt meine Schulter aus dem Gelenk, und die Absätze meiner Weihnachtsschuhe ziehen Furchen in den Matsch wie die Klingen eines Pflugs.

»Nein! Mama! Hilf mir!« Panisch beginne ich, mich zu wehren, schreie, schlage wild um mich, bekomme Mamas Arm zu fassen und sie meinen.

Lass nicht los, sagen ihre Augen. Plötzlich verstehe ich, was der Riese vorhin gemeint hat, und wieso Mama danach so verzweifelt war. *Zwei werden heute weggebracht, aber nicht zusammen, sondern jede für sich. Zuerst die eine, dann die andere.*

Dies ist der Tag, an dem das Allerschlimmste passieren wird. Der letzte Tag, an dem ich mit meiner Mama zusammen bin. Zwei werden hier verkauft, die dritte geht mit Jep Loach und wird in der nächsten Stadt verkauft. Mir dreht sich der Magen um, Galle brennt in meiner Kehle, aber ich habe nichts im Magen, das ich herauswürgen könnte. Ich spüre, wie sich meine Blase entleert, mir die warme Flüssigkeit an den Beinen runterläuft, direkt in meine Schuhe, ehe sie im Schmutz versickert.

»Bitte! Bitte! Wir beide, zusammen«, bettelt Mama.

Der Mann verpasst ihr einen Tritt, so fest, dass sie loslassen muss. Mama schlägt mit dem Kopf auf dem Boden auf, ihr Gesicht ist plötzlich so still und reglos, als würde sie schlafen. In der Hand hält sie das kleine braune Band, von dem drei blaue Glasperlen in den Staub kullern.

»Wenn du Ärger machst, knall ich sie ab, gleich hier.« Die Stimme lässt mir das Blut in den Adern gefrieren. Es ist nicht der Sklavenhändler, der mich gepackt hat, sondern Jep Loach. Und ich werde auch nicht zum Podest getragen, sondern zum Karren. Ich bin also diejenige, die erst später verkauft werden soll.

Ich reiße mich los, um zu Mama zu rennen, aber meine Knie sind auf einmal so weich wie nasses Gras. Ich falle der Länge nach hin, strecke die Finger nach den Glasperlen aus, nach meiner Mama.

»Mama!«, schreie ich. »Mama! Mama!« Wieder und wieder und wieder…

Es ist meine eigene Stimme, die mich an aus meinem Traum von jenem grauenvollen Tag reißt, wie immer. Ich höre mich schreien, komme zu mir, versuche mich aus Jep Loachs Pranken zu befreien, während ich nach meiner Mama schreie. Zwölf Jahre sind vergangen, seit ich sie zuletzt gesehen habe. Damals war ich gerade einmal sechs Jahre alt.

»Mama! Mama! Mama!« Noch drei weitere Male dringt das Wort über meine Lippen und wird über die nächtlich stillen Felder von Goswood Grove getragen, ehe ich schnell den Mund zumache und über die Schulter zur Pachtarbeiterhütte rübersehe, in der Hoffnung, dass sie nichts mitbekommen haben. Schließlich will ich nicht die ganze Plantage aufwecken. Ein harter Arbeitstag liegt vor mir, Ol'Tati und den anderen kleinen Streunern, die sie großgezogen hat, seit der Krieg vorbei war und keine Mamas oder Papas uns abgeholt haben.

Von all meinen Geschwistern, meiner ganzen Familie, die Jep Loach gestohlen hat, war ich die Einzige, die Marse Gossett wiederbekam, und auch nur aus purem Glück, weil die Leute bei der nächsten Sklavenauktion rausbekamen, dass ich gestohlen worden war, und den Sheriff gerufen haben, damit er mich dabehält, bis Marse mich holen kommt. Weil Krieg war und jeder sich nur in Sicherheit bringen wollte und wir verzweifelt versucht haben, der rauen texanischen Landschaft irgendetwas Essbares abzutrotzen, haben die meisten Familien nicht wieder zusammengefunden. Ich war bloß irgendein Kind ohne Familie, als die Soldaten der Federals zu uns nach Texas gekommen sind, die Gossetts gezwungen haben, uns offiziell die Freiheit zu geben, und ihnen gesagt haben, dass der Krieg vorbei ist, selbst in Texas, und dass wir jetzt immer gehen dürfen, wohin wir wollen.

Old Missus hat uns gewarnt, wir würden nicht mal fünf

Meilen weit kommen, ohne zu verhungern, von Wegelagerern überfallen oder von Indianern skalpiert zu werden, was sie uns auch wünschen würde zur Strafe, weil wir undankbar und dumm genug seien, es auch bloß in Erwägung zu ziehen. Nun, da der Krieg vorbei sei, gäbe es keinen Grund mehr, in Texas zu bleiben, daher könnten wir ebenso gut mit ihr und Marse Gossett nach Louisiana zurückkehren – den wir ab sofort mit Mister und nicht länger als Master, also Marse, ansprechen sollten, damit sie sich nicht den Unmut der Federal-Soldaten zuzögen, die in nächster Zeit noch wie die Läuse herumwuseln würden. Zu Hause, in Goswood Grove, hätten wir ja unseren Old Mister und Old Missus, die auf uns aufpassten, uns zu essen und Kleider gäben, damit wir elenden Nigger nicht nackt herumlaufen müssten.

»Ihr Kleinen habt sowieso nichts zu sagen«, erklärte sie den familienlosen Kindern. »Ihr gehört in unsere Obhut, und natürlich nehmen wir es auf uns, euch aus dieser gottverlassenen texanischen Wildnis zurück nach Goswood Grove zu bringen, wo ihr bleiben werdet, bis ihr alt genug seid, um auf eigenen Füßen zu stehen, oder eure Eltern euch abholen kommen.«

Sosehr ich Old Missus und die Tatsache hasste, als Dienstmädchen in ihrem Haus zu arbeiten und nebenbei als lebendes Spielzeug für Little Missy Lavinia herhalten zu müssen, glaubte ich immer noch an das, was Mama mir zwei Jahre zuvor auf der Auktion gesagt hatte: Sie würde mich so schnell holen kommen, wie es nur ginge. Sie würde uns alle wiederfinden, und dann würden wir Grandmas Perlen wieder zu einer Kette auffädeln.

Daher hab ich mich gefügt, aber seither lässt meine Rastlosigkeit mich nachts schlafwandeln, beschwört abscheuliche Träume von Jep Loach und den Momenten herauf, als ich hilflos zusehen musste, wie meine Liebsten fortgebracht worden sind, und von Mama, die reglos auf dem Boden der Hütte des Auktionators gelegen hat – tot, wie es damals für mich aussah.

Bis heute liegt sie in meinen Träumen so da.

Ich blicke zu Boden und erkenne, dass ich wieder einmal geschlafwandelt bin: Ich stehe direkt vor dem Stumpf des alten Pekannussbaums. Vor mir erstreckt sich das Feld mit den frisch gesteckten Maispflanzen, die noch zu mickrig und dünn sind, um das Erdreich zu bedecken. Das Mondlicht fällt in schmalen Streifen auf die Reihen, sodass das Feld wie ein gewaltiger Webrahmen aussieht, auf dem die Kettfäden gespannt sind und nur darauf warten, dass die Weberin das Schiffchen hin und her schiebt, hin und her, hin und her, so wie die Sklavinnen es vor dem Krieg immer getan haben. Aber heute nicht mehr. Stattdessen stehen die Spinnhäuser leer, weil der billige Stoff fertig gewebt aus den Fabriken im Norden kommt. Aber damals, als ich noch ein kleines Mädchen war, hat es zur täglichen Arbeit gehört, Baumwolle und Wolle zu kardieren, jeden Abend nach der Rückkehr von der Feldarbeit eine Spindel zu spinnen. Das war Mamas Leben in Goswood Grove, so musste es gemacht werden, sonst machte Old Missus Kleinholz aus ihr.

Auf diesem Baumstumpf hat der Sklaventreiber gestanden und den Überblick über die Arbeiter auf dem Feld gehabt, mit der Neunschwänzigen, die von seinem Gürtel herabhing wie eine Schlange, die jederzeit vorschnellen und zubeißen konnte. Sobald einer hinterhergehinkt ist oder versucht hat, eine Pause einzulegen, gab's Schläge. Wenn Old Marse Gossett zu Hause war, blieb es bei einem kurzen Peitschenhieb, doch wann immer er sich in New Orleans aufhielt, wo seine zweite Familie lebte – etwas, wovon jeder wusste, was aber niemand jemals zu erwähnen wagte –, wurde es schlimm, weil dann Old Missus das Heft in der Hand hatte. Der Missus passte es gar nicht, dass ihr Mann sich eine Mätresse in New Orleans hielt und aus der Verbindung sogar ein Mischlingskind hervorgegangen war. Wie viele reiche Plantagenbesitzer unterhielt auch er eine *plaçage*. Schöne Viertel- oder Achtelmulattinnen mit zarten Gliedern und olivbrauner Haut, die mit den gemeinsamen Kindern in eleganten Häusern in Vierteln wie Faubourg Marigny und Tremé lebten, mit eigenen Sklaven, die sich um ihr Wohlergehen kümmerten.

Was früher auf einer Plantage gang und gäbe war, existiert seit Mr. Lincolns Krieg so gut wie gar nicht mehr: Der Sklaventreiber mit der Peitsche, Mama und die Arbeiter, die sich von Sonnenaufgang bis Sonnenuntergang auf den Feldern abrackern, Fußeisen und Sklavenmärkte wie der, bei dem meine ganze Familie verkauft worden ist – all das sind Dinge, an die ich mich nur dunkel erinnern kann.

Manchmal denke ich beim Aufwachen, meine Familie habe es nie gegeben, sondern sie sei bloß Einbildung. Aber dann berühre ich die drei Glasperlen auf der Schnur an meinem Hals und sage mir ihre Namen leise vor. *Hardy in Big Creek, verkauft an einen Mann namens LeBas aus Woodville. Het in Jatt, gekauft von einem Mann namens Palmer aus Big Woods ...* Die ganze Reihe, bis runter zu Baby Rose und Mary Angel. Und Mama.

All das war real. *Wir* waren real.

Ich blicke in die Ferne, denke an mich, an die Sechsjährige von damals und dann an die Frau, die ich heute bin, mit achtzehn. Eigentlich ist der Unterschied gar nicht allzu groß. Bis heute bin ich spindeldürr.

Du kannst dich sogar hinter einem Besenstiel verstecken, Hannie, hat Mama immer gesagt, gelächelt und mir die

Wange gestreichelt. *Aber ein wunderschönes Mädchen bist du, immer schon gewesen.* Ich höre die Worte klar und deutlich, als stünde sie in diesem Moment neben mir, mit einem Weidenkorb auf der Hüfte, um die Wäsche hinter unserer Hütte aufzuhängen, der letzten in der Reihe der alten Sklavenquartiere.

Wieso bist du nicht gekommen, Mama? Wieso bist du in all den Jahren dein Kind nicht holen gekommen? Ich lasse mich auf den Baumstumpf sinken und blicke zu den Bäumen an der Straße hinüber, um deren dicke Stämme der mondbeschienene Nebel wabert.

Ich glaube, in den Schatten etwas auszumachen. Vielleicht ist es ein Geist. *Zu viele Leute liegen in der Goswood-Erde begraben*, sagt Ol'Tati immer, wenn sie uns abends in der Pächterhütte Geschichten erzählt. *Zu viel Blut und Leid sind noch hier, deshalb wird die Plantage für immer von Geistern heimgesucht werden.*

Ein Pferd wiehert leise. Auf der Straße erkenne ich einen Reiter, eingehüllt in einen dunklen Umhang, der auch seinen Kopf bedeckt, sodass man sein Gesicht nicht erkennen kann. Ist es meine Mama, die mich holen kommt? Die zu mir sagen wird: *Du bist fast achtzehn, Hannie, wieso sitzt du immer noch auf diesem alten Baumstumpf herum?* Wie gern würde ich mit ihr weggehen. Oder ist es Old Mister, der seinem missratenen Sohn wieder mal aus der Patsche helfen muss? Oder ist es ein richtiger Geist, der mich packen und im Fluss ertränken will?

Ich schließe die Augen, schüttle den Kopf, um die wirren Gedanken zu verscheuchen, und sehe noch mal hin. Nichts. Bloß Nebelschwaden.

»Kind?« Tatis flüsternde Stimme weht herüber. Besorgt und vorsichtig. »Kind?« Sie nennt alle so, ganz egal, wie alt man ist, selbst die Streuner, die eine Weile hiergeblieben und dann weitergezogen sind, nennt sie immer noch *Kind*, wenn sie zu Besuch kommen.

Ich horche auf und will antworten, aber die Worte bleiben mir im Halse stecken. Es ist tatsächlich jemand hier – eine Frau, hoch oben bei den schlanken weißen Säulen am Tor zur Plantage. Etwas bewegt sich. Die Eichen über mir ächzen und raunen, als wollten sie nicht, dass sie näher kommt. Ein tief hängender Ast erfasst ihre Kapuze, sodass sie herunterrutscht und den Blick auf ihr langes dunkles Haar freigibt.

»M-mama?«

»Kind?«, flüstert Tati wieder. »Bist du da?« Ich höre sie herbeieilen, das Klappern ihres Stocks, das immer schneller wird, bis sie neben mir steht.

»Da ist Mama. Sie kommt.«

»Du träumst, Herzchen.« Tatis knorrige Finger schließen sich sanft um mein Handgelenk, während sie selbst auf Abstand bleibt, weil sie weiß, dass ich mich im Traum manchmal wehre. Es ist schon vorgekommen, dass ich in solchen Nächten gebissen und wild um mich getreten habe, um mich aus Jep Loachs brutalem Griff zu befreien. »Es ist alles in Ordnung, Kind. Du schlafwandelst wieder mal. Wach auf. Deine Mama ist nicht hier, nur Ol'Tati. Sie ist hier. Du bist in Sicherheit.«

Ich sehe zu der Stelle hinüber, wo die Frau gerade noch war, doch sie ist weg. Verschwunden, auch wenn ich noch so angestrengt ins Dunkel spähe.

»Wach auf, Kind.« Im Mondschein hat Tatis Gesicht das rötliche Braun eines Zypressenastes, der aus dem Wasser gezogen wird. Dunkel hebt es sich vom Nesselstoff ihrer Haube auf dem silbergrauen Haar ab. Sie legt mir eine Stola um die Schultern. »Hier draußen am Feld ist es ja ganz klamm! Du holst dir noch eine Rippenfellentzündung. Und was dann? Was soll dann aus Jason werden?«

Behutsam stößt Tati mich mit ihrem Gehstock an. Dass Jason und ich heiraten, ist ein Herzenswunsch von ihr. Sobald der Zehnjahresvertrag über die Pacht mit Old Mister ausläuft und das Stück Land ihr gehört, braucht sie jemanden, dem sie es übereignen kann. Ich und die Zwillinge Jason und John sind die letzten ihrer Streunerkinder. Ihr Vertrag umfasst lediglich noch eine Saison, dann endet er, aber Jason und ich? Wir sind wie Geschwister in ihrem Haus aufgewachsen, deshalb ist es schwer, ihn als etwas anderes zu sehen. Gleichzeitig ist Jason ein anständiger Junge, ein ehrlicher Arbeiter, auch wenn er und sein Bruder von Geburt an ein klein bisschen langsamer im Kopf sind als alle anderen.

»Ich träume nicht«, sage ich, während Tati mich von dem Baumstumpf herunterzieht.

»Und ob du träumst. Komm jetzt. Morgen früh wartet jede Menge Arbeit auf uns. Wenn du diese Wandereien nicht bald bleiben lässt, fessle ich dich abends ans Bett. Es wird immer schlimmer... Als du noch klein warst, habe ich dich nicht so oft erwischt wie jetzt.«

Ich zucke zusammen, als es mir wieder einfällt: die vielen Male, als ich im Schlaf von meinem Lager neben Missy Lavinias Gitterbettchen aufgestanden und erst wieder aufgewacht bin, als Old Missus mir mit dem Kochlöffel, der Reitgerte oder dem Schürhaken den Hintern versohlt hat, je nachdem, was sie gerade zur Hand hatte.

»Egal jetzt. Du kannst ja nichts dafür.« Sie bückt sich, hebt ein wenig Erde auf und schleudert sie sich über die Schulter. »Reden wir nicht mehr drüber. Morgen ist ein neuer Tag, mit jeder Menge Arbeit. Komm schon, wirf selbst eine Prise, nur zur Sicherheit.«

Ich gehorche und bekreuzige mich dann, ebenso wie Tati. »Im Namen des Vaters, des Sohnes und des Heiligen Geistes«, flüstern wir wie aus einem Munde. »Möge er uns leiten und beschützen, auf all unseren Wegen. Amen.«

Obwohl ich es nicht tun sollte – sich nach einem Geist umzudrehen, sobald man Staub zwischen sich und ihn gestreut hat, bringt bekanntermaßen Unglück –, wende ich mich um und sehe zur Straße.

Auf einmal ist mir eiskalt.

»Was machst du da?« Ich bleibe so abrupt stehen, dass Tati um ein Haar ins Stolpern gerät.

»Ich hab nicht geträumt«, flüstere ich, ohne noch einmal hinzusehen. Stattdessen zeige ich mit dem Finger. Meine Hand zittert. »Ich hab *sie* gesehen.«

VERMISST

Briefe von Abonnenten werden kostenfrei abgedruckt, für alle anderen fällt eine Gebühr in Höhe von 50 Cent an. Pastoren werden gebeten, die Gesuche im Zuge ihrer Predigten zu verlesen und uns über alle Fälle in Kenntnis zu setzen, in denen Freunde und Familien einander über im SOUTHWESTERN veröffentlichte Briefe gefunden haben.

Sehr geehrter Herr Chefredakteur – ich suche nach einer Frau namens Caroline, die einst einem Mann namens John Hawkins gehörte, Glotzaugen-Smith, wie die Leute ihn genannt haben. Smith hat sie von den Cherokee im Indianergebiet nach Texas mitgenommen, dann aber weiterverkauft. Die ganze Familie gehörte den Delanos, bevor sie in alle Winde verstreut und verkauft wurden. Der Name ihrer Mutter war Letta, der ihres Vaters Samuel Melton, die Kinder hießen Amerietta, Susan, Esau, Angeline, Jacob, Oliver, Ermeline und Isaac. Sollte einer Ihrer Leser von ihr hören, täte derjenige Amerietta Gibson einen großen Gefallen, indem er an folgende Adresse schreibt: Independence, Kansas, P.O.Box 94

WM. B. AVERY, PASTOR

»Vermisst«-Rubrik im *Southwestern*,
24. August 1880

KAPITEL 2

Benedetta Silva

AUGUSTINE, LOUISIANA, 1987

Der Lasterfahrer drückt auf die Hupe. Bremsen quietschen. Die Reifen hinterlassen schwarze Streifen auf dem Asphalt. Wie in Zeitlupe kippen die aufgeschichteten Stahlrohre zur Seite, sodass die ölverschmierten Nylongurte zum Zerreißen gespannt werden. Einer der Spanngurte, die die Ladung halten, löst sich und schlackert in der Luft, als der Lastwagen auf die Kreuzung zuschlittert.

Sämtliche Muskeln in meinem Körper spannen sich an. Ich wappne mich für den Aufprall, wobei mir der Gedanke durch den Kopf schießt, was nach der Kollision von meinem rostigen VW Käfer wohl noch übrig sein wird.

Vor einer Sekunde war der Lastwagen noch nicht da, ich schwöre.

Wen habe ich eigentlich als Notfallkontakt in meiner Personalakte angegeben?

Ich weiß noch, wie mein Stift in diesem schmerzlich-ironischen Moment der Unentschlossenheit über dem leeren Feld verharrte. Vielleicht habe ich es am Ende dann überhaupt nicht ausgefüllt.

Mit erschreckender Klarheit zieht das Geschehen an mir

vorüber – die stämmige Schülerlotsin mit ihrem bläulich grauen Haar und den gebeugten Schultern, die gebieterisch das Stoppschild reckt; die Schulkinder, die alles mit weit aufgerissenen Augen verfolgen. Einem Grundschüler rutschen die Bücher aus dem mageren Arm, fallen auf den Boden, aufgeschlagen, wild verstreut. Er gerät ins Straucheln, fällt beinahe hin, die Hände vorgestreckt, dann verschwindet er hinter dem LKW.

Nein. Nein, nein, nein! Bitte nicht. Ich beiße die Zähne zusammen, schließe die Augen, wende das Gesicht ab, während ich das Steuer herumreiße und noch entschlossener in die Eisen steige, doch mein Käfer schlittert immer weiter.

Metall kollidiert mit Metall, gibt nach, wird zerbeult und zusammengefaltet. Der Käfer rumpelt über etwas hinweg, zuerst mit den Vorder-, dann mit den Hinterreifen. Mein Kopf knallt gegen das Seitenfenster, dann gegen den Wagenhimmel.

Das darf nicht passieren. Nein, das darf nicht sein.
Nein, nein, nein.

Der Käfer prallt gegen den Bordstein, hoppelt darüber hinweg, ehe er zum Stehen kommt. Der Motor läuft noch, penetranter Gummigestank füllt das Wageninnere.

Beweg dich, sage ich mir. *Tu etwas.*

Vor meinem geistigen Auge sehe ich den kleinen Körper, die rote Jogginghose, die eigentlich viel zu warm für das Wetter ist, das blaue Oversize-Shirt, dunkelbraune Haut, große braune Augen, leblos. Er ist mir gestern schon auf dem leeren Schulhof aufgefallen, dieser Junge mit den unfassbar langen Wimpern und dem frisch mit der Maschine getrimmten Haar, der ganz allein auf der halb zerbröckelten Betonmauer des Schulgeländes saß, als die größeren Kinder längst ihre neuen Stundenpläne abgeholt hatten und verschwunden waren, um ihren letzten Ferientag in Augusta, Louisiana, zu verbringen, woraus so ein Tag hier auch immer bestehen mag.

»Ist mit dem Kleinen alles in Ordnung?«, hatte ich eine meiner neuen Lehrerkolleginnen gefragt, die Käsige mit dem sauertöpfischen Gesicht, die mir zuvor auf dem Flur konsequent aus dem Weg gegangen war, als würde ich stinken. »Wartet er auf jemanden?«

»Was weiß ich«, hatte sie erwidert. »Der wird schon verschwinden.«

Ich werde ins Hier und Jetzt zurückkatapultiert. Der metallische Geschmack von Blut breitet sich in meiner Mundhöhle aus. Vermutlich habe ich mir auf die Zunge gebissen.

Keine Schreie. Keine Sirene. Keine Stimme, die ruft, jemand solle die Polizei und einen Krankenwagen rufen.

Ich lege den Leerlauf ein, ziehe die Handbremse an und vergewissere mich, dass sie eingerastet ist, ehe ich den Gurt löse, den Türgriff packe und mich mit der Schulter gegen die Tür stemme, bis sie aufgeht und ich hinauskippe. Meine Hände und Beine fühlen sich taub an, als ich auf dem Asphalt lande.

»Was habe ich dir gesagt?« Die Stimme der Schülerlotsin ist tonlos, beinahe gelangweilt im Vergleich zu meinem hämmernden Herzen, das mir aus der Brust zu springen droht. »Was habe ich dir gesagt?«, wiederholt sie, während sie, die Arme in die Hüften gestemmt, über den Zebrastreifen stapft.

Als Erstes schweift mein Blick zur Kreuzung. Bücher, eine plattgefahrene Lunchbox, eine Thermoskanne mit Karomuster. Sonst nichts.

Sonst nichts.

Keine Leiche. Kein kleiner Junge. Stattdessen steht er am Straßenrand. Ein Mädchen von dreizehn oder vierzehn, vielleicht seine Schwester, hat ihn am Kragen gepackt, sodass er beinahe auf Zehenspitzen steht, was den Blick auf seinen ungewöhnlich stark gewölbten Bauch darunter freigibt.

»Welches Schild habe ich gerade hochgehalten?« Mit der flachen Hand schlägt die Schülerlotsin auf die fünf Buchstaben, S-T-O-P-P, ehe sie ihm das Schild direkt vor die Nase hält.

Der kleine Junge, der eher verwirrt als verängstigt wirkt, zuckt nur stumm die Achseln. Ist ihm klar, was hier gerade um ein Haar passiert wäre? Das Mädchen, das ihm wohl das Leben gerettet hat, scheint hingegen stocksauer zu sein.

»Du Blödmann. Pass gefälligst auf, wenn ein Laster kommt.« Sie schubst ihn ein Stück auf den Bürgersteig, ehe sie ihn loslässt und sich die Hand an ihrer Jeans abwischt. Dann wirft sie ihre langen, dunkel glänzenden Zöpfe mit den roten Perlen an den Enden zurück, sieht sich um und starrt verblüfft auf die Stoßstange des Käfers, die mitten auf der Kreuzung liegt – das Einzige, was bei der Beinahekollision zu Schaden gekommen ist. *Das ist es also, worüber ich hinweggerumpelt bin. Nicht der kleine Junge, sondern bloß ein Stück Blech mit Schrauben, Nieten und Bolzen. Ein kleines Wunder.*

Der LKW-Fahrer und ich werden jetzt kurz unsere Daten für die Versicherung austauschen – ich hoffe, es macht nichts, dass meine immer noch von einer Agentur in einem anderen Bundesstaat betreut wird –, ehe sich jeder wieder seinem Tagwerk widmen kann. Wahrscheinlich ist er genauso erleichtert wie ich ... oder sogar mehr, weil *er* derjenige ist, der in die Kreuzung gefahren ist. Seine Versicherung müsste den Schaden eigentlich übernehmen, zum Glück, weil ich noch nicht mal meine Selbstbeteiligung aufbringen könnte. Die Miete für eines der wenigen Häuser in meiner Preisklasse und mein Anteil für den Umzugswagen, den ich zusammen mit einer Freundin gemietet habe, haben meine gesamten Ersparnisse aufgefressen, deshalb bin ich pleite, bis der erste Gehaltsscheck eingeht.

Das harsche Knirschen eines Getriebes reißt mich aus meiner Trance. Ich drehe mich um, gerade noch rechtzeitig, um zu sehen, wie der Laster in Richtung Highway davonfährt.

»He!«, rufe ich und renne los. »Kommen Sie zurück!«

Die Jagd entpuppt sich als sinnlos. Der Fahrer macht keine Anstalten, noch einmal stehen zu bleiben, der Asphalt ist feucht vom Tau eines Hochsommermorgens in Louisiana, und ich trage Sandalen und einen ausgestellten Rock. Die Bluse, die ich auf einem Umzugskarton sorgfältig gebügelt habe, klebt mir am Leib, als ich zum Stehen komme.

Ein schicker SUV fährt vorbei. Beim Anblick der Fahrerin, einer aufgedonnerten Blondine, die mich anstarrt, dreht sich mir der Magen um. Ich kenne sie vom Willkommenstreffen des Lehrköpers vor zwei Tagen. Sie gehört dem Schulbeirat an, und angesichts der kurzfristigen Zusage und des bislang eher frostigen Empfangs liegt der Verdacht nahe, dass ich nicht ihre erste Wahl für die Stelle war... und auch sonst war ich niemandes erste Wahl. Wenn man hinzurechnet, dass wir alle den Grund dafür kennen, weshalb es mich in dieses Kaff verschlagen hat, stehen die Chancen wohl nicht allzu gut, dass ich die Probezeit überstehen werde.

»*You never know until you try.*« Ich versuche, Mut aus der Zeile von *Lonely People*, einem Song aus meiner Kindheit in den 1970ern, zu ziehen und drücke den Rücken durch. Seltsamerweise geht inzwischen alles weiter, als wäre nichts passiert: Autos fahren an mir vorbei, die Lotsin macht ihre Arbeit, meidet jedoch jeden Blickkontakt, als der Schulbus um die Ecke biegt.

Irgendjemand – keine Ahnung, wer – hat die amputierte Gliedmaße meines Käfers zur Seite geräumt, und die Leute umrunden höflich meinen liegen gebliebenen Wagen, um auf die hufeisenförmige Zufahrt vor der Schule zu gelangen, wo sie ihre Kinder absetzen können.

Das Mädchen, das vom Alter her in der achten oder neunten Klasse sein könnte – auch jetzt bin ich noch nicht wirklich gut darin, das Alter von Kindern zu schätzen –, hält den Jungen am Straßenrand immer noch fest. Die roten Perlen in ihren Zöpfen schlenkern über ihr buntes Streifenshirt, als sie ihn mit sich zieht. Ihre Haltung lässt keinen Zweifel daran, dass sie ihn zwar des Aufwands nicht für wert hält, es aber trotzdem klüger findet, wenn er nicht dort stehen bleibt. Sie hat sich seine Bücher und sein Thermoskännchen unter den Arm geklemmt, die plattgewalzte Lunchbox baumelt an ihrem Mittelfinger.

Ich drehe mich einmal um die eigene Achse, verblüfft, wie normal auf den ersten Blick alles wirkt, ehe ich mich entschließe zu tun, was alle tun – ihrem Alltag nachgehen. *Überleg bloß, wie viel schlimmer es hätte kommen können.* Im Geiste liste ich die Szenarien auf, immer wieder.

Und so beginnt offiziell meine Laufbahn als Lehrerin.

In der vierten Stunde verliert das *Es hätte auch viel schlimmer kommen können* zunehmend an Kraft. Ich bin müde und weiß nicht, was ich hier soll. Weil ich buchstäblich ins Leere hineinrede. Meine Schüler – ich unterrichte alle Klassen von der siebten bis zur zwölften – sind uninspiriert, unglücklich, verpennt, schlecht gelaunt, hungrig, grenzwertig aggressiv und, sofern ihre Körpersprache nicht täuscht, bereit, mich aus dem Stand fertigzumachen. Mit Lehrerinnen wie mir kennen die sich aus – naive Vorstadtpflanzen, frisch von der Uni, die sich auf fünf Jahre an einer drittklassigen Schule für Familien mit niedrigem Einkommen verpflichten, weil ihnen dadurch der Studienkredit erlassen wird.

Ich komme aus einem völlig anderen Universum, habe mein Referendariat an einer elitären Highschool unter einer Mentorin absolviert, die über den Luxus erstklassigen Unterrichtsmaterials verfügte. Als ich mitten während des Halbjahrs kam, lasen ihre Neuntklässler gerade *Herz der Finsternis* und schrieben sorgfältig gegliederte Abhandlungen in fünf Abschnitten über die gesellschaftliche Relevanz von Literatur. Sie saßen kerzengerade auf ihren Stühlen, folgten bereitwillig jeglichen Diskussionsanstößen und wussten genau, wie man solide Einleitungssätze formulierte.

Im Gegensatz zu ihnen beäugen die hiesigen Neuntklässler die Schulausgaben von *Farm der Tiere* mit dem Interesse von Kindern, die einen Ziegelstein als Geschenk unter dem Weihnachtsbaum vorfinden.

»Was sollen wir denn *damit* anfangen?«, fragt ein Mädchen mit einem regelrechten Vogelnest aus dauerwellengeschädigtem strohblondem Haar in der vierten Stunde. Sie ist eines von acht weißen Kids in einer völlig überfüllten Klasse aus 39 Schülern. Ihr Nachname lautet Fish; außerdem gibt es noch einen zweiten Fish in der Klasse, wohl einen Bruder oder Cousin von ihr. Über die Fishs habe ich bereits allerlei gehört: *Sumpfratten* lautete das Stichwort. Die weißen Kinder in dieser Schule teilen sich in drei Kategorien auf: Sumpfratten, Bauerntölpel oder Assis, was bedeutet, dass Drogen im Spiel sind, üblicherweise generationenübergreifend. Zwei meiner neuen Kollegen teilten ganz beiläufig die Kinder in diese Gruppen ein, als sie während der Lehrerkonferenz ihre Schülerlisten durchgingen. Kinder aus wohlhabenden Familien oder mit sportlichem Potenzial werden aussortiert und auf die feudale Lehranstalt des Bezirks »drüben am See«, sprich, im Villenviertel, geschickt, während wirklich schwierige Kinder aus Problemfamilien auf Schulen kommen, die man hauptsächlich von wirklich üblen Gerüchten kennt. Alle anderen landen hier.

Im Klassenzimmer sitzen die Sumpffratten und die Bauerntölpel vorne links, alle auf einem Haufen. Das ist eine Art ungeschriebenes Gesetz. Die schwarzen Kinder belegen die rechte Seite mit Beschlag, zumeist eher die hinteren Reihen, wohingegen die Nonkonformisten und diejenigen, die in keine Schublade passen – amerikanische Ureinwohner, Asiaten, Punks und ein, zwei aus der Streber/Freak-Fraktion – das Niemandsland in der Mitte bevölkern.

Diese Kids trennen sich *absichtlich* nach Rassen.

Ist ihnen bewusst, dass wir im Jahr 1987 leben?

»Ja, genau, wofür soll das sein?«, echot ein anderes Mädchen, dessen Nachname mit G anfängt... Gibson, glaube ich. Sie gehört in die Mitte-Fraktion, weil sie weder zur einen noch zur anderen Gruppe passt, nicht weiß, nicht schwarz, sondern multirassisch und vermutlich mit einem Schuss amerikanischem Ureinwohner im Blut.

»Das ist ein Buch, Miss Gibson.« Sowie die Worte über meine Lippen kommen, ist mir bewusst, wie patzig ich klinge. Unprofessionell, ja, andererseits bin ich erst seit vier Stunden hier und schon jetzt mit meinem Latein am Ende. »Wir schlagen es auf und lesen, was drinsteht.«

Allerdings bin ich nicht sicher, wie wir das bewerkstelligen sollen. Ich betreue eine riesige Horde Neunt- und Zehntklässler, es gibt aber nur dreißig Exemplare von *Farm der Tiere*, die zudem noch uralt zu sein scheinen, mit vergilbten Kanten, aber unversehrten Rücken, was darauf schließen lässt, dass keines davon jemals aufgeschlagen wurde. Ich habe sie gestern in meinem staubigen Lagerraum gefunden. Sie stinken.

»Und dann finden wir heraus, was wir aus der Geschichte lernen können, was sie uns über die Zeit erzählt, in der sie geschrieben wurde, aber auch über uns, die wir heute in diesem Klassenzimmer sitzen.«

Die kleine Gibson fährt mit ihrem in Glitzerlila lackierten Nagel über die Seiten, blättert ein wenig herum, wirft sich das Haar über die Schulter. »Und wozu?«

Mein Puls beschleunigt sich. Immerhin hat einer meiner Schüler das Buch aufgeschlagen und redet ... mit mir statt mit dem Banknachbarn. Vielleicht dauert es ja bloß ein bisschen, bis man den Dreh raushat, schließlich ist diese Schule alles andere als inspirierend: graue Betonwände, von denen die Farbe abblättert, durchhängende Bücherregale und streifig schwarz gestrichene Fenster ... alles in allem fühlt sich das eher wie ein Gefängnis an als wie ein Ort für Kinder.

»Erstens weil ich wissen will, was ihr darüber denkt. Das Tolle an der Literatur ist, dass sie subjektiv ist. Jeder liest ein Buch anders, weil wir die Worte unterschiedlich wahrnehmen und eine Geschichte aufgrund unterschiedlicher Lebenserfahrung anders filtern.«

Ich registriere, dass sich mir weitere Köpfe zuwenden, hauptsächlich aus dem Mittelteil, dem Bereich der Streber, Außenseiter und Andersartigen. Ich nehme, was ich kriegen kann. Jede Revolution beginnt mit einem Funken, der auf trockenen Zunder überspringt.

Jemand aus der letzten Reihe gibt Schnarchlaute von sich, jemand anderes furzt. Gekicher. Alle anderen ringsum springen von ihren Stühlen auf und ergreifen die Flucht vor der Stinkwolke. Ein halbes Dutzend Jungs rottet sich bei den Kleiderhaken zusammen, schubst, rempelt und rangelt. Ich befehle ihnen, sich sofort wieder hinzusetzen, was sie natürlich ignorieren. Schreien hilft nichts. Das habe ich an anderer Stelle bereits ausprobiert.

»Es gibt keine richtigen oder falschen Antworten, wenn

es um Literatur geht.« Ich habe Mühe, das Getöse zu übertönen.

»Na, dann ist es ja einfach.« Ich kann nicht ausmachen, aus wessen Mund die Bemerkung kam, von jemandem aus dem hinteren Teil des Raums. Ich recke den Hals.

»Natürlich nur, sofern ihr das Buch auch lest, versteht sich«, korrigiere ich. »Und euch Gedanken darüber macht.«

»Ich mache mir Gedanken übers Mittagessen«, wirft einer der Jungs aus dem Gerangel bei den Kleiderhaken ein. Er ist groß und stämmig, und ich weiß nur noch, dass ein R in seinem Namen vorkommt... sowohl im Vor- als auch im Nachnamen.

»Über was anderes denkst du doch sowieso nie nach, Lil' Ray. Dein Gehirn ist direkt mit deinem Magen verbunden.«

Die Bemerkung wird augenblicklich mit einem kräftigen Schubser geahndet, woraufhin ein weiterer Junge einem anderen in den Rücken springt.

Mir bricht der Schweiß aus.

Blätter fliegen. Weitere Schüler stehen auf.

Jemand stolpert und fällt rücklings über eine Bank, streift dabei mit seinem knöchelhohen Tennisschuh den Kopf eines der Streber-Freaks. Das Opfer schreit auf.

Das Sumpfratten-Mädchen am Fenster knallt das Buch zu, stützt demonstrativ das Kinn in die Hand und starrt auf das geschwärzte Fenster, als wünschte es sich, es mittels Osmose zu durchdringen.

»Das reicht jetzt!«, brülle ich, aber es nützt nichts.

Plötzlich – keine Ahnung, wie das passiert ist – setzt Lil' Ray sich in Bewegung und walzt quer durch den Raum, geradewegs auf die Sumpfratten zu. Die Freaks verlassen das sinkende Schiff. Stuhlbeine scharren. Ein Tisch fällt um und landet mit einem ohrenbetäubenden Knall auf dem Fußboden.

Ich springe darüber hinweg, lande in der Mitte des Raums und schlitterte ein Stück über den gesprenkelten Industriefliesenboden, sodass ich unmittelbar vor Lil'Ray zum Stehen komme. »Ich habe gesagt, das reicht jetzt, junger Mann!« Die Stimme, die aus meinem Mund dringt, ist locker drei Oktaven tiefer als mein normales Organ und hat eine seltsam animalische Note. Es ist nicht ganz einfach, ernst genommen zu werden, wenn man gerade mal ein Meter sechzig groß und eher zart gebaut ist. Ich klinge wie Linda Blair in *Der Exorzist*. »Setz dich wieder hin, und zwar *auf der Stelle*.«

Lil'Rays Augen blitzen, seine Nasenlöcher blähen sich, seine Faust zuckt.

Zwei Dinge nehme ich gleichzeitig wahr. Im Klassenzimmer herrscht gespenstische Stille. Und Lil'Ray stinkt. Weder seine Klamotten noch er selbst haben in jüngster Vergangenheit Wasser und Seife gesehen.

»Setz dich hin, Mann«, sagt ein dürrer Junge mit einem hübschen Gesicht. »Spinnst du oder was? Coach Davis bringt dich um, wenn er das mitkriegt.«

Lil'Rays Wut fällt in sich zusammen wie ein Soufflé an der Luft. Seine Arme werden schlaff, seine Faust löst sich, und er reibt sich die Stirn. »Ich hab Hunger«, stöhnt er. »Mir geht's gar nicht gut.« Einen Moment lang schwankt er gefährlich, sodass ich Angst kriege, er kippt gleich aus den Latschen.

»Setz dich hin.« Vorsichtshalber hebe ich die Hand, als wollte ich ihn auffangen. »Es sind noch ... siebzehn Minuten bis zur Mittagspause.« Ich versuche, mich zu sammeln. Was soll ich jetzt tun? *Kann ich so etwas durchgehen lassen? Oder muss ich ein Exempel an ihm statuieren? Ihm einen schriftlichen Verweis erteilen? Ihn zum Rektor schicken? Was für ein Strafpunktesystem gibt es hier überhaupt? Hat jemand den Lärm mitbekommen?* Ich sehe zur Tür.

Die Kids nehmen meine Worte als Ausrede, um sich vom Acker zu machen. Sie schnappen ihre Rucksäcke und hasten unter Gerempel und Geschubse zur Tür, fallen halb über die umgekippten Stühle und Bänke. Einer hüpft sogar von Tischplatte zu Tischplatte.

Wenn sie jetzt abhauen, bin ich geliefert, denn: *Keine unbeaufsichtigten Kinder während der Unterrichtszeit auf den Gängen.* Punkt. Das war eine Regel, auf die ganz besonders gepocht wurde. *Solange sie in deinem Klassenzimmer sind, bist du dafür verantwortlich, dass sie da auch bleiben.*

Ich schließe mich der beginnenden Völkerwanderung an, allerdings bin ich näher an der Tür und zudem klein und wendig. Nur zweien gelingt die Flucht, ehe ich mich mit zur Seite ausgestreckten Armen vor der Tür postiere. Dies ist der Augenblick, in dem ich endgültig in *Der Exorzist* eingetaucht bin. Offenbar vollführt mein Kopf eine 360-Grad-Wendung, denn ich sehe zwei Jungs lachend und einander beglückwünschend den Gang hinunterstürmen, während ich zugleich mitbekomme, wie andere Schüler von hinten vor mir auflaufen. Lil'Ray ist ganz vorn, bewegt sich aber kaum. Immerhin macht er keine Anstalten, mich umzurennen.

»Ich sagte, hinsetzen. Los, zurück auf eure Plätze. Und zwar schnell. Wir haben immer noch...« Ich werfe einen Blick auf die Uhr. »Fünfzehn Minuten.« Fünfzehn? So lange kann ich diese wild gewordene Affenhorde keinesfalls in Schach halten.

Kein Geld der Welt wiegt all das hier auf, schon gar nicht das lächerliche Gehalt, das mir die hiesige Schulbehörde angeboten hat. Ich werde andere Mittel und Wege finden müssen, mein Studiendarlehen zurückzuzahlen.

»Ich hab aber *Hunger*«, mault Lil'Ray abermals.

»Zurück auf deinen Platz.«

»Aber ich hab Hunger.«

»Du solltest frühstücken, bevor du in die Schule gehst.«

»Nichts im E-Schrank.« Schweißperlen glänzen auf seiner kupferbraunen Stirn, und seine Augen sind seltsam glasig. Mir schwant, dass ich bald ein viel größeres Problem als die flüchtenden Schüler haben könnte. Vor mir steht ein sichtlich verzweifelter Fünfzehnjähriger, der von mir erwartet, dass ich die Sache regle.

»Los jetzt, zurück auf eure Plätze. Alle miteinander«, belle ich. »Stellt die Bänke wieder hin und setzt euch.«

Langsam löst sich die Menge hinter Lil'Ray auf. Sneakersohlen quietschen. Bänke poltern. Stuhlbeine scharren. Rucksäcke landen mit einem dumpfen Plumpsen auf dem Boden.

Aus dem Naturwissenschaftsraum gegenüber dringt Lärm. Auch dort erlebt eine neue Lehrerin ihren ersten Tag. Eine Basketballtrainerin, frisch vom College und gerade mal dreiundzwanzig, wenn ich mich recht entsinne. Immerhin bin ich ein paar Jahre älter, habe den Graduiertenstudiengang absolviert und meinen Master in Literatur in der Tasche.

»Von jedem, der nicht innerhalb von sechzig Sekunden wieder auf seinem Platz sitzt, kriege ich einen halbseitigen Aufsatz. Handgeschrieben. Mit Tinte. Auf Papier.« Das war der Standardsatz von Mrs. Hardy, meiner Mentorin, um ihre Schüler in die Schranken zu weisen, gewissermaßen die zivile Version von »Runter auf den Boden und zwanzig Liegestütze«. Die meisten Kinder würden alles tun, um nicht zu Stift und Papier greifen zu müssen.

Lil'Ray starrt mich ungläubig an, während seine Hamsterbäckchen heruntersacken. »Miz?« Das Wort ist kaum mehr als ein heiseres, unsicheres Krächzen.

»Miss Silva.« Schon jetzt kann ich dieses nichtssagende

Miz nicht leiden, als wäre ich irgendeine Fremde, vielleicht verheiratet, vielleicht auch nicht, jedenfalls ohne Nachnamen, den man sich merken müsste. Dabei habe ich sehr wohl einen. Es mag der meines Vaters sein, noch dazu aufgrund unseres schwierigen Verhältnisses mit Ressentiments meinerseits verbunden, aber trotzdem ...

Eine Pranke, groß wie die eines erwachsenen Mannes, hebt sich, greift ins Leere, ehe sie meinen Arm umklammert. »Miss ... mir ist gar nicht ...«

Ehe ich michs versehe, sackt Lil'Ray gegen den Türrahmen und reißt mich mit sich. Während ich alles daransetze, den Aufprall zu vermindern, schießen mir eine Million Gründe für seinen Schwächeanfall durch den Kopf: übermäßige Aufregung, Drogen, eine Krankheit, pures Theater ...

»Was ist mit dir, Lil'Ray?« Keine Antwort. Ich wende mich um, der Klasse zu. »Ist er krank?«

Keine Antwort.

»Bist du krank?« Wir sind Nase an Nase.

»Ich hab ... Hunger.«

»Hast du Medikamente dabei, die du einnehmen musst? Hat die Schulschwester dir etwas mitgegeben?« *Gibt es hier so etwas überhaupt?* »Warst du beim Arzt?«

»Ich ... nein, ich kriege bloß Hunger.«

»Wann hast du das letzte Mal etwas gegessen?«

»Gestern. Mittagessen.«

»Wieso hast du nichts gefrühstückt?«

»Nichts im E-Schrank.«

»Und wieso hast du gestern nicht zu Abend gegessen?«

Tiefe Furchen graben sich in seine schweißnasse Stirn. Er blinzelt. Blinzelt noch einmal. »Nichts im E-Schrank.«

Mein Verstand knallt mit voller Wucht gegen die Betonwand der Realität, so schnell, dass mir noch nicht einmal Zeit

bleibt, in die Eisen zu steigen und den Aufprall abzumildern.
E-Schrank?
Eisschrank.
Der Kühlschrank bei ihm zu Hause war leer.
Bei dem Gedanken wird mir ganz elend.

Hinter mir wird es wieder laut. Ein Stift fliegt durch die Luft und knallt gegen die Wand, gefolgt von einem lauten Scheppern, als etwas gegen den Aktenschrank neben meinem Pult fliegt.

Ich ziehe die halb leere Tüte M&Ms, die noch von meinem Pausensnack übrig sind, aus der Tasche und drücke sie Lil'Ray in die Hand. »Hier, iss die solange.«

Ich stehe gerade rechtzeitig auf, um ein rotes Plastiklineal durch die halb geöffnete Tür schnellen zu sehen.

»Das war's jetzt!« Diesen Satz habe ich heute bestimmt schon zwei Dutzend Mal gesagt, aber offenbar nicht so richtig ernst gemeint, weil ich immer noch hier bin, in diesem dantesken Höllenkreis. Dabei versuche ich doch bloß, Tag eins irgendwie zu überleben. Aus irgendeinem Grund – aus purem Trotz oder dem Drang, irgendetwas zu tun – sammle ich die herumliegenden Ausgaben von *Farm der Tiere* ein und knalle sie auf die Schulbänke.

»Und was sollen wir mit denen anfangen?«, ertönt eine nölige Stimme aus dem rechten Teil des Klassenzimmers.

»Aufschlagen. Lesen. Ein Blatt Papier nehmen. In einem Satz aufschreiben, worum es eurer Meinung nach in dem Buch geht.«

»Noch acht Minuten, bis es läutet«, sagt ein Punkrockermädchen mit einem blauen Irokesen.

»Dann gebt Gas.«

»Haben Sie 'nen Knall?«

»Das ist aber zu kurz.«

»Das ist nicht fair.«

»Ich schreib einen Scheißdreck.«

»Ich les kein Buch. Das Teil hat... hundertvierundvierzig Seiten. Das schaff ich doch nie in fünf, nein, vier Minuten.«

»Ich habe auch nicht gesagt, ihr sollt es lesen. Sondern einen Blick hineinwerfen. Überlegt, worum es geht, und schreibt es in einem Satz auf. Mit diesem einen Satz erkauft ihr euch das Recht, mein Klassenzimmer zu verlassen, und das Privileg, in die Mittagspause zu gehen.« Ich trete zur Tür, durch die, wie ich feststelle, Lil'Ray soeben verduftet ist und zum Dank lediglich die leere M&Ms-Tüte hinterlassen hat.

»Lil'Ray hat nichts geschrieben, kriegt sein Mittagessen aber trotzdem.«

»Das ist nicht euer Problem.« Ich starre sie durchdringend an, während ich mir noch einmal vor Augen führe, dass ich es hier mit Neuntklässlern zu tun habe. Sie können mir nichts tun.

Zumindest nichts Schlimmes.

Blätterrascheln. Stifte werden auf Bänke geknallt. Rucksackreißverschlüsse ruckartig aufgezogen.

»Ich hab nichts zu schreiben«, meckert der dürre Junge.

»Dann borg dir ein leeres Blatt.«

Er reißt dem Streber neben sich seines aus der Hand. Seufzend öffnet das Opfer seinen Rucksack ein zweites Mal und zieht ein frisches Blatt heraus. Dem Himmel sei Dank für die Streber. Ich wünschte, ich stünde vor einem ganzen Klassenzimmer voll von ihnen. Den ganzen Tag.

Am Ende gehe ich als Siegerin hervor. Gewissermaßen. Die Stunde endet mit einem Stapel knittriger Blätter und einer anständigen Portion finsterer Blicke. Erst als die letzten Kids sich durch den Trichter aus mir und einer unbesetzten Bank aus dem Klassenzimmer zwängen, bemerke ich lange Zöpfe mit roten Perlen, mit Bleichmittel behandelte Jeans und ein bunt gestreiftes T-Shirt. Es ist das Mädchen, das den Jungen mit der plattgefahrenen Lunchbox von der Kreuzung gezerrt hat. In dem ganzen Chaos ist mir gar nicht aufgefallen, dass sie in meiner Klasse war.

Einen Moment lang halte ich mich an dem Gedanken fest, dass sie mich bestimmt nicht mit dem Beinaheunfall am Morgen in Verbindung gebracht hat, ehe ich die letzten Blätter auf dem Stapel durchgehe und Sätze lese wie:

Ich glaube, es geht um eine Farm.

Auf das Buch hatte bestimmt keiner Bock.

Um ein Schwein.

Es geht um George Orwells Satire auf die russische Gesellschaft.

Jemand hat sogar die Kurzusammenfassung von der Rückseite abgeschrieben. Es gibt also noch Hoffnung.
Und dann komme ich zum letzten Blatt.

Es geht um eine verrückte Frau, die sich morgens bei einem Unfall den Kopf anschlägt. Sie geht in die Schule, hat aber keine Ahnung, was sie dort soll.
Am nächsten Tag wacht sie auf und geht nicht wieder hin.

KAPITEL 3

Hannie Gossett

LOUISIANA, 1875

Ich ziehe mir den breitkrempigen Strohhut tief ins Gesicht, damit mich keiner erkennt, während ich durch die Schatten der morgendlichen Dunkelheit haste. Wenn mich einer hier bemerkt, gibt's Ärger. Das wissen wir beide, Tati und ich. Bevor Seddie morgens nicht die Lampe im Fenster angezündet hat, darf sich kein Pächter dem Grand House nähern. Das hat Old Missus uns verboten. Wenn sie mich im Dunkeln hier erwischen würde, hieße es, ich will stehlen.

Damit hätte sie einen Grund, unsere Pachtverträge zu zerreißen. Dass wir die haben, passt ihr ohnehin nicht in den Kram, und unserer ist ihr ein besonderer Dorn im Auge. Eigentlich wollte sie, dass wir elternlose Streunerkinder bleiben und ohne Lohn für sie weiterarbeiten, bis wir zu groß sind, um uns länger von ihr ausnutzen zu lassen. Tati durfte uns bloß auf ihr Pachtgrundstück mitnehmen, weil Old Mister fand, auch Tati und wir sollten die Chance bekommen, unseren eigenen Grund und Boden zu bestellen. Und weil die Missus ohnehin nicht daran geglaubt hat, dass Tati und sieben elternlose Halbwüchsige es jemals schaffen würden, zehn Jahre lang als Pächter das Land zu bestellen, bis es uns gehören würde, frei und ohne irgendwelche Auflagen. Es ist ein hartes, entbehrungsreiches Leben, wenn drei von vier Eiern, Scheffeln, Gebinden und Säcken, die man mühsam erwirtschaftet, weggegeben werden müssen, um die Pachtschuld für das Land und die Waren im Plantagenladen zu bezahlen, weil die Pächter nirgendwo sonst einkaufen und ihre Waren verkaufen dürfen. Dafür gehören die rund zwölf Hektar nun bald uns, dazu ein Esel und die Geräte. Das gefällt der Missus ganz und gar nicht, auch weil unser Land viel zu nah am Herrenhaus liegt. Sie hätte es gern für den jungen Mister Lyle und Missy Lavinia, obwohl die viel lieber das Geld ihres Daddys unter die Leute bringen, als sich für Farmland zu interessieren.

Es ist kein großes Geheimnis, was passieren würde, wenn Old Missus auf der Plantage das Sagen hätte, und ich kann nur hoffen, dass wir es nicht schon bald herausfinden müssen. Tati hätte mich bestimmt nicht in die Arbeitskleider der Jungs gesteckt und heraufgescheucht, wenn es eine andere Möglichkeit gäbe herauszufinden, was das Mädchen mit dem Umhang im Schilde führt, das mitten in der Nacht auf dem Grundstück herumschleicht.

So gern sie auch mit ihrer Kapuze verbergen wollte, wer sie ist, hat Tati sie sofort erkannt. Erst letztes Weihnachten hat sie mit ihren knorrigen Fingern im funzeligen Schein der Gaslampe zwei solche Capes genäht: eines für die Mulatten-Missus, die Old Mister in New Orleans hat, das andere für ihre gemeinsame milchkaffeebraune Tochter Juneau Jane. Old Mister mag es gern, wenn Mutter und Tochter gleich angezogen sind, und weiß, dass er Tati vertrauen kann, dass sie ihn nicht bei Old Missus verpetzen wird. Wir alle sind klug genug, um die Frau und dieses Mädchens lieber nicht zu erwähnen. Eher würde man den Namen des Teufels in den Mund nehmen.

Dass Juneau Jane plötzlich in Goswood Grove auftaucht, ist kein gutes Zeichen. Schon seit Weihnachten hat Old Mister keinen Fuß mehr ins Herrenhaus gesetzt, als bekannt wurde, dass sich sein feiner Herr Sohn wieder mal in Schwierigkeiten gebracht hat, diesmal drüben in Texas. Dabei ist es gerade mal zwei Jahre her, seit Mister den Jungen nach Westen geschickt hat, damit ihm in Louisiana nicht wegen Mordes der Prozess gemacht wird. Aber offenbar hat die Zeit auf der Plantage dort nicht geholfen, den jungen Mister Lyle auf den Pfad der Rechtschaffenheit zurückzuführen. Es gibt wohl keinen Ort auf dieser Welt, wo das gelingt.

Vier Monate sind vergangen, seit Old Mister weg ist, und seitdem haben wir nichts von ihm gehört. Entweder weiß seine hellbraune Tochter, was aus ihm geworden ist, oder aber sie ist hergekommen, um es rauszufinden.

Wie auch immer – es ist idiotisch, mitten in der Nacht hier aufzutauchen. Wenn die Ku Kluxer oder die Knights of the White Camelia sie erwischen, wird ihre Hautfarbe sie zwar vielleicht nicht unbedingt verraten, trotzdem geht keine anständige Frau, ein Mädchen schon gar nicht, nach Einbruch der Dunkelheit allein hinaus. Viel zu viele Nordstaatler, die nach dem Krieg im Süden geblieben sind, um hier ihr Glück zu machen, Wegelagerer und andere üble Kerle treiben sich hier herum, junge Unruhestifter, die wütend auf alles und jeden sind, auf die neuen Zeiten, auf den Krieg und auf die Verfassung von Louisiana, die den Schwarzen das Wahlrecht zugesteht.

Finstere Gestalten wie die kümmert es nicht, dass das Mädchen erst vierzehn ist.

Juneau Jane hat entweder mächtig Mumm in den Knochen, oder aber die pure Verzweiflung treibt sie her. Grund genug für mich, mich an den Säulen vorbeizuschleichen, die das Obergeschoss des Herrenhauses stützen, und durch die Kohlenklappe in den Keller zu schlüpfen. Früher haben sich die Jungs immer auf diesem Weg ins Haus geschlichen, um etwas zu essen zu stibitzen, aber inzwischen bin ich die Einzige, die dünn genug dafür ist.

Eigentlich will ich nichts mit alledem zu tun haben, was auch immer hier gerade passiert, genauso wenig mit Juneau Jane selbst, aber sollte sie etwas wissen, werde ich's in Erfahrung bringen. Sollte Old Mister von uns gegangen sein, und sein Mätressenbalg ist hergekommen, um nach seinem Testament zu suchen, werde ich zusehen, dass ich bei der Gelegenheit unseren Pachtvertrag in die Finger kriege. Das würde mich zwar zur Diebin machen, aber mir bliebe keine andere Wahl. Ohne ihren Ehemann, der sie daran hindert, würde Old Missus die Verträge sofort verbrennen. Reiche Leute sind scharf darauf, sich ihre Pächter vom Hals zu schaffen, wenn der Zeitpunkt naht, da sie ihnen ihr rechtmäßiges Land übereignen müssen.

Vorsichtig und ganz leise arbeite ich mich ein paar Schritte voran. Bei den Erntefesten bin ich diejenige, die mit der Leichtfüßigkeit eines Schmetterlings tanzen kann. *Ganz schön anmutig für so ein zähes, sehniges Ding*, sagt Tati immer. Ich hoffe, es bleibt auch weiter so. Old Missus hat befohlen, dass Seddie in einer winzigen Kammer neben dem Porzellansalon schläft. Dieses alte Weib hat Ohren wie ein Luchs und ein Mundwerk wie ein Messer. Seddies Lieblingsbeschäftigung ist es, der Missus allen möglichen Tratsch weiterzuerzählen, alle möglichen Leute zu verfluchen, Ärger heraufzubeschwören und dafür zu sorgen, dass Old Missus einem mit ihrer Reitgerte eins verpasst, die sie immer bei sich trägt. Außerdem wissen alle, dass das Weibsstück überall Gift verteilt – eine Prise in die Wasserkelle oder auf das Maisbrot, sodass einem hundeelend wird und man entweder gleich stirbt oder sich wünscht, es wäre so. Die Frau ist eine Hexe, die sogar im Schlaf noch alles sieht und hört.

Aber in der Arbeitskluft aus Strohhut, Hemd und wadenlanger Hose wird sie mich nicht erkennen. Höchstens wenn sie mich aus der Nähe sieht, was ich ganz bestimmt verhindern werde. Zum Glück ist die alte Seddie inzwischen fett und langsam geworden, wohingegen ich flink und geschickt wie ein Karnickel bin. *Auch wenn du das Feld anzündest und dich am Rand auf die Lauer legst, bin ich immer noch zu schnell für dich. Mich kriegst du nicht in deinen Kochtopf.* Solche Sätze gehen mir durch den Kopf, während ich im fahlen Mondschein durch den Keller pirsche. Die schmale Dienstbotentreppe kann ich nicht benutzen, weil die Dielen knarzen und sie zu dicht bei Seddies Kammer liegt.

Deshalb nehme ich die Leiter der Bodenklappe in der Butlerkammer. Unzählige Male haben meine Schwester Epheme und ich uns aus dem Haus und wieder zurück geschlichen, nachdem Old Missus uns gezwungen hatte, Mamas kleine Hütte bei den Sklavenquartieren zu verlassen und stattdessen auf dem Fußboden neben Missy Lavinias Gitterbettchen zu schlafen und sie zu beruhigen, wenn sie nachts quengelte. Ich war damals gerade drei, Epheme sechs, und natürlich haben wir uns schrecklich einsam ohne unsere Familie gefühlt, außerdem hatten wir Angst vor Old Missus und Seddie. Aber ein Sklavenkind fragt ja keiner. Das neue Baby brauchte was zum Spielen, und dafür mussten wir herhalten.

Vom Tag ihrer Geburt an war Missy Lavinia ein schwieriges Kind, ein feistes, blasses Ding mit Pausbacken und dünnem hellbraunen Haar. Sie war nicht die hübsche Prinzessin, die ihre Mutter und ihr Daddy sich gewünscht hatten. Deshalb mag er wohl die süße Kleine lieber, die er mit dieser halbbraunen Kreolin hat. Manchmal, wenn Old Missus und Missy Lavinia fort waren, um Old Missus' Verwandte unten an der Küste zu besuchen, hat er sie sogar ins Herrenhaus mitgebracht.

Ich hab mich immer gefragt, ob seine Liebe zu Juneau Jane der Grund war, weshalb seine Kinder mit der Missus so missraten sind.

Vorsichtig öffne ich die Bodenklappe in der Butlerkammer, klettere hinaus und spähe um die Tür auf den Korridor. Es ist so still, dass ich hören kann, wie die Blätter von Old Missus' Azaleensträuchern wie Finger an den Fensterscheiben kratzen. Eine Nachtschwalbe ruft. Das ist ein schlechtes Omen. Dreimal rufen bedeutet, dass der Tod deinen Weg kreuzen wird.

Die Schwalbe ruft zweimal. Keine Ahnung, was das bedeutet. Gar nichts, hoffe ich.

Die Schatten der Blätter an den Bäumen vor dem Speisezimmer beben im Schein der Lampe im Fenster. Ich flitze am Damensalon vorbei, wo Old Missus vor dem Krieg die Nachbarinnen zu Tee und Stickarbeiten eingeladen hat und Köstlichkeiten wie Zitronenkuchen und Schokolade aus dem fernen Frankreich serviert wurden. Aber das war in einer Zeit, als die Leute noch Geld für solche Kinkerlitzchen hatten. Meine Schwestern oder ich mussten immer mit einem riesigen Federwedel daneben stehen und den Damen Luft zufächeln, damit ihnen nicht zu heiß wurde und die Fliegen sich nicht auf den Kuchen setzten.

Manchmal haben wir dabei versehentlich Puderzucker auf den Boden gewedelt. *Stippt ihn bloß nicht mit den Fingern auf und leckt dran, wenn ihr ihn zusammenfegt*, warnte uns die Köchin dann. *Wenn Seddie gerade der Sinn danach steht, gibt sie etwas von ihrem Gift auf den Zitronenkuchen.*

Manche behaupten, das ist der Grund, weshalb die letzten zwei Babys von Old Missus bei der Geburt ganz blau waren und sie selbst sich nie wieder davon erholt hat und seitdem so schwach ist, dass sie in einem Invalidenstuhl sitzen muss. Andere sagen, das geht auf einen Fluch in der Familie der Missus zurück und ist eine Strafe der Loaches, weil sie ihre Sklaven so schlecht behandelt haben.

Ein Schauder läuft mir über den Rücken, jeden Wirbel einzeln, als ich den Flur mit Seddies Kammer entlangschleiche. Eine heruntergedrehte Gaslampe flackert und faucht leise. Einen Moment lang ist es, als ginge ein Seufzer durchs Haus, während Seddie in ihrem Zimmer grunzt und schnarcht, so laut, dass ich es durch die geschlossene Tür hören kann.

Eilig durchquere ich den Salon, weil ich davon ausgehe, dass Juneau Jane in die Bibliothek will, wo Old Mister seine Dokumente im Sekretär verwahrt. Die Geräusche von draußen werden lauter – das Rauschen der Bäume, sirrende Käfer, ein Ochsenfrosch. Das Mädchen muss ein Fenster oder eine Tür geöffnet haben. Wie hat sie das hingekriegt? Old Missus erlaubt nicht, dass im Erdgeschoss die Fenster aufgemacht werden, auch wenn es noch so heiß ist, weil sie sich vor Dieben und Einbrechern fürchtet. Auch im ersten Stockwerk müssen die Fenster immer zu sein. Ihre Angst vor Stechmücken ist so groß, dass die Gärtnergehilfen in den warmen Monaten draußen Tag und Nacht Pech in Kübeln erhitzen müssen, deshalb ist alles von einer klebrigen Schicht bedeckt, und das Haus wurde schon seit Jahren nicht mehr anständig durchgelüftet. Die Fenster lassen sich nicht mehr öffnen, und Seddie verriegelt abends vor dem Zubettgehen eigenhändig sämtliche Türen, wie eine Alligator-Mama, die ihre Eier beschützt. Die Schlüssel trägt sie an einer Kette um den Hals, die sie nicht mal im Bett ablegt. Wenn Juneau June also hereingekommen ist, muss ihr jemand von drinnen geholfen haben. Die Frage ist bloß, wer, wann und warum. Und wie haben sie das angestellt, ohne dass es einer mitbekommen hat?

Ich linse um die Ecke und sehe sie durchs Fenster hereinklettern. Offenbar hat sie eine ganze Weile gebraucht, um es aufzubekommen. Mit einem Fuß steht sie auf dem hölzernen Klappstuhl, den Old Mister immer in den Garten mitnimmt, um den Pflanzen und den Statuen dort etwas vorzulesen.

Eilig ziehe ich mich in die Schatten zurück und beobachte sie weiter. Sie steigt vom Stuhl und sieht in meine Richtung, aber ich rühre mich nicht vom Fleck, als wäre ich ein Teil des Hauses. Als Haussklave in Goswood lernt man von Kindesbeinen an, mit der Wandtapete und dem Mobiliar zu verschmelzen.

Aber davon hat das Mädchen natürlich keine Ahnung. Stattdessen bewegt sie sich, als wäre sie hier daheim, und gibt sich noch nicht einmal sonderlich Mühe, leise zu sein, als sie sich am Schreibtisch ihres Vaters zu schaffen macht. Riegel schnappen auf, als sie Teile des Sekretärs öffnet, von denen ich noch nicht einmal gewusst habe, dass es sie gibt. Ihr Daddy muss ihr gezeigt oder erklärt haben, wie es geht.

Allerdings scheint sie mit dem Ergebnis ihrer Suche nicht zufrieden zu sein, denn sie stößt einen Fluch auf Französisch aus, ehe sie zu den hohen Türen tritt. Die Scharniere quietschen klagend, als sie sie schließen will. Sie hält inne. Lauscht. Späht auf den Korridor.

Ich weiche noch weiter zurück, schiebe mich in Richtung Eingangstür. Falls Seddie aus ihrem Zimmer kommen sollte, verstecke ich mich einfach hinterm Vorhang, klettere aus dem Fenster, schlage mich durchs Gestrüpp und sehe zu, dass ich wegkomme.

Das Mädchen macht die Türen zu. *Du lieber Gott*, denke ich, das hat Seddie ganz bestimmt gehört.

Jedes Härchen an meinem Körper richtet sich auf, aber es kommt niemand, und die kleine Juneau Jane macht sich weiter in der Bibliothek zu schaffen. Dieses Mädchen ist entweder ein echter Schlaukopf oder die größte Närrin, der ich je begegnet bin, denn jetzt nimmt sie auch noch die kleine Laterne vom Schreibtisch ihres Vaters, öffnet die Metallklappe und zündet mit einem Streichholz die Kerze darin an.

Im gelblichen Schein kann ich ihr Gesicht erkennen – sie ist kein Kind mehr, aber auch noch keine Frau, sondern irgendwas dazwischen. Ein seltsames Geschöpf mit langen dunklen Locken, die sich wie Engelshaar um ihr Gesicht ringeln und ihr über den Rücken fallen – ihr Haar scheint ein Eigenleben zu besitzen. Sie hat sahnig-braune Haut, dieselben geraden Brauen wie Old Mister und große, an den Winkeln leicht nach oben gebogene Augen. Wie Mama und ich, nur dass ihre silbrig hell sind. Unnatürlich. Wie bei einer Hexe.

Sie stellt die Laterne neben dem Schreibtisch ab, sodass sie gerade noch genug Licht spendet, zieht mehrere Geschäftsbücher aus der Schublade und beginnt zu blättern, wobei sie mit ihrem dünnen, spitz zulaufenden Finger hier und da eine Zeile nachfährt. Sie kann also lesen, was nicht weiter verwunderlich ist. Die aus diesen *plaçages* entstammenden Söhne und Töchter kommen oft in den Genuss eines privilegierten Lebens, die Jungen werden nach Frankreich zur Ausbildung geschickt, die Mädchen in hiesige Klosterschulen.

Sie nimmt jedes Buch, jeden Zettel in Augenschein, schüttelt unwillig den Kopf und schnaubt abfällig. Als Nächstes knöpft sie sich sämtliche Gefäße mit Tintenpulver vor, die Federhalter, Bleistifte, Tabaksdosen, Pfeifen, die sie ins Licht hält und sogar von unten betrachtet.

Es ist das reinste Wunder, dass sie nicht erwischt wird, denn sie wird mit jeder Minute kühner und frecher.

Oder verzweifelter.

Mit der Laterne in der Hand tritt sie vor die Bücherregale, die die gesamte Wand bis zur Decke hinauf einnehmen, höher als drei Männer, wenn sie einander auf die Schultern klettern würden. Einen Moment lang ist die Flamme so dicht am Papier, dass ich Angst kriege, sie will die Bibliothek und das ganze Grand House anzünden.

Oben unterm Dach schlafen die Dienstboten. Das kann ich unmöglich zulassen. Vorsichtig trete ich hinter dem Vorhang hervor, beinahe bis zu dem hellen Quadrat, welches das Mondlicht auf den Kirschholzboden wirft.

Aber sie tut es nicht. Stattdessen versucht sie bloß, die Wörter auf den Buchrücken auszumachen. Sie stellt sich auf die Zehenspitzen und hält die Laterne so hoch, wie sie nur kann, wobei ihr prompt Kerzenwachs aufs Handgelenk tropft. Vor Schreck schnappt sie nach Luft und lässt die Laterne fallen, deren Flamme in einer Wachspfütze erlischt. Aber sie macht sich noch nicht einmal die Mühe, den Schaden zu beheben, sondern steht nur da, die Hände in die Hüften gestemmt, und blickt an den Regalen empor. Es gibt keine Leiter. Wahrscheinlich haben die Dienstmädchen sie mitgenommen, um in einem anderen Raum Staub zu wischen.

Sekunden später hat Juneau Jane ihren Umhang abgestreift, stellt probeweise einen Fuß auf den untersten Regalboden und zieht sich hoch. Mit der Behändigkeit eines Eichhörnchens klettert sie am Regal hinauf, wobei ihr langes Haar wie ein dichter, buschiger Schwanz über ihren Rücken fällt.

Beinahe rutscht sie von einem Regalboden ab.

Vorsicht, hätte ich am liebsten gerufen, doch sie fängt sich und klettert weiter nach oben, ehe sie sich seitwärts am

Rand entlanghangelt wie die Jungs, die in der Scheune an den Dachsparren herumturnen. Ich sehe, wie die Muskeln in ihren Armen und Beinen von der Anstrengung zittern und sich der Regalboden gefährlich durchbiegt, als sie sich der Mitte nähert. Ein einzelnes Buch ist es, wonach sie sucht, ein dicker, schwerer Wälzer. Sie zieht ihn heraus, schiebt ihn seitwärts und tritt an die Ecke des Regalbodens, wo es stabiler ist.

Augenblicke später arbeitet sie sich wieder nach unten, wobei sie das Buch vor sich herschiebt und Brett um Brett herunterhebt.

Auf dem letzten Regalboden rutscht es ab und fällt herunter, wo es mit einem dumpfen Schlag auf dem Boden aufkommt, der den ganzen Raum erschüttert.

Oben regt sich etwas. »Sedddieeeee!«, kreischt Old Missus durchs ganze Haus. »Seddie! Wer ist da? Bist du das? Los, antworte! Eines von euch Mädchen muss heraufkommen und mir aus dem Bett und in meinen Stuhl helfen.«

Das Scharren von Füßen ist zu hören, dann eine Tür, die geöffnet wird. Ein Hausmädchen kommt die Treppe herunter und rennt den Korridor entlang. Nur gut, dass Missus nicht allein aufstehen kann, ganz im Gegensatz zu Seddie, die wahrscheinlich längst den alten Vorderlader herausgeholt hat.

»Mutter?« Missy Lavinias Stimme. Was macht sie überhaupt hier? Das Frühjahrstrimester an der Melrose Female School in New Orleans ist doch noch gar nicht zu Ende. Noch lange nicht.

Juneau Jane schnappt das Buch und klettert so schnell aus dem Fenster, dass sie prompt ihren Umhang vergisst. Auch das Fenster schließt sie nicht hinter sich, was gut ist, weil ich nämlich auf demselben Weg von hier verschwinden muss. Den Umhang kann ich auf keinen Fall zurücklassen. Wenn die Missus ihn findet, erkennt sie auf Anhieb Tatis Stickarbeit und wird uns ausquetschen, wem er gehört. Wenn ich es schaffe, ihn zu schnappen, das Fenster zu schließen und die Lampe unter den Tisch zu schieben, ist vielleicht alles gar nicht so schlimm. Die Bibliothek ist der letzte Ort, wo sie einen Dieb vermuten würden. Die Leute stehlen Lebensmittel oder Silberbesteck, aber keine Bücher. Mit ein bisschen Glück vergehen sogar mehrere Tage, bis jemand den Wachsfleck auf dem Teppich bemerkt. Und mit noch ein wenig mehr Glück entfernt ihn das Hausmädchen, ohne ihn auch nur zu erwähnen.

Ich stopfe mir den Umhang ins Hemd, schiebe die Lampe unter den Tisch und lasse den Blick über das Durcheinander schweifen. *O gütiger Herr, bitte mach, dass mich keiner erwischt. Ich will noch ein paar Jahre in Frieden leben, will einen anständigen Mann heiraten, Kinder bekommen, das Land mein Eigen nennen.*

Plötzlich ist der Teufel los im Haus. Überall rennen Leute herum, Stimmen werden laut, Türen schlagen, alles ist auf den Beinen. So einen Aufruhr gab es nicht mehr, seit die ersten Yankee-Kanonenboote den Fluss heraufkamen, wir unter Beschuss gerieten und ganz schnell in die Wälder flüchten mussten.

Noch bevor ich einen Fuß auf den Klappstuhl stellen und durchs Fenster schlüpfen kann, steht Missy Lavinia direkt vor der Tür zur Bibliothek. Sie ist so ziemlich die Letzte, die mich hier sehen sollte. Das Mädchen genießt es, Ärger zu machen, was einer der Hauptgründe ist, weshalb ihr Vater sie in die Klosterschule nach New Orleans geschickt hat.

Ich renne zurück, durchs Esszimmer und vorbei an all den anderen Räumen, weil Missus' neuester Diener draußen über die Veranda kommt. Im letzten Moment gelingt es mir, in die Butlerkammer zu schlüpfen, doch es bleibt keine Zeit, die Bodenklappe zu öffnen, also krieche auf allen vieren in den Schrank, ziehe die Türen hinter mir zu und bleibe kauernd hocken, wie ein Karnickel im hohen Gras. Über kurz oder lang wird mich jemand finden. Inzwischen hat Missy Lavinia sicher das offene Fenster in der Bibliothek entdeckt, vielleicht auch das Kerzenwachs auf dem Teppich. Damit steht fest, dass sie so lange nach dem Eindringling suchen werden, bis sie ihn gefunden haben.

Doch nachdem sich die erste Aufregung ein wenig gelegt hat, höre ich Missy Lavinia sagen: »Du liebe Güte, Mutter, können wir nicht alle wieder zu Bett gehen? Und lass der alten Seddie doch ihre Ruhe. Ich habe ihr schon Arbeit genug gemacht, als ich gestern spät nach Hause gekommen bin. Mir ist mein Buch vom Nachttisch gefallen, das ist alles. Es hat sich bloß so angehört, als wäre der Knall von unten gekommen.«

Ich verstehe nicht, wie Missy nicht merken kann, dass das Fenster sperrangelweit offen steht, genauso wenig verstehe ich, dass Seddie das ganze Getöse verschlafen haben soll, aber für mich ist es ein Segen, deshalb schließe ich die Augen, beuge mich vor, sodass meine Stirn meine Handrücken berührt, und spreche ein Dankgebet. Wenn sie alle wieder zu Bett gehen, bleibe ich vielleicht noch eine Weile am Leben.

Aber Old Missus ist immer noch außer sich vor Wut, schimpft und gibt Anweisungen. Als endlich Ruhe einkehrt, ist mein ganzer Körper völlig verkrampft, sodass ich mich zusammenreißen muss, um nicht gegen die Türen zu treten und mich aus meinem Gefängnis zu befreien. Ein Diener wird abgestellt, den Rest der Nacht Wache zu halten, deshalb dauert es eine halbe Ewigkeit, bis ich den Mut aufbringe, aus dem Schrank zu gleiten, die Bodenluke zu öffnen und die Leiter in den Keller hinunterzusteigen. Da der Diener unablässig durch den Garten und auf der Veranda patrouilliert, muss ich wohl oder übel dort unten warten, bis die Sonne aufgeht und Seddie die Gartentore aufschließt. Also kauere ich mich zusammen, wohl wissend, dass Tati bestimmt außer sich vor Sorge sein und im Morgengrauen Jason und John wecken wird, um ihnen zu beichten, was wir angestellt haben. Jason wird das gar nicht gefallen. Er kann es nicht leiden, wenn sich etwas von einem Tag auf den nächsten ändert; für ihn muss immer alles gleich ablaufen, Tag für Tag, sonst fühlt er sich nicht wohl.

Im Dunkel der Nacht überlege ich, was das für ein Buch sein mag, das Juneau Jane gestohlen hat. Sind Old Misters Dokumente darin? Ich werde es wohl nicht erfahren, also höre ich auf zu grübeln, bette meinen Kopf auf den weichen Umhang und falle in einen unruhigen Schlaf. Ich träume, wie ich selbst die Bücherregale erklimme, das Buch herausnehme, das unseren Pachtvertrag enthält, und wie all unsere Sorgen auf einen Schlag vergessen sind.

Ich wache auf, als die Tür aufgeschlossen wird. Sanftes Licht fällt auf den Kellerboden, und ich rieche die frische Morgenluft. »Fass ja nichts an, Bürschchen«, blafft Seddie den Gärtnergesellen an. »Nur die Schaufel, den Besen und die Harke, vom Rest lässt du die Finger. Es ist alles abgezählt, jeder Apfel in den Körben, jeder Tropfen Rübensirup, jede Kartoffel und jedes Reiskorn. Der letzte Junge, der lange Finger bekommen hat, ist spurlos verschwunden. Keiner hat je wieder von ihm gehört.«

»Ja, Ma'am.« Der Helfer scheint noch jung zu sein. Die Missus hat einen Ruf wie Donnerhall, deshalb muss sie sich mit den Leuten begnügen, die sie kriegt. Kleine Jungs, die sonst keiner haben will.

Ich bleibe noch eine Weile liegen, ehe ich Juneau Janes Umhang in mein geborgtes Hemd stopfe und mir Jasons Hut so tief ins Gesicht ziehe, dass meine Ohren nach unten gedrückt werden. Erst dann trete ich hinaus in die frische Luft, in die Freiheit. Weit und breit ist keiner zu sehen. Nur unter Aufbietung all meiner Willenskraft schaffe ich es, scheinbar in aller Seelenruhe durch den Garten zu schlendern für den Fall, dass jemand durchs Fenster sieht, denn beim Anblick eines kleinen schwarzen Jungen im Garten wird sich keiner etwas denken. In Wahrheit aber würde ich am liebsten losrennen, von Hütte zu Hütte, und allen erzählen, dass Missy Lavinia früher aus der Schule zurück ist. Das kann nichts Gutes bedeuten. Vielleicht gibt es Neuigkeiten über Old Mister. Schlechte Nachrichten.

Alle Pächter müssen sich im Wald versammeln und beraten, wie wir weiter vorgehen wollen. Wir alle haben Verträge und sind davon abhängig, dass Old Mister seine Versprechen einhält. Als ich um die Hecke biege, höre ich Stimmen von unten, aus der Senke unter der alten Backsteinbrücke, die früher einmal hübsch war, bevor die Yankees kamen, die Statuen umgekippt, die Rosenspaliere heruntergerissen, die Schweine geschlachtet und die Reste der Kadaver in den Teich geschmissen haben. Danach war mit dem Garten nichts mehr anzufangen. Und in schweren Zeiten wie jetzt ist kein Geld da, um die hübschen Dinge wieder auf Vordermann zu bringen. Seit dem Krieg ist das Tor immer zu, und die Pfade sind von Glyzinien, Brombeersträuchern und Kletterrosen überwuchert. Giftefeu klettert an den Stämmen der alten Bäume hoch, und dichte Moosfäden hängen von den Ästen wie Seidenfransen an den Sonnenschirmen der feinen Damen.

Wer kann das unter der Brücke sein, außer ein paar Jungs,

die Frösche fangen oder Jagd auf ein Opossum oder ein Eichhörnchen für den Eintopf am Abend machen? Aber nein, es sind Mädchenstimmen. Ganz leise.

Ich arbeite mich durch die Büsche vor, um zu hören, was sie reden. Missy Lavinias Stimme ist so klar wie der Hammer des Hufschmieds auf dem Amboss und auch etwa so angenehm: »... hast deinen Teil der Abmachung nicht eingehalten, weshalb also sollte ich es dir sagen?«

Was um alles in der Welt hat Missy hier zu suchen? Und mit wem redet sie da? Ich presse mich gegen die Mauer und lausche.

»Wir haben beide dasselbe Ziel.« Im ersten Moment sind die Worte nur schwer zu verstehen, mit diesem eigenartigen Franzosen-Singsang, schnell und flatterig wie die Flügelschläge eines Vögelchens. »Vielleicht ereilt uns auch dasselbe Schicksal, wenn es uns nicht gelingt.«

»Du kannst nicht ernsthaft glauben, dass wir *irgendetwas* gemeinsam haben«, schnauzt Missy sie an. Ich sehe sie regelrecht vor mir, wie sie ihre feisten Wangen aufbläht, wie die Schweineblasen, die die Fleischer nach dem Schlachten aufpusten, damit die Kinder damit spielen können. »Du bist keine Tochter dieses Hauses. Sondern das Balg der... der *Konkubine* meines Vaters. Mehr nicht.«

»Trotzdem hast du es eingefädelt, dass ich herkommen kann. Du hast mir Zugang zum Goswood Grove House verschafft.«

Die beiden... Missy hat... Was um alles in der Welt ist hier los? Missy hat Juneau Jane geholfen, ins Haus zu gelangen? Wenn ich das Tati erzähle, wird sie sagen, ich spinne.

Deshalb also hat Missy Lavinia gestern Abend kein großes Aufhebens um ihre Rückkehr gemacht. Und vielleicht ist das auch der Grund, weshalb Seddie trotz des Lärms in ihrem

Zimmer geblieben ist. Vielleicht hatte Missy Lavinia auch hier ihre Finger im Spiel.

»Und was habe ich davon, Juneau Jane? Für mich ist nichts dabei herausgesprungen. Du hast genauso wenig Ahnung wie ich, wo die Dokumente versteckt sind. Aber vielleicht hast du mich ja belogen, als du behauptet hast, du hättest sie nicht gefunden ... oder aber *mein* Vater hat *dich* belogen.« Missy kichert leise. Ich kenne sie gut genug, um zu wissen, wie sehr sie es genießt, die Worte auszusprechen – sie sind wie Zuckerbonbons in ihrem Mund.

»Das würde er nie tun.« Für einen Moment schleicht sich etwas Kindliches in Juneau Janes Stimme, sie beginnt zu beben und klingt belegt. »Er würde es niemals versäumen, Vorsorge für mich zu treffen. Sein Versprechen ...«

»Du giltst *nichts* in dieser Familie!«, kreischt Missy so laut, dass eine Schwarzdrossel aus den Ästen über ihnen davonfliegt. Erschrocken sehe ich mich um und überlege, wo ich mich verstecken könnte, falls jemand kommt. »Du bist ein *Nichts*, ein Niemand, und wenn Vater tatsächlich tot ist, bist du genauso mittellos, wie du es verdienst. Du und dieses gelbhäutige Biest von einer Frau, das dich zur Welt gebracht hat. Ich habe beinahe *Mitleid* mit dir, Juneau Jane. Eine Mutter, die Angst hat, du könntest hübscher sein als sie selbst, und ein Vater, der die Last leid ist, die du darstellst. Es ist ein Jammer.«

»Ich verbiete dir, so über ihn zu sprechen! Er ist kein Lügner. Womöglich hat er die Papiere ja nur irgendwo anders hingebracht, um zu verhindern, dass *deine* Mutter sie verbrennt. Denn sie würde das gesamte Vermögen von Papas Familie für sich beanspruchen. Und ohne einen eigenen Anteil nur für dich allein wärst du fortan deiner Mutter auf Gedeih und Verderb ausgeliefert. Ist das nicht der Grund, weshalb du wolltest, dass ich herkomme?«

»Ich *wollte* nicht, dass du herkommst.« Mit einem Mal klingt Missy wieder freundlich und sanft, als lockte sie ein Ferkelchen aus der Ecke, nur um es zu packen und ihm die Kehle aufzuschlitzen. »Wenn du mir doch nur verraten würdest, wo Vater seine Papiere aufbewahrt hat, statt selbst danach zu kramen...«

»Pff«, unterbricht Juneau Jane. »Als könnte ich ausgerechnet dir über den Weg trauen. Du würdest dir doch meinen Anteil genauso schnell unter den Nagel reißen wie deine Mutter sich deinen.«

»*Deinen* Anteil? Ich bitte dich, Juneau Jane, du gehörst nach Tremé, zusammen mit den anderen verwöhnten Mädchen, wo du darauf warten kannst, dass deine Mutter dich an den Höchstbietenden verhökert, damit sie die Kosten für euren Lebensunterhalt weiter bestreiten kann. Vielleicht wäre es klüger gewesen, deine Mutter hätte für diesen Tag Vorsorge getroffen, an dem mein Vater nicht mehr hier sein wird, um ihre finanzielle Sicherheit zu gewährleisten.«

»Er ist nicht... Papa ist nicht...«

»Weg? Tot?« Nicht einmal ein Anflug von Traurigkeit schwingt in Miss Lavinias Stimme mit, kein Fünkchen Mitgefühl für ihren eigenen Daddy. Sie hat nur einen Gedanken: Nichts von dem, was von den Plantagen hier und in Texas geblieben ist, darf Old Missus in die Hände fallen. Juneau Jane hat völlig recht: Wenn das passierte, stünde Missy für den Rest ihres Lebens unter der Fuchtel ihrer Mutter.

»So was darfst du nicht sagen!«, presst Juneau Jane erstickt hervor.

Einen Moment lang herrscht Stille. Eine unheilvolle Stille, die mir einen Schauder über den Rücken jagt, als würde etwas Böses seine Finger nach mir ausstrecken.

»Nichtsdestotrotz war das Ganze eine Zeitverschwendung

und zudem noch ein beträchtlicher Aufwand für mich, dich einzuschleusen und dir Zugang zur Bibliothek zu verschaffen. Wie es aussieht, wird uns eine kleine Reise nicht erspart bleiben. Bloß ein kurzer Tagesausflug, und danach werde ich dafür sorgen, dass du mit dem nächstbesten Dampfer auf dem schnellsten Weg nach New Orleans zurückfährst, sicher und wohlbehalten ins Haus deiner Mutter in Tremé… und zu dem Schicksal, das dich dort erwartet. Immerhin werden wir die Angelegenheit dann bereinigt haben.«

»Wie soll das so schnell gehen, innerhalb eines einzigen Tages?« Ich höre die Skepsis in Juneau Janes Stimme. Sie ist berechtigt.

»Ich kenne einen Mann, der uns helfen kann. Rein zufällig war er sogar der Letzte, mit dem Vater vor seiner Abreise nach Texas gesprochen hat. Ich brauche bloß eine Kutsche, dann kann es losgehen. Ein Kinderspiel.«

Gütiger Himmel, denke ich, zwischen einem Dornenstrauch und der Klettertrompete kauernd. *Gütiger Herr im Himmel, das ist alles andere als ein Kinderspiel.* Ich will lieber gar nicht hören, was als Nächstes kommt. Will es gar nicht wissen. Aber wo auch immer die Mädchen hinfahren, um mehr über Old Mister oder seine Dokumente in Erfahrung zu bringen – ich muss mit ihnen gehen.

Die Frage ist nur, wie ich das anstellen soll.

VERMISST

Sehr geehrter Herr Chefredakteur – ich versuche, über Ihre Zeitung meine Schwester zu finden, wie so viele andere, denen es auf diesem Weg gelungen ist, mit ihrer Familie wiedervereint zu werden. Eigentlich heißt sie Darkens Tayor, danach allerdings trug sie den Namen Maria Walker. Sie hatte vier Brüder, mich, Sam, Peter und Jeff, und eine Schwester namens Amy. Eine weitere Schwester und unsere Mutter sind gestorben. Wir gehörten Louis Taylor in Bell County, Texas. Zwei unserer Brüder leben in Austin, wo sie uns verlassen hat.

»Vermisst«-Rubrik im *Southwestern*,
25. März 1880

KAPITEL 4

Benny Silva

AUGUSTINE, LOUISIANA, 1987

Ich bin schweißgebadet, als ich am Sonntagmorgen aufwache. Die Klimaanlage in meiner Bruchbude ist ein uralter Klapperkasten unter dem Fenster, der kaum nennenswert Luft in den Raum bläst, doch das eigentliche Problem ist gar nicht die brütende Hitze in dem Farmhaus aus dem Jahr 1901, sondern die schier überwältigende Angst, die wie ein Sumoringer auf meiner Brust hockt und mir die Luft abschnürt.

Wegen des tropischen Tiefs vor der Küste ist es schwül, und in der Luft liegt der Geruch nach Schimmel. Durchs Schlafzimmerfenster sehe ich die Wolken, die sich bedrohlich am Himmel bauschen, so tief, dass sie die Eichen zu berühren scheinen. Das leise Tröpfeln, das gestern von der Decke in der Küche eingesetzt hat, ist mittlerweile zum blechernen Konzert in meinem größten Kochtopf angeschwollen. Gestern bin ich beim Büro der Maklerin vorbeigefahren, aber es war keiner da. WEGEN KRANKHEITSFALL GESCHLOSSEN stand auf einem Schild an der Tür. Ich habe ihr einen Zettel in den Briefkasten geworfen, bisher hat sich allerdings noch keiner wegen des Lochs im Dach gemeldet. Anrufen geht auch nicht, weil mein neues Zuhause noch kein Telefon hat – auch das kann ich mir erst leisten, wenn ich meinen ersten Gehaltsscheck bekommen habe.

Der Strom ist ausgefallen, was ich allerdings erst merke, als ich mich umdrehe, um einen Blick auf den Wecker auf dem Nachttisch zu werfen. Ich habe keine Ahnung, wie lange ich geschlafen habe.

Ist doch egal, denke ich. *Du kannst den ganzen Tag im Bett liegen bleiben. Die Nachbarn werden sich bestimmt nicht beschweren.*

Der Joke zwischen mir und mir selbst muntert mich ein klein wenig auf. Auf zwei Seiten des Hauses erstrecken sich endlose Felder, auf der dritten befindet sich ein Friedhof, was mir weiter nichts ausmacht, da ich nicht abergläubisch bin. Stattdessen finde ich es sogar ganz nett, einen stillen Ort zu haben, wo ich spazieren gehen kann, ohne dass mir jemand argwöhnische Blicke à la *Was willst du denn hier, und wann verschwindest du wieder?* zuwirft. Die allgemeine Auffassung hier scheint zu sein, dass ich wie alle neuen Lehrer nur so lange in Augustine bleiben werde, bis sich was Besseres auftut.

Das dumpfe Gefühl der Einsamkeit ist nichts Neues für mich, allerdings scheint es inzwischen tiefer zu gehen als in der Kindheit, als meine Mutter wegen ihres Jobs als Stewardess an vier oder fünf von sieben Tagen die Woche unterwegs war. Je nachdem, wo wir gerade wohnten, ließ sie mich in der Obhut von Babysittern, Nachbarinnen, Tagesmüttern, ihren aktuellen Liebhabern oder einer Lehrerin, die sich ein bisschen was dazuverdiente. Jedenfalls gab es immer jemanden, der auf mich aufpasste, jemand aus der Familie war es allerdings nie. Meine Mutter hatte sich mit ihren Eltern überworfen, als sie meinen Vater geheiratet hatte. Einen *Ausländer*, noch dazu einen *Italiener*, ein unverzeihlicher Affront.

Vielleicht hatte dies noch zu seiner Attraktivität beigetragen, ihre Ehe sollte aber nicht allzu lange halten. Natürlich war mein Vater unglaublich attraktiv, deshalb konnte das Scheitern eigentlich bloß daher rühren, dass die Leidenschaft zwischen ihnen schon bald abgekühlt war.

Die ständigen Umzüge, Neuanfänge und vorübergehenden Liebesbeziehungen meiner Mutter führten dazu, dass ich ein verblüffendes Talent dafür entwickelte, sehr schnell mit Menschen außerhalb meines Zuhauses eine Bindung aufzubauen. Im Handumdrehen hatte ich mich in die Herzen der Mütter von Mitschülern eingenistet, schloss Freundschaften mit Nachbarshunden, die Gassi geführt werden mussten, oder mit einsamen alten Menschen, die von ihrer Familie nicht genug Aufmerksamkeit bekamen.

Freude zu finden ist ein echtes Talent von mir. Zumindest dachte ich das immer.

Augustine, Louisiana, dagegen stellt mich auf eine harte Probe. Die Stadt beschwört Erinnerungen an meine verhängnisvollen Versuche als Teenager herauf, Kontakt zu meinen Verwandten väterlicherseits aufzunehmen. Zu dieser Zeit standen meine Mutter und ich vor unüberwindbaren Konflikten, und ich hätte meinen Vater und dessen Familie, die inzwischen nach New York gegangen war, dringend gebraucht. Sie hätten mich mit offenen Armen aufnehmen und mir ihre Unterstützung zusichern müssen. Stattdessen war ich eine Fremde, weder erwünscht noch willkommen.

Genau dasselbe bedrückende Gefühl der Zurückweisung löst auch Augustine in mir aus. Lächle ich die Leute an, kassiere ich irritierte Blicke. Mache ich einen Scherz, lacht keiner. Sage ich höflich *Guten Morgen*, wird es höchstens mit Grunzen und einem knappen Nicken quittiert, wenn ich großes Glück habe, mit einem einsilbigen Wort.

Vielleicht lege ich mich ja zu sehr ins Zeug.

Von den stummen Bewohnern des Friedhofs nebenan habe ich buchstäblich mehr über Augustine erfahren als von den Menschen, die mir hier tagtäglich auf den Straßen begegnen. Gegen den Stress habe ich mir angewöhnt, zwischen den Grabmälern und Mausoleen entlangzuspazieren und die Inschriften zu studieren, die teils bis zum Bürgerkrieg oder noch weiter zurückreichen. All die Geschichten – von Frauen, die neben ihren Neugeborenen begraben liegen, beide am selben Tag verstorben. Von Kindern, denen bloß ein tragisch kurzes Leben vergönnt war. Von ganzen Kinderscharen, innerhalb von gerade einmal einer Woche verstorben. Von konföderierten Soldaten mit dem CSA-Emblem auf ihren Grabsteinen, Veteranen aus zwei Weltkriegen, aus Korea und aus Vietnam. Wie es aussieht, wurde schon seit längerem niemand mehr hier beerdigt. Das jüngste Grab gehört einer Hazel Annie Burrell, geliebte Ehefrau, Mutter, Großmutter, 1975, also vor zwölf Jahren, zur letzten Ruhe gebettet.

Plink, klink, plink. Das Tröpfeln in der Küche schwillt vom Sopran zum Alt an, während ich im Bett liege und darüber nachdenke, dass ich bei dem Regen noch nicht einmal spazieren gehen kann, sprich, ich sitze ganz allein in dieser spärlich ausgestatteten Bude fest, mit etwa einem halben Haushalt – die andere Hälfte ist bei Christopher geblieben, der sich in letzter Sekunde gegen unsere Pläne entschieden hat, einfach abzuhauen und unseren Lebensmittelpunkt von Berkeley nach Louisiana zu verlegen. Wobei die Trennung nicht allein auf seine Kappe geht. Ich war diejenige mit den Geheimnissen; diejenige, die erst nach der Verlobung mit der Sprache herausgerückt ist. Dass ich so lange damit gewartet habe, hat sicher auch was zu bedeuten. Ich kann nicht abstreiten, dass ich Christopher nach vier gemeinsamen Jahren weniger vermisse, als ich es wohl sollte. Trotzdem fehlt es mir, Teil des Zweiergespanns zu sein, das dieses Abenteuer geplant hatte.

Die Gefahr, dass mein Auffangbehälter demnächst überlaufen wird, reißt mich aus meinen Grübeleien und treibt mich aus dem Bett. Höchste Zeit, den Topf auszuleeren, danach werde ich mich anziehen und in die Stadt gehen, um zu sehen, wen ich wegen der Reparatur des Daches anrufen könnte. Irgendjemanden muss es doch geben.

Durch das regennasse Fenster mache ich eine Gestalt auf dem Friedhofsweg aus. Ich beuge mich vor, reibe mit der Hand über die Scheibe. Ein großer, stattlicher Mann, halb verborgen unter einem schwarzen Schirm, mit einem großen hellbraunen Hund an seiner Seite.

Kurz kommt mir Rektor Pevoto in den Sinn, dem ich gleich in meiner ersten Woche gründlich auf die Nerven gegangen bin. Mein Magen krampft sich zusammen. *Sie haben viel zu hohe Ansprüche, Miss Silva. Was Sie an Material fordern, ist geradezu verrückt. Was Sie sich für die Schüler vorstellen, ist unrealistisch.* Er wird mir nicht helfen, die restlichen Exemplare von *Farm der Tiere* zu suchen, die nach und nach verschwunden sind, sodass wir jetzt nur noch fünfzehn übrig haben. Die Naturwissenschaftskollegin hat eines in einer Schublade im Chemieraum gefunden, ein anderes habe ich aus dem Müll gezogen. Die Schüler haben sie allen Ernstes mitgehen lassen, um sie nicht lesen zu müssen.

Eigentlich eine raffinierte Taktik, aber grausam den Büchern gegenüber, das kann ich nicht gutheißen.

Der Friedhofsbesucher sieht selbst wie eine Figur aus einem Roman aus: Paddington in seinem blauen Regenmantel und dem gelben Hut. Sein steifbeiniges Hinken verrät mir, dass es sich nicht um Rektor Pevoto handelt. Er bleibt vor einem Grab stehen und tastet nach der Kante der steinernen Gruft, ohne hinzusehen, ehe er sich nach vorn beugt, den Schirm immer noch in der Hand, und behutsam einen Kuss auf den Stein drückt.

Die Süße seiner sehnsuchtsvollen Geste berührt mich zutiefst bis in eine wunde Stelle in meinem Innern hinein. Tränen brennen in meinen Augen, und ich schmecke Regenwasser, Moos, feuchten Stein und die Vergangenheit auf meinen Lippen, als ich abwesend meinen Mund berühre. Wer liegt dort begraben? Eine Geliebte? Ein Kind? Ein Bruder oder eine Schwester? Ein längst verstorbenes Eltern- oder Großelternteil? Ich werde es herausfinden, indem ich einfach auf dem Grabstein nachsehe, sobald er weg ist.

Eilig wende ich mich ab, um den Moment der Intimität nicht länger zu stören, und leere den Kochtopf aus, dann esse ich etwas, ziehe mich an, kippe den Topf noch einmal aus. Nur zur Sicherheit. Schließlich nehme ich Handtasche, Hausschlüssel und den Regenschirm.

Die von der Feuchtigkeit verzogene Tür lässt sich nur schwer zuziehen, und ich kämpfe mit dem altertümlichen Schloss, das sich heute ganz besonders kratzbürstig zeigt.

»Du blödes Ding. Geh ... doch ... einfach ...«

Als ich mich umdrehe, sehe ich den Mann mit dem Hund den Weg zum Haus heraufkommen, halb unter dem Schirm verborgen, sodass ich ihn erst genau sehen kann, als er die rissigen Stufen erreicht. Zögerlich tastet er nach dem Geländer. Erst jetzt bemerke ich, dass der Golden Retriever ein Geschirr mit einem Gestell anstelle einer Leine trägt. Ein Blindenhund.

Eine rostbraune Hand gleitet über das Geländer, als Herrchen und Hund mühelos die Treppe erklimmen.

»Kann ich Ihnen helfen?«, erkundige ich mich über das metallische Prasseln der Regentropfen auf dem Blechdach hinweg.

Schwanzwedelnd sieht der Hund zu mir auf. Auch sein Besitzer wendet sich mir zu.

»Ich dachte, ich komme vorbei und sehe nach Miss Retta, wenn ich schon mal hier bin. Miss Retta und ich sind alte Bekannte aus dem Gericht. Wir haben beide vor vielen Jahren für den Richter gearbeitet.« Über die Schulter weist er mit dem Kopf in Richtung Friedhof. »Meine Großmutter liegt dort. Maria Walker. Ich bin Stadtrat Walker... na ja, inzwischen im Ruhestand. Noch habe ich mich nicht so ganz daran gewöhnt.« Er beugt sich vor, um mir die Hand zu schütteln, wobei ich einen Blick auf seine trüben Augen hinter den dicken Brillengläsern erhasche. Er neigt den Kopf. »Wie geht es Miss Retta denn so? Sind Sie eine Pflegerin?«

»Ich... ich bin erst letzte Woche eingezogen.« Ich spähe an ihm vorbei, nach einem Wagen, aber scheinbar hat ihn niemand hergefahren. »Ich bin noch ganz neu in der Stadt.«

»Sie haben das Haus gekauft?« Er lacht leise. »Sie wissen schon, was man über Augustine, Louisiana, sagt. *Wenn du hier ein Haus kaufst, bleibst du sein Besitzer bis zum bitteren Ende.*«

Ich lache. »Nein, ich habe es gemietet.«

»Oh... das ist ja schön für Sie. Wahrscheinlich sind Sie viel zu klug für so eine Entscheidung.«

Wir lachen beide. Der Hund stimmt mit einem glücklichen Wuffen ein.

»Ist Miss Retta in die Stadt gezogen?«, fragt Stadtrat Walker.

»Ich weiß nicht... die Vermietung wurde über eine Maklerin abgewickelt. Ich wollte gerade nach Augustine fahren, um zu sehen, ob mir jemand das Loch im Dach reparieren kann.« Wieder spähe ich um meinen Besucher herum in Richtung Friedhof. Wie ist der Mann hierhergekommen?

Der Hund tritt näher, offenbar um sich mit mir anzufreunden. Natürlich weiß ich, dass man Blindenhunde eigentlich nicht anfassen soll, aber ich kann nicht widerstehen. Es gibt vieles, was mir an meinem alten Leben in Kalifornien fehlt, darunter auch Raven und Poe, die beiden Tigerkatzen, in deren Diensten ich vor meinem Umzug gestanden habe; die beiden betreiben mit Hilfe verschiedener menschlicher Helfer die kleine Buchhandlung, in der ich mir ein bisschen was dazuverdient hatte – was größtenteils ohnehin gleich in den Kauf von Büchern zurückfloss.

»Kann ich Sie vielleicht mitnehmen?«, frage ich, obwohl ich nicht sicher bin, wie ich Mr. Walker und seinen recht umfangreichen Hund in meinem Käfer unterbringen soll.

»Ach, Sunshine und ich setzen uns einfach eine Weile hierher und warten auf meinen Enkel. Er wollte uns für die Rückfahrt nach Birmingham im Cluck and Oink etwas vom Grill holen. Sunshine und ich wohnen inzwischen in Birmingham.« Er krault den Hund hinter den Ohren, was Sunshine mit einem Schwanzwedeln voll grenzenloser Bewunderung belohnt. »Ich habe meinen Enkelsohn gebeten, mich hier abzusetzen, damit ich meiner Großmutter wieder einmal einen Besuch abstatten kann.« Er nickt in Richtung des Friedhofs. »Ich dachte, wo ich schon mal hier bin, mache ich auch gleich Miss Retta meine Aufwartung. Sie war eine echte Freundin für mich, als ich nicht wusste, wohin mit mir, genauso wie der Richter. ›Louis, du solltest entweder Anwalt oder Priester werden, so streitlustig, wie du bist‹, hat er zu mir gesagt. Miss Retta hat damals als Gehilfin für den Richter gearbeitet. Die beiden haben so manchen Jungspund auf Abwegen unter ihre Fittiche genommen. In jungen Jahren habe ich viele, viele Stunden auf dieser Veranda zugebracht. Miss Retta hat mir beim Lernen geholfen, und ich habe mich als Gegenleistung um ihre Blumenbeete und den Obstgarten gekümmert. Steht der Schutzpatron noch neben der Treppe? Ich hab mir beinahe das Kreuz ausgehebelt, um das Ding dorthin zu schaffen. Aber Miss Retta meinte, er bräuchte ein Zuhause, nachdem die Bibliothek ihn ausrangiert hätte. Sie konnte keinem etwas abschlagen.«

Ich trete ans andere Ende der Veranda und spähe zwischen die Oleandersträucher, und siehe da: Unter dichtem Efeugestrüpp lehnt eine Statue an der Wand. »Ja, ich glaube, hier ist er.« Unerwartet durchströmt mich ein Glücksgefühl. Meine Blumenbeete beherbergen ein süßes kleines Geheimnis. Ein Schutzheiliger im Garten bringt Glück. Bei nächster Gelegenheit werde ich die Sträucher stutzen, um den alten Knaben aus seiner Versenkung zu holen und es ihm ein bisschen hübscher zu machen.

Stadtrat Walker reißt mich aus meinen Planungen und sagt, falls ich irgendetwas über Augustine wissen wolle, was auch immer es sei, selbst die Frage, wer einem an einem Sonntag ein Loch im Dach repariert, solle ich mich schleunigst ins Cluck and Oink begeben und mit Granny T reden, die jetzt, nachdem die Kirche vorüber sei, hinter dem Tresen stehe. Mein Haus gehöre höchstwahrscheinlich einem Mitglied aus dem Gossett-Clan. Ursprünglich sei das Grundstück Teil von Goswood Grove gewesen, einer Plantage, die sich beinahe bis zur Old River Road erstreckte. Miss Retta habe es vor vielen Jahren an Richter Gossett zurückverkauft, um ihren Ruhestand damit zu finanzieren, allerdings auf lebenslangem Wohnrecht bestanden. Nun, da der Richter verstorben sei, müsse eines der Familienmitglieder diese Parzelle geerbt haben.

»Gehen Sie ruhig«, sagt er und setzt sich auf die Verandaschaukel, Sunshine zu seinen Füßen. »Wir warten hier solange, wenn Sie nichts dagegen haben. Das Wetter stört uns beide nicht. Kein Leben kommt ohne ein Tröpfchen Regen dann und wann aus, nicht wahr?«

Ich verabschiede mich und lasse ihn dort auf der Schaukel sitzen, im Regenmantel und dem Hut auf dem Kopf, das Gesicht gen Friedhof gewandt und völlig unbeeindruckt von dem schlechten Wetter.

Genauso wenig scheint das schlechte Wetter die Geschäfte im Cluck and Oink zu beinträchtigen. Das baufällige Gebäude neben dem Highway am äußersten Ortsrand sieht wie eine unselige Kreuzung aus Scheune und alter Texaco-Tankstelle aus, mit Geräteschuppen und Lagerhäuschen in unterschiedlichen Größen und Zerfallszustand ringsum.

Auf der niedrigen Veranda hat sich eine Schlange aus wartenden Gästen gebildet, ebenso wie in der Drive-in-Zufahrt. Dichte Rauchschwaden quellen aus der mit einem Fliegengitter versehenen Küche, wo die Kochmannschaft herumwuselt und mehrere Holzkohlegrills gleichzeitig am Laufen hält. Würste, dicke Fleischstücke und gerupfte Hühner drehen sich auf riesigen rotierenden Grills. Fliegen kleben in dichten schwarzen Schwärmen an den Stützbalken und klettern wild übereinander in der Hoffnung, sich zwischen die Gitter zu zwängen. Ich kann es ihnen nicht verdenken. Die Düfte, die aus der Küche wehen, sind absolut köstlich.

Ich stelle meinen Käfer auf dem Parkplatz des Ben-Franklin-Billigshops nebenan ab und überquere den nassen Grasstreifen zwischen den Gebäuden.

»Die lassen Sie abschleppen, wenn Sie da drüben parken«, warnt mich ein Angestellter im Teenageralter, der gerade den Müll herausbringt.

»Ich bleibe nur ganz kurz. Aber danke!« Mir fällt auf, dass keiner der anderen Restaurantbesucher vor dem Laden geparkt hat. In den wenigen Tagen, seit ich hier bin, habe ich bereits die Kids in der Schule damit prahlen hören, wie die Polizei sie verjagt hat, weil sie sich irgendwo zum Feiern und Abhängen getroffen haben. Wen die Härte der Gesetzeshüter wann und weshalb am meisten getroffen hat, gehört zu den Lieblingsthemen meiner Schüler, während sie sich weigern, meinen Ausführungen über *Die Farm der Tiere* zu lauschen. Würden sie zuhören und mitmachen, fielen ihnen womöglich Parallelen dazu auf, wie die Stadt mit den unterschiedlichen Bevölkerungsteilen – schwarz, weiß, reich, arm, Sumpfratten, Städter und Landadel – umspringt. Die Grenzen zwischen ihnen sind hohe Mauern, die lediglich über Handelsbeziehungen und Anstellungsverhältnisse überwunden werden können.

Wieder einmal bietet *Die Farm der Tiere* aufschlussreiche Argumente für Diskussionen. Ich habe mir fest vorgenommen, mich nächste Woche bei Rektor Pevoto für ein Budget für Unterrichtsliteratur starkzumachen. Ich brauche dringend Bücher; irgendetwas, das mir zumindest die Hoffnung gibt, meine Schüler zu begeistern. Vielleicht etwas Moderneres – *Wo der rote Farn wächst* oder *Der Stern der Cherokee*; idealerweise eine Geschichte mit Natur, Jagd und Angeln, da die meisten meiner Schüler, egal, welcher Schicht sie angehören, damit vertraut sind, dass das, was sie auf dem Teller haben, aus dem Wald, dem Garten, dem Sumpf oder dem Hühnerstall hinter dem Haus kommt. Inzwischen bin ich für jede Querverbindung dankbar, die ich kriegen kann.

Als sich meine Augen allmählich an das Halbdunkel des Cluck and Oink gewöhnen, wird mir klar, dass es einer der zentralen Anlaufpunkte in Augustine ist. Angehörige sämtlicher Gruppierungen – schwarz, weiß, männlich, weiblich, alt, jung – scheinen sich hier, in diesem Paradies, voll von frittiertem, von flinken Kellnerinnen serviertem Essen, pudelwohl zu fühlen. Mehrere Generationen sitzen jeweils an den Tischen zusammen. Frauen in leuchtend bunten Kleidern und mit gewagten Hutkreationen betüddeln ihre hübsch gekleideten Kinder. Kleine Mädchen in schwarzen Lackschühchen und spitzenumhäkelten Söckchen thronen wie fluffige Baisers auf Kinderstühlen und Keilkissen, daneben Jungs mit sorgsam gebundener Fliege um den Hals. Männer in Anzügen allen Alters, darunter sogar Karo aus den Siebzigern, geben Anekdoten zum Besten, während sie Teller herumreichen. Gemütliches Geplauder, Herzlichkeit und ein Grundgefühl gemeinschaftlicher Jovialität mischen sich mit fettigem Qualm und »Bestellung steht«-Rufen aus der Küche.

Gelächter hallt von den hohen Deckenbalken wider wie das sonntägliche Kirchengeläut, volltönend, ohne Unterlass und von dem rostigen Blechdach verstärkt.

Boudin-Bällchen – was auch immer sich dahinter verbergen mag – sind das heutige Tagesgericht. Ich werfe einen Blick auf die bebilderte Karte und frage mich, was sich in den frittierten Kugeln verbergen mag, die von Kellnerinnen in blauen Polyesterkitteln und Jeans reihenweise vorbeigetragen werden.

Eigentlich würde ich sie gerne mal probieren, doch dann höre ich das Teenagermädchen am Hostessen-Pult, das ich als eine meiner Schülerinnen erkenne, zu einem der wartenden Gäste sagen, dass die Küche im Augenblick leider eine halbe Stunde hinterherhinke. Ich kann nur hoffen, Stadtrat Walkers Enkel hat seine Bestellung rechtzeitig vor dem großen Ansturm nach der Kirche durchgegeben.

Ich werde wohl ein andermal herkommen und das Essen probieren müssen, andererseits sollte ich ohnehin sparen. Seit Lil'Rays M&Ms-Vorfall habe ich sage und schreibe zwölf Schachteln No-Name-Minikuchen im Unterricht verbraucht.

Meine Schüler scheinen unter Dauerhunger zu leiden. Keine Ahnung, ob sie lügen oder tatsächlich zu Hause nichts zu essen bekommen, ich habe weniger nachgefragt, als ich vermutlich sollte – vielleicht aus purer Hoffnung, sie mit cremegefüllten Schokoküchlein bei der Stange zu halten, wenn es mir mit Büchern schon nicht gelingt.

Ich stelle mich in der Kassenschlange an und bestaune die Kuchenauswahl in der Vitrine, während ein Gast nach dem anderen bedient wird und ich mich der Afroamerikanerin am Tresen nähere, bei der es sich allem Anschein nach um Granny T handelt – eine ältere weißhaarige Frau mit haselnussbraunen Augen und dem stämmigen Körperbau, den ich an so vielen Menschen hier beobachtet habe. In ihrem rosafarbenen Sonntagskleid und dazu passendem Hut steht sie hinter der Theke, addiert im Kopf die Summen, kassiert, schenkt den Kleinsten einen Lutscher und lobt, wer seit letzter Woche drei Zentimeter gewachsen ist – *mindestens, wenn nicht sogar noch mehr, ich schwör's.*

»Benny Silva«, stelle ich mich vor, als ich an der Reihe bin, woraufhin sie meine Hand mit ihren dünnen, knorrigen Fingern ergreift und kräftig schüttelt.

»Benny?«, wiederholt sie. »Ihr Vater wollte wohl einen Jungen haben, was?«

Ich lache leise. Diese Reaktion kriege ich meistens auf meinen Spitznamen, den mein Vater mir verpasst hat, ehe er zu dem Schluss gelangt ist, dass er mich eigentlich gar nicht haben will. »Das ist die Kurzform für Benedetta. Ich bin zur Hälfte Italienerin… und Portugiesin.«

»Aha. Daher auch die schöne Haut.« Sie kneift ein Auge zusammen und mustert mich von oben bis unten.

»Tja, zumindest kriege ich nicht schnell Sonnenbrand«, sage ich.

»Trotzdem Vorsicht«, warnt sie. »Sie sollten sich einen Hut besorgen. Die Sonne hier kann gemein sein. Haben Sie Ihre Rechnung dabei, die ich kassieren kann?«

»Oh, ich habe nichts gegessen«, erwidere ich und erkläre ihr rasch die Sache mit dem Dach. »Sie kennen bestimmt das alte weiße Haus beim Friedhof, oder? Da wohne ich. Ich war gestern beim Büro der Maklerin, aber auf dem Zettel an der Tür stand etwas von einem akuten Krankheitsfall.«

»Ja, Joanie. Die liegt oben in Baton Rouge im Krankenhaus. Die Gallenblase. Besorgen Sie sich einfach einen Kübel Teerpech und schmieren Sie's um das Abzugsrohr vom Kamin. Einfach eine dicke Schicht direkt auf die Schindeln, so als würden Sie ein Brot schmieren, dann regnet es nicht rein.«

Ich bezweifle keine Sekunde, dass diese Frau weiß, wovon sie spricht. Bestimmt hat sie schon pfundweise Teerpech auf Dachschindeln geschmiert und könnte es vermutlich auch heute noch. Ich dagegen habe den Großteil meines Lebens in Apartmentkomplexen gewohnt und könnte Teerpech nicht von Schokoladenpudding unterscheiden. »Ich habe gehört, dass das Haus wohl an einen von Richter Gossetts Nachkommen vererbt wurde. Wissen Sie, wo ich den Eigentümer finden kann? Ich würde ja erst mal bloß einen Eimer unter das Leck stellen, aber am Montag bin ich in der Schule und kann ihn deshalb nicht leeren. Ich habe Angst, er läuft über und ruiniert den Fußboden.« Die Fußböden und Dachbalken aus Zypressenholz in dem alten Haus sind ein echtes Highlight. Ich habe eine Schwäche für Altes, deshalb ist die Vorstellung, ich würde etwas kaputt machen, schlicht unerträglich. »Ich bin die neue Englischlehrerin an der Schule.«

Sie blinzelt, blinzelt noch einmal, dann zieht sie das Kinn ein, als hätte mir gerade jemand hinter meinem Rücken Hasenohren gemacht. »Oh, Sie sind die DingDong-Lady.«

Höhnisches Kichern ertönt hinter mir. Ich drehe mich um und erkenne das säuerlich dreinblickende Mädchen wieder, das an meinem ersten Tag den Erstklässler gerettet hat. Obwohl sie im Schnitt nur die Hälfte des Unterrichts besucht, kann ich sie mittlerweile mit einem Namen verknüpfen – LaJuna. Ich habe versucht, mit ihr ins Gespräch zu kommen, allerdings haben die Footballjungs während der Stunde das Kommando übernommen, weshalb die Mädchen, die Streber und die Außenseiter keine Chance auf ein wenig Aufmerksamkeit hatten.

»Sie sollten lieber aufhören, die Jungs mit Kuchen vollzustopfen, vor allem diesen Lil'Ray Rust. Der frisst Ihnen sonst noch die Haare vom Kopf«, predigt Granny T und zeigt sogar mit ihrem knorrigen Zeigefinger auf mich. »Wenn die Kinder etwas zu essen wollen, können die ihren erbärmlichen Hintern auch aus dem Bett schwingen und rechtzeitig zum Schulfrühstück in der Cafeteria sein. Das gibt's nämlich gratis. Diese Bürschchen sind einfach bloß Faulpelze, das ist alles.«

Ich nicke eingeschüchtert. Mein Fehlverhalten hat sich also bereits bis zum Cluck and Oink herumgesprochen, und man hat mir den Namen eines Minikuchens verpasst.

»Wenn Sie einem Kind seine Faulheit durchgehen lassen, bleibt es für immer faul. Ein Junge braucht jemanden, der ihn an die Kandare nimmt, dafür sorgt, dass er kein Weichei wird. Zu meiner Zeit mussten alle Kinder auf der Farm mitarbeiten, und zwar schwer. Die Mädchen haben gekocht und die Wäsche gemacht oder auch auf dem Feld geholfen, wenn sie groß genug waren. Aber wenn Leute wie wir auf der Schulbank sitzen dürfen und was zu essen kriegen, das andere für uns gekocht haben, ist das wie Luxusurlaub, hab ich recht, LaJuna? Genau das sagt deine Dicey dir bestimmt auch immer, stimmt's?«

LaJuna zieht den Kopf ein und murmelt widerstrebend: »Ja, Ma'am.« Verlegen tritt sie von einem Fuß auf den anderen und reißt ein Blatt von ihrem Block.

Granny T hat sich in Fahrt geredet. »Als ich so alt war wie LaJuna, hab ich auf der Farm gearbeitet oder im Obstgarten oder hier im Restaurant meiner Grandma geholfen. Nach der Schule und während der Ferien hab ich bei den Gossetts Kinder gehütet. Da war ich elf. Jünger als die Kleine hier.« Die Schlange hinter mir und LaJuna wird länger und länger. »Nach der Achten hab ich abgehen müssen. In dem Jahr fiel die Ernte schlecht aus, und die Rechnungen der Gossett Mercantile mussten bezahlt werden. Für die Schule blieb da keine Zeit. Ich war ein kluges Mädchen, aber wir konnten schließlich nicht unterm Baum leben. Unser Haus war vielleicht nichts Besonderes, aber es war immerhin ein Zuhause. Froh konnten wir sein, dass wir überhaupt eines hatten. Wir waren immer dankbar für alles, was wir hatten.«

In stummem Staunen lasse ich ihre Worte auf mich wirken. Allein die Vorstellung, dass ein Kind von... keine Ahnung, dreizehn oder vierzehn die Schule verlassen muss, um der Familie zu helfen, den Lebensunterhalt zu verdienen, ist... grauenvoll.

Granny T winkt LaJuna zu sich auf die andere Seite des Tresens und legt den Arm um sie. »Aber unsere LaJuna hier ist ein braves Mädchen. Die geht ihren Weg. Was brauchst du, Schätzchen? Wie kommt's, dass du hier stehst und dich nicht um deine Tische kümmerst?«

»Ich habe Pause. Meine Tische hab ich voll im Griff.« LaJuna zieht eine Quittung und einen Zwanziger heraus. »Miss Hannah wollte, dass ich das für sie erledige, damit sie sich nicht anstellen muss.«

Granny Ts Lippen werden schmal. »Manche Leute glauben, sie kriegen eine Sonderbehandlung.« Sie rechnet ab und drückt LaJuna das Wechselgeld in die Hand. »Hier, gib ihr das, und dann gehst du in die Pause.«

»Ja, Ma'am.«

LaJuna verschwindet. Hinter mir werden die genervten Räusperlaute und das ungeduldige Füßescharren immer lauter. Aus einem Impuls heraus bestelle ich einen Bananenkuchen aus der Vitrine. Eigentlich sollte ich das Geld lieber sparen, aber er sieht so lecker aus. *Trostessen*, sage ich mir.

»Das alte Haus, in dem Sie wohnen...«, sagt Granny T, als ich bezahle. »Seit der Richter gestorben ist, wurde es immer weitervererbt, so wie alles andere. Die beiden Ältesten, Will und Manford, haben Gossett Industries bekommen, außerdem die Gießerei und ein Maschinenwerk am Stadtrand. Sein Jüngster ist vor ein paar Jahren schon gestorben und hat einen Sohn und eine Tochter hinterlassen. Die haben das Herrenhaus und das Grundstück bekommen, das eigentlich an ihren Vater gegangen wäre, allerdings ist das Mädchen, Robin, inzwischen auch schon tot. Das arme Ding... gerade mal einunddreißig ist sie geworden. Jedenfalls ist ihr Bruder, Mr. Nathan Gossett, Ihr Vermieter, aber der repariert das Dach im Leben nicht. Er wohnt unten an der Küste. Hat sich 'nen Shrimpkutter zugelegt. Das Grundstück hat er verpachtet, und den Rest lässt er verfallen. Der Junge hat Hummeln im Hintern, den hat's hier nicht gehalten. Man kann's ihm nicht verdenken. Das alte Haus hat eine Menge gesehen und erlebt. Viele Geschichten. Ist 'ne Schande, wenn die alten Geschichten nicht länger erzählt werden, weil keiner da ist, der sie sich anhört.«

Ich nicke, während ich beim Gedanken an meine eigenen Familienbande einen Stich im Herzen spüre. Ich weiß absolut nichts über die Geschichte meiner Familie. Ich habe mir stets eingeredet, dass mir Familie nichts bedeutet, doch nun treffen Granny Ts Worte mich mitten ins Herz. »Könnten Sie sich vorstellen, mal zu mir in den Unterricht zu kommen?«, platze ich heraus und spüre, wie ich rot werde.

»Pff.« Sie reißt die Augen auf. »Haben Sie mitbekommen, was ich Ihnen gerade erzählt habe? Dass ich nicht über die achte Klasse rausgekommen bin? Sie sollten den Bankmenschen, den Bürgermeister und den Leiter des Fertigungswerks kommen und den Kindern was erzählen lassen. Leute, die's zu was gebracht haben.«

»Denken Sie einfach drüber nach, okay?« Eine Idee entsteht in meinem Kopf, nimmt Gestalt an. »Mir geht es um die Geschichten, von denen Sie gerade gesprochen haben. Die Kinder sollten sie hören, finde ich.« Vielleicht berühren wahre Geschichten, erzählt von Menschen, die hier leben, meine Schüler auf eine Art, wie *Farm der Tiere* es nicht vermag. »Bislang konnte ich sie für die Schullektüre noch nicht so recht begeistern, außerdem haben wir sowieso nicht genügend Bücher.«

»An dieser Schule gibt es rein gar nichts«, sagt hinter mir eine sommersprossige Rothaarige in den Vierzigern mit einem abgebrochenen Frontzahn, der beim Sprechen ein leises Pfeifen verursacht. »Unsere Jungs haben es letztes Jahr bis in die Bezirksliga geschafft, müssen aber die alten Stollenschuhe von früheren Spielern auftragen. Diese Schule ist eine Schande. Und der Schulbeirat taugt auch nichts. Die Kids drüben in Lakeland kriegen alles in den Hintern geschoben, und wir hier gucken in die Röhre.«

Ich nicke nur und nehme meine Kuchenschachtel entgegen. Zumindest hat die Footballmannschaft genug Equipment für alle. Was ich von meinem Unterrichtsmaterial nicht behaupten kann.

Als ich hinaustrete, sehe ich, wie LaJuna sich auf eine

umgedrehte Mülltonne auf der einen Seite des Gebäudes schwingt, neben der zwei Typen mit vom Grill verschmutzten Schürzen eine Zigarette rauchen. Sie wirft mir einen verstohlenen Blick zu, ehe sie ihre Aufmerksamkeit einem Jungen zuwendet, der auf einem klapprigen rostfleckigen Fahrrad den Highway überquert und auf den Ben-Franklin-Parkplatz eiert – gerade noch rechtzeitig, ehe ein Minivan vorbeirast. Es ist der Knirps von dem Vorfall auf der Kreuzung, wenn ich das richtig sehe. In dem Moment biegt ein Streifenwagen auf den Parkplatz. Ich hoffe, der Polizist nimmt sich den Kleinen ordentlich zur Brust und erklärt ihm, wie gefährlich so ein Manöver ist, doch stattdessen scheint er sich mehr für meinen falsch geparkten Wagen zu interessieren.

Eilig gehe ich um die Pfützen herum, überquere den Grasstreifen und haste zu meinem Wagen, wo ich auf den Billigladen deute und den Daumen recke, als der Polizist vorfährt. Er lässt das Fenster herunter und legt seinen fleischigen Unterarm auf den Rahmen. »Parken ist hier für Restaurantgäste verboten.«

»Entschuldigen Sie bitte, aber ich wollte mich erkundigen, wo ich Teerpech für mein Dach herkriege.«

»Am Sonntag hat kein Laden offen, wo man so was kaufen kann. Ladenöffnungszeitverordnung.« Er kneift die Augen zusammen, sodass sie beinahe in den feisten Wülsten seiner roten Wangen verschwinden, und mustert meinen Wagen. »Und schrauben Sie schleunigst eine Stoßstange an Ihren Käfer. Wenn ich Sie das nächste Mal ohne erwische, gibt's einen Strafzettel.«

Ich gebe ein Versprechen, das ich sowieso nicht halten kann, und er verschwindet wieder. Eins nach dem anderen, sage ich mir mal wieder – mein Lebensmotto in diesem verrückten Jahr der massiven Veränderungen.

Der Junge pflügt mit seinem viel zu großen Fahrrad über

den Grasstreifen und neigt es zur Seite, sodass ein Bein den Boden berührt, bis er schlitternd zum Stehen kommt. Dann schwingt er das andere Bein über die Stange, steigt ab und stapft ums Haus herum, zum Hintereingang des Cluck. Ich sehe zu, wie er mit jemandem auf der anderen Seite der Fliegentür redet und von einem der Mitarbeiter ein Hühnerbein entgegennimmt, ehe er verscheucht wird. Er schlurft davon, eine Hand fest um das Hühnerbein und den Griff seines Fahrrads gelegt, das er neben sich herschiebt. Schließlich verschwindet er hinter der Ecke des Gebäudes, sodass ich ihn nicht länger sehen kann.

Vielleicht sollte ich ja rübergehen und ihm einbläuen, dass er beim Überqueren der Fahrbahn vorsichtiger sein muss. Als neue Lehrerin bin ich ja so etwas wie eine Autoritätsperson, die nach den Kindern sehen muss...

»Hier.« Eine Stimme reißt mich aus meinen Überlegungen. LaJuna steht auf der anderen Seite meines Wagens. Eine lange dunkle Haarsträhne löst sich aus ihrem Zopf und teilt ihr jugendliches Gesicht in zwei Hälften. Mit lang ausgestrecktem Arm reicht sie mir eine Restaurantquittung übers Dach. »Bitte.« Sie wedelt mit dem Zettel und sieht dabei hektisch über ihre Schulter.

Als ich den Zettel zwischen ihren Fingern herauspflücke, zieht sie den Arm zurück und stützt die Hand auf ihre magere Hüfte. »Das ist die Telefonnummer und Adresse von Aunt Sarge, meiner Tante, die immer alles repariert, was bei meiner Großtante Dicey im Haus so anfällt. Die weiß, wie so was geht.« Anstelle meines Gesichts mustert sie ihre schmutzstarrenden Tennisschuhe. »Sie könnte sich um Ihr Dach kümmern.«

Einen Moment lang bin ich sprachlos. »Äh. Ja, vielen Dank. Ich werde sie anrufen.«

LaJuna tritt vom Wagen weg. »Sie braucht das Geld, deswegen.«

»Ich bin wirklich froh. Sehr sogar.«

»Schon klar.« Sie geht davon, springt über die Pfützen. Dabei fällt mir etwas Rechteckiges auf, das hinten in ihrem Hosenbund steckt. Ich stelle fest, dass es sich mit an Sicherheit grenzender Wahrscheinlichkeit um eine meiner fehlenden Ausgaben von *Die Farm der Tiere* handelt.

In diesem Moment bleibt sie stehen, wirft mir einen Blick über die Schulter zu, will etwas sagen, schüttelt den Kopf, geht zwei Schritte, dreht noch einmal um. Mit hängenden Schultern steht sie vor mir. »Das große alte Herrenhaus des Richters ist genau auf der anderen Seite von dem Feld hinter dem Haus, das Sie gemietet haben.« Einen Moment lang lässt sie den Blick ziellos umherirren. »Da gibt's jede Menge Bücher. Ganze Regalwände voll, vom Boden bis zur Decke. Und keiner interessiert sich mehr dafür.«

KAPITEL 5

Hannie Gossett

AUGUSTINE, LOUISIANA, 1875

Manchmal kann Ärger wie frisch gesponnenes Garn sein, hoffnungslos verheddert und verdreht. Auf den ersten Blick weiß man nicht, warum oder wie man das Ganze jemals entwirren soll, aber es hilft ja nichts. Damals, in den schweren alten Zeiten, wenn die Missus ins Spinnhaus gekommen ist und festgestellt hat, dass eine der Frauen nicht anständig gearbeitet hatte, gab es Hiebe mit der Peitsche, oder aber sie ist mit dem Besenstiel auf die Ärmste losgegangen.

Die alte Scheune war ein schöner und schlimmer Ort zugleich. Frauen haben ihre Kinder mitgebracht, gearbeitet und gesungen, während sie die Garne in den Töpfen mit Indigo, Nussbaumrinde oder Eisensulfaten gefärbt haben. Blau, hellbraun, rot. Es war ein schöner Zeitvertreib, auch wenn ständig die Furcht im Raum anwesend war, was passieren könnte, wenn sich das Garn verheddert oder gar reißt. Selbst heute noch, da die Webstühle und Spinnräder längst stillstehen und bloß noch Staub sammeln, erinnere ich mich an die kaputten Garnfäden und die misslungenen Stofffetzen, die irgendwo dort oben, unter den Bänken, in Verstecken liegen, die nur wir und die Mäuse kennen.

Ich durchquere das Spinnhaus, denke an die alten Verstecke und grüble, wie ich Missy folgen soll, um ihrem Geheimnis auf die Schliche zu kommen. Dann kommt mir die zündende Idee: *Es wäre der reinste Klacks, wenn du die Kutsche fahren würdest, die Missy bestellt hat, statt zu versuchen, ihr heimlich zu folgen. Angezogen bist du ohnehin wie ein Junge. Das merkt kein Mensch.*

Ich flitze zum Pferdestall und der Scheune, wo die Kutschen und Karren stehen, wohl wissend, dass ohnehin keiner dort sein wird. Percy, der Hufschmied, geht regelmäßig auf die anderen Plantagen, um dort die Tiere zu beschlagen. Da Old Missus im Rollstuhl sitzt, Missy Lavinia zur Schule geht und Old Mister in Texas ist, gibt es nicht genug Arbeit für einen Kutscher.

In der Scheune warte ich, bis der Gärtnergehilfe barfuß den Weg runterkommt. Ich kenne das Bürschchen noch nicht – neuerdings bleiben die Hilfskräfte nicht lange genug, dass man ihre Namen mitbekommt –, aber er ist so klein, dass er noch nicht mal eine anständige Hose trägt und der Saum seiner Hemdschöße um seine mageren Beinchen weht, als er angelaufen kommt und ruft, dass Miss Lavinia das Kabriolett am hinteren Gartentor haben will, und zwar schleunigst.

»Weiß ich schon«, rufe ich mit tiefer Stimme. »Lauf zurück zum Haus und sag ihr, ich bin gleich da.«

Bevor ich auch bloß blinzeln kann, ist nichts als eine Staubwolke von dem Knirps zu sehen.

Meine Finger zittern, als ich mir an Halfter und Geschirr zu schaffen mache, und mein Herz macht dasselbe Geräusch wie Percys Schmiedehammer, wenn er auf den Amboss herabsaust. *Tonkkk! Kelingg-dinnggg, tonk! Kelingg-dinnggg!* Ich habe Mühe, die stämmige Rotfuchsstute anzuschirren, die Old Mister im Jahr vor dem Krieg gekriegt und Ginger getauft hat. Prompt fängt sie an zu bocken, als ich sie rückwärts zwischen die Deichselstangen bugsiere und die Schnallen festziehe, und verdreht die Augen, bis man das Weiße sieht, als wollte sie sagen: *Was glaubst du, was uns blüht, wenn Old Missus uns erwischt?*

Ich nehme all meinen Mumm zusammen und steige die drei Eisenstufen auf den Bock über dem Spritzblech. Wenn ich es schaffe, Missy Lavinia lange genug zu täuschen, dass sie wenigstens einsteigt und wir ein Stück fahren, könnte es klappen. Ich bin ein bisschen unbeholfen mit den Zügeln, was der Stute aber offenbar nichts ausmacht. Sie ist ein gutmütiges und gehorsames altes Mädchen, bloß beim Verlassen des Stalls reckt sie den Hals zu einem lang gezogenen Wiehern. Von irgendwo hinter uns antwortet eines der anderen Pferde, laut und ebenfalls lange genug, um hinter dem Obstgarten die Toten in ihren Gräbern zu wecken.

Ein Schauder überläuft mich von oben bis unten. Wenn Tati mitkriegt, was ich vorhabe, wird sie sagen, ich hätte nicht alle Steine auf der Schleuder. Inzwischen sind sie, Jason und John längst auf dem Feld und tun so, als wäre es ein ganz normaler Tag, nur dass sie pausenlos zum Weg rüberschauen und sich fragen, wo ich wohl bleibe. Zum Grand House trauen sie sich nicht aus Angst, Old Missus und Seddie schöpfen Verdacht wegen gestern Abend. Aber sollte Old Missus ihren Hausknecht zum Kundschaften losschicken, wird er nichts Ungewöhnliches bemerken. Dafür ist Tati viel zu schlau.

Es ist mir ein Gräuel, dass sie sich meinetwegen Sorgen machen, aber es geht nun mal nicht anders. Dieser Tage kann man keinem in Goswood Grove über den Weg trauen, deshalb kann ich ihnen auch durch niemanden eine Nachricht zukommen lassen.

Ich schnaufe durch, reibe Grandmas drei blaue Perlen

an dem Band um meinen Hals und bete darum, dass alles gut geht. Dann lenke ich die Kutsche vom Weg fort und in Richtung des alten Gartens. Brombeerranken haben sich um die Äste der Eichen geschlungen; so tief hängen sie, dass sie sich an meinem Hut verhaken. Eine Goldaugenbremse umschwirrt Gingers Ohren und plagt sie, worauf sie unwillig den Kopf schüttelt, sodass das Geschirr klingelt.

»Psst, ruhig«, mahne ich leise. »Schön still sein.«

Sie wirft ihre Stirnlocke zurück. In diesem Moment erreichen wir die alte Brücke.

Es ist niemand da.

»Missy Lavinia?«, flüstere ich mit heiserer Reibeisenstimme in der Hoffnung, wie John zu klingen ... noch kein Mann, aber auf dem besten Weg, einer zu werden. Ich lehne mich nach vorn und halte Ausschau. »Ist jemand da unten?«

Was, wenn Old Missus sie erwischt hat, wie sie sich davonstehlen wollte?

Ein Zweig knackt. Die Stute wendet den Kopf und späht in Richtung Dickicht. Wir lauschen, aber da ist nichts Ungewöhnliches, bloß das Rauschen der Eichen, Vogelzwitschern, Eichhörnchen, die sich in den Ästen zanken. Ein Specht hämmert auf der Suche nach Würmern auf einen Baumstamm ein. Ginger versucht immer noch, die lästige Bremse loszuwerden, deshalb steige ich vom Bock, um sie zu verscheuchen und das Pferd zu beruhigen.

Ich höre Missy Lavinia erst, als sie praktisch hinter mir steht.

»Junge!« Ich fahre zusammen, hätte mich um ein Haar umgedreht, aber sie darf mich nicht erkennen. Erinnerungen kommen mir in den Sinn ... an den schönsten Tag in meinem Leben, als ich mit Tati das Grand House verlassen durfte und nicht länger auf Missy aufpassen musste. Dieser Quälgeist hatte mich den ganzen Tag gepiesackt, mich gekniffen, geschubst und auch geschlagen, sobald sie groß genug dafür war. Es scheint, als hätte sie schon früh gewusst, dass sie damit ihre Mama stolz machen würde.

Ich ziehe die Schultern hoch, damit man mein Gesicht unter dem Hut nicht sehen kann. Gleich werde ich erfahren, ob mein Plan aufgeht. Missy Lavinia ist nicht auf den Kopf gefallen. Andererseits hat sie mich lange Zeit nicht mehr aus der Nähe gesehen.

»Wieso bringst du die Kalesche?« Ihre Stimme ist so schrill wie die ihrer Mama, ansonsten hat sie allerdings keine große Ähnlichkeit mit ihr. Missy ist stämmiger, runder, als ich sie in Erinnerung habe, und ein gutes Stück größer, beinahe so groß wie ich. »Ich wollte doch das Kabriolett, damit ich *selbst* fahren kann. Wenn ich diesen Gärtnerburschen in die Finger kriege... Und wo steckt überhaupt Percy? Wieso ist er nicht selbst gekommen?«

Es scheint mir keine gute Idee zu sein, ihr die Wahrheit zu sagen. *Weil die Missus ihm den Lohn gekürzt hat, arbeitet Percy hin und wieder für einen anderen Herrn, damit er etwas zu essen hat.* Also antworte ich stattdessen: »Das Kabriolett ist kaputt und noch nicht repariert. Sonst war keiner im Stall, deswegen habe ich die Kalesche genommen und fahre sie.«

In ihrer Verärgerung steigt sie ein, ohne um Hilfe zu bitten. Was mir nur recht sein kann, da ich ihr nicht zu nahe kommen sollte, sonst erkennt sie mich doch noch.

»Wir fahren den Dammweg am Feld entlang, nicht am Grand House vorbei«, blafft sie und macht es sich auf dem Sitz bequem. »Mutter ist noch im Bett. Ich möchte sie nicht stören.« Sie bemüht sich, scharf und rechthaberisch zu klingen wie ihre Mama, aber obwohl sie mittlerweile sechzehn ist und Damenkleider trägt, ist sie für mich immer noch ein Mädchen, das Erwachsensein spielt.

»Ja, Ma'am.«

Ich klettere auf den Bock und treibe die Stute mit einem Schnalzen an, um einen engen Bogen um den kleinen Teich zu machen. Die großen Räder der Kalesche rattern über lose Steine und Efeugestrüpp. Sobald der Weg etwas ebener wird, treibe ich Ginger an, und obwohl sie schon ein paar Jährchen auf dem Buckel hat und um Maul und Augen herum grau wird, legt sie immer noch ein gutes Tempo vor. Ihre Stirnlocken hüpfen im Takt und halten so die Fliegen fern.

Drei Meilen weit erstreckt sich der Dammweg am Feld entlang, bis zu der kleinen Kirche, die wir zu Sklavenzeiten jeden Sonntag besuchen mussten, weil Old Missus uns dazu gezwungen hat. Alle mussten dieselben weißen Kleider anziehen, mit einem blauen Band um die Taille, damit wir für die Nachbarn gleich aussahen. Dann saßen wir auf der Empore und sollten uns die Predigt des weißen Pfarrers anhören. Seit der Befreiung hab ich da keinen Fuß mehr reingesetzt. Wir haben jetzt unsere eigenen Gotteshäuser – wo ein Schwarzer seine Predigt halten darf. Allerdings wechseln wir häufiger, damit die Ku Kluxer und die Knights of the White Camelia uns nicht aufstöbern, aber wir wissen immer alle, wann und wo wir uns versammeln können.

»Halt hier an«, befiehlt Missy. Ich ziehe die Zügel an. *Gehen wir etwa in die Kirche?*, liegt mir auf der Zunge, aber natürlich kann ich sie das nicht fragen.

In dem Moment taucht Juneau Jane auf – auf einem großen Grauen, in einem Damensattel, sodass ihre Beine seitlich herunterbaumeln. Im hellen Tageslicht erkenne ich, dass ihre schwarzen Strümpfe mehr Stopflöcher als Fäden haben und das Leder ihrer geknöpften Stiefel an den Zehen fast durchbricht. Zwar ist ihr blau gestreiftes Kleinmädchenkleid sauber, spannt an den Nähten allerdings gefährlich.

Der Graue ist groß und stämmig, aber mit einem schwach bemuskelten Hals, was darauf schließen lässt, dass er eine ganze Weile nicht anständig bewegt wurde. Das Mädchen scheint allerdings ein Händchen für Tiere zu haben, ist bestimmt ein Teufelsweib wie ihre Mama und ihre restliche Sippschaft, die auch alle diese komischen silbrig grünen Augen haben. Ihr langes Haar fällt ihr über den Rücken, bis hinunter zum Sattel und in die Mähne des Gauls hinein, als wären sie zu einer einzigen Kreatur verschmolzen.

Juneau Jane kommt herübergeritten, das Kinn hochgereckt, die Augen kaum mehr als schmale Schlitze, späht sie in die Kutsche. Hat sie mitbekommen, dass ich sie gestern Nacht beobachtet habe? Weiß sie Bescheid? Ich ziehe die Schultern gegen einen Fluch ein, mit dem sie mich womöglich belegt.

Die Stimmung zwischen ihr und Missy Lavinia ist so angespannt, dass man eine Fiedel drauf spielen könnte.

»Du reitest mir nach«, blafft Missy angewidert.

»*C'est bon.*« Juneau Janes Französisch erinnert mich an die Lieder der Waisenkinder, wenn die Nonnen sie vor dem Krieg in Reih und Glied aufgestellt haben, damit sie bei den Feiern der Weißen singen. »Genau das war auch meine Absicht.«

»Ich werde jedenfalls nicht zulassen, dass du es dir in der Kutsche meines Vaters bequem machst.«

»Weshalb sollte ich, wo er mir doch dieses wunderbare Pferd geschenkt hat?«

»Was mehr ist, als du verdienst. Das hat er mir vor seiner Abreise nach Texas versichert. Wie du schon bald selbst sehen wirst.«

»Oder auch nicht.« Die Kleine hat offensichtlich keine Angst vor Missy. »Wie *wir* schon bald sehen werden.«

Die Blattfedern ächzen und stöhnen, als Missy ihr Gewicht auf dem Sitz verlagert. »Ich sehe das Ganze bloß von der praktischen Seite, Juneau Jeane. Man muss realistisch sein. Wäre deine Mutter eine vernünftige Frau und nicht so ein fürchterlich verwöhntes Ding, würde ihr das Wasser nicht jetzt schon, wenige Monate nachdem Vaters Zuwendungen ausgeblieben sind, bis zum Hals stehen. Deshalb sind wir beide im Grunde Opfer elterlicher Torheit, nicht? Du liebe Güte, da haben wir ja tatsächlich etwas gemeinsam. Wir wurden beide von denen schmählich verraten, die uns eigentlich beschützen sollten, hab ich recht?«

Juneau Jane murmelt nur etwas auf Französisch; vielleicht einen Fluch… ich weiß es nicht und will es auch gar nicht wissen. Sicherheitshalber rutsche ich so weit auf dem Bock nach vorn, dass er mich nicht erwischen kann, lege meine Arme an die Seiten, drücke die Zunge gegen den Gaumen und presse die Lippen ganz fest zusammen, um ihm den Weg in mich hinein zu versperren.

»Und natürlich werden wir Papas Verfügungen aufs Wort befolgen, wenn wir sie erst gefunden haben«, fährt Miss Lavinia scheinbar ungerührt fort; ihr hat es noch nie etwas ausgemacht, vor sich hin zu plappern, ohne dass ihr jemand antwortet. »Ich habe die Absicht, dich beim Wort zu nehmen. Sobald wir Papas Papiere gefunden haben, und falls sich bestätigen sollte, dass ihm das schlimmste nur Denkbare in Texas widerfahren ist, wirst du dich seinen Anweisungen fügen, ohne meine Familie weiter zu behelligen oder gar in Verlegenheit zu bringen.«

Ich lenke die Stute über ein besonders tiefes Schlagloch, damit Missy so auf ihrem Sitz herumgeworfen wird, dass sie hoffentlich für einen Moment den Mund hält. Diese zuckersüße Stimme beschwört schlimme Erinnerungen an Schubser in den Rücken und gemeine Hiebe und Kopfnüsse herauf, und einmal, in Texas, hat sie sogar eine Prise von Seddies Rattengift in meinen Tee getan – nur um zu sehen, was passiert. Ich war damals erst sieben, gerade einmal ein Jahr aus Jep Loachs Fängen befreit, und hatte nur einen Wunsch, nachdem ich diesen Tee getrunken hatte: lange genug am Leben zu bleiben, um meinen achten Geburtstag feiern zu dürfen. Missy war da gerade mal fiese, hinterhältige fünf Jahre alt.

Ich wünschte, ich könnte Juneau Jane diese Geschichte erzählen, auch wenn ich keinerlei Freundlichkeit für sie empfinde. Die haben doch in Tremé wie die Maden im Speck gelebt, auch als das Geld der Gossetts knapper wurde. Was bildet sich dieses Mädchen überhaupt ein? Dass es immer so weitergeht? Wenn sie und ihre Mama auf der Straße landen, tut's mir nicht sonderlich leid. Wird allmählich Zeit, dass sie lernen, für ihren Lebensunterhalt zu arbeiten. Entweder arbeiten oder Hunger leiden. So ist das für uns andere nämlich auch.

Im Grunde können mir die beiden Mädchen egal sein, und das sind sie auch. Für die bin ich bloß jemand, der ihre Felder bestellt, ihre Kleider wäscht oder ihr Essen kocht. Und was krieg ich dafür? Selbst jetzt, wo wir frei sind? Mein Magen knurrt häufiger, als dass er schön voll ist, das Dach über meinem Kopf ist undicht, aber bevor die Pacht nicht abbezahlt ist, hab ich kein Geld, um es zu reparieren. Ich bin nichts als Haut, Muskeln und Knochen. Keine eigene Meinung, kein Grips. Kein Herz. Keine Träume.

Es wird höchste Zeit, dass ich mich nicht immer nur um die Weißen kümmere, sondern nach mir selbst schaue.

»Los, Junge«, blafft Missy. »Weiter.«

»Die Straße ist mächtig holprig, Missy Lavinia«, erwidere ich gedehnt, mit tiefer Stimme. »Aber wenn wir erst auf der River Road sind, wird's besser. Nicht mehr so viele Löcher.« Die alte Ginger ist genauso wie Goswood Grove. Hat auch schon bessere Tage gesehen. Die tiefen Rinnen vom Regen machen ihr schwer zu schaffen.

»Tu gefälligst, was ich dir sage!«, schnauzt Missy Lavinia mich an.

»Sie geht vorn links ein klein bisschen lahm, eure Stute«, wirft Juneau Jane ein. »Es wäre klüger, sie nicht so hart ranzunehmen, wenn wir eine längere Fahrt vor uns haben.«

Wenn wir eine längere Fahrt vor uns haben. Wie lange soll dieser Ausflug denn dauern? Je länger, umso größer die Gefahr, dass wir erwischt werden. Ich spüre ein Kribbeln unter meinem geborgten Hemd. Eines, das nichts Gutes ahnen lässt.

Meile um Meile, Maisfeld um Maisfeld, Siedlung um Siedlung, Anlegestelle um Anlegestelle ziehen vorüber, während sich das ungute Gefühl immer weiter auf meiner Haut ausbreitet und gar nicht mehr weggehen will. Hier passiert irgendwas Übles, aber ich stecke schon viel zu tief drin, um jetzt noch umzukehren.

Es scheint, als würden wir in die Mitte von New Orleans fahren. Ich kann die Stadt riechen, ihre Geräusche hören, noch bevor ich sie sehe. Kohleöfen und verbranntes Holz. Das Stampfen, Pfeifen, Platschen der Dampfer, die sich durchs Wasser pflügen. Das Keuchen der Egreniermaschinen und Dampfkessel in den Zuckerrohrfabriken. Der Rauch hängt so tief über der Stadt, dass er wie ein zweiter Himmel aussieht. Es ist unglaublich schmutzig hier, schwarzer, schmieriger Ruß klebt auf den Dächern der Gebäude genauso wie auf den Menschen und den Pferden. Esel und Arbeiter schaffen gewaltige Baumwollballen, Klafterholz, Holzfässer mit

Zucker, Melasse und Whiskey zu den Schaufelraddampfern, die beladen werden, um flussaufwärts zu fahren, zu denen, die das Geld haben, die Waren zu kaufen.

Mittlerweile lahmt Old Ginger ganz gewaltig. Ich lenke die Kutsche die Straße entlang, zwischen Männern, Holzverschlägen und Karren hindurch, die von schwarzen Hilfsarbeitern und armen weißen Pachtbauern gezogen werden. Weit und breit ist niemand zu sehen, der auch bloß halbwegs anständig gekleidet ist. Ladys sowieso nicht. Deshalb fallen wir auf wie bunte Hunde. Weiße Kerle bleiben stehen, kratzen sich die Bärte und stieren uns an. Schwarze linsen unter ihren Hüten und Mützen hervor, schütteln die Köpfe und werfen mir warnende Blicke zu, als müsste ich es eigentlich besser wissen.

»Sieh zu, dass du deine Missies schleunigst hier wegbringst«, raunt mir einer zu, als ich vom Bock springe, um Old Ginger zwischen zwei so eng nebeneinanderstehenden Karren hindurchzulenken, dass wir kaum dazwischen passen. »Das hier ist nix für sie.«

»Ich hab's mir nicht ausgesucht«, gebe ich leise zurück. »Aber wir bleiben sowieso nicht lange.«

»Besser isses.« Der Mann schiebt ein paar leere Fässer zur Seite. »Sieh zu, dass du und deine Missies hier rauskommen, bevor's dunkel wird.«

»Schluss mit dem Getrödel!« Missy Lavinia schnappt die Kutscherpeitsche und versucht, Old Ginger einen Hieb zu verpassen. »Und du lass meinen Kutscher in Frieden. Weg da, aus dem Weg, wir haben wichtige Dinge zu erledigen.«

Sofort weicht der Mann zurück.

»Sobald diese Nigger sich auch bloß aus der Ferne sehen, haben sie nichts anderes im Sinn, als herumzustehen und zu quasseln«, schimpft Missy. »Hab ich nicht recht, Junge?«

»Ja, Ma'am«, antworte ich. »Das ist wohl wahr.« Sie hinters Licht zu führen bereitet mir ein klein wenig Freude. Sie hat keine Ahnung, mit wem sie spricht. Lügen mag zwar eine Sünde sein, trotzdem macht es mich mit einem Mal stolz. Weil es mir so etwas wie Macht verleiht.

Wir umrunden einige Gebäude am Flussufer. Missy Lavinia verlangt, dass ich in die schmale Gasse auf der Rückseite fahre, also tu ich's.

»Da«, sagt sie, als würde sie die Gegend wie ihre Westentasche kennen, obwohl ich ziemlich sicher bin, dass sie all das hier zum ersten Mal sieht. »Die rote Tür da. Da drinnen hat Mr. Washburn seine Reederei. Er berät Papa nicht nur in Rechtsfragen und verwaltet seine Ländereien in Texas, sondern ist auch einer seiner *engsten* Geschäftspartner, wie du vielleicht weißt oder auch nicht. Papa hat mich in New Orleans einmal zu einem Abendessen mit Mr. Washburn mitgenommen. Sie haben noch lange in der Hotelhalle geredet, nachdem ich mich in unsere Suite zurückziehen sollte, aber natürlich habe ich ein bisschen gelauscht. Sie waren Mitglieder desselben ... Gentlemen-Clubs ... und Mr. Washburn hat sich bereit erklärt, Vaters Angelegenheiten in seinem Sinne zu regeln, sollte Papa es einmal nicht mehr selbst tun können. Später hat Papa mir gesagt, ich solle mich mit Mr. Washburn in Verbindung setzen, falls es nötig sei. Er hat bestimmt Kopien von Papas Dokumenten. Nun ja, schließlich hat er sie höchstwahrscheinlich selbst aufgesetzt.«

Ich werfe Juneau Jane einen verstohlenen Blick unter meiner Hutkrempe hervor zu. Glaubt sie das alles etwa? Ihre in ziegenledernen Handschuhen steckenden Finger spielen an den Zügeln herum, während sie das Gebäude beäugt. Der große Grauschimmel scheint ihre Besorgnis zu spüren, denn er wirft den Kopf herum, drückt die Nase gegen ihren Stiefel und wiehert leise.

»Komm schon«, drängt Missy und gibt mir ein Zeichen, dass sie aussteigen will. Mir bleibt nichts anderes übrig, als ihr aus der Kutsche zu helfen. »Vom Herumsitzen allein lösen sich unsere Probleme wohl kaum. Du hast nichts zu befürchten, Juneau Jane, es sei denn, du bist dir deiner Sache doch nicht so sicher, wie du vorgibst.«

Das komische Kribbeln breitet sich inzwischen auf meinem ganzen Körper aus. Missy befingert das goldene Medaillon, das sie um den Hals trägt, seit ich mich erinnern kann. Das tut sie nur, wenn sie etwas ganz besonders Gemeines im Schilde führt, dann klopft sie an. Das Klügste, was Juneau Jane jetzt tun könnte, wäre, ihren Grauen zu wenden und ihm die Sporen zu geben.

Leider geht in diesem Moment die rote Tür auf, und ein großer, schlanker, adretter Mann mit hellbrauner Haut erscheint. Wahrscheinlich ist er der Butler, allerdings trägt er keine Livree, sondern bloß ein Hemd und eine braune Wollhose, die sich um seine kräftigen Schenkel schmiegt, dazu hohe schwarze Stiefel.

Mit gerunzelter Stirn mustert er uns. »Ja, Ma'am«, sagt er, an Missy gewandt. »Kann ich Ihnen helfen, Missus? Ich fürchte, Sie haben an die falsche Tür geklopft.«

»Ich werde erwartet«, herrscht Missy ihn an.

»Mir wurde kein Besuch angekündigt«, gibt er zurück, ohne sich vom Fleck zu rühren.

»Ich will zu deinem Herrn, Bürschchen«, entgegnet Missy gereizt. »Und jetzt hol ihn her, und zwar schnell.«

»Moses!«, bellt eine verdrossene Männerstimme von drinnen. »Kümmere dich um das, was ich dir aufgetragen habe. Fünf weitere Männer für die *Genesee Star*. Gesund und mit einem kräftigen Rücken. Sieh zu, dass du sie bis Mitternacht beisammenhast.«

Mit einem letzten Blick auf uns verschwindet Moses in den Schatten.

Ein weißer Mann erscheint im Türrahmen. Er ist groß und dürr, mit hohlen Wangen und einem strohfarbenen Bart, der um seinen Mund herum bis zu seinem spitzen Kinn verläuft.

»Ich werde erwartet. Wir sind hergekommen, um einen Freund zu besuchen«, sagt Missy, doch ihre Stimme klingt, als hätte sie ein Stück Baumwolle verschluckt.

Der Mann tritt aus dem Haus und sieht sich mit ruckartigen Bewegungen auf der schmalen Straße um. Wulstige Narben bedecken seine linke Gesichtshälfte wie geschmolzenes Kerzenwachs, und ein Auge ist mit einer Klappe bedeckt, während er das gesunde auf uns richtet. »Unser gemeinsamer Freund hat explizit darum gebeten, dass nur Sie beide kommen sollen.«

Ich bücke mich, mache mich möglichst klein und überprüfe Gingers lahmendes Bein.

»Genau das haben wir getan. Nun ja, bis auf meinen Kutschjungen, natürlich.« Missy Lavinia lacht nervös. »Als Frau kann man sich schließlich nicht allein auf der Straße aufhalten. Das versteht Mr. Washburn gewiss.« Missy legt beide Hände in den Rücken und richtet sich auf, um ihm ihren Busen entgegenzurecken ... den sie noch nicht einmal hat; sie ist groß und stämmig, mit breiten Schultern wie Old Mister. »Ich habe eine lange Rückfahrt vor mir, und bald schon wird es dunkel, deshalb würde ich es begrüßen, wenn wir unsere Geschäfte so schnell wie möglich zu Ende zu bringen könnten. Ich habe alles mitgebracht, was ich sollte, so wie ... Mr. Washburn es verlangt hat.«

Ich bin nicht sicher, ob das außer mir noch jemand mitbekommen hat, aber Missy weist mit einer knappen Kopfbewegung in Juneau Janes Richtung, als wollte sie sagen, dass *sie* dasjenige ist, was sie mitbringen sollte – ihre jüngere Halbschwester.

Die Tür geht weit auf, und der Mann verschwindet im Haus. Ein unangenehm klebrig-kalter Schauder überläuft mich.

Juneau Jane bindet ihr Pferd fest, bleibt jedoch mitten auf der Straße stehen. Der Wind spielt mit ihrem blau gestreiften Kleid und den weißen Unterröcken, die sich um ihre mageren Beine schmiegen. Sie verschränkt die Arme und rümpft die Nase, als hätte sie einen widerlichen Gestank wahrgenommen. »Was genau hättest du denn mitbringen sollen? Woher soll ich wissen, dass du Mr. Washburn nicht eine üppige Entlohnung als Gegenleistung für eine Lüge versprochen hast?«

»Mr. Washburn braucht mich und mein Geld nicht. Ihm gehört das alles.« Missy deutet auf das große Gebäude und die Anlegestelle davor. »Natürlich gemeinsam mit Papa. Ich würde jederzeit auch allein mit Mr. Washburn sprechen, allerdings müsstest du dann darauf vertrauen, dass ich dir alles sage, was ich von ihm in Erfahrung gebracht habe. Sollte Mr. Washburn die einzige verbliebene Kopie von Papas Dokumenten bei sich haben, könnte ich sie gleich hier, in diesem Haus, verbrennen, ohne dass du es je erfahren würdest. Deshalb nehme ich an, du willst dir selbst anhören, was er zu sagen hat. Wenn du nicht mit hineinkommen willst, musst du auf mein Wort vertrauen.«

Juneau Janes Arme werden stocksteif, und sie ballt die Fäuste. »Nie im Leben.«

»Das habe ich mir fast gedacht.« Missy streckt Juneau Jane die Hand hin, die Handfläche nach oben gekehrt. »Dann lass uns reingehen. Wir machen es zusammen.«

Juneau Jane rauscht an ihr vorbei, stapft die Stufen hinauf

und betritt das Haus. Das Letzte, was ich von ihr sehe, ist ihr langes dunkles Haar.

»Kümmere dich um die Pferde, Junge. Sollte ihnen irgendetwas passieren, mache ich dich persönlich dafür verantwortlich.« Dann betritt auch Missy Lavinia das Haus.

Die rote Haustür geht zu, und ich höre, wie von innen der Riegel vorgeschoben wird.

Ich lockere das Geschirr des Grauen und löse Gingers Aufsatzzügel und Bauchband ein klein wenig, ehe ich mir ein Plätzchen im Schatten an der Wand suche, wo ich mich in einem leeren, umgekippten Zuckerrohrfass verkrieche und die Augen zumache.

Schon bald fordert die lange schlaflose Nacht ihren Tribut. Und mit dem Schlaf kommt auch der Traum vom Sklavenmarkt. Das auf der Seite liegende Fass wird zum Sklavenverschlag, in dem ich ein weiteres Mal meiner Mama entrissen werde.

VERMISST

Sehr geehrter Herr Chefredakteur – hiermit bitte ich Sie um eine neuerliche Suche durch Ihre geschätzte Zeitung nach meinem Bruder, Calvin Alston. Er hat uns im Jahr 1865 mit einem Regiment aus Unionssoldaten verlassen. Zuletzt wurde er in Shreveport, Texas, gesehen. Bitte senden Sie Ihre Antwort nach Kosciusko, Mississippi.

D. D. ALSTON

»Vermisst«-Rubrik im *Southwestern*,
18. Dezember 1879

KAPITEL 6

Benny Silva
- -

AUGUSTINE, LOUISIANA, 1987

Als ich nach Hause komme, hört es zum Glück endlich auf zu regnen. Mittlerweile habe ich ein schlechtes Gewissen wegen meines weinerlichen Anrufs bei LaJunas Tante; ich musste dafür sogar eigens in die Schule fahren, um das Telefon dort zu benutzen. Aunt Sarge, die in Wirklichkeit Donna Alston heißt, wird mich jetzt wohl für völlig bescheuert halten, allerdings muss ich zu meiner Entlastung sagen, dass mich der Anblick des Regens, der mit aller Macht gegen die Scheiben des Schulgebäudes peitschte, ziemlich aus dem Konzept gebracht hatte. Ich musste die ganze Zeit daran denken, wie es bei mir zu Hause durchs Dach hereinregnet und meine behelfsmäßige Auffangvorrichtung auf der Arbeitsplatte hoffnungslos überläuft.

Aber Aunt Sarge ist zuverlässig, so viel ist schon mal klar. Sie fährt direkt hinter mir heran. Gemeinsam gehen wir rein und überprüfen den Topf, schleppen ihn mit vereinten Kräften raus und kippen ihn auf der Veranda aus, ehe wir uns einander vorstellen.

Aunt Sarge ist eine stämmige Afroamerikanerin mit dem Körperbau einer Fitnesstrainerin und burschikosem »Leg dich bloß nicht mit mir an«-Gebaren. »Ich kann morgen vorbeikommen und das reparieren«, sagt sie knapp.

»Morgen erst?«, stammle ich. »Ich hatte gehofft, Sie könnten sich heute darum kümmern. Bevor es wieder anfängt zu regnen.«

»Morgen Nachmittag«, wiederholt sie. »Früher geht's nicht.« Sie erklärt mir, dass sie auf die Kinder von Verwandten aufpasst, die sie gerade einer Nachbarin anvertraut hat, damit sie überhaupt schnell vorbeischauen konnte.

Ich biete ihr an, die Kinder zu beschäftigen, notfalls sogar hier bei mir im Haus, solange sie das Dach in Ordnung bringt.

»Die zwei haben Mandelentzündung, deshalb sind sie auch nicht bei ihrem Babysitter. Und ihre Mama musste zur Arbeit. Hier in der Gegend sind Jobs Mangelware, deshalb konnte sie nicht zu Hause bleiben.« Ein Anflug von Gereiztheit schwingt in ihrer Stimme mit. Vielleicht war ursprünglich jemand von hier für meine Stelle vorgesehen, wer weiß? Andererseits schien es keine Bewerber gegeben zu haben. Eine Woche vor Schulbeginn hätte Rektor Pevoto jeden mit einem Abschluss in Pädagogik genommen, wirklich jeden. So kam ich an die Stelle.

»Oh, dann tut es mir leid. Krank zu werden kann ich mir gerade nicht erlauben. Ich habe erst frisch in der Schule angefangen.«

»Weiß ich«, sagt sie mit einem betrübten Lächeln. »Sie sind eines der jüngsten Opfer.«

»Genau.«

»Ich bin ein paar Mal in der Schule eingesprungen, nachdem ich letztes Frühjahr aus der Armee ausgeschieden bin. Ich hatte nichts anderes gefunden.« Die Bemerkung erfordert keine nähere Erläuterung. Ihr Gesicht sagt alles. Einen Moment lang herrscht beinahe so etwas wie kollegiale Solidarität zwischen uns. Ich glaube ein Lächeln auf ihren Zügen zu sehen, doch dann sagt sie ernst: »Packen Sie sie einfach im Genick und schlagen Sie ihre Köpfe zusammen. Bei mir hat's funktioniert.«

Mir fällt die Kinnlade herunter.

»Natürlich hat man mich danach nicht mehr gefragt, ob ich noch mal aushelfen will.« Sie klettert auf die Backsteinsäule am Verandageländer, reckt sich nach oben zum Dachvorsprung und zieht sich daran hoch. Eine geschlagene Minute baumelt sie da und beäugt das Dach, ehe sie mit einer Mühelosigkeit wieder auf der Veranda landet, die jeden Superhelden erblassen ließe.

Das ist keine normale Frau. Wahrscheinlich könnte sie sich ohne Weiteres mit bloßen Händen aufs Dach schwingen. Ich wäre so gern wie sie und keine verweichlichte Vorstadt-Trine, die nicht die leiseste Ahnung von Teerpech hat.

»Gut«, sagt sie. »Man kann es überstreichen.«

»Und wird das teuer?«

»Dreißig, vielleicht vierzig Mäuse. Ich kriege acht Mäuse pro Stunde, plus Material.«

»Klingt gut.« Ich bin heilfroh, dass es nicht mehr wird, allerdings ist mein Kuchenvorrat für die Kids damit Geschichte. Hoffentlich kann ich meinem Vermieter das Geld demnächst aus dem Kreuz leiern.

»Aber wahrscheinlich wird das nicht Ihr einziges Problem sein.« Mit zusammengekniffenen Augen zeigt sie nach oben. »Das Dach ist hinüber.« Sie weist mit dem Kinn in Richtung Friedhof. »Das braucht eher 'ne Beerdigung als Gebete und milde Gaben.«

Ich lache. »Der Spruch gefällt mir.« Ich sammle kreative Idiome und habe sogar mal eine ganze Semesterarbeit darüber geschrieben. Und bislang entpuppt sich Louisiana als wahres Eldorado für Sprachenthusiasten.

»Den dürfen Sie sich jederzeit ausborgen. Gratis.« Sie zieht die Brauen zusammen und wirft mir einen Seitenblick zu.

Wenn man sich jahrelang immer bloß in der Englisch-Fakultät herumtreibt, vergisst man allzu leicht, dass die Leute außerhalb der heiligen Unihallen eher selten über Idiome plaudern und in ihrer Freizeit nicht die Unterscheidung zwischen Idiomen und Metaphern diskutieren. Sie kriegen sich wohl kaum über derlei Feinheiten in die Wolle, während sie mit ihren schweren Rucksäcken durch die Gegend laufen oder sich mit billigem Fusel aus ausrangierten Senfgläsern in einem winzigen Apartment betrinken.

Ich beäuge die durchhängende, von Schimmelflecken übersäte Verandadecke und frage mich, wie viel Zeit mir bleibt, bis mir dasselbe auch im Haus blüht. »Vielleicht kann ich den Vermieter ja zu einem neuen Dach überreden.«

Aunt Sarge kratzt sich am Ohr und streicht sich ein paar lose Strähnen aus dem Gesicht, um sie in ihren straffen dunkelbraunen Knoten zu schieben. »Viel Glück. Nathan Gossett hat das Haus bloß behalten, weil Miss Retta zur Familie des Richters gehörte. Sie hatte gehofft, nach ihrem Schlaganfall wieder hierher zurückzukommen. Aber jetzt, da sie verstorben ist und der Richter auch, kann ich Ihnen mit Sicherheit sagen, dass Nathan Gossett das Haus einfach verfallen lassen wird. Ich bin noch nicht mal sicher, ob er überhaupt weiß, dass jemand wie Sie es gemietet hat.«

Ich versteife mich. »Jemand wie ich?«

»Jemand von außerhalb. Noch dazu eine alleinstehende Frau. Eigentlich ist das kein Haus für jemanden wie Sie.«

»Das ist mir egal.« Ich merke, wie mir der Kamm schwillt. »Eigentlich wollte ich gemeinsam mit meinem Freund... meinem Verlobten einziehen, aber wie Sie sehen, bin ich jetzt allein hier.«

Wieder teilen Sarge und ich so einen speziellen Moment. Es ist, als wäre ein weiteres Mal eine unsichtbare Linie überschritten worden, sodass wir auf derselben Seite stehen, auf derselben Wellenlänge sind, obwohl wir uns gar nicht kennen. Der Moment ist so flüchtig wie die Brise, die unvermittelt aufkommt und den Geruch nach mehr Regen heranweht. Besorgt blicke ich gen Himmel.

»Es dauert noch ein paar Stunden, bis es losgeht«, beruhigt Sarge mich. »Und morgen früh ist es auch wieder vorbei.«

»Ich hoffe, mein Topf hält der Flutwelle stand.«

Sie sieht auf ihre Uhr und geht die Verandatreppe hinunter. »Stellen Sie einfach den Mülleimer drunter. Sie haben doch einen, oder?«

»Danke. Klar. Mache ich.« Ich werde nicht zugeben, dass mir das von selbst nicht eingefallen wäre.

»Dann bis morgen.« Sie hebt die Hand, als wollte sie entweder müde abwinken oder jemandem den Vogel zeigen.

»Hey«, rufe ich, gerade als sie in den roten Pick-up mit der Leiter hintendrauf klettert. »Wie komme ich von hier zum Haus des Richters? Jemand hat gesagt, es ist nicht weit. Ich müsste bloß übers Feld gehen.«

»War LaJuna das?«

»Wieso?«

»Weil sie gern dorthin geht.«

»LaJuna? Wie kommt sie denn hier raus?« Mein Haus befindet sich fünf Meilen vom Zentrum entfernt.

»Mit dem Fahrrad, nehme ich an.« Ein argwöhnischer Ausdruck erscheint in ihren Augen. »Sie stellt nichts an. Sie ist ein anständiges Mädchen.«

»Oh, ja, ja, weiß ich.« In Wahrheit habe ich keine Ahnung,

wer LaJuna wirklich ist, mal davon abgesehen, dass sie im Restaurant sehr nett zu mir war. »Ist nur eine ziemliche Strecke mit dem Rad.«

Aunt Sarge mustert mich einen Moment lang. »Über den alten Dammweg der Farm ist es kürzer. Gleich dort hinten.« Sie nickt in Richtung des Gartens hinter dem Haus, an den sich noch ein Acker mit irgendwelchen kniehohen, leuchtend grünen Pflanzen anschließt. »Der Highway verläuft rings um Goswood Grove, der Dammweg aber mitten durch die Plantage bis zur Rückseite des Hauses. Als ich noch klein war, haben die Bauern den Weg benutzt, um ihre Ernte zum Markt und das Zuckerrohr in die Fabrik zu bringen, vor allem die alten, die noch Esel hatten. Wenn man so einen langen Weg hat, machen zwei Meilen pro Stunde einiges aus.«

Ich horche auf. Esel? Wir schreiben das Jahr 1987. Meiner Schätzung nach ist Sarge knapp über dreißig.

»Noch mal danke, dass Sie so schnell hergekommen sind. Das war wirklich sehr nett. Allerdings kann ich morgen erst nach der Schule hier sein.«

Wieder schweift ihr Blick zum Dach. »Ins Haus muss ich eigentlich gar nicht. Bin vermutlich fertig, bevor Sie heimkommen.«

Enttäuschung erfasst mich. LaJunas Tante mag ein bisschen schroff sein, ist in meinen Augen aber eine ziemlich interessante Frau. Und sie kennt sich in Augustine aus, obwohl ich das Gefühl habe, dass auch sie eine Außenseiterin ist. Ihre Sicht auf die Dinge könnte hilfreich für mich sein. Außerdem wäre es schön, ein oder zwei neue Freundinnen zu finden.

»Natürlich.« Ich unternehme einen weiteren Versuch. »Aber sollten Sie doch noch hier sein, wenn ich nach Hause komme... Normalerweise mache ich mir nach der Schule gern eine Tasse Kaffee und setze mich eine Weile raus auf die hintere Veranda.« Es ist eine etwas ungelenke Einladung, aber zumindest ein Anfang.

»Du liebe Zeit, da würde ich ja die ganze Nacht aufrecht im Bett stehen.« Sie öffnet die Wagentür, hält ein weiteres Mal inne und mustert mich mit demselben verdutzten Blick wie Granny T, als ich ihr vorgeschlagen habe, doch einmal vor meiner Klasse zu sprechen. »Sie sollten sich so was dringend abgewöhnen. Stört bloß den Schlaf.«

»Wahrscheinlich haben Sie recht.« In letzter Zeit schlafe ich sehr schlecht, habe es allerdings auf meine traumatische Jobsituation und meine Geldprobleme geschoben. »Jedenfalls, sollte ich Sie morgen nicht mehr antreffen, lassen Sie mir die Rechnung hier? Oder bringen sie in der Schule vorbei?«

»Ich klemme sie in die Fliegentür. Die Schule kann mir gestohlen bleiben.« Damit steigt sie ein und fährt ohne weiteren Gruß oder sonstige Nettigkeiten davon.

Wieder hab ich den Eindruck, dass das Leben in Augustine auf der Basis irgendeines Codes funktioniert, der sich mir nicht erschließt. Ich fühle mich so fehl am Platz wie damals, als ich auf dem Gästebett im Hinterzimmer der New Yorker Wohnung meines Vaters hockte, mein Köfferchen zwischen den Knien, während draußen mein Vater, seine neue Frau und meine Großeltern in Schnellfeuer-Italienisch aufeinander einquasselten und ich mich fragte, ob meine kleinen Halbschwestern in ihren Betten im Zimmer nebenan wohl verstanden, was geredet wurde. Über mich.

Ich verdränge die Erinnerung und gehe ins Haus zurück, wo ich meine wasserdichten Gesundheitstreter anziehe, die ich an regnerischen Tagen auf dem Campus immer getragen habe. Richtige Gummistiefel besitze ich nicht, deshalb werden sie genügen müssen. Hoffentlich muss ich auf der Suche nach dem Dammweg nicht zu tief im Sumpf herumstapfen, aber ich möchte mir wenigstens einen Eindruck verschaffen, bevor der Regen wieder einsetzt.

Ich überquere das Grundstück bis zu den Oleander- und Geißblatthecken am Ende, die es von dem kleinen Obst- und Gemüsegarten und den Feldern dahinter trennen.

Als ich endlich auf einen erhöhten Weg stoße, der sich an einem Bewässerungskanal entlangschlängelt, haben meine Schuhe bereits Wasser geschöpft, und an den Sohlen kleben gefühlte fünf Kilo Matsch. Aber wie es aussieht, habe ich den Dammweg gefunden. Abdrücke von Rädern sind im von Gras und allerlei Wildblumen überwucherten Erdreich zu erkennen.

Ein einzelner Sonnenstrahl schiebt sich durch die dichten Wolken, als wollte er mich zum Weitergehen ermutigen. Virginia-Eichen leuchten im goldenen Schein, wie Diamanten glitzernde Wassertropfen fallen von den wachsigen Blättern, Moosvorhänge baumeln in der Brise müßig an den knorrigen Ästen. Die tiefen Schatten verleihen dem Weg vor mir eine surreale, fast jenseitige Atmosphäre wie der Kleiderschrank aus Narnia oder Alice' Kaninchenbau.

Ich bleibe stehen und blicke mit klopfendem Herzen den Weg entlang, während ich mir vorstelle, wie viele Menschen und Tiere ihn benutzt haben, welche Geheimnisse hier ausgetauscht wurden. Wer mag wohl in den Karren gesessen haben, die hier entlanggerumpelt sind? Wohin wollten die Menschen? Worüber haben sie gesprochen?

Gab es hier auch Schlachten? Schießereien? Stecken etwa noch Kugeln in den dicken, schartigen Rinden der uralten Bäume? Mit den groben Details des Bürgerkriegs bin ich aus dem Geschichtsunterricht natürlich vertraut, allerdings weiß ich so gut wie nichts über die Geschichte von Louisiana, was sich nun als echte Wissenslücke entpuppt. Ich will dieses

Land mit seinen endlosen Schilf- und Marschgebieten verstehen, meine Heimat für die nächsten fünf Jahre, sofern ich eine Methode finde, hier zu überleben.

Was ich brauche, sind weitere Informationen, aber es ist niemand da, der sie mir einfach so gibt. Stattdessen muss ich sie selbst aufstöbern, sie aus ihren Verstecken ziehen, den Leuten und dem Land entlocken.

Hör mir zu, scheint der Weg zu tadeln. *Hör einfach zu. Ich kenne viele, viele Geschichten.*

Ich schließe die Augen, höre Stimmen, tausende, die alle auf einmal auf mich einflüstern. Was haben sie mir zu sagen? Ich schlage die Augen wieder auf, stecke die Hände in die Taschen meines lila Regenmantels und marschiere weiter. Ringsum ist es still, doch in meinem Kopf geht es drunter und drüber. Mein Herzschlag beschleunigt sich, während ich Pläne schmiede. Ich brauche Hilfsmittel, um die Dynamik dieser Stadt zu begreifen, muss zusehen, dass ich mit dem Unterrichten Fortschritte mache. DingDong-Küchlein sind so ein Hilfsmittel. Bücher auch. Nur leider stehen die wirklich wichtigen Geschichten nicht in Büchern, zumindest nicht die, nach denen ich suche. Sie wurden nicht niedergeschrieben. Geschichten wie die, die Granny T mir erzählt hat, oder Aunt Sarge, über die Farmer, die ihre Karren mit Eseln zum Markt gezogen haben. Auch diese Geschichten sind Hilfsmittel.

Ist 'ne Schande, wenn die alten Geschichten nicht länger erzählt werden, weil keiner da ist, der sie sich anhört. Granny T hat völlig recht.

Was, wenn ich die Geschichten der Leute hier irgendwie in den Lehrplan integrieren könnte? Vielleicht könnten sie mir auch helfen, diese Stadt und meine Schüler besser zu verstehen. Und meinen Schülern, sich untereinander zu verstehen.

Ich bin so ins Nachdenken, Grübeln, Pläneschmieden versunken, stelle mir bildlich vor, wie viel besser ich die kommende Woche gestalten könnte, dass ich zusammenzucke, als der Tunnel aus Bäumen am Wegrand plötzlich verschwunden ist und sich ein schier endloser Acker vor mir erstreckt. Ich habe keine Ahnung, wie weit ich gegangen bin.

Links und rechts des erhöhten Wegs sehe ich sorgsam angelegte Reihen aus Pflanzen, die wie spitzes Gras aussehen und halb im Wasser stehen. Die Sonne ist verschwunden, sodass sich das leuchtende Grün geradezu erschreckend intensiv vom bewölkten Himmel abhebt; es sieht aus, als hätte sich ein Zweijähriger an der Farbeinstellung des Fernsehers zu schaffen gemacht.

Erst jetzt merke ich, was mich aus meiner Trance gerissen und bewogen hat, abrupt stehen zu bleiben. Eigentlich sind es zwei Dinge. Zum einen bin ich am Herrenhaus vorbeigegangen, ohne es zu merken, denn am Ende des Felds erkenne ich bereits die ersten Vorstadthäuser. Zweitens kann ich keinen Schritt weitergehen, weil ein Baumstumpf mir den Weg versperrt. Das Problem ist bloß, dass es gar kein Baumstumpf ist, sondern ein Alligator. Zwar kein riesiger, aber groß genug, dass er mitten auf dem Weg hockt und mich ohne jede Furcht mustert.

In einer Mischung aus Staunen und Entsetzen starre ich zurück. Dies ist das größte Raubtier, das ich je außerhalb des Fernsehers gesehen habe.

»Ich jag ihn weg!« Erst jetzt bemerke ich den kleinen Jungen mit dem Fahrrad. Sein schmutziges Shirt trägt die Spuren des Hühnerbeins, das er im Cluck and Oink ergattert hat.

»Nein. Nein, nein, nein!« Doch meine Worte verhallen wirkungslos. Der Knirps stürmt auf das Reptil zu, wobei er das Fahrrad wie einen Rammbock vor sich herschiebt.

»Nicht! Geh lieber zurück«, rufe ich und mache einen Satz vorwärts, ohne recht zu wissen, was ich eigentlich tue.

Zum Glück gefällt dem Vieh das ganze Getöse nicht. Es macht kehrt und gleitet in das unter Wasser stehende Feld zurück.

»So was solltest du nicht tun!«, keuche ich. »Die sind gefährlich.«

Der Junge runzelt die Stirn und schaut mich verwirrt aus seinen großen braunen Augen mit den unglaublich dichten schwarzen Wimpern an, die mir schon am ersten Schultag aufgefallen sind, als er ganz allein auf dem leeren Schulhof saß.

»Aber der war ja nisch groß«, sagt er mit einem Nicken in Richtung des Alligators.

Mein Herz zieht sich zusammen. Seine Stimme und die leichten Artikulationsprobleme lassen ihn viel jünger wirken, als er wahrscheinlich ist. Dennoch finde ich nicht, dass ein Fünf- oder Sechsjähriger ganz allein durch die Stadt kurven, Highways überqueren oder Alligatoren verscheuchen sollte.

»Was machst du ganz allein hier?«

Seine knochigen Schultern heben und senken sich unter den verzogenen Trägern seines ausgebleichten, fettverschmierten Spiderman-Muskelshirts über den weiten Shorts – es ist ein Schlafanzug, wie ich erst jetzt bemerke. Ich schüttle die Arme aus, um die Spannung in meinen Schultern loszuwerden, und versuche, mich zu sammeln, doch ich bin immer noch zittrig.

Ich beuge mich vor und sehe ihm tief in die Augen. »Wie heißt du? Wohnst du hier in der Gegend?«

Er nickt.

»Hast du dich verlaufen?«

Er schüttelt den Kopf.

»Brauchst du Hilfe?«

Wieder ein stummes Nein.

»Gut, dann will ich jetzt, dass du mich ansiehst.« Er sieht kurz auf, wendet aber gleich darauf den Blick wieder ab. Ich mache die typische Lehrergeste – zwei Finger, zuerst auf meine Augen, dann auf seine gerichtet. »Weißt du, wie du nach Hause kommst?«

Er nickt unsicher, ohne den Blick von mir zu wenden. Unwillkürlich muss ich an ein Kätzchen denken, das in der Ecke hockt und herauszufinden versucht, wie es mir am besten entkommt.

»Ist es weit von hier?«

Mit einer vagen Geste deutet er auf ein paar baufällige Häuser auf der anderen Seite der Felder.

»Ich will, dass du jetzt auf dein Fahrrad steigst und auf dem direkten Weg nach Hause fährst. Und dortbleibst, weil bald ein Sturm aufzieht und ich nicht will, dass dich ein Blitz trifft oder so was.«

Sichtlich frustriert sinkt er in sich zusammen. Offensichtlich hatte er andere Pläne. Allein bei der Vorstellung, welche es sein könnten, wird mir ganz anders.

»Ich bin Lehrerin, und Kinder müssen tun, was Lehrer sagen, stimmt's?« Keine Antwort. »Wie heißt du?«

»Tobiasch.«

»Tobias? Das ist ein schöner Name. Freut mich, deine Bekanntschaft zu machen, Tobias.« Ich strecke ihm die Hand hin, er reicht mir seine, zieht sie aber sofort kichernd zurück und verbirgt seinen Arm hinter dem Rücken. »Tobias, du bist ein sehr tapferer Junge, und ich würde nicht wollen, dass du im Gewitter umkommst oder von einem Alligator gefressen wirst.« Seine Brauen schießen in die Höhe. »Und ich danke dir von Herzen, dass du mich vor dem Alligator gerettet hast, aber so was darfst du nie, nie, nie wieder tun, hörst du, egal wann und wo. Haben wir uns verstanden?«

Er zieht seine Unterlippe zwischen die Eckzähne – seine beiden Schneidezähne fehlen – und leckt sich einen Klecks Schmutz oder Barbecuesoße ab.

»Versprich es mir. Und du weißt ja – Superhelden halten ihre Versprechen immer, vor allem Spiderman. Spiderman bricht nie ein Versprechen. Und schon gar nicht eines, das er einer Lehrerin gemacht hat.«

Das mit dem Superhelden gefällt ihm. Er strafft die Schultern und nickt. »…'kay.«

»Gut. Und jetzt fahr nach Hause. Und denk daran – du hast es versprochen.«

Er wendet sein Fahrrad, schwingt umständlich ein Bein über die zu hohe Stange und sieht mich an. »Und wie heißen Sie?«

»Miss Silva.«

Er grinst. Einen Moment lang wünsche ich mir, ich hätte Grundschulpädagogik belegt.

»Miss Seeba«, sagt er, stößt sich ab und radelt davon. Auf den ersten Metern wackelt sein Fahrrad hin und her, bis er ausreichend Schwung hat, um geradeaus zu fahren.

Ich vergewissere mich noch einmal, dass der Alligator tatsächlich verschwunden ist, ehe ich weitergehe. Schluss jetzt mit den Tagträumen. Hier draußen ist Aufmerksamkeit lebenswichtig.

Obwohl ich die Augen offen halte, verpasse ich auch beim zweiten Anlauf um ein Haar die Abzweigung zum Grand House, die von Kräuselmyrtensträuchern abgeschirmt wird und so dicht von Wurzelbrut, wilden Weinreben und massenhaft Gifteefeu überwuchert ist, dass sie sich kaum von der Landschaft abhebt, nur die verblühten Sommerblumenkelche, die wie durchgebrannte Kerzen von Weihnachtslichterketten in die Luft ragen, zeigen an, wo sie ist.

Zwischen den Sträuchern hat sich ein Puzzle aus grünen Moosrechtecken gebildet. Vorsichtig kratze ich mit dem Schuh daran, worauf ein Pflasterstein aus einem längst verlassenen Pfad oder Zufahrtsweg zum Vorschein kommt. Abgebrochene Zweige zeigen, dass sich erst kürzlich jemand einen Weg zwischen den herabhängenden Pflanzen hindurch gebahnt hat.

Unwillkürlich muss ich daran denken, wie ich mit meiner Mom und ihrem damaligen Liebhaber, der Kindern nicht allzu viel abgewinnen konnte, in Mississippi gelebt habe, eine kurze Episode von etwa einem halben Jahr. Damals flüchtete ich mich regelmäßig mit meinen Stofftieren auf das Nachbargrundstück, wo ich mir heimlich eine Höhle unter den Myrtensträuchern gebaut hatte.

Es fühlt sich ganz natürlich an, mich durch die Lücke im Gebüsch in den Garten auf der anderen Seite zu zwängen, der überwuchert und regelrecht märchenhaft ist – mit riesigen Virginia-Eichen, morschen Holzbänken, stattlichen Pekannussbäumen und halb zerfallenen Backsteinmauern, an denen sich altmodische Kletterrosen emporranken. Hier und da erheben sich Reste schimmelfleckiger Marmorsäulen aus dem Meer aus Grün. Es ist lange, lange her, seit sich zuletzt jemand dieses Gartens angenommen hat, dennoch besitzt er auch jetzt eine bestechende, friedliche Schönheit.

Eine gespenstische weiße Hand streckt sich nach meinem Fuß aus, als ich um eine Ecke biege. Erschrocken weiche ich zurück, ehe ich feststelle, dass es sich um den abgetrennten Arm eines umgefallenen Engels handelt, der in einer Hängematte aus verschlungenen Klettertrompeten liegt, die steinernen Augen sehnsüchtig gen Himmel gerichtet. Einen Moment lang bin ich versucht, ihn zu retten, indem ich ihn aufstelle, doch dann fällt mir Stadtrat Walkers Geschichte von dem

Schutzheiligen in Miss Rettas Garten wieder ein. Außerdem ist der Engel sowieso viel zu schwer für mich. *Vielleicht gefällt es ihm ja zwischen den Blumen.*

Ich folge dem Weg über eine gewölbte Steinbrücke, unter der bunte Fische im seichten Wasser herumflitzen, ehe ich mich durch das kniehohe Gras auf der anderen Seite voranarbeite, ganz vorsichtig, denn zum einen könnten hier Alligatoren lauern, zum anderen habe ich Angst vor Giftefeu.

Hinter der nächsten Biegung kommt endlich das Herrenhaus in Sicht. Ich trete durch einen brüchigen Torbogen und stehe in einem Garten mit frisch gemähtem Rasen; das Gras ist saftig und grün vom vielen Regen. Das Donnergrollen erinnert mich daran, dass neuer Regen droht und ich mich beeilen sollte. Aber wenn es nach mir ginge, würde ich eine halbe Ewigkeit hier stehen und die Atmosphäre in mich aufsaugen.

Trotz aller unübersehbaren Anzeichen der Vernachlässigung sind Haus und Garten traumhaft schön, selbst von der Rückseite. Auch hier säumen ausladende Eichen und Pekannussbäume die Auffahrt und wölben sich wie ein Baldachin darüber, dazwischen mindestens ein Dutzend Magnolien mit dicken grünen Blättern, Kräuselmyrte mit verschlungenen Stämmen, so dick wie meine Oberschenkel, Antikrosen, Oleander, Garteneibisch, rosa-weiße Hakenlilien und zarte Wunderblumen bilden bunte Farbtupfer seitlich am Haus, haben sich längst aus ihren Gefängnissen künstlich angelegter Blumenbeete befreit und wuchern nun in voller Pracht auf den Wegen. Der süße Duft von Nektar mischt sich mit der Salzigkeit des vom Meer heranziehenden Sturms.

In majestätischer Stille steht das Haus auf einem einstöckigen Ziegelsteinsockel. Eine schmale Holztreppe auf der Rückseite führt auf eine großzügige, ringsum verlaufende Veranda, gestützt von massiven weißen Säulen, die sich wie schiefe

Zähne leicht nach innen und außen neigen. Das Holz knarzt unter meinen Füßen, vermischt sich mit einem eigentümlichen Klirren und Scheppern.

Im Nu habe ich herausgefunden, woher es kommt. Neben der breiten, gewundenen Treppe auf der Vorderseite des Hauses hängt ein Windspiel aus alten Gabeln und Löffeln, unter deren Klimpern sich die hohen, gläsernen Töne mehrerer an einem toten Baum baumelnder Flaschen mischen.

Ich klopfe an, spähe durch ein Seitenfenster, sage ein paar Mal »Hallo!«, obwohl auf der Hand liegt, dass das Haus bereits seit längerem unbewohnt ist, auch wenn der Rasen gemäht und die Blumenbeete ringsum gepflegt wurden. Meine Schuhabdrücke sind die einzigen, die sich auf der von Regentropfen gesprenkelten Staubschicht der Veranda abzeichnen.

Sobald ich durch das Fenster spähe, weiß ich, dass ich den Raum gefunden habe, von dem LaJuna mir erzählt hat. Reglos stehe ich davor und blicke durch das von Spinnweben überzogene Glas auf raumhohe Regale voller unzähliger Bücher.

Hier ist sie: Eine literarische Schatztruhe, die nur darauf wartet, gehoben zu werden.

KAPITEL 7

Hannie Gossett

AUGUSTINE, LOUISIANA, 1875

Es ist stockdunkel, als ich aufwache. Nicht mal der Mond, eine Gaslampe oder ein Kienspan spenden Licht. Im ersten Moment weiß ich nicht, wo ich bin oder wie ich hergekommen bin, nur dass mein Genick wehtut und mein Kopf ganz taub ist. Ich massiere die schmerzende Stelle, halb in der Erwartung, dass sie kahl ist. Damals, als wir noch als Sklaven auf der Plantage in Texas gearbeitet haben, als die Arbeit schwer und Hilfskräfte rar waren, weil das Sumpffieber und die schwarze Zunge viele von uns dahingerafft hatten und so mancher davongelaufen war, wurden selbst die Haussklaven für die Baumwollernte eingeteilt. Die Kinder mussten eimerweise das Wasser vom Brunnen aufs Feld schleppen, auf dem Kopf, hin und her, hin und her, hin und her, den ganzen Tag. So viele Eimer, dass unsere Köpfe noch lange vor Ende der Ernte ganz kahl gerieben waren.

Doch als ich meinen Kopf berühre, spüre ich Haare, wenn auch so kurz geschnitten, dass sie mir nicht im Weg sind, nur statt meines gewohnten Kopftuchs trage ich einen Hut. Johns Strohhut. Kurz überschlagen sich meine Gedanken, galoppieren hierhin und dorthin, ehe mir wieder einfällt, wo ich bin.

In einer schmalen Gasse, in einem umgekippten Holzfass, in dem noch der süßliche Geruch von Zuckerrohrsirup hängt.

Es sollte noch nicht dunkel sein, und du müsstest längst weg sein, Hannie, ist mein erster Gedanke. Wo ist Missy? Und wo ist Juneau Jane?

Ich höre ein Geräusch. Genau das hat mich auch geweckt. Das Klirren und Ratschen von Old Gingers Geschirr, als jemand sie von der Kalesche trennt. »Sollen wir die Kiste in den Fluss rollen lassen, Lieutenant? Schwer genug ist sie jedenfalls. Die sinkt wie ein Mühlstein.«

Ein Mann räuspert sich, und als er zu sprechen anfängt, glaube ich zu hören, dass es derselbe ist, der Missy und Juneau Jane ins Haus mitgenommen hat. Vor Stunden. »Nein, lass sie stehen. Ich sorge dafür, dass sie noch vor morgen früh wegkommt. Die Pferde bringst du auf die *Genesee Star*. Wir warten, bis wir die Mündung des Red River hinter uns haben und ein Stück weit in Texas sind, dann verkaufen wir sie. Der Graue ist zu auffällig, jemand könnte ihn hier in der Gegend wiedererkennen. Eine Prise Vorsicht erspart dir eine ganze Wagenladung Ärger, Moses. Vergiss das nie, sonst wirst du's bitter bereuen.«

»Ja, Sir, Lieutenant, ich schreib's mir hinter die Ohren.«

»Du bist ein braver Junge, Moses. Ich belohne Treue genauso wahrhaftig, wie ich den Mangel daran bestrafe.«

»Ja, Sir.«

Jemand klaut Old Ginger und den Grauen! Schlagartig bin ich hellwach. Wir brauchen die Pferde, damit wir wieder nach Hause kommen, außerdem sollte ich auf sie aufpassen. Und auf die Kutsche auch. Wenn Missy Lavinia mich nicht dafür totschlägt, tut's Old Missus, wenn sie es herausfindet. Da kann ich mich genauso gut gleich ins Wasser stürzen, zusammen mit der Kutsche, und John und Jason und Tati kann ich gleich mitnehmen. Ertrinken ist immer noch gnädiger als Verhungern. Old Missus wird dafür sorgen, dass wir nirgendwo sonst mehr Arbeit bekommen. Am Ende wird sie's so hindrehen, dass alles meine Schuld ist.

»Habt ihr den Jungen schon gefunden, der sie gefahren hat?«, fragt der Mann.

»Nein, Sir. Ich nehme an, er hat sich dünngemacht.«

»Finde ihn, Moses. Und sieh zu, dass er verschwindet.«

»Ja, Sir. Mach ich, Sir.«

»Und komm erst zurück, wenn du ihn losgeworden bist.«

Die Tür geht auf und wieder zu, und der Lieutenant ist weg, aber Moses bleibt. Es ist so still, dass ich mich nicht mal traue, die Beine anzuziehen, um abzuhauen.

Kann er mich atmen hören?

Diese Männer sind keine gewöhnlichen Pferdediebe. Nein, was hier geschieht, ist viel, viel schlimmer. Es hat irgendwas mit dem Mann zu tun, zu dem Missy und Juneau Jane wollten, diesem Mr. Washburn.

Mein Bein wackelt von ganz allein. Das Klirren des Geschirrs verstummt, und ich spüre, dass dieser Moses zu mir rübersieht. Schwere Schritte hallen in der Gasse, kommen näher, ganz langsam. Ich höre das lederne Ratschen einer Pistole, die aus dem Holster gezogen wird, das Spannen des Hahns.

Ich halte die Luft an, drücke mich ganz fest gegen das Holz. *So soll ich also sterben?*, denke ich. Nach all den Jahren des Rackerns und Schuftens soll ich mit gerade mal achtzehn Jahren ins Gras beißen? Ich hatte nie einen Ehemann. Keine Kinder. Stattdessen werde ich durch die Hand eines üblen Schurken sterben und in den Fluss geworfen.

Inzwischen ist Moses ganz dicht vor mir, späht durch die Schatten. *Versteck mich*, flehe ich das alte Holzfass an und auch die Dunkelheit. *Versteckt mich, alle beide.*

»Mmm-hmmm...« Das Summen steigt aus den Tiefen seiner Kehle hoch. Sein Geruch nach Tabak, Schießpulver, feuchtem Holz und Bratfett steigt mir in die Nase.

Worauf wartet er? Weshalb schießt er nicht einfach? Soll ich aufspringen und versuchen, irgendwie an ihm vorbeizukommen?

Old Ginger wiehert und scharrt unruhig mit den Hufen, als wüsste sie ganz genau, dass es Ärger gibt. Tiere können so was. Sie schnaubt und wiehert ein weiteres Mal, tänzelt seitwärts, um nach dem Grauen auszuschlagen. Dieser Moses hat sie zu dicht nebeneinandergestellt. Er weiß nicht, dass die beiden Gäule sich gar nicht kennen. Eine Stute wie Old Ginger, die immer das Sagen hatte, weist einen frechen Jungspund wie den Grauen bei der ersten Gelegenheit, die sie kriegt, in seine Schranken.

»Ruhig!«, ruft Moses und kehrt zu den beiden zurück, während ich überlege, was klüger ist – die Beine in die Hand nehmen oder in meinem Versteck bleiben.

Ich rühre mich nicht vom Fleck. Es ist, als würden Stunden vergehen, während er die Tiere beruhigt, die Straße auf und ab geht, hier einen Stapel Kisten umkippt und dort gegen einen Haufen Unrat tritt. Schließlich gibt er einen einzelnen Schuss ab, allerdings ist er mittlerweile ein gutes Stück weg. Ich schlinge mir die Arme über den Kopf, frage mich, ob die Kugel mich treffen könnte, aber es geschieht nichts. Er schießt nicht noch mal.

Direkt über meinem Kopf wird ein Fenster hochgeschoben, und der Lieutenant ruft Moses zu, sich gefälligst zu beeilen, schließlich muss auch noch die Ladung an Bord gebracht werden. Moses soll sich höchstpersönlich darum kümmern. Vor allem um die Pferde. Er soll sie an Bord schaffen und dann zusehen, dass er den Jungen loswird.

»Ja, Sir.«

Das Klappern der Hufeisen auf dem Pflaster hallt von den Hauswänden wider, als er die beiden wegführt. Ich warte, bis es vollends verklingt, ehe ich aus meinem Versteck krabble und zu der Kalesche flitze, um nach Missy Lavinias braunem Spitzenpompadour zu suchen. Ohne ihr Handtäschchen wären wir aufgeschmissen, hätten weder was zu essen noch Geld, um wieder nach Hause zu kommen. Ich finde es und renne los, als wäre der Teufel höchstpersönlich hinter mir her. Na ja, irgendwie ist er das ja auch.

Ich bleibe erst stehen, als ich ein gutes Stück näher am Fluss bin, wo Jungen und Männer wie Ameisen auf einem Hügel hin und her wuseln, um einen Abenddampfer zu beladen. Ich stopfe mir Miss Lavinias Pompadour in den Hosenbund, mache kehrt und laufe zu einem Lagerplatz, wo Lastkarren und Farmwagen auf die Boote warten, die am Morgen anlegen sollen. Zeltplanen flattern und ächzen in der Brise; Stoffbahnen und Moskitonetze sind an Ästen befestigt, um Schlafstätten darunter zu schützen.

Ganz leise pirsche ich durch das Lager, geschützt vom Rauschen des Windes und dem Plätschern der Wellen. Das Wasser steht hoch nach den Frühjahrsregenfällen, und der alte Mississippi ist ohrenbetäubend laut, wie die Männer auf ihren selbst hergestellten Trommeln damals, vor der Befreiung. Jedes Jahr, wenn die Ernte eingebracht war – als Letztes kam immer der Mais –, haben unsere Besitzer ein Maisfest gegeben, mit Schinken, Würstchen, gebratenem Hühnchen, Töpfen voller Bratensoße und Erbsen, Kartoffeln und fassweise Maisschnaps. Jeder hat so viel gekriegt, wie er wollte, ein Maiskolben nach dem nächsten, dazu ein Gläschen, dann noch ein Kolben. Die Fiedel und das Banjo wurden ausgepackt, *Oh! Susanna* und *Swanee River* angestimmt. Ein ausgelassenes, fröhliches Fest, ein Abend, ohne an die Last der Arbeit denken zu müssen, bis alles wieder von vorn anfing. Lange nachdem die Weißen ins Herrenhaus zurückgekehrt waren, legten die Männer dann ihre Fiedeln weg und holten die Trommeln hervor, und die Leute tanzten so, wie sie es früher immer getan hatten; ihre Leiber zuckten im Schein des Feuers, wenn sie stampften und sich im Rhythmus der Klänge wiegten und wanden. Die Alten, völlig erschöpft und ausgelaugt vom Zuckerrohrschneiden auf den Feldern und dem Befüllen der Presse im Sudhaus, hockten auf ihren Stühlen, warfen die Köpfe zurück und sangen die Lieder, die ihre Mamas und Großmamas sie in der alten Heimat gelehrt hatten. Die Lieder über gute Zeiten an fernen, längst vergessenen Orten.

Nach einer Weile finde ich einen leeren Wagen und klettere rein, in eine Lücke zwischen Wachstuchstapeln, die gerade breit genug ist, dass ich dazwischenpasse. Ich ziehe die Knie an, schlinge die Arme ganz fest darum und versuche, meine Gedanken zu ordnen. Ringsum herrscht reges Treiben. Im Schein von Gaslampen rollen Hafenarbeiter und Deckhilfen Fässer hin und her, vollbeladene Handkarren werden aus den Häusern auf den Dampfer gebracht, damit er gleich am Morgen ablegen kann. Ist das die *Genesee Star*, die der Lieutenant erwähnt hat?

Moses sehe ich ebenfalls zwischen den Lagerhäusern und dem Schiff hin und her laufen, was meine Frage beantwortet. Er deutet hierhin, gibt dorthin Anweisungen, treibt die Arbeiter an. Er ist ein kräftiger, barscher Kerl wie die Sklaventreiber von einst – einer von denen, die nicht davor zurückschrecken, die neunschwänzige Katze auch gegen die eigenen Leute einzusetzen, wenn sie sich dadurch besseres Essen und eine schönere Behausung verdienen können; die ihresgleichen töten und auf dem Feld verscharren würden, auf dem im nächsten Jahr die neue Ernte ausgesät wird.

Ich vergrabe mich tiefer zwischen das Tuch, als Moses sich zum Lager umwendet, obwohl ich weiß, dass er mich nicht sehen kann.

Wie um alles in der Welt ist Missy an diese Kerle geraten? Ich muss herausfinden, was dahintersteckt, deshalb öffne ich ihr Spitzentäschchen, spähe hinein und finde ein Taschentuch, dem ein Geruch entströmt, als wäre ein Stück Maisbrot darin eingewickelt. Missy geht nie irgendwohin, ohne Proviant mitzunehmen. Mit knurrendem Magen krame ich weiter in ihren Habseligkeiten – ein Münzmäppchen mit sechs Liberty-Dollars, Missys Elfenbeinkamm und ganz unten, eingerollt in einen von Old Misters Seidenschlipsen, etwas Hartes, Schweres, das ein leises Klirren von sich gibt, als ich es auswickle. Ein Schauder überläuft mich, als eine kleine perlenbesetzte Pistole und zwei lose Randfeuerpatronen in meine Handfläche fallen. Eilig schlage ich die Seide wieder darum und lege das Päckchen auf mein Knie.

Was will Missy denn damit? Allein sich in diese Situation zu begeben war die pure Dummheit. Und genau das ist sie, ein Dummkopf.

Die Pistole immer noch auf meinem Knie, wickle ich das Maisbrot aus und beiße davon ab. Es ist knochentrocken, sodass ich es ohne einen Schluck Wasser kaum hinunterbekomme, deshalb esse ich bloß so viel, dass mein Magen und mein Kopf ein Weilchen Ruhe geben. Den Rest verstaue ich gemeinsam mit dem Münzbeutel wieder in Missys Spitzentäschchen, ehe sich mein Blick erneut auf die Waffe heftet.

Der Geruch nach Pfeifentabak, Leder, Rasierseife und Whiskey entströmt dem Seidenstoff, was mich unwillkürlich an Old Mister denken lässt. *Er wird nach Hause kom-*

men und dem ganzen Spuk ein Ende bereiten. Dann ist alles wieder gut, denke ich. *Er wird sein Wort über den Pachtvertrag halten und nicht zulassen, dass Old Missus ihn zunichtemacht.*

Aber Old Mister weiß doch gar nicht, dass du hier bist. Der Gedanke schleicht sich in meinen Kopf wie ein gemeiner Dieb in ein schönes Haus. *Keiner weiß es. Die Missus nicht. Nicht mal Missy Lavinia. Sie glaubt, irgendein Gartengehilfe habe sie hergefahren. Geh nach Hause, Hannie. Und erzähl keinem, was du heute gesehen hast.*

Die Stimme hallt in meinen Ohren wider, lässt mich an das letzte Mal denken, als jemand versucht hat, mich zu überreden, die Beine in die Hand zu nehmen und zu verschwinden. Aber ich hab's nicht getan. Hätte ich mich getraut, hätte ich heute vielleicht noch eine Schwester. Zumindest eine.

»Wir sollten's wagen«, hatte Epheme vor all den Jahren geflüstert, als Jep Loach uns hinter seinem Wagen herlaufen ließ. Für einen Moment hatte man uns erlaubt, ins Gebüsch zu gehen, um unsere Notdurft zu verrichten, nur wir beiden Mädchen. Unsere Körper waren ganz steif und wund vom Gehen, von den Peitschenhieben und den Nächten auf dem eiskalten Boden. Die Morgenluft schlug uns ihren eisigen Atem entgegen, und der Wind stöhnte wie der Leibhaftige selbst, als Epheme mir tief in die Augen sah. »Lass uns abhauen, Hannie. Wir müssen es tun, solange wir's noch können.«

Mein Herz hämmerte. Vor Angst und vor Kälte. Erst in der vergangenen Nacht hatte Jep Loach uns im Schein des Feuers sein Messer vor die Nase gehalten und gedroht, was uns blühte, wenn wir ihm Ärger machen sollten. »A-aber M-m-marse kommt uns h-h-holen«, stammelte ich, weil mein Mund mir vor Angst nicht gehorchen wollte.

»Keiner kommt uns holen. Keiner rettet uns. Das müssen wir schon selber tun.«

Epheme war gerade mal neun, drei Jahre älter als ich, aber sehr tapfer. Und jetzt kommen mir ihre Worte wieder in den Sinn. Sie hatte recht. Wir hätten weglaufen sollen, solange wir es noch konnten. Zusammen. Zwei Tagesreisen weiter wurde Epheme verkauft, und das war das letzte Mal, dass ich sie gesehen habe.

Ich sollte verschwinden. Bevor ich erschossen werde oder mir noch Schlimmeres passiert.

Was geht mich der Schlamassel an, in den sich Missy geritten hat? Sie und diese Juneau Jane, die all die Jahre wie eine Königin im Schloss gelebt hat? Was schert's mich? Kümmert sich irgendeiner je um mich? Immer nur schwere Arbeit, bis mein Körper vor Schmerzen schreit und meine Hände von den scharfen Kanten der Maisblätter bluten und ich abends um neun Uhr halb tot ins Bett falle, damit ich morgens um vier wieder aufstehen und von vorn anfangen kann?

Noch ein Jahr. Eine Saison noch, dann hast du endlich was in der Hand, Hannie. Etwas Eigenes. Bau dir ein Leben auf. Jason mag nicht der Hellste im Kopf und nicht sonderlich aufregend sein, aber er ist ein anständiger, ehrlicher Arbeiter. Und er wird dich immer gut behandeln, da kannst du dir sicher sein.

Los, mach schon! Zieh dir dein Kleid an und verbrenn die Beweise, sobald du nach Hause kommst. Keiner wird es je erfahren. Der Plan nimmt in meinem Kopf Gestalt an. Ich werde Tati einfach erzählen, ich hätte im Keller des Grand House festgesessen und wegen all der Gartengehilfen, die die Einfahrt fegten, nicht rausschlüpfen können. Und dann sei ich irgendwann eingeschlafen.

Keiner wird es je erfahren.

Wütend stopfe ich die Pistole in Missys Beutel zurück und zurre die Bänder fest. Womit habe ich diesen Schlamassel verdient? In einem Lager voller Bauern und Händler herumhocken zu müssen, mitten in der Nacht, einen wildfremden Mann auf den Fersen, der mich erschießen und in den Fluss werfen will?

Gar nichts. So sieht's aus. Es ist genauso wie früher in den alten Zeiten. Missy hat wieder mal eine ihrer gemeinen Ideen, bringt den Stein ins Rollen, nur um sich dann hinzusetzen und zu warten, dass jemand drunter zerquetscht wird. Dann faltet sie ihre kleinen feisten Hände auf dem Rücken, wackelt auf ihren runden Füßchen hin und her und freut sich diebisch, dass sie wieder mal ungestraft davongekommen ist. Aber diesmal nicht. Missy Lavinia kann selbst zusehen, wie sie da wieder rauskommt.

Ich muss mir ein Versteck für die Nacht suchen. Nachts als Schwarze allein auf der Straße unterwegs zu sein ist keine gute Idee – es gibt jede Menge Reiter, die die Straßen und Wege kontrollieren, so wie die Sklaven-Patrouillen früher, die verhindern sollten, dass unsereins von einer Plantage zur anderen wandert, es sei denn, die Weißen hatten uns damit beauftragt.

Ich spähe unter den Wachstüchern hervor und halte nach einer Fluchtmöglichkeit Ausschau. Mein Blick bleibt an einem Mann in einem weißen Hemd am Anleger hängen. Eilig ziehe ich mich zurück, falls er herübergesehen hat, doch dann merke ich, dass es gar kein Mann ist, sondern bloß Kleider, die jemand zum Trocknen an einem Ast aufgehängt hat. Das kleine Lagerfeuer darunter ist fast heruntergebrannt. Ein Vorhang ist an dem Ast befestigt, darüber hat jemand ein Netz gespannt, damit die Moskitos nicht reinkommen.

Ein Paar großer, zur Seite gekippter Füße drückt von innen gegen das Netz.

Das ist es, der erste Schritt meines Plans. Vorsichtig gleite ich aus meinem Versteck und pirsche geräuschlos durch das Muster aus Schatten und hellen Flecken, das der Mond auf den Boden wirft.

Leise schnappe ich mir den Hut und ersetze ihn durch meinen eigenen, verbiete mir den Gedanken, dass es Diebstahl ist, jemandes Hut an sich zu nehmen, auch wenn man den eigenen dort lässt. Aber egal. Für den Fall, dass Moses, der Narben-Mann oder seine Leute immer noch hinter mir her sein sollten, sehe ich zumindest anders aus.

Mit flinken Fingern öffne ich die Hornknöpfe, ziehe mein Hemd über den Kopf und greife nach dem des Fremden, bevor die Moskitos mich erwischen können. Der Kragen verhakt sich, deshalb muss ich hochspringen, um ihn zu befreien, ohne den Stoff zu zerreißen. Schließlich halte ich das Hemd in der Hand, der Ast schnellt zurück und lässt das ganze Nachtlager erzittern. Der Mann wirft sich herum, grunzt und hustet.

Reglos stehe ich da und warte, bis sich alles wieder beruhigt hat, ehe ich mein altes Hemd ins Gebüsch schleudere und halb nackt mit seinem in der Hand davonlaufe. Nach einer Weile gelange ich auf ein Stoppelfeld am Rand des Lagers, wo ich mich anziehe. Von irgendwoher im Wald bellt ein Hund, ein zweiter stimmt mit ein. Dann noch ein dritter. Sie stimmen das klagende Geheul einer Jagd auf Menschen an. Wieder kommen mir die Aufseher und die Patrouillen in den Sinn, die mit ihren Spürhunden durch die nächtliche Gegend geritten sind und all jene gejagt haben, die versuchten, sich in den Sümpfen zu verstecken oder gen Norden zu fliehen. Manche haben sie im Handumdrehen geschnappt, andere wiederum sind monatelang da draußen geblieben, einige wenige überhaupt nie zurückgekehrt, und wir konnten nur hoffen, dass sie sich bis in die freien Staaten durchgeschlagen hatten, von denen man sich erzählte.

Die meisten aber haben der Hunger, das Fieber oder die Sehnsucht nach ihren Leuten früher oder später nach Hause zurückgetrieben. Ihr weiteres Schicksal lag einzig in der Hand des Marse oder der Missus. Wurde ein Flüchtiger allerdings von den Patrouillen in den Feldern erwischt, haben sie ihm die Hunde auf den Hals gehetzt und dann das, was von ihm übrig war, auf die Plantage zurückgeschleppt. Dann mussten alle, die Feldarbeiter, die Hausmädchen und auch alle Kinder, sich versammeln und zusehen, wie der arme Teufel die Peitsche zu spüren bekam.

Old Gossett hat nie einen behalten, der abgehauen ist. Wenn ein Sklave nicht dafür dankbar ist, etwas zu essen, Kleider und Schuhe zu haben, jeden Sonntag, außer während der Zuckerrohrernte, einen freien Tag zu haben und nicht verkauft zu werden, ist er es nicht wert, hat er gesagt. Fast alle auf der Gossett-Plantage waren dort geboren und aufgewachsen, nur die Sklaven, die Old Missus als Mitgift von den Loaches bekommen hatte, erzählten ganz andere Geschichten. Ihre Narben, die Stummel abgetrennter Finger und Zehen, verdrehte Arme und Beine, die nach einem Bruch nicht mehr anständig zusammengewachsen waren, sprachen eine eigene Sprache. Von ihnen erfuhren wir, wie es auf den umliegenden Plantagen zuging, wie die Leute dort behandelt wurden. Unsere größte Sorge war, dass Old Missus hoffentlich keine schlechte Laune hatte. Das Leben konnte schlimmer sein, und für viele unserer Leute auf den anderen Farmen war es das auch.

Ich will nicht, dass die Hunde meine Witterung aufnehmen, und da ich nicht sagen kann, wo sie genau sind und wen sie jagen, beschließe ich, mich doch lieber irgendwo in der Stadt zu verstecken und zuzusehen, ob sich morgen früh ein Wagen findet, der mich mitnimmt. Ich könnte sogar mit dem Geld aus Missys Täschchen für die Fahrt bezahlen.

Ich kauere zwischen den Stoppeln, knöpfe das Hemd zu, schiebe Missys Pompadour in den Hosenbund und zurre Johns Ledergürtel fest um meine Taille, damit er nicht herunterfallen kann. Damit sehe ich wie ein Junge mit einem dicken Bauch aus. Das ist gut. Ein fetter Junge in einem weißen Hemd und mit einem grauen Hut auf dem Kopf. Je veränderter ich aussehe, umso besser. Jetzt muss ich nur noch einen Wagen finden, wo ich mich bis morgen früh verstecken kann, bevor der Kerl merkt, dass ich seine Sachen mitgenommen habe.

Das Gebell wird immer lauter, deshalb überquere ich den Lagerplatz ein weiteres Mal, um näher an die Anlegestelle zu gelangen, wobei ich nach einem geeigneten Wagen Ausschau halte – nach einem, dessen Fahrer ganz allein ist und die Pferde nicht ausgespannt und gestriegelt hat, weil er ohnehin bei Tagesanbruch nach Hause fahren will.

Der Himmel verfärbt sich bereits, als ich endlich finde, wonach ich suche: Ein alter Schwarzer lenkt den Esel vor seinem mit einer Plane abgedeckten Karren in der Schlange nach vorn. Der Fahrer ist so alt und verkrüppelt, dass er kaum vom Bock klettern kann. Ich höre ihn sagen, er sei aus einem Ort ein Stück flussaufwärts. Unter der Plane kommt ein nobles Klavier zum Vorschein, so wie das von Old Missus vor dem Krieg. Es gibt schiefe Töne von sich, als die Hafenarbeiter es herunterheben. Der Alte folgt ihnen humpelnd den Steg entlang, wobei er jeden ihrer Schritte wachsam beäugt.

Ich gehe auf den Wagen zu, lausche den Stimmen, die sich

mit dem Sirren der Taue, dem Klirren der Ketten und Jaulen der Seilrollen mischen. Esel, Kühe und Pferde schreien, muhen, wiehern, schlagen mit den Hufen, als die Männer sie für die Beladung vorwärtstreiben. Direkt danach kommen die menschlichen Passagiere. Sie dürfen als Letztes an Bord.

Nicht laufen, ermahne ich mich, obwohl jeder Muskel in meinem Körper sich danach sehnt. *Geh herum, als hättest du nicht die geringste Sorge auf der Welt. Als würdest du hierhergehören und deine Arbeit auf den Docks erledigen, so wie alle anderen auch. Ganz ohne Eile.*

Ich komme an einem Stapel Holzkisten vorbei, schnappe zwei und schwinge sie auf die Schultern, wobei ich den Kopf so tief senke, dass mir der Hut tief ins Gesicht rutscht und ich bloß den Boden vor mir sehen kann. Von irgendwoher ganz in der Nähe höre ich Moses' laute Stimme, als er irgendwelche Anweisungen erteilt.

Ein hohes Paar Stiefel erscheint vor mir. Erschrocken bleibe ich stehen und drücke mir die Kisten fester auf den Kopf. *Nicht hochsehen.*

Die Stiefel drehen sich mir halb entgegen. Ich beiße mir auf die Unterlippe.

»Die gehen dorthin, wo man dir gesagt hat.« Zu meiner Erleichterung merke ich, dass die Stimme nicht Moses gehört. Außerdem scheint er auch nicht mit mir zu reden, denn als mich doch traue hochzusehen, stelle ich fest, dass er ein Schrank von einem Mann ist, der zwei Deckarbeitern Anweisung erteilt, wo sie zwei große Kisten hinstellen sollen. »Und beeilt euch, sonst nimmt das Boot euch noch mit, hoch nach Texas.«

Ein Stück hinter dem Mann sehe ich Moses, kerzengerade, einen Fuß auf dem Steg, den anderen im Schlamm, unter einer Hängelampe stehen. Seine Hand liegt auf seinem Holster am Schenkel, während er hierhin und dorthin zeigt und den Männern Befehle gibt, wo sie die Waren hinschaffen sollen. Alle ein, zwei Minuten tritt er auf den Steg und sieht sich um, als hielte er nach etwas Ausschau. Ich hoffe nur, dass nicht ich es bin.

Als die beiden großen, auf einem Handkarren verzurrten Kisten vorbeigeschoben werden, mache ich kehrt. Ein Rad rutscht von den Zypressenplanken, die über den Schlamm gelegt wurden, dann bricht der Tragegriff entzwei, sodass die eine Kiste seitwärtskippt. Ein hohles Poltern dringt aus der Kiste, gefolgt von einem leisen, klagenden Wimmern.

Der Große tritt vor und hält die Kiste fest, damit sie nicht vollends kippen kann. »Vorsicht«, warnt er den Deckhelfer, der den Karren schiebt. »Der Boss wird stinksauer, wenn seinen neuen Hunden was passiert. Pass auf, dass die Räder auf dem Steg bleiben.« Er schiebt ein Knie unter die Kiste und hebt sie mit der Schulter an. In diesem Moment fällt etwas Goldfarbenes durch eine Ritze in der Kiste und landet im Schlamm neben dem Fuß des Aufsehers. Ich erkenne den Gegenstand auf Anhieb wieder, und noch bevor der Aufseher und die Arbeiter etwas bemerken, stelle ich meine Kisten ab und hebe ihn auf.

Im flackernden Schein der Gaslampe liegt das kleine Goldmedaillon auf meinem Handteller, das Missy Lavinia um den Hals trägt, seit sie es in dem Jahr, als sie sechs war, zu Weihnachten bekommen hat.

Sie würde eher sterben, als es freiwillig herzugeben.

VERMISST

Sehr geehrter Herr Chefredakteur – mein Bruder, Israel D. Rust, hat unser Zuhause und unsere Eltern in New Brighton, Pennsylvania, 1847 verlassen; zunächst, um nach New Orleans zu gehen, doch wir haben gehört, dass er stattdessen den Arkansas River auf einem Boot hinaufgereist ist. Dies haben wir von einem jungen Mann erfahren, der ihn nach Süden begleitet hat und innerhalb weniger Monate nach ihrer Abreise nach Hause zurückgekehrt ist. Wir haben nie wieder von meinem Bruder gehört, seit uns besagter junger Mann dies geschildert hat. Mein Bruder war zu der Zeit sechzehn Jahre alt, eher klein, mit blauen Augen, zudem fehlt ihm ein Ringfinger (der linken Hand, wenn ich mich recht entsinne). Seine Mutter, fünf Brüder und eine Schwester möchten unbedingt erfahren, welches Schicksal ihm widerfahren ist, zumal wir kaum glauben, dass er noch am Leben ist. Bitte schreiben Sie mir nach Ennis, Texas.

Albert D. Rust

»Vermisst«-Rubrik im *Southwestern*,
3. Februar 1881

KAPITEL 8

```
Benny Silva
---------------------------
```

AUGUSTINE, LOUISIANA, 1987

Die Bücher halten mich bei der Stange. Ich träume von ihnen in ihrem Versteck in Goswood Grove, von den Mahagoniregalen, in denen sich, Band um Band, die literarischen Schätze aneinanderreihen, von den bis in den Himmel reichenden Leitern davor. Über Tage hinweg schlüpfe ich, wenn ich frustriert und entmutigt über meine mangelnden Fortschritte nachmittags aus der Schule komme, in meine Gartenschuhe, marschiere den Dammweg entlang bis zum Abzweig, wo ich durch die Kräuselmyrten klettere und auf dem moosbewachsenen Pfad bis in den alten Garten gehe. Dann stehe ich auf der Veranda wie ein Kind vor dem Weihnachtsschaufenster bei Macy's und male mir aus, was ich tun würde, wenn ich all die Bücher in die Finger bekäme.

Loren Eiseley, über den ich eine meiner Semesterarbeiten verfasst habe, schrieb: *Wenn es irgendeine Art Magie auf diesem Planeten gibt, dann liegt sie im Wasser.* Für mich dagegen galt immer etwas anderes – Wenn es irgendeine Art Magie auf diesem Planeten gibt, liegt sie in Büchern.

Und Magie ist genau das, was ich brauche ... ein Wunder, Superkräfte. In beinahe zwei Wochen habe ich diesen Kids nicht mehr beigebracht, als mir Kuchen abzuluchsen und im Unterricht zu schlafen... und dass ich notfalls unter Körpereinsatz die Tür versperre, sollte einer von ihnen versuchen, vor dem Läuten aus dem Klassenzimmer zu flüchten, nach dem Motto: *Versucht es lieber gar nicht erst...* mit dem Resultat, dass sie meine Stunde komplett schwänzen. Ich habe keine Ahnung, wo sie stecken, weiß nur, dass sie nicht bei mir im Klassenzimmer sitzen. Meine Listen der unentschuldigt Fehlenden liegen scheinbar unbeachtet auf einem riesigen Stapel aus ähnlichen rosa Formularen im Büro. Rektor Pevotos hochfliegende Pläne, die Schule von Grund auf zu verändern, drohen den althergebrachten Strukturen zum Opfer zu fallen. Er ist wie die hoffnungslos überforderte Figur aus Eiseleys bekannter Story *Der Sternewerfer*, die am Strand steht und einen Seestern nach dem anderen ins Wasser zurückwirft, während die gnadenlose Flut immer mehr von ihnen anspült.

Da die meisten Bücher fehlen, bin ich dazu übergegangen, den Kids jeden Tag selbst aus *Farm der Tiere* vorzulesen – Highschoolschülern, wohlgemerkt, die das Buch eigentlich selbst durcharbeiten sollten. Aber es ist ihnen egal. Einige wenige heben sich aus der Masse aus gefalteten Armen, gesenkten Köpfen, geschlossen Augen ab und hören sogar zu.

LaJuna ist nicht darunter. Nach unserer ermutigenden Begegnung im Cluck and Oink ist sie am Montag, Dienstag, Mittwoch und heute, Donnerstag, nicht zum Unterricht erschienen, was mich unglaublich deprimiert.

Die Vertretungslehrerin auf der anderen Seite des Korridors schreit unablässig, um dem Chaos im Naturwissenschaftsraum irgendwie Herr zu werden – die Kollegin, die gemeinsam mit mir zu Schuljahresbeginn kam, hat bereits das Handtuch geworfen und meinte, sie müsse nach Hause zurückkehren, weil die Lupus-Erkrankung ihrer Mutter einen neuen Schub gemacht habe. Sie ist weg. Einfach abgehauen.

Ich werde nicht kündigen, sage ich mir die ganze Zeit. Kommt nicht in Frage. Stattdessen werde ich mir Zugang zu dieser Bibliothek in Goswood Grove verschaffen. Mag sein, dass ich mich verrenne, trotzdem glaube ich, dass es wichtig ist, Kindern, denen sich sonst so wenige Chancen im Leben bieten, Optionen anzubieten, und wenn es nur einige wenige sind. Außerdem will ich ihnen begreiflich machen, dass es keinen schnelleren Weg gibt, sich neue Welten zu eröffnen, als indem man ein spannendes Buch aufschlägt.

Bücher waren mein Mittel, um den langen, einsamen Stunden zu entfliehen, in denen meine Mutter nicht da war. In den Jahren, in denen ich mich fragte, wieso mein Vater nichts von mir wissen wollte, wieso ich mit meinen wilden schwarzen Locken und meiner olivfarbenen Haut überall auffiel und mich die Kinder neugierig fragten, *Was bist du eigentlich?*, verliehen Bücher mir die Sicherheit, dass kluge Mädchen, die aus der Masse herausstechen, diejenigen sein konnten, die die wirklich großen Geheimnisse lüfteten, die Menschen in Not retteten, internationale Verbrecher jagten, Raumschiffe in fremde Galaxien lenkten oder tapfer in Schlachten zogen. Bücher zeigten mir, dass nicht alle Väter ihre Töchter verstanden oder es auch nur versuchten, dass aber trotzdem etwas aus einem werden konnte. Bücher gaben mir das Gefühl, schön zu sein, auch wenn ich es nicht war, tüchtig, wenn ich in den Seilen hing.

Bücher bildeten das Fundament meiner Identität.

Genau dasselbe wünsche ich mir für meine Schüler; für diese verlorenen, ernsten Gesichter, die freudlosen Münder, die trüben, resignierten Augen, die mich Tag für Tag anstarren.

Die Schulbibliothek ist keine geeignete Quelle für mein

Vorhaben, nicht einmal als erste Anlaufstelle. Die Schüler dürfen keine Bücher ausleihen, weil man sie ihnen nicht anvertrauen könne, heißt es. Die zwei Häuserblocks von der Schule entfernte städtische Bücherei nutzt keiner, und die schöne, moderne, gut ausgestattete Leihbibliothek befindet sich natürlich drüben am See und damit viel zu weit weg.

Ich muss in Erfahrung bringen, inwieweit mir Goswood Grove eine Hilfe sein kann. Deshalb hatte ich Coach Davis gebeten, mir eines der Ferngläser zu leihen, mit denen sie sonst das Geschehen auf dem Platz verfolgen. Er zuckte bloß die Achseln und murmelte, er schicke mir nach der letzten Pause einen der Schüler vorbei, allerdings bräuchte er es morgen, also am Freitag, für ihr Footballmatch zurück.

Nach dem Läuten zur letzten Pause pussle ich in meinem leeren Klassenzimmer herum, bis Lil'Ray und der Kleine mit dem stets akkurat gekämmten Haar vor der Tür stehen – Michael ist einer von Lil'Rays Lieblingsspeichelleckern.

»Mister Rust. Mister Daigre. Ich nehme an, Coach Davis hat euch beide geschickt.«

»Hmhm.«

»Ja, Ma'am.« Weil der Footballtrainer sie geschickt hat, sind sie lammfromm und zeigen Manieren. Lil' Ray entschuldigt sich sogar, dass sie nicht schon früher aufgetaucht sind. Michael nickt beflissen.

»Schon gut. Ich bin nur froh, dass es geklappt hat.« Sehnsüchtige Blicke schweifen zu meiner Süßigkeitenschublade, doch ich mache keine Anstalten, ihnen etwas anzubieten. Nachdem ich tagtäglich damit beschäftigt bin, die beiden rangelnden und motzenden Dummköpfe in den Griff zu bekommen, ist ihre ausgesuchte Höflichkeit ein regelrechter Schock, ja, ärgert mich sogar ein wenig. »Richtet Coach Davis bitte meinen Dank aus.«

»Ja, Ma'am«, sagt der zierliche Michael, während Lil'Ray mir das Fernglas überreicht.

Sie haben schon fast die Tür erreicht, da fährt er herum und starrt mich an, als *müsste* er es einfach wissen, obwohl es ihm ganz gewaltig gegen den Strich geht, mich zu fragen. »Wofür brauchen Sie denn den Fernglas überhaupt?«

»*Das* Fernglas«, korrigiere ich. »Schon vergessen? In meinem Klassenzimmer wollen wir uns korrekt ausdrücken.«

Michael blickt auf seine Füße, dann feixt er. »Aber eigentlich stehen Lil'Ray und ich schon auf dem Korridor.«

Der Kleine hat Grips, verflixt noch eins. Das hat er in den vergangenen Wochen tunlichst vor mir verborgen. »In dem Punkt muss ich leider widersprechen«, sage ich lächelnd. »Denn juristisch gesehen reicht mein Kompetenzbereich bis zur Mitte des Korridors, und zwar über die gesamte Länge des Klassenzimmers, wohingegen die andere Hälfte zum Naturwissenschaftsraum gehört.«

Grinsend tritt Lil'Ray zwei Schritte rückwärts, in die sichere Zone. »Also, wofür brauchen Sie *den* Fernglas?«

»Wenn du morgen im Unterricht eine Frage beantwortest – irgendeine zu *Farm der Tiere*, die ich dir stelle –, verrate ich es dir nach der Stunde... was ich mit dem Fernglas vorhabe, meine ich.« Es ist den Versuch wert. Wenn es mir gelingt, Lil'Ray ein Stück weit auf meine Seite zu ziehen, könnte das auch bei den anderen etwas bewirken. Er steht ziemlich weit oben in der Klassenhierarchie. »Ganz egal, welche Frage, aber du musst sie auch sinnvoll beantworten, keinen Unsinn, der bloß dazu dient, für einen Lacher zu sorgen.«

Ich träume von dem Tag, an dem sich eine richtige Diskussion im Klassenzimmer entspinnt. Vielleicht ist es morgen ja so weit.

Lil'Ray starrt mich durchdringend an, wendet das Gesicht ab. »Nicht so wichtig.«

»Gib Bescheid, falls du es dir anders überlegst.«

Die beiden stürmen davon, sich balgend wie zwei junge Hunde.

Ich stecke das Fernglas ein und warte, bis es endlich vier Uhr ist – der offizielle Feierabend für die Lehrer. Das Fernglas, mein Notizbuch und ich haben eine Mission zu erfüllen, außerdem wollte Aunt Sarge heute endlich, nachdem es tagelang nur geregnet hat und daher keine Reparatur möglich war, vorbeikommen und sich um mein leckes Dach kümmern.

Ich habe die Schlüssel bereits in der Hand und will gerade meinen Rucksack nehmen, als Granny T aus dem Cluck and Oink mit einem Karton Mountain Dew im Türrahmen steht. Allerdings kann ich mir nicht vorstellen, dass er tatsächlich Limodosen enthält, weil ihr das Gewicht keinerlei Mühe zu bereiten scheint, als sie herübergehumpelt kommt, um ihre Fracht auf meinem Schreibtisch abzustellen. Sie zieht eine Karte heraus und bedeutet mir mit einem strengen Nicken, in die Schachtel zu sehen.

Verschüchtert hebe ich den Deckel des Kartons an, in dem jede Menge schlaff aussehender brauner Kekse aufeinandergestapelt liegen, mit Wachspapierschichten voneinander getrennt, damit sie nicht zusammenkleben.

»Hören Sie auf, denen ständig diese DingDongs mitzubringen«, befiehlt sie. »Das hier sind Granny Ts Hafer-Rosinen-Taler. Leicht zu machen, kosten nicht viel und sind nicht zu süß. Wenn der Junge wirklich Hunger hat, isst er sie auch, wenn nicht, verzieht er bloß das Gesicht, solange Sie nicht mehr Zucker reingeben. Und ersetzen Sie die Rosinen durch Schokostreusel, wenn Sie denen mal was besonders Gutes tun wollen. Und nicht mehr im Klassenzimmer, haben Sie verstanden? Die Taler sollen bloß gerade so gut schmecken, dass ein Kind sie isst, wenn es Hunger hat. Nicht besser. Das ist der Trick dabei.« Sie hält mir die Karte hin. »Hier steht das Rezept. Wie gesagt, ist ein Kinderspiel. Und billig. Haferflocken. Butter. Mehl. Eine Prise Zucker. Rosinen. Und Bananen, so braun und reif, dass sie schon matschig sind und die ganze Küche danach riecht. Ganz hinten in der Obstabteilung bei Piggly Wiggly kriegt man sie fast umsonst. Sonst noch was?«

Verblüfft spähe ich in die Schachtel. Wie immer hämmert mir nach einem langen Schultag der Schädel, und mein Körper fühlt sich an, als wäre ein vollbesetzter Bus darüber hinweggerollt, deshalb dauert es eine Weile, bis sich mein Gehirn eine Antwort zurechtgezimmert hat. »Oh... ich... äh... okay.«

Habe ich mich gerade allen Ernstes bereit erklärt, für diese kleinen Terroristen auch noch Kekse zu backen?

Granny T richtet ihren knorrigen Zeigefinger auf mich und verzieht das Gesicht, als hätte sie Essig im Mund. »Das hier ist...« Sie lässt ihren gebieterischen Finger über den Keksen kreisen. »Nächstes Mal müssen Sie das selber hinkriegen. Ich kann nicht immer die Kastanien für Sie aus dem Feuer holen. Ich bin ein altes Weib. Meine Knie tun weh, hab Arthrose im Rücken. Wehe Füße. Im Oberstübchen funktioniert's noch gut, aber manchmal vergesse ich was. Ich bin alt. Ein verhutzeltes altes Weib.«

»Oh... okay. Das war wirklich nett von Ihnen.« Ich spüre, wie sich ein Kloß in meinem Hals bildet und mir in einem völlig unerwarteten Gefühlsausbruch die Tränen in die Augen schießen. Eigentlich habe ich sonst nicht sonderlich nahe am Wasser gebaut, um nicht zu sagen, überhaupt nicht. Wenn man hauptsächlich in den Haushalten anderer Leute aufwächst, lernt man, höflich zu sein und immer hübsch den

Deckel auf seinen Gefühlen zu halten, um bloß niemandem zur Last zu fallen.

Ich schlucke. *Was ist bloß los mit dir, Benny? Hör auf damit*, denke ich. »Danke, dass Sie sich all die Arbeit gemacht haben.«

»Pff, war nicht viel Arbeit«, erwidert Granny T barsch.

Mit gespielter Geschäftigkeit klappe ich die Schachtel wieder zu. »Jedenfalls freue ich mich sehr darüber. Und die Kinder bestimmt auch.«

»Na dann ist es ja gut.« Sie wendet sich zum Gehen. »Sie müssen aufhören, den Kindern ständig diese DingDongs zu geben. Die nutzen Sie doch bloß aus, fallen über Sie her und fressen Sie kahl wie die Heuschrecken die Weizenfelder. Ich weiß, wovon ich rede. Ich war schon Lehrerin an der Sonntagsschule, als Sie noch nicht mal auf der Welt waren. Mein verstorbener Mann hat neunundsechzig Jahre lang den Chor geleitet, bevor er von uns gegangen ist. Tagsüber hat er im Restaurant geschuftet, abends und an den Sonntagen fleißig geprobt. Man tut Kindern keinen Gefallen, wenn man sie zu sehr verwöhnt. Wenn man ein Sahneküchlein in einer hübschen kleinen Schachtel haben will und groß genug ist, um Rasen zu mähen, Unkraut zu jäten, Fenster zu putzen oder im Supermarkt an der Kasse zu sitzen, muss man sich eben einen Job suchen und so viel verdienen, dass man es sich selber kaufen kann. Das Einzige, was es umsonst gibt, ist ein alter Hafer-Rosinen-Taler. Und das auch bloß, damit einem der Magen nicht bis zu den Knien hängt. Damit man schön lernen kann. Wenn man die Chance kriegt, die Schulbank zu drücken, statt sich bucklig zu schuften, kann man sich glücklich schätzen. So was ist ein echter Segen, deshalb sollten die Kinder auch froh drum sein, so wie wir damals, zu meiner Zeit.« Ohne in ihrer Rede innezuhalten, geht sie in Richtung Tür. »Verwöhnt, das sind sie. Von den blöden DingDongs.«

Ich wünschte, ich hätte ihre Ansprache mit dem Kassettenrekorder aufgenommen, jedes Wort. Oder, noch besser, auf Video. Dann würde ich es den Kindern wieder und wieder vorspielen, so lange, bis sich etwas ändert.

»Granny T?« Ich bekomme sie gerade noch zu fassen, ehe sie auf den Korridor hinaustritt.

»Hm?« Sie bleibt stehen.

»Haben Sie darüber nachgedacht, ob Sie mal in meine Klasse kommen und den Kindern etwas erzählen wollen? Es wäre gut für sie, sich Ihre Geschichte anzuhören.«

Wieder winkt sie ab. »Ach, Herzchen, ich hab doch nichts zu erzählen.« Damit verschwindet sie, und ich bleibe mit den Bananen-Hafer-Rosinen-Talern zurück – was mehr ist als noch vor ein paar Minuten. Immerhin.

Es wird höchste Zeit, nach Hause zu fahren, wenn ich Wonder Woman noch antreffen will. Ich schließe die frischen Kekse in meinem DingDong-Safe (meiner obersten Schreibtischschublade) ein und mache mich auf den Heimweg.

Aunt Sarge ist bereits auf dem Dach, als ich in die Einfahrt biege. An der Veranda lehnt eine Trittleiter, also steige ich hinauf und stelle mich auf die oberste Sprosse, wobei ich mich am Dachbalken festhalte, der sich etwa auf der Höhe meiner Hosentaschen befindet.

Ich sage Hallo und entschuldige mich für die Verspätung.

»Kein Problem«, murmelt Aunt Sarge, zwischen deren Lippen ein Nagel wie eine Zigarette klemmt. »Ich hab Sie sowieso nicht gebraucht. Ich musste nicht ins Haus.«

Ich verharre einen Moment auf der Leiter und sehe voller Bewunderung zu, wie sie den Nagel zwischen den Lippen herauszieht und mit vier wohlplatzierten Schlägen in die

Schindeln hämmert. Neben ihr steht ein Karton Ersatzschindeln, was mir ein wenig Sorge bereitet. Offensichtlich war mehr für die Reparatur nötig als nur ein kleiner Eimer Teerpech. Riecht nach einer kostspieligen Angelegenheit.

Die Leiter wackelt gefährlich, als ich ein Knie aufs Dach schwinge. Zum Glück ist heute Waschtag, und ich habe meine älteste Hose an, die ich zudem sowieso demnächst aussortieren will. Ich bewege mich mit der Anmut einer Kegelrobbe, die auf ein Zirkuspony klettern will.

Wofür ich prompt einen besorgten Blick kassiere. »Wenn Sie noch was anderes zu tun haben, machen Sie ruhig. Ich komme schon klar hier.« Eine trotzige Schärfe liegt in ihrem Tonfall, als müsste sie ihr Territorium verteidigen. Vielleicht ist das ja so ein Armee-Ding, ein Anpassungsmechanismus, um in schwierigen Arbeitskonstellationen zu bestehen.

Ich frage mich, ob das auch auf meine Schüler zutrifft. Könnte ihre offenkundige Abneigung in Wahrheit gar nichts mit mir als Person zu tun haben? Der Gedanke geistert in meinem Kopf umher, unerwartet, reizvoll, ein klein wenig revolutionär. Eigentlich gehe ich immer davon aus, dass das Verhalten anderer Menschen eine unmittelbare Reaktion auf etwas ist, das ich getan habe, aber vielleicht hat all das gar nichts mit mir zu tun.

Hmhm...

»Wenn ich fertig bin, regnet es jedenfalls nicht mehr rein«, beruhigt Sarge mich. »Mit Bauarbeiten kenne ich mich aus.«

»Oh, das habe ich keine Sekunde bezweifelt. Andererseits kann ich es ohnehin nicht beurteilen, weil ich über Dächer rein gar nichts weiß... bloß dass ich eines über dem Kopf habe.« Ich robbe ein Stück weiter vor und bleibe sitzen. Das Ding ist echt steil. Und viel höher, als ich dachte. Von hier aus kann ich den gesamten Friedhof überblicken und sogar bis zu den Feldern hinter dem Obstgarten. Eine grandiose Aussicht. »Aber vielleicht kann ich ja etwas fürs nächste Mal lernen, wenn ich Ihnen ein bisschen zusehe. Ich dachte, mit einem Klecks Teerpech um den Kamin herum sei es getan.«

»Dachte ich auch. Leider war dann doch mehr notwendig, um es dicht zu kriegen. Es sei denn, Sie wollen, dass es wieder reinregnet.«

»Nein, nein... natürlich nicht, aber...«

»Wenn Sie jemanden suchen, der nur pfuscht, bin ich nicht die Richtige für Sie.« Sie setzt sich auf die Fersen und mustert mich mit zusammengekniffenen Augen. »Sollten wir hier ein ganz anderes Problem haben, spucken Sie's aus. Dieses...« Sie schwenkt den Hammer, als wäre er eine Plastikgabel. »Dieses Herumeiern ist Zeitverschwendung. Wenn etwas rausmuss, dann los. So bin ich nun mal.« Sie reckt das Kinn – eine Geste, die mich unwillkürlich an LaJuna denken lässt. Die harte Schale scheint bei ihnen in der Familie zu liegen.

»Das Geld.« Sie hat recht. Es fühlt sich gut an, mit der Sprache rauszurücken. Ich deute auf die Nägel, die Schindeln und die anderen Sachen. »Ich kann mir das nicht leisten und dachte eben, wir reparieren es notdürftig, bis ich den Vermieter darauf ansprechen kann.« Was in absehbarer Zeit wohl nicht passieren wird. Die Suche nach Nathan Gossett entpuppt sich als regelrechte Gespensterjagd. Ich habe auch versucht, seine beiden Onkel über die Verwaltung von Gossett Industries zu erreichen, doch sowohl die Gossetts selbst als auch die Firma machen keinen Hehl aus ihrer Abneigung, von irgendwelchen Lehrerinnen belästigt zu werden, da Anfragen aus dieser Ecke zumeist mit Bettelei um Beihilfen, Spenden oder Sponsorenschaften einhergehen.

Sarge nickt und macht sich wieder an die Arbeit. »Das ist schon erledigt.«

»Ich will aber nicht, dass Sie es umsonst machen.«

»Ich hab mit Ihrem Vermieter gesprochen. Er übernimmt die Kosten.«

»Was? Wer? Nathan Gossett?«

»Genau.«

»Sie haben mit *Nathan Gossett* gesprochen? Heute? Ist er hier?« Ein Hoffnungsschimmer glimmt in mir auf. »Ich versuche schon die ganze Woche, an ihn heranzukommen, oder an seine Onkel, bei Gossett Industries.«

»Sie sind nicht reich genug, als dass Will und Manford Gossett sich mit Ihnen beschäftigen.« Plötzlich spüre ich ein kühles Lüftchen in der sommerlichen Wärme. »Nathan ist eigentlich ganz nett«, fährt sie etwas sanfter fort. »Er kann mit dem ganzen Gossett-Kram nur nichts anfangen.«

»Wissen Sie denn, wo ich ihn finden kann?«

»Jetzt in der Sekunde? Nein. Aber wie gesagt, für die Kosten der Reparatur ist gesorgt.«

»Und wie haben Sie ihn aufgestöbert?« Das mit dem Dach ist gut zu wissen, aber ich brauche den *Mann*. Der auf den Büchern sitzt.

»Ich habe ihn auf dem Bauernmarkt getroffen. Dort ist er jeden Donnerstag, gleich frühmorgens, und liefert eine Ladung Shrimps ab, die Onkel Gable dann für ihn verkauft.«

»*Jeden* Donnerstag.« Allmählich kommen wir der Sache näher. »Wenn ich nächste Woche hinginge, würde ich ihn also antreffen? Könnte mit ihm reden?«

»Schon möglich ... nehme ich zumindest an.« Sie schlägt einen weiteren Nagel ins Dach, nimmt den nächsten aus der Schachtel und hämmert auch ihn fest. *Bam, bam, bam, zack.* Das Geräusch hallt in der Stille des Friedhofs und des Dammwegs wider. Mein Blick und meine Gedanken gehen auf Wanderschaft, folgen dem Getöse.

Nach einem Moment kehre ich ins Hier und Jetzt zurück und stelle fest, dass Aunt Sarge mich mustert. »Soll ich Ihnen einen Rat geben … lassen Sie's gut sein. Je weniger man ihn behelligt, umso größer ist die Chance, dass er gar nicht erst auf die Idee kommt, einen vor die Tür zu setzen. Freuen Sie sich einfach über das reparierte Dach. Und ansonsten immer schön den Ball flach halten.« Sie macht sich wieder an die Arbeit. »Gern geschehen.«

»Danke«, erwidere ich aufrichtig. »Allerdings wird mir die Eimer-Nummer fehlen. Inzwischen hatte ich den Dreh, wann ich ihn ausleeren muss, ziemlich gut raus.«

Ein paar Nägel fallen aus der Schachtel und kullern in meine Richtung. Ich stoppe sie und lege sie zurück.

»Von ihm kriegen Sie keine Spende für … wofür auch immer Sie Gelder sammeln. Alle Anfragen werden ausschließlich über die PR-Abteilung bei Gossett Industries abgewickelt.« Wieder höre ich diese Schärfe in ihrer Stimme.

»Ja, das habe ich schon mitbekommen. Aber ich bin nicht auf Geld aus.« Sondern bloß auf Bücher. Und zwar auf die, die in einem verrammelten Haus vor sich hin rotten. Bücher, die offenbar keiner haben will. Und die ein neues Zuhause brauchen. Liebe. Eigentlich würde ich Aunt Sarge genau das sagen, aber ich darf nicht riskieren, dass sie Nathan Gossett warnt. Ein Überraschungsangriff ist meine beste Chance auf Erfolg. »Ich will bloß mit ihm reden.«

»Wie Sie meinen.« Wenn Sie unbedingt ins offene Messer laufen wollen, nur zu, sagt ihr Tonfall. Sie legt ein frisches Dachpappenquadrat hin und befestigt es. »Ich muss jetzt weitermachen. Heute Abend passe ich wieder auf die Kids auf, während ihre Mama bei der Arbeit ist.«

Bam, bam, bam, zack.

»Sind sie immer noch krank?«

»Offenbar stecken sie sich gegenseitig an.«

»Das ist ja übel. Und dann noch direkt am Anfang des Schuljahrs.« Ich rutsche ein Stück nach hinten, um ihr zu verstehen zu geben, dass ich sie weiterarbeiten lasse. Ich muss heute unbedingt noch zum alten Herrenhaus hinüber, und nun, da sich eine mögliche Verbindung zu Nathan Gossett aufgetan hat, bin ich völlig aus dem Häuschen. »Ach ja, wo wir gerade dabei sind. LaJuna war die ganze Woche nicht im Unterricht. Ist sie etwa auch krank?«

»Weiß ich nicht.« Ihr Tonfall lässt keinen Zweifel daran, dass ich mich auf dünnem Eis bewege. »LaJunas Mama ist meine Schwippschwägerin ... na ja, eigentlich ja Ex-Schwippschwägerin. Sie hat drei kleine Kinder von zwei verschiedenen Vätern, und dann noch LaJuna von meinem Cousin, mit dem sie auf der Highschool zusammen war. Wenn die Kleinen krank sind, kann die Babysitterin sie nicht nehmen. Wahrscheinlich ist LaJuna zu Hause geblieben, um auf sie aufzupassen.«

Das frustriert mich. »LaJuna sollte in die Schule gehen.« Ich denke an die Ausgabe von *Farm der Tiere*, die aus ihrem Hosenbund ragte. »Sie ist so ein kluges Mädchen. Und das Schuljahr hat gerade erst angefangen, sodass sie immer mehr den Anschluss verliert.«

Aunt Sarge wirft mir einen Blick zu, sieht wieder nach unten und hämmert den nächsten Nagel ins Dach. »Ihr seid doch alle gleich«, brummt sie gerade laut genug, dass ich sie hören kann. Und dann ein wenig lauter: »Ist Ihnen schon mal in den Sinn gekommen, dass viele Kinder nicht das kriegen, was sie eigentlich verdienen? LaJunas Mama arbeitet für drei Dollar fünfunddreißig die Stunde, wischt bei Gossett Industries die Böden und putzt die Toiletten. Das reicht noch nicht mal für Lebensmittel und ein Dach überm Kopf. Glauben Sie etwa, LaJuna jobbt im Cluck, damit sie von dem Geld ins Kino gehen und sich Popcorn kaufen kann? Nein, sie muss ihrer Mama helfen, damit die die Miete bezahlen kann. Die Daddys haben sich längst dünngemacht. So was kommt hier ziemlich oft vor. Schwarze Kids. Weiße Kids. Mädchen, die früh schwanger werden, weil sie bei einem Kerl was suchen, was sie zu Hause nicht kriegen, und am Ende haben sie Kinder am Hals, obwohl sie selber noch nicht mal erwachsen sind. Wo Sie herkommen, ist das bestimmt ein bisschen anders, aber hier läuft es nun mal so.«

Meine Wangen werden heiß, und mein Magen verkrampft sich. »Sie haben doch keine Ahnung, woher ich komme. Ich kann besser nachvollziehen, was mit diesen Kindern los ist, als Sie sich vorstellen.«

Noch während die Worte über meine Lippen sprudeln, ist mir bewusst, dass ich in Wahrheit die Geschichte meiner Mutter vor Augen habe. Seit mehr als zehn Jahren stehen mein Ärger und meine Trauer über ihr Versagen zwischen uns. Aber in Wahrheit hat meine Mutter unser Leben so gestaltet, eben *weil* sie in einer Familie groß geworden ist, wie man sie hier an jeder Ecke findet: kein Geld fürs College, keine Erwartungen an die Zukunft, keine Ermutigung und Unterstützung, sondern Vernachlässigung, Misshandlung, Eltern mit Drogen- und Alkoholproblemen und meistens keine Möglichkeit, auch nur von A nach B zu gelangen. Eines Tages sah meine Mutter eine Stellenausschreibung für Flugbegleiterinnen – etwas, das sie aus dem Fernsehen kannte und für eine erstrebenswerte Zukunft hielt. Dieses Leben schien Abwechslung und Spaß zu versprechen. Also packte sie ihre Sachen in einen Rucksack und trampte los, von der im Niedergang begriffenen Industriestadt, aus der sie kam, über die Berge von Virginia, bis nach Norfolk, wo sie sich den Job schnappte.

Die Welt, in der sie mich großzog, war Lichtjahre von dem entfernt, was sie kannte. Alles, was zwischen uns schiefgelaufen war, meine Verletzungen und Narben, gepaart mit diesem dumpfen Dauerschmerz in meinem Innern, den ich tunlichst wahrzunehmen vermeide, hat mich eine Sache vergessen lassen. Aber nun kann ich die Augen nicht mehr davor verschließen: Meine Mutter hat ihr Schicksal in die Hand genommen. Und meines gleich dazu.

Sarge verdreht die Augen. »Ich dachte nur, weil Sie so dahergeredet haben.«

»Ja, genau, weil wir ja schon so viele Male geredet haben, von Frau zu Frau und so«, ätze ich. »Und deshalb wissen Sie alles über mich.« Ich krabble an die Dachkante. Mir reicht's. Soll sie ihre verdammten Vorurteile nehmen und sie sich sonst wohin schieben. Ich weiß, dass man sein Schicksal selbst in die Hand nehmen kann. Weil ich es selbst erlebt habe.

Der Hammer echot hinter mir, als ich einen Fuß auf die Sprosse setze und vorsichtig die Leiter hinunterklettere, bis ich im nassen Gras stehe. Ich reiße die Haustür auf, ramme meine Füße in die Gartenschuhe, hole das Fernglas und ein Klemmbrett aus dem Wagen und stapfe davon.

»Es ist nicht abgeschlossen«, rufe ich. »Gehen Sie rein, wenn Sie was brauchen. Und ziehen Sie danach einfach die Tür zu.«

Aus irgendwelchen Gründen hat sie innegehalten und sieht zu mir her, eine Schindel in der Hand. »Wo wollen Sie denn damit hin?« Sie deutet auf das Fernglas und das Klemmbrett, als hätten wir uns nicht gerade erst in die Wolle bekommen.

»Vögel beobachten«, antworte ich barsch und wende mich zum Gehen.

»Passen Sie auf, dass Sie nicht auf eine Korallenotter treten«, warnt sie. »Die gibt's da draußen massenhaft.«

Ein Schauder überläuft mich, aber ich werde nicht klein beigeben. Vor Korallenottern habe ich keine Angst. Denen lache ich mitten ins Gesicht. Außerdem war ich so oft in Goswood Grove, ohne jemals eine zu sehen.

Trotzdem kommen mir die Geschichten in den Sinn, die ich in der Schule gehört habe. Von Badeseen, überfluteten Reisfeldern, Hühnerställen, Sumpfbooten, dunklen Ecken unter der Veranda ... und Schlangen. Ein Spruch fällt mir ein, den eine der Sumpfratten als Antwort auf meine Frage aufgeschrieben hat, welche wichtige Lektion aus der täglichen Lektüre von *Farm der Tiere* er gelernt habe.

Wie man die giftige Korallenotter von der harmlosen Königsnatter unterscheidet. Blut an Dotter, Killerotter. Blut an Kohle, dir zum Wohle.

Zwar kam nichts davon in unserem Text vor, trotzdem ist es gut zu wissen, denn ich mache mich auf den Weg nach Goswood Grove, ganz egal, was passiert. Und dort werde ich durchs Fenster die Titel der zahllosen Bücher erkennen können, die sich in den Regalen aneinanderreihen.

Der Feldstecher, das Klemmbrett und ich, wir drei werden jetzt eine hübsche Einkaufsliste zusammenstellen.

KAPITEL 9

Hannie Gossett

LOUISIANA, 1875

Ich starre ins Dunkel, lasse den Blick übers Wasser schweifen, das sich endlos unter dem Mond, den Bootslampen und den Schatten zieht. Gelb und weiß. Hell und dunkel. Ich tue so, als wäre ich zu Hause und in Sicherheit, während mich der Fluss mit jeder Stunde und mit jedem Tag tiefer ins Verderben führt. Eigentlich müsste ich in mein Versteck zurück und schlafen, doch ich bleibe, blicke über die Reling und denke daran, wie ich das letzte Mal auf einem so vollgepackten Boot war – damals, als Old Marse Gossett uns zusammengerufen und mit Jep Loach nach Texas geschickt hat, damit die Yankees uns nicht kriegen. Wir waren aneinandergekettet, und die Hälfte konnte nicht schwimmen, deshalb wussten wir alle, was passieren würde, wenn das tief im Wasser liegende Boot auf eine Sandbank oder einen Baumstamm auflaufen und kentern sollte.

Meine Mama hat die ganze Zeit geweint und gejammert. *Nehmt doch wenigstens den Kindern die Ketten ab. Bitte, nehmt ihnen die Ketten ab...*

Sie ist jetzt ganz dicht bei mir. Ich sehne mich danach, dass sie mir Mut zuspricht. Hab ich das Richtige getan, als ich das Stöhnen aus den beiden Truhen gehört hab, die die Männer den Steg entlang und auf das Boot getragen haben? Ich wünschte, sie könnte es mir sagen. Ein paar Männer haben daneben gestanden und das restliche Vieh an Bord bugsiert – vier ausschlagende, beißende und schreiende Maultiere, die sich mit aller Kraft dagegenstemmten.

Nur drei Männer.

Und vier Maultiere.

Ich hab die Holzkisten abgestellt, Missys Medaillon tief in meine Tasche geschoben und bin losgerannt, hinter dem letzten Maultier her, auf das Boot, hab mich in einen Spalt zwischen zwei Baumwollballen gezwängt, die höher als zwei Männer waren, und gebetet, dass ich nicht lebendig davon begraben werde.

Bislang ist nichts passiert.

»Mama...«, höre ich mich flüstern.

»Still!« Jemand packt mich am Handgelenk und zerrt mich von der Reling weg. »Klappe halten! Am Ende landen wir noch im Fluss, wenn du dein Mundwerk nicht hältst.«

Es ist dieser Junge, Gus McKlatchy. Er ist zwölf oder auch vierzehn, je nachdem, wann man ihn fragt, ein abgerissenes weißes Bürschchen aus den Bayous, so mager, dass er zwischen die Baumwollballen schlüpfen und sich wie ich darin verstecken kann. Die *Genesee Star*, ein alter, ramponierter Kutter, ist bis zum Anschlag mit Fracht, Nutztieren und zweibeinigen Passagieren beladen, sodass er sich ganz langsam und mühsam durchs Wasser voranschleppt, dabei immer wieder über Sandbänke und irgendwelche Hindernisse schrammt. Manchmal kommen schnellere Boote an uns vorbei, tuten und pflügen zügig durch die Strömung.

Die Passagiere an Bord sind Leute, die sich kaum die Fahrt leisten können. Nachts schlagen sie an Deck ihr Lager auf, inmitten der der Kühe und Gäule. Funken wehen von den vorbeifahrenden Booten herüber, und wir können nur beten, dass sie nicht auf die Baumwollballen fallen und sie entzünden.

Lediglich auf dem Kesseldeck gibt es eine Handvoll Salons und andere schöne Räume für die Passagiere, die sich eine Kabine leisten können. Missy Lavinia und Juneau Jane müssen irgendwo dort oben sein... das heißt, falls sie noch am Leben sind. Das Problem ist, dass ich es nicht herausfinden kann. Während des Tages kann ich mich unter die Deckhilfen mischen, weil die alle schwarz sind, in die Nähe der Kabinen komme ich allerdings nicht.

Gus hat genau das gegenteilige Problem. Als Weißer geht er nicht als Deckhilfe durch, und eine Fahrkarte hat er nicht, die er herzeigen könnte. Der Junge ist ein Dieb, und Stehlen ist eine Sünde, aber gerade hab ich niemand anders, der mir zeigen könnte, wie man sich hier durchschlägt. Freunde sind wir nicht. Ich musste ihm eine von Missy Lavinias Dollarmünzen geben, damit er mich in das Versteck zwischen den Baumwollballen gelassen hat. Aber wir helfen uns gegenseitig, weil wir beide wissen, dass die Deckarbeiter einen, wenn sie einen erwischen, gnadenlos über Bord werfen, wo man in Nullkommanichts unter die Schaufelräder gezogen werden würde. Gus hat das schon mehr als einmal beobachtet.

»Still«, sagt er und zieht mich in unser Versteck. »Bist du endlich fertig mit deiner Spinnerei?«

»Ich musste meine Notdurft verrichten, solange es noch dunkel ist«, erwidere ich. Falls er zu dem Schluss gelangt, ich hätte ihn mit meiner Dummheit in Gefahr gebracht, versucht er bloß, mich loszuwerden. Das muss ich verhindern.

»Dann nimm gefälligst den Nachttopf. Wie kann man bloß so blöd sein und hier herumhocken und Maulaffen feilhalten«, zischt er. »Wenn du ins Wasser fällst und absäufst, hab ich keinen mehr, der tagsüber an Bord rumlaufen kann und wie ein normaler Arbeiter aussieht. Ansonsten ist mir egal, was du treibst. Schert mich kein bisschen. Aber ich brauch einen, der sich in die Crewquartiere schleicht und mir was zu essen besorgt. Ich bin ein erwachsener Mann und kann's nicht leiden, wenn ich Hunger hab.«

»Den Nachttopf hab ich ganz vergessen«, sage ich – Gus hat einen alten Eimer gestohlen und unter den Baumwollballen versteckt. Inzwischen haben wir einen richtigen Haushalt dort unten eingerichtet. *Der Palast*, so nennt Gus unser Versteck.

Ein Palast für dünne Leute. Wir haben uns einen Tunnel darunter gegraben wie die Ratten, und ich hab sogar ein Loch gefunden, wo ich Missys Pompadour reinlegen kann, allerdings kann ich bloß hoffen, dass Gus es nicht findet, während ich weg bin. Er weiß, dass ich meine Geheimnisse habe. Aber irgendwann muss ich ihn wohl einweihen. Seit fast zwei Tagen bin ich auf diesem elend langsamen Kutter und hab so gut wie nichts in Erfahrung gebracht. Dafür brauche ich Gus' Fähigkeiten als Dieb, und je länger ich mit meiner Bitte warte, umso größer ist die Gefahr, dass Missy Lavinia oder Juneau Jane etwas zustößt – sie könnten sterben oder so schlimm dran sein, dass der Tod die gnädigste Lösung wäre. Es gibt Schlimmeres, als zu sterben. Jeder, der zu Zeiten der Sklaverei schon geboren war, weiß das nur zu gut.

Wenn ich Gus' Hilfe in Anspruch nehmen will, muss ich ihm alles sagen. Na ja, fast. Und wahrscheinlich noch einen Silberdollar drauflegen.

Ich warte, bis wir in unserem sicheren Versteck sind. Gus klettert hinter mir her – er ist immer noch sauer, weil er mich holen musste. Ich zwänge mich auf meine Seite und lege mich auf den Bauch, damit ich leise mit ihm reden kann, aber der

Gestank verrät, dass er mir die Füße zugekehrt hat. »Ich muss dir was sagen, Gus.«

»Ich schlafe«, mault er verdrossen.

»Aber du darfst keiner Menschenseele was verraten.«

»Ich hab keine Zeit für dein blödes Gequatsche«, schnauzt er mich an. »Du bist lästiger als ein Karren voll doppelköpfiger Ziegenböcke.«

»Versprich mir was, Gus. Könnte sogar noch ein Dollar für dich drin sein, wenn du tust, worum ich dich bitte. Und das Geld kannst du gut brauchen, wenn du erst von dem Boot runter bist.« Gus ist bei weitem nicht so hartherzig, wie er tut. Der Junge hat genauso die Hosen voll wie ich.

Ich schlucke und erzähle ihm, was passiert ist: dass Missy und Juneau Jane in das Haus gegangen und nicht wieder rausgekommen sind und dass ich später gesehen hab, wie die Truhen den Steg entlanggetragen und an Bord gehievt worden sind. Ich erzähle ihm von dem Stöhnen und dem Mann, der gemeint hat, es seien bloß neue Hunde drin, und wie Missys Medaillon in den Schlamm gefallen ist. Dass ich in Wahrheit ein Mädchen und Missys Dienstmädchen war, als ich noch klein gewesen bin, binde ich ihm aber nicht auf die Nase. Aus Angst, es könnte zu viel für ihn sein. Außerdem braucht er nicht zu wissen, was sich unter dem Hemd und der Hose versteckt.

Er setzt sich auf. Was ich aber bloß weiß, weil ich mitbekomme, wie er die Beine anzieht, sich aufrichtet und im Stehen umdreht, ehe er sich wieder zwischen die Ballen kauert. »Aber das heißt doch gar nichts. Woher willst du wissen, dass die die beiden nicht bloß ausgeraubt oder kaltgemacht und in dem Haus haben liegen lassen ... von dem mit dem einen Auge und diesem Moses... weil dieser... dieser Washbrand es so wollte?«

»Washburn. Aber die Kisten waren sehr schwer.«

»Vielleicht haben die auch bloß alles gestohlen, was die Mädchen hatten, und das war in den Kisten.« Damit ist klar, dass Gus mehr über die üblen Kerle weiß als ich.

»Aber ich hab Geräusche gehört. Poltern. Stöhnen.«

»Der Mann hat doch gesagt, der Boss kriegt 'nen neuen Hund, oder? Woher willst du wissen, dass es kein Köter war?«

»Weil ich weiß, wie ein Hund klingt. Mein ganzes Leben schon hab ich Angst vor den Biestern. Ich spür's genau, wenn einer in der Nähe ist, kann's sogar riechen. Das waren keine Hunde, in der Kiste.«

»Woher hast du solche Angst vor Hunden?«, will Gus wissen. »So'n Hund ist doch 'ne feine Sache. Leistet einem Gesellschaft. Holt dir ein Eichhörnchen, eine Ente oder eine Gans, wenn du sie abgeknallt hast. Und jagt sogar ein Opossum den Baum rauf, damit du's am Abend überm Feuer rösten kannst. Was Besseres als einen Hund gibt's nicht.«

»Das waren Missy Lavinia und Juneau Jane, in den Kisten.«

»Und was willst du jetzt machen?«

»Ich brauche deine Hilfe. Du musst dich hoch aufs Kesseldeck schleichen. Heut Nacht. Und nachsehen, ob du sie irgendwo findest. In den Kabinen oder im Salon.«

»Auf keinen Fall!« Gus krabbelt nach hinten, tiefer in die Ballen.

»Du kriegst auch einen Dollar! Einen ganzen Dollar!«

»So dringend brauch ich deinen Dollar nicht. Das alles geht mich nix an. Ich hab selber schon genug Ärger am Hals. Oberste Regel auf dem Fluss: Sieh zu, dass du nicht über Bord gehst und absäufst. Wenn die dich beim Schnüffeln in der ersten Klasse erwischen, knallen die dich erst ab, und dann ersäufen sie dich. Wenn ich dir 'n Rat geben soll – kümmer dich um deinen eigenen Kram. So lebst du gleich länger. Die Mädchen hätten sich eben vorher überlegen müssen, was sie da treiben. Ist nicht deine Sache. Sag ich zumindest.«

Ich antworte nicht sofort. Dieser Handel mit Gus muss ganz vorsichtig eingefädelt werden, mit ganz feinen Stichen, Stück um Stück, sodass er nicht mal merkt, wie die Nadel reingestochen wird. »Da hast du recht. Und auf Missy Lavinia trifft das zu. Ist ohnehin ein ziemliches Miststück. Bildet sich ein, sie schnippt bloß mal mit den Fingern, und schon tanzt die ganze Welt nach ihrer Pfeife. Ist ein verwöhntes Gör, vom ersten Tag an, als sie in der Wiege lag.«

»Tja, da hast du's ja. Jetzt weißt du, was du zu tun hast.«

»Aber diese Juneau Jane ist noch das reinste Kind«, murmle ich, als würde ich mit mir selber reden. »Ein Kind, das noch nicht mal ein richtiges Kleid tragen darf. Und Missy hat sie hinters Licht geführt. So was sollte keinem Kind passieren, das ist einfach nicht richtig. Ein kleines Mädchen, genau das ist sie.«

»Ich hör dich nicht. Ich schlafe nämlich schon.«

»Der Tag des Jüngsten Gerichts kommt für uns alle. Eines Tages, irgendwann in der Zukunft. Ich weiß noch nicht, was ich dann sagen werde, wenn ich vor dem Thron steh und der Herr mich fragt: *Wieso hast du zugelassen, dass so was Schlimmes passiert, obwohl du es hättest verhindern können, Hannie?*« Ich habe ihm gesagt, dass ich Hannie heiße, die Kurzform von Hannibal.

»Ich bin nicht gläubig.«

»Ihre Mama ist eine Kreolin, eine Hexe, unten aus New Orleans. Schon mal gehört? Die belegen Leute mit Flüchen und so was.«

»Wenn diese Juneau Jane die Tochter von 'ner Hexe ist,

wieso fliegt sie dann nicht einfach aus der Kiste raus? Oder schlüpft durchs Schlüsselloch?«

»Vielleicht kann sie's ja. Und vielleicht hört sie uns gerade auch zu und kriegt mit, was wir sagen. Ob wir ihr helfen oder nicht. Wenn sie stirbt, wird sie eine Geisterhexe. Eine Geisterhexe, die uns heimsucht und nicht mehr loslässt. Die sind die schlimmsten, die Geisterhexen.«

»H-hör auf... Sag so was nicht. Hör auf, so was zu sagen. Das ist doch irres Gerede.«

»Die können dafür sorgen, dass du überschnappst... den Verstand verlierst. Die können so was, die Geisterhexen. Ich hab's mit eigenen Augen gesehen. Die lassen einen nicht mehr in Ruhe, bis man nicht mehr weiß, wo oben und unten ist... die legen einem ihre eisigen Hände um den Hals und...«

»Ich geh ja schon!« Ich höre Gus aufstehen, so schnell, dass er sich an den Rindenabfällen in den Ballen schneidet und einen wütenden Fluch ausstößt. »Hör endlich auf mit diesem verrückten Gerede. Ich geh ja schon. Und sieh zu, dass der Dollar auf mich wartet, wenn ich zurückkomme.«

»Mach ich.« Grundgütiger, ich hoffe bloß, ich habe nicht dasselbe mit ihm getan wie Missy mit Juneau Jane. Ihn zu etwas Schlimmem angestachelt, das ihn das Leben kosten kann. »Aber sei vorsichtig, Gus, hast du verstanden?«

»Vorsichtig? Das Ganze hier ist der blanke Irrsinn, sonst gar nix.«

Damit verschwindet er, und ich bleibe allein zurück. Bei jedem noch so winzigen Geräusch fahre ich zusammen. Erst in den frühen Morgenstunden höre ich ein Rascheln in den Baumwollballen.

»Gus?«, flüstere ich.

»Gus is ertrunken.« Aber ich höre auf Anhieb, dass er guter Dinge ist. Er reicht mir einen der Kekse, die er auf dem

Passagierdeck gemopst hat. Er schmeckt sehr gut. Aber leider bringt Gus keine guten Nachrichten.

»Da oben sind sie jedenfalls nicht«, sagt er. »Ich hab alles abgeklappert. Ein Glück, dass keiner wach geworden ist und auf mich geschossen hat, aber eins kann ich dir sagen. Bevor ich in Texas von Bord geh, muss ich nachts noch mal hoch auf das Deck und mir ein paar Sachen schnappen. Bevor die feinen Leute aufwachen und merken, dass ihre Brieftaschen und Juwelen weg sind, bin ich längst über alle Berge.«

»Mit so was muss man vorsichtig sein. Es ist falsch, anderen die Sachen zu stehlen« Aber Gus' Pläne sind meine geringste Sorge. »Zwei so große Kisten können doch nicht einfach verschwinden. Oder zwei Mädchen.«

»Du hast selber gesagt, eine davon ist ein Hexenmädchen. Vielleicht hat sie's ja geschafft, sich dünnzumachen. Vielleicht ist sie verschwunden, und wo sie gerade dabei war, hat sie auch das andere Mädchen aus der Kiste verschwinden lassen. So was kann ein Hexenmädchen doch.« Speicheltröpfchen, vermischt mit Keksstücken, regnen auf meinen Arm. »Wenn du mich fragst, war's genau so. Klingt doch einleuchtend, oder?«

Ich verputze den restlichen Keks, lege mich hin und versuche nachzudenken. »Irgendwo müssen die beiden doch sein.«

»Ja, klar, meilenweit flussabwärts, wenn die sie über Bord geworfen haben.« Gus bietet mir noch ein Stück Keks an, aber ich schlage seine Hand weg.

»So was darfst du nicht sagen.« Mir dreht sich der Magen um. Galle brennt in meiner Kehle.

»Ich mein ja bloß.« Schmatzend leckt er sich die Finger ab, die sicher schon lange keine Seife mehr gesehen haben. »Tja, dann hauen wir uns mal in die Koje.« Ich höre, wie er in seine Schlafecke kriecht. »Damit wir ausgeruht sind, wenn wir vom

Mississippi weg sind und auf den Red River fahren, immer weiter Richtung Caddo Lake und Texas. Ja, genau, Texas. Da muss man hin. Ich hab gehört, da laufen seit dem Krieg so viele Rinder frei rum, dass man schon ein Idiot sein muss, wenn man kein Vermögen mit dem Viehzeug macht. Und zwar im Handumdrehen. Einfach 'n paar zusammentreiben, und schon hat man eine Herde. Genau das hab ich vor. Gus McKlatchy wird ein reicher Mann. Gib mir bloß einen Gaul und 'n Paar anständige Stiefel und so, und schon geht's los...«

Ich versuche, mich zu entspannen, während Gus immer weiterplappert und ich mich frage, wo Missy und Juneau Jane wohl gerade sein mögen. Ich versuche, mir nicht die Truhen vorzustellen, wie sie über Bord gestoßen werden und sich mit Wasser füllen.

Gus stößt mich mit dem Zeh an. »Hörst du mir überhaupt zu?«

»Ich hab nachgedacht.«

»Ich sag's ja bloß.« Seine Stimme wird langsamer und schleppend. »Wäre 'ne prima Sache, wenn du mit mir nach Texas kämst. Könntest mein Vorarbeiter werden. Wir machen einen Riesenhaufen Geld, und dann...«

»Ich hab schon ein Zuhause«, unterbreche ich, bevor er weiterfaselt. »Leute in Goswood Grove, die auf mich warten.«

»Leute... pff, so wichtig sind die in Wahrheit gar nicht.« Er gibt einen erstickten Laut von sich und hustet, damit ich es nicht merke, aber ich weiß ganz genau, dass ich einen wunden Punkt getroffen habe. Trotzdem entschuldige ich mich nicht dafür. Mitleid mit einem weißen Jungen? Weshalb sollte ich?

»Für mich gibt's so einen Ort nicht, auf der ganzen Welt nicht.« Ich bemerke die Worte erst, als sie aus meinem Mund kommen. »Keinen Ort, wo ich reich werde, bloß weil ich ein paar Kühe durch die Gegend scheuche.«

»Doch. Texas.«

»Auch in Texas nicht. Nicht für mich.«

»Doch, du musst nur wollen.«

»Ich bin schwarz, Gus. Und ich werd's auch immer sein. Keiner wird zulassen, dass ich Geld scheffle. Ein kleines Stück Pachtland zum Bestellen, mehr gibt's für jemanden wie mich nicht.«

»Aber manchmal ist es gut, mehr zu erwarten. Das hat mein Pa mir mal gesagt.«

»Du hast einen Daddy?«

»Na ja, eigentlich nicht.«

Eine Weile schweigen wir. Wieder lasse ich meine Gedanken dahintreiben. *Was will ich eigentlich?*, frage ich mich und versuche, mir ein Leben anderswo vorzustellen, weit, weit weg, in Texas. Oder vielleicht oben im Norden, in Washington, D.C., oder in Kanada oder Ohio, wo die Leute schon vor Jahren ihren Marses und Missus' weggelaufen sind und über die Underground Railroad in die Freiheit geflohen sind, lange bevor die Soldaten das ganze Land in ein Blutbad verwandelt und die Federals uns gesagt haben, wir gehören jetzt keinem mehr.

Aber ich gehöre *zu* jemandem. Zu unserem Farmland und zu Jason und John und Tati. Dieses Land zu bestellen, die Ernte einzubringen, die es uns schenkt, das ist mein Leben. Die Erde, der Schweiß und das Blut, das bin ich.

Ich hab nie ein anderes Leben gekannt. Und was man nie gesehen hat, kann man sich auch nicht vorstellen.

Vielleicht ist das der Grund, wieso ich jedes Mal, wenn Mama mich in meinen Träumen ruft, völlig verstört und schweißgebadet aufwache. Ich hab Angst vor dem da draußen, was auch immer es sein mag. Vor dem, was ich nie gesehen hab. Und auch nie sehen werde.

»Gus?«, flüstere ich.«

»Jaa?« Er gähnt.

»Ich bin nicht auf dich wütend oder so was. Sondern bloß... Na ja, es ist eben, wie es ist.«

»Weiß ich.«

»Es war echt nett von dir, nach oben zu gehen und Missy und Juneau Jane zu suchen. Ich geb dir deinen Dollar.«

»Den brauch ich nicht. Ich hab ja die Kekse als Belohnung gekriegt. Das ist schon genug. Ich hoffe, die sind nicht tot... die Mädchen, mein ich.«

»Ich auch.«

»Ich will bloß nicht, dass sie mich am Ende noch heimsuchen. Deshalb hab ich's gemacht.«

»Ich glaube nicht, dass sie das tun würden.«

Wieder herrscht eine Zeit lang Stille.

»Gus?«

»Ich schlaf schon.«

»Na gut.«

»Was willst du denn noch? Jetzt bin ich sowieso wach, also kannst du's auch sagen.«

Ich beiße mir auf die Lippe, überlege, ob es gut ist, einfach so was zu sagen, wie ein Blatt, das man in den Fluss wirft, ohne zu wissen, wie weit die Strömung es mit sich trägt, wann und wo es ans Ufer gespült wird. »Könntest du was für mich tun, wenn du nach Texas kommst? Wenn du dort rumreitest und nach dem wilden Vieh suchst und so?«

»Könnt ich schon machen.«

»Wenn du irgendwohin kommst und mit Leuten redest – ich weiß ja, dass du gut mit Leuten kannst –, würdest du dann nachfragen, ob sie vielleicht Farbige kennen, die Gossett oder Loach mit Nachnamen heißen? Wenn du so jemanden findest, könntest du vielleicht fragen, ob sie jemanden namens Hannie kennen? Und solltest du jemandem begegnen, der Ja sagt, sag ihnen einfach, Hannie lebt noch im alten Zuhause, in Goswood Grove. So wie immer.«

Hoffnung keimt in meinem Herzen auf, breitet wie ein frisch geschlüpfter Schmetterling die Flügel aus. Ich kämpfe dagegen an. Am besten nicht zu groß werden lassen, die Hoffnung. »Vielleicht sind da noch Leute von mir in Texas und im Norden von Louisiana. Wir haben alle eine Kette mit drei blauen Perlen um den Hals. Meine Großmutter hat sie aus Afrika mitgebracht. Ich zeig sie dir, sobald es hell genug ist...«

»Ja, ja, ich könnte schon mal rumfragen. Wenn ich's nicht vergesse.«

»Das wäre wirklich nett.«

»Das sind die traurigsten Worte, die ich je gehört hab.«

»Was meinst du?«

»Was du zuletzt gesagt hast.« Er gibt ein schläfriges Schmatzen von sich, während ich mich frage, was er meint. Schließlich hilft er mir auf die Sprünge. »*So wie immer*. Das ist so unglaublich traurig.«

Danach kehrt Ruhe ein, und wir schlafen. Das erste Licht des Tages schiebt sich über die hohen Baumwollballen, als ich wieder aufwache. Gus ist auch gerade wach geworden. Wir fahren hoch und schauen uns besorgt an. Das Platschen des Schaufelrads ist verstummt, ebenso das Rumpeln und Fauchen des Dampfkessels. Der Ballen über unseren Köpfen schwankt gefährlich. Eilig kriechen wir aus unserem Versteck.

Neben der Gefahr eines Brands war das unsere größte Sorge: Baumwollballen werden überall in Texas und Süd-Louisiana eingesammelt und nach Norden in die Stofffabriken gebracht, deshalb wird auch unser Baumwollpalast irgendwann entladen, wir wissen bloß nicht, wann.

In der ersten Nacht an Bord haben wir in Schichten geschlafen, um alles im Auge zu behalten, doch mit der Zeit sind wir nachlässig geworden. Das Wasser war ruhig, das Wetter schön, das Boot fuhr an Städten und Plantagen mit eigenen Anlegestellen vorbei und hielt nicht mal an, um die Leute an Bord zu lassen, die am Ufer standen und winkten, weil sie ein Stück flussaufwärts mitfahren wollten. Die *Genesee Star* ist für eine lange Strecke ausgerichtet, hält bloß hier und da an, um frisches Holz für den Kessel aufzunehmen, und sofort geht es weiter. Die anderen Boote machen es anders, aber die *Genesee Star* ist nun mal, wie sie ist ... Sie ist nicht scharf auf Gesellschaft und neue Passagiere an Bord.

»Irgendwas ist komisch an dem Dampfer«, sagt Gus. Etwas stimmt hier nicht. Die Leute reden bloß im Flüsterton, falls überhaupt, und die *Genesee* gleitet wie ein Gespenst übers Wasser, als würde sie nicht wollen, dass die Lebenden sie sehen.

»Wir bewegen uns nicht mehr«, flüstere ich Gus zu.

»Bestimmt haben wir angehalten zum Holznachladen. Muss der Anleger einer Farm sein. Ich hör sonst nichts. Kein Stadtlärm oder so was.«

Die Baumwollballen über unseren Köpfen wackeln bedenklich, als wäre etwas dagegengeprallt. Unser Palast droht jeden Moment umzufallen, und zwei Ballen rutschen aufeinander zu. »Was, wenn sie Waren entladen?«, flüstere ich.

Guy wirkt nervös. »Ich will's nicht hoffen.« Er steht auf. »Lass uns abhauen«, flüstert er und schiebt sich durch den Tunnel.

Ich schnappe meinen Hut, krame Missys Pompadour aus seinem Versteck, stecke ihn in meine Hose und krieche los, schiebe mich vorwärts, zwänge mich durch die Lücken wie ein Feldhase in seinem Bau, vor dem sich der Jagdhund postiert hat. Zweige und Kapselhüllen verheddern sich in meinen Kleidern, reißen meine Haut auf, während ich mich durch den Tunnel arbeite, beide Hände oben, um die einstürzenden Wände unseres Palasts zu halten. Staub und Baumwolle füllen die Luft, steigen mir in die Augen, sodass ich nichts mehr sehen kann, verstopfen meine Nase, bis ich kaum noch Luft bekomme. Meine Lunge brennt, trotzdem rutsche ich weiter. Entweder raus hier oder sterben.

Draußen erteilen Männer lautstark Befehle. Holz schrammt auf Holz, Metall auf Metall. Der Boden unter meinen Füßen neigt sich seitwärts, mit ihnen die Baumwolle.

Am Ende des Tunnels gerate ich ins Taumeln und falle aufs Deck, keuchend und halb blind und so durcheinandergewirbelt, dass ich mir noch nicht mal Gedanken machen kann, ob mich jemand sieht.

Der Morgen graut, und die Lampen brennen noch. Überall wuseln Männer herum, Passagiere rappeln sich von ihren Lagern auf, krabbeln unter ihren Zeltplanen hervor, greifen nach Eimern und Taschen, Pfeifen und Töpfen, die über das Deck schlittern, als die *Genesee Star* sich seitwärtsneigt. Es herrscht viel zu viel Trubel, als dass mich jemand bemerken würde, wie ich da auf dem Deck nach Luft schnappe. Deckhilfen und weiße Arbeiter hasten mit Bündeln, Körben, Kisten und Fässern auf dem Rücken umher. Die frische Ladung Feuerholz, die sie an Bord geschafft haben, hat ein Ungleichgewicht geschaffen, deshalb hängt der Dampfer nun schief. Mit einem lauten Ächzen kippt er noch ein wenig weiter. Prompt bricht auf dem Deck die Hölle los. Schreiend und rufend reißen die Passagiere Kinder und Hunde und ihre Habseligkeiten an sich, während das Vieh zu protestieren beginnt.

Hühner flattern gackernd in ihren Körben. Kühe muhen, als sie gegen die Gatter gedrückt werden. Pferde und Maultiere wiehern und schlagen wild und ungestüm mit den Hufen, während ihre Rufe in der Nebelwand verhallen, die so dicht ist, dass man sie mit dem Löffel schöpfen könnte.

Krachend splittert Holz. Eine Frau kreischt: »Mein Baby! Wo ist mein Baby?«

Ein Bootsmann hastet mit einer Ladung Holz vorbei. Ich sollte schleunigst von hier verschwinden, bevor er mich genauer unter die Lupe nehmen kann.

Eilig arbeite ich mich in Richtung Mitte des Hauptdecks voran, um zu den Boxen zu gelangen, wo Old Ginger und Juneau Janes Grauer immer noch stehen, und so zu tun, als hätte mich jemand geschickt, sie zu beruhigen, doch es herrscht ein solches Gedränge, dass ich nicht mal in die Nähe komme. Am Ende dränge ich mich gegen die uferseitige Reling und sage mir, dass ich wenigstens ins Wasser springen kann, sollte der Dampfer vollends kippen und sinken. Ich hoffe nur, auch Gus bekommt die Chance.

So schnell, wie die *Genesee* ins Kippen geraten ist, richtet sie sich mit einem lauten Ächzen wieder auf. Waren und Menschen rutschen und stolpern umher. Pferde wiehern, das Vieh brüllt.

Erst nach einer ganzen Weile kehrt allmählich Ruhe ein, und die Mannschaft kann weiter Holz an Bord schaffen. Am Ufer ist nicht viel mehr als ein schmaler Streifen Sand zu sehen, auf dem jede Menge Holz aufgestapelt ist. Farbige Deckhilfen und sogar Passagiere hasten über den Steg, um die Ladung an Bord zu holen, die mehr zu wiegen scheint, als der Dampfer tragen kann. Offenbar soll die *Genesee* mit so viel Feuerholz wie nur möglich beladen werden, weil für eine ganze Weile kein weiterer Halt mehr flussaufwärts vorgesehen ist.

Vielleicht solltest du auch aussteigen, Hannie, denke ich, *und dann dem Fluss zurück nach Hause folgen.*

Etwas Hartes, Nasses trifft mein Ohr, so abrupt, dass Sterne vor meinen Augen tanzen, und mein Schädel klingelt wie eine Kirchenglocke.

»Los, geh an die Arbeit, Junge«, dringt eine Stimme durch das Chaos in meinem Kopf. Ein verknoteter Taustrang knallt gegen meine Schultern und meinen Rücken und landet dann auf dem Deck. »Los, nimm das Holz. Du wirst nicht fürs Rumstehen bezahlt.«

Ich ziehe meinen Hut tief ins Gesicht, laufe die Rampe hinunter und beginne, mir Holz auf den Rücken zu laden. Ich will nicht noch einmal die Peitsche zu spüren bekommen.

»Los, hoch mit dem Holz! Hoch mit dem Holz!«, schreit ein Deckhelfer.

Irgendwo in dem Durcheinander höre ich Moses' tiefe Stimme. »Gleicht die Ladung aus. Los, Beeilung, hoch mit euch!«

Mit gesenktem Kopf stelle ich mich in der Reihe an. Niemanden ansehen. Mit niemandem reden. Dafür sorgen, dass keiner mein Gesicht sieht.

Das ist ein Zeichen, Hannie, sage ich mir. *Du musst von dem Dampfer runter. Jetzt gleich. Das ist eine Chance, nach Hause zu kommen. Geh einfach von Bord und schlag dich in die Büsche.*

Jetzt, denke ich jedes Mal, wenn ich den Steg entlanggehe. *Tu's. Jetzt.*

Beim nächsten Mal. Beim nächsten Mal haust du ab.

Trotzdem bin ich noch da, auf dem Dampfer, als er beladen ist. Hochschwanger, aber immerhin ordentlich im Wasser, ist die *Genesee Star* zur Abfahrt bereit.

Ich stehe am Heck, sehe zu, wie die Männer Mehl- und Zuckersäcke, Kisten und Whiskeyfässer als Bezahlung für das Holz abladen. Schließlich weisen sie die Leute an, aus dem Weg zu gehen, damit zwei Pferde die Rampe hinuntergeführt werden können – das eine ein Rotfuchs, das andere ein Grauschimmel.

Old Ginger und Juneau Janes Grauer.

Offenbar hat jemand beschlossen, die beiden nicht den ganzen Weg bis Texas mitzunehmen.

Geh, sage ich mir. *Jetzt.*

Die *Genesee Star* steuert auf den Kanal zu, trotzdem weiß ich immer noch nicht, was ich machen soll.

Bevor ich zu einer Entscheidung gelange, packt mich eine Pranke am Kragen und hält mich fest. Ich spüre einen großen, kräftigen, stahlharten Männerkörper neben mir, warm und schweißfeucht.

»Kannst du schwimmen?« Die Stimme weht an mein Ohr wie der Dunst, der über dem Fluss liegt, scheinbar undurchdringlich und endlos tief, trotzdem weiß ich auf der Stelle, wem sie gehört. Moses.

Ich nicke kaum merklich.

»Dann runter von dem Boot.« Eine zweite Hand packt mich zwischen den Beinen, und ehe ich michs versehe, segle ich über die Reling und durch die Luft.

Ich fliege. Aber nicht lange.

VERMISST

Miss Sallie Crump aus Marshall, Texas, ersucht um Informationen über ihre Kinder, Amelia Baker, Harriet und Eliza Hall und Thirza Matilda Rogers, im Besitz und aufgewachsen bei John Baker aus Abingdon, Washington, Co., Virginia. Sallie Crump wurde fünfzehn bis zwanzig Jahre vor der Kapitulation von David Vance nach Mississippi und von dort nach Texas gebracht und lebt seitdem in Marshall. Jede Information, die dazu führt, ihre lange vermissten Kinder wiederzufinden, wird ein treues Mutterherz mit großem Glück erfüllen.

T. W. Lincoln

Zum Abdruck für den *Atlanta Advocate* und die Zeitungen in Virginia

»Vermisst«-Rubrik im *Southwestern*,
1. Juli 1880

KAPITEL 10

Benny Silva
- -

AUGUSTINE, LOUISIANA, 1987

Gerade als ich die Hoffnung aufgeben will, habe ich doch noch Glück. Mr. Crump, der den Bauernmarkt am Donnerstag betreibt, hat mir erklärt, er könne nicht mit Gewissheit sagen, um welche Uhrzeit Nathan Gossett tatsächlich hier auftaucht, ich solle einfach nach einem blauen Pick-up Ausschau halten. Und jetzt fährt einer heran, mit mehreren Kühlkisten auf der Ladefläche und einem Mann am Steuer, der mehrere Jahrzehnte jünger als die anderen Markthändler sein muss. Ich kann mein Glück kaum fassen, und Glück ist genau das, was ich brauche, denn mir läuft die Zeit davon. Ich habe die neue Naturwissenschaftslehrerin angebettelt, meine Klasse in der ersten Stunde zu sich zu nehmen, falls ich es nicht rechtzeitig schaffen sollte.

Es ist bereits 7.25 Uhr. Mir bleibt gerade noch eine gute halbe Stunde. Woche drei als Lehrerin lief eine Spur besser als Woche eins und zwei – ein kleiner Fortschritt ist besser als keiner. Die Haferkekse helfen. Wirklich hungrige Kinder finden sie gerade gut genug, um sie zu essen, wohingegen diejenigen mit weniger Appetit dankend ablehnen. Wie Granny T prognostiziert hat, sind sie billig und einfach zu backen, und seit ich die Einzige bin, die DingDongs isst, haben sich meine Finanzen spürbar erholt.

Die Tatsache, dass ich Kekse für die Kids backe, beschwört eine latente Kooperationsbereitschaft bei ihnen herauf. Ich habe das Gefühl, es beeindruckt sie, dass ich mir die Mühe mache. Entweder das, oder aber die Gewissheit, dass ich mit Granny T in Kontakt stehe, kauft ihnen den Schneid ab, und ich gebe zu, dass ich Granny Ts Namen als kleine Demonstration meiner Macht hier und da einfließen lasse. Alle Kids kennen sie. Sie ist fürsorgliche Autoritätsperson und Gangster-Matriarchin in Personalunion und als Seniorchefin der Carter-Familie, der das Cluck and Oink gehört, die unumstrittene Herrin über Grillfleisch, Boudin-Bällchen und fünfzehn verschiedene Kuchensorten – kurz, ein Mensch, mit dem man es sich lieber nicht verscherzen will.

Wenn ich ehrlich sein soll, wünschte ich, sie stünde jetzt neben mir. Vermutlich hätte sie meine morgendliche Mission in maximal fünf Minuten in die Tat umgesetzt, denke ich, während ich zusehe, wie Nathan Gossett eine Kühlbox von seinem Laster hebt und sie in die Markthalle trägt, wobei er auf dem Weg einen älteren Mann in einem Overall mit dem Logo der Veteranenvereinigung begrüßt. Ist das der Händler, der seine Shrimps weiterverkauft?

Nathan hatte ich mir irgendwie anders vorgestellt. Nichts an ihm deutet darauf hin, dass er aus einer reichen Familie stammt. Keine Ahnung, ob es beabsichtigt war oder ob er zufällig heute Waschtag hat, jedenfalls sehen seine ausgebeulten Jeans, der Cowboyhut, das ausgebleichte T-Shirt und die Baseballkappe nach harter Arbeit aus. Nachdem ich anderthalb Wochen lang vergeblich versucht habe, bei der Familie einen Fuß in die Tür zu kriegen, habe ich mir eher einen verkniffenen, unfreundlichen, arroganten Zeitgenossen vorgestellt, stattdessen wirkt er eigentlich recht nahbar, geradezu herzlich. Wie kommt jemand wie er auf die Idee, sich einen Shrimpkutter zu kaufen und ein Anwesen wie Goswood Grove, den ererbten Sitz seiner Familie, einfach leer stehen und verrotten zu lassen?

Aber vielleicht finde ich das ja gleich heraus. Ich spreche mir Mut zu wie ein Wrestler auf dem Sprung in den Ring, ehe mich am Eingang der weitläufigen Freiluftmarktscheune auf die Lauer lege in der Hoffnung, dass er allein wieder herauskommt. Ein Händler nach dem anderen erscheint; die Männer bugsieren Vieh in Boxen, tragen frisches Obst und Gemüse hinein und heraus, Marmeladen, Gelees, heimischen Honig, außerdem Antiquitäten, handgefertigte Körbe, Blumentöpfe, Quilts und frisch gebackenes Brot. Mir läuft das Wasser im Mund zusammen. Sobald ich mehr Zeit habe, muss ich unbedingt noch einmal herkommen. Ich bin ein echter Flohmarktninja – in Kalifornien habe ich unser gesamtes Apartment mit Secondhandfundstücken möbliert.

Als meine Zielperson endlich heraustritt, bin ich ganz hibbelig und ärgere mich, weil ich so unlocker rüberkomme. »Nathan Gossett?« Ich klinge, als würde ich ihm gleich ein Gerichtsschreiben aushändigen, deshalb strecke ich eilig als Geste der Freundlichkeit die Hand vor. Er runzelt zwar kurz die Stirn, ergreift sie jedoch mit einem Griff, der höflich fest, aber nicht zu brutal ist. Zu meinem Erstaunen spüre ich Schwielen in seinen Handflächen.

»Bitte entschuldigen Sie die Störung. Ich mache es auch kurz, versprochen. Ich bin die neue Englischlehrerin an der Highschool hier in Augustine. Benny Silva. Mein Name sagt Ihnen etwas, hoffe ich?« Bestimmt hat er wenigstens *einige* meiner Nachrichten auf dem Anrufbeantworter abgehört oder meinen Namen auf dem Mietvertrag gelesen, oder aber die Empfangsmitarbeiterin bei Gossett Industries hat meine Bitte an ihn weitergeleitet?

Er schweigt, deshalb fahre ich fort, um die peinliche Stille zu füllen. »Ich wollte Sie ein paar Dinge fragen, hauptsächlich wegen der Bibliothek. Ich versuche verzweifelt, die Kids zum Lesen zu bringen. Oder zum Schreiben. Weniger als vierzig Prozent der Schüler an der Schule verfügen über altersgerechte Lesefähigkeiten, und der wunderbare verstorbene George Orwell möge es mir nicht übel nehmen, aber eine zerfledderte Ausgabe von *Farm der Tiere* reicht da nun mal nicht aus. Die Schulbibliothek erlaubt den Kindern nicht, die Bücher mit nach Hause zu nehmen, und die Stadtbücherei hat nur an drei Nachmittagen die Woche geöffnet. Deshalb habe ich mir überlegt ... ich könnte vielleicht eine eigene Bücherei in meinem Klassenzimmer aufbauen – eine wirklich beeindruckende, bunte, vielfältige, einladende Bibliothek könnte das Ruder herumreißen. Es ist viel reizvoller, Kindern die Wahl zu lassen, welches Buch sie lesen wollen, statt dass sie nehmen müssen, was man ihnen auf den Tisch knallt.«

Ich halte inne – zwangsweise, weil ich Atem schöpfen muss –, doch außer einem leichten Kopfneigen, das ich nicht interpretieren kann, bekomme ich keine weitere Reaktion. Also setze ich zur nächsten Runde meines fieberhaften Verkaufsvortrags an. »Kinder brauchen die Gelegenheit, verschiedene Dinge auszuprobieren und selbst ihr Interesse für etwas zu entdecken, sie müssen lernen, sich in Tätigkeiten hineinziehen zu lassen. Jeder Erfolg beginnt mit dem Lesen, selbst die Punkteangaben auf diesen grauenvollen neuen Standardtests in der Schule. Wenn man nicht lesen kann, begreift man die Textaufgabe in Mathematik oder die Frage in Naturwissenschaften nicht und bekommt eine schlechte Note, auch wenn man eigentlich sehr gut in diesen Fächern ist. Man kriegt schlechte Noten und kommt sich deswegen dumm vor. Von den Tests fürs College mal ganz abgesehen. Wie sollen Kids eine Chance haben, aufs College zu kommen oder ein Stipendium zu kriegen, wenn sie nicht anständig lesen können?«

Erst jetzt merke ich, dass er den Kopf senkt, förmlich unter dem Schirm seiner Kappe abtaucht. Ich bin viel zu forsch.

Ich wische meine schweißfeuchten Hände an meinem gerade geschnittenen Rock ab, den ich heute Morgen eigens noch gebügelt habe und mit einem Paar hoher Sandalen trage, um professioneller zu wirken. Und ein bisschen größer. Mein dickes, gewelltes Italo-Haar habe ich zu einem eleganten Chignon frisiert, dazu trage ich meinen Lieblingsschmuck – alles nur, um einen möglichst guten Eindruck zu machen. Aber jetzt spielen mir meine Nerven einen Streich.

Ich hole tief Luft. »Ich wollte Sie nicht so überfallen, sondern hatte bloß gehofft, da die Bücher ja einfach so in den Regalen stehen – und ziemlich einsam wirken, wenn Sie mir die Bemerkung erlauben –, dass Sie vielleicht in Erwägung ziehen, sie zu stiften, zumindest einige davon. Ich würde möglichst viele in mein Klassenzimmer schaffen und vielleicht einige mit einem Buchhändler tauschen, für den ich auf dem College nebenbei gearbeitet habe. Es wäre mir eine Freude, sie alle zu sortieren, und ich würde Sie selbstverständlich auf dem Laufenden halten, entweder persönlich oder übers Telefon. Sie leben ja nicht hier, wenn ich richtig informiert bin?«

Seine Schultern versteifen sich. Sein Bizeps unter der sonnengebräunten Haut spannt sich. »Das stimmt.«

Merke: Diese Tatsache kein zweites Mal erwähnen.

»Mir ist klar, dass es nicht sonderlich schlau war, Sie so zu überfallen, aber mir fiel keine bessere Lösung ein. Nun ja, deshalb habe ich mein Glück einfach versucht.«

»Sie... wollen also eine Spende für die Bücherei?« Er hebt den Kopf, halb zur Seite geneigt, als erwartete er einen rechten Haken aufs Kinn. Einen Moment lang bin ich völlig irritiert, weil ich noch nie so interessante Augen gesehen habe; sie erinnern ein wenig an die Farbe des Meeres... grün, haselnussbraun oder auch blaugrau, keine Ahnung. Im Augenblick spiegelt sich der Louisiana-Morgen darin. Trübe. Leicht wolkig. Grau und düster. »Um Spenden kümmert sich die PR-Abteilung drüben in der Fabrik. Bücher für eine Bibliothek scheinen eine ganz sinnvolle Angelegenheit zu sein. Genau solche Vorhaben sollten nach dem Wunsch meines Großvaters durch die Stiftung unterstützt werden.«

»Das freut mich zu hören.« Ich spüre zwei Dinge. Zum einen scheint der jüngste Enkel des Richters ein anständiger Kerl zu sein, trotz der allgemeinen Ressentiments der Bevölkerung gegenüber den Gossetts. Zweitens hat diese Unterredung ihm einen eigentlich schönen Tag vermiest, denn seine Herzlichkeit ist einer argwöhnischen Düsterkeit gewichen. »Es ist bloß... ich habe versucht, von Gossett Industries irgendeine Reaktion zu bekommen, und habe so viele Nachrichten hinterlassen, dass die Rezeptionistin mich schon an der Stimme erkennt. Aber außer ›Bitte füllen Sie unser Antragsformular aus‹ gab es keine Reaktion. Und ich kann doch nicht wochen- oder gar monatelang auf eine Antwort warten, sondern muss mir *jetzt* überlegen, wie ich diesen Kindern etwas beibringe. Ich würde die Bücher ja aus eigener Tasche bezahlen, aber der Umzug hierher war ziemlich teuer, außerdem habe ich gerade erst als Lehrerin angefangen und... na ja... leider nichts auf der hohen Kante.«

Verlegene Hitze breitet sich auf meinem Gesicht und dann über meinen ganzen Körper aus, sodass ich alles ganz klebrig anfühlt. Es ist so peinlich. Dieses Gebettel, nur um meine

Arbeit machen zu können, sollte nicht sein.«»Deshalb habe ich mir überlegt, wenn all die Bücher in der Bibliothek in Goswood Grove herumstehen, weshalb nicht einige davon auch gelesen werden sollten.«

Bei dem Namen »Goswood Grove« wird sein Kiefer hart, und er blinzelt verblüfft. Offenbar fragt er sich gerade, was ich wirklich will. Und woher ich von den Büchern weiß.

Wie viel soll ich preisgeben? Immerhin erfüllt das, was ich getan habe, den Tatbestand des unbefugten Betretens von Privatgelände. »Eine meiner Schülerinnen hat mir von der Bibliothek Ihres Großvaters erzählt. Da ich ja gewissermaßen direkt daneben wohne, bin ich rübergegangen und habe durchs Fenster geschaut. Ich wollte nicht neugierig sein, aber ich bin nun mal ein hoffnungsloser Bücherwurm.«

»Sie wohnen daneben?«

»Ja, ich bin Ihre Mieterin.« Er hat weniger Ahnung von seinem Erbe, als ich dachte. »In dem kleinen Haus beim Friedhof? Wo Miss Retta gewohnt hat? Das hätte ich vielleicht gleich zu Beginn erzählen sollen. Ich dachte nur, mein Name sagt Ihnen etwas. Ich bin die, die Aunt... deren Dach Donna repariert hat.«

Er nickt, als dämmerte ihm endlich, wer ich bin, wenn auch die Assoziationen nicht gerade positiv sind. »Entschuldigung. Ja. Das Haus stand nach Miss Rettas Schlaganfall eine ganze Weile leer. Ihre Familie ist wohl endlich dazu gekommen, es auszuräumen. Bestimmt dachte die Maklerin, sie tut mir einen Gefallen, indem sie einen Mieter sucht, nur war das Haus eigentlich gar nicht bezugsfähig.«

»Oh, Moment. Nein. Ich will mich gar nicht beschweren. Mir gefällt es sehr gut dort. Es ist perfekt für mich. Ich wohne gern ein bisschen außerhalb, und die Nachbarn sind so ruhig, dass ich praktisch nichts mitkriege.«

Es dauert einen Moment, bis mein Witz Wirkung zeigt, doch dann bemerke ich doch noch ein leises Zucken um seine Mundwinkel. »Das ist wohl wahr.« Mehr kriege ich nicht. »Ihnen muss allerdings bewusst sein, dass das nur ein vorübergehendes Arrangement ist. Noch sind die Pläne nicht offiziell kommuniziert, deshalb wäre ich Ihnen dankbar, wenn Sie es für sich behielten, aber da es Sie ja direkt betrifft, sollten Sie Bescheid wissen. Die Friedhofsverwaltung will das Grundstück haben. Der Verkauf geht nicht vor Weihnachten über die Bühne, doch danach werden Sie sich etwas anderes suchen müssen.«

Die Neuigkeit trifft mich wie eine Flutwelle, reißt meine Freude über die Bücher mit sich. Mitten im Schuljahr nach einer neuen Bleibe suchen? In einer Stadt, in der es so gut wie keinen Wohnraum zu mieten gibt, schon gar nicht zu einem erschwinglichen Preis? Und dann der ganze administrative Krempel… alles wieder ummelden und solche Dinge? Allein bei der Vorstellung wird mir ganz anders.

»Könnte ich das Haus nicht wenigstens bis zum Ende des Schuljahrs behalten?«

»Tut mir leid, aber die Sache ist bereits unter Dach und Fach.« Er wendet den Blick ab.

Ich lege mir die Hand auf die Brust, um die Panik zu unterdrücken, wie ich es schon früher immer getan habe, wenn meine Mutter verkündet hat, dass wir wieder mal umziehen. Nach einer von Instabilität und Ruhelosigkeit geprägten Kindheit ist mir mein Nest heilig. Es ist ein Ort, der mir Sicherheit bietet, gemeinsam mit meinen Büchern, meinen Träumen und einem behaglichen Lesesessel. Ich brauche dieses kleine Schindelhaus in der Stille neben dem Friedhof, dieses Refugium, wo ich den Dammweg entlangspazieren, durchatmen, meine Gedanken klären und neue Kraft schöpfen kann.

Ich kämpfe gegen das Brennen in meinen Augen an, richte mich auf und antworte: »Ich verstehe. Sie müssen nun mal tun, was Sie tun müssen... nehme ich an.«

Er zuckt zusammen, gleichzeitig sehe ich, wie sein Entschluss sich festigt.

»Also... wegen der Bücher.« Immerhin bleibt mir noch diesbezüglich ein Versuch.

»Die Bücher.« Er massiert sich die Stirn. Ich sehe ihm an, dass er mich satthat, vielleicht auch die ganze Situation oder die Tatsache, dass ihm jemand auf die Pelle rückt und ihn anbettelt. Wahrscheinlich alles zusammen. »Die Maklerin hat einen Schlüssel. Ich gebe ihr Bescheid, dass sie Ihnen den aushändigen darf. Ich weiß zwar nicht genau, was Sie dort vorfinden, aber der Richter hat immer gern gelesen und konnte auch nie Nein sagen, wenn ein Kind vor der Tür stand und eine Enzyklopädie oder ein *Reader's-Digest*-Abo verkaufen wollte. Als ich das letzte Mal dort war, haben sich die Bücher im ganzen Haus gestapelt, und selbst in den Schränken lagen sie, teilweise noch in Kartons verpackt. Jemand sollte den ganzen Krempel mal ausräumen.«

Ich starre ihn fassungslos an. *Den ganzen Krempel ausräumen?* Was für ein Neandertaler redet so über Bücher?

»Die Maklerin ist überraschend krank geworden. Ein Notfall. Sie ist gerade nicht in ihrem Büro. Seit über einer Woche hängt schon ein Zettel an der Tür.«

Er runzelt die Stirn. Ganz offensichtlich hatte er keine Ahnung. Dann zieht er einen Schlüsselbund aus der Hosentasche und macht sich daran zu schaffen. Ich sehe ihm an, wie genervt er ist, als er ihn endlich herausgepfriemelt hat und mir hinstreckt.

»Nehmen Sie sich, was Sie brauchen können, aber ansonsten belassen wir es bitte dabei. Sollten Sie zufällig Ben Rideout begegnen, wenn er den Rasen mäht, sagen sie ihm einfach, Sie erledigen ein paar Dinge für mich. Er wird nicht weiter nachfragen. Schicken Sie mir keine Listen. Es ist mir egal. Ich will es gar nicht wissen. Ich will nichts von alledem.« Er schiebt sich an mir vorbei, steigt in seinen Laster und fährt davon.

Ich bleibe zurück, mit offenem Mund und verdattert und mit dem beschlagenen Messingschlüssel in der Hand. Er ist altmodisch, ein Bartschlüssel mit hübschen Schnörkeln, aber so klein, dass man ihn eher einer Truhe, einer Piratenkiste oder Alice' Miniatureingang zu den Gärten von Wunderland zuordnen würde. Fahle Sonnenstrahlen dringen durch die Wolken, gleiten über die Verzierungen und zaubern eigentümliche Schatten auf meine Haut. Einen Moment lang glaube ich beinahe, die Umrisse eines Gesichts in den Mustern zu erkennen.

Doch es verschwindet so schnell, wie es gekommen ist.

Augenblicklich ist sie da, die Faszination, sie überwältigt mich, umschließt mich wie eine Umarmung, reißt mich beinahe von den Füßen, erfüllt mich mit einer unstillbaren Gier. Nur unter Aufbietung all meiner Willenskraft widerstehe ich dem Bedürfnis, auf der Stelle nach Goswood Grove zu fahren, um herauszufinden, welches Paradies mir dieser Schlüssel eröffnet.

Leider sitzen in diesem Moment Dutzende Kids im Klassenzimmer und warten auf eine Fortsetzung von *Farm der Tiere...* und darauf, dass ich meine Keksschublade für sie öffne. Mit ein bisschen Glück kann ich es gerade noch bis zur ersten Stunde schaffen.

Ich springe in meinen Käfer und düse durch die Stadt, überhole Sattelschlepper von Gossett Industries und Laster der lokalen Bauern. Die Naturwissenschaftsvertretung ist heilfroh, als ich mich durch die Hintertür ins Schulgebäude schleiche. Drei Minuten später läutet es, und die Kinder strömen herein.

Zum Glück habe ich in der ersten Stunde nur die Siebtklässler, die ein wenig leichter in Schach und auf ihren Plätzen zu halten sind. Sobald ich mir über den Rabatz hinweg Gehör verschaffen kann, erkläre ich ihnen, dass wir zuerst über Adverbien sprechen und ich ihnen danach ein wenig aus *Farm der Tiere* vorlese; eigentlich sei dies eine Lektüre für die älteren Schüler, die ich ihnen aber durchaus zutrauen würde.

Verblüfft starren sie mich an, schnappen nach Luft. *Miss Silva, Sie sind heute ganz anders als sonst, so gut gelaunt, gar nicht so resigniert*, scheinen ihre Gesichter zu sagen.

Wenn die wüssten ...

Ich hole die Kekse aus der Schublade. »Ich hab sie etwas zu lange im Ofen gelassen, deshalb sind sie unten ein bisschen dunkel geworden. Tut mir leid. Aber schmecken tun sie ganz gut. Ihr kennt die Regeln. Kein Schubsen. Kein Stoßen. Kein Rangeln. Kein Geschrei, sonst wandert die Schachtel gleich wieder in die Schublade zurück. Wer einen Keks will, kann nach vorn kommen.«

Ich unternehme einen halbherzigen Versuch, ihnen etwas über Adverbien beizubringen, ehe ich es gut sein lasse und stattdessen ein paar Seiten aus *Farm der Tiere* vorlese. Der Messingschlüssel wiegt schwer in meiner Tasche, beschäftigt mich unablässig, sodass ich mich nur schwer konzentrieren kann.

Zwischen den Stunden ziehe ich ihn heraus und betrachte ihn, frage mich, in wie vielen Händen er wohl schon gelegen haben mag. Ich drehe ihn hin und her, um die Reflektion des Gesichts noch einmal heraufzubeschwören, doch es gelingt mir nicht. Alle paar Minuten blicke ich zur Uhr an der Wand. Als es endlich läutet, bin ich von überschäumender Energie erfüllt, lediglich dass JaJuna in der Vierten nicht auftaucht, trübt meine Euphorie. Die ersten drei Tage der Woche war sie im Unterricht, nur um, puff, wieder zu verschwinden.

Nachdenklich rücke ich nach dem Unterricht Bänke gerade, lausche dem vorbeirumpelnden Schulbus und warte darauf, dass endlich auch für die Lehrer Feierabend ist – als es so weit ist, presche ich los.

Erst als ich den Dammweg entlang nach Goswood Grove gehe, beschleichen mich erste Zweifel. Wieso hat Nathan Gossett mir den Schlüssel so bereitwillig überlassen? *Schicken Sie mir keine Listen. Es ist mir egal. Ich will es gar nicht wissen. Ich will nichts von alledem.* Bedeutet ihm das Anwesen wirklich nichts? Überhaupt nichts? Hat er so wenig Bezug zu dem Herrenhaus? Zu seiner eigenen Vergangenheit?

Und ist es unfair von mir, daraus einen Vorteil zu schlagen?

Mir ist durchaus bewusst, woher meine Gewissensbisse rühren. Mit familiären Problemen, Trennung und Entfremdung kenne ich mich aus. Mit unüberwindbaren Differenzen. Mit Verletzungen, Ressentiments und Meinungsverschiedenheiten, die eine Annäherung oder ein Treffen in der Mitte unmöglich machen. Meine Halbschwestern väterlicherseits kenne ich praktisch nicht, meine Mutter habe ich seit zehn Jahren nicht gesehen und ich habe auch nicht vor, etwas daran zu ändern. Ich kann ihr nicht verzeihen, was sie getan hat. Was sie mich zu tun gezwungen hat.

Habe ich die Geister, die mich heimsuchen, auch in Nathan Gossett gesehen und sie benutzt, um zu kriegen, was ich haben will?

Das ist eine durchaus berechtigte Frage. Trotzdem stehe ich ein weiteres Mal auf der Veranda von Goswood Grove, probiere den Schlüssel aus, während ich mir einrede, dass es mich nicht kümmern muss, wenn die Aufforderung *Nehmen*

Sie sich, was Sie brauchen können nichts anderes als eine quer über ein familiäres Schlachtfeld geschleuderte Handgranate ist. All diese Bücher sollten in die Hände von Menschen gelangen, die etwas mit ihnen anfangen können, so lautet meine Rechtfertigung.

Die Schlösser mehrerer Türen sind viel zu modern für meinen kleinen Messingschlüssel. Ganz offensichtlich wurde das Haus über Generationen hinweg bewohnt und von den Besitzern immer wieder modernisiert, Stückchen für Stückchen – hier ein Fenster, dort ein Türschloss, eine klapprige Klimaanlage, die im hinteren Teil des Hauses lautstark läuft, obwohl es leer steht, sowie eine Küche aus einer Ära, lange nach dem Bau des Anwesens. Davor war die Küche aller Wahrscheinlichkeit nach in einem eigenen Haus im Garten untergebracht gewesen, um die Bewohner und Gäste des Anwesens nicht der Hitze, dem Lärm und der etwaigen Brandgefahr auszusetzen.

Durchs Fenster des kleinen Alkovens, zu dem mein Schlüssel passen könnte, sehe ich, dass von da eine Tür in eine Vorratskammer führt, die andere nach links in die Küche. Ich drehe den Schlüssel, und tatsächlich: Die Schnapper und Federn des reich verzierten Messingschlosses bewegen sich, als wäre es gestern zuletzt geöffnet worden. Staubflocken und Lackfetzen rieseln mir entgegen, als die Tür aufschwingt, ein Efeuzweig fällt herab und gleitet an meinem Hals entlang. Erschrocken mache ich einen Satz nach hinten und reiße ihn weg, trete ein und stehe einen Moment lang zögernd da.

Trotz der summenden Klimaanlage hängt ein muffig-staubiger Geruch in dem Haus. Ich hab keine Ahnung, was nötig wäre, um Temperatur und Luftfeuchtigkeit in einem so riesigen Gebäude mit seinen raumhohen Fenstern und verzogenen Türen, die wie betrunkene Seemänner in den Angeln hängen, im Griff zu halten.

Ich gehe in die Küche, die aus den Fünfzigern oder Sechzigern stammt – rote Küchengeräte mit gerundeten Formen, Anzeigen, Drehknöpfe und Schalter wie aus dem Cocktpit eines Raumschiffs, schwarz-weiße Fliesen, die mir das Gefühl geben, in eine Art Zeitmaschine gestiegen zu sein. Allerdings ist alles blitzsauber. Die Vitrinen sind weitgehend leer, allenfalls eine Schüssel hier oder ein Keramikteller dort, eine Suppenterrine mit abgebrochenem Griff. In der angrenzenden Butlerkammer bietet sich ein ähnliches Bild, nur ist das Mobiliar wesentlich älter; der rissige, blasige Schellack legt den Schluss nahe, dass es aus der Zeit stammt, als das Haus erbaut wurde. Geschirr oder Silberbesteck, die in den Regalen einst verwahrt worden sein mögen, sind weitgehend verschwunden, die leeren Schubladen stehen halb offen, lediglich das eine oder andere Überbleibsel staubt hinter den Bleiglasscheiben ein. Insgesamt erinnert das Herrenhaus an das Heim einer Großmutter am Tag vor dem Verkauf, nachdem die Erben ihre Anteile verteilt haben.

Ich schlendere herum, spähe in ein Esszimmer mit einem imposanten Esstisch und mit grünem Samt bezogenen Stühlen aus Mahagoni. An den Wänden hängen wuchtige Ölporträts der einstigen Bewohner, Frauen in rauschenden Roben, mit unfassbar schmalen Taillen, Männer in eleganten Westen, mit Goldknauf besetzte Gehstöcke in der Hand und Jagdhunde an ihrer Seite. Ein kleines Mädchen in einem weißen Spitzenkleid aus der Jahrhundertwende.

Der angrenzende Salon wirkt ein klein wenig moderner – ein Sofa, burgunderrot bezogene Sessel, ein Fernseher in einem Schrank mit eingebauten Lautsprechern und gerahmten Porträts von Mitgliedern aus der jüngeren Gossett-Familiengeschichte. Vor den Graduierungsfotos der drei Söhne des Richters und den gerahmten Diplomen darunter bleibe ich stehen. Will und Manford haben ihren Abschluss an der Rice University gemacht, Sterling, der jüngste, am LSU College for Agriculture. Allein anhand der Ähnlichkeit kann ich ihn auf den ersten Blick als Nathans Vater identifizieren.

Will Nathan keines von den Fotos?, frage ich mich unwillkürlich. *Nicht einmal als Erinnerung an seinen so früh verstorbenen Vater?* Sterling Gossett ist darauf vermutlich nicht viel älter als Nathan heute. Viele Jahre waren ihm danach wohl nicht mehr geblieben.

Darüber nachzugrübeln würde mich nur traurig machen, deshalb gehe ich weiter durch den Salon in den nächsten Raum. Durch meine Spionageaktivitäten bin ich mit dem Anblick vertraut, trotzdem bleibe ich auf der Schwelle zur Bibliothek stehen, da es mir den Atem verschlägt.

Der Raum ist der reinste Traum. Abgesehen von einigen elektrischen Lampen, Lichtschaltern, der einen oder anderen Steckdose an der Wand und einem gewaltigen Billardtisch in der Mitte, der vermutlich nicht ganz so alt ist wie das Haus selbst, wurde nichts modernisiert. Mit den Fingerspitzen streiche ich im Vorbeigehen über die lederne Einfassung des Billardtischs, ziehe eines der zahllosen Taschenbücher heraus, die darauf gestapelt sind. Der Richter hatte so viele Bücher, dass sie sich überall ausbreiten wie der Efeu im Garten und um das Haus herum, auf den Fußböden, unter dem wuchtigen Schreibtisch, dem Billardtisch und in den Regalen – überall Bücher.

Wie gebannt stehe ich da, bin so hin und weg, dass ich keine Ahnung habe, wie viel Zeit vergangen ist, als mir bewusst wird, dass ich nicht allein bin.

KAPITEL 11

Hannie Gossett

LOUISIANA, 1875

Der Fluss zerrt an meinen Kleidern, als ich mich ans Ufer schleppe, wo ich einen Moment lang japsend daliege und Wasser und alles andere aus mir herauskeuche, was ich sonst noch im Magen hatte. Ich kann schwimmen, und der Kerl hat mich nahe genug am Ufer über Bord geworfen, dass ich eine Chance hatte, es zu schaffen, doch der Fluss hat seine eigenen Gesetze. Ein umgestürzter Baum war im Kielwasser des Dampfers hochgewirbelt worden und hat mich mitgerissen, sodass ich alle Mühe hatte, mich aus dem Strudel zu befreien.

Ich höre, wie ein Alligator ein Stück neben mir ins Wasser gleitet, und komme auf alle viere, spucke noch mehr Wasser aus, schmecke Blut im Mund.

Meine Hand berührt meinen Hals. Da ist nichts.

Kein Lederband. Großmutters Glasperlen.

Mit schlotternden Beinen komme ich zum Stehen und taumele ans Ufer, um nach ihnen zu suchen. Ich ziehe mein Hemd hoch, wobei Missys Pompadour ein Stück in meiner Hose nach unten rutscht. Aber auch hier sind sie nicht.

Am liebsten hätte ich laut aufgeschrien, stattdessen lasse

ich mich wieder hinfallen und spucke noch mehr Wasser. *Wenn ich diesem Moses jemals wieder über den Weg laufe, bring ich ihn eigenhändig um.* Er hat mir das Einzige genommen, was ich von meiner Familie noch hatte. Und nun ist das Letzte von ihnen fort, weggespült vom Fluss. Vielleicht ist das ja ein Zeichen – zurückzukehren, in mein Zuhause, das ich gar nicht erst hätte verlassen sollen. Sobald ich erst wieder dort bin, werde ich mir überlegen, was ich wem erzähle. Vielleicht kann die Polizei ja nach Missy Lavinia und Juneau Jane suchen, aber der Hinweis darf keinesfalls von mir kommen. Ich muss einen anderen Weg finden, den Sheriff wissen zu lassen, was passiert ist.

Ich sehe mich um, frage mich, wo die nächste Möglichkeit sein mag, den wilden, reißenden Strom zu überqueren, auf die Seite, die mich nach Hause führt. Weit und breit ist keine Menschenseele zu sehen, keine Häuser, keine Straße, nur die, über die das Holz angekarrt wurde, das auf den Dampfer geladen wurde. Vielleicht, wenn der liebe Gott ein klein wenig auf meiner Seite steht, ist noch keiner gekommen, um die beiden Pferde abzuholen.

Das ist die einzige Hoffnung, die ich hab. Also gehe ich los.

Noch bevor ich die Stelle erreiche, höre ich Männerstimmen, das Klirren von Geschirren, das Ächzen von Deichseln und Gabeln, das leise Schnauben eines Pferdes. Ich drossle meine Schritte, trotzdem klammere ich mich an den Gedanken, dass die Holzfäller vielleicht welche von uns sind, Farbige, die mir helfen können. Aber je näher ich herankomme, umso deutlicher höre ich ihre Stimmen, stelle fest, dass sie eine andere Sprache sprechen... nicht Frenchy, das höre ich aus den wenigen Brocken heraus, sondern was anderes.

Vielleicht sind es ja Indianer. Ich weiß, dass immer noch

welche in den Sümpfen leben, mit Weißen und ehemaligen Sklaven verheiratet sind.

Ein Schauder überläuft mich. Das ist eine Warnung. Farbige müssen sehr vorsichtig sein. Und Frauen genauso. Ich bin beides, also muss ich doppelt aufpassen, und das Einzige, was ich zu meiner Verteidigung bei mir habe, ist die kleine Pistole mit zwei Patronen, die jetzt aber nass geworden sind.

Ein Hund bellt. Die Stimmen verstummen. Ich bleibe stehen, schlage mich ins Gebüsch. Der Hund kommt näher, schnüffelt herum. Mir wird eiskalt vor Angst. Ich traue mich noch nicht mal zu atmen.

Geh weg, du Vieh.

Ich warte nur darauf, dass er mich aufstöbert. Er geht vor und zurück, schnüffelt geräuschvoll. Er weiß genau, dass er irgendwas gefunden hat.

Ein Mann ruft einen Befehl.

Der Hund macht kehrt und rennt davon. Ich lege die Stirn auf den Arm und atme auf.

Sprungfedern quietschen. Holz knallt auf Holz. Ein Maultier schreit. Ein Pferd wiehert, schlägt mit den Hufen, schnaubt. Die Männer murmeln, laden ihre Waren auf.

Ich krieche durchs Gebüsch zu einer Stelle, wo es dünn wie Spitze ist und ich sie sehen kann.

Zwei Männer. Nicht weiß. Keine Indianer. Keine Schwarzen. Sondern was dazwischen. Der Wind weht ihren Geruch herüber, nach Schweiß, Vergorenem, Schmutz, Whiskey. Langes dunkles Haar hängt unter ihren Hüten hervor, ihre Kleider sind zerschlissen. Der Hund ist klapperdürr und hat eine kahle Stelle an der Flanke, die blutig vom Kratzen ist. Das Maultier vor dem Wagen ist in keinem besseren Zustand, alt und ausgemergelt, mit wunden Stellen vom Geschirr, an denen sich bereits die Fliegen gütlich tun.

Ein anständiger Kerl würde einem Maultier so was nicht antun.

Oder einem Hund.

Ich bleibe in meinem Versteck, lausche ihrer seltsamen Sprache und versuche, mich nicht zu rühren, während sie unsere Pferde zum Wagen führen und festmachen, ehe sie auf den Karren springen und losfahren. Ich sehe Old Ginger mit den Hufen scharren und schlagen, als sie sich gegen die lästigen Mücken und Bremsen an ihren Fesseln wehrt. Am liebsten würde ich loslaufen und sie zurückholen, aber ich weiß, dass ich von hier verschwinden muss, bevor die Schlangen und die Jaguare aus ihren Verstecken und die Geister aus dem Bayou kommen. Bevor der Rougarou, der Wolf in Menschengestalt, auf der Suche nach Menschenfleisch aus dem schwarzen Wasser steigt.

Ein scharfes metallisches Geräusch reißt mich aus meinen Gedanken, als sich der Karren in Bewegung setzt. Durch die Lücke im Gebüsch sehe ich was Goldenes blitzen. Noch bevor mein Verstand das Bild von den beiden messingbeschlagenen Truhen heraufbeschwören kann, weiß ich, was es ist.

Was gerade noch auf der *Genesee Star* war, ist hier entladen worden.

Vielleicht sind die beiden Kisten inzwischen leer. Vielleicht sollte ich auch einfach vergessen, dass ich sie gesehen hab, und mich um meinen eigenen Kram kümmern. Stattdessen folge ich dem Karren, wobei ich so weit zurückbleibe, dass der Hund mich nicht bemerkt. Mein Schädel hämmert, und der Schweiß rinnt mir in Strömen über den Körper, die Moskitos und die Bremsen stechen und beißen. Ich kann nicht nach ihnen schlagen, kann nicht loslaufen. Sondern muss ganz ruhig bleiben.

Scheinbar endlos dauert die Fahrt, Meile um Meile laufe

ich hinterher. Meine Beine werden bleischwer, die Bäume verschwimmen vor meinen Augen, Licht und Schatten, Blätter und knorrige Äste, alles verschmilzt ineinander. Als der Wagen hält, stolpere ich über eine Zypressenwurzel und lande mit dem Gesicht auf dem Boden, nur Zentimeter vor einer Schlammpfütze. Ich rolle mich auf den Rücken und schaue nach oben, zum Himmel hinauf, zu den vorüberziehenden Fetzen in Blau, die wie Mamas Stoff aussehen, frisch mit Indigo gefärbt.

Ich liege da, ergebe mich in mein Schicksal.

Aus der Ferne weht das rhythmische Lied der Deichsel herüber. *Squieek, klick-klick, squieek, klick-klick, squiee…*

Die Stimmen der Männer dringen an meine Ohren, laut und aufgebracht. Vielleicht haben sie zu viel Whiskey getrunken.

Ich schleppe mich zu der Zypresse, über deren Wurzel ich gefallen bin, rolle mich ganz fest zusammen, damit die Moskitos und Mücken so wenig nackte Haut erwischen wie möglich, und schließe die Augen.

Ich weiß nicht, ob ich schlafe oder bloß eine Weile döse, jedenfalls spüre ich nichts. Keine Ängste, keine Sorgen, gar nichts.

Etwas berührt mein Gesicht, reißt mich aus der friedlichen Stille. Meine Augen brennen und sind ganz verklebt, als ich versuche, sie aufzumachen. Die Schatten der Bäume sind im Schein der Nachmittagssonne lang geworden.

Wieder spüre ich die Berührung, fedrig leicht wie ein Kuss. Ist Jesus gekommen, um mich zu holen? Vielleicht bin ich ja doch im Fluss ertrunken. Aber es stinkt nach Moder und verrottetem Fleisch.

Etwas versucht, mich zu fressen! Es weicht zurück, als ich danach schlage. Ich mache die Augen auf und sehe den alten, knochigen, zeckenverseuchten Köter von vorhin. Er steht vor mir, den halb kahlen Kopf gesenkt, und starrt mich aus seinen dunkelbraunen Augen schüchtern an. Sein Schwanz ist eingezogen, nur die Spitze wackelt ganz leicht, als würde er drauf hoffen, dass ich ihm ein Stück Rückenspeck hinwerfe. So verharren wir, beäugen einander argwöhnisch, bis er an mir vorbeitritt und sich über die kleine Regenpfütze beugt, die sich zwischen den Zypressenwurzeln gebildet hat. Ich richte mich auf und tue dasselbe. Seite an Seite hocken wir da, der Hund und ich, trinken aus derselben Pfütze.

Das Wasser strömt durch meinen Körper, lässt meine Arme, meine Beine, meinen Kopf zum Leben erwachen. Der Hund sitzt neben mir und sieht mir aufmerksam zu. Er scheint es nicht eilig zu haben. Vielleicht ist er ja ganz in der Nähe zu Hause.

»Wo kommst du denn her?«, frage ich leise. »Irgendwo hier in der Nähe?«

Er weicht zurück, als ich die Beine anziehe. »Schon gut«, flüstere ich. Er ist der traurigste, armseligste Köter, den ich je gesehen hab – sein ganzer Körper ist von kahlen, wund gekratzten Scharten und Beulen übersät. »Komm, zeig mir, wo die Männer hingegangen sind.«

Ich stehe auf. Er rennt los, und ich folge ihm, quer durch die Wälder, über eine Straße und einen Waldweg entlang, bis mir der typisch süßlich-verbrannte Geruch eines Räucherhauses in die Nase steigt. Der Hund läuft immer noch vor mir her, geradewegs zu einer kleinen Farm, mitten auf einer aus dem Wald geschlagenen Lichtung auf einer Anhöhe – ein Schindelhäuschen mit Scheune, einem Räucherhaus und einem Abort, mit Kaminen aus Stöcken und Lehm, so wie die in den alten Hütten der Sklavenquartiere in Goswood Grove. Alles hier ist windschief, neigt sich immer weiter dem Bayou zu. Neben der Hütte liegt ein Einbaum mit allerlei Tierfallen drin; an einem der Bäume hängt der Kadaver eines Rehs, an dem sich Abertausende von Fliegen gütlich tun.

Es ist totenstill. Ich ducke mich hinter einen Holzstapel, der so hoch und breit wie die Hütte ist, und lausche, während der Hund schnüffelnd herumläuft, ehe er eine Grube scharrt und sich hineinlegt, um ein wenig Kühle zu finden. Ein Pferd schnaubt und tritt mit den Hufen gegen die Balkenwand der Scheune. Rindenfetzen und Staub regnen herunter. Ein Maultier schreit so laut, dass ringsum die Vögel auffliegen, trotzdem regt sich in der Hütte immer noch nichts.

Ich spähe um die Scheune herum und werfe einen Blick nach drinnen. Der Karren ist in der Mitte abgestellt. Ginger und Juneau Janes Grauer stehen in einer Box, das Maultier daneben. Alle drei Tiere sind schweiß- und schaumbedeckt, offensichtlich haben sie untereinander gerangelt, wer hier das Sagen hat. Blut läuft über das Bein des Grauen, wo er gegen die Balken geschlagen hat. Ich gehe ein wenig näher, um auf die Ladefläche des Karrens spähen zu können. Die Kisten und das Whiskeyfass sind weg.

Ich gehe noch ein paar Schritte weiter hinein, als mein Blick auf die beiden Kisten mit den Messingbeschlägen fällt. Sie stehen auf dem Boden, beide leer und mit geöffneten Deckeln. Der Geruch, der ihnen entsteigt, ist so grauenvoll wie der Anblick – offenbar haben die beiden Mädchen sich erbrochen und sich beschmutzt, so schlimm, dass ich mir die Nase zuhalten muss, aber wenigstens ist es nicht der Geruch nach Tod. Das ist ein Trost, wenn auch ein schwacher. Ich will mir lieber nicht ausmalen, was es bedeutet, wenn die Männer Missy und Juneau Jane in die Hütte geschleppt haben.

Ich schaue mich in der Scheune um in der Hoffnung, dass ich irgendwo ein Gewehr entdecke, doch an den Wänden hängen bloß Zaumzeug, das noch nass ist, und ein halbes Dutzend alte Armeezügel. Sättel baumeln über den leeren Fässern, dazu Konföderierten-Feldflaschen und eine Kerosinlampe sowie Zündhölzer in einer Messingbüchse.

Ich ziehe ein halb unter dem Heu verborgenes Stück Wachstuch heraus, lege es auf den Boden und fange an, Sachen einzusammeln – die Streichhölzer, eine Feldflasche, eine Blechtasse, ein abgebrochenes Kerzenstück und ein Stück Fleisch aus dem Räucherhaus. Die Flasche fülle ich mit Wasser aus der Regentonne, hänge sie mir über die Schulter. Mit einem Stück Seil knote ich das Wachstuch zu einem Beutel zusammen. Der Hund taucht auf. Ich werfe ihm ein Stück Fleisch hin, damit er mir nicht in die Quere kommt. Er folgt mir, als ich mit dem Beutel in den Wald laufe und ihn an einem Ast aufhänge, um ihn mir schnappen zu können, wenn ich verschwinden muss.

Er kauert sich neben mich, als ich mich im Gebüsch auf die Lauer lege und meine nächsten Schritte überlege, während ich die Hütte im Auge behalte. *Die Pferde holen*, denke ich. Alles andere ergibt sich dann schon.

Erst auf dem Rückweg in die Scheune fällt mir die Lücke zwischen den Boxen und der hinteren Wand auf – nicht mehr als einen knappen Meter breit, aber verrammelt, sodass man sie von außen nicht bemerkt. Ich erinnere mich nicht, drinnen eine Tür gesehen zu haben, allerdings kann ich mir nur einen Grund vorstellen, weshalb jemand eine Scheune mit einem Geheimraum haben könnte.

Ich gehe rein und sehe eine Axt, deren Stiel durch einen Eisenring in der Wand geschoben wurde, doch bei genauerem Hinsehen stelle ich fest, dass die Axt aus einem bestimmten Grund dort hängt – damit der dahinter verborgenen Riegel geschlossen bleibt. Die andere Seite wird von einer langen

Holzlatte gehalten. Als ich sie wegziehe und die Axt aus dem Ring ziehe, löst sich ein Teil der Wand.

Der Raum dahinter ist genau, wie ich ihn mir vorgestellt habe – ein Verschlag, wie ihn die Sklavenjäger vor der Befreiung benutzt haben. Selbst im Dunkel sehe ich die Haken mit Ketten an der Wand. Männer wie die beiden, die ich vorhin gesehen habe, sind früher durch die Wälder gestreift, um entflohene Sklaven im Sumpf einzufangen. Sie haben sie alle geschnappt – freie Farbige mit gültigen Papieren, Mulatten und Kreolen, gewöhnliche Sklaven, die auf Anweisung ihres Besitzers unterwegs waren. Männer wie die haben keine Fragen gestellt, sondern den Leuten – Mann, Frau, Kind, völlig egal – einfach einen Sack über den Kopf gestülpt, sie unter eine Plane auf ihrem Karren geworfen und irgendwo versteckt, um sie später irgendeinem Händler anzudrehen. Männer wie die haben ihre Geschäfte gemacht, ganz egal, wie. So einer war Jep Loach auch.

Der Gestank kommt aus dem Dunkel des Verschlags; derselbe wie zuvor aus den beiden Kisten – der vergammelnde Inhalt von Mägen und Gedärmen. »Hallo? Seid ihr hier?«, flüstere ich, bekomme aber keine Antwort. Ich lausche angestrengt. Atmet da jemand?

Ich taste mich vor, finde einen warmen Körper auf einem Strohlager, dann einen zweiten. Missy Lavinia und Juneau Jane sind nicht tot, aber auch nicht lebendig; beide tragen lediglich ihre Unterwäsche und wollen nicht wach werden, als ich flüsternd ihre Schultern rüttele, ihnen vorsichtige Ohrfeigen verpasse. Ich spähe nach draußen, zum Haus hinüber. Der zeckenverseuchte Köter hockt an der Scheunentür und beobachtet mich, wedelt aber mit seinem halb kahlen Schwanz über den Boden, als er sich an das Stück Fleisch erinnert, das ich ihm gegeben habe.

Los, mach schon, Hannie, sage ich mir. *Mach schon. Und beeil dich, bevor jemand kommt.*

Ich ziehe Halfter, Zügel und Zaumzeug und die beiden besten der alten Kriegssättel herunter, deren Leder spröde und teilweise von Ratten angenagt ist. Ich kann nur hoffen, dass sie trotzdem halten, andererseits hab ich keine Wahl: Wenn die beiden Mädchen irgendwie auf dem Rücken der Pferde bleiben sollen, muss ich sie anbinden. Aber vorher muss ich sie hochheben und mit dem Bauch nach unten quer über den Sattel legen, so wie die Patrouillen es früher mit den entflohenen Sklaven gemacht haben.

Mit Juneau Jane klappt es ohne Weiteres, obwohl der Wallach ziemlich groß ist. Sie wiegt nicht viel, und der Graue freut sich so, sie zu sehen, dass er ganz brav stehen bleibt, als ich ihn sattle und sie hochschwinge. Bei Missy Lavinia sieht es ein wenig anders aus: Sie ist kein Federgewicht, wie man es von einer jungen Dame erwarten würde, sondern von stämmigem Wuchs und schwerer als ein 100-Pfund-Weidenkorb voll frisch gepflückter Baumwolle, so viel steht fest. Aber ich bin kräftig, und die Angst treibt mich so sehr an, dass ich Kraft für zwei hab. Ich hieve sie auf den Karren, stelle Old Ginger daneben und schiebe und wuchte und zerre so lange, bis Missy quer über dem Sattel hängt und ich sie festschnüren kann. Ihr Gestank treibt mir Trockenfleisch, Galle und Zypressenwasser in die Kehle hoch, sodass ich immer wieder heftig schlucken muss, während ich wieder und wieder zu der Hütte rübersehe, heilfroh über all den Whiskey, den die Männer vom Boot mitgenommen und getrunken haben. Bestimmt schlafen sie ihren Rausch aus und kommen erst morgen früh wieder zu sich, denn wenn nicht, enden wir alle in diesem Sklavenverschlag in der Scheune.

Ich befestige die Axt aus dem Eisenring an einem der Sättel, dann muss ich mir überlegen, was ich mit dem Maultier anstelle. Unsere Chancen, möglichst schnell Land zu gewinnen, sind viel, viel größer, wenn wir reiten können, sie aber nicht. Sollte ich das Maultier allerdings mitnehmen, macht es bloß Ärger, legt sich mit den Pferden an und ist mit seinem ewigen Geschrei noch laut dazu. Ich könnte es losbinden, und mit etwas Glück läuft es auf der Suche nach Futter in den Wald; wenn nicht, bleibt es neben der Scheune stehen, bis die Männer es finden.

Ich öffne die Boxentür. »Still jetzt. Wenn du halbwegs bei Verstand bist, haust du ab und kommst nicht mehr zurück«, sage ich leise zu der halb verhungerten Kreatur. »Diese Männer sind elende Mistkerle, die dir Schlimmes angetan haben.« Das Fell des armen Maultiers sieht wie die Haut der alten Sklaven aus, die die Loaches Old Missus damals als Mitgift mitgeschickt hatten: Die Loaches hatten ihre Sklaven gebrandmarkt, sobald sie ein Jahr alt wurden. Damit würden sie nicht so schnell gestohlen werden, sagten sie. Auch die Entflohenen haben sie gebrandmarkt und jeden, den sie gekauft haben.

Dieses arme Vieh ist sehr oft gebrandmarkt worden, auch von den beiden Armeen – Brandmale, die es für den Rest seines Lebens mit sich tragen wird. »Jetzt bist du frei«, sage ich zu ihm. »Ein freies Maultier.«

Das Maultier folgt mir, als ich die Pferde aus der Scheune führe, aber ich scheuche es davon. Am Ende sehe ich es in einiger Entfernung dahintrotten, während wir die Hütte hinter uns lassen und durch die Wälder landeinwärts marschieren. Auch der Hund bleibt an unserer Seite, doch ihn verjage ich nicht. »Du bist jetzt auch frei«, sage ich zu ihm, als wir ein gutes Stück von der Hütte entfernt sind. »Böse Männer wie die sollten keinen Hund haben.«

Missy Lavinia und Juneau Jane hängen schlaff über den Sätteln, sodass ihre Köpfe gegen das Leder schlagen. Ich kann nur hoffen, dass keine von beiden im Sterben liegt oder sogar schon tot ist, aber es hilft ja nichts. Ich kann nur zusehen, dass wir Land gewinnen, kann nur wachsam bleiben, Augen und Ohren offen halten und dafür sorgen, dass wir uns von gefährlichen Sumpflöchern, einsamen Waldhütten oder Ortschaften fernhalten und keinem begegnen, bevor Missy Lavinia und Juneau Jane wieder zu sich kommen und sprechen können. Denn was ein schwarzer Junge mit zwei weißen, halb bekleideten, über Sätteln hängenden Mädchen zu schaffen hat, ließe sich wohl kaum erklären.

Ich wäre tot, bevor ich es auch bloß versuchen würde.

VERMISST

Sehr geehrter Herr Chefredakteur – ich ersuche um Informationen zu meinen Kindern. Wir haben Mr. Gabriel Smith, dem Vorsitzenden eines Colleges in Missouri, gehört. Von dort wurden wir an einen Negerhändler verkauft und nach Vicksburg, Missouri, gebracht. Pat Carter und ich wurden gemeinsam verkauft und mussten Reuben, David und ihre Schwester Sulier zurücklassen. Ich habe gehört, Reuben sei in Vicksburg verwundet und in ein Lazarett gebracht worden, und die Kleineren kamen zu Thomas Smith in Missouri. Die Namen derjenigen, die zurückgelassen wurden, waren Abraham, Willam und Jane Carter. Ihr Vater wurde von einem Negerhändler namens James Chill getötet, bevor er von seiner Familie weggeholt und verkauft werden konnte. Bitte schreiben Sie mir an Rev. T. J. Johnson, Carrollton, Louisiana.

MINCY CARTER

»Vermisst«-Rubrik im *Southwestern*,
10. Januar 1881

KAPITEL 12

Benny Silva

AUGUSTINE, LOUISIANA, 1987

Ganz leise bewege ich mich durchs Haus, suche nach dem Verursacher des Geräuschs – Mäuse, Eichhörnchen oder auch eine dieser riesigen Biberratten, die ich auf meinen Spaziergängen in den Kanälen und Tümpeln habe schwimmen sehen. Bilder von Geistern, Ghulen oder grauenvollen insektenartigen Aliens machen sich in meinem Kopf breit, von Axtmördern und Landstreichern. Ich war immer schon ein Fan von Horrorfilmen und stolz darauf, dass ich mir das ganze Zeug problemlos ansehen kann, weil ich die Gestalten darin nicht ernst nehme. Selbst nach Jahren noch konnte Christopher sich darüber aufregen, dass ich viel zu beschäftigt mit der nächsten Szene und dem nächsten Plot-Twist sei, um mich zu gruseln. »Du bist so verdammt analytisch«, maulte er immer, »dass es echt keinen Spaß macht.«

»Ist doch alles bloß gespielt. Sei nicht so ein Weichei«, necke ich ihn dann. Als ehemaliges Schlüsselkind verliere ich nicht bei jedem kleinen Geräusch die Nerven.

Hier jedoch, an einem Ort mit einer langen, über mehrere Generationen reichenden Geschichte, ist mir meine Verwundbarkeit mit erschreckender Klarheit bewusst. Ganz allein in einem alten, von Schatten erfüllten Plantagenhaus zu sein ist eine andere Nummer, als auf dem Sofa vor dem Fernseher zu lümmeln.

Die Geräusche aus der Küche klingen ganz eindeutig nicht danach, als würde jemand zufällig zur Tür hereinschlendern. Nein, jemand – er, sie oder es – will nicht entdeckt werden. Die Bewegungen sind leise, verstohlen, bewusst vorsichtig... genau wie meine eigenen.

An der Tür zur Butlerkammer bleibe ich stehen und lasse den Blick über die hohen Mahagonischränke und abgenutzten Arbeitsflächen schweifen, an denen die Dienerschaft einst erlesene Speisen angerichtet haben muss. In den Spiegeln der Sideboards gegenüber sehe ich lediglich die Schränke auf der anderen Seite. Nichts Ungewöhnliches, Bedrohliches... außer...

Ich beuge mich vor und sehe fassungslos zu, wie sich ein Hinterteil in engen Jeans mit Silberstickerei aus dem Unterschrank in der linken Ecke schiebt.

Was geht hier vor sich?

Ich erkenne die Jeans und das gestreifte Shirt auf Anhieb. Weil ich beides schon gesehen habe. An einer Schülerin in meiner vierten Stunde, wenn auch bei weitem nicht so häufig, wie ich es gerne gesehen hätte.

»LaJuna Carter!«, sage ich, bevor sie sich aufrichten kann. Prompt wirbelt sie herum. »Was machen Sie denn hier?«

Ich brauche sie nicht zu fragen, ob sie hier sein darf. Ihr Gesicht sagt alles. Trotzig reckt sie das Kinn auf eine Art, die mich an Aunt Sarge erinnert.

»Aber ich hab nichts getan.« Sie macht einen Schritt von dem Schrank weg. »Was glauben Sie wohl, woher ich von all den Büchern wusste? Außerdem hat der Richter es mir erlaubt. ›Komm her, wann immer du Lust hast, LaJuna‹, hat er gesagt, bevor er gestorben ist. Außerdem ist sowieso nie einer hier... es sei denn, jemand will was. Die Kinder und Enkel vom Richter sind damit beschäftigt, in ihren schönen Häusern am See zu wohnen und mit ihren Booten zum Angeln rauszufahren. Auch am Strand haben die Häuser, um die sie sich kümmern müssen. Schließlich kann man die ja nicht verkommen lassen, oder? Man ist wirklich die ganze Zeit beschäftigt, wenn man so viele Häuser hat, da bleibt keine Zeit, in einem alten Kasten rumzuhocken und einem alten Mann im Rollstuhl die Hand zu halten.«

»Dem Richter gehört das Haus doch gar nicht mehr.«

»Ich hab nichts gestohlen, falls Sie das meinen.«

»Das habe ich nicht gesagt, aber... wie bist du überhaupt reingekommen?

»Wie sind Sie überhaupt reingekommen?«

»Ich habe einen Schlüssel.«

»Ich brauch keinen. Der Richter hat mir die ganzen Geheimnisse des Hauses gezeigt.«

Meine Neugier ist geweckt. Wie könnte es auch anders sein? »Ich bin deinem Rat wegen der Bücher gefolgt – danke übrigens dafür – und habe mir die Erlaubnis geholt, herzukommen und nach Büchern zu suchen, die sich für eine Klassenzimmerbibliothek eignen könnten.«

Ihre Augen weiten sich. Sie ist überrascht... und auch ein bisschen beeindruckt, wage ich zu behaupten, weil es mir gelungen ist, die Schutzmauern der Gossett-Festung zu überwinden. »Und, haben Sie was gefunden?«

Am liebsten hätte ich in den höchsten Tönen geschwärmt – die Zeugnisse der Generationen, die hier in diesem Haus gelebt haben, sind wie Sedimentschichten in den Regalen abgelagert, Monat um Monat, Jahrzehnt um Jahrzehnt, neue Bücher und alte Werke, die vermutlich seit hundert Jahren niemand mehr in der Hand hatte. Einige könnten sogar Erstausgaben sein oder wertvolle signierte Exemplare. Mein ehemaliger Chef in der Buchhandlung hätte sich bei dem Anblick vermutlich in schluchzender Ekstase auf dem Boden gewälzt.

Doch die Lehrerin in mir muss eine andere Taktik wählen. »*Ich* bin noch nicht so lange hier... weil *ich* schließlich heute in der Schule war. Zumindest eine von uns beiden.«

»Ich war krank.«

»Ah, dann liegt hier also eine Wunderheilung vor, ja?« Ich bücke mich und spähe in den Schrank, aus dem sie gerade gekrochen ist. Irgendetwas stimmt hier nicht, aber ich komme nicht drauf, was es ist. »LaJuna, ich weiß ja, dass deine Mutter viel arbeitet und du auf deine kleinen Geschwister aufpassen musst, aber es ist auch wichtig, dass du am Unterricht teilnimmst.«

»Und Sie sollten sich um Ihre eigenen Angelegenheiten kümmern.« Die Schärfe ihrer Antwort lässt mich ahnen, dass sie ihre Mutter schon häufiger in Schutz nehmen musste. »Ich gebe meine Aufsätze ab und tue auch sonst alles, was man von mir haben will. Sie haben wirklich genug Schüler, die das nicht tun. Rücken Sie denen doch mal auf den Pelz.«

»Ich... genau das versuche ich.« Nicht dass es funktionieren würde. »Trotzdem denke ich nicht, dass du dich hier herumtreiben solltest.«

»Selbst wenn Mr. Nathan es wüsste, würde es ihm nichts ausmachen. Er ist kein so übler Kerl wie seine Onkel, die die Firma jetzt leiten, mit ihren affigen Frauen und ihren affigen Kindern, die glauben, ihnen gehört die ganze Stadt. Meine Großtante Dicey sagt, Sterling sei anders gewesen. Er war immer nett zu den Leuten. Aunt Dicey war an dem Tag hier im Haus und hat Mittagessen für die Erntehelfer gekocht, als

Sterling in die Zuckerrohrerntemaschine geraten ist. Sie ist über Nacht geblieben und hat nach Robin und Nathan gesehen, als er mit dem Hubschrauber ins Krankenhaus geflogen wurde. Nachdem er gestorben war, ist seine Frau mit den Kindern weggezogen, irgendwohin in die Berge. Aunt Dicey weiß alles über die Gossetts, weil sie dem Richter eine Ewigkeit den Haushalt geführt hat. Früher, als sie auf mich aufgepasst hat, durfte sie mich manchmal mitbringen. Daher kannte ich den Richter und auch Miss Robin.«

Ich male mir die Szene aus, jenen tragischen Nachmittag, der das Leben aller von Grund auf verändert hat.

»Außerdem will sowieso keiner das Haus haben«, fährt LaJuna fort. »Der Sohn vom Richter ist draußen auf dem Feld umgekommen, der Richter vor drei Jahren in seinem Bett gestorben, Miss Robin vor zwei Jahren, als sie eines Abends bloß die Treppe raufgegangen ist. Ihr Herz hat einfach aufgehört zu schlagen. Aunt Dicey sagt, in jeder Generation der Gossetts habe es Babys gegeben, die bei der Geburt ganz blau gewesen seien, und Miss Robin musste gleich am Herzen operiert werden, als sie auf der Welt war. Aber meine Mama sagt, Miss Robin hat einen Geist gesehen, und das hat sie umgebracht. Das Haus ist verflucht, deshalb will es auch keiner haben. Und Sie sollten zusehen, dass Sie mitnehmen, was Sie brauchen, und dann verschwinden«, erklärt sie mit einem Nicken in Richtung Tür, das keinen Zweifel daran lässt, dass ihre Toleranz für mein Eindringen in ihr Territorium Grenzen hat.

»Ich bin nicht im Geringsten abergläubisch. Vor allem nicht, wenn es um Bücher geht.« Ich beuge mich ein wenig weiter in den Schrank, durch den sie ins Haus gelangt zu sein scheint, während ich mich frage, wie sie das wohl bewerkstelligt hat.

»Sollten Sie aber. Wenn Sie tot sind, können Sie ja nicht mehr lesen.«

»Wer sagt das?«

»Gehen Sie in die Kirche?« Sie schnaubt und schiebt mich mit dem Ellbogen zur Seite. »Kopf weg.« Ich habe kaum Zeit, ihrer Anweisung zu folgen, als sie einen Hebel hinter dem Schrankkorpus umlegt, sodass die Regalböden hochklappen und darunter eine Klappe zum Vorschein kommt. »Ich hab's Ihnen doch gesagt, das Haus hat seine Geheimnisse.«

Eine Leiter führt in das Kellergeschoss.

Eine riesige graue Ratte flitzt über eine ausrangierte schmiedeeiserne Gartenbank. Abrupt zucke ich zurück. »So bist du ins Haus gekommen?« Unwillkürlich wische ich mir über Hände und Arme, während LaJuna die Klappe zufallen lässt und die Augen verdreht. »Die Ratten haben mehr Angst vor Ihnen als umgekehrt.«

»Das bezweifle ich.«

»Ratten haben immer Angst. Es sei denn, man schläft, dann muss man echt aufpassen.«

Ich frage lieber nicht nach, woher sie das weiß.

»Der Richter hat mir erzählt, früher hätten sie durch den Keller die Lebensmittel reingeschafft und dann die Tabletts über die Luke nach oben gereicht. Auf diese Weise mussten die Dinnergäste die Küchensklaven nicht sehen. Im Krieg haben die Gossetts die Leiter benutzt, um sich aus dem Staub zu machen, wenn die Yankee-Soldaten kamen, um Kollaborateure der Konföderierten festzunehmen. Der Richter hat es geliebt, den Kindern solche Geschichten zu erzählen. Er war ein wirklich netter Mann und hat Aunt Dicey sogar geholfen, mich aus dem Heim zu holen, als meine Mama ins Gefängnis musste.«

Sie sagt das mit einer Beiläufigkeit, die mir den Boden unter den Füßen wegzieht. Eilig wechsle ich das Thema, um mir meine Verblüffung nicht anmerken zu lassen. »Hör zu, LaJuna, ich mache dir einen Vorschlag. Du versprichst mir, dich nicht mehr ins Haus zu schleichen, und dafür darfst du mir nachmittags helfen, die Bücher der Bibliothek zu sortieren. Ich weiß, dass du Bücher magst. Du hattest eine Ausgabe von *Farm der Tiere* im Hosenbund stecken, das habe ich gesehen.«

»Ist nicht das allerübelste Buch«, sagt sie und scharrt mit ihrem Turnschuh über den Boden. »Aber auch nicht das allerbeste.«

»Doch... das gilt nur, wenn du auch zum Unterricht kommst. Ich will nicht, dass die Schule darunter leidet.« Ich sehe ihr an, dass mein Vorschlag sie keineswegs vom Hocker haut, deshalb versuche ich, ihn ihr noch ein wenig zu versüßen. »Ich brauche so schnell wie möglich einen Überblick, welche Schätze sich hier verbergen, bevor...« Ich lasse den Rest meines Satzes unausgesprochen – *bevor ich Ärger mit den anderen Gossetts kriege.*

Ein gerissener Ausdruck erscheint auf ihrem Gesicht. Sie weiß genau, was Sache ist. »Also, ich würde Ihnen vielleicht helfen. Wegen des Richters. Ihn würde das bestimmt freuen. Aber ich habe Bedingungen.«

»Schieß los. Wir finden bestimmt einen Kompromiss.«

»Ich kann nicht immer kommen, versuch's aber. Und ich gebe mir Mühe mit der Schule, nur muss ich eben oft Mama mit den Kleinen helfen. Bei ihren Daddys können sie jedenfalls nicht bleiben, die sind Loser. Donnie ist schuld, dass Mama Ärger wegen Drogen bekommen hat, dabei hat sie nichts getan, sondern bloß im Wagen gesessen. Und schon war die Polizei da, hat uns ins Heim gesteckt, und Mama ist für drei Jahre ins Gefängnis gekommen. Ich kann von Glück sagen, dass meine Großtante mich zu sich geholt hat. Die Kleinen haben's nicht ganz so gut erwischt. Ich darf nicht zulassen, dass sie noch mal ins Heim kommen. Wenn Sie sich also bloß einmischen und Stress wegen der Schule machen wollen und so, können Sie mich bei Ihrem Buchprojekt vergessen.«

Oder gleich das ganze Projekt, sagt ihre Miene. »Aber ich muss es sofort wissen. Also, ja oder nein?«

Wie kann ich so ein Versprechen geben?

Wie könnte ich es nicht tun?

»Okay ... na gut. Wir sind uns einig. Aber du musst deinen Teil der Abmachung trotzdem erfüllen.« Ich strecke ihr die Hand hin, doch sie vermeidet es, sie zu ergreifen, indem sie stehen bleibt, außerhalb meiner Reichweite.

Stattdessen schiebt sie noch einen Anhang nach. »Und Sie dürfen keinem in der Schule sagen, dass ich Ihnen helfe.« Sie schneidet eine Grimasse. »In der Schule sind wir keine Freundinnen.«

Dass wir folglich außerhalb der Schule welche sein können, macht mir Mut. »In Ordnung.« Widerstrebend kommt sie näher, und wir schütteln einander doch noch die Hand. »Wahrscheinlich wäre eine Freundschaft mit dir sowieso schlecht für meinen Ruf«, mutmaße ich.

»Pff, Miss Silva, ich sag's ja nicht gern, aber Ihr Ruf kann bloß besser werden.«

»So schlimm?«

»Miss Silva, Sie stehen da vorn und lesen uns aus diesem Buch vor, wollen wissen, wie wir es finden, und stellen uns Quizfragen dazu. Jeden. Einzelnen. Tag. Das ist bocklangweilig.«

»Was sollten wir den stattdessen tun?«

Sie hebt die Hände, dreht sich um und geht in Richtung Bibliothek. »Was weiß ich. Sie sind doch die Lehrerin.«

Ich folge ihr, als sie selbstsicher durchs Haus geht. Wir schalten in den Projekt-Modus. Sichereres Terrain. »Also, ich habe mir überlegt, einen Stapel von Büchern zu machen, die wir in einer Klassenzimmer-Bibliothek gebrauchen könnten«, erkläre ich, als wir den Raum betreten. »Alles Geeignete, von der dritten oder vierten Jahrgangsstufe bis auf Highschoolniveau.« Die traurige Wahrheit ist, dass ich Schüler habe, die Jahre hinterherhinken. »Aber nur neuere Bücher, nichts Altes. Vielleicht könnten wir ja den Schreibtisch abräumen und die historischen Werke dort stapeln. Ganz vorsichtig. Alte Bücher sind sehr empfindlich. Und die für den Unterricht packen wir neben die Verandatüren.«

»Das ist die Galerie. Der Richter hat immer dort gesessen und gelesen, wenn nicht zu viele Moskitos und Mücken unterwegs waren«, erklärt LaJuna. Ich sehe zu, wie sie zu den Türen tritt und hinausspäht, als erwartete sie, ihn dort sitzen zu sehen.

Einen Moment lang blickt sie versonnen in den Garten hinaus. »Damals, ganz, ganz früher, mussten die Sklavenkinder mit Federfächern dort stehen und die Fliegen verscheuchen. Und im Haus auch, aber im Esszimmer hatten die so einen altmodischen Ventilator. Pankha hieß er. Man konnte ihn mit einer Schnur bewegen. Fliegengitter gab's damals noch nicht. Dafür haben sie manchmal Stoff vor die Fenster gespannt, aber so was haben eher die Sklaven in ihren Hütten getan. Die standen früher hinter der Scheune und dem Wagenschuppen… ein Dutzend oder so. Aber dann haben sie die Hütten auf Rollen gehoben und weggeschoben, damit die Sklaven ein Stück Land kriegten, das sie bestellen konnten.«

Ich stehe da und lausche mit offenem Mund – es ist nicht nur erstaunlich, wie viel sie über die Geschichte der Plantage weiß, sondern auch, dass sie so sachlich darüber spricht. »Wo hast du all das gelernt?«

Sie zuckt die Achseln. »Von Aunt Dicey. Und der Richter hat mir auch immer Geschichten erzählt. Miss Robin auch, nachdem sie hier eingezogen war. Sie hat irgendwas erforscht, über das Haus, glaube ich. Ich stelle mir vor, sie hat ein Buch geschrieben oder so was, weil sie Aunt Dicey, Miss Retta und andere Leute gebeten hat, herzukommen und ihr zu erzählen, was sie noch über Goswood wissen. Welche Geschichten ihre Verwandten ihnen erzählt haben. Dinge, die die Alten eben noch wussten.«

»Ich habe Granny T gebeten, ob sie nicht mal zu uns in den Unterricht kommen und uns auch Geschichten erzählen will. Vielleicht könntest du sie ja überreden?« Aus den Augenwinkeln sehe ich ein Glitzern in ihren Augen. »Da *Farm der Tiere* ja eher langweilig ist.«

»Ich hab nur gesagt, was wahr ist. Jemand muss Ihnen schließlich helfen.« Sie steckt die Hände in die Taschen, atmet tief durch und lässt den Blick durch die Bibliothek schweifen. »Sonst gehen Sie auch wieder, so wie alle anderen.«

Eine köstliche Wärme durchströmt mich, allerdings bemühe ich mich nach Kräften, mir meine Rührung nicht anmerken zu lassen.

»Jedenfalls«, fährt sie fort und tritt zu mir, »wenn du aus Augustine stammst und dein Nachname Loach oder Gossett lautet, ist deine Geschichte ganz, ganz tief mit dem Haus hier verwurzelt, ob du nun schwarz oder weiß bist. Deine Leute haben es nicht geschafft, weit von hier wegzukommen. Und werden es vermutlich auch nie.«

»Da draußen ist eine riesige Welt, außerhalb von Augustine«, erwidere ich. »Mit Colleges und allen möglichen anderen aufregenden Dingen.«

»Das kann schon sein, aber wer hat das Geld für so was alles?«

»Es gibt Stipendien. Finanzielle Unterstützung.«

»Die Augustine School ist eine Schule für arme Leute. Für die, die nie hier rauskommen. Außerdem – was soll man mit einem Collegeabschluss anfangen? Aunt Sarge war in der Army und auf dem College. Wie sie ihr Geld verdient, wissen Sie ja.«

Darauf habe ich keine brauchbare Antwort parat, deshalb lenke ich das Gespräch wieder auf die Bibliothek. »Also, dann lass uns die Bücher fürs Klassenzimmer hier drüben stapeln. Aber bitte keine, die uns Ärger mit den Eltern einbringen. Keine heißen Romanzen oder blutrünstigen Western. Alle mit einem vernünftigen Verhältnis zwischen Kleidung und nackter Haut kommen auf den Billardtisch.« Eines habe ich in meiner Referendariatszeit gelernt: Ärger mit Eltern ist ein Karrierekiller allererster Güte und folglich um jeden Preis zu vermeiden.

»Wegen der Eltern brauchen Sie sich wirklich keine Gedanken zu machen, Miss Silva. Hier haben die Leute andere Sorgen als die Frage, was ihre Kinder in der Schule so treiben.«

»Das bezweifle ich.«

»Sie sind ganz schön stur, wissen Sie das eigentlich?« Sie mustert mich nachdenklich.

»Ich bin bloß Optimistin.«

»Sieht ganz so aus.« Sie stellt die Fußspitze auf den untersten Regalboden und beginnt, daran hochzuklettern wie die Frösche mit ihren Saugnapffüßen an meinem Fenster.

»Was machst du da?« Ich bringe mich in Position, um sie

aufzufangen, falls sie abstürzen sollte. »Da drüben steht eine Leiter. Lass uns die nehmen.«

»Aber damit komme ich nicht bis hier. Da. Die Schiene ist abgebrochen, deshalb reicht sie bloß bis zur Tür.«

»Dann nehmen wir uns heute eben bloß die unteren Regalböden vor.«

»Gleich.« Sie klettert weiter. »Aber zuerst müssen wir herausfinden, was hier oben so herumsteht.«

KAPITEL 13

Hannie Gossett

LOUISIANA, 1875

Mitten in der Nacht fange ich an, das Vaterunser zu beten, wieder und wieder. Seit Jep Loach mich ohne meine Mama vom Sklavenmarkt weggeschleppt hat, hatte ich nicht mehr solche Angst. Ich flüstere das Gebet, so wie ich es in dieser Nacht getan habe, als ich ganz allein unter dem Karren gehockt und die Heiligen um Hilfe angefleht hab.

Sie kamen, als ich noch ein Kind war. Die Heiligen sind in die Gestalt einer alten Witwe mit käsiger Haut geschlüpft, die mich auf einem Markt auf den Stufen vor dem Gerichtsgebäude gekauft hat – aus purem Mitleid, weil ich so mickrig und armselig war, mit einem von Rotz, Schmutz und Tränen verschmierten Gesicht. *Wie alt bist du denn, Kind? Wer sind dein Master und deine Missus? Sag mir die Namen. Keine Lügen. Wenn du die Wahrheit sagst, darf dir keiner was tun, dafür sorge ich.* Also stammelte ich die Namen, sie rief den Sheriff, und Jep Loach suchte das Weite.

Damals hat das Vaterunser gewirkt, deshalb hoffe ich, dass es uns auch jetzt rettet. Noch nie war ich nachts draußen in den Sümpfen. Zwar hab ich andere davon erzählen hören, aber ich selber hab mich nie getraut. Die Angst schlingt sich wie eine Würgeschlange um mich, als ich auf dem Sattel des Grauen sitze, vor mir Juneau Jane, die wie ein nasser Sack dahängt, und die bockige Old Ginger an den Zügeln hinter mir herzerre.

Ich hab Angst vor Schlangen, ich hab Angst vor Alligatoren, Angst, wir könnten den Ku Kluxern in die Arme laufen, da ich inzwischen auf die Straße wechseln musste, damit der Mondschein, der durch die Bäume fällt, mir den Weg weist. Ich hab Angst, diese Holzfäller könnten uns auf den Fersen sein, und fürchte mich vor Geistern und dem alten Rougarou, dass er aus seinem nassen Versteck kommt und uns frisst, aber die allergrößte Angst hab ich vor Jaguaren.

Vor ihnen muss man sich nachts in den Sümpfen am meisten in Acht nehmen. Ein Jaguar kann einen über Meilen hinweg riechen. Dann schleicht er sich an, so leise, dass du es erst merkst, wenn er dich anspringt. Auch vor Pferden fürchten die Biester sich nicht. Jaguare fallen Leute an, wenn sie nachts allein die Straße langgehen, und man überlebt bloß, wenn man diese schwarzen Teufel abhängt. Man muss um sein Leben laufen, denn ein Jaguar verfolgt einen bis nach Hause, wo er sogar noch an der Scheunentür scharrt, weil er unbedingt reinwill.

Gerade höre ich einen in den Wäldern. Sein Ruf hört sich wie der Schrei einer Frau an, schneidet sich in mein Fleisch, bis tief in die Knochen, aber er ist weit weg. Viel schlimmer ist ein anderes Geräusch, links von mir, dann rechts – mir wird ganz anders.

Der Hund bellt, macht aber keine Anstalten, es zu jagen, was auch immer es sein mag. Offenbar fürchtet auch er sich.

Ich hebe die Hand, um Grandmas Perlen zu berühren, als mir wieder einfällt, dass sie ja gar nicht mehr um meinen Hals hängen.

Etwas raschelt am Fuß des kleinen Abhangs unter uns. Ich zucke zusammen.

Klingt nach zwei Beinen, denke ich. *Die Männer...*

Nein, es sind vier. Vier Beine. Und schwere Schritte. Ein Bär?

Es kommt näher, verfolgt uns. Wird schneller.

Nein... es wird leiser, bewegt sich weg von uns.

Da ist nix. Dein Verstand spielt dir Streiche, Hannie. Du bist schon völlig verrückt vor Angst.

Der Jaguar schreit wieder, aber auch jetzt ist er immer noch weit weg. Ein Schauder überläuft mich, deshalb ziehe ich mein Hemd über der Brust fest zusammen, obwohl mir darunter der Schweiß über die Haut rinnt. Das Hemd hält die Moskitos davon ab, mir auch noch den letzten Tropfen Blut aus dem Leib zu saugen.

Ich treibe die Pferde weiter an, die Ohren immer gespitzt, während ich überlege, was ich machen soll. Die alte Straße erstreckt sich meilenweit vor mir. Sie diente dazu, Zypressenstämme aus dem Sumpf und Waren zum Fluss zu bringen, aber sie führt nicht von einem Ort zum anderen, denn obwohl ich eine halbe Ewigkeit unterwegs bin, deutet weit und breit nichts auf Menschen hin, nicht mal eine brennende Lampe vor einer Hütte oder der Geruch eines Lagerfeuers irgendwo zwischen den Bäumen. Lediglich alte Lagerstätten und die Spuren von Rädern und Hufeisen erinnern daran, dass hier überhaupt schon mal Menschen unterwegs waren.

Ginger stolpert über einen Ast und geht auf die Knie. Die Zügel entgleiten mir und landen mit einem leisen Platschen auf der Erde.

»Brrr«, flüstere ich. »Hooh.«

Eilig steige ich ab. Nur mit viel Mühe kann ich Old Ginger daran hindern, sich einfach auf die Seite fallen zu lassen und womöglich Missy Lavinia unter sich zu begraben, die immer noch zu leben scheint, auch wenn ich mir nicht ganz sicher bin, weil kein Laut über ihre Lippen dringt.

»Hooh, Mädchen, nur die Ruhe... so ist es gut«, raune ich erneut und lege ihr beruhigend die Hand auf den Hals. Die alte Stute ist am Ende ihrer Kräfte. Heute Nacht schafft sie keinen Meter mehr.

Der Geruch nach nasser Kohle steigt mir in die Nase. Nach ein paar Minuten finde ich die Überreste eines Lagers vor einem umgefallenen Baumstamm, dessen Wurzeln wie lange, magere Finger gen Himmel zeigen. Der Baum ist schon lange tot, sodass ich ein paar verdorrte Äste für ein Feuer abbrechen kann, und bietet uns immerhin einen Unterschlupf. Jeder Knochen in meinem Leib schmerzt, als ich über den Boden streiche, um Ungeziefer zu vertreiben, das Wachstuch ausbreite und die Pferde anbinde, damit sie nicht davonlaufen können, falls sie in der Nacht Angst kriegen sollten. Als Letztes ziehe ich Missy Lavinia und Juneau Jane herunter, schleppe sie zu dem Baumstamm und lehne sie dagegen. Sie stinken so fürchterlich, dass nicht mal die Moskitos was von ihnen wollen. Alle beide sind ausgekühlt von der feuchten Nachtluft, aber wenigstens atmen sie. Juneau Jane stöhnt leise, aber Missy Lavinia gibt keinen Laut von sich oder zuckt auch bloß.

Der Hund weicht mir nicht von der Seite, und obwohl ich eigentlich nicht viel für Hunde übrighab, bin ich dankbar für die Gesellschaft. *Man darf eben nicht alle über einen Kamm scheren, Hannie. Ist nicht fair*, sage ich mir – sollte ich diesen Tag überleben, hab ich eine wichtige Lektion gelernt. Dieser kahle, halb ausgewachsene Welpe ist ein guter Hund mit einem großen Herzen, der bloß einen gebraucht hat, der ihn gut behandelt.

In ein gutes Herz kommt nichts Böses rein, höre ich Mamas leise Stimme sagen. *Du hast ein gutes Herz, Hannie, lass nicht zu, dass was Böses reinkommt. Mach dem Bösen nicht die Tür auf, auch wenn es noch so laut klopft und dir Honig ums Maul schmiert.*

Ich versuche, Missy Lavinia und Juneau Jane ein paar Schlucke Wasser zu verabreichen, aber ihre Augen rollen in den Höhlen nach hinten, und ihre Münder sind ganz schlaff, deshalb rinnt das Wasser bloß über ihre geschwollenen Zungen. Am Ende geb ich es auf und lehne sie wieder gegen den Stamm, dann esse und trinke ich selber was und hänge das Trockenfleisch ein Stück entfernt an einen Baum. *Was auch immer heute Nacht mit uns geschieht, liegt einzig in den Händen der Heiligen*, denke ich, als ich mich hinlege. *Meine eigenen Hände sind zu schlaff, um zu kämpfen.*

Ich spreche das Vaterunser und warte, dass der Schlaf kommt. Ich schaffe es noch nicht mal bis zum Ende.

Am Morgen höre ich Stimmen. Ich schlage die Augen auf, denke, dass es Tati, John und Jason sein müssen, die schon am Feuer das Frühstück zubereiten. Im Sommer kochen wir im Freien, um die Hitze aus der Hütte fernzuhalten.

Doch die Sonnenstrahlen dringen durch meine geschlossenen Lider, winzige Nadelstiche aus Schatten und Farben, in hübschen Mustern wie Old Missus' Perserteppiche. Wie kann die Sonne so früh am Tag schon so hoch stehen? Außer sonntags stehen wir jeden Morgen um vier Uhr auf, so wie früher die Arbeitstrupps auf dem Feld, nur dass uns heute kein Horn des Aufsehers mehr aus den Federn scheucht, es keine Feldhelfer mehr gibt, die kleine, selbst gebastelte Öfen auf dem Kopf aufs Feld balancieren und am Rand abstellen, damit ein Stück Fleisch und eine Süßkartoffel darin garen können.

Nun, da wir unser eigenes Pachtland bestellen, kann uns

keiner mehr zwingen, wie die Tiere zum Mittagessen im Staub zu hocken; stattdessen setzen wir uns anständig auf Stühle an einen Tisch und essen, und danach kehren wir an die Arbeit zurück.

Ich schlage die Augen auf und sehe statt unserer Farm zwei schlammbespritzte Gäule. Einen Hund. Und zwei Mädchen auf einem Stück Wachstuch, halb tot, halb lebendig, ich weiß es nicht.

Und ich höre Stimmen.

Schlagartig bin ich hellwach, fahre hoch und lausche. Da ist jemand, wenn auch nicht direkt in der Nähe. Die Worte kann ich nicht verstehen.

Old Ginger hat ein Ohr in Richtung Straße gedreht und horcht ebenfalls, genauso wie der Hund. Der Graue hat die Nüstern gebläht und gibt ein kehliges Schnauben von sich.

Ich stehe auf und streiche ihm über die Nase.

»Psst«, flüstere ich ihm und dem Hund zu.

Sind uns etwa doch die Männer auf den Fersen?

Ich lege die Hand an Gingers Hals, damit sie stillhält. Der Hund tritt zu mir. Ich schwinge ein Bein über ihn, sodass er zwischen meinen Knien steht.

Von der Straße dringen das Ächzen und Rumpeln eines Karrens herüber, das quietschende Platschen von Hufen auf dem aufgeweichten Untergrund. Ein Rad holpert über eine Wurzel. Ein Mann grunzt. Das könnten die Holzfäller sein, die ihr Maultier wiedergefunden haben.

Ich drücke meinen Kopf gegen die Nase des Grauen und schließe die Augen. *Nicht bewegen. Nicht bewegen. Nicht bewegen,* denke ich, während er Karren ziemlich nahe an uns vorbeiholpert. Als ich mich traue, die Pferde loszulassen und aus dem Gebüsch zu spähen, sehe ich ihn um die nächste Biegung fahren. Folgen tue ich ihm nicht, denn bestimmt bedeutet er bloß Ärger. Immerhin habe ich immer noch zwei Mädchen bei mir, die sich nicht erklären können, und zwei viel zu elegante Pferde für jemanden wie mich.

Missy Lavinias und Juneau Janes Zustand ist unverändert. Ich richte sie auf und versuche noch mal, ihnen Wasser aus der Feldflasche einzuflößen. Kurz flattern Juneau Janes Lider, und sie schluckt ein paar Tropfen, erbricht sie aber, sobald ich sie gegen den Stamm zurücksinken lasse. Mir bleibt nichts anderes übrig, als sie auf die Seite zu drehen und zu warten, bis alles aus ihr herauskommt.

Missy Lavinia kann nichts trinken. Ich kann sie nicht mal dazu bringen, es zu versuchen. Ihre Haut hat die Farbe von Totholz, ihr Gesicht ist grau und verquollen, ihre Augen sind verklebt, ihre Lippen rissig und blutverkrustet, als wären sie verbrannt. Die beiden Mädchen sind vergiftet worden. Einen anderen Grund kann es nicht geben. Jemand hat ihnen Gift verabreicht, damit sie entweder sterben oder aber in den Transportkisten Ruhe geben.

Missy hat auch eine dicke, harte Beule am Kopf, und ich frage mich, ob sie deswegen so viel schlechter beisammen ist als Juneau Jane.

Mit Giften kenne ich mich aus, zumindest mit solchen, wie die alte Seddie sie aus Wurzeln, Blättern, einer bestimmten Baumrinde und Beeren von diesem oder jenem Strauch zusammenmischt und sie dann den Leuten unterjubelt, je nachdem, ob sie erreichen will, dass sie zu elend, zu beduselt oder zu tot zum Arbeiten sind.

Bleibt bloß von der alten Hexe weg, hat Mama Epheme und mich gewarnt, als wir das erste Mal ins Grand House mussten, um auf Missy Lavinia aufzupassen. *Schaut ihr nicht in die Augen. Und seht zu, dass sie gar nicht erst auf die Idee kommt, Old Missus würde euch lieber mögen als sie, sonst vergiftet sie euch. Und von Old Missus und Young Marse Lyle haltet ihr euch auch fern. Macht einfach eure Arbeit und seid nett zu Old Marse, damit er euch erlaubt, mich sonntagnachmittags zu besuchen.*

Das bläute sie uns jeden Sonntagabend aufs Neue ein, bevor sie uns zurück ins Herrenhaus schicken musste.

Ob jemand ein Gift überlebt oder daran stirbt, kann man nie im Voraus sagen, sondern muss abwarten, bis der Körper sich entschieden hat, wie stark er ist, und der Geist weiß, wie gern er noch auf dieser Seite der Welt bleiben will.

Ich muss ein Versteck für uns finden, hab aber keine Ahnung, wo. Ein weiterer Tag quer über dem Sattel könnte mehr sein, als Missy und Juneau Jane aushalten. Außerdem liegt der Geruch nach Regen in der Luft.

Es ist eine Plackerei, die beiden auf die Gäule zu wuchten, aber am Ende gelingt es mir. Ich bin völlig geschafft, noch bevor der Tag richtig angefangen hat, doch ich muss die Pferde schonen und dafür sorgen, dass wir von der Straße wegbleiben, deshalb gehe ich zu Fuß los und führe die Rotfuchsstute und den Grauen an den Zügeln wie Maultiere hinter mir her.

»Los geht's, Hund, gehen wir.« Ich marschiere los, setze einen Fuß vor den anderen, wobei ich mit einem Stock den Boden nach Sumpflöchern absuche und die scharfen Palmblätter zur Seite schiebe, immer weiter, bis ich auf einen breiten brackigen Tümpel stoße, der mir keine andere Wahl lässt, als den Weg zurück in Richtung Straße einzuschlagen.

Schnüffelnd läuft der Hund vor mir her zu einem Weg, den ich bisher nicht bemerkt habe. Am Rand des Sumpfes sind Fußabdrücke zu erkennen... große, die aussehen, als würden sie einem Mann gehören, aber auch kleinere von einem Kind oder einer Frau. Nur die beiden, das heißt, von den Holzfällern können sie jedenfalls nicht stammen. Vielleicht waren

Leute hier, um zu angeln, Alligatoren zu jagen oder Krebse zu fangen.

Zumindest weiß ich jetzt, dass Menschen hier waren, und zwar vor nicht allzu langer Zeit.

Ich gehe weiter, bleibe aber stehen und lausche, als die Straße oben auf dem Hügel in Sicht kommt. Es ist still, bis auf die Geräusche des Sumpfes – das Blubbern des Schlamms, das kehlige Quaken von Ochsenfröschen, das Sirren von Wasserläufern und Kriebelmücken. Libellen flitzen über Seegrasbüschel und Muscadine-Reben, eine Spottdrossel singt ihre geborgten Lieder, ineinander verschlungen und verwoben wie bunte Bänder.

Der Hund läuft durchs Gebüsch auf die Straße, wobei er ein großes Sumpfkaninchen aufschreckt, dem er mit einem erfreuten Heulen hinterherhetzt. Ich warte und lausche, ob ein anderer Hund von irgendwoher, einer Farm oder einem Haus, antwortet, doch da ist nichts.

Schließlich folge ich den Fußspuren den Hügel hinauf.

Die Spuren machen eine Biegung und führen die Straße entlang. Zwei Menschen, die irgendwohin unterwegs waren. Beiden hatten Schuhe an. Die großen Abdrücke verlaufen gerade, die kleineren kreuz und quer, hin und her, was zeigt, dass die beiden es nicht eilig hatten. Keine Ahnung, warum, aber das beruhigt mich. Nach einem weiteren Stück führen die Fußspuren plötzlich von der Straße weg und einen Hügel auf der anderen Seite hinauf. Ich bleibe stehen und sehe mich um, während ich zu einem Entschluss zu gelangen versuche, ob ich ihnen folgen oder weitergehen soll. Eine Böe bläst mir ins Gesicht, was meinen Überlegungen ein Ende bereitet. Ein Sturm ist im Anzug. Wir brauchen einen Unterschlupf, irgendwas, wo wir das Unwetter abwarten können.

Der Hund kommt zurück. Das Kaninchen hat er nicht erwischt, dafür ein Eichhörnchen, das er mir voller Stolz überreicht.

»Braver Junge«, lobe ich ihn, nehme den kleinen Nager mit Hilfe der alten Axt aus und hänge den Kadaver an einen der Sättel. »Das gibt's später. Du kannst noch eines fangen, wenn du willst.«

Er schenkt mir ein Hundelächeln und wedelt mit seinem hässlichen, kahlen Schwanz, ehe er sich umwendet und den Fußspuren nachläuft. Ich folge ihm mit den Pferden.

Der Weg führt einen schmalen Hügel hinauf und wieder hinunter und über einen kleinen Bach, aus dem ich die Pferde trinken lasse. Nach einer Weile sehe ich weitere Spuren aus anderen Richtungen kommen. Hufabdrücke. Von Pferden. Von Maultieren. Fußspuren von Menschen. Je mehr, umso deutlicher tritt der Weg zutage, der mitten durch die Wälder führt. Er wurde über lange Zeit hinweg genutzt, ganz eindeutig. Aber immer zu Fuß, mit Pferden oder Maultieren. Nie mit einem Karren.

Ginger, der Graue, der Hund und ich fügen unsere eigenen Fußspuren hinzu.

Der Regen setzt ein, gerade als der Weg ein bisschen besser wird. Es schüttet wie aus Eimern; innerhalb kürzester Zeit bin ich nass bis auf die Knochen, der Regen rinnt aus meinen Kleidern, läuft von meiner Hutkrempe. Der Hund zieht den Schwanz ein, die Pferde die Schweife. Ich senke den Kopf und kämpfe gegen meine aufkommende Verzweiflung an. Das einzig Gute an dem Guss ist, dass er den Schmutz und den Gestank von mir, den Sätteln, den Pferden und den beiden Mädchen wäscht.

Immer wieder blicke ich mich mit zusammengekniffenen Augen um, sehe aber nicht mal anderthalb Meter weit. Der Pfad wird zum Schlammloch, sodass ich ständig ausrutsche.

Die Pferde schlittern bloß noch. Old Ginger gerät neuerlich ins Straucheln und fällt auf die Knie, allerdings findet sie Regen so abscheulich, dass sie sich eilig wieder hochrappelt.

Wir gehen einen weiteren Hügel hinauf, während uns das Wasser in Bächen nur so entgegenströmt. Es läuft mir in die Schuhe, sodass meine Blasen brennen, nach einer Weile werden meine Füße jedoch so kalt, dass ich sie kaum noch spüren kann, ich schlottere am ganzen Körper.

Juneau Jane gibt ein langes, tiefes Stöhnen von sich, das ich sogar über das Tosen des Sturms hinweg hören kann. Auch der Hund bekommt es mit und läuft hinter sie, dann wieder nach vorn, wobei ich prompt über ihn stolpere und mit den Händen voran im Matsch lande.

Er jault, strampelt sich los und rennt davon. Erst als ich mich aufrapple und meinen Hut aus dem Schlamm aufhebe, sehe ich, warum – da ist ein Haus, uralt, mitten zwischen den Bäumen, aus mit Stroh und Austernkalk abgedichteten Zypressenstämmen. Ein halbes Dutzend aus allen Richtungen herführende Wege laufen davor zusammen.

Nichts geschieht, als ich neben dem Hund auf die Veranda trete und die Pferde zu mir heranziehe, damit zumindest ihre Köpfe vor dem Regen geschützt sind.

Sobald ich die Tür öffne, weiß ich auch, warum niemand hier ist und um was für ein Haus es sich handelt – es ist eines von denen, das die Sklaven eigenhändig gebaut haben, ganz tief in den Sümpfen und Wäldern, wo ihre Master sie nicht finden konnten. Sonntags, wenn sie nicht auf die Felder mussten, schlichen sie sich davon, einzeln oder paarweise, um sich zum Predigen, zum Singen, zum Wehklagen und zum Beten zu treffen. Es ist ein Ort, an dem sie unter sich waren und ihre Besitzer nicht hören konnten, wenn sie nach Freiheit riefen.

Hier, in den Wäldern, durften alle Farbigen in der Bibel lesen; zumindest jene, die es konnten, wer nie Lesen und Schreiben gelernt hatte, hörte zu. Dies war ein Ort für jene, die nicht dem Glauben anhingen, dass Gott einen seinem Master gegeben hat, damit man ihm gehorcht.

Ich danke den Heiligen, ehe ich zusehe, dass ich uns alle, so schnell es geht, ins Trockene schaffe, wobei mir der Hund nicht von der Seite weicht. Wir hinterlassen jede Menge Wasser- und Schmutzspuren auf dem Stroh, mit dem jemand den blanken Erdboden im Innern ausgelegt hat. Es geht leider nicht anders, aber ich glaube nicht, dass Gott böse auf uns ist.

Grob gezimmerte Holzbänke, davor der Altar aus vier alten Türen, die aussehen, als stammten sie aus einem Grand House. Hinter dem Predigerpult sind drei mit rotem Samt bezogene Stühle aufgereiht, auf dem Abendmahlstisch stehen ein hübsches Kristallglas sowie vier Porzellanteller, die wahrscheinlich jemand aus einem Plantagenhaus mitgebracht hat, als die Besitzer vor den Yankees geflohen sind.

Durch ein hohes Buntglasfenster hinter dem Altar, das aus einer der Türen stammen muss, fällt trübes Tageslicht. Die restlichen Fenster sind mit über die Rahmen gespannten Wachstüchern abgehängt, außerdem wurde Zeitungspapier im hinteren Teil des Raums an die Wände genagelt, wahrscheinlich um die Löcher im bröckeligen Austernkalk zu stopfen.

Ich schleppe Missy Lavinia und Juneau Jane nach vorn vor den Altar und lege sie hin, dann nehme ich die Samtkissen von den Stühlen und schiebe sie ihnen unter die Köpfe, damit sie es ein wenig weicher haben. Juneau Jane schlottert am ganzen Leib, und ihre klatschnasse, verdreckte Unterwäsche klebt wie eine zweite Haut an ihr. Missy Lavinias Zustand ist noch viel schlimmer, denn sie gibt keinen Mucks von sich. Ich beuge mich über sie, um zu sehen, ob sie überhaupt noch atmet.

Lediglich der Hauch eines Atems schlägt mir entgegen, kalt und federleicht. Ich habe nicht die leiseste Ahnung, wie ich sie warm bekommen soll, weil alles, was wir am Leib tragen, hoffnungslos durchnässt ist. Ich ziehe den beiden die Kleider aus, dann meine eigenen und hänge sie zum Trocknen auf, schließlich zünde ich den kleinen eisernen Ofen in der hinteren Ecke an – ein hübsches schmiedeeiserne Exemplar, verziert mit Rosen, Ranken und Efeu, einem breiten Sockel und geschwungenen Füßen, das aussieht, als stammte es aus einem Damensalon.

Obendrauf steht ein Kochgeschirr, in dem ich das Eichhörnchen brate, als der Ofen heiß ist, und mir mit dem Hund teile.

»Wenigstens haben wir genug Holz hier drinnen. Und Streichhölzer«, sage ich zu ihm. Ich bin heilfroh, dass es nicht reinregnet. Und auch für das Feuerchen bin ich dankbar. Nackt und immer noch nass kauere ich mich davor und spüre die Wärme des Ofens, noch bevor er richtig warm ist. Allein die Gewissheit, dass ich nicht länger zu frieren brauche, macht es gleich viel besser.

Als der Ofen ein wenig gezogen hat, zerre ich einen der Samtstühle in den hinteren Teil der Kirche – es ist einer von der breiten Sorte, wie man sie früher hatte, damit die Damen mit ihren Reifröcken darauf Platz hatten, ähnlich wie die Liebessessel, in denen sie ihre Röcke enger zu sich ziehen konnten, wenn sie ihren Verehrer dichter herankommen lassen wollten, oder sie ausbreiteten, um ihn sich vom Leib zu halten.

Ich setze mich hin, ziehe die Knie an, lasse den Kopf auf die

Lehne sinken und streiche mit den Fingern über den Samt, der so weich wie eine Pferdenase ist, während ich in die Flammen starre. Köstliche Wärme strömt durch meinen ganzen Körper. Es ist ein Hochgenuss.

In so einem Sessel habe ich noch nie gesessen, mein ganzes Leben nicht.

Vorsichtig reibe ich mit meiner Wange an dem Stoff, während ich mich von der Wärme des Ofens umhüllen lasse. Meine Lider werden schwer, fallen zu.

Es folgen zwei Tage, in denen ich im Grunde nur wache oder schlafe, mich um die Mädchen kümmere, zwei ganze Tage, glaube ich, vielleicht auch drei. Am Ende des ersten Tages bin auch ich fiebrig und todmüde, und obwohl ich das Eichhörnchenfleisch warm mache, kann ich kaum etwas bei mir behalten. Ich schaffe es lediglich, den Pferden Fußfesseln anzulegen, damit sie selbst nach Futter suchen, aber nicht weglaufen können, meine Sachen wieder anzuziehen und den Mädchen die Unterwäsche überzustreifen, den Hund zu mir zu rufen und zu versuchen, Juneau Jane Wasser in kleinen Schlückchen zu trinken zu geben. Missy nimmt immer noch nichts zu sich, doch ihre kleine Halbschwester erholt sich allmählich.

Am ersten Tag, als ich wieder halbwegs auf dem Damm bin, schlägt Juneau Jane ihre seltsamen graugrünen Augen auf und sieht mich von dem roten Samtkissen her an, über das sich ihr schwarzes Haar wie ein Schlangennest ringelt. Ich sehe ihr an, dass sie keine Ahnung hat, wo sie ist und wen sie vor sich hat.

Sie versucht zu sprechen, aber ich bedeute ihr, es nicht zu tun. Nach den Tagen der Stille würde mir bloß der Schädel davon dröhnen. »Still«, flüstere ich. »Du bist in Sicherheit. Mehr brauchst du nicht zu wissen. Du warst sehr krank. Und bist es immer noch. Jetzt ruh dich aus. Hier geschieht dir nichts.«

Ich gehe davon aus, dass das auch so ist. Es hat geregnet, tagelang, deshalb sind unsere Spuren bestimmt längst fortgespült. Meine einzige Sorge ist, dass ich nicht weiß, wie viele Tage uns noch bis Sonntag bleiben, wenn die Leute in die Kirche kommen.

Die Frage beantwortet sich von ganz alleine, als der Hund sich am nächsten Morgen ganz früh aufsetzt und so wild bellt, dass ich die Augen vor Schreck aufreiße.

Ich höre eine Stimme. Gesang.

Children wade in the water
And God's a-gonna trouble the water
Who's that young girl dressed in red?
Wade in the water
Must be children that Moses led
God's gonna trouble the water...

Die Stimme ist tief und kräftig, allerdings kann ich nicht sagen, ob sie einem Mann oder einer Frau gehört; ich weiß bloß, dass sie mich an meine Mama erinnert. Sie hat uns dieses alte Sklavenlied immer vorgesungen, als ich noch klein war.

Mir ist bewusst, dass ich etwas tun, denjenigen daran hindern muss, die Kirche zu betreten, wer auch immer es sein mag, stattdessen verharre ich und lausche noch eine Weile.

Diesmal mache ich eine Kinderstimme aus.

Das ist gut, zumindest für das, was ich als Nächstes tun will.

Wade in the water children, singt die Kinderstimme laut und ohne jede Furcht.

> *Wade in the water,*
> *And God's a-gonna trouble the water.*

Dann setzt die Frauenstimme wieder ein.

> *Who's that young girl dressed in white?*
> *Wade in the water*
> *Must be the children of the Israelite,*
> *God's gonna trouble the water.*

Ich flüstere die Worte mit, spüre den Herzschlag meiner Mama an meinem Ohr, höre ihre leise Stimme: *Das Lied erzählt vom Weg in die Freiheit, Hannie. Bleib immer nah am Wasser, dort können dich die Hunde nicht wittern.*

Wieder stimmt das Kind den Refrain an. Mittlerweile ist die Stimme lauter geworden. Bestimmt haben sie schon die Lichtung erreicht.

Ich springe auf und laufe zur Tür, presse die Hand darauf und mache mich bereit.

> *Who's that girl dressed in blue*
> *Wade in the water ...*

Ich schlucke. *Bitte, Gott, mach, dass es gute Leute sind, die da kommen. Freundliche Leute.*

Nun singen sie gemeinsam. Die Erwachsenen- und die Kinderstimme.

> *Must be the ones that made it through*
> *Wade in the water.*

Hinter mir krächzt eine leise Stimme. »Wade... wahhter. Wade in... wahhter.«

Ich blicke über die Schuler und sehe, wie Juneau Jane sich auf dem roten Samtkissen aufstützt, doch ihr Arm ist so schwach, dass er wie ein Seil im Wind zittert. Ihre Augen sind halb geschlossen.

And God's a-gonna trouble the water, singt das Kind draußen voller Inbrunst.

»*If y-you don't... be... believe... been... redeemed*«, Juneau Jane hat Mühe, die Worte über die Lippen zu bringen.

Eisige Kälte erfasst mich, gefolgt von glühender Hitze.

»Still! Sei leise!«, zische ich, reiße die Tür auf und taumele hinaus auf die Veranda, wobei ich mich mit einer Hand an einem Pfosten abstütze. Zwei Gestalten lösen sich aus den Wäldern, eine stämmige, rundliche Frau mit Händen wie Servierplatten, großen, in braunen Halbschuhen steckenden Füßen und einem weißen Taschentuch zwischen den Fingern. Neben ihr hüpft ein kleiner Junge mit einem Wildblumenstrauß in der Hand her. Ihr Enkel vielleicht?

Die Frau kitzelt den Kleinen mit einem Stängel Federgras hinterm Ohr, worauf er kichert.

»Halt! Nicht näher kommen!«, rufe ich. Meine Stimme ist schwach und leise, trotzdem bleiben sie sofort stehen und sehen herüber. Der Junge lässt die Blumen fallen. Die Frau streckt den Arm aus und zieht ihn eilig hinter sich.

»Wer bist du?«, fragt sie und beugt sich vor, um mich besser sehen zu können.

»Wir haben Fieber«, rufe ich. »Bleibt weg. Wir sind krank.«

Die Frau weicht einen Schritt zurück, wobei sie den Jungen mit sich zieht; er klammert sich an ihrem Rock fest und späht zu mir herüber. »Wer bist du?«, fragt sie noch einmal. »Wie kommst du hierher? Ich kenn dich nicht.«

»Wir sind auf der Durchreise«, antworte ich. »Aber wir mussten Halt machen. Wegen dem Fieber. Kommt nicht näher. Nicht dass ihr es auch noch kriegt.«

»Wie viele seid ihr?«, fragt sie und presst sich ihre Schürze vor den Mund.

»Drei. Aber die zwei anderen sind noch schlimmer dran.« Obwohl das nicht gelogen ist, lasse ich mich gegen den Pfosten sinken, um noch ein bisschen schwächer auszusehen. »Wir brauchen Hilfe. Essen. Wir haben Geld. Hab Erbarmen mit uns, Schwester. Wir sind bloß kranke Reisende, die ein bisschen Hilfe von einer gnädigen Seele brauchen.«

VERMISST

Sehr geehrter Herr Chefredakteur – ich bin auf der Suche nach meiner Familie. Meine Mutter war Priscilla und gehörte einem Watson, der sie an Bill Claburt in der Nähe von Hopewell, Georgia, verkauft hat. Wir haben bei Knoxville gelebt. Mein Name war Betty Watson. Ich bin weggekommen, als ich drei Jahre alt war. Heute bin ich 55 Jahre, habe erst mit 50 lesen gelernt, aber jetzt lese ich regelmäßig den *Southwestern*, weil es Balsam für meine Seele ist. Ich würde mich so freuen, etwas über meine Mutter und meinen Bruder Henry zu erfahren. Vielleicht kann mir jemand helfen. Bitte schreiben Sie mir über Rev. H.J. Wright, Ashbury M.E. Church, Natchitoches, wo ich Mitglied und Lehrerin der Sabbatschule bin.

BETTY DAVIS

»Vermisst«-Rubrik im *Southwestern*

KAPITEL 14

Benny Silva

AUGUSTINE, LOUISIANA, 1987

»Hier.« JaJuna schiebt einen Stapel *National Georgraphic*-Ausgaben zur Seite, legt einen Band der *Encyclopedia Britannica* auf den Billardtisch und schlägt ihn auf. Doch statt der erwarteten Seiten ist das Buch innen leer und dient als Hülle – oder besser gesagt als Versteck – für ein in ein Stück Tapete eingeschlagenes Päckchen. Früher einmal muss die Tapete wunderhübsch goldfarben und weiß beflockt gewesen sein, allerdings ist davon mittlerweile kaum mehr als ein von Juteschnüren zusammengehaltener Fetzen voller Leimflecken übrig.

»Ich glaube, nicht mal Miss Robin wusste hiervon.« LaJuna tippt mit dem Finger auf das Päckchen. »Als ich das erste Mal hier war – damals ging es schon dem Ende zu, und der Richter hatte klare und weniger klare Tage –, hat er zu mir gesagt: ›Kletter doch mal da oben rauf, LaJuna, bis ganz nach oben. Ich brauche etwas, aber jemand hat die Leiter weggenommen.‹ Na ja, man hatte sie entfernt, nachdem die Schiene abgebrochen war, deshalb wusste ich, dass der Richter einen Tag hatte, an dem sein Kopf gut funktioniert. Jedenfalls bin ich raufgeklettert, und dafür hat er mir verraten, was in dem Band ist.

Er hat mich angesehen und gesagt: ›Eigentlich dürfte ich dir das ja nicht zeigen, weil nichts Gutes dabei rauskommt und ich es nicht wiedergutmachen kann. Deshalb will ich, dass du es wieder zurücklegst. Wir werden es nicht mehr anfassen. Höchstens wenn ich beschließe, es zu verbrennen, was ich wohl tun sollte, fassen wir es noch mal an. Erzähl niemandem davon. Wenn du das für mich tust, LaJuna, darfst du dir jedes andere Buch ausleihen und so lange behalten, bis du es fertig gelesen hast.‹ Dann musste ich ihm einen der Lexikonbände geben, von dem er den Umschlag abgetrennt und das Päckchen reingelegt hat, und dann haben wir es wieder versteckt.«

LaJuna zupft mit ihren Nägeln, von denen der knallrote Lack abblättert, an den fest verzurrten Juteschnüren herum. »Eigentlich hatte der Richter in der Schulbade immer eine Schere liegen. Mal sehen, ob sie noch da ist.«

Ein Anflug von Gewissensbissen lässt mich innehalten. Was auch immer sich in dem Päckchen verbirgt, ist sehr persönlich und geht mich nichts an. Nichts. Punkt.

»Egal. Ich hab's schon«, sagt LaJuna, als sich die Fäden lösen.

»Ich finde, du solltest das nicht tun. Wenn der Richter nicht...«

Doch sie schlägt bereits die Tapete auseinander und legt die beiden Bücher, die zum Vorschein kommen, nebeneinander. Beide sind ledergebunden, das eine schwarz, das andere rot, eines dünn, das andere dick. Das schwarze erkennt man auf Anhieb – es ist eine altmodische, traditionelle Familienbibel, schwer und dick. Das dünnere rote ist ein Notizbuch.

Goswood Grove Plantage
William P. Gossett
Wichtige Anschaffungen und Einträge

Die Aufschrift ist in goldfarbenen Lettern auf den Einband geprägt.

»Also, in diesem Journal«, sagt LaJuna, »ist alles aufgeführt, was sie ge- und verkauft haben. Zucker, Melasse, Baumwollsamen, Pflüge, ein Klavier, Land, Holz, Pferde und Maultiere, Kleider und Geschirr... alles Mögliche. Und manchmal auch Menschen.«

Einen Moment lang bin ich wie betäubt. Mein Verstand weigert sich zu verarbeiten, was ich vor mir habe. »LaJuna, das ist nicht... wir sollten nicht... Der Richter hatte recht. Du musst es wieder zurücklegen.«

»Aber es ist doch Geschichte, oder etwa nicht?«, kontert sie. »Sie erzählen uns doch ständig, wie wichtig Bücher und Geschichten sind.«

»Natürlich, das ist auch so, aber trotzdem...« Etwas so Altes sollte mit größter Vorsicht behandelt und nur mit frisch gewaschenen Händen oder Baumwollhandschuhen berührt werden. Aber wenn ich ehrlich bin, weiß ich natürlich, dass die archivarischen Bedenken nicht der eigentliche Grund für mein Zögern sind, sondern vielmehr der Inhalt.

»Tja, genau das ist es ja.« Sie fährt mit dem Fingernagel über den Rand der Bibel und schlägt sie auf, bevor ich sie daran hindern kann.

Ganz vorn befindet sich der Familienstammbaum. Auf etwa einem Dutzend Seiten sind in verschnörkelten Buchstaben, geschrieben mit einem alten Federhalter, wie ich sie jahrelang gesammelt habe, alle aufgelistet, die zur Familie gehörten. In der linken Spalte die Namen: Letty, Tati, Azek, Boney, Jason, Mars, John, Percy, Jenny, Clem, Azelle, Louisa, Mary, Caroline, Ollie, Mittie, Hardy... Epheme, Hannie... Ike... Rose...

In den restlichen Spalten befinden sich die Geburts-, teilweise auch die Sterbedaten, außerdem Buchstaben, T, V, B, P, die ich nicht zuordnen kann, sowie Ziffern. Hinter einigen Namen stehen auch Dollarbeträge.

JaJunas Nagel mit dem abblätternden Nagellack verharrt über einem der Namen, ohne ihn zu berühren. »Sehen Sie, das hier sind all die Sklaven, die sie hatten. Wann sie geboren, wann sie gestorben sind und welche Nummer ihr Grab hatte. Wenn sie geflohen oder im Krieg verschollen sind, bekamen sie ein V für »Verloren« und die Jahreszahl neben ihren Namen. Diejenigen, die nach dem Krieg befreit wurden, bekamen ein B für »Befreit« und die Jahreszahl 1865 dazu, und wenn sie auf der Plantage blieben und Pachtfarmer wurden, bekamen sie ein P/1865.« Sie breitet die Hände aus, beide Handflächen nach oben, als würden wir hier das Wochenmenü in der Schulmensa besprechen. »Danach haben die Leute vermutlich selbst Buch geführt.«

Es dauert einen Moment, während ich verdaue, was ich gerade gehört habe. »Und all das hat dir der Richter erzählt?«, stammle ich schließlich.

»Genau. Vielleicht wollte er ja, dass es jemand bekommt, der all das richtig lesen kann. Dass Miss Robin es bekommt, wollte er nicht. Warum, weiß ich auch nicht. Immerhin wusste sie ja, dass dieses Haus von Sklaven gebaut wurde. Miss Robin hat sich intensiv mit der Geschichte von Goswood beschäftigt. Vielleicht wollte der Richter nicht, dass sie Schuldgefühle wegen dem hat, was vor langer Zeit hier passiert ist.«

»Ich weiß es nicht... mag schon sein.« Ich schlucke gegen den Kloß in meiner Kehle an. In gewisser Weise wünsche ich mir, der Richter wäre so verantwortungsbewusst gewesen und hätte das Buch tatsächlich verbrannt und so den Sarg dieser Epoche endgültig zugenagelt. Gleichzeitig ist mir bewusst, dass das ein Riesenfehler gewesen wäre.

LaJuna fährt unbeirrt fort, zwingt mich auf eine Reise, die ich nicht machen möchte. »Und sehen Sie, wo kein Daddy verzeichnet ist, sondern nur eine Mama und dann ein Baby? Das sind die, deren Daddys wahrscheinlich weiß waren.«

»Das hat dir der Richter auch erzählt?«

Ihre Lippen werden schmal, und sie verdreht die Augen. »Nein, darauf bin ich von allein gekommen. Dafür steht das kleine *m* – für Mulatte. So wie die Frau hier, Mittie. Sie hat keinen Daddy, obwohl sie natürlich einen hat. Er war der…«

Das war's. Mehr halte ich nicht aus. »Ich denke, wir sollten das jetzt lieber zurücklegen.«

JaJuna runzelt die Stirn und sieht mich an… überrascht und… enttäuscht? »Sie klingen schon genauso wie der Richter, Miss Silva, dabei sind Sie doch diejenige, die immer von Geschichten redet. Das Journal hier ist die einzige Geschichte, die die meisten hier je erlebt haben, die einzige Stelle, an der ihre Namen immer noch stehen. Viele haben noch nicht mal einen eigenen Grabstein mit ihrem Namen drauf. Schauen Sie mal.«

Sie blättert eine Seite um, sodass das dicke, mit dem Umschlag verbundene Vorsatzpapier aufgeschlagen vor mir liegt. Darauf ist eine Art Gitternetz aus gleichmäßigen, mit Ziffern versehenen Rechtecken aufgezeichnet. »Und hier«, fährt sie fort und beschreibt mit dem Finger einen Kreis, »haben sie all die Sklaven verscharrt, die Alten, die Kinder, sogar die Babys.« Sie nimmt einen Stift und legt ihn vor dem Buch auf den Schreibtisch. »Der Stift ist Ihr Haus. Sie wohnen, ohne es zu wissen, direkt neben all den Menschen.«

Der reizende Obstgarten hinter meinem Haus kommt mir in den Sinn. »Aber da ist gar kein Friedhof angelegt. Der städtische Friedhof befindet sich doch hier.« Ich lege einen Hefter im Art-déco-Stil und eine Plastikklammer links neben den Stift. »Wenn der Stift mein Haus ist, dann ist hier der Friedhof.«

»Miss Silva.« LaJuna wendet den Kopf ab. »Ich dachte immer, Sie kennen sich so gut in Geschichte aus. Dieser Friedhof neben Ihrem Haus, mit dem hübschen Zaun und all den kleinen Steinhäuschen mit den Namen der Leute drauf, war der Friedhof der Weißen. Morgen, wenn ich komme, um Ihnen mit den Büchern zu helfen, kann ich Ihnen ja mal zeigen, was hinter Ihrem Haus so ist. Ich hab selbst nachgesehen, nachdem der Richter...«

Der Glockenschlag einer Standuhr in der Halle lässt uns zusammenzucken.

LaJuna weicht zurück, zieht eine kaputte Armbanduhr aus ihrer Hosentasche und ruft: »Ich muss los! Ich wollte nur kurz vorbeikommen, um mir ein Buch für heute Abend zu holen.« Sie schnappt ihr Taschenbuch und flitzt davon. Ich höre noch ihre Stimme, die im Rhythmus ihrer Schritte durch das Haus hallt. »Ich muss auf die Kleinen aufpassen, wenn Mama zur Schicht geht.«

Die Tür knallt zu, dann ist sie fort.

Tagelang sehe ich sie nicht. Weder in Goswood Grove noch in der Schule. Sie ist... einfach weg.

Also gehe ich allein in den Obstgarten hinter dem Haus, betrachte die Hügel unter dem Gras, hocke mich hin, um die Halme zur Seite zu schieben. Ich fange an zu graben, nur ein paar Zentimeter tief, als ich auf braune Steine stoße.

Auf einigen sind noch die Schatten von Inschriften zu erkennen, aber zu schwach, um sie lesen zu können.

Ich skizziere alle in einem Notizbuch und vergleiche sie dann mit den kleinen nummerierten Rechtecken der handgezeichneten Grabkarte aus der Bibliothek von Goswood Grove.

Alles passt so gut zusammen, wie man es nach all der Zeit erwarten kann. Ich stoße auf Erwachsenengräber und kleinere für Babys oder Kleinkinder, die zu zweit oder dritt begraben wurden. Bei 96 höre ich auf zu zählen, weil ich es nicht länger ertrage. Mehrere Generationen von Familien liegen hier begraben, direkt hinter meinem Haus, allesamt seit langer, langer Zeit vergessen. LaJuna hat völlig recht: Abgesehen von den Erzählungen, die innerhalb der Familien weitergegeben werden, ist die traurige Auflistung in der Gossett-Familienbibel die einzige Geschichte, die diese Menschen haben.

Es war falsch vom Richter, dieses Buch unter Verschluss zu halten, das weiß ich jetzt, allerdings bin ich unsicher, ob es mir zusteht, etwas zu unternehmen. Ich würde gern weiter mit LaJuna darüber reden, doch ein Tag nach dem anderen vergeht, ohne dass ich Gelegenheit dazu bekomme.

Am Mittwoch mache ich mich schließlich auf die Suche nach ihr.

Zuerst führt mich mein Weg zu Aunt Sarges Haus, in meinen alten limonengrünen Birkenstock-Schlappen, die zu keinem einzigen Kleidungsstück passen, sich aber angenehm tragen lassen, nachdem ich in Goswood Grove über einen Stapel Bücher gestolpert bin und mir die große Zehe geprellt habe. Ein paar andere seltsame Dinge sind mir in den vielen Stunden passiert, die ich ganz allein in der Bibliothek zugebracht habe, aber ich weigere mich schlicht, darüber nachzudenken. Ich habe keine Zeit für so Spukgeschichten und böse Vorahnungen. Das ganze Wochenende und die erste Wochenhälfte habe ich Bücher sortiert, und zwar in Höchstgeschwindigkeit, bevor einer merkt, dass ich Zutritt zum Haus habe, und weil ich Nathan Gossett ein weiteres Mal abpassen will, um ihm begreiflich zu machen, welche Schätze sich in dieser Bibliothek verbergen.

Deshalb hinke ich mit der Wäsche, zu korrigierenden Klassenarbeiten, Unterrichtsvorbereitungen und allem anderen gehörig hinterher. Und mein Haferkeks-Vorrat ist ebenfalls drastisch geschwunden.

Das Gute ist, dass ich meinen alten Spitznamen los bin, seit ich die Haferkekse anbiete und die Kids einen neuen ausprobieren – Loompa, nach den Oompa-Loompas aus dem allseits beliebten *Charlie und die Schokoladenfabrik,* von dem wir nun eine Ausgabe in unserem Bücherregal im Klassenzimmer stehen haben. Nach einigen Diskussionen haben wir uns darauf geeinigt, dass die Bücher wochenweise aus unserer neuen Leihbibliothek entnommen werden dürfen. Gerade ist *Charlie und die Schokoladenfabrik* bei einer meiner extrem stillen Sumpffratten, einem Jungen namens Shad aus der neunten Klasse. Er gehört zum berüchtigten Clan der Fishs und hat nach einem Familienbesuch bei seinem Vater, der drei Jahre wegen irgendeines Drogendelikts einsitzt, den Film im Kino gesehen.

Ich würde gern mehr über die familiäre Situation bei den Fishs erfahren – Shad vernichtet nicht nur eine gewaltige Menge an Haferkeksen, sondern lässt sie außerdem noch in seinen Hosentaschen verschwinden, um sie mit nach Hause zu nehmen –, aber mir läuft schlicht die Zeit davon. Es ist fast, als wäre ich ständig nur mit der Frage beschäftigt, wer von meinen Schülern am meisten Aufmerksamkeit von mir braucht.

Deshalb hat es auch mehrere Tage gedauert, bis ich die Suche nach LaJuna endlich in Angriff nehmen konnte. Gerade komme ich von einem Abstecher an die Adresse zurück, die in ihrer Schülerakte als Zuhause angegeben ist. Der Typ, der die Tür des heruntergekommenen Apartments geöffnet hat, informierte mich barsch, er hätte Soundso und ihre verzogene Bande vor die Tür gesetzt, weshalb ich mich von seiner Veranda scheren und ihn gefälligst nicht noch einmal belästigen solle.

Meine nächste Anlaufstelle sind Aunt Sarge oder Granny T, und da Sarge am nächsten zur Stadt wohnt, bin ich jetzt hier. Das eingeschossige Cottage im kreolischen Stil erinnert mich an mein Miethäuschen, nur im renovierten Zustand. Die Hausverkleidung und die Fenstereinfassungen wurden in Kontrastfarben gestrichen, sodass eine Art Puppenhaus in sonnigem Gelb, strahlendem Weiß und Tannengrün entstanden ist. Bei dem Anblick wächst mein Entschluss, Nathan noch einmal anzubetteln, mein Haus lieber doch nicht zu verkaufen. Es könnte genauso niedlich aussehen wie dieses hier.

Morgen ist Donnerstag, Bauernmarkt. Ich hoffe, ich erwische ihn.

Aber zuerst muss ich mich um LaJuna kümmern.

Auf mein Klopfen reagiert niemand, stattdessen höre ich Stimmen von hinter dem Haus, also gehe ich auf die Rückseite, vorbei an einem makellosen Blumenbeet, zu einem Maschendrahtzaun mit einem Gartentürchen. Prunkwinden ranken sich um die Pfosten und die Drahtschlingen.

Zwei Frauen mit zerknautschten Strohhüten stehen vor einer Reihe hochgewachsener Pflanzen in einem Gemüsegarten, der fast die Hälfte des Grundstücks einnimmt – die eine ist stämmig und bewegt sich langsam und steif; die andere scheint Sarge zu sein, allerdings kann ich es nicht genau sagen, weil der Schlapphut und die geblümten Gartenhandschuhe so gar nicht zu ihr passen wollen. Einen Moment lang stehe ich da, während eine Erinnerung in mir aufkommt: ich als keines Mädchen in einem Garten, wo jemand meine molligen Patschhände über eine Erdbeere führt, die ich vom Stängel ziehe. Ich erinnere mich noch, wie ich bei jeder Frucht überlegt habe. *Soll ich die nehmen? Oder lieber die?*

Ich habe keine Ahnung, wo das war. Irgendwo, an einem der vielen Orte, an denen wir gelebt haben, mit einer gutherzigen Nachbarin, die als Ersatzgroßmutter hergehalten hat. Menschen, die immerzu zu Hause waren und eine Menge Zeit mit der Pflege ihrer Gärten zubrachten, waren meine Lieblingsanlaufstellen, wann immer wir wieder mal irgendwo unsere Zelte aufschlugen.

Eine unerwartete Sehnsucht rammt sich mit voller Wucht in mein Herz, noch bevor ich ihr Einhalt gebieten kann. Obwohl Christopher und ich das in aller Ausführlichkeit besprochen hatten und zu dem Schluss gelangt waren, dass Kinder für keinen von uns in Frage kamen, suchte mich ab und zu dieses Ziehen im Innern heim, gepaart mit der Was-wärewenn-Frage.

»Hallo!« Ich lehne mich über das Gartentor. »Bitte entschuldigen Sie die Störung.«

Nur eine Gartenhutkrempe hebt sich. Die ältere Frau arbeitet scheinbar ungerührt weiter, pflückt, legt ab, pflückt, legt ab, pflückt, legt ab, während sich die Schüssel neben ihr mit langen grünen Schoten füllt.

Die andere Frau ist tatsächlich Sarge. Ich erkenne es an der Art, wie sie sich mit dem Unterarm den Schweiß abwischt, ehe sie ihren Hut geraderückt und näher kommt. »Gibt's noch ein Problem mit dem Haus?« Ihr Tonfall ist erstaunlich beflissen, wenn man bedenkt, dass unsere letzte Begegnung nicht gerade freundlich geendet hat.

»Nein, mit dem Haus ist alles in Ordnung. Aber leider haben Sie wohl recht, dass das Haus nicht mehr lange zur Verfügung steht. Sollten Sie irgendetwas hören, dass jemand etwas vermietet, und sei es ein Apartment über der Garage, ich nehme alles. Groß und luxuriös muss es gar nicht sein, weil es nur für mich allein ist.«

»Tja, in dem Fall können Sie froh sein, dass er bloß Ihr Verlobter war.« Wieder spüre ich diese Solidarität zwischen uns.

»Stimmt.«

»Okay«, fährt sie fort. »Es tut mir leid, dass ich neulich so schroff zu Ihnen war. Das Problem ist bloß, dass man, wenn man versucht, in Augustine etwas zu verändern, ganz schnell den Verstand verlieren kann. Das ist alles, was ich damit ausdrücken wollte. Ich bin keine gute Diplomatin, was der Hauptgrund dafür ist, dass meine Militärkarriere ein ziemlich abruptes Ende genommen hat. Wenn man nicht bereit ist, den Leuten Honig ums Maul zu schmieren, wird man ganz schnell aussortiert.«

»Klingt ein bisschen wie die Englischfakultät an der Uni. Nur eben ohne Humvee und Tarnkleidung.«

Aunt Sarge und ich brechen in Gelächter aus. Zusammen.

»Ist das hier Ihr Haus?«, frage ich, um das Gespräch am Laufen zu halten. »Es ist schön. Ich bin ein Riesenfan von allem Alten und Klassischen.«

Sie weist mit dem Daumen über die Schulter. »Nein, es gehört Aunt Dicey. Sie ist die jüngste Schwester meiner Großmutter. Ich bin letztes Frühjahr zu Besuch hergekommen, nachdem ich...« Sie stößt einen tiefen Seufzer aus, ehe sie hinunterschluckt, was ihr auf der Zunge gelegen hat. »Eigentlich wollte ich nicht bleiben, aber hier herrschte das pure Chaos. Der Propantank war leer, die meisten Leitungen abgeklemmt. Eine Neunzigjährige, die ihr Badewasser auf dem Herd erhitzen muss... das muss man sich mal vorstellen. Zu viele nichtsnutzige Kinder und Enkel und Urenkel, Nichten und Neffen, die ihr alles unterm Hintern weggezogen haben.

Aunt Dicey gibt noch ihr letztes Hemd weg, wenn man sie darum bittet. Deshalb bin ich eingezogen.«

Sie massiert sich den Nacken und neigt den Kopf zuerst zur einen, dann zur anderen Seite, während sie ein verzagtes Lachen hören lässt. »Tja, und hier bin ich nun, pflücke Okraschoten in Augustine, Louisiana. Mein Dad würde sich im Grabe umdrehen, wenn er das wüsste. Zur Army eingezogen zu werden und sich eine ganz neue Welt zu erschließen war das Allergrößte für ihn. Was Besseres ist ihm nie passiert.«

Ganz offensichtlich verbirgt sich ein großes Herz hinter Sarges barscher Fassade. »Sieht so aus, als hätten Sie hier einiges bewirkt.«

»Häuser kann ich. Mein Problem sind eher die Menschen. Bei ihnen kann man nicht einfach das Bleirohr entfernen, frische Leitungen verlegen, eine Schicht Farbe auftragen… Man kann in diesen Familien nicht einfach wieder alles in Schuss bringen.«

»Apropos Familie… Eigentlich bin ich wegen LaJuna hier. Sie und ich haben letzte Woche eine Vereinbarung getroffen. Sie hat mir versprochen, die Schule nicht mehr zu schwänzen, dafür darf sie mir bei einem Projekt helfen. Das war am Donnerstagnachmittag. Am Freitag war sie nicht in der Schule, und auch seither habe ich sie nicht mehr gesehen. Ich bin zu der Adresse gefahren, die in ihrer Akte angegeben ist, aber der Typ dort meinte nur, ich solle mich verziehen.«

»Das muss der Ex ihrer Mama sein. Tiffany haut ihn immer an, wenn sie wieder mal eine Bleibe braucht. Tiffany haut ständig Leute um irgendwas an. Das macht sie schon immer, seit sie damals im letzten Highschooljahr mit meinem Cousin was angefangen hat. Das ist Tiffs Taktik, so schlägt sie sich durch.« Sarge zieht ein Tuch aus ihrer Hosentasche, nimmt den Hut ab und wischt sich den Schweiß aus dem Nacken, ehe sie den Saum ihres T-Shirts anhebt, um sich ein wenig Luft zuzufächeln. »Tiff ist nicht gerade zimperlich, was andere Leute angeht. Sie hat LaJuna einfach jahrelang hiergelassen, während sie im Knast saß, und keinen Finger krumm gemacht, um es hinterher bei Aunt Dicey wiedergutzumachen.«

»Können Sie mir sagen, wo sie sind? Wo sie wohnen, meine ich. LaJuna sagte, ihre Mutter habe einen neuen Job, und es gehe ihnen gut.« Ich kenne mich mit Kids aus, die die Erwachsenen mit Absicht hinters Licht führen, nur um die Wahrheit nicht preisgeben zu müssen, weil sonst ihr gesamtes Leben aus den Angeln gehoben würde. »Ich kann mir nicht recht vorstellen, dass LaJuna ihr Versprechen brechen würde. Sie war so begeistert, mir beim Sortieren…« Ich unterbreche mich gerade noch rechtzeitig. »…bei meinem Projekt zu helfen.«

»Kommst du, Herzchen?«, ruft Aunt Dicey. »Bring deine Freundin doch mit. Vielleicht will sie uns ja eine Weile helfen, dann kann sie bleiben und Okra und gebratene grüne Tomaten mit uns essen. Das wird wunderbar. Viel Fleisch hab ich allerdings nicht dazu. Ein paar Scheiben Braten von meinem Mealsie Wheelsie sind noch übrig. Die können wir dazugeben. Sag ihr, sie soll ruhig reinkommen. Kein Grund, schüchtern zu sein.« Aunt Dicey legt sich die Hand hinters Ohr, um zu lauschen.

»Sie hat noch einiges zu tun, Aunt Dicey«, ruft Sarge so laut, dass man sie vermutlich am anderen Ende der Straße noch hören kann. »Außerdem brauchen wir kein Fleisch. Ich habe Fisch mitgebracht.«

»Oh, hi, Trish«, erwidert Aunt Dicey.

Sarge schüttelt den Kopf. »Sie hat ihr Hörgerät nicht drin.« Sie schiebt mich behutsam in Richtung meines Wagens. »Sie sollten lieber gehen, solange Sie noch können, sonst quatscht

Sie sie voll bis Mitternacht. Und deswegen sind Sie ja nicht hier. Was LaJuna angeht, tue ich, was ich kann, aber ihre Mama und ich sind nicht gerade die dicksten Freundinnen. Sie hat das Leben meines Cousins zerstört, und ich habe Tiff mehr als einmal hier erwischt, wie sie versucht hat, Aunt Dicey etwas zu essen oder Geld abzuluchsen, deshalb habe ich ihr angedroht, dass es echt Ärger gibt, wenn ich sie noch mal erwische. Tiff muss endlich lernen, zu arbeiten und ihre Rechnungen selbst zu bezahlen, statt mit ihrem Loser von Ex in New Orleans abzuhängen, wo sie wahrscheinlich jetzt auch gerade ist, damit der Daddy wieder mal sein Baby sehen kann. Und LaJuna ist vermutlich auch dort, passt auf die anderen auf und versucht, ihre Mama dazu zu bringen, zur Arbeit zu gehen, bevor sie auch diesen Job verliert.«

Mit einem Mal sehe ich LaJunas Leben klar und deutlich vor mir – ein niederschmetterndes Bild. Kein Wunder, dass sie sich von Erwachsenen nichts sagen lässt, wenn sie ständig selbst in die Elternrolle schlüpfen muss.

Sarge mustert mich abschätzend, als wir vor meinem Wagen stehen. »Sie müssen wissen, dass all das nicht LaJunas Schuld ist. Das arme Ding hockt auf dem Boden eines Brunnens und muss vier Leute mit sich am Seil hochziehen. Multiplizieren Sie das noch mal mit einem halben Dutzend anderer Verwandter, dann verstehen Sie, wieso ich manchmal am liebsten in meinen Wagen steigen und abhauen würde. Aber, du meine Güte, ich habe meine Großmutter geliebt und sie ihre kleine Schwester, Dicey... deshalb... ach, keine Ahnung. Wir werden sehen.«

»Ich verstehe. Es ist, als würde man Seesterne ins Meer zurückwerfen.«

»Wie?«

»Ach, das ist bloß eine Geschichte, die ich in meinem alten

Büro an der Pinnwand hängen hatte. Ich schicke Ihnen eine Kopie, falls ich sie eines Tages wiederfinden sollte.«

Sarge beugt sich vor und späht durch das Fenster des Käfers. »Was ist denn das alles?« Sie beäugt die Bücher aus der Gossett-Bibliothek, bei denen ich mir nicht sicher bin, was ich damit anfangen soll, und die ich auf den Rücksitz gelegt habe, weil ich morgen früh zum Bauernmarkt fahren und sie Nathan zeigen wollte – wertvollere Bände und auch das Plantagenbuch und die Familienbibel mit dem Gräberverzeichnis.

Kurz überlege ich, ihr eine Ausrede zu servieren, aber was sollte das nützen? Sarge hat das Wirtschaftsbuch mit dem goldgeprägten Namen auf dem Umschlag bereits gesehen. »Ich wollte mir die Bücher ein bisschen genauer ansehen... wenn ich gerade Gelegenheit habe. Ich hab mich von Coach Davis breitschlagen lassen, heute Abend Eintrittskarten zu kontrollieren. Im Footballstadium findet ein Benefizkonzert für unsere Leichtathleten statt, wofür sie wohl Helfer brauchten. Jedenfalls habe ich mir überlegt, ich könnte die Zeit dazwischen oder danach nutzen, um ein bisschen zu lesen.«

»Sie waren im Haus des Richters? Von da haben Sie all die Bücher?« Sie schlägt mit der Hand aufs Wagendach. »Du liebe Güte.« Sie legt den Kopf in den Nacken, worauf ihr Strohhut geräuschlos herunterrutscht und in der Einfahrt landet. »Du liebe Güte«, wiederholt sie. »Hat LaJuna Sie reingelassen?«

»Nein, Nathan hat mir einen Schlüssel gegeben«, platze ich heraus, spüre aber bereits, wie es neben mir zu brodeln beginnt. Sarge ist wie ein lebender Dampfkessel.

»Bringen Sie das Zeug wieder dorthin, wo Sie es herhaben.«

»Ich suche nach Büchern für mein Klassenzimmer. Nathan meinte, ich könnte alles nehmen, was ich möchte, aber ich glaube, er hat keine Ahnung, was in diesem Haus alles ist.

Die Schränke sind proppenvoll, die Hälfte der Regalböden ist zweireihig mit Büchern bestückt. Hinter der vorderen Reihe mit den neuen Büchern stehen ältere Exemplare, die zum Teil auch noch sehr selten sind. So was zum Beispiel.« Ich nicke in Richtung Rücksitz.

»Das ist also das Projekt, bei dem Ihnen LaJuna hilft?«, fragt Sarge barsch. »Es ist mir egal, wenn sie sich dort im Garten herumtreibt, aber ich habe ihr ausdrücklich verboten, in dieses Haus zu gehen.«

»Gleich am ersten Tag ist sie aufgetaucht.« Ich ahne bereits, dass ich damit meine beginnende Freundschaft mit LaJuna jäh zerstöre. Zuerst dringe ich in ihre geheime Zufluchtsstätte ein, dann kriegt sie meinetwegen auch noch Ärger mit ihrer Tante. »Sie weiß eine ganze Menge über dieses Haus. Seine Vergangenheit. Die Geschichten, die damit verbunden sind. Offenbar hat sie einige Zeit mit dem Richter verbracht, als sie mit ihrer Tante... oder Großtante... Ihrer Aunt Dicey dort war. Im Fußboden ist eine Klappe, die nach...«

»Hören Sie auf. Ich will das nicht wissen. Es interessiert mich nicht.« Wenn es mir bisher nicht klar war, so weiß ich zumindest jetzt, dass ich hier in ein Wespennest gestochen habe. »Bringen Sie das Zeug zurück. Und lassen Sie LaJuna nicht mehr in dieses Haus. Sollten Will oder Manford oder ihre Frauen mitkriegen, dass sie da mit drinsteckt, kann Tiff sich ihren Job bei Gossett Industries in die Haare schmieren. Und wenn Sie diese Leute auf dem falschen Fuß erwischen, können Sie gleich Ihre Kisten wieder packen und einen Umzugswagen kommen lassen, glauben Sie mir.«

»Aber ich kann jetzt nicht einfach einen Rückzieher machen. Ich brauche die Bücher, und da stehen sie rum und verrotten.«

»Bilden Sie sich bloß nicht ein, Sie seien in Sicherheit, nur weil sie nicht für Gossett Industries arbeiten. Manfords kleines Trophäenweibchen sitzt im Schulbeirat.«

»Aber soweit ich informiert bin, gehören Haus und Grundstück doch Nathan.«

»Bevor Nathans Schwester gestorben ist, lagen die Dinge vielleicht ein wenig anders.« Sie schüttelt den Kopf und blickt nachdenklich auf den Asphalt. »Als Robin das Haus vom Richter geerbt hat, wollte sie es bewahren. Es lag ihr am Herzen. Es gehörte ihr, und sie wollte es sich nicht von Will und Manford wegnehmen lassen. Aber sie ist tot, und, ja, rein rechtlich ist der Besitz an ihren Bruder übergegangen, aber Nathan hat es bisher aus reinem Respekt vor seiner Schwester nicht verkauft. Weil Robin bis zu ihrem letzten Atemzug gegen ihre Onkel gekämpft hat.«

»Oh...«, murmle ich.

»Diese ganze Familie ist ein einziges Fiasko«, sagt Aunt Sarge. »Halten Sie sich bloß von den Gossetts fern. Und von dem Haus. Karren Sie diese Bücher nicht durch die Stadt, und schon gar nicht ins Footballstadion. Bringen Sie sie dorthin zurück, wo Sie sie herhaben. Ich rede mit LaJuna wegen der Schule, aber halten Sie sie von Goswood fern.«

Ich sehe Sarge in die Augen – ein stummer Austausch, der auch keiner Worte bedarf, ehe ich in den Wagen steige. »Danke für die Hilfe mit LaJuna.«

»Ich kann nichts versprechen. Alles hängt davon ab, was mit ihrer Mutter ist.« Sie legt eine Hand auf den Fensterrahmen. »Ich kenne diese Geschichte mit den Seesternen, und ich verstehe auch, was Sie hier gerade versuchen. Aber hier in dieser Gegend sind die Gezeiten ganz besonders ausgeprägt.«

»Alles klar.« Ich fahre los, recke trotzig das Kinn. Ich kann mich nicht von dem Plantagenhaus fernhalten. Und ich werde es auch nicht tun. Was ich brauche, ist ein Wall, der mich gegen die Gezeiten schützt, und ich werde ihn bauen. Mit Büchern.

Allerdings folge ich Sarges Rat und lege eine Decke über die Bücher. Ich parke meinen Käfer an einer Stelle, wo ich ihn im Auge behalten kann, da das Schloss auf der Beifahrerseite nicht funktioniert.

Leider erweist sich mein Einsatz im Footballstadion als unerwartet komplex, sodass ich nicht nur Eintrittskarten verkaufen, sondern auch noch ständig auf den Tribünen patrouillieren muss, um knutschende Teenager zu trennen, die wie die Kletten aneinanderhängen. Ich bin ziemlich sicher, dass ich der einen oder anderen beginnenden Romanze den finalen Garaus mache. Die Kids heutzutage sind ganz anders als zu meiner Zeit; was in den dunklen Ecken des Footballstadions vor sich geht, kann einem Angst machen.

Ich bin mehr als erleichtert, als ich endlich in meinen Käfer steige und die Bücher immer noch an derselben Stelle vorfinde. Spontan beschließe ich, auf meine Unterrichtsvorbereitung für den morgigen Tag zu pfeifen und mir stattdessen die Bücher vorzunehmen und mir Notizen zu machen. Ich will jede Minute mit ihnen genießen, die ich kriegen kann, nur für den Fall, dass das Gespräch mit Nathan Gossett morgen früh in die Binsen geht.

Sarge auf meiner Veranda herumtigern zu sehen, als ich in die Einfahrt einbiege, ist so ziemlich das Letzte, womit ich gerechnet hätte.

KAPITEL 15

Hannie Gossett

LOUISIANA, 1875

Wir müssen verschwinden, Juneau Jane.« So habe ich meinen Lebtag noch mit keiner Weißen geredet, aber Juneau Jane ist ja weder weiß noch schwarz. Ich hab keine Ahnung, wie ich sie nennen soll. Aber eigentlich spielt es auch keine Rolle, weil sie auch die Königin von Saba in einem rosa Kleid sein könnte, wir aber trotzdem von hier verschwinden müssen, bevor es zu spät ist. »Du musst mir helfen, Missy Lavinia auf das Pferd zu schaffen, und dann müssen wir zurück auf die Straße. Die alte Frau denkt bestimmt bald, dass wir längst tot sein müssen, oder sie merkt, dass das mit dem Fieber eine Lüge war.«

Inzwischen sind vier weitere Tage vergangen, und immer noch hocken wir in dieser Kirche im Wald. Vier Tage, in denen ich mich um die Mädchen gekümmert, sie gefüttert, unsere vom Fieber durchgeschwitzten Sachen ausgewaschen und für uns gebetet habe. Vier Tage, in denen ich Münzen in den hohlen Baum am anderen Ende der Lichtung gesteckt und der alten Frau zugerufen habe, was ich brauche. Sie war freundlich zu uns, mitfühlend und barmherzig. Sogar den Hund hat sie mitgenommen, damit sie sich um ihn kümmern kann. Bei ihr wird er es gut haben, das weiß ich, und es freut mich, doch die alte Frau wird immer nervöser, weil wir noch hier sind. Die Sache mit dem Fieber hat sich wohl herumgesprochen, und bestimmt fragen sich die Leute schon, ob sie das ganze Gebäude anzünden und niederbrennen sollen, damit ihre Familien sich nicht anstecken.

Und auch die Holzfäller könnten uns wieder auf den Fersen sein. Das Risiko darf ich nicht eingehen.

Statt mir zu antworten, steht Juneau Jane stumm vor der Wand mit den angenagelten Zeitungen. Sie hat sich von mir abgewandt, deshalb kann ich nicht genau sagen, was sie da treibt. Seit sie zu sich gekommen ist, verhält sie sich auffallend still, verwirrt und verängstigt und fahrig, so wie die Soldaten, die man nach dem Krieg die Straßen hat entlangwandern sehen; auch sie waren seltsam in sich gekehrt und zugleich verschreckt und nervös. Hat der Geist erst einmal die Verbindung zum Körper verloren, findet er manchmal den Weg nicht zurück. Wenn ich sie frage, antwortet sie mir, sie könne sich nicht erinnern, wie sie hergekommen oder was mit ihnen passiert sei, nachdem der Mann mit der Augenklappe sie ins Haus geführt hat.

Missy Lavinia hat bisher kein einziges Wort gesprochen, sondern hängt bloß wie eine schwere, schlaffe Gliederpuppe da, wenn ich sie mit Wasser aus dem Regenfass gewaschen und ihr die Kleider angezogen habe, die die alte Frau für uns besorgt hat – Jungensachen und Hüte dazu. Auf diese Weise wird es wesentlich einfacher für uns, falls uns auf der Straße jemand begegnen sollte.

»Es ist Zeit, dass wir weiterfahren.« Ich sammle unser Essen, den Quilt und die Wolldecke zusammen, die ich der alten Frau abgekauft habe. Wir können uns entweder darunterkuscheln oder sie wie ein Zelt über unsere Köpfe spannen.

»Ich hole die Pferde, und dann hilfst du mir, Missy Lavinia auf die Stute zu wuchten. Los jetzt.«

Noch immer kommt kein Wort über ihre Lippen, deshalb trete ich neben sie und berühre ihren Arm. »Hörst du? Was ist denn hier hinten so wichtig, dass du mir keine Antwort gibst? Ich hab dir das Leben gerettet, schon vergessen? Euch beiden. Ich hätte euch genauso gut in diesem Verschlag hocken lassen können, ja genau, das hätte ich… Vielleicht wär's ja sogar besser gewesen, ich hätt's getan. Ich bin euch gar nichts schuldig. Und nun hilf mir endlich.« Ich bin jetzt schon völlig geschafft, dabei ist die Sonne kaum hinter den Baumwipfeln aufgegangen. Vielleicht sollte ich ja allein losziehen und die beiden ihrem Schicksal überlassen.

»Gleich«, sagt sie. Ihre Stimme klingt leise, tonlos, viel älter als das Kind, das sie in Wahrheit ist. »Aber zuerst muss ich meine Aufgabe erfüllen.«

Sie hat eine der Zeitungen von der Wand gepflückt, ihren nackten Fuß darauf gestellt und schneidet mit dem Abhäutemesser, das die alte Frau mir mitgebracht hat, den Umriss ihres Fußes aus.

»Tja, tut mir sehr leid, dass dir die Schuhe, die ich dir besorgt hab, nicht gut genug sind, aber wir haben jetzt keine Zeit, um sie mit Zeitungspapier auszustopfen. Du kannst unterwegs Grasbüschel oder Blätter nehmen. Ich an deiner Stelle wär froh, dass ich überhaupt welche hab. Für Missy Lavinia konnte die Frau mir kein passendes Paar besorgen, deshalb muss sie barfuß gehen, aber darum kümmern wir uns dann später. Jetzt müssen wir erst mal los.«

Das Mädchen dreht sich um und fixiert mich mit ihren merkwürdigen Augen. Es gefällt mir gar nicht, wenn sie das tut, weil mir jedes Mal ganz anders wird. Sie zieht einen Stapel bereits ausgeschnittener Zeitungspapierfüße hervor und hält ihn mir hin. »Hier, für deine Schuhe«, sagt sie. »Die halten bösen Zauber fern.«

Ein Hexenfinger streicht über mein Rückgrat, über meinen Brustkorb und alle anderen Knochen in meinem Körper. Ich will nichts von bösen Zaubern und all dem Kram hören. *Ich glaub nicht an so was, Herr*, denke ich mir. *Nur damit du's weißt.* Wir sind hier in einer Kirche, deshalb will ich es lieber noch mal ganz deutlich machen.

»Wie soll so ein Fetzen Papier einen bösen Zauber fernhalten?«, frage ich. *Ich glaub zwar nicht an so was, Herr, aber einfach zu tun, was sie verlangt, geht vielleicht am schnellsten.* Ich setze mich hin und ziehe meine Halbschuhe aus. »Wenn es hilft, dass du dich bewegst, tu ich's eben. Aber es ist kein böser Zauber schuld dran, dass wir hier sind, sondern schlimme Männer, und dieser verrückte Plan, den du und Missy Lavinia geschmiedet habt, und dass ich blöd genug war, mich als Jungen zu verkleiden und mich euch anzuschließen.«

»Wenn du sie nicht willst, dann lass es eben bleiben.« Mit einem Mal kriegt sie offenbar die Zähne auseinander. Und kann sogar ein bisschen pampig sein. Das ist immerhin ein Zeichen, dass es ihr besser geht. Sie streckt die Hand nach den ausgeschnittenen Zeitungen aus.

Ich bin schneller. »Ich mache das.«

Sie nimmt noch einige weitere Zeitungen von der Wand, faltet sie und schiebt sie in ihr Hemd, das sich über ihrem Hosenbund bauscht; es sitzt so locker, dass ihr die Schultersäume beinahe an den Ellbogen hängen.

»Aus einer Kirche darf man nichts stehlen«, sage ich.

»Für später.« Sie deutet auf die Wände. »Hier sind ja noch jede Menge übrig.«

Ich lasse den Blick über die von oben bis unten mit Zeitungsseiten vollgepflasterten Holzwände schweifen; erst jetzt fällt mir auf, dass sie alle ganz sorgfältig angenagelt sind, sodass keine Seite die andere überlappt; eigentlich würde man so etwas doch nicht tun, wenn man bloß Staub und Nässe abhalten will.

»Was steht denn da?« Eigentlich war es bloß mein Gedanke, aber offenbar habe ich ihn versehentlich laut ausgesprochen.

»Hast du sie denn nicht gelesen?« Sie schiebt weiter Zeitungsausschnitte in ihre Schuhe.

»Ich kann nicht lesen.« Es ist keine Schande, das offen zugeben zu müssen. »Einige von uns haben kein Haus, in dem sie wohnen, und keine hübschen Kleider und leben von der Hand in den Mund. Sie schuften sich krumm und bucklig, vor der Befreiung und hinterher auch. Wenn Old Missus uns vor der Befreiung erwischt hätte, wie wir versuchen, lesen zu lernen, hätte sie uns die Peitsche spüren lassen, und zwar nicht zu knapp. Seit der Befreiung arbeiten wir von früh bis spät auf den Feldern, säen, pflügen, ernten. Dazwischen zünden wir eine Talgkerze oder eine Fackel an, stopfen Socken oder flicken und nähen unsere Kleider oder solche, die wir verkaufen wollen. Alles, was wir verdienen, brauchen wir, um Saatgut fürs nächste Jahr zu kaufen und Old Missus die Pacht zu bezahlen, damit das Stück Land eines Tages uns gehört. Und dieser Tag wird bald kommen, wenn nicht wegen dir und Missy Lavinia alles den Bach runtergeht. Nein, ich kann nicht lesen. Aber ich kann hart arbeiten, und ich kann gut rechnen, kann schneller die Zahlen im Kopf zusammenzählen als so mancher auf dem Papier. Was könnte sonst noch wichtig für mich sein?«

Sie hebt ihre mageren Schultern und schnürt ihre Schuhe zu. »Wenn du dein Land kaufen willst und, sagen wir, dafür ein Schriftstück unterschreiben müsstest, wie würdest du das anstellen, wenn du nicht lesen kannst und folglich nicht weißt, ob du übers Ohr gehauen wirst?«

Sie ist ein freches kleines Miststück, völlig von sich überzeugt. Ich glaube, ich mochte sie lieber, als sie noch krank war. Wenigstens hat sie da den Mund gehalten.

»So eine dumme Frage. Ich würde jemanden bitten, es mir vorzulesen. Wäre doch Zeitverschwendung, bloß wegen eines kleinen Fetzens Papier lesen zu lernen, oder?«

»Aber wie willst du wissen, ob du demjenigen auch wirklich vertrauen kannst?«

»Du bist ja ganz schön argwöhnisch, was? Es gibt jede Menge anständige Leute, die lesen können. Schwarze Leute. Und es werden immer mehr, jetzt, wo die ganzen Lehrer aus dem Norden runterkommen und hier an den Schulen die Farbigen unterrichten. Heutzutage findet man an jeder Ecke einen, der lesen kann.« Allerdings erlaubt Old Missus nicht, dass wir uns mit Carpetbaggern und Lehrern aus dem Norden einlassen.

»Außerdem kann man ja auch bloß zum Vergnügen lesen. Sich an den Geschichten erfreuen.«

»Pff. Genauso gut kann mir einer eine schöne Geschichte erzählen. Ich kenne jede Menge davon. Geschichten von meiner Mama, von Tati, den alten Leuten. Manche Geschichten hab ich erzählt bekommen, während ich Kleider für dich genäht hab. Ich könnte jederzeit mindestens ein Dutzend erzählen, ohne lange zu überlegen. Aus dem Kopf.«

Zum ersten Mal sieht sie mich interessiert an, aber wir werden nicht lange genug beisammen sein, als dass ich ihr Geschichten erzählen könnte. Sobald wir wieder in Goswood Grove sind, will ich weder mit ihr noch mit Missy Lavinia noch ihren Angelegenheiten etwas zu tun haben.

Ich ziehe meine Schuhe wieder an. »Also, was für Wörter halten nun die Schwüre von uns fern?«

»Nicht die einzelnen Worte.« Sie probiert ihre Schuhe an und scheint zufrieden zu sein. »Sondern die Briefe, die da in den Zeitungen abgedruckt sind. Bevor einer einen bösen Zauber aussprechen kann, muss er erst die Zeitungen zählen und die Briefe darin, weil der Zauber sonst nicht durch unsere Schuhe kommt, aber in der Zeit bist du schon lange über alle Berge, so einfach ist das.«

Ich stehe auf und höre das Rascheln in meinen Schuhen. »Vielleicht hätt ich sie ja erst selber zählen müssen, bevor ich sie reinlege, damit ich wenigstens weiß, wie lange mir bleibt, um wegzulaufen, falls tatsächlich ein Zauberer vorbeikommt und sagt: ›Moment, warte mal, zuerst muss ich diese Briefe in deinen Schuhen zählen.‹«

Sie schneidet eine Grimasse und stemmt die Hände in die Hüften. »Trotzdem hast du sie dir in die Schuhe gelegt.«

»Aber nur, damit du dich endlich beeilst.« Ich lasse den Blick über die restlichen Zeitungen an der Wand schweifen. »Willst du mir verraten, was in den Zeitungen steht, bevor wir aufbrechen? Ich wäre gern sicher, dass es nichts Wichtiges ist, was wir mitnehmen.«

Sie zerrt an ihrer Hose herum, zieht sie zuerst nach unten, dann ganz weit hoch – dieses Mädchen hat sein Lebtag noch keine Kniehose getragen. »Die suchen nach verlorenen Freunden.«

»Wer? Die Zeitungen?«

»Nein, diejenigen, die Anzeigen in der Zeitung aufgegeben haben.« Sie tritt erneut an die Wand und zeigt auf die obere Ecke einer der Seiten. Dort stehen lauter kleine Vierecke, so wie auf den ersten Seiten in der Bibel, die Old Marse immer dabeihatte, wenn jemand gestorben war und begraben werden musste. Dann machte er ein Kreuzchen und schrieb die Nummer des Grabs rein.

Juneau Janes Hand ist kaum dunkler als das wasserfleckige Zeitungspapier, als sie mit dem Finger die Zeilen nachfährt. »*Vermisst*«, liest sie laut. »*Wir erhalten sehr viele Briefe, in denen sich Menschen nach Angehörigen erkundigen, zu denen sie die Verbindung verloren haben. All diese Briefe werden in dieser Rubrik veröffentlicht. Briefe von Abonnenten werden kostenfrei abgedruckt, für alle anderen fällt eine Gebühr in Höhe von 50 Cent an...*«

»*Fünfzig Cent?*«, stoße ich entsetzt hervor. »Für eine Anzeige in der Zeitung da?« Ich überlege, was man für fünfzig Cent alles kaufen kann.

Sie dreht sich um und sieht mich stirnrunzelnd an. »Vielleicht sollten wir aufbrechen.«

»Lies weiter vor.« Mir ist heiß, ich weiß nicht, warum ich so zittrig bin.

In ihrer herunterhängenden Kniehose steht sie vor mir und blickt wieder zu den Zeitungen. »*Pastoren verlesen die Gesuche im Zuge ihrer Predigten und informieren uns über alle Fälle, in denen Freunde und Familien einander über im* Southwestern *veröffentlichte Briefe gefunden haben.*« Sie tritt einen Schritt zur Seite. »Das ist eine Kirchenzeitung für Farbige.«

»Es gibt eine eigene Kirchenzeitung für Farbige? Hier, in Louisiana?«

»Sogar in vielen Staaten«, erwidert sie. »Die Zeitung wird in viele Staaten verschickt. Sie heißt *Southwestern Christian Advocate*. Es ist eine Zeitung für Pastoren.«

»Und die lesen das dann den Leuten vor? Überall?«

»Es hört sich ganz so an... wenn sogar welche ihren Weg hierhergefunden haben.«

»Was steht da drin? In diesen Vierecken, meine ich.«

Juneau Jane deutet auf eines, das im Vergleich zu den anderen recht klein ausgefallen ist. »*Sehr geehrter Herr Chefredakteur*«, liest sie. »*Ich bin auf der Suche nach meiner Familie. Sie haben mich auf einem Sklavenmarkt in Alexandria bei einem Mr. Franklin zurückgelassen. Sie selbst kamen nach New Orleans. Ihre Namen waren Jarvis, George und Maria Gains. Ich bin für jede Information dankbar. Bitte schreiben Sie mir nach Aberdeen, Mississippi. Cecilia Rhodes.*«

»Großer Gott«, flüstere ich. »Lies noch eins.«

Sie liest die Geschichte von einem kleinen Jungen namens Si, der fünf Jahre alt war, als ein Mister Swan Thompson starb und all seine Besitztümer, darunter auch die Sklaven, von seinem Sohn und seiner Tochter aufgeteilt wurden. »Das war...« Juneau Jane muss sich auf die Zehenspitzen stellen, um es lesen zu können. »*1834. Miss Lureasy Cuff stand im Haus und sagte zu meiner Mutter: ›Ich finde, Pa sollte Si mir geben, weil ich ihn großgezogen und zu dem gemacht habe, was er ist.‹ Onkel Thomas hat den Wagen gefahren, als Mutter wegfuhr. Sie hatte damals zwei Kinder, Si und Orange. Bitte schreiben Sie mir nach Midway, Texas. Si Johnson.*«

»Großer Gott«, sage ich, lauter diesmal. »Inzwischen muss er ein alter Mann sein. Ein alter Mann, der unten in Texas wohnt und immer noch nach seinen Leuten sucht. Und alle können es lesen, hier, in dieser Zeitung.«

Mit einem Mal weiß ich, warum ich so zittrig bin. Es ist, als würden die Gedanken in meinem Kopf anschwellen wie ein Fluss nach einem heftigen Regen, der immer reißender wird, immer schneller fließt und alles mit sich fortnimmt, was sich seit Monaten, gar Jahren am Ufer aufgehäuft und mir auf der Seele gelastet hat. Ich lasse mich mitreißen, stelle Fragen, über die ich in all den Jahren nie nachzudenken gewagt habe. Steht von meiner eigenen Familie auch was in diesen Zeitungen? Mama, Hardy, Het, Pratt ... Epheme, Addie? Easter, Ike und Baby Rose? Aunt Jenny oder die kleine Mary Angel, die gerade mal drei war, als ich sie das letzte Mal in diesem Sklavenverschlag gesehen habe, bevor der Händler sie mitgeschleppt hat?

Inzwischen wäre sie schon groß, Mary Angel, fünfzehn, drei Jahre jünger als ich. Vielleicht ist sie ja in eine der Schulen für Farbige gegangen und hat auch was in eines dieser viereckigen Felder in der Zeitung geschrieben. Vielleicht steht ihr Name da oben an der Wand, und ich weiß bloß nichts davon. Vielleicht auch die von allen anderen.

Ich muss es herausfinden, muss wissen, was in all den kleinen Vierecken steht. »Lies mir das vor. Alles«, sage ich zu Juneau Jane. »Ich kann nicht von hier weggehen, ohne es zu wissen. Auch ich hab meine Leute verloren. Als die Yankees mit ihren Kanonenbooten den Fluss raufgekommen sind, wollte Old Mister, dass wir nach Texas fliehen und uns dort verstecken, bis die Konföderierten den Krieg gewonnen haben. Aber dann hat uns Jep Loach, der Cousin von Old Missus, gestohlen und uns einzeln oder zu zweit unterwegs verkauft. Ich war die Einzige, die zu den Gossetts zurückgekommen ist.« Wir können diese Kirche nicht verlassen. Nicht heute. Wenn die alte Frau und der Junge kommen, lasse ich mir was einfallen, aber ich muss wissen, was in diesen Zeitungen steht. »Was steht im nächsten?« Zum ersten Mal in meinem Leben spüre ich eine Gier nach Worten, kann es kaum erwarten, sie zu verschlingen, als hätte ich schrecklichen Hunger gelitten, seit ich sechs war. Ich will wissen, was man machen muss, damit sich diese Striche und Punkte an der Wand in Menschen und Orte und Geschichten verwandeln. Ich will lesen.

Juneau Jane liest mir eine weitere Annonce vor. Dann noch eine, aber ich höre nicht ihren französischen Singsang, sondern die raue Stimme einer alten Frau, die nach der Mama sucht, die sie nicht mehr gesehen hat, seit sie so ein kleines Mädchen wie Mary Angel war. Noch immer trägt sie den Schmerz in ihrem Herzen, so wie die Wunden an ihrem Körper, denn auch wenn das Blut längst getrocknet ist, können sie nur heilen, wenn sie wiederfindet, was sie vor so langer Zeit verloren hat.

Ich trete neben Juneau Jane, suche ein Viereck aus, dann noch eines, dann eines am anderen Ende.

- Eine Schwester, die in South Carolina von ihren Brüdern getrennt und verkauft wurde.
- Eine Mutter, die neunzehn Babys in sich getragen und zur Welt gebracht hat, aber kein einziges länger als bis zu seinem vierten Geburtstag behalten durfte.
- Eine Ehefrau, die nach ihrem Mann und ihren Jungen sucht.
- Eine Mama, deren Sohn mit dem jungen Master in den Krieg zog und nie wieder nach Hause zurückkehrte.
- Eine Familie, deren Junge in den Farbigen-Regimenten der Federals kämpfte, ohne dass sie jemals erfuhren, was aus ihm geworden ist. War er gefallen und auf einem blutgetränkten Schlachtfeld verscharrt worden? Oder lebt er irgendwo, weit weg, vielleicht hoch oben im Norden, oder irrt immer noch die Straßen entlang, ohne zu wissen, wer er ist oder wie er heißt?

Ich stehe vor der Wand, zähle stumm die Felder. So viele Namen, so viele Menschen.

Nach ein paar Minuten stemmt Juneau Jane die Hände in die Hüften. »Wir müssen endlich von hier verschwinden, das hast du selbst gesagt. Wir müssen los, solange uns Zeit bleibt. Die Pferde sind gesattelt.«

Ich sehe zu Missy Lavinia hinüber, die, den Quilt bis zum Kinn hochgezogen, in der Ecke kauert und auf den kleinen Regenbogen starrt, den das hübsche Buntglasfenster in den Raum wirft. »Wenn wir noch einen Tag länger warten, ist Missy vielleicht wieder bei Sinnen und bereitet uns weniger Mühe.«

»Du hast doch gesagt, die alte Frau, die uns die Sachen bringt, könne Verdacht schöpfen.«

»Ich weiß, was ich gesagt habe«, schnauze ich sie an. »Ich hab noch mal drüber nachgedacht. Morgen ist es besser.«

Und auch jetzt hat sie Widerworte. Weil sie genau weiß, dass wir hier nicht länger sicher sind.

»Du bist doch bloß eine Zimperliese«, schleudere ich ihr entgegen, scharfe, bittere Worte. »Du bist ein reiches, verzogenes Gör, das noch nie einen Finger krumm machen musste und ein Spielzeug für einen Mann sein wird, solange es lebt. Was verstehst du schon von alledem, was da in den Zeitungen steht? Und davon, wie es für solche wie mich ist? Wie es ist, Sehnsucht nach deiner Familie zu haben und nicht zu wissen, ob sie noch leben oder längst tot sind. Ob du sie jemals wiedersehen wirst.«

Sie versteht nicht, dass diese Vierecke in den Zeitungen genau dasselbe sind wie die Verschläge auf dem Sklavenmarkt. Jedes Einzelne davon ist eine Geschichte für sich, ein Mensch, der von hier nach dort verkauft wurde. »Lange nach dem Krieg, sehr, sehr lange danach, sind die Mamas und die Daddys immer noch auf die Plantagen gekommen. Eines Tages sind sie die Straße raufgekommen und haben gesagt: ›Ich bin hier, um meine Kinder zu holen. Meine Kinder gehören jetzt mir.‹ Einige waren quer durchs ganze Land gegangen, nur um ihre Familienmitglieder einzusammeln, denn nach der Befreiung konnten die alten Marses und Missus' sie nicht länger daran hindern. Aber mich ist keiner holen gekommen. Ich hab gewartet und gewartet, doch es ist nie einer gekommen, und ich weiß nicht, warum. Vielleicht soll ich es ja jetzt herausfinden.« Ich tippe mit dem Finger auf die Zeitungen. »Ich *muss* es wissen, vorher gehe ich hier nicht weg. Ich kann nicht.«

Bevor ich sie daran hindern kann, reißt Juneau Jane die Zeitungen von den Wänden, alle. »Wir nehmen sie mit und lesen sie unterwegs.« Sogar die Fetzen hebt sie vom Boden auf.

»Aber das ist Diebstahl«, wende ich ein, halte sie jedoch nicht ab. »Es ist nicht richtig.«

»Dann verbrenne ich sie eben.« Wendig wie eine Katze läuft sie zum Ofen und reißt die Klappe auf. »Ich verbrenne sie alle, und dann gibt's keinen Grund mehr zu streiten.«

»Vorher reiße ich dir deine mageren Ärmchen ab.«

»Die Leute, die hergekommen sind, haben sie längst gelesen.« Sie hält die Zeitungen in der Hand, dicht vor dem Ofen. »Und wenn wir sie zu Ende gelesen haben, lassen wir sie bei Leuten, die sie vielleicht noch nicht gesehen haben. Wäre das nicht viel besser? Wenn noch mehr Leute sie zu sehen bekämen?«

Dagegen kann ich nichts einwenden, und eigentlich will ich das auch gar nicht, also willige ich ein.

Wir brechen auf, noch bevor die Hälfte des Vormittags rum ist, und lassen eine von Missys Dollarmünzen zurück. Für die Benutzung der Kirche… und für die Zeitungen.

Wir bieten einen wahrhaft absonderlichen Anblick, als wir die Straße entlangreiten – alle drei in viel zu weiten Kniehosen. Juneau Jane hat sich ihr langes Haar hinten ins Hemd gesteckt, um es zu verbergen. Ich reite auf Old Ginger, vor mir im Sattel Missy Lavinia, deren Füße, nackt und rosig, links und rechts herunterbaumeln. Old Missus würde schäumen vor Wut über den Anblick von so viel nackter Haut, aber Missy spricht immer noch kein Wort, sondern hockt bloß schlaff da und starrt in die Wälder. Ihr Gesicht ist so bleich und ausdruckslos wie der graublaue Himmel über uns.

Allmählich frage ich mich, ob sie jemals wieder richtig zu sich kommt und zu sprechen anfängt, so wie Juneau Jane. Oder ist Missy für immer hinüber? Liegt es an der Beule auf ihrem Kopf, oder hat Juneau Jane bloß den stärkeren Willen? Vor uns reitet sie auf ihrem Grauen, hat die Arme um seinen Hals geschlungen und das Gesicht in seiner Mähne vergraben, während sie leise mit ihm spricht.

Als wir am Nachmittag Rast machen, um etwas zu essen und zu trinken und den Pferden eine Pause zu gönnen, sehe ich Juneau Jane mit dem Abhäutemesser in der einen und etwas Schwarzem in der anderen Hand dasitzen, als ich aus dem Wald zurückkomme, wo ich meine Notdurft verrichtet habe. Rings um sie herum liegt ihr langes dunkles Haar, als hätte jemand ein Schaf geschoren, und sie sitzt mittendrin wie in einem Nest. Eine Seite ihres Kopfes sieht aus wie das zerzauste Federkleid eines Vogelkükens. Vielleicht ist sie ja doch nicht so klar im Kopf, wie ich dachte.

Missy Lavinia sitzt mit ausgestreckten Beinen daneben und verfolgt die Bewegungen des Messers mit langsamen, trägen Blicken.

Old Missus würde einen Tobsuchtsanfall kriegen, wenn sie das sehen würde, Hannie, ist mein erster Gedanke. *Du bist einfach in den Wald gegangen und hast das Kind mit einem Messer allein zurückgelassen. Es ist nie die Schuld des Kindes, wenn es etwas Dummes tut, sondern deine, weil du es aus den Augen gelassen hast. Du bist das Kindermädchen.*

Ich versuche, mich zu beschwichtigen, und sage mir, dass das nicht stimmt und es nicht meine Sache ist, was Juneau Jane tut, trotzdem tadele ich: »Was treibst du denn da? Old Missus würde es ni...« Erst als die Worte aus meinem Mund gekommen sind, wird mir klar, dass Old Missus das Mädchen wie eine Zecke von ihrer Veranda schnippen oder zwischen den Fingern zerquetschen würde. »Du hättest dein Haar doch unter dem Hut verstecken können, bis du wieder nach Hause kommst. Deiner Mama wird das nicht gefallen. Und deinem Papa auch nicht, wenn er wieder auftaucht. Du warst immer sein Liebling, weil du so ein hübsches Ding bist.«

Sie macht ungerührt weiter.

»Und er wird heimkommen, das sage ich dir. Denn wenn diese bösen Männer dir erzählt haben, er ist für immer fort, dann war das eine Lüge, weil Missy sie dafür bezahlt hat. Schlimme Männer lügen eben, es macht ihnen gar nichts aus. Aber deinem Papa wird gar nicht gefallen... was du da getan hast.«

Sogar ich habe begriffen, dass Juneau Janes größter Schatz ihr Aussehen ist. Ihre Mama wird ihr einen Mann mit viel Geld suchen. So viele wie früher gibt es von denen nicht mehr, aber hier und da findet man noch einen. Früher, in den alten Zeiten, hätten sie das Mädchen längst zu sämtlichen Mulattenbällen geschleppt, damit die reichen Plantagenbesitzer und ihre Söhne sie zu sehen bekommen. Man würde sich unterhalten und nach einer Weile mit einem Mann handelseinig werden, der sie mit zu sich nähme, auch wenn er sie niemals würde heiraten können.

»Es wird lange, lange dauern, bis die Haare wieder nachwachsen.«

Sie starrt durch mich hindurch, während sie das Haarbüschel in ihrer Faust zu Boden schleudert, als wäre es der Kopf einer Schlange. Sie packt die nächste Strähne, säbelt sie ab, wirft sie hin. Bestimmt tut das weh, grob, wie sie ist, aber sie schneidet weiter, mit einem Gesicht so ungerührt wie die steinernen Löwen auf den Torpfeilern von Goswood Grove vor dem Krieg. »Ich gehe nicht zurück. Erst wenn ich Vater und den Beweis für mein Erbe gefunden habe.«

»Und wie willst du das anstellen?«

»Ich habe beschlossen, nach Texas zu gehen.«

»Nach Texas?« Damit ist die Frage nach dem Verstand des Mädchens endgültig geklärt. »Wie willst du nach Texas kommen? Und wie deinen Papa finden, wenn du erst mal dort bist? Texas ist riesig. Hast du eine Ahnung, wie groß Texas ist? Ich war nämlich dort, als Old Mister mit uns dorthin geflohen ist. Texas ist ein wildes Land mit vielen schlimmen Männern und Indianern, die dir an deiner Stelle die Haare abschneiden, und zwar mit der Kopfhaut dran.«

Ein Schauder überläuft mich, als ich an Texas denke. Die Erinnerung ist alles andere als angenehm. Nie wieder setze ich einen Fuß nach Texas. Niemals.

Doch ich höre eine leise Stimme, die mir sagt: *Auch deine Leute sind nach Texas gebracht worden. Dort hast du Mama verloren.*

»Meine Mutter hat eine Nachricht von Papa bekommen, als er den Flusshafen von Jefferson erreicht hat. Er hatte dort einen Anwalt engagiert, der die Gossett-Ländereien zurückholen sollte, die ihr Bruder« – sie deutet mit einem Achselzucken auf Missy Lavinia, um mir zu sagen, dass sie von Mister Lyle spricht – »verkauft hat, obwohl er das nicht hätte tun dürfen. Dieses Land ist mein Eigentum, und Papa wollte veranlassen, dass die Einnahmen an mich weitergeleitet werden, sobald in dem Prozess eine Einigung erzielt wurde. Der Anwalt sollte sich des Falls umgehend annehmen und nach

Möglichkeit dafür sorgen, dass Lyle nach Jefferson zurückkehrt. In seinem Brief hat Papa sich äußerst besorgt über Lyles unbedachtes Handeln und die Gesellschaft geäußert, in der er sich neuerdings befindet.«

Ein ungutes Gefühl überkommt mich. »Und hast du das Geld bekommen? Oder eine Nachricht von Old Gossett, dass er seinen Sohn gefunden hat?«

»Nein, weder von Papas Anwalt, Mr. Washburn, noch von Papa selbst haben wir etwas gehört. Papas Geschäftspartner in New Orleans behauptet nun, der Brief in Mamas Besitz sei ungültig oder womöglich sogar eine Fälschung, deshalb wird es keinerlei weitere Zahlungen geben, bis entweder Papa selbst oder zumindest Dokumente gefunden werden, die die Besitzverhältnisse bestätigen.«

»Und dieser Mr. Washburn war der Mann, zu dem Missy dich bringen wollte, richtig? In diesem Haus am Fluss.« Ich bemühe mich nach Kräften, mir einen Reim auf all das zu machen, doch wenn Lyle in die Angelegenheit verstrickt ist, kann das nichts Gutes bedeuten. »Erinnerst du dich noch an irgendetwas in diesem Haus?« Wann immer ich sie danach frage, schüttelt sie bloß den Kopf.

So wie auch jetzt, nur dass ein Schauder sie überläuft und sie mir plötzlich nicht mehr in die Augen sehen kann. »Ich glaube, Lavinia weiß genauso wenig über diesen Mr. Washburn wie ich, und dass der Mann in Wirklichkeit in Texas geblieben ist, obwohl sie behauptet hat, wir würden ihn in diesem Haus am Fluss antreffen.« Ihr Blick wird eisig und schweift zu Missy. »Sie hat den Namen bloß benutzt, um mich in dieses Haus zu locken, wo ich betrogen werden sollte, aber dann lief ihr Plan schief, und sie selbst wurde genauso verraten.«

Juneau Jane wendet sich wieder ihrem Haar zu und säbelt

weiter. Vereinzelte nachmittägliche Sonnenstrahlen spiegeln sich in der Schneide, gleiten über die Wurzeln, das Moos und die Palmettoblätter. »Ich werde in Jefferson Port nach Papa fragen, dem Büro von Mr. Washburn einen Besuch abstatten und dann überlegen, was ich als Nächstes tue. Ich bete nur, dass dieser Mr. Washburn ein anständiger Gentleman ist und nicht weiß, dass Lavinia seinen Namen überall herumposaunt hat. Und ich bete, dass ich Papa finde und er wohlauf ist.«

Das Mädchen hat doch keinen blassen Schimmer, sage ich mir und stehe auf. *Am besten, wir hören auf mit dem Gequassel, sondern sehen zu, dass wir weiterkommen. Uns bleiben nur noch ein paar Stunden Tageslicht.*

Ich kann beim besten Willen nicht sagen, wieso ich stehen bleibe und kehrtmache. »Und wie willst du nach Texas kommen?« Auch wieso diese Frage über meine Lippen kommt, kann ich nicht sagen. »Hast du etwa Geld? Ich hab nämlich auf dem Dampfer meine Lektion gelernt, was mit einem passiert, wenn man stiehlt. Die ersäufen einen.«

»Ich habe immer noch den Grauen.«

»Du würdest dein Pferd verkaufen?« Sie liebt diesen Gaul, und er liebt sie.

»Wenn es nicht anders geht. Für Papa.« Beim letzten Wort bricht ihre Stimme. Sie schluckt und presst die Lippen aufeinander.

Erst in dem Moment begreife ich, dass sie das einzige von Old Gossetts drei Kindern sein könnte, das ihn wirklich liebt, statt sich bloß Vorteile von ihm zu erhoffen.

Eine Weile schweigen wir. Ich spüre, wie das Blut durch meinen Körper pulst, durch meine Muskeln und meine Adern, höre es in meinen Ohren rauschen, ganz laut.

»Vielleicht gehe ich ja selbst nach Texas.« Die Worte kommen aus meinem Mund, doch ich habe keine Ahnung, wer sie ausgesprochen hat. *Eine Saison noch, Hannie, dann gehört dieses Stück Land in Goswood endlich dir. Dir, Tati, Jason und John. Du kannst sie nicht einfach im Stich lassen mit all der Arbeit und ohne ausreichend Hände, die sie machen. Denk an das Nähen und Stricken für ein bisschen zusätzliches Geld. Wie sollen sie die Pacht bezahlen?*

Aber dann kommen mir die Vierecke in der Zeitung in den Sinn. Mama. Meine Leute.

Juneau Jane hört auf zu schneiden und zieht sich die Klinge über die Handfläche, nicht tief genug, dass es blutet, aber immerhin so fest, dass ein Abdruck zurückbleibt. »Vielleicht ... könnten wir ja zusammen gehen.«

Ich nicke, sie ebenfalls. So sitzen wir da, beide in Gedanken bereits bei unserer Idee.

Missy Lavinia gibt einen lauten Schnarchlaut von sich. Ich sehe zu ihr hinüber. Sie ist im weichen, feuchten Moos zusammengesunken und schläft. Juneau Jane und ich sehen einander an, denken beide dasselbe.

Was machen wir mit ihr?

VERMISST

Sehr geehrter Herr Chefredakteur – ich wende mich an Sie, weil ich etwas über meine Mutter zu erfahren hoffe. Sie heißt Malinda Gill. Wir wurden 1843 in Wake County, North Carolina, getrennt, als ich zwei oder drei Jahre alt war. Wir gehörten Col. Oaddis (der auch mein Vater ist). Er hat uns an Israel Gill verkauft. Meine Mutter war sehr duldsam, deshalb hat er sie weiterverkauft und mich behalten. Rev. Purefule hat sie mit nach Roseville genommen, wo er ein Hotel betrieben hat. Als Israel Gill meine Mutter Col. Oaddis abgekauft hat, haben wir in Raleigh, North Carolina, gelebt, aber dann ist Gill mit mir nach Texas gezogen. Für jede Information über sie wäre ich überaus dankbar. Bitte schreiben Sie mir an Mr. C. H. Graves in San Felipe, Texas

Henry Clay

»Vermisst«-Rubrik im *Southwestern*,
2. August 1883

KAPITEL 16

Benny Silva

AUGUSTINE, LOUISIANA, 1987

Es ist das reinste Déjà-vu, als ich auf dem Parkplatz des Bauernmarkts stehe und zusehe, wie Nathan Gossett in seinem Laster heranfährt. Nur dass ich dieses Mal noch nervöser bin als beim ersten Mal, sofern das möglich ist. Nach einem ausgiebigen Gespräch mit Sarge gestern Abend bei mir zu Hause und einer Reihe von Telefonanrufen nehmen geradezu abenteuerliche Pläne Gestalt an, allerdings ist für die Mehrzahl von ihnen Nathans Kooperationsbereitschaft vonnöten.

Ist es erst eine Woche her, seit ich ihn überfallen und ihm die Erlaubnis abgeluchst habe, Goswood Grove House zu betreten? Der arme Kerl hat keine Ahnung, was dieser Schlüssel in Gang gesetzt hat. Ich kann nur hoffen, es gelingt mir, ihm meine Vision halbwegs plausibel darzulegen.

Rückblickend betrachtet, wäre eine anständige Mütze voll Schlaf sicher hilfreich gewesen, doch jetzt muss ich mich eben auf meine Nerven und die Wirkung des Koffeins verlassen. Sarge und ich waren lange auf und haben überlegt, arrangiert, eingefädelt.

Ich balle die Fäuste, löse sie wieder, schüttle die Hände wie ein Sprinter im Startblock vor einem 100-Meter-Lauf. Jetzt gilt es. Ich bin bereit und für einen handfesten Streit gewappnet, notfalls werde ich auch betteln und flehen. Allerdings muss ich mich beeilen, um rechtzeitig in der Schule zu sein, wo wir heute einen ganz besonderen Gast erwarten, der dank der Mithilfe meiner neuen Freundin Sarge vor meinen Neunt- und Zehntklässlern und den beiden höheren Klassen reden wird.

Wenn das gut funktioniert, ist ein weiterer Besuch für meine Siebte und Achte geplant. Mit ein bisschen Glück begeben wir uns alle auf eine Reise, die sich vor zwei Wochen noch keiner hätte vorstellen können, eine, in der die Idealistin in mir das Potenzial für sehr viel mehr sieht. Sarges Enthusiasmus ist eher gebremst, aber immerhin ist sie bereit, überhaupt mitzumachen.

Nathan versteift sich sichtlich, als er mich über den Parkplatz kommen und direkt auf sich zusteuern sieht, und mir entgeht auch nicht, dass er mit einem unterdrückten Stöhnen die Lippen schürzt und sich seine Gesichtsmuskeln verhärten, wobei für einen kurzen Moment das Grübchen in seinem Kinn verschwindet. Er hat einen leichten Bartschatten, der ihm ausgezeichnet steht.

Nicht nur die Erkenntnis erstaunt mich, sondern auch die Tatsache, dass ich erröte, als er das Wort an mich richtet.

»Falls Sie hier sind, um mir Bericht zu erstatten… nein danke, kein Bedarf. Ich will es nicht wissen«, sagt er und hebt die Hände. »Ich habe Ihnen ja gesagt, was mit dieser Bibliothek passiert, interessiert mich nicht. Nehmen Sie einfach, was Sie brauchen.«

»Aber es ist komplizierter, als ich dachte. Mit der Bibliothek, meine ich.«

Seine Miene lässt ahnen, dass er bereits bereut, mir den

Schlüssel gegeben zu haben, deshalb muss ich Gas geben, nicht dass er sich abwendet und mich stehen lässt. »Einige Regale im Klassenzimmer habe ich schon bestückt. Ihr Großvater war ein ziemlicher Bücherliebhaber.« In Wahrheit lag mir das Wort »Sammelwütiger« auf der Zunge, aber ich verkneife es mir. In meiner Zeit in der Buchhandlung ist mir der eine oder andere über den Weg gelaufen, auf den diese Bezeichnung passt. Noch habe ich nicht nachgesehen, es würde mich aber nicht wundern, wenn sich auch in anderen Räumen Bücher fänden. »Ich habe gleich mehrere Enzyklopädien und Klassikerausgaben des *Reader's Digest* gefunden. Wäre es okay, sie der Stadtbücherei zu stiften? Ich habe gehört, das Angebot dort sei schlecht. Die haben noch nicht einmal eine richtige Bibliothekarin angestellt, sondern arbeiten mit Aushilfen.«

Er nickt und scheint ein bisschen lockerer zu werden. »Ja, meine Schwester war...« Er hält inne. »Sie mochte die alte Bibliothek wirklich gern.«

»Diese Carnegie-Stiftungsbibliotheken sind wirklich toll. Es gibt nicht allzu viele davon in Louisiana. Zu traurig, dass sie vielleicht endgültig schließen muss.«

»Wenn mit Teilen aus der Sammlung meines Großvaters geholfen werden kann, das zu verhindern, wäre das prima. Bei manchen Dingen war mein Großvater regelrecht zwanghaft. Beispielsweise war er berühmt dafür, sich zwischen zwei Verhandlungen Kinder in sein Richterzimmer einzuladen, die Abos verkaufen wollten. Auf diese Weise hat er sich jede Menge Lexikonsammlungen und Buchclub-Mitgliedschaften aufschwatzen lassen. Entschuldigen Sie, es kann sein, dass ich Ihnen das schon erzählt habe.« Er schüttelt den Kopf. »Aber Sie brauchen mich wirklich nicht um Erlaubnis zu fragen. Was das angeht, bin ich völlig unsentimental. Mein Dad ist gestorben, als ich drei war, und die Familie meiner Mutter galt als nicht standesgemäß, deshalb war Augustine so ziemlich der letzte Ort, wo sie nach seinem Tod wohnen bleiben wollte. Meine Schwester hatte eine tiefere Verbindung zu dem Haus, weil sie schon zehn war, als Mom mit uns nach Asheville gezogen ist, aber ich nicht.«

»Verstehe.« *Trotzdem bist du nach Louisiana zurückgekehrt, um dich hier niederzulassen.* Natürlich würde ich ihn nie danach fragen, aber wenn ihm all das so gleichgültig ist und er es kaum erwarten kann, den alten Kasten loszuwerden, wie kommt es dann, dass Nathan, der weit entfernt von Bayous und dem Mississippi-Delta aufgewachsen ist, so dicht am Sitz seiner Familie leben wollte? So gern er sich als jemanden sieht, der keinerlei Verbindung zu diesem Ort hat, scheint er doch nicht gänzlich davon loszukommen. Vielleicht versteht er ja selbst nicht, weshalb das so ist.

Erstaunlicherweise verspüre ich einen Anflug von Eifersucht auf diese tiefe Verwurzelung. Vielleicht grabe ich ja deshalb so gern in den Geheimnissen von Goswood Grove. Dieses Gefühl von gelebter Geschichte, das wie Dunst aus der durchfeuchteten Erde aufsteigt, zieht mich geradezu magisch an, die Geheimnisse, die dort so sorgsam verborgen liegen.

So wie Nathans, nehme ich an.

Die Weckerfunktion meiner Armbanduhr piepst. Ich habe sie eingestellt, mich zu warnen, wenn ich in den nächsten fünf Minuten aufbrechen muss, um rechtzeitig in der Schule zu sein.

»Bitte entschuldigen Sie«, sage ich und schalte das Ding aus. »Ein altes Lehrerproblem. Immer zwischen zwei Klingeln.«

Ich wende mich ihm zu und stelle fest, dass er mich ansieht, als läge ihm eine Frage auf der Zunge. Dann entscheidet er sich, sie mir doch nicht zu stellen. »Ich kann wirklich nichts zu der Bibliothek sagen, tut mir leid.«

Ich erzähle ihm von alten Büchern, die zweifellos wertvoll sind, und den historischen Dokumenten, von den Aufzeichnungen über Ereignisse auf der Plantage, die womöglich nirgendwo sonst jemals festgehalten wurden; Details, die höchstwahrscheinlich seit über hundert Jahren oder sogar noch länger niemand außerhalb der Familie zu sehen bekommen hat. »Wir brauchen eine Anweisung, wie Sie damit verfahren wollen.«

»Wir?«, wiederholt er argwöhnisch. Mit einem Mal ist die Anspannung förmlich mit Händen greifbar. »Ich hatte Sie doch ausdrücklich darum gebeten, dass das zwischen uns bleibt. Das Haus ist...« Mit Nachdruck unterbricht er sich, ehe er hinzufügt: »Ich kann den ganzen Ärger wirklich nicht brauchen.«

»Das weiß ich, und es war auch nicht meine Absicht, aber das Ganze hat eine gewisse Eigendynamik entwickelt«, wende ich ein. Seine Schroffheit schüchtert mich ein, aber mir bleibt keine andere Wahl. Diese Entscheidungen können nur von einem Familienmitglied getroffen werden. »Gibt es vielleicht eine Möglichkeit, dass wir uns die Sachen zusammen ansehen? Wir könnten uns in Goswood Grove treffen.« Ich sehe auf den ersten Blick, dass er niemals einwilligen wird, deshalb rudere ich eilig zurück. »Oder bei mir zu Hause. Ich bringe die Sachen gern zu mir. Es ist wichtig, dass Sie sich das ansehen.«

»Nicht in Goswood Grove«, erwidert er scharf und hält einen Moment lang die Augen geschlossen. »Robin ist dort gestorben«, fügt er leise hinzu.

»Das tut mir leid. Ich wollte nicht...«

»Ich könnte morgen Abend vorbeikommen. Freitag. Zu

Ihnen nach Hause. Heute Abend muss ich in Morgan City sein.«

Ich spüre, wie sich die Muskeln entlang meines Rückgrats vor Erleichterung entspannen. »Freitag ist perfekt. Um sechs? Jedenfalls irgendwann nach halb fünf. Wann es Ihnen passt.«

»Sechs ist gut.«

»Ich könnte aus dem Cluck and Oink etwas zu essen besorgen, wenn Sie wollen. Eigentlich würde ich ja kochen, aber ich habe mich noch nicht fertig eingerichtet.«

»Klingt gut«, sagt er, obwohl *gut* nicht einmal ansatzweise der Begriff ist, der mir beim Anblick seiner Körperhaltung in den Sinn kommt. Goswood Grove hängt wie ein Mühlstein an seinem Hals.

Ich danke ihm wortreich und wiederhole noch einmal Datum und Uhrzeit, ehe ich mich mit dem sicheren Gefühl, dass er es bereits bitter bereut, mich jemals kennengelernt zu haben, zum Gehen wende.

Auf der Fahrt in die Schule versuche ich, mir sein Leben als Krabbenfischer vorzustellen – oder womit er auch immer sonst seine Zeit in Morgan City verbringt. Freundin? Kumpels? Wie sieht wohl ein normaler Tag bei ihm aus? Wie verbringt er seine Abende? Seine Schwester ist seit zwei Jahren tot, sein Großvater seit drei, beide sind in Goswood Grove gestorben. Was tue ich ihm an, indem ich ihn zwinge, sich mit dem Haus auseinanderzusetzen? Und einer offensichtlich noch unverarbeiteten Trauer?

Die Frage ist nicht gerade erfreulich, deshalb bemühe ich mich, sie zu verdrängen, als ich durch die Stadt brause – eine Frau auf einer Mission.

Ich bin so gespannt auf das Projekt, dass ich während der ersten beiden Stunden mit den Siebt- und Achtklässlern pausenlos auf die Uhr sehe.

Mein Gast erscheint pünktlich am Ende der Pause. Ich muss zweimal hinsehen, als sie mit einer kleinen altmodischen Tragetasche in der Hand das Klassenzimmer betritt. Sie trägt eine weiße Bluse mit hochgeschlossenem Spitzenkragen und Schleife, dazu einen knöchellangen schwarzen Rock, schwarze Schnürstiefeletten und einen kecken, schmalkrempigen Strohhut, der auf ihrem dichten grauen Haar thront, das sie wie im Cluck and Oink zu einem losen Knoten im Nacken frisiert hat.

Nervös streicht sie ihren Rock glatt. »Und, wie sehe ich aus?«, fragt sie. »Das war mein Kostüm zum Founder's Day vor ein paar Jahren. Allerdings habe ich ein paar Pfund zugelegt. Zu viel Grillfleisch und Kuchen, fürchte ich.«

»Ich wollte nicht, dass Sie sich solche Umstände machen«, sage ich. »Sie sollen den Kindern ja bloß etwas über die Bibliothek erzählen. Wie Ihre Großmutter und die Damen des New Century Club sie ins Leben gerufen haben.«

Sie lächelt und zwinkert mir zu, ehe sie ihren Hut neuerlich feststeckt. »Keine Angst, Herzchen. Ich hab Fotos und eine Kopie von dem Brief an Mr. Carnegie dabei, bei dem meine Großmutter geholfen hat. Aber diese Kinder sollten die Geschichte von meiner Großmutter selbst hören.«

Plötzlich ergibt die seltsame Kostümierung einen Sinn. Ich bin verblüfft und außer mir vor Freude. »Das ist brillant.«

»Weiß ich.« Sie nickt entschieden. »Sie sagten, das Jungvolk müsse die Geschichte vor sich sehen. Tja, und von mir kriegen sie jetzt ein Stück Geschichte zum Anfassen.«

Und genau so ist es auch. Sie versteckt sich sogar im Wandschrank, bis alle hereingeschlendert sind und ich die Namensliste abgehakt habe. Meine Ankündigung, wir hätten einen Gast, nehmen sie argwöhnisch auf. Von Begeisterung keine Spur. Bis sie sie sehen.

»Granny Teeee!«, quieken sie wie die Erstklässler.

Sie legt sich den Finger auf die Lippen und schüttelt streng den Kopf. Ich wünschte, so was würde auch bei mir funktionieren. »O nein, nicht Granny T«, sagt sie. »Wir schreiben das Jahr 1889. Granny T ist noch ein kleines Baby namens Margaret Turner, gerade mal ein Jahr alt. Und Baby Margarets Mama, Victory, ist eine junge, frisch verheiratete Frau, und ich bin ihre Mama, Margarets Großmutter. Ich wurde im Jahr 1857 geboren und bin folglich fast dreiundvierzig. Damals herrschte noch die Sklaverei, und das Leben auf der Gossett-Plantage war sehr schwer – Baumwolle pflücken, Zuckerrohr schneiden und die Wasserkübel eigenhändig aufs Feld schleppen, das war sehr harte Arbeit, aber nun ist es vorbei. Jetzt schreiben wir das Jahr 1899, und ich habe gerade mit meinen Ersparnissen ein kleines Restaurant eröffnet, weil ich inzwischen Witwe bin und für mich selbst sorgen muss. Ich habe neun Kinder, und einige wohnen sogar noch zu Hause. Ich scheue harte Arbeit nicht, nur eines macht mir zu schaffen: Ich habe meinem verstorbenen Mann versprochen, dass all unsere Kinder eine gute Schulbildung bekommen, aber der Unterricht für die Farbigen dauert bloß sechs Monate im Jahr, und die hiesige Bibliothek ist sehr klein und nur für die Weißen. Es gibt zwar auch für uns eine Bücherei, die besteht aber bloß aus einem winzigen Raum im Schuppen hinter der Methodistenkirche. Sie wurde vor etwa zehn Jahren eingerichtet, und wir sind stolz auf sie, doch sie macht nicht sonderlich viel her. Aber nun haben die noblen Ladys in der Stadt, die Gattinnen der Bankiers und Doktoren, den sogenannten *Ladies New Century Club* gegründet und sich vorgenommen, eine größere Bibliothek zu bauen... nur für die Weißen natürlich. Aber was soll ich euch sagen?«

Sie macht eine dramatische Pause, woraufhin die Kinder

sich nach vorn beugen und sie mit offenen Mündern erwartungsvoll anstarren.

»Wir reden hier nicht von der Bibliothek, an der ihr Kinder heute, im Jahr 1987, mit dem Schulbus vorbeifahrt, nein, nein. Ich werde euch jetzt von einer Handvoll gewöhnlicher Frauen erzählen, die hart für ihren Lebensunterhalt gearbeitet, Kuchen gebacken, anderer Leute Wäsche gewaschen und Pfirsiche eingeweckt haben, alles, womit sich Geld zusammenbekommen ließ, nur um den Weißen ein Schnippchen zu schlagen und die schönste Bücherei der ganzen Stadt zu bauen.«

Sie nimmt eine gerahmte Fotografie aus ihrem Beutel und hält sie in die Höhe. »Und das sind sie. Am Tag, als diese wunderschöne Bibliothek eröffnet wurde. Und diese Ladys hier sind der Grund, weshalb das möglich war.«

Sie verteilt mehrere Fotos an die Kinder und schildert, wie sich die Mitglieder des noblen *New Century Club* einstimmig dagegen aussprachen, die überall angepriesenen Carnegie-Fördergelder für den Bau einer neuen Bibliothek in Anspruch zu nehmen, weil sie Angst hatten, die Zuwendung könnte an die Bestimmung gekoppelt sein, die Bibliothek müsse für die gesamte Bevölkerung zugänglich sein, also *unabhängig von der Hautfarbe.* »Und nun kommt's: Die Frauen der schwarzen Methodistenkirche bewarben sich um den Zuschuss, sie bekamen ihn, die Kirche stellte das Grundstück zur Verfügung, und so öffnete die *Colored Carnegie Library* wenig später in einem neu errichteten, wesentlich feudaleren Gebäude als dem, in dem die feine Bibliothek der weißen Ladys untergebracht war. Und die Gründerinnen der Carnegie-Bibliothek nahmen sich die Freiheit, sich fortan *Carnegie Colored Ladies New Century Club* zu nennen.« Granny T hält inne und schaut in die Runde. Die Kinder hängen ihr an den Lippen. »Könnt ihr euch das vorstellen?«, fährt sie fort. »Die Frauen des ursprünglichen *Ladies New Century Club* waren grün vor Neid, das kann ich euch versichern. Damals herrschte noch die Rassentrennung, müsst ihr wissen, und die Schwarzen hatten bei allem immer bloß das Nachsehen, deshalb bezeichneten die Damen diese neue Bibliothek als Schandfleck für Augustine, bloß weil die Schwarzen sie gegründet hatten. Allerdings konnten sie nicht viel dagegen tun. Es gelang ihnen bloß, bei der Gemeinde durchzusetzen, dass sie kein eigenes Schild bekam, sodass Leute auf der Durchreise nicht wussten, was in dem Gebäude untergebracht war. Also haben wir einfach eine Statue auf den Sockel gesetzt, der für das Schild vorgesehen war, und so blieb es jahrelang. Trotzdem war die Magie ungebrochen, denn in diesen schweren Zeiten war die Bibliothek ein Zeichen der Hoffnung.«

Kaum hat sie geendet, bestürmen die Kinder sie mit Fragen. »Aber wie kommt es, dass sie heute *Augustine Carnegie Library* heißt?«, will eine der Sumpffratten wissen.

Granny T hebt einen Finger und nickt. »Tja, das ist eine gute Frage. Ihr habt die Fotos ja jetzt herumgehen lassen. Wieso musste die alte Statue des Schutzheiligen wohl verschwinden, damit ein Schild, auf dem lediglich *Augustine Library* steht, auf den Marmorsockel gestellt werden konnte, was meint ihr?«

Die Kinder spekulieren, liegen aber alle falsch. Einen Moment lang fällt mir Stadtrat Walker wieder ein, als er mit Sunshine auf meiner Veranda stand. Dank Miss Retta lebt der Schutzheilige jetzt in meinem Oleanderstrauch. Auch er ist ein Bücherliebhaber, wie ich. Die Bibliotheksgeschichte fließt gewissermaßen in seinen Adern.

»Wer hat das Foto von 1961?«, fragt Granny T. »Ich wette,

ihr könnt mir sagen, weshalb es jetzt *Augustine Carnegie Library* heißt.«

»Wegen dem Ende der Rassentrennung«, wirft Laura Gill, ein schüchternes Ding ein, das sich weder am Unterricht beteiligt noch auf dem Flur mit mir unterhält, aber unübersehbar Vertrauen zu Granny T hat – vielleicht ist sie mit ihr verwandt oder eine ihrer früheren Sonntagsschülerinnen.

»Genau richtig, Schätzchen.« Granny Ts Augen blitzen. »Es war das Ende von etwas und der Anfang von etwas anderem. Jetzt konnten schwarze und weiße Kinder in der Schule nebeneinandersitzen und dieselben Bücher lesen. Ein neues Kapitel der Bücherei begann, ein neuer Teil seiner Geschichte, aber das führte dazu, dass viele Menschen längst vergessen haben, wie es anfing. Sie kennen die Geschichte des Gebäudes nicht oder schätzen sie nicht so, wie sie sollten. Aber ihr Kinder... ihr versteht jetzt, dass es ein schwer verdienter Sieg war. Und vielleicht hat die Bibliothek von jetzt an eine andere Bedeutung für euch.«

»Deshalb habe ich Granny T gebeten, heute zu uns zu kommen«, werfe ich ein und trete zu ihr, als die Kinder die alten Fotos herumgehen lassen. »In dieser Stadt gibt es so viel Geschichte, von der die meisten Leute nichts wissen. Und in den nächsten Wochen werden wir ein bisschen Detektivarbeit betreiben und sehen, was wir darüber in Erfahrung bringen können. Ich möchte, dass jeder von euch die Geschichte eines Platzes oder eines Ereignisses in der Stadt erforscht – irgendetwas, womit die Menschen hier nicht vertraut sind. Macht euch Notizen, kopiert Fotos, sammelt alles, was ihr an Informationen finden könnt, und schreibt die Geschichte nieder.«

Hier und da wird gestöhnt, aber nur leise. Die meisten scheinen interessiert zu sein, nennen Orte, bombardieren uns mit Fragen.

»Und wen sollen wir fragen?«

»Wie finden wir einen solchen Platz?«

»Wo sollen wir suchen?«

»Was, wenn man sich hier gar nicht auskennt?«

»Oder wenn man gar nicht von hier kommt?«

Stuhlbeine scharren lautstark über den Boden, und einen Moment lang habe ich Angst, ein Aufstand könnte vor den Augen meines Gasts ausbrechen. *Sie würden doch nicht...*

Ich sehe mich um und stelle fest, dass Lil'Ray halb von seinem Stuhl aufgestanden ist und hektisch den Zeigefinger reckt. »Miss... hmhm... Miss...« Er weiß meinen richtigen Namen nicht mehr und hat Angst, mich vor Granny T mit einem meiner zweifelhaften Spitznamen anzusprechen.

»Lil'Ray?«

»Wir sollen also über einen Ort schreiben, ja?«

»Genau. Oder ein Ereignis.« *Bitte, bitte, zettle jetzt keinen Aufstand an.* Wenn Lil'Ray rebellieren sollte, werden sich ihm seine Anhänger sofort anschließen, danach wird es schwierig werden, wieder Ruhe in die Klasse zu bringen. »Das wird ein wichtiger Teil unserer Halbjahresnoten werden, deshalb ist es wichtig, dass ihr euch anstrengt. Aber es soll auch Spaß machen. Sobald ihr etwas gefunden habt, gebt ihr Bescheid, damit wir keine Doppelungen bekommen, sondern voneinander lernen können.«

Ich setze mein Lehrergesicht auf und lasse den Blick umherschweifen nach dem Motto: Ich mein's ernst, verstanden?

Wieder scharren Stuhlbeine. Wieder Lil'Ray. »Miss...«

»Silva.«

»Miss Silva, genau. Was ich gemeint hab, ist, ob wir auch über eine Person schreiben könnten, weil...«

»Ich«, fällt Laura Gill ihm ins Wort, allerdings hat sie die Hand gehoben, als würde das die Tatsache legitimieren, dass sie ihn unterbrochen hat. »Ich weiß, dass die in so einer Schule in New Orleans zu Halloween immer was machen, das *Geschichten aus der Gruft* heißt. Ich hab letztes Jahr bei meinem Cousin in der Zeitung davon gelesen. Sie ziehen sich wie die Leute an, deren Geschichte sie erzählen wollen, und stellen sich dann auf den Friedhof, und die Leute kommen hin und hören zu. Wieso machen wir denn so was nicht auch?«

Die Idee löst etwas aus, das ich niemals für möglich gehalten hatte; sie ist wie ein Zündfunke, der an ein trockenes Scheit gehalten wird. Und mit einem Mal sind wir alle Feuer und Flamme.

KAPITEL 17

Hannie Gossett

RED RIVER, 1875

Wir sammeln unsere Sachen zusammen, falten die Decke und ziehen den Baumwollstoff herunter, den wir als Schutz vor der Sonne gespannt haben, die sich auf den Wellen spiegelt, während das Boot Meile um Meile auf dem Red River flussaufwärts dahintuckert, Stromschnellen ausweicht und Sandbänke umfährt. Inzwischen haben wir Louisiana hinter uns gelassen und befinden uns in Texas ... ob das gut oder schlecht ist, wird sich noch herausstellen.

Fest steht, dass wir viel zu weit von unserem Zuhause entfernt sind, um uns noch anders zu entscheiden. Die Pferde haben wir verkauft, und ich hoffe nur, der Mann behandelt sie auch gut. Es war schwer, sie zurückzulassen, vor allem für Juneau Jane, aber wir brauchten das Geld, um Essen und die Fahrkarten für die Reise auf dem Raddampfer zu bezahlen. Zwar bin ich immer noch nicht sicher, ob es die richtige Entscheidung war, mit ihr zu gehen, aber immerhin habe ich sie gebeten, einen Brief an Tati, Jason und John zu schreiben, damit sie sich keine Sorgen um mich machen. Ich bin aufgebrochen, um Old Mister zu suchen, und werde rechtzeitig zur Ernte wieder zurück sein, habe ich Juneau Jane reinschreiben lassen.

Von meiner Hoffnung, vielleicht auch welche von meinen Leuten zu finden, steht nichts in dem Brief, weil ich nicht sicher bin, was Tati dazu sagen würde, genauso wenig wie Jason und John. Den Großteil meines Lebens waren sie meine Familie. Trotzdem ist da dieses andere Leben ... in dieser kleinen Holzhütte mit einem Bett, in dem es von spitzen Ellbogen und Knien nur so wimmelte, und so vielen Stimmen, dass man gar nicht allen gleichzeitig zuhören konnte.

Juneau Jane hat mir all die kleinen Rechtecke aus der Zeitung häufiger vorgelesen, als ich zählen kann. Die Deckhelfer und die Crew – die meisten davon Schwarze, mit Ausnahme der Offiziere – kommen auch immer wieder runter und wollen wissen, was in den Anzeigen steht. Einige lesen sie auch selbst, weil sie darauf hoffen, einen Namen zu entdecken, den sie kennen.

Aber bisher hat bloß ein Einziger einen Hinweis gefunden ... auf ein Mädchen, das seine Schwester sein könnte. »Wenn ich dir Papier und Bleistift besorge, könntest du dann einen Brief schreiben, den ich in Port Jefferson auf dem Postamt aufgebe? Ich würde auch für die Umstände bezahlen.« Juneau Jane hat versprochen, ihm zu helfen, woraufhin er singend und pfeifend wieder an die Arbeit zurückgekehrt ist. »Gütiger Herr im Himmel, ich danke dir, dass du so gut zu mir bist! So gut zu mir!«

Die Weißen auf der *Katie P.* sind zumeist arme Leute, die darauf hoffen, in Texas ein besseres Leben zu bekommen als das, welches sie zurückgelassen haben. Sie haben den singenden Deckhelfer angesehen, als wäre er nicht ganz bei Trost, allerdings nur ganz kurz, weil das Gerücht geht, wir würden unter unserem Behelfszelt Voodoozauber verbreiten und Gifte verkaufen. Außerdem flüstern sie wegen des großen weißen Jungen, den wir dabeihaben, der aber die Zähne nicht auseinanderkriegt, und wollen nichts mit uns zu tun haben.

Missy ist immer noch bei uns. Es blieb uns nichts anderes übrig, als sie mitzunehmen. Die Anlegestelle, an der wir an Bord gegangen sind, war bloß der klägliche Überrest eines Städtchens, in dem nach dem Krieg der Handel vollständig zum Erliegen gekommen ist. Dort konnten wir Missy auf keinen Fall zurücklassen. Sollten wir Old Mister in Jefferson nicht finden, übergeben wir sie wohl in die Hände dieses Anwalts. Soll der sich um sie kümmern.

Das *Flapp-Platsch-Platsch-Flapp-Platsch-Platsch* des Raddampfers hallt von den Felsen wider, als wir den Red River verlassen und zuerst durch den Caddo Lake und weiter durch den Big Cypress Bayou in Richtung Port Jefferson fahren. Die flach auf dem Wasser liegende *Katie P.* schwankt gefährlich, wann immer wir an einem der mit Baumwolle, Mais und Säcken voll Saatgut beladenen Boote vorbeikommen, während wir Zucker, Molassefässer, Stoffe, Eisenwaren und Glasfenster und alles mögliche andere in die entgegengesetzte Richtung bringen. Die Leute winken uns, wir winken zurück.

Bereits aus der Ferne ist der Hafen von Jefferson zu erkennen. Bootspfeifen ertönen, farbige Gebäude mit schweren schmiedeeisernen Balkonen sind durch die Zypressenhaine und Weinreben am Ufer zu sehen. Der Stadtlärm übertönt sogar noch das Platschen der Schaufelräder und das Fauchen des Dampfkessels. Noch nie in meinem Leben habe ich einen solchen Krach gehört und so viele Menschen gesehen. Musik, Rufe, wiehernde Pferde, brüllende Ochsen, bellende Hunde, Karren und Wagen, die durch kopfsteingepflasterte Straßen rumpeln. Überall herrscht reger Betrieb. Jefferson, die am tiefsten in Texas gelegene Hafenstadt, ist riesig und voller Leben.

Düsternis ergreift Besitz von mir. Im ersten Moment kann ich das Gefühl nicht zuordnen, aber dann weiß ich plötzlich, woher es kommt. Ich erinnere mich an diese Stadt. Letztes Mal bin ich nicht über den Fluss hergekommen, sondern die Männer des Sheriffs haben mich nach dem Ärger mit Jep Loach hergebracht und ins Gefängnis gesteckt, wo ich sicher war und warten konnte, bis meine rechtmäßigen Besitzer mich abholen kamen.

Die Erinnerung hält mich in ihrem Klammergriff, als ich die Zeitungen mit den Briefen in unserem Bündel verstaue. Überall an den Rändern stehen Namen, mit einem Bleistift geschrieben, den einer der Matrosen von einem der Spieltische auf dem Oberdeck gestohlen hat. Juneau Jane hat die Namen der Männer der *Katie P.* aufgeschrieben und auch die der Leute, nach denen sie suchen. Wir haben versprochen, überall, wohin es uns verschlägt, nach ihnen zu fragen, und sollten wir auf jemanden stoßen, können die Leute an die *Katie P. im Hafen von Jefferson* schreiben.

Die Männer haben uns bezahlt, manche mit ein paar Pennys oder einem Dime, manche mit einer Schachtel Zündhölzer, Talgkerzen, Keksen und Maisfladen aus der Kombüse. »Für die Reise«, sagten sie. Wir hatten nie etwas verlangt, aber die Männer wollten es sich nicht nehmen lassen, uns zu beschenken. Auf dem Boot hab ich mehr und besser gegessen als je in meinem ganzen Leben. Ich erinnere mich nicht, wann ich zuletzt mehrere Tage hintereinander so einen vollen Bauch hatte. Ich werde die *Katie P.* vermissen, aber jetzt ist es Zeit weiterzuziehen.

»Wir müssen sie auf die Füße kriegen«, sage ich mit einem Nicken Richtung Missy Lavinia, die bloß herumhockt, bis man sie hochzieht und wie eine Gliederpuppe hin und her schiebt. Sie wehrt sich nicht, tut aber auch nichts aus eigenem

Antrieb. Am schlimmsten sind die Momente, wenn man sie wie ein kleines Kind zu den Verschlägen am Heck des Dampfers bugsiert, damit sie ihre Notdurft verrichten kann. Es ist mehrmals am Tag nötig, aber Juneau Jane weigert sich, es zu tun. Die Leute treten zur Seite, wenn sie uns sehen, um Missy bloß nicht zu nahe zu kommen; manchmal faucht sie sie nämlich aus heiterem Himmel an.

Sie am Anleger von Bord zu bringen geht leicht. Die anderen Passagiere weichen vor uns zurück, weshalb Juneau Jane und ich praktisch die ganze Gangway für uns haben. Selbst die Deckhilfen und Crewmitglieder kommen uns nicht zu nahe, allerdings sind die meisten trotzdem nett und stecken uns im Vorbeigehen die eine oder andere Münze zu, während sie uns letzte Ermahnungen mit auf den Weg geben.

»Denkt dran, euch nach meinen Leuten umzuhören, wenn ihr könnt. Ich wär euch ewig dankbar.«

»July Schiller... meine Mama...«

»Nicht vergessen, meine Schwester heißt Flora, meine Brüder sind Henry, Isom und Paul...«

»Meine Brüder waren Hap, Hanson, Jim und Zekiel, alle mit Nachnamen Rollins. Unser Besitzer war Perry Rollins aus Virginia. Pappy hieß Solomon Rollins. Schmied war er von Beruf. Sie sind alle verkauft worden, in den Süden. Mehr als zwanzig Jahre ist das jetzt her, in einem Sklavenzug, um eine Schuld zu begleichen. Ich war sicher, dass ich sie in meinem Leben nie mehr wiedersehe, aber wenn ihr Jungs überall ihre Namen verbreitet, wo ihr hinkommt, wär ich euch wirklich dankbar. Und ich werd auch für euch beten, damit der Herr euch auch niemals vergessen wird.«

»Meine Frau hieß Rutha und unsere Zwillingsmädchen Lolly und Persha. Ein Mann namens Compton hat sie Master French abgekauft.«

Juneau Jane steigt über einen Stapel Klafterholz und bittet mich, ihr die Lost-Friends-Blätter zu reichen, damit sie sich vergewissern kann, dass wir auch niemanden vergessen haben.

»Ich hab sie hier, wo sie sicher sind.« Ich tätschele unser Bündel. »Wir haben schon alle Namen aufgeschrieben. Sie wollen uns nur noch mal erinnern. Aber wir vergessen die Namen nicht, weil ich sie nämlich auch im Kopf hab.« Namen kann ich mir merken. Schon seit ich sechs Jahre alt war und hinter Jep Loachs Karren herlaufen musste ... sogar ganz hier in der Nähe.

Juneau Jane hockt sich auf einen Holzbalken und wartet darauf, dass ich ihr das Zeitungsbündel gebe. »Was niedergeschrieben worden ist, kann einem nicht durch die Lappen gehen, wenn der Kopf mal nicht mitspielt.«

»Dinge kann man verlieren«, beharre ich. Wir beide sind auf dieser Reise keine Freundinnen geworden, sondern bloß zwei Menschen, die einander brauchen. Das ist alles. Und daran wird sich auch nichts ändern. »Meinen Kopf hab ich immer dabei.«

»Aber manche verlieren ihren Verstand auch.« Sie sieht betont zu Missy hinüber, die sich neben dem Holzstapel hat fallen lassen. Eine kleine grüne Schlange kriecht auf ihre Beine zu. Sie hat den Kopf gesenkt, als beobachtete sie das Tier, macht aber keinerlei Anstalten, es zu verscheuchen.

Ich nehme einen Stock und schiebe die Schlange zur Seite; Juneau Jane hätte wahrscheinlich nichts unternommen – sie ist ein geheimnisvolles Ding, dieses hellhäutige Mädchen, das nun als mickriger Junge mit großen Augen vor mir steht. *Vielleicht ist das Leben für ein hellbraunes Mädchen auch nicht so leicht*, denke ich mir. Manchmal wirkt sie ganz schön kalt, eine boshafte, hinterhältige Teufelin wie ihre Mama und alle anderen, die so sind wie sie.

Dass ich sie nicht einschätzen kann, ärgert mich, gleichzeitig hätte sie mich mit Missy an der Anlegestelle in Louisiana auch zurücklassen können, dann hätte sie eine Menge Geld gespart, das hat sie aber nicht getan. Stattdessen hat sie unsere Fahrkarten für den Dampfer mit dem Geld bezahlt, das sie für ihren Grauen bekommen hat. Ich weiß nicht genau, was das eigentlich zu bedeuten hat.

Ich setze mich neben sie auf den Holzstapel und reiche ihr die Zeitungsseiten und den Bleistift. »Na ja, kann ja nicht schaden, noch mal nachzusehen. Außerdem wissen wir sowieso nicht, wie's weitergehen soll. Wenn jemand vorbeikommt – reiche Weiße, meine ich –, könntest du ja mal nett fragen, wo wir diesen Mr. Washburn finden, oder?«

Sie liest die Zeitungen noch mal durch, während mir ein Gedanke kommt. »Wie sollen wir überhaupt mit diesem Anwalt über die Papiere deines Daddys reden, wenn wir ihn finden?« Ich sehe zuerst an ihr, dann an mir herunter. »So wie wir aussehen, bin ich bloß ein schwarzer Junge und du eine zerrissene kleine Flussratte.« An Bord war ich so mit den Briefen an die Zeitung beschäftigt, dass ich gar nicht darüber nachgedacht habe, was passiert, wenn wir erst wieder an Land sind. »So redet doch kein Anwalt mit uns.«

Ich sehe ihr an, dass auch sie sich darüber noch keine Gedanken gemacht hat.

Sie kaut auf dem Bleistift herum und lässt den Blick über die feudalen, zumeist zwei-, teilweise sogar dreigeschossigen Backsteinhäuser schweifen. Ein Schuss hallt durch die engen Gassen. Wir zucken zusammen. Männer halten inne, sehen sich um, dann wenden sie sich wieder ihrer Arbeit zu.

Juneau Jane reckt ihr kleines spitzes Kinn. »Ich werde mit ihm reden.« Ihre Lippen heben sich an den Winkeln, und ihre Himmelfahrtsnase, die sie unübersehbar von ihrem Papa geerbt hat, kräuselt sich. »Setze ich ihn darüber in Kenntnis, dass ich William Gossetts Tochter bin, nimmt er zweifellos an, ich sei Lavinia. Ich glaube, es war nicht die Wahrheit, dass sie vor kurzem in New Orleans seine Bekanntschaft gemacht hat, schließlich lebt er hier in Jefferson, wo ihn auch Papa vor nicht allzu langer Zeit mit der Vertretung seiner Interessen beauftragt hat.«

Zwar muss ich lachen, aber die Idee macht mir Angst. Zu Hause kann das, was sie vorhat, einen das Leben kosten, und zwar ganz schnell. Ein Schwarzer gibt sich nicht für einen Weißen aus. »Aber du bist farbig, nur für den Fall, dass dir das noch nicht aufgefallen ist.«

»Ist der Unterschied tatsächlich so groß?« Sie hält ihren Arm neben Missys. Zwar wirkt ihrer ein ganz klein wenig dunkler, doch es stimmt schon, der Unterschied ist tatsächlich nicht besonders groß.

»Aber sie ist älter als du«, wende ich ein. »Du bist ein Mädchen, das noch Kinderkleidchen trägt, und siehst noch nicht mal ... na ja, wie vierzehn aus. Selbst wenn es eine Lüge von Missy war, dass sie den Mann kennt, gehst du nie im Leben als sie durch.«

Sie sieht mich unter halb geschlossenen Lidern hervor an, als wäre ich eine Idiotin. Am liebsten würde ich ihr diesen Ausdruck aus dem Gesicht schlagen. Genauso hat Missy Lavinia auch immer auf mich herabgeblickt, als sie noch klein war. Diese beiden Mädchen sind mehr Schwestern, als ihnen bewusst ist, und haben mehr gemeinsam als bloß eine kecke Himmelfahrtsnase. »Wenn die dich erwischen, ziehen die dir das Fell bei lebendigem Leib über die Ohren. Und mir gleich mit.«

»Was bleibt mir denn anderes übrig? Ich brauche Nachricht von Vater oder irgendwelche Schriftstücke, wenn ich meinen Anteil haben will. Lavinia würde mich ohne einen Penny zurücklassen, und meine Mutter hätte keine andere Wahl, als mich an einen reichen Mann zu verhökern.« Ihre Unnahbarkeit bekommt ein paar feine Risse. Ich spüre den Schmerz darunter, die Angst. »Wenn Papa tatsächlich nicht mehr unter uns weilt, ist eine Erbschaft das Einzige, worauf ich hoffen kann.«

Sie hat recht. Ihr Papa ist unsere einzige Hoffnung. Meine ja auch. »Tja, wenn das so ist, werden wir dir wohl ein Kleid besorgen müssen. Dazu ein Korsett und ein bisschen Material zum Ausstopfen und eine Haube für dein Haar.« Ich kann nur beten, dass unser Plan uns nicht geradewegs ins Gefängnis bringt. Oder Schlimmeres. Denn wer kümmert sich dann um die verlorenen Familienmitglieder und Freunde all der Leute, die wir getroffen haben? »Aber du musst mir versprechen, dass du mich nicht allein mit ihr sitzen lässt, egal, wie das ausgeht.« Ich nicke in Missy Lavinias Richtung. »Sie ist nicht meine Angelegenheit. Sondern ihr beide habt mich erst in diesen ganzen Schlamassel reingezogen. Deshalb bist du mir was schuldig. Du und ich, wir bleiben so lange zusammen, bis wir Genaueres über deinen Papa herausgefunden haben. Und bis Missy auf dem Weg nach Hause ist. Wenn dieser Anwalt Geld für dich hat, wirst du Missys Rückfahrt bezahlen und jemanden finden, der sie nach Goswood zurückbringt. Hast du mich verstanden?«

Sie schiebt die Unterlippe ein bisschen vor. Die Vorstellung, Missy Lavinia einen Gefallen tun zu müssen, passt ihr gar nicht in den Kram, trotzdem nickt sie.

»Und noch was.«

»Nein.«

»Und noch was. Sollten sich unsere Wege trennen, egal wann und wo, nehme ich die Zeitungsseiten mit mir. Und in der Zwischenzeit bringst du mir Lesen und Schreiben bei, damit ich die Namen neuer Leute aufschreiben kann.«

Sie nickt. Wir besiegeln die Abmachung mit Handschlag.

»Aus dir eine Frau zu machen wird wesentlich schwieriger, als dich in einen Jungen zu verwandeln.« Die Worte sind kaum über meine Lippen gekommen, als ein Schatten über mich fällt. Ich sehe hoch. Ein Schwarzer mit der Statur eines Holzfällers steht vor mir und dreht und knetet seinen Hut zwischen den Fingern.

Ich hoffe nur, er hat nicht mitbekommen, was ich gerade gesagt habe.

»Ich komm wegen der verloren gegangenen Leute«, sagt er mit einem Blick auf die *Katie P*. »Ich hab gehört... einer der Männer sagt... könntet ihr meinen Namen auch aufschreiben?«

Wir sehen an ihm vorbei zur *Katie P.*, wo der singende Matrose steht, für den Juneau Jane den Brief geschrieben hat. Es hat sich also schon herumgesprochen.

Juneau Jane zieht den Bleistift heraus und fragt den Schwarzen, nach wem er sucht. Es stellt sich heraus, dass der Name noch nicht draufsteht.

Sie notiert die Namen seiner Familienangehörigen, und er gibt uns einen Nickel, bevor er wieder an die Arbeit geht und Saatgutsäcke auf ein Boot schafft. Dann steht auch schon der Nächste vor uns. Er kann uns sagen, wo wir billig Kleider und Essen kaufen können. Ich beschließe, mich auf den Weg zu machen, bevor es Abend wird. Juneau Jane und Missy Lavinia kann ich nicht mitnehmen, weil die Läden im Schwarzenviertel liegen.

»Du bleibst hier, solange ich die Sachen besorge«, sage ich zu ihr, nehme einen Keks heraus und stopfe mir Missys Täschchen in die Kniehose. »Und pass auf Missy auf«, schärfe ich ihr ein, obwohl ich weiß, dass sie es ohnehin nicht tun wird.

Mir ist nicht ganz wohl bei dem Gedanken, trotzdem folge ich der Wegbeschreibung des Mannes in die Schwarzensiedlung, die in einer Senke am Wasser liegt. Als Erstes finde ich eine Näherin, die in ihrem Hinterzimmer geflickte Kleider verkauft. Ich erstehe ein Kleid für Juneau Jane, aber in Wahrheit wünschte ich, ich könnte ein Wunder kaufen, denn genau das ist es, was wir in Wahrheit brauchen. Die Näherin schickt mich weiter zu einem Sattler, der gebrauchte Schuhe repariert und sie dann weiterverkauft. Die Größe kann ich nur schätzen, aber ich finde ein Paar für Missy, deren Füße schon ganz wund sind, weil sie nicht aufpasst, wo sie hintritt. Die Schuhe tausche ich gegen das goldene Medaillon ein. Mir bleibt keine andere Wahl, außerdem ist ohnehin die Kette gerissen.

Kurz überlege ich, für Juneau Jane geknöpfte Stiefel zu kaufen, entscheide mich aber dagegen – zu teuer, außerdem sind es Damenschuhe, die sie nicht tragen kann, wenn sie wie ein Junge angezogen ist. Wir werden wohl oder übel dafür sorgen müssen, dass man ihre alten Halbschuhe unter dem Saum ihres Kleids nicht sieht, wenn sie mit dem Anwalt spricht. Bei einem Krämer besorge ich Nadel und Faden für den Fall, dass wir hier und da ein paar Stiche nähen müssen, damit Juneau Jane das Kleid nicht über die mageren Schultern rutscht.

Als Nächstes kaufe ich Socken, eine weitere Decke und einen Kochtopf und am Ende ein paar Pfirsiche von einem Mann, der einen ganzen Korb feilbietet. Er gibt sogar noch eine glänzende Pflaume dazu und will kein Geld von mir annehmen, weil ich noch ganz neu hier bin. Die Leute im Schwarzenviertel sind sehr nett; sie sind wie ich – nach der Befreiung haben sie die Plantage verlassen und bei der Eisenbahngesellschaft Arbeit angenommen oder in einem Sägewerk, auf den Booten, in den Geschäften oder im Haushalt einer der weißen Ladys. Einige der ehemaligen Sklaven haben eigene Geschäfte eröffnet und verkaufen jetzt ihre Waren an die Schwarzen. Sie sind daran gewöhnt, dass Fremde vorbeikommen. Während meiner Besorgungen frage ich die Leute nach meiner Familie, erzähle ihnen von den blauen Glasperlen meiner Großmutter. »Kennt hier einer jemanden namens Gossett? Früher waren sie mal Sklaven, aber inzwischen sind sie frei. Hat jemand Leute gesehen, die drei blaue Glasperlen an einem Band um den Hals hatten?«, frage ich wieder und wieder. »Drei blaue Glasperlen, gerade mal so groß wie die Spitze des kleinen Fingers und sehr hübsch.«

Ich erinnere mich nicht.

Ich glaub nicht, Kind.

Klingt sehr hübsch, aber... nein, ich hab nichts gesehen.

Suchst du nach deiner Familie, Jungchen?

»Ja, irgendwie kommt mir das bekannt vor«, sagt ein alter Mann, als wir zur Seite treten, um einen mit Kohle beladenen Karren durchfahren zu lassen. Weiße Wolken liegen über seinen Augen wie eine Mehlschicht, deshalb muss er sich ganz weit nach vorn beugen, um mein Gesicht sehen zu können. Er riecht nach Kiefernharz und Tabak, seine Bewegungen sind langsam und steif. »Ich glaub, ich hab so was mal gesehen, aber das ist schon lange her. Wo, weiß ich allerdings nicht mehr. Mein Gedächtnis ist nicht mehr das beste. Tut mir leid, Junge. Trotzdem möge Gott dich auf all deinen Wegen begleiten. Die Namen sagen mir nichts, aber viele haben nach der Befreiung einen neuen Namen angenommen.«

Ich danke ihm und verspreche, mich nicht entmutigen zu lassen. »Texas ist groß«, sage ich. »Da muss ich eben weitersuchen.« Ich sehe ihm hinterher, als er langsam und tief gebeugt ins Viertel zurückschlurft.

Ich könnte ja auch hierbleiben, denke ich. *Einfach hier leben, im Schatten der großen Gebäude, der schönen Villen, hier bei der Musik und all den vielen verschiedenen Leuten. Wäre das nicht wunderbar? Ich könnte mich immer weiter nach meiner Familie erkundigen, bei all den Reisenden, die aus Ost und West hierherkommen.*

Es wäre ein ganz neues Leben für mich, ohne Felder und Maultiere und Gemüsegärten und Hühnerschuppen. Ich könnte mir Arbeit suchen, schließlich bin ich stark und nicht auf den Kopf gefallen.

Aber ich muss auch an Tati und Jason und John denken, an Old Mister und Missy Lavinia und Juneau Jane, an Versprechen, die ich gegeben habe, an Pachtverträge. Im Leben geht es selten darum, was man sich wünscht.

Ich schiebe den Gedanken beiseite und konzentriere mich auf das, was vor mir liegt. Ich frage mich, wie lange ich wohl schon weg bin und was passiert, falls Missy verschwunden ist oder Ärger gemacht hat. Womöglich unternimmt Juneau Jane nichts, um es zu verhindern, oder kann das auch gar nicht, weil Missy viel größer und doppelt so kräftig ist wie sie.

Also mache ich mich auf den Rückweg, eile durch die Straßen, sorgsam darauf bedacht, nicht unter die Räder eines Farmkarrens oder Einspänners zu geraten und weißen Damen mit Einkaufskörben oder Kinderwagen auszuweichen. Der blanke Schweiß bricht mir unter meinen Kleidern aus, obwohl es eigentlich kühl ist.

Genau das ist das Problem, wenn man sich was vorstellt, Hannibal, höre ich Gus McKlatchy im Geiste sagen. *Beschwört bloß Ärger herauf, der noch gar nicht passiert ist und wahrscheinlich auch nie passieren wird. Weshalb sich also vor der Zeit davon ins Bockshorn jagen lassen?* Ich lächle und hoffe, dass Moses ihn nicht auch erwischt und über Bord geworfen hat.

Ich bemühe mich, nicht allzu viel zu grübeln.

Missy und Juneau Jane sitzen immer noch auf den Holzbalken, als ich zum Hafen zurückkehre. Mehrere Schwarze haben sich um sie geschart – einige stehen, andere hocken im Gras, ein alter Mann stützt sich auf die Schulter einer jungen Frau, daneben stehen drei weitere Frauen. Alle wirken friedlich und nett. Juneau Jane liest ihnen die Suchanzeigen vor. Sie hat unsere Decke gefaltet vor sich hingelegt, ein Mann legt eine Münze darauf, außerdem drei Karotten, von denen Missy Lavinia sogleich eine kriegt.

Es kostet mich einige Mühe, die Leute wegzuschicken, aber wir müssen uns an die Arbeit machen. Ich verspreche den Leuten, dass wir später mit den Zeitungen zurückkommen, dann ziehe ich Missy Lavinia die Schuhe an, die gottlob halbwegs passen. Juneau Jane gefällt es gar nicht, als ich die letzten Leute verjage.

»Du hättest nicht so ein Spektakel darum machen dürfen«, sage ich zu ihr, als wir zum Ufer hinuntergehen.

»Es hat sich herumgesprochen, weil die Männer mit ihrer Heuer in die Stadt gegangen sind. Deswegen kamen andere, die von uns und den Anzeigen gehört hatten«, sagt sie. »Was hätte ich denn tun sollen?«

»Keine Ahnung«, antworte ich wahrheitsgetreu. »Wir wollen bloß nicht, dass ganz Jefferson Port über uns spricht.«

Wir folgen einem Pfad zum Fluss hinunter, den die Leute zum Angeln oder Jagen benutzen, finden ein geschütztes Plätzchen, wo ich uns alle ein bisschen sauber mache, am saubersten aber Juneau Jane.

Die Sachen sehen erbärmlich aus – das Korsett schlottert um ihren Oberkörper, das Kleid ist viel zu lang. »Du wirst eben auf Zehenspitzen gehen müssen, als hättest du hohe Absätze an«, sage ich zu ihr. »Und sieh zu, dass deine Halbschuhe nicht unter dem Rock rausgucken, sonst fliegen wir auf. Keine Gossett würde in so ausgelatschten Schuhen herumlaufen.«

Ich nehme ihre Kniehose und lege sie ihr um die Taille, damit sie das Kleid ausfüllt, und stopfe mit dem Hemd, das sie getragen hat, den Ausschnitt aus, ehe ich das Kleid zuschnüre. Schon besser. Als Letztes kommt die Haube. Ich drücke sie fest auf ihren Kopf, damit man ihr kurzes Haar nicht sehen kann, trete einen Schritt zurück und nehme sie in Augenschein.

Bei ihrem Anblick muss ich ein Lachen unterdrücken. »Du... du siehst aus, als hätte jemand an Missy Lavinia herumgeschnitzt.« Mein Gelächter geht in Husten über. »Als hätte jemand sie bis auf den Stummel abgenagt.« Wieder muss ich lachen, kann nicht mehr aufhören, kriege keine Luft mehr. Juneau Jane stampft mit ihrem kleinen Füßchen auf und mault, ich solle gefälligst den Mund halten, sonst kommt noch jemand herunter, um nachzusehen, was das für ein Getöse ist. Doch je wütender sie wird, umso mehr lache ich.

Plötzlich vermisse ich Tati, Jason und John schmerzlich, genauso wie meine Geschwister und Mama und Aunt Jenny und meine vier kleinen Cousinen und Grandma und Grandpa. Bei der ganzen Plackerei, dem Pflanzen, Hacken, Jäten und Ernten haben wir immer auch viel gelacht. *Lachen kann dir helfen, schwere Zeiten zu überstehen,* hat meine Grandma immer gesagt. Augenblicklich verstumme ich. Die Einsamkeit ist schrecklich. Ich sehne mich nach den Menschen, die mir am Herzen liegen. Nach meinem Zuhause.

»Wir sollten zusehen, dass wir fertig werden«, sage ich. Gemeinsam ziehen wir Missy Lavinia auf die Füße, gehen in die Stadt zurück, wobei wir der Beschreibung folgen, die die Leute Juneau Jane gegeben haben. Das Büro des Anwalts ist nicht schwer zu finden – er wohnt in einem zweistöckigen Backsteinbau. Über der Tür ist ein quadratischer Stein, in den sein Name eingeritzt ist. L. H. Washburn.

»Stell dich auf die Zehenspitzen«, befehle ich. »Damit die Schuhe nicht unter dem Saum hervorgucken. Und rede wie eine Dame. Und benimm dich auch so.«

»Ich weiß, wie man sich anständig benimmt«, prahlt sie, obwohl sie vor Angst kreidebleich unter ihrer Haube ist. »Ich habe Benimmunterricht erhalten. Papa hat darauf bestanden.«

Ich gehe nicht weiter darauf ein. Es erinnert mich bloß daran, wie gut sie es in all den Jahren hatte. »Und egal, was passiert, lass diese Haube auf.«

Wir gehen die Stufen hinauf, wo ich sie ein letztes Mal in Augenschein nehme, ehe sie eintritt, während ich mir mit Missy ein schattiges Plätzchen suche. Sie stöhnt leise und reibt sich den Bauch. Ich drücke ihr einen Schiffszwieback in die Hand, doch sie will ihn nicht.

»Sei still jetzt«, sage ich. »Eigentlich sollte ich viel zu große Angst haben, um jetzt über deinen Bauch nachzudenken. Als ich das letzte Mal vor einem Haus auf jemanden gewartet hab, lagt ihr am Ende jede in einer Kiste, und ich wurde beinahe abgeknallt.«

Diesmal schlafe ich jedenfalls nicht ein, so viel steht fest. Stattdessen behalte ich das Haus fest im Blick.

Juneau Jane bleibt nicht lange weg, was nichts Gutes bedeutet, fürchte ich. Tatsächlich ist es auch so. Der Anwalt war noch nicht mal da, sondern bloß eine Frau, die sich um sein Büro kümmert und die gerade dabei war, alles einzupacken, vom Keller bis zum Dach. Old Mister war wohl irgendwann mal dort, hat dem Anwalt aufgetragen, sich um die Durchsetzung seiner Grundstücksverfügung zu kümmern, und ist weiter nach Fort Worth gereist, um sich auf die Suche nach Lyle zu machen. Dann, zwei Wochen später, tauchten plötzlich Federals in der Kanzlei auf und wollten irgendwelche Unterlagen sehen. Die Frau wusste nichts, doch Mr. Washburn flüchtete durch die Hintertür, als er es mitbekam. Am nächsten Tag packte er seine Sachen und machte sich ebenfalls auf den Weg nach Fort Worth. Er will dort eine Kanzlei eröffnen und weiß nicht, wann er zurückkommt.

»Sie hat gesagt, in den verbliebenen Akten ist nichts mit Papas Namen drauf«, erklärt Juneau Jane. »Sie hat den Karton aufgemacht, damit ich es mit eigenen Augen sehen kann. Das hier war das Einzige: ein Buch, in dem Mr. Washburn über Papas Grundstück Buch geführt hat – das Grundstück, das Lyle unberechtigterweise verkauft hat. Um den Jahreswechsel hörten die Einträge auf, deshalb müssen wir...«

»Psst.« Ich packe ihre Hand, mit der anderen Missys und sehe zu, wie auf der anderen Straßenseite drei Männer auf das Gebäude zugehen – zwei Weiße und ein großer schlanker Kerl mit brauner Haut wie eine Pekannuss, dessen Hand auf seiner Pistole im Holster steckt. Die gemessenen, weit ausholenden Schritte des Mannes würde ich aus Tausenden heraus erkennen.

Moses sieht direkt zu mir herüber, als ich Missy und Juneau Jane tiefer in die Schatten ziehe. Seine Augen kann ich unter der Hutkrempe nicht erkennen, dafür spüre ich seinen Blick. Er zieht das Kinn ein wenig zurück und legt den Kopf schief.

Gleichzeitig verlangsamt er seine Schritte und bleibt einen Meter hinter den beiden anderen Männern zurück. Ich warte nur darauf, dass die Kugel kommt.

Nur eine Frage geht mir durch den Kopf.
Wen von uns erschießt er zuerst?

VERMISST

Sehr geehrter Herr Chefredakteur – ich habe John Rowden aus dem County St. Charles in Missouri gehört. Mein Name war Clarissa, und ich wurde an Mr. Kerle, einen Plantagenbesitzer, verkauft. Meine Mutter hieß Perline. Ich war das jüngste der ersten Kinder meiner Mutter und hatte eine Schwester namens Sephrony und einen Bruder, Anderson. Über die Kinder aus der zweiten Verbindung meiner Mutter weiß ich nichts. Mein Stiefvater hieß Sam, war Tischler und gehörte ebenfalls Mr. Rowden. Ich war acht oder neun, als ich verkauft wurde. Zu der Zeit kamen Polk und Dallas an die Macht. Da war ich zehn, das weiß ich noch. Ich würde gern erfahren, ob es noch lebende Verwandte von mir gibt und wo genau sie heute leben, ebenso ihre Namen, damit ich ihnen schreiben kann. Versucht habe ich es schon, aber nie eine Antwort bekommen. Ich bin ganz allein auf der Welt, deshalb wäre es mein größtes Glück zu erfahren, ob ich noch irgendwo Familie habe. Sollten meine Mutter und meine Geschwister tot sein, gibt es bestimmt Nichten und Neffen, die noch am Leben sind. Ich hoffe inbrünstig, dass ich mit Gottes Hilfe schon bald Nachricht bekomme. Ich verbleibe hochachtungsvoll Clarissa (inzwischen Ann). Mrs. Ann Read, 246 Customhouse Street, zwischen Marais und Treme Street, New Orleans.

»Vermisst«-Rubrik im *Southwestern*,
19. Januar 1882

KAPITEL 18

Benny Silva
- -

AUGUSTINE, LOUISIANA, 1987

Ich wache auf und sehe mich um, stelle verblüfft fest, dass ich in meinem behaglichen Lehnsessel sitze. Die Kuscheldecke, die Christopher mir letztes Jahr zum Geburtstag geschenkt hat, liegt über mir ausgebreitet. Ich ziehe sie bis zum Kinn hoch, während ich gegen die Sonnenstrahlen auf dem alten Zypressenholzboden anblinzle.

Ich schüttle meinen Arm aus und reibe mir die Stirn, als mein Blick auf ein bestrumpftes Paar Männerfüße fällt, die an den Knöcheln gekreuzt auf der Holzkiste liegen, die ich vor ein paar Jahren aus einem Müllcontainer in der Nähe des Campus gerettet und zum Couchtisch umfunktioniert habe. Die Socken erkenne ich nicht, ebenso wenig die abgetragenen Jagdstiefel auf dem Fußboden daneben.

Und dann fällt der Groschen. Es ist Morgen, und ich bin nicht allein. In einem Anflug wirrer Panik betaste ich meinen Arm, meine Schulter, meine Beine. Ich bin vollständig bekleidet, und im Zimmer scheint nichts zu fehlen. Erleichterung durchströmt mich.

Allmählich kehrt die Erinnerung an den gestrigen Abend zurück, anfangs ganz langsam, dann immer schneller und schneller: Ich erinnere mich, dass ich allerlei Material in Goswood Grove House und sogar ein paar Schätze aus der hiesigen Bibliothek zusammengesammelt habe, um für meine Begegnung mit Nathan gerüstet zu sein. Er war spät dran, deshalb hatte ich schon Angst, er käme vielleicht überhaupt nicht.

Doch dann stand er auf der Veranda, mit einer Entschuldigung auf den Lippen und einer Kuchenschachtel als Geschenk in der Hand. »Das ist ein so genannter Doberg Cake, eine Spezialität in Louisiana«, erklärte er. »Ich hatte das Gefühl, ich müsste mich entschuldigen, weil ich Sie belästige. Bestimmt haben Sie an einem Freitagabend Besseres zu tun.«

»Das sieht nach einer hammermäßigen Entschuldigung aus.« Ich nahm das bestimmt anderthalb Kilo schwere Ungetüm entgegen und trat zur Seite, um ihn hereinzulassen. Wir lachten – das nervöse Lachen von zwei Menschen, die nicht recht wissen, wie sie miteinander umgehen sollen.

»Ich würde Ihnen gern ein wenig von dem zeigen, weshalb ich Sie hergebeten habe«, sagte ich schließlich. »Danach können wir etwas essen und Eistee trinken.« Ich bot bewusst weder Wein noch Bier an, um dem Ganzen keinen Date-Charakter zu verleihen.

Erst Stunden später fiel uns wieder ein, dass ich ja etwas aus dem Cluck and Oink mitgenommen hatte und der Kuchen noch dastand. Zu meiner Erleichterung stand Nathan der Geschichte seiner Familie bei weitem nicht so desinteressiert gegenüber, wie ich gedacht hatte. Die vielschichtige Geschichte von Goswood Grove schlug uns in ihren Bann, als wir uns durch alte Erstausgaben, Geschäftsbücher mit An- und Verkäufen und Ernteerträgen arbeiteten und in Journalen mit detaillierten Angaben über den Plantagenalltag und zwischen Büchern versteckten Briefen blätterten. Bei den Briefen handelte es sich um die Ausführungen einer Zehnjährigen, in denen sie ihrem Vater über ihren Alltag in einer von Nonnen geführten Schule berichtete, die damals banal gewesen sein mochten, sich heutzutage hingegen überaus spannend und aufschlussreich lasen.

Die Familienbibel hielt ich bis zum Schluss zurück und richtete sein Augenmerk zunächst auf harmlosere, angenehmere Dinge, wobei ich mich die ganze Zeit fragte, was die moralisch fragwürdigen Bestandteile seines Erbes wohl in ihm auslösen würden. Natürlich wusste er über die Geschichte seiner Familie Bescheid, war sich darüber im Klaren, was Goswood Grove zu Zeiten der Sklaverei gewesen sein musste. Doch wie würde er reagieren, wenn er mit den Realitäten konfrontiert war, wenn auch durch ein Teleobjektiv aus vergilbtem Papier und verblasster Tinte?

Die Frage beschäftigte mich, beschwor sogar einige Geister meiner eigenen Vergangenheit herauf; Tatsachen, denen ich mich all die Jahre nur zu gern entzogen und sie nicht einmal Christopher hatte anvertrauen wollen, weil er so eine idyllische Kindheit verlebt hatte, und ich fürchtete, er könnte mich nicht mehr mit denselben Augen betrachten, wenn er alles über mich wüsste. Als am Ende doch alles ans Licht kam, fühlte er sich verraten. Die Tatsache drängte sich wie ein Keil zwischen uns.

Erst spät am Abend gab ich Nathan die alte ledergebundene Bibel mit all den Geburts- und Sterbedaten, den Aufzeichnungen über den Kauf und Verkauf menschlicher Seelen, und die Babys, deren genaue Elternschaft nicht dokumentiert war, weil so etwas damals nicht öffentlich gemacht wurde. Und dazu die gerasterte Karte mit dem Friedhof, der sich unter dem heutigen Obstgarten verbirgt – letzte Ruhestätten, die allenfalls durch einen unbehauenen Stein oder ein Stückchen Holz markiert waren, längst zerstört von Wind, Wasser und Stürmen.

Ich ließ ihn allein damit und ging in die Küche, um das Geschirr abzuwaschen und die Reste wegzuräumen, hantierte mit Tellern herum, schenkte uns Eistee nach, während er am Tisch sitzen blieb und murmelte, an sich selbst oder mich gewandt, wie seltsam es sei, all das schwarz auf weiß zu sehen.

»Es ist entsetzlich, sehen zu müssen, wie die eigene Familie Menschen gekauft und wieder verkauft hat«, sagte er mit ernster Miene und lehnte den Kopf an die Wand hinter sich, während seine Hände rechts und links neben den Dokumenten seiner Vorfahren auf dem Tisch ruhten. »Ich habe nie verstanden, weshalb Robin unbedingt herkommen und hier leben wollte. Weshalb es ihr so wichtig war, so tief in alledem herumzugraben.«

»Es ist Geschichte«, wandte ich ein. »Ich versuche meinen Schülern ständig klarzumachen, dass jeder eine Geschichte hat. Bloß weil wir nicht immer glücklich über die Wahrheit sind, muss das nicht bedeuten, dass wir nicht darüber Bescheid wissen sollten. Nur auf diese Weise lernen wir und können es in Zukunft besser machen. Das hoffe ich zumindest.«

In meiner eigenen Familie gab es Gerüchte, die Eltern meines Vaters hätten hohe Positionen innerhalb des Mussolini-Regimes innegehabt und somit auf Kosten von Millionen von Menschenleben die Achse des Bösen bei ihrem Streben nach Weltherrschaft unterstützt. Nach dem Krieg hatten sich meine Großeltern wieder klammheimlich unters Volk gemischt, es dabei aber geschafft, sich ihren durch menschenverachtende Machenschaften erworbenen Reichtum zu bewahren. Ich habe nie ernsthaft erwogen, den Gerüchten auf den Grund zu gehen, weil ich es schlicht nicht wissen wollte.

Keine Ahnung, wieso, aber all das hatte ich Nathan erzählt, nachdem ich ins Wohnzimmer zurückkehrt war und mich neben ihm aufs Sofa gesetzt hatte. »Ich nehme an, das macht mich zur Heuchlerin, weil ich Sie zwinge, sich mit Ihrer Familiengeschichte zu konfrontieren, ohne dass ich dasselbe täte«, räumte ich ein. »Mein Vater und ich standen uns nie sonderlich nahe.«

Wir unterhielten uns über unsere jeweiligen Beziehungen zu unseren Eltern – vielleicht waren früh durch Tod oder Scheidung verlorene Väter ein erträglicheres Thema als über Generationen hinweg betriebener Menschenhandel.

Anschließend blätterten wir durch die Tagesjournale der Plantage, in denen der geschäftliche und private Alltag detailliert dargelegt war – Gewinne und Verluste, sowohl in finanzieller Hinsicht, aber auch auf andere Art – menschlich.

Ich beugte mich vor und versuchte, die ausführliche Beschreibung über den Tod eines siebenjährigen Jungen, der gemeinsam mit seinem vierjährigen Bruder und seiner elf Monate alten Schwester gestorben war, zu entziffern. Die Mutter, Carlessa, eine Feldarbeiterin, hatte die drei Kleinen in der Sklavenhütte zurückgelassen. Zweifellos war sie nicht freiwillig um vier Uhr morgens zur Ernte auf dem Zuckerrohrfeld losgezogen. Höchstwahrscheinlich hatte sie die Hütte abgeschlossen, damit den Kindern nichts passierte und sie nicht unbeaufsichtigt draußen herumstromerten. Vielleicht hatte sie auch noch einmal nach ihnen gesehen, als sie über Mittag zurückkam, hatte dem Siebenjährigen aufgetragen, sich um seine beiden Geschwister zu kümmern. Vielleicht hatte sie auch die knapp einjährige Athene noch einmal gestillt und anschließend zu einem Mittagsschläfchen hingelegt. Vielleicht hatte sie auf der Schwelle gestanden, besorgt, verängstigt und betrübt wie jede Mutter, die ihre Kinder allein lassen muss.

Vielleicht war ihr aufgefallen, wie kalt es in der Hütte war, und sie hatte zu ihrem Ältesten gesagt: »Hol eine Decke für dich und deinen Bruder, in die ihr euch einwickeln könnt. Und wenn Athene aufwacht, nehmt ihr sie auf den Arm, tragt sie ein Weilchen herum und spielt mit ihr. Wenn es dunkel wird, bin ich wieder hier.«

Und vielleicht hatte sie ihm auch noch eingeschärft: »Komm bloß nicht auf die Idee, das Feuer anzuzünden, hörst du?«

Aber genau das tat er.

Carlessa wurden an diesem Tag ihre Kinder genommen, alle drei. Dieser grauenvolle Schicksalsschlag ist in dem Journal verzeichnet und endet mit einem Eintrag des Masters oder der Mistress oder eines Aufsehers – die Handschriften variieren, was darauf schließen lässt, dass mehrere Personen es führten.

7. November 1858. Ein furchtbarer Tag. Ein Brand in den Quartieren der Sklaven. Und diese drei wurden uns genommen.

Die Worte, ein *furchtbarer* Tag, lassen Interpretationen zu. Waren sie ein Hinweis auf Gewissensbisse des Verfassers, der mit dem Stift in der Hand am Schreibtisch gesessen hatte, während der Geruch nach Asche und Ruß noch in seinem Haar und seinen Kleidern hing? Oder waren sie ein Zeichen dafür, dass er oder sie jede Verantwortung für die Umstände von sich wies, die zum jähen, brutalen Tod der drei Kinder geführt hatten? War der Tag furchtbar, nicht aber die Tatsache, dass Menschen wie Gefangene gehalten und Frauen gezwungen wurden, ihre Kinder unbeaufsichtigt zurückzulassen, während sie ohne Bezahlung schufteten, nur damit der Besitzer sich die Taschen vollstopfen konnte?

Das Begräbnis der drei Kinder war ebenfalls festgehalten,

in derselben Woche, allerdings in einem sachlichen Tonfall, lediglich darauf ausgelegt, das Ereignis zu dokumentieren.

Es wurde später und später, während Nathan und ich uns durch die Aufzeichnungen arbeiteten; wir saßen auf dem Sofa, so dicht beieinander, dass sich unsere Knie berührten und unsere Finger einander streiften, wenn wir versuchten, die Einträge zu entziffern, die die Jahrzehnte hatten verblassen lassen.

Ich versuche, mich zu erinnern, wann ich mich hingelegt habe, wie ich in diesen Sessel gekommen bin.

»Wie spät ist es?«, krächze ich schlaftrunken, setze mich auf und sehe zum Fenster.

Nathan hebt den Kopf – wahrscheinlich hat auch er ein wenig gedöst – und sieht mich an. Seine Augen sind rot gerändert und müde, sein Haar ist zerzaust. Ich frage mich, ob er überhaupt geschlafen hat. Zumindest hat er irgendwann die Stiefel ausgezogen und es sich ein wenig bequem gemacht, außerdem hat er sich einen Stapel Blankopapier aus meinen Schulsachen genommen. Mehrere mit Notizen gefüllte Seiten liegen auf dem Couchtisch.

»Eigentlich wollte ich nicht so lange bleiben«, sagt er, »aber ich bin eingeschlafen, und dann wollte ich noch schnell die Rasterkarte des Friedhofs abzeichnen. Das Problem ist, dass der Erweiterungsvertrag mit der Friedhofsverwaltung unterschrieben ist, dort aber überall Leute begraben liegen. Ich muss herausfinden, ob man irgendwie einschätzen kann, wo das Areal anfängt und wo es aufhört.« Er deutet auf die im Buch verzeichneten Grabplätze.

»Sie hätten mir etwas an den Kopf werfen sollen, damit ich aufwache und Ihnen helfe.«

»Sie schienen es recht bequem dort drüben zu haben.« Er lächelt. Die Morgensonne spiegelt sich in seinen Augen, ein angenehmes Prickeln überläuft mich.

Unmittelbar gefolgt von Entsetzen.

Nein, sage ich mir mit aller Entschlossenheit. *Ganz entschieden und eindeutig Nein.* Ich befinde mich in einer Lebensphase, die von Entwurzelung, Einsamkeit, Ungewissheit und Verlorenheit bestimmt wird, und inzwischen habe ich genug über Nathan erfahren, um zu wissen, dass es bei ihm ganz ähnlich aussieht. Wir stellen ein Risiko für den jeweils anderen dar. Ich befinde mich auf dem Weg der Besserung, er hingegen ... keine Ahnung, aber jetzt ist nicht der Zeitpunkt, es herauszufinden.

»Ich bin eben geblieben und habe gelesen, während Sie eingenickt waren«, erklärt er. »Wahrscheinich hätte ich lieber in die Stadt fahren und mich dort in einem Motel einquartieren sollen.«

»Das wäre doch albern gewesen, außerdem gibt es nur ein Motel in Augustine, und das ist fürchterlich. Ich habe meine erste Nacht dort verbracht.« Eigentlich ist es ein bisschen traurig, dass er das sagt, weil dies doch die Heimatstadt seiner Familie ist, seinen beiden Onkeln der Löwenanteil von allem hier gehört und er selbst nicht nur der Besitzer meines Hauses, sondern auch eines riesigen Anwesens direkt um die Ecke ist, während er davon redet, sich in einem Motel einquartieren zu müssen.

»Die Nachbarn fangen bestimmt nicht an, Gerüchte über uns in Umlauf zu bringen.« Ich ziehe mit Absicht den alten Friedhofsjoke heran, um ihm zu signalisieren, dass ich keinerlei Befürchtungen habe, mein Ruf könnte leiden. »Und falls sie es doch tun sollten und wir sie hören könnten, dann würde ich mir langsam Sorgen machen.«

Ein Grübchen erscheint in seiner sonnengebräunten Wange – ein so berührender Anblick, dass ich lieber nicht weiter darüber nachdenken sollte, also tue ich es nicht. Obwohl ich mich bei der Frage ertappe, wie viel jünger als ich er wohl sein mag. Ein, zwei Jahre, nehme ich an.

Wieder ermahne ich mich, damit aufzuhören.

Seine Bemerkung ist das perfekte Stichwort, um wieder zur Sache zu kommen. Wir waren so mit unserer Reise in die Vergangenheit beschäftigt, dass ich gar nicht dazu gekommen bin, ihm den zweiten Grund zu nennen, weshalb ich seine Zeit in Anspruch nehmen wollte – jenseits der Frage nach dem Wert der Bücher und seiner Meinung darüber, sie zu spenden und zu überlegen, wie die Journale und sonstigen Dokumente der Plantage angemessen behandelt und erhalten werden können.

»Bevor ich Sie gehen lasse, würde ich gern noch etwas mit Ihnen besprechen«, sage ich. »Ich wollte das Material eigentlich für meine Klasse verwenden. So viele der Familien in Augustine sind seit Generationen hier ansässig, und die meisten sind auf die eine oder andere Art eng mit Goswood verbunden.« Ich sehe ihn an, warte auf eine Reaktion, doch es kommt nichts. Stattdessen scheint er beinahe leidenschaftslos zuzuhören. »Die Namen, die in all den Journalen stehen, in den Aufzeichnungen über Käufe und Verkäufe, über Geburten und Tode und Begräbnisse – selbst von den Sklaven, die von anderen Plantagen entlang der River Road ausgeliehen oder dorthin verliehen wurden, und der Händler, die hier gearbeitet oder den Gossetts Waren verkauft haben und all das –, wurden von einer Generation an die nächste weitergegeben. Sie stehen in meinem Klassenbuch, werden über Lautsprecher während eines Footballmatches durchgesagt und im Lehrerzimmer erwähnt.« Gesichter kommen mir in den Sinn, alle möglichen. Auch wenn ich mir das bisher nicht zur Gänze vor Augen geführt habe, ist mir doch bewusst, weshalb es schwarze und weiße Gossetts hier gibt. Sie alle sind über die komplexe Geschichte in dieser Bibel miteinander verbunden, über die Tatsache, dass die Sklaven auf der Plantage den Nachnamen ihres Besitzers trugen. Einige haben ihn nach der Befreiung geändert, andere nicht.

Willie Tobias Gossett ist der siebenjährige Junge, der vor über hundert Jahren gemeinsam mit seinem vierjährigen Bruder und seiner elf Monate alten Schwester Athene hier begraben wurde – Carlessas Kinder, die in einer Hütte verbrannten, weil sie darin eingesperrt waren. Und alles, was von Willie Tobias weiterlebt, ist ein Eintrag in dieser akribisch geführten Gräberkarte, die nun neben Nathan Gossetts Hand auf meinem Tisch liegt.

Tobias Gossett hingegen ist ein sechsjähriger Junge, der ganz allein und unbeaufsichtigt im Spiderman-Schlafanzug auf den Straßen und Feldwegen herumstreift, mit einem Namen, der über Generationen weitergegeben wurde wie ein Erbstück längst verstorbener Vorfahren, die außer ihren Namen und Geschichten nichts hatten, was sie ihren Kindern und Kindeskindern hätten hinterlassen können.

»Die Kinder in der Schule haben sich ein Projekt überlegt. Ganz allein. Und ich halte es für eine gute Idee ... eine tolle sogar.«

Da er immer noch zuhört, fahre ich fort und beschreibe den Auftritt meiner Gastautorin vom Vortag, die Geschichte der Carnegie-Bibliothek, die Reaktion meiner Schüler und die Idee, die daraus entstanden ist. »Und das Ganze kam nur zustande, weil ich ihr Interesse fürs Lesen und Schreiben wecken wollte. Ziel war, sie von den Büchern auf dem Lehrplan, die sie als irrelevant empfinden, zu wahren, persönlichen Geschichten zu führen – zur Geschichte ihrer eigenen Stadt, mit der sie tagtäglich konfrontiert sind. Heute fragen sich die Leute, weshalb Kinder keinen Respekt für sich selbst oder ihre Heimatstadt mehr besitzen oder weshalb sie ihren eigenen Namen nicht ehren. Die Antwort lautet, weil sie nicht wissen, was ihr Name in Wahrheit bedeutet. Sie kennen die Geschichte ihrer Heimatstadt nicht.«

Ich sehe förmlich, wie sich die Rädchen in seinem Kopf drehen, während er sich langsam das stoppelige Kinn reibt. Meine Begeisterung überträgt sich auf ihn. Glaube ich. Hoffe ich.

Ich fahre fort. »Das ganze Projekt soll auf eine Veranstaltung namens *Geschichten aus der Gruft* hinauslaufen. Es handelt sich offenbar um eine Art Friedhofstour, wie sie in New Orleans angeboten wird. Ziel ist, jemanden auszuwählen, der hier in der Stadt gelebt hat und gestorben ist, und über diese Person zu schreiben. Es könnte auch jemand hier von der Plantage sein oder ein Vorfahr. Für das große Finale, das womöglich auch als Benefizveranstaltung geplant werden könnte, wollen sie sich kostümieren und sich als lebende Zeugen neben die Grabstätte stellen, um die jeweilige Geschichte im Zuge einer Friedhofstour zu erzählen. Auf diese Weise könnte jeder erkennen, wie eng all die Geschichten miteinander verbunden sind, weshalb sie uns heute noch nützlich sein können.«

Er blickt auf das Plantagenjournal in seinem Schoß und streicht behutsam mit dem Daumen über die Seitenkante. »Robin wäre begeistert gewesen. Meine Schwester hatte alle möglichen Ideen, was Goswood betrifft. Sie wollte das Haus renovieren, seine Vergangenheit dokumentieren, die Gärten auf Vordermann bringen. Sie wollte ein Museum eröffnen, das sich allen Menschen von Goswood widmet, nicht nur denjenigen, die in den Himmelbetten im Herrenhaus geschlafen haben. Robin hatte schon immer hochfliegende Pläne. Sie war eine Träumerin. Deshalb hat der Richter ihr das Haus hinterlassen.«

»Klingt nach einem ganz wunderbaren Menschen.« Ich versuche, mir seine Schwester vorzustellen – sieben Jahre älter, aber dieselben blaugrünen Augen, dasselbe Lächeln, mittelbraunes Haar wie Nathan, nur mit feineren Zügen und einem zarteren Körperbau.

Allein bei ihrer Erwähnung wirkt er zutiefst bedrückt, gewiss hat er sie von Herzen geliebt. »Sie bräuchten Robin, nicht mich«, sagt er.

»Aber wir haben Sie jetzt«, erwidere ich leise und behutsam. »Ich weiß, dass Sie sehr beschäftigt sind und nicht hier in der Stadt leben und all das hier...« Ich mache eine Geste auf die Unterlagen, in denen er die ganze Nacht gelesen hat. »All das hier interessiert Sie nicht. Ich wäre Ihnen unendlich dankbar, wenn meine Schüler für ihr Projekt Einblick in die Dokumente nehmen dürften, aber viele werden ihre Vorfahren auf dem inoffiziellen Friedhof finden. Deshalb brauchen wir Ihre Erlaubnis, das Grundstück hinter dem Haus zu betreten, denn dieses Grundstück gehört ja Ihnen.«

Viel Zeit vergeht, während er um eine Antwort ringt. Mehrmals setzt er an, hält inne. Sein Blick schweift über die Unterlagen auf dem Couchtisch, dem Esstisch, dem Sofa, er runzelt die Stirn, schließt die Augen, sein Mund wird zu einer schmalen Linie, als er gegen Gefühle ankämpft, die er vor mir verbergen will. Er ist nicht bereit für all das. Das Ganze ist eine Quelle des Schmerzes für ihn, deren Ursprung ich wohl niemals ganz werde nachvollziehen können. Ist es der Tod seiner Schwester, seines Vaters, seines Großvaters oder aber die Realität der Schicksale der Menschen in der Geschichte von Goswood Grove?

Eigentlich möchte ich ihm den Druck gern von den Schultern nehmen, kann mich aber nicht durchringen, etwas Entsprechendes zu sagen. Ich bin es meinen Schülern schuldig, dieses Projekt umzusetzen, bevor Gott weiß was mit den Dokumenten und Goswood Grove selbst geschieht.

Nathan rutscht ein Stück auf dem Sofa nach vorn, und einen Moment lang bin ich sicher, dass er aufstehen und gehen wird. Mein Pulsschlag beschleunigt sich.

Schließlich beugt er sich vor, stützt die Ellbogen auf die Knie und starrt aus dem Fenster. »Ich hasse dieses Haus.« Er ballt die Fäuste. »Es ist ein Fluch. Mein Vater ist dort gestorben, mein Großvater ist dort gestorben. Und wäre Robin nicht so davon besessen gewesen, sich mit meinen Onkeln darum zu streiten, hätte sie ihre Herzprobleme nicht auf die leichte Schulter genommen. Ich habe doch gemerkt, wie schlecht sie bei meinem letzten Besuch ausgesehen hat. Sie wollte sich nicht eingestehen, dass all das zu viel für sie war. Vierzehn Monate lang hat sie wegen ihrer Pläne für das Haus mit allen im Clinch gelegen – mit den Brüdern meines Vaters, mit der Gemeinde, mit den Anwälten. Hier in Augustine haben Will und Manford überall ihre Finger drin, in sämtlichen Gremien und Organisationen. Das hat meine Schwester während der letzten Jahre ihres Lebens innerlich aufgefressen, und genau darüber haben wir uns gestritten, als wir das letzte Mal zusammen da waren.« Tränen glitzern bei der Erinnerung in seinen Augen. »Aber Robin hatte meinem Großvater in die Hand versprochen, sich um das Haus zu kümmern, und sie war ein Mensch, der Wort hielt. Das einzige Versprechen, das sie je gebrochen hat, war, nicht zu sterben. Sie hatte es mir gegeben...«

»Es tut mir so leid, Nathan«, flüstere ich. »Ich wollte nicht... ich habe nicht versucht...«

»Schon gut.« Mit dem Daumen und Zeigefinger reibt er sich die Augen, holt tief Luft und setzt sich auf, versucht, seine Gefühle wieder in den Griff zu bekommen. »Sie sind nicht von hier.« Er sieht mich an. Unsere Blicke begegnen sich, halten einander fest. »Ich verstehe sehr gut, was Sie gerade versuchen, Benny. Ich bewundere es und verstehe auch, wie wichtig Ihnen das ist. Aber Sie haben keine Ahnung, was Sie da lostreten.«

KAPITEL 19

Hannie Gossett

TEXAS, 1875

Als ich aufwache, bin ich auf den Knien. Der Boden unter mir wackelt und schwankt, als hätte ich mich auf eine Gewitterwolke geschwungen, die übers Land zieht. Holzsplitter dringen durch meine Kniehose und bohren sich tief in meine Haut.

In der Ferne sehe ich meine Leute. Mama, all meine Geschwister und Cousinen stehen im Sonnenschein. Sie haben ihre Lastkörbe abgesetzt, heben die Hände und blicken nach oben, um zu sehen, wer nach ihren ruft.

»Mama, Hardy, Het, Prat, Epheme«, rufe ich. »Easter, Ike, Aunt Jenny, Mary Angel, ich bin hier! Mama, komm dein Kind holen! Ich bin hier! Seht ihr mich nicht?«

Ich strecke die Hand nach Mama aus, doch dann ist sie weg, und als ich die Augen aufschlage, ist bloß der schwarze Himmel über mir. Der Wind bläst mir ins Gesicht, weht heiße Ascheflöckchen aus dem Schornstein des Zugs heran, der uns nach Westen bringt. Mama ist nicht da. War sie auch nie. Sie ist nur ein Traum. Wieder mal. Je weiter wir nach Texas kommen, umso häufiger sehe ich sie vor mir, sobald ich die Augen zumache.

Ist das ein Zeichen?

Mit einem Ruck zieht Juneau Jane mich runter. Sie hat ein Seil um meine Taille gewickelt, damit ich nicht versehentlich im Schlaf über die Kante des Flachwagens falle, dann um Missy Lavinia und schließlich um sich selbst. Wir konnten Missy Lavinia nicht einfach in Jefferson zurücklassen; nicht nachdem Moses uns so dicht auf den Fersen war. Ich hab keine Ahnung, weshalb er uns nicht alle drei auf der Straße erschossen hat. Und eigentlich will ich es auch gar nicht wissen.

Stattdessen hat er kehrtgemacht und ist den anderen Männern gefolgt, während wir zugesehen haben, dass wir schleunigst auf diesen Zug kommen und Land gewinnen.

Ein Vergnügen ist es nicht, auf dem Flachwagen zu hocken, während der Fahrtwind heiße Asche über unsere Köpfe hinwegfliegen lässt. Zwar hab ich schon früher Züge gesehen, bin aber noch nie in einem mitgefahren. Ich konnte mir nicht vorstellen, dass es mir gefallen würde, und das tut es auch nicht, allerdings war es die einzige Möglichkeit, aus Jefferson wegzukommen. Der Zug fährt nach Westen und ist so voll mit Waren, Vieh und Fahrgästen, dass kaum noch ein freies Plätzchen zu finden ist. Die Leute sitzen sogar oben auf den Waggons oder in den Boxen bei ihrem Vieh oder aber auf den Flachwagen zwischen den Gütern, so wie wir. Hier und da springen welche vom Zug, wenn er gerade einmal so langsam fährt, damit ein Postsack abgeworfen oder mit einem Haken aufgesammelt werden kann.

Wir fahren aber weiter bis zur Endstation, vorbei an einer Kleinstadt namens Dallas, bis Eagle Ford am Trinity River, wo die Texas and Pacific Railway endet, bis sie eines Tages weiter gen Westen ausgebaut werden wird. Von Eagle Ford aus müssen wir den Fluss überqueren, dann geht es zu Fuß oder auf einem Wagen mehr als eine Tagesreise weit nach Fort Worth, wo wir hoffen, entweder Old Mister oder den Anwalt zu finden ... oder zumindest mehr über sie in Erfahrung zu bringen.

Ich hab noch nie so eine Landschaft gesehen. Je weiter wir auf diesem rumpelnden, wackligen Ungeheuer nach Westen kommen, umso mehr verändert sich die Umgebung. Weit und breit ist nichts mehr von den Kiefernwäldern zu sehen, wie ich sie rund um Texas gesehen habe. Stattdessen zieht sich Meile um Meile eine endlose, leicht hügelige Grassteppe dahin, mit Ulmen und Eichen, die die kleinen Flüsse und ausgetrockneten Wasserlöcher säumen.

Ein seltsames Land. So kahl und leer.

Ich setzte mich neben Missy, die sich an meinem Hemd festkrallt. Auch sie fürchtet sich.

»Still«, ermahne ich sie. »Es ist alles in Ordnung. Sei still und bleib ganz ruhig sitzen.« Ich blicke auf die vom fahlen Mondschein erhellten Hügel und Ebenen hinaus, auf die Bäume, die in der Dunkelheit an uns vorbeifliegen. Weit und breit ist kein Licht zu sehen, weder ein erhelltes Farmhaus noch ein Lagerfeuer.

Schließlich falle ich in tiefen Schlaf, und diesmal begegnet mir nicht Mama im Traum, und ich befinde mich auch nicht auf dem Sklavenmarkt oder sehe die kleine Mary Angel auf dem Sklavenblock stehen. Stattdessen bin ich von nichts als friedlicher Stille erfüllt, einer Stille, in der weder Raum noch Zeit wichtig sind.

Es ist, als wären gerade einmal ein paar Sekunden vergangen, als mich Lärm aus dem Schlaf reißt. Juneau Jane rüttelt mich, Missy gräbt wimmernd ihre Finger in meinen Arm. Von irgendwoher dringt Musik, vermischt mit dem Mahlen und Stoßen einer Getreidemühle. Mein Nacken tut weh, weil mein Kopf im Schlaf zur Seite gekippt ist, und meine Wimpern sind von Wind und Schmutz verklebt. Mühsam öffne ich die Augen. Es ist immer noch dunkel. Der Mond ist verschwunden, dafür stehen zahllose Sterne am Himmel.

Der Zug rollt langsam dahin, leicht schwankend, wie eine Mama, die ihr Kind wiegt, zu verloren in seinen Anblick, um sich wegen der Plackerei zu sorgen, die sie hinter sich hat oder die am nächsten Tag wieder vor ihr liegt.

Schließlich kommt der Zug zum Stehen. Augenblicke später herrschen schlagartig Lärm und wildes Durcheinander – Männer und Frauen, Pferde, Hunde, Waggons, Handwagen, das reinste Tohuwabohu. »Töpfe, Pfannen, Kessel! Pökelfleisch, Schweinespeck!«, ruft ein Marktschreier.

»Schöne Eimer, scharfe Äxte, Wachstuch, Schaufeln...«, schreit ein anderer.

»*Oh Shenandoah*«, singt einer, worauf eine Frau laut und schrill lacht.

Obwohl es mitten in der Nacht ist und die Leute eigentlich schlafen sollten, veranstalten Mensch und Tier einen Heidenlärm, der von überallher zu kommen scheint, von allen Seiten nichts als Lärm und Getöse.

Wir steigen aus und suchen uns einen Platz auf einem Holzsteg unter einer Gaslampe, wo wir vor vorbeirumpelnden Wagen und stolpernden Pferden sicher sind, während ringsum warnende Rufe ertönen. »Pass doch auf, Tölpel« und »Hü, Bess! Hü, Pat. Los geht's, macht schon!«

Ein Mann ruft etwas in einer Sprache, die ich noch nie gehört habe. Ein paar Pferde kommen aus der Dunkelheit gepresscht und stürmen mit klirrendem Zaumzeug die Straße entlang. Ein Kind verlangt brüllend nach seiner Mama.

Missy hält meinen Arm so fest umklammert, dass ich spüre, wie sich das Blut in meiner Hand staut. »Lass das. Du tust mir weh. Ich geh nicht den ganzen Weg nach Fort Worth, während du wie eine Klette an mir dranhängst.« Ich versuche, sie abzuschütteln, aber sie lässt nicht los.

Ein gescheckter Bulle trottet heran und an uns vorbei, ganz allein und scheinbar völlig ungerührt. Niemand führt ihn, hält ihn fest oder versucht, ihn aufzuhalten. Fahl schimmern seine weißen Schecken im Schein der Gaslampe, und seine Hörner sind so riesig, dass man bequem eine Hängematte zwischen ihnen spannen könnte. Die Lampe scheint ihm in die Augen, mitten ins Schwarze hinein, wo es bläulich rot reflektiert wird, während er schnaubend Staub und Dampf ausstößt.

»Hier ist es schrecklich«, sage ich zu Juneau Jane. Aber ich habe Angst, in Fort Worth könnte es noch schlimmer sein. Texas ist ein wildes, ungezähmtes Land, wenn man den Fluss erst einmal hinter sich lässt. »Ich würde lieber gleich losgehen, damit wir hier wegkommen.«

»Aber zuerst müssen wir zum Fluss«, wendet sie ein. »Wir müssen warten, bis es Tag wird, damit wir herausfinden, wie alle anderen auf die andere Seite kommen.«

»Stimmt auch wieder.« Ich gebe es ungern zu, doch sie hat recht. »Aber morgen früh können wir ja jemanden bezahlen, damit er uns auf einem Wagen mitnimmt.«

Wir gehen herum, hierhin und dorthin, um ein stilles Plätzchen für uns zu finden, aber die Leute verjagen uns, sobald sie uns sehen – drei heruntergekommene Jungs, farbig und weiß, einer davon ganz eindeutig wirr im Kopf, weshalb er an der Hand geführt werden muss, so was will keiner um sich haben. Am Ende gehen wir zum Fluss hinunter, wo sich die Wagenlager befinden, hocken uns ins Gebüsch, zusammengekauert wie verlorene Hundewelpen und in der Hoffnung, dass uns keiner zu nahe kommt.

Bald darauf graut der Morgen. Wir essen ein paar knochentrockene Kekse aus unserem Bündel und die letzten Bissen gepökelten Speck, die uns die Crew der *Katie P.* mitgegeben hat, dann verlassen wir unser Versteck und überqueren den Fluss im seichten Wasser. Der Weg ist nicht schwierig zu finden. Wir müssen bloß den Wagen folgen, die westwärts ziehen. Viele Leute kommen uns entgegen, die in ihren Karren unterwegs zur Bahnstation sind. Ganze Herden langhörniger Rinder stampfen an uns vorbei, angetrieben von derb aussehenden Männern und Jungs mit breitkrempigen Hüten und kniehohen Stiefeln. Manchmal scheint es eine ganze Stunde zu dauern, bis sie endlich vorübergezogen sind.

Es ist noch nicht einmal Mittag, als Missy in ihren neuen Schuhen aus Jefferson zu humpeln beginnt. Schweiß und Staub bedecken ihre Haut, sodass ihr das Hemd am Leib klebt. Ununterbrochen zieht und zerrt sie daran herum, sodass sich der Baumwollstreifen zu lösen droht, mit dem wir ihr die Brüste eingeschnürt haben. »Lass das. Hör auf damit«, ermahne ich sie ununterbrochen und schlage ihre Hand weg.

Irgendwann müssen wir ins Gras treten und Platz machen, damit zwei Wagen aneinander vorbeifahren können. Sobald ich Missy für einen Moment den Rücken zukehre, lässt sie sich im Schatten einer kleinen Sumpfeiche auf den Boden fallen und auch mit viel gutem Zureden nicht wieder zum Aufstehen bewegen.

Ich stelle mich an den Straßenrand und halte nach einem Wagen Ausschau, der uns gegen eine kleine Bezahlung mitnehmen könnte.

Ein Schwarzer mit einem freundlichen Gesicht erklärt sich bereit, uns auf seinem voll beladenen Karren mitzunehmen. Er entpuppt sich als ziemlich gesprächig. Rain heißt er, Pete

Rain. Sein Papa war ein Creek-Indianer, seine Mutter eine entlaufene Sklavin von einer Plantage, die Cherokees gehörte. Der Wagen und die Pferde gehören ihm, und er verdient seinen Lebensunterhalt, indem er Waren von der Bahnstation zu den Siedlungen und dann andere Waren zurück zur Bahnstation bringt, damit sie nach Osten weitertransportiert werden können. »Keine schlechte Arbeit«, sagt er. »Man muss bloß aufpassen, dass man nicht skalpiert wird.« Er zeigt uns die Einschusslöcher in der Seitenwand des Wagens und erzählt abenteuerliche Geschichten von bunt bemalten Kriegern, die Reisende aus dem Hinterhalt überfallen und sie ausrauben.

Den ganzen Tag erzählt er Geschichten – von den Indianern nördlich von hier, von den Kiowas und Komantschen, die ihre Reservate verlassen, durch die Gegend streunen, Pferde stehlen, Farmen anzünden und Menschen gefangen nehmen, deren Leichen sie manchmal aufgeschlitzt zurücklassen. »Die Burschen sind unberechenbar und tun, was ihnen gerade in den Sinn kommt. Der Krieg im Süden ist vorbei, aber hier tobt er immer weiter. Nehmt euch immer in Acht, auch vor Postkutschenräubern und solchem Gesindel. Und falls ihr einem begegnet, der sagt, er ist ein Marston Man, nehmt die Beine in die Hand und lauft. Die Bande ist das Allerschlimmste, und es werden jeden Tag mehr.«

Als die Nacht hereinbricht, sehen Juneau Jane und ich zweimal hinter jeden Strauch und Baum, halten die Nasen in die Luft, um sicherzugehen, ob nirgendwo ein Lagerfeuer brennt, und spitzen die Ohren aus Angst, ein Indianer, Wegelagerer oder einer der Marston Men könnte uns auflauern. Wir sind heilfroh, dass Pete Rain uns erlaubt, die Nacht neben ihm zu verbringen. Juneau Jane hilft ihm mit den Pferden und den Geschirren, während ich aus Reis, Pökelschinken und Bohnen einen Eintopf koche. Pete Rain schießt ein

Kaninchen, das wir ebenfalls dazugeben. Missy hockt bloß da und stiert ins Feuer.

»Was ist denn mit dem los?«, erkundigt sich Pete beim Essen. Ich muss Missy mit dem Löffel füttern, weil sie ihn nicht allein halten kann.

»Ich weiß es nicht.« Was weitgehend der Wahrheit entspricht. »Er ist in die Hände von ein paar schlimmen Männern geraten, und seitdem ist er so.«

»Armer Teufel«, murmelt Pete, reibt seinen Teller mit Sand sauber und lässt ihn in den Wassereimer fallen, ehe er sich nach hinten lehnt und zu den Sternen hinaufsieht. Der Sternenhimmel hier ist größer und heller, als ich ihn zu Hause je gesehen habe, und sieht viel breiter aus, so als erstreckte er sich vom einen Ende der Erde zum anderen.

Ich erzähle Pete von meinen drei blauen Perlen und frage ihn nach meinen Leuten. Vielleicht kennt er sie ja zufällig. Aber er kennt keinen.

Dann erzählt Juneau Jane ihm von den Briefen an die Zeitung, und er will mehr darüber wissen, also zieht sie die Zeitungen heraus. Ich spähe ihr über die Schulter, während sie mit dem Finger die einzelnen Worte nachfährt, sodass ich es mitverfolgen kann. Pete kennt keinen der Namen, sagt aber: »Ich hab eine Schwester irgendwo. Sklavenhändler haben sie geraubt und meine Mama umgebracht, während ich mit meinem Daddy auf der Jagd war. Das war 1852. Ich hab nie gedacht, dass ich meine Schwester jemals wiederfinde oder sie sich auch bloß an mich erinnert, trotzdem könntest du ja meinen Namen da draufschreiben. Ich geb dir die fünfzig Cent, und du sorgst dafür, dass mein Brief in diesem *Southwestern* gedruckt wird, und ich zahl dir auch das Porto, damit du ihn in Fort Worth für mich aufgeben kannst. Ich bleib nicht lange dort. Die Leute nennen die Stadt nicht umsonst *Hell's Half Acre*.«

Juneau Jane verspricht, ihm den Gefallen zu tun, doch anstelle der Zeitungen zieht sie das Journal aus dem Büro des Anwalts heraus und schlägt es auf. »Auf den Zeitungen ist kein Platz mehr, aber hier schon«, sagt sie.

»Ich bin dir wirklich dankbar.« Pete legt den Kopf auf seine verschränkten Arme und verfolgt eine Sternschnuppe am Himmel, bis sie verglüht. »Amalee, so hieß sie«, sagt er. »Amalee August Rain. Damals war sie noch zu klein, um ihren Namen auszusprechen, deshalb glaub ich nicht, dass sie ihn behalten hat.«

Juneau Jane beginnt zu schreiben und liest die Worte währenddessen laut vor. »*Amalee August Rain, Schwester von Pete Rain aus Weatherford, Texas. Verloren mit drei Jahren im September 1852 in den Indian Nations.*« Sie buchstabiert sie, sodass ich mir jedes einzelne vorstelle, bevor sie sie zu Papier bringt. Einige kriege ich richtig hin.

Als ich mich später am Abend hinlege, gehe ich im Geiste noch mal das gesamte Alphabet durch und zeichne die Buchstaben mit dem Finger vor dem seidig-schwarzen Himmel nach. *A für Amalee... R für Rain... T für Texas. H für Hannie.* Ich mache weiter, bis ich meine Hand nicht mehr oben halten kann und mir die Augen zufallen.

Als ich am Morgen aufwache und mich auf meiner Decke aufsetze, ist die Lampe am Haken beinahe erloschen, und Juneau Jane hockt im Schneidersitz mit dem Buch auf dem Schoß im Halbdunkel. Das Abhäutemesser liegt neben ihr auf der Erde, und von dem Bleistift ist kaum mehr als ein Stummel übrig. Ihre Augen sind blutunterlaufen und müde.

»Warst du die ganze Nacht wach?«, frage ich.

»Ja«, flüstert sie, weil Pete und Missy noch schlafen.

»Und du hast nur den Brief geschrieben, damit du ihn für Pete in Fort Worth aufgeben kannst?«

»Nein, noch was anderes.« Sie hält das Buch ins Morgenlicht. Seite um Seite ist mit Wörtern gefüllt. »Ich habe das ganze Buch vollgeschrieben.« Staunend betrachte ich ihre Arbeit. »Alle Seiten, sortiert nach dem Anfangsbuchstaben des Nachnamens.« Sie schlägt die Seite mit R auf – den Buchstaben kenne ich mittlerweile – und liest: »Amalee August Rain.«

Als ich mich neben sie setze, drückt sie mir das Buch in die Hand. Ich blättere die Seiten durch. »Das ist ja…«, flüstere ich. *Das Buch der Vermissten.*

»Genau«, bestätigt sie und reicht mir ein einzelnes Blatt Papier, das sie am Ende herausgerissen hat. »Das hier ist Petes Brief.«

Eine tiefe Sehnsucht ergreift Besitz von mir, und obwohl wir eigentlich Frühstück machen sollten, setze ich mich neben sie ins Gras. »Könntest du nicht noch eine Seite rausreißen und auch einen für mich schreiben? Noch ist ja ein bisschen was von dem Bleistift übrig. Ich möchte einen Brief für meine Familie… für die Zeitung.«

Sie sieht mich an. »Dafür haben wir später noch Zeit.« Sie sieht zu Pete und Missy hinüber. In den Eichen über uns beginnen die Vögel zu zwitschern.

»Ich weiß, außerdem hab ich keine fünfzig Cent, damit die Zeitung ihn auch druckt… und auch das Porto noch nicht.« Nur Gott allein weiß, wann ich einmal so viel Geld haben werde, um es für Worte in einer Zeitung auszugeben. »Aber ich möchte gern, dass du meinen Brief bei dir trägst. Bis der Zeitpunkt gekommen ist. Es wär so eine Art Hoffnungsschimmer, denke ich.«

»Ja, das wäre es wohl.« Sie schlägt das Buch ganz hinten auf, drückt den Umschlag zurück und fährt mit dem Fingernagel an der Seite entlang, ehe sie sie vorsichtig und ganz gerade herausreißt. »Und was soll drinstehen?«

»Na ja, ich will etwas Besonderes. Damit meine Leute nicht denken, ich bin...« Ich spüre ein Kitzeln im Hals, als hätte ein Vögelchen seine Federn aufgeplustert, und räuspere mich. »Sie sollen glauben, ich bin gescheit. Und anständig. Du schreibst es so, dass es wirklich gut wird, ja?«

Nickend setzt sie den Stift an, schließt für einen Moment die Augen. Wahrscheinlich fühlen sie sich nach der langen Nacht an, als wäre Sand unter ihren Lidern. »Und wie soll der Brief anfangen?«

Ich denke an die Zeit zurück, als ich noch ein kleines Mädchen war. »Und diesmal brauchst du mir die Wörter beim Schreiben nicht vorzulesen«, sage ich. »Schreib einfach bloß. *Sehr geehrter Herr Chefredakteur, ich wende mich an Sie, weil ich auf der Suche nach meiner Familie bin.*« Es gefällt mir, wie freundlich es klingt, aber dann weiß ich nicht mehr weiter. Die Worte wollen mir einfach nicht einfallen.

»*Très bien.*« Ich höre, wie der Bleistift über das Papier kratzt, ehe Stille einkehrt. Eine Taube gurrt, und Pete dreht sich im Schlaf um. »Erzähl mir von deinen Leuten«, sagt Juneau Jane. »Ihre Namen und was mit ihnen passiert ist.«

Die Lampe faucht und zischt. Schatten fallen auf meine geschlossenen Lider, erzählen mir die Geschichte, und ich erzähle sie Juneau Jane. »*Meine Mutter hieß Mittie. Mein Name ist Hannie Gossett, und ich bin das mittlere von neun Kindern.*« Die Melodie der Worte widerhallt in meinen Gedanken. Ich höre, wie Mama und ich sie aufsagen, wieder und wieder. »*Meine Geschwister hießen Hardy, Het, Pratt...*«

Plötzlich kann ich sie fühlen, sehe sie in den rosabraunen Schatten hinter meinen geschlossenen Augen tanzen. Als ich ende, sind meine Wangen tränennass und kühl von der morgendlichen Brise, meine Stimme belegt von der Einsamkeit, die im Ende der Geschichte nachhallt.

Pete regt sich stöhnend und seufzend auf seinem Lager, deshalb wische ich mir eilig die Tränen ab und nehme das Blatt entgegen, das Juneau Jane mir reicht, falte es zu einem kleinen Viereck zusammen, das ich von jetzt an immer bei mir tragen kann. Als Hoffnung.

»Vielleicht schicken wir ihn ja in Fort Worth ab«, sagt Juneau Jane. »Ich hab noch ein bisschen Geld vom Verkauf meines Pferdes übrig.«

Wieder muss ich schlucken, doch dann schüttle ich den Kopf. »Das sollten wir lieber aufheben und Essen davon kaufen. Ich schicke den Brief los, wenn ich genug Geld beisammenhabe. Gerade reicht es schon mal, dass ich ihn bei mir tragen kann.« Eisige Kälte breitet sich in mir aus, dringt bis tief in meine Knochen, als ich den Blick gen Westen schweifen lasse, quer über den ganzen Himmel, wo die letzten Sterne im Grau der Dämmerung verglühen. Früher hat meine Mama immer gesagt, die Sterne sind die Kochfeuer im Himmel, die Grandma und Grandpa und all die anderen, die vor uns gegangen sind, jeden Abend anzünden.

Bei dem Gedanken fühlt sich der Brief in meiner Hand auf einmal viel schwerer an. Was, wenn all meine Leute schon dort oben sind und sich um die Feuer versammelt haben? Falls keiner auf meinen Brief in der Zeitung antwortet, muss es so sein?

Später frage ich mich, ob Pete Rain wohl die gleichen Sorgen hat. Wir zeigen ihm seinen Brief auf dem restlichen Weg nach Fort Worth. »Ach, ich glaub, ich schick ihn lieber selber mit den fünfzig Cent«, sagt er ernst und steckt ihn ein. »Dann kann ich vorher noch ein Gebet sprechen.«

Ich beschließe, dasselbe auch mit meinem Brief zu tun, wenn die Zeit dafür gekommen ist.

Ehe sich unsere Wege trennen, reißt Juneau Jane noch

einen Fetzen Zeitungspapier ab und reicht ihn Pete Rain. »Hier steht die Adresse des *Southwestern* drauf, wo du deinen Brief hinschicken kannst«, sagt sie.

»Danke. Und ihr Jungs passt gut auf euch auf«, warnt er uns noch einmal, ehe er auch den Zettel einsteckt. »Fort Worth mag nicht die übelste Stadt für Farbige sein, zumindest nicht so schlimm wie Dallas, trotzdem geht's dort auch nicht unbedingt friedlich zu, schon gar nicht, seit die Marston Men sich dort rumtreiben. Nehmt euch auch vor den Elendsquartieren unten am Fluss, beim Gericht, in Acht. Ihr könnt dort zwar über Nacht bleiben, aber lasst bloß eure Habseligkeiten nicht zurück. In Batterfield Flats ist nix sicher... viel zu viele arme Leute, und alle hocken aufeinander. Es sind schwere Zeiten in der Stadt, weil die Eisenbahn pleite ist und die Strecke nicht bis hier raus ausbauen kann. In den schweren Zeiten trennt sich die Spreu vom Weizen, und es zeigt sich, wer anständig ist und wer nicht. Ihr werdet beides erleben.« Er hält kurz inne und fährt dann fort. »Wenn ihr Hilfe braucht, geht zu John Pratt in der Schmiede, direkt neben dem Gerichtsgebäude. Auch ein Farbiger und ein anständiger Kerl. Oder zu Reverend Moody und den African Methodist Episcopals in der Allen Chapel. Aber haltet euch von den Hurenhäusern und den Saloons fern. Dort gibt's nichts als Ärger für junge Männer. Wenn ich euch einen Rat geben darf: Bleibt nicht zu lange in Fort Worth, sondern fahrt weiter nach Weatherford oder runter nach Austin.«

»Wir sind hier, weil wir nach meinem Vater suchen«, sagt Juneau Jane, »und haben nicht vor, länger zu bleiben als nötig.« Sie dankt ihm, dass er uns mitgenommen hat, und versucht, ihn für die Hilfe zu entlohnen, aber er will nichts annehmen.

»Ihr habt mir eine Hoffnung geschenkt, die ich längst aufgegeben hatte. Das ist schon mehr als genug«, sagt er.

Er schnalzt mit der Zunge, woraufhin sich die Pferde in Bewegung setzen, und wir bleiben zurück. Es ist mitten am Tag, deshalb ziehen wir uns zwischen zwei holzvertäfelte Gebäude zurück und essen ein paar trockene Kekse und Pfirsiche, die nicht mehr lange halten würden.

Plötzlich wird es laut auf der Straße. Ich sehe auf in der Erwartung, eine Viehherde oder eine Wagenkarawane zu erblicken, stattdessen ist es eine kleine Einheit aus Soldaten, die in Zweierreihen die Straße entlanggeritten kommen. Sie haben keine große Ähnlichkeit mehr mit den abgerissenen Federals aus Kriegszeiten, in ihren löchrigen, halb zerfetzten Uniformen, blut- und schmutzbefleckt und mit geschnitzten Holzstückchen anstelle blitzender Messingknöpfe. Damals ritten sie auf ausgemergelten, knochigen Gäulen jeglicher Herkunft, die sie kauften oder notfalls auch stahlen.

Diese Soldaten dagegen sitzen allesamt auf wohlgenährten Braunen, die gelben Kavalleriestreifen auf ihren Hosennähten leuchten in der Sonne, die schwarzen Mützen sitzen gerade auf ihren Köpfen, die Messingplaketten auf ihren Gewehren schimmern, die Degenscheiden, Geschirre und Hufe klirren und klappern.

Eilig weiche ich in die Schatten zurück, spüre einen Knoten in meinem Bauch, der sich immer weiter ausbreitet. Es ist lange her, seit ich zuletzt Soldaten gesehen hab. Auch wenn der Krieg längst vorbei ist, mögen es Leute wie Old Missus nicht, wenn man sich erwischen lässt, wie man mit Federals redet.

Auch Missy und Juneau Jane ziehe ich zu mir. »Wir müssen vorsichtig sein«, flüstere ich und scheuche sie ans andere Ende der schmalen Gasse. »Die Frau in Jefferson hat gesagt, die Federals sind plötzlich aufgetaucht wegen Mr. Washburn und irgendwelchen Papieren. Was, wenn sie auch hier nach ihm suchen? Vielleicht geht es ja um den Ärger, den Lyle gemacht hat.« Für einen Moment bin ich über mein loses Mundwerk erstaunt. Statt Young Mister, Marse Lyle oder auch bloß Mister Lyle habe ich Lyle gesagt, so wie Juneau Jane es tut.

Tja, aber er ist nun mal nicht mehr mein Marse, denke ich dann. *Du bist eine freie Frau, Hannie, deshalb steht es dir frei, diesen hinterhältigen Mistkerl bei seinem ganz normalen Namen zu nennen, wenn du's willst.*

Juneau Jane scheint etwas anderes viel mehr zu beschäftigen als die Anwesenheit der Soldaten. Sie späht zum Fuß des Hügels hinab, wo die Armen aus alten Wagenteilen, heruntergefallenen Ästen, Treibgut, Fassdauben, Kisten und abgesägten Brettern am schlammigen Ufer des Trinity River ein Lager eingerichtet haben. Die Hütten sind windschief, als Dächer dienen alte Wachstuchfetzen, mit Teerpech beschmierte Baumwolltücher und Teile von grellbunten Schildern. Ein kleiner dunkelhäutiger Junge reißt Holz von einer Hütte ab, um das Kochfeuer vor einer anderen anzuheizen.

»Ich könnte uns ein paar frische Sachen zum Umziehen besorgen, bevor wir uns auf die Suche nach Mr. Washburn machen. Ich glaube, einige der Hütten stehen leer«, sagt sie.

Was denkt sie sich bloß? »Das muss dieses Battercake Flats sein. Wo wir nicht hinsollten, hat Pete gesagt.« Aber jeder Widerspruch ist zwecklos, weil sie schon losgegangen ist, deshalb bleibt mir nichts anderes übrig, als ihr zu folgen, wobei ich Missy hinter mir herziehe. Vielleicht kriegen die Leute ja Angst, wenn sie sie sehen, das wäre immerhin etwas. »Hier komm ich nicht lebend raus. Das ist Battercake Flats«, rufe ich Juneau Jane hinterher. »Hier will ich meinem Schöpfer nicht gegenübertreten, auf keinen Fall.«

»Wir lassen unsere Sachen nicht hier«, erwidert sie und stakst auf ihren mageren Hühnerbeinen unbeirrt weiter.

»Wenn wir tot sind, schon.«

Zwei Frauen mit rußverschmierten Gesichtern, in fadenscheinigen Kleidern kommen uns entgegen, mustern uns eingehend von oben bis unten, dann unsere Bündel, als würden sie schon überlegen, wie sie sie uns abknöpfen können. Mit gespielter Besorgnis packe ich Missy am Arm. »Nein, du lässt die beiden Frauen schön in Ruhe. Die wollen dir nichts tun.«

»Braucht ihr vielleicht was?«, fragt die eine, deren Zähne nur noch vergammelte Stümpfe sind. »Wir ham'n Lager, gleich hier ums Eck. Lust auf was Warmes, he? Wir würden's auch mit euch teilen. Habt ihr Geld dabei, hä? Wenn du uns was gibst, wackelt Clary hier mal kurz zum Laden rüber und holt uns'n Kaffee. Wir ham nämlich kein' mehr, aber is auch nich weit zum Laden...«

Ich sehe einen Mann, der uns beobachtet, und weiche eilig zurück, wobei ich Missy mit mir ziehe.

»Brauchst nicht so schüchtern sein.« Die Frau feixt und fährt mit der Zunge in die Löcher, wo einst ihre Zähne waren. »Wir sin echt freundliche Leute. Ham nix Böses im Sinn.«

»Wir brauchen keine Freunde«, schaltet sich Juneau Jane ein und tritt zur Seite, um die beiden Frauen durchzulassen.

Der Mann unten am Hang beobachtet uns immer noch. Wir warten, bis die Frauen um das Gerichtsgebäude herumgegangen sind, machen kehrt und gehen den Hügel wieder hinauf. Bloß weg von hier.

Petes Bemerkung, was für Leute die schlechten Zeiten hervorbringen, fällt mir wieder ein. Hier in Fort Worth scheint hinter jeder Ecke einer zu stehen, der uns mustert und sich fragt, ob wir die Mühe wert sind, uns auszurauben. Wir schlagen den Weg zur Schmiede ein, um mit diesem John Pratt zu sprechen. Ich gehe allein hinein, während Juneau Jane und

Missy draußen warten. Er ist nett, aber über Mr. Washburn kann er mir auch nichts sagen.

»Seit die Eisenbahn nicht weitergebaut wird, sind viele weggegangen«, erklärt er mir. »So mancher hat drauf spekuliert, dass sie kommt, dann aber die Kurve gekratzt, als rauskam, dass nichts draus wird. Schwere Zeiten, verstehst du? Dafür sind andere aufgetaucht, die meinen, sie können einen Reibach mit dem machen, was übrig geblieben ist. Könnt ja sein, dass dein Mr. Washburn auch einer von der Sorte ist.« Er erklärt uns den Weg zu den Badehäusern und Hotels, wo die meisten Leute mit Geld absteigen, die in die Stadt kommen. »Wenn ihr da mal rumfragt, kriegt ihr bestimmt was raus, falls es irgendwas rauszukriegen gibt.«

Wir folgen seinem Rat und fragen jeden, der bereit ist, mit drei Streunern zu reden.

Eine gelbhaarige Frau in einem roten Kleid, die im Seiteneingang zu einem Gebäude steht, ruft uns zu sich. Sie ist die Betreiberin des Badehauses, sagt sie und bietet uns ein billiges Bad an. Sie hätte heißes Wasser bereitstehen, aber es käme nun mal keiner, der es benutzt.

»Magere Zeiten«, sagt sie.

Das Schild im Fenster besagt, dass Leute wie ich hier nicht willkommen sind und Indianer auch nicht. Das weiß ich deshalb, weil Juneau Jane darauf deutet und mir die Worte ins Ohr flüstert.

Die Lady in der Tür mustert uns von oben bis unten. »Was stimmt mit dem Großen da nicht?«, fragt sie, kreuzt die Arme und beugt sich näher. »Na, was ist mit dir, Großer?«

»Der ist ein bisschen einfach im Kopf, Missus. Ein Einfaltspinsel«, erkläre ich. »Aber gefährlich ist er nicht.«

»Dich hab ich nicht gefragt, Kleiner«, blafft sie mich an, ehe sie Juneau Jane ansieht. »Und du? Bist du auch ein bisschen einfach im Kopf? Hast Indianerblut in den Adern? Was bist du, ein Mischling oder ein weißer Junge? Dunkle und Indianer kommen mir hier nicht rein. Und Iren auch nicht.«

»Er ist ein Frenchy«, antworte ich, worauf mich die Frau abermals anfaucht, ich solle still sein, ehe sie sich wieder Juneau Jane zuwendet. »Kannst du nicht für dich selber reden? Ziemlich hübscher Junge bist du, hm? Wie alt bist du?«

»Sechzehn«, antwortet Juneau Jane.

Die Lady wirft den Kopf in den Nacken und lacht schallend. »Eher zwölf, würde ich sagen. Du musst dich ja noch nicht mal rasieren. Aber wie ein Frenchy klingst du tatsächlich, das ist wahr. Und, hast du das Geld? Ich würd's nehmen. Gegen Franzmänner hab ich nichts, solange sie hübsch zahlen.«

Juneau Jane zieht mich zur Seite. »Das gefällt mir nicht«, flüstere ich, aber Juneau Janes Entschluss ist gefasst. Sie nimmt die Münzen und ihre Frauenkleider aus dem Bündel und lässt mir den Rest da.

»Wir warten hier auf dich, gleich hier, und gehen nicht weg«, sage ich, laut genug, dass die Lady es auch bestimmt hören kann. Dann flüstere ich Juneau Jane ins Ohr: »Du gehst rein und siehst nach, wo die zweite Tür ist. Siehst du den Dampf, der hinten rauskommt? Dort kippen sie die Eimer aus und waschen die Wäsche. Wenn du fertig bist, gehst du einfach in deinen Frauenkleidern durch die Tür raus.«

Ich packe Missy Lavinia am Arm und ziehe sie mit mir. Eigentlich kann ich genauso gut einen von meinesgleichen nach Mr. Washburn fragen. Ein Stück die Straße runter steht ein Schuhputzjunge, der lautstark seine Dienste anbietet, ein magerer kleiner Kerl, etwa in Juneaus Alter. Ich gehe zu ihm und frage nach.

»Könnt schon sein, dass ich was weiß«, meint er. »Aber

umsonst gibt's die Antwort nicht, sondern ich sag bloß was, wenn ich nebenbei Schuhe putzen kann. Deine Latschen kriegt kein Mensch mehr sauber und poliert, aber wenn du mir fünf Cent gibst, tu ich's trotzdem, aber dahinten in der Gasse. Ich kann's mir nicht leisten, dass die Weißen glauben, ich polier auch Schuhe von Farbigen. Die wollen nicht, dass ich danach mit derselben Bürste ihre Schuhe sauber mache.«

In dieser Stadt gibt es offensichtlich nichts umsonst. »Na gut, dann muss ich mich wohl anderswo umhören... es sei denn, du willst was tauschen.«

Seine Augen verengen sich zu Schlitzen. »Was willst du tauschen?«

»Ich hab ein Buch«, antworte ich. »In das kann man die Namen der Leute reinschreiben, die man im Krieg verloren hat oder die schon vor der Befreiung verkauft worden sind. Vermisst du jemanden aus deiner Familie? Wir könnten die Namen auch reinschreiben. Und dann fragen wir überall herum, wo wir hinkommen. Wenn du drei Cent für eine Briefmarke und fünfzig für die Anzeige hast, können wir einen ganzen Brief für dich schreiben und ihn dann an den *Southwestern* schicken. Die Zeitung wird überall in ganz Texas, Louisiana, Mississippi, Tennessee und Arkansas verteilt, an die Kirchen, wo die Priester die Namen dann vorlesen können und deine Leute es hören, wenn sie beim Gottesdienst sind. Vermisst du jemanden?«

»Ich hab keinen«, antwortet der Junge. »Meine Mam und mein Pap sind beide am Fieber gestorben. Ich kann mich nicht mehr an sie erinnern, und auch sonst hab ich keinen, nach dem ich suche.«

Etwas zupft an meiner Hose. Ich sehe nach unten, wo eine alte Farbige im Schneidersitz an der Wand hockt. Sie hat eine Decke um die Schultern und einen solchen Buckel, dass sie mich kaum ansehen kann. Ihre Augen sind ganz milchig. Vor ihr steht ein Korb voll gebrannter Mandeln und ein Schild, von dem ich bloß ein paar einzelne Buchstaben lesen kann. Ihre Haut ist dunkel und faltig wie ausgetrocknetes Leder.

Sie will, dass ich näher komme. Ich beuge mich hinunter, doch Missy Lavinia hält mich fest. »Hör auf damit«, sage ich zu ihr. »Du bleibst einfach hier stehen.«

»Ich kann dir nichts abkaufen«, sage ich zu der alten Frau. »Wenn ich könnte, würde ich's tun.« Was für ein armes Geschöpf.

Ihre Stimme ist so leise, dass ich mich ganz weit hinunterbeugen muss, um sie über das Getöse der vorbeirumpelnden Karren und Männerstimmen hinweg zu hören. »Aber ich hab Leute, die ich verloren hab. Kannst du mir helfen, sie zu finden?« Sie zieht den Blechnapf neben sich heran und schüttelt ihn. Es können höchstens ein paar Münzen drinliegen.

»Behalt deine Münzen«, sage ich zu ihr. »Wir schreiben deinen Namen in unsere Liste und fragen überall herum, wo wir hinkommen.«

Ich schiebe Missy Lavinia an die Wand und setze sie auf eine Bank vor einem Fenster. Da sie weiß ist, hat bestimmt keiner etwas dagegen.

Dann gehe ich zu der alten Frau zurück und hocke mich neben sie. »Erzähl mir von deinen Leuten. Ich merk's mir, und sobald ich Gelegenheit kriege, schreibe ich's in unser Buch.«

Sie sagt, ihr Name sei Florida. Florida Jones. Und während irgendwo Musik spielt und Leute an der Uferpromenade entlangspazieren und in der Ferne der Hammer eines Schmieds *deng-ding-ding*, *deng-ding-ding* singt, Pferde schnauben und sich die Mäuler lecken und dösend an den Stangen stehen, wo ihre Besitzer sie festgemacht haben, erzählt Florida Jones mir ihre Geschichte.

Als sie fertig ist, wiederhole ich alles, sage die Namen ihrer sieben Kinder, ihrer drei Schwestern und drei Brüder auf, rassle die Orte herunter, wo sie ihr weggenommen worden sind und von wem. Ich wünschte, ich könnte alles aufschreiben. Zwar hab ich das Buch und den letzten Stummel Bleistift bei mir, aber noch kann ich die Buchstaben nicht gut genug. Und wie man den Bleistift benutzt, weiß ich auch nicht.

Floridas magere Finger fühlen sich ganz kalt an, als sie sie auf meinen Arm legt, wobei ihr die Stola über die Schultern rutscht und ich den eingebrannten Buchstaben auf ihrem Unterarm sehe – R für *runaway*, eine Ausreißerin. Ehe ich mich beherrschen kann, berühre ich die Narbe.

»Ich bin abgehauen, weil ich meine Kinder suchen wollte«, sagt sie. »Jedes Mal, wenn sie mir eins weggenommen haben, bin ich losgelaufen und hab so lange gesucht, bis sie mich gefunden haben, die Patrouillen oder die Hunde. Dann haben sie mich zurückgebracht, nach Hause, auf die Plantage, die ich so gehasst hab, und zu dem Mann, bei dem ich bleiben musste. Nach der Bestrafung hat der Marse gesagt: ›Dann macht halt noch ein neues Kind oder auch zwei.‹ Danach hat der Mann sich wieder zu mir gelegt, und schon hab ich's nächste im Bauch gehabt. Ich hab's so lieb gehabt, das kleine Würmchen, immer wenn's auf die Welt kam. Und jedes Mal hat Marse zu mir gesagt: ›Das hier darfst du behalten, Florida‹, aber dann hat er wieder Geld gebraucht und es mir weggenommen. ›Das war sowieso viel zu gut zum Behalten, Florida‹ hat der Marse dann zu mir gesagt, und ich hab dagesessen und geweint und getrauert, bis ich abhauen und nach ihm suchen konnt.«

Sie fragt, ob ich auch für sie einen Brief schreiben und an den *Southwestern* schicken kann, dann drückt sie mir ihre Blechtasse mit dem Geld in die Hand.

»Das reicht nicht für die Zeitung«, sage ich zu ihr. »Aber noch ist es früh am Tag, vielleicht können wir dir ja helfen, deine Mandeln zu ...«

Stimmengewirr auf der Straße lässt mich innehalten. Ich drehe mich gerade noch rechtzeitig um, als eine Frau aufschreit und ein Mann eine Warnung ruft, während ein Wagen um Haaresbreite einer Gestalt ausweicht. Ein Pferd setzt sich nach hinten, wobei die Lederriemen reißen und es über den eigenen Schweif stolpert, auf der Seite landet und wild mit den Hufen in der Luft strampelt. Prompt beginnen die anderen Pferde vor Angst zu scheuen, reißen sich ebenfalls los und stürmen in blinder Panik davon. Eines prallt mit voller Wucht gegen einen Mann auf einem hellbraunen Fohlen, das kaum alt genug sein kann, um einen Sattel auf dem Rücken zu haben.

»Har!«, ruft der Mann aus, rammt seinem knochigen Jungtier die Sporen in die Seite und drischt mit den losen Zügeln links und rechts auf seinen Hals, um es anzutreiben. Das Fohlen senkt den Kopf und beginnt zu bocken, wobei es um ein Haar Missy Lavinia umreißt, die von der Bank aufgestanden ist und mitten auf der Straße steht. Der Fahrer des Karrens hat alle Hände voll zu tun, seine Gäule wieder unter Kontrolle zu bekommen, bevor sie sich endgültig losreißen können. Fußgänger und Hunde laufen in sämtliche Richtungen davon. Männer rennen los, um ihre Pferde von den Holzbalken loszubinden, während die, die sich losgerissen haben, mit wehenden Schweifen und klirrendem Geschirr die Straße entlanglaufen.

Ich springe auf und stürme los, während das Fohlen mit dem Mann im Sattel in einer Staubwolke davonprescht, wobei die Hufe Missy Lavinia nur knapp verfehlen, doch die steht immer noch ungerührt da und starrt.

»Yee-haw!«, schreit jemand von der Promenade herüber. »Aufpassen, gleich bockt er!«

Ich bin bei Missy Lavinia, gerade noch rechtzeitig, als das Jungtier abrupt stehen bleibt, auf die Knie fällt und schließlich auf die Seite, wobei es über den Reiter rollt, der sich eisern an den Zügeln festklammert und wieder halb im Sattel hängt, als es hochkommt. »Los, hoch mit dir auf die Hufe, du gottverdammtes Dreckvieh!« Mit voller Wucht schlägt er auf das Pferd ein, ins Gesicht und auf die Ohren, bis es wieder auf die Beine kommt, dann treibt er es zurück, geradewegs auf Missy Lavinia zu. »Los, weg mit dir! Du hast meinen Gaul scheu gemacht!« Er reißt ein Lasso vom Sattel und holt aus, will nach ihr schlagen.

Missy reckt das Kinn, bleckt die Zähne und faucht ihn an.

Ich versuche, sie zur Seite zu ziehen, doch sie stemmt sich gegen mich, bleibt wie angewurzelt stehen und faucht weiter.

Das Lasso knallt mit voller Wucht herunter, genau auf meine Schulter. Ich höre es durch die Luft sirren, dann knallt es gegen das Leder des Sattels, auf Pferdehaut, alles, was es erreichen kann. Der Reiter reißt das Fohlen brutal herum, während das arme Ding mit weit aufgerissenen Augen bockt und scheut und schnaubt. Es dreht sich zur Seite, um die eigene Achse, wobei es wild den Kopf hin und her reißt und dabei prompt Missy Lavinia erwischt. Sie fällt in den Schlamm und ich mit ihr.

»Bitte! Bitte! Er ist schwachsinnig! Schwachsinnig! Er weiß es nicht besser«, rufe ich und reiße die Hände hoch, als das Lasso ein weiteres Mal auf uns niedergeht. Diesmal trifft es meine Finger. In meiner Verzweiflung versuche ich, es zu fassen zu bekommen, damit es aufhört, aber die lederne Schlinge schnalzt nach hinten, ehe sie mich ein weiteres Mal trifft, diesmal auf den Wangenknochen. Lichter explodieren vor meinen Augen, dann wird es plötzlich schwarz um mich, und ich habe das Gefühl zu fallen. Ich bekomme das Lasso zu fassen und klammere mich mit aller Macht daran, höre den Reiter aufschreien, als das Fohlen noch einmal bockt und schließlich mit einem dumpfen Poltern zu Boden geht. Seine Atemwolke schlägt mir entgegen, als es aufschlägt.

Bevor ich loslassen kann, wird das Lasso zurückgerissen, und ich fliege quer durch die Luft, weg von Missy. Ehe ich michs versehe, liege ich bäuchlings mitten auf der Straße und sehe dem Gaul geradewegs ins Auge. Es ist schwarz und riesig und glänzt wie ein Tropfen nasser Tinte und ganz weiß und rot am Rand. Ganz langsam blinzelt es einmal, ohne den Blick von mir zu wenden.

Bitte, bitte, sei nicht tot, sage ich mir immer wieder, während ich mitbekomme, wie der Reiter sich unter dem auf der Seite liegenden Pferd hervorschiebt. Andere Männer kommen angelaufen und zerren an den Seilen herum, in denen sich das arme Ding verheddert hat. Schließlich blinzelt es noch einmal, dann steht es wieder, schwer atmend und schnaubend, deutlich besser dran als sein Reiter, der auf einem Bein danebensteht. Er versucht aufzutreten, schreit jedoch vor Schmerz auf und sackt halb in sich zusammen, ehe ihn jemand auffängt.

»Gebt mir mein Gewehr«, schreit er lauthals und versucht, an das Gewehr in der Scheide am Sattel zu gelangen, doch das Fohlen bockt und scheut neuerlich und stürmt davon. »Mein Gewehr«, schreit der Mann. »Ich knalle diesen Idioten und den Jungen ab! Wenn ich mit denen fertig bin, braucht ihr eine Schaufel und einen Besen, um ihre Reste zusammenzukehren!«

Ich schüttle den Kopf, um meine Gedanken zu klären. Ich muss weg von hier, schnell, bevor er sein Gewehr nehmen kann. Doch ringsum dreht sich alles, wirbelt wild wie eine

Windhose – die alte Florida, das Fohlen, der rot-weiß gestreifte Fahnenmast vor einem Laden, die Sonne, die sich in einem Fenster spiegelt, eine Frau in einem rosa Kleid, ein Wagenrad, ein kläffender Hund an der Leine, der kleine Schuhputzer.

»Ganz ruhig! Nur die Ruhe«, höre ich eine Stimme. »Der Sheriff ist schon unterwegs.«

»Dieser Schwachkopf hat versucht, mich umzubringen!«, brüllt der Mann. »Er und das Bürschchen da wollten mich umbringen. Er hat mir das Bein gebrochen! Mein Bein! Gebrochen!«

Hau ab, Hannie, schreit die Stimme in meinem Kopf. *Hoch! Steh auf und lauf!*

Aber ich weiß nicht, wo oben und wo unten ist.

VERMISST

Sehr geehrter Herr Chefredakteur – bitte gewähren Sie mir ein Plätzchen in Ihrer geschätzten Zeitung, um mich nach meinen Geschwistern zu erkundigen. Wir haben Mr. John R. Goff im Tucker County, West Virginia, gehört. Ich wurde an Wm. Elliott verkauft, ebenfalls in West Virginia, meine Schwester wurde an Bob Kid verkauft und hierher nach Louisiana geschickt. Die Namen meiner Brüder lauten Jerome, Thomas, Jacob, Joseph und Uriah Culberson, die Mädchen hießen Drusilla, Louisa und Eunice Jane, und ich heiße Jemima. Von Jerome, Joseph und Eunice Jane weiß ich, dass sie tot sind. Uriah lebt noch in der Nähe von unserem alten Zuhause. Thomas hat sich der Rebellenarmee angeschlossen. Was aus Jacob und Drusilla wurde, weiß ich nicht. 1868 habe ich Jas. H. Howard in Wheeling, West Virginia, geheiratet und bin 1873 hergezogen. Meine Schwester Louisa ist mit ihrem ehemaligen Besitzer Gilbert Daigre verheiratet. Ich wüsste sehr gern mehr darüber, was aus ihnen geworden ist, und bin für jegliche Information dankbar, die mir hilft, sie zu finden. Ich erbitte die Veröffentlichung in den Zeitungen von Atlanta, Georgia, Richmond, Virginia sowie Baltimore. Bitte schreiben Sie mir nach Baton Rouge, Louisiana.

JEMIMA HOWARD

»Vermisst«-Rubrik im *Southwestern*,
1. April 1880

KAPITEL 20

Benny Silva
`----------------------------`

AUGUSTINE, LOUISIANA, 1987

Es gibt wohl kaum etwas Hoffnungsvolleres, als mitanzusehen, wie eine Idee, winzig und eigentlich zu schwach zum Überleben, plötzlich doch noch ihre Lunge entfaltet und sich mit ihren Fingerchen an das Leben zu klammern scheint, mit einer Entschlossenheit daran festhält, die nicht mit dem Verstand, sondern nur mit dem Gefühl wahrnehmbar ist. Unser gerade einmal drei Wochen altes Geschichts-Baby, das die Kids *Geschichten aus dem Untergrund* genannt haben, in Anlehnung an die *Geschichten aus der Gruft* von den Friedhöfen in New Orleans und als Hommage an die Underground Railroad, das Netzwerk, das entflohenen Sklaven half, nach Norden zu gelangen, nimmt allmählich Gestalt an.

Dienstags und donnerstags lesen wir über die Helden der Underground Railroad wie Harriet Tubman, William Still sowie Reverend John Rankin und seine Frau Jean. Das Klassenzimmer, in dem früher ein solcher Lärm herrschte, dass ich fast durchdrehte, oder wo so still war, dass ich beim Vorlesen aus *Farm der Tiere* über meine eigene Stimme hinweg das Ticken der Uhr und das leise Schnarchen der Schüler hören konnte, wenn sie sich ein Nickerchen gönnten, ist nun vom

Kratzen der Stifte auf dem Papier und lebhaften Diskussionen erfüllt. In den vergangenen beiden Wochen haben wir ausgiebig über die Politik der Antebellum-Ära gesprochen und ihre Auswirkungen auf das ganze Land, aber auch den hiesigen geschichtlichen Ereignissen wenden wir uns zu, und zwar montags, mittwochs und freitags, wenn wir uns aufstellen und nicht immer in geordneten Reihen die zwei Blocks zur alten Carnegie-Bibliothek gehen.

Die Bibliothek ist zu einem festen Partner in unserem Projekt geworden, sie verleiht unseren Diskussionen das entsprechende Lokalkolorit. Im oberen Stockwerk, im als historischer Theatersaal gestalteten Gemeinschaftsraum, zeugen gerahmte Fotos an den Wänden von einer Ära, als Augustine noch offiziell zwischen Schwarz und Weiß geteilt war. Im Gemeinschaftsraum wurden alle möglichen Veranstaltungen abgehalten, von Theateraufführungen über politische Zusammenkünfte und Jazzkonzerten bis hin zu Musterungsuntersuchungen für Soldaten, und auch als Schlafstätte für Mitglieder der Baseballteams der Neger-Liga diente der Saal, da sie sich nicht in Hotels einquartieren durften, aber keine andere Übernachtungsmöglichkeit hatten.

Im angrenzenden Raum haben die Kids in mehrwöchiger Knochenarbeit mit ein paar geborgten Klapptischen von der Kirche nebenan und der Hilfe freundlicher Menschen, die das Erbe des Carnegie Colored Ladies New Century Club in Ehren halten, eine Art temporäres Recherchezentrum eingerichtet. Soweit wir wissen, ist es das erste Mal, dass so viele Informationen über die Geschichte Augustines an einem Ort zusammengetragen werden. Doch nun erwacht sie allmählich zum Leben – in Form von vergilbten Fotos, Familienbibeln und kirchlichen Taufregistern, von Grundstückskaufverträgen und Erinnerungen, die von Großeltern an ihre

Enkel weitergegeben wurden, von einer Generation an die nächste.

In der Welt von heute, mit ihren leider zunehmend zerrissenen Familien, einem jederzeit bereitstehenden Angebot an Kabelfernsehen und Endlos-Videospielen, besteht jedoch die Gefahr, dass die Regionalgeschichte schlicht in Vergessenheit gerät. Und doch schlummert ein Fünkchen Neugier in diesen Jugendlichen; sie wollen etwas über ihre Herkunft erfahren, darüber, woher die Menschen hier stammen und wer oder was davor war.

Abgesehen davon ist der Reiz lange verstorbener Menschen, vergrabener Knochen, von Friedhöfen und der Idee, sich zu verkleiden und Geist zu spielen, selbst für die verschlossensten unter meinen Schülern unwiderstehlich. Vielleicht liegt es auch an der Gegenwart von Granny T und den anderen New-Century-Ladies, jedenfalls sind meine Schüler mit Feuereifer bei der Sache und teilen bereitwillig die zehn Paar weiße Baumwollhandschuhe, die wir vom Kirchenchor geliehen bekommen haben. Und dank des Engagements eines Geschichtsprofessors von der Southwestern Louisiana University, der uns heute zur Seite steht, ist ihnen auch klar, wie wichtig es ist, im Umgang mit empfindlichen historischen Dokumenten Handschuhe zu tragen. Sie behandeln die Leihgaben aus den Archiven der Bibliothek und den hiesigen Kirchen und die Schätze, die wir aus Goswood Grove und von den Dachböden verschiedener Privathäuser zusammengetragen haben, mit allergrößter Umsicht.

Abgesehen von den kurzen Phasen, wenn die Bibliothek offiziell geöffnet hat, sind wir dort meistens allein und dürfen ungeniert Krach machen. Und laut sind wir, so viel steht fest.

In den vergangenen drei Wochen hat uns jeder Tag neue Entdeckungen beschert. Durchbrüche. Kleine Wunder. Ich hätte nie gedacht, dass Lehrersein sich so anfühlen könnte. Ich liebe diesen Job. Und ich liebe diese Kids. Und ich glaube, sie erwidern meine Liebe. Zumindest ein ganz klein wenig. Sie haben mir einen neuen Spitznamen verpasst.

»Miss Pooh«, sagt Lil'Ray eines Montags auf dem kurzen Weg meiner Neuntklässler in die Bibliothek.

»Ja?« Mit zusammengekniffenen Augen blicke ich zu ihm hin. Er ist ein Riese, mitten in einem adoleszenten Wachstumsschub. Ich könnte schwören, dass er gestern noch zehn Zentimeter kleiner war. Mittlerweile geht er stramm auf einen Meter neunzig zu, gleichzeitig wirken seine Hände und Füße immer noch zu groß im Verhältnis, als müsste er erst noch hineinwachsen. »Sie könnten da ruhig mal Schokostückchen reintun.« Er hält den Haferkeks in die Höhe, der sich, ohne etwas zu trinken, offenbar nur sehr schwer schlucken lässt. In der Bibliothek sind keine Getränke erlaubt, aber auf dem Weg nach drinnen gibt es einen Trinkbrunnen im Art-déco-Stil. »Ich fänd's gut.«

»Aber dann wären sie nicht mehr so gut für deine Gesundheit, Lil'Ray.«

Er nimmt noch einen Bissen und kaut darauf herum, als wäre es ein Knorpelstück.

»Miss Pooh?« Eigentlich würde ich gern glauben, dass sie mir diesen wunderbaren Spitznamen gegeben haben, weil ich so niedlich und so süß bin wie Puh, der Bär, aber in Wahrheit habe ich ihn den freudlos schlaffen Hafer-Kakao-Plätzchen zu verdanken.

»Ja, Lil'Ray?«

Er sieht zu den Bäumen hinauf, während er sich die Keksreste von der Unterlippe leckt. »Ich hab mir da was überlegt.«

»Das ist ja ein echtes Wunder«, blafft LaJuna dazwischen.

Sie ist mit so wenig Aufhebens wieder aufgetaucht, wie sie verschwunden ist, und nimmt seit zweieinhalb Wochen nun regelmäßig am Unterricht teil. Offenbar wohnt sie mittlerweile bei Sarge und Aunt Dicey, allerdings weiß keiner, wie lange das so bleiben wird. Mir fällt auf, dass sie dem Untergrund-Projekt seltsam lustlos und negativ gegenübersteht, wobei ich nicht sagen kann, woran es liegt – an ihrer derzeitigen Lebenssituation, daran, dass das Projekt in ihrer Abwesenheit aus der Taufe gehoben wurde, oder ob ihr bloß nicht passt, dass Dutzende Mitschüler nun ebenfalls in die Geheimnisse des Richters in Goswood Grove eingeweiht sind. Schließlich war das Haus ein Heiligtum für sie, eine Zufluchtsstätte seit ihrer frühesten Kindheit.

An manchen Tagen fühle ich mich mies, als hätte ich ihr fragiles Vertrauen missbraucht oder eine wichtige Prüfung nicht bestanden, weshalb wir nun nie wieder die Vertrautheit von früher teilen werden. Gleichzeitig habe ich Dutzende anderer Schüler, an die ich denken muss und deren Bedürfnisse ebenfalls wichtig sind. Vielleicht bin ich naiv und idealistisch, aber ich hoffe einfach so sehr, dass unser Projekt das Potenzial hat, eine Brücke über die tiefen Klüften zu schlagen – zwischen Arm und Reich, zwischen Schwarz und Weiß, zwischen Über- und Unterprivilegierten, zwischen Sumpfratten und Städtern.

Ich wünschte, wir könnten auch die Schüler an der Schule am See dafür gewinnen, die gerade einmal fünf Meilen entfernt und doch in einer völlig anderen Welt leben. Aber die Schüler der beiden Schulen begegnen einander nur, wenn sie gegeneinander beim Football antreten oder sich im Cluck and Oink bei Boudin-Bällchen auf den Bänken drängen. Allerdings hat Nathan mich bei einem unserer mittlerweile allwöchentlichen Donnerstagabendtreffen in meinem Haus gewarnt, mich von der Lakeland Prep Academy tunlichst fernzuhalten, was ich auch tue.

»Also, Miss Pooh?«

»Ja, Lil'Ray?« So etwas wie eine kurze Unterhaltung gibt es mit dem Jungen nicht, vielmehr läuft es immer so mit ihm: in Etappen. Die Gedanken scheinen sich mit Bedacht und Langsamkeit in seinem Kopf zu bewegen und zu formen, während er scheinbar gedankenverloren zu den Bäumen, aus dem Fenster oder auf sein Pult blickt, wo er mit qualvoller Akribie Papierkügelchen und Minifußbälle bastelt.

Kommen die Gedanken dann aber aus seinem Mund, sind sie durchaus interessant. Reflektiert. Wohl durchdacht.

»Also, wie gesagt, Miss Pooh, ich hab da mal nachgedacht.« Seine Pranken schlegeln durch die Luft, wobei er die kleinen Finger abspreizt, als übte er für die Einladung zum Tee bei der Queen. Bei dem Gedanken muss ich lächeln. Diese Kinder sind so einzigartig, so voll unglaublicher Visionen und Ideen. »Es gibt ja nicht bloß tote Erwachsene und alte Leute auf dem Friedhof und in den Friedhofsbüchern.« Bestürzung zeichnet sich auf seiner Miene ab. »Sondern auch Kinder und Babys, die kaum auf der Welt waren, als sie schon wieder gestorben sind. Das ist doch echt traurig, oder?« Seine Stimme klingt rau.

»Ja logo, du Schwachkopf«, schaltet sich LaJuna wieder ein. »Damals hatten sie ja kaum Medizin und so was.«

»Granny T hat gesagt, die Leute haben damals Blätter und Wurzeln und Pilze und Moos und all so'n Zeug zusammengemurkst«, sagt der zarte Michael, wie immer sorgsam darauf bedacht, in seiner Funktion als Flügelmann-Schrägstrich-Bodyguard zu brillieren. »Manche behaupten sogar, es hätte besser funktioniert als das Zeug, das sie den Leuten heute geben. Noch nie davon gehört? Ach, stimmt ja, das war an dem

Tag dran, als du wieder mal geschwänzt hast. Zuerst dich nicht blicken lassen, dann antanzen und so tun, als würdest du den vollen Durchblick schieben, während wir anderen gar nix kapieren, und dann noch auf Lil'Ray rumhacken, super. Immerhin versucht er zu helfen, damit das mit dem Projekt was wird, aber du willst ja bloß wieder mal alles plattmachen.«

»Genau.« Lil'Ray strafft die Schultern und richtet sich auf. »Wenn die Loser endlich mal mit ihrem Loser-Blödsinn aufhören würden, könnte ich vielleicht sagen, dass wir ja Leute in unserem Alter oder solche spielen können, die älter sind als wir, wenn wir uns die Haare grau färben und so. Aber kleine Kinder, das kriegen wir nicht hin. Vielleicht sollten wir ja welche einladen, damit sie uns helfen, mit den Kindergräbern, meine ich. Jemand wie Tobias Gossett. Er wohnt bei mir um die Ecke in dem Apartmentgebäude und hat meistens sowieso nichts zu tun. Er könnte doch der Willie Tobias vom Friedhof sein, dieser kleine Junge, der mit seinen Geschwistern verbrannt ist, weil seine Mama sie allein zu Hause lassen musste. Vielleicht sollten die Leute ja erfahren, dass man kleine Kinder nicht allein daheim lassen sollte.«

Lil'Ray hat einen Kloß im Hals, und auch ich muss schlucken, während allerlei Erwiderungen laut werden, positive und negative, wenn auch zumeist Beleidigungen und Verunglimpfungen, gewürzt mit dem einen oder anderen Schimpfwort – nichts davon produktiv.

»Pause, bitte!« Ich hebe die Hand zu einer Schiedsrichtergeste. »Lil'Ray, merk dir bitte, was du gerade gesagt hast.« Ich wende mich an die anderen Schüler. »Wie lauten die Klassenzimmerregeln?«

Ein halbes Dutzend Schüler verdreht die Augen und stöhnt.

»Müssen wir die jetzt etwa laut aufsagen?«, meldet sich jemand zu Wort.

»Ja, und zwar so lange, bis wir endlich anfangen, sie zu befolgen«, erkläre ich. »Sonst können wir auch gern zurückgehen und Satzdiagramme üben. Mir ist beides recht.« Ich hebe die Hände. »Und jetzt alle zusammen. Wie lautet Artikel drei der Klassenzimmerverfassung?«

Ein lahmer Chor antwortet: »Wir fördern die angeregte Diskussion. Zivilisierte Diskussionen sind ein gesunder demokratischer Prozess. Kann jemand sein Argument nicht ohne Schreien, Beleidigungen oder Beschimpfungen vorbringen, sollte derjenige es zuerst überdenken, ehe er weiterspricht.«

»Gut!« Ich mache eine ironische Verbeugung. Wir haben diese Verfassung in Gruppenarbeit erstellt, und ich habe sie kopiert, laminiert und sowohl ein Exemplar an einer Ecke der Tafel fixiert als auch jedem Schüler eine Kopie zum Mitnehmen gegeben. Wer sie kennt, bekommt Extrapunkte.

»Und Artikel zwei? Denn in der Unterhaltung gerade eben habe ich bisher schon drei Verstöße dagegen entdeckt, drei!« Ich wende mich um, trete ein paar Schritte zurück und hebe erneut die Arme. *Sie sind unerträglich, Miss Silva,* sagen neunundreißig stumme Gesichter.

»Ist das Wort unangemessen oder beleidigend in einem höflichen Gespräch, benutzen wir es nicht«, murmelt die Truppe, während wir uns dem Bibliothekseingang nähern.

»Genau!« Ich mime überschwängliche Begeisterung über ihre Fähigkeit, unsere Verfassung auswendig aufzusagen. »Beleidigende Worte lassen uns gewöhnlich wirken, und damit wollen wir uns nicht zufriedengeben, weil wir … *was* … sind?« Ich hebe Daumen- und Zeigefinger zu einem Pistolensymbol.

»Herausragend«, antworten sie im Chor.

»Also gut!« Ich stolpere über eine Unebenheit auf dem Bürgersteig, sodass ich in meinen Plateau-Clogs beinahe über die

Kante falle, was die Magie meines Auftritts minimal schmälert. LaJuna, Lil'Ray und ein stilles Streber-Mädchen namens Savanna stürzen vor, um mich aufzufangen, während der Rest der Mannschaft giggelt und kichert.

»Alles in Ordnung, nichts passiert!«, rufe ich und ziehe meinen Clog wieder an.

»Wir sollten ›du sollst in Clogs nicht rückwärtsgehen‹ in die Verfassung aufnehmen, finde ich.« Das ist die erste witzige und unbeschwerte Bemerkung, die LaJuna seit ihrer Rückkehr zum Unterricht von sich gibt.

»Sehr witzig.« Ich zwinkere ihr zu, doch sie hat sich bereits zum Gehen gewandt und folgt den anderen, die sich inzwischen wieder beruhigt haben und zur Bibliothekstreppe blicken.

Ich wende mich um, und mein Herz macht eine kleine Flatterbewegung. Nathan steht dort. Ein ungefiltertes »Hey« dringt aus meinem Mund, bevor ich es verhindern kann, während mir die Hitze ins Gesicht steigt und mir allerlei Gedanken durch den Kopf schießen. Das hellblaue T-Shirt passt perfekt zu seinen Augen. Steht ihm gut.

Aber hier endet der Gedanke auch schon, wie ein mittendrin abgebrochener Satz, ohne Punkt am Ende.

»Sie sagten doch ... ich soll einfach vorbeikommen. Wenn ich Zeit habe.« Nathan wirkt unsicher. Vielleicht liegt es daran, dass ihm die Anwesenheit der Schüler überdeutlich bewusst ist, oder aber er spürt meine eigene Verlegenheit.

Neununddreißig Augenpaare beobachten uns ganz genau.

»Es freut mich, dass Sie gekommen sind.« Klinge ich zu lebhaft? Zu begeistert? Oder nur so, als würde ich ihn in unserer Runde willkommen heißen?

Mir wird bewusst, dass wir uns bisher ausschließlich bei mir zu Hause getroffen haben, mit etwas zu essen aus dem

Cluck and Oink. Nur er und ich. Nach unserer ersten Recherchesession, die die ganze Nacht gedauert hat, sind wir fast automatisch zu einem allwöchentlichen Treffen am Donnerstagabend übergegangen. Wir sehen uns die neuesten Funde aus Goswood Grove an, die Recherchen der Kids oder aber Dokumente, die Sarge und die *Carnegie-Ladies* in den Archiven der Kirchengemeinde ausgegraben haben, alles, was irgendwie zu unserem Projekt passt.

Dann gehen wir anhand der alten Karten den Plantagenfriedhof und eines der Felder der Pachtbauern zwischen dem Obstgarten und dem Friedhofszaun ab; manchmal spazieren wir auch zu den stillen, moosbedeckten Grabsteinen, Steinkrypten und den opulenten überirdischen Marmorgruften der lokalen Prominenz. Wir haben die letzte Ruhestätte von Nathans Vorfahren in herrschaftlichen Mausoleen besucht, die durch einen reich verzierten schmiedeeisernen Zaun vom restlichen Friedhof abgeteilt sind. Als Symbole von Reichtum, Einfluss und Macht ragen Statuen und Kreuze auf den Gräbern auf, auch auf dem seines Vaters und des Richters.

Mir ist aufgefallen, dass Nathans Schwester nicht dort begraben liegt, allerdings habe ich nicht gefragt, warum das so ist und wo sich ihr Grab befindet. Vielleicht liegt sie in Asheville, wo die beiden aufgewachsen sind? Nach allem, was ich über Robin gehört habe, gehe ich davon aus, der Pomp des Familiengrabs der Gossetts wäre nicht nach ihrem Geschmack gewesen. Alles hier ist darauf ausgelegt, Macht zu demonstrieren, dennoch ist es auch den Gossetts nicht gelungen, an der Endlichkeit des menschlichen Daseins etwas zu ändern. Ebenso wie bei den Sklaven, den Pachtbauern, den Bayoubewohnern, den gewöhnlichen Feldarbeitern und Hilfen auf den Äckern hat auch ihr Leben irgendwann sein Ende genommen, und auch sie sind mittlerweile längst zu

Staub zerfallen. Alles, was von ihnen bleibt, wohnt in den Menschen, die noch am Leben sind. Und in den Geschichten.

Manchmal, wenn wir hier entlangschlendern, frage ich mich, was von mir bleiben wird. Hinterlasse ich etwas von Bedeutung? Wird einmal jemand an meinem Grab stehen und sich fragen, wer ich war?

Nathan und ich haben begonnen, uns bei unseren Spaziergängen über die tiefere Bedeutung von alledem zu unterhalten. Solange wir nicht auf seine Schwester oder die Möglichkeit, dass er eines Tages wieder einen Fuß in das alte Plantagenhaus setzt, zu sprechen kommen, ist er ein entspannter, angenehmer Gesprächspartner, erzählt mir alles, was er über die Gemeinde weiß, oder teilt seine Erinnerungen an den Richter mit mir und das wenige, was ihm von seinem Vater im Gedächtnis geblieben ist, doch normalerweise spricht er auf eine sehr distanzierte Art von den Gossetts, so als wäre er nicht Teil der Familie.

Meine eigene Geschichte halte ich weitgehend unter Verschluss, da es so viel leichter ist, über weniger Persönliches zu reden. Ich freue mich mehr auf unsere Donnerstage, als ich mir einzugestehen bereit bin.

Und nun ist er hergekommen, mitten am Tag, zu einer Zeit, in der er normalerweise auf See ist, um sich selbst einen Eindruck von den Dingen zu verschaffen, von denen ich bei unseren Begegnungen erzähle – von den Kindern, meiner Arbeit. Ich habe die Befürchtung, er tut es auch, um für den Fall gewappnet zu sein, dass der restliche Gossett-Clan sich gegen unser Projekt zu stemmen beginnt, was, wie er mich mehrfach gewarnt hat, jederzeit passieren könnte. Dann müsste er uns den Rücken stärken oder sich um Schadensbegrenzung bemühen, keine Ahnung.

»Ich möchte nicht stören, aber ich hatte einen Termin in der Stadt, musste ein paar Unterlagen unterschreiben.« Er vergräbt die Hände in den Taschen und blickt zu meinen Schülern hinüber, die sich hinter mir versammelt haben wie eine Blaskapelle.

Lil'Ray späht um mich herum, LaJuna ebenfalls, wie zwei rosa Plastikflamingos mit in verschiedene Richtungen gedrehten Hälsen, ein Fragezeichen und das Gegenstück dazu.

»Ich hatte gehofft, Sie kommen mal vorbei... um uns in Aktion zu erleben.« Ich setze mich in Bewegung. »Diese Woche haben die Schüler noch tollere Informationen ausgegraben, mit Hilfe der städtischen Bibliothek und des Gerichts. Wir haben Kartons voller Familienfotos und Sammelalben gefunden. Einige der Schüler haben ältere Leute in der Gemeinde befragt und dabei interessante Dinge erfahren. Wir können es kaum erwarten, Ihnen alles zu zeigen.«

»Klingt ja beeindruckend.« Sein Lob wärmt mir das Herz.

»Ich kann Sie gern rumführen, wenn Sie wollen«, bietet Lil'Ray bereitwillig an. »Mein Zeug ist echt gut, ein Kracher, so wie ich.«

»Kracher... von wegen«, murmelt LaJuna.

»Halt einfach die Klappe, Großmaul«, schnauzt Lil'Ray. »Das ist ein Verstoß gegen die Negitätsregel, oder, Miss Silva? Also ich finde, wir sollten mal dringend die Negitätsregel anwenden. LaJuna hat dagegen verstoßen, ganz klar, und zwar gleich zweimal, weil sie mich angemacht hat. Artikel sechs – Negität. Und zwar doppelt, stimmt's, Miss Pooh?«

»Ach, halt doch die Klappe«, motzt LaJuna, bevor ich etwas erwidern kann. »Außerdem heißt es Negativitätsregel, Schwachmat.«

»Oh! Oh!« Lil'Ray zeigt mit dem Finger auf sie. »Und das war Artikel drei, Anstandsregel. Du hast *Schwachmat* zu mir gesagt, ein Schimpfwort anstatt von einem richtigen Argument. Das verstößt gegen Artikel drei. Oder? Hä? Hä?«

»Du hast mich auch angepampt. Ich bin ein Großmaul, hast du gesagt. Gegen welchen deiner blöden Artikel verstößt das, hä?«

»Auszeit!« Es ist mir unendlich peinlich, dass es ausgerechnet vor Nathans Augen zu so einer Szene kommen muss. Das Problem mit den Kids ist, dass pausenloses Drama der Normalzustand für sie ist. Unterhaltungen beginnen, werden lauter, hässlicher, persönlicher. Es folgen Beleidigungen, gefolgt von Schubsen, Stoßen, Rempeln, Ziehen an den Haaren, Schlagen, das ganze Programm. Rektor Pevoto und der schuleigene Sicherheitsbeauftragte müssen tagtäglich mehrfach einschreiten. Kaputte Familien, kaputte Viertel, Geldsorgen, Drogen- und sonstiger Missbrauch, Hunger, dysfunktionale Familien. Allzu oft wachsen Kinder in Augustine in einer Art emotionalem Dampfkessel auf.

Wieder muss ich an die Welt denken, aus der meine Mutter stammte, das Dorf, das sie hinter sich gelassen zu haben glaubte. Doch der Anblick dieser jungen Leute hier führt mir unweigerlich vor Augen, wie viel ihrer Herkunft sie unwissentlich im Gepäck hatte. Ihre Männerbeziehungen waren impulsiv, laut, unberechenbar und manipulativ, von beidseitigem verbalem Missbrauch geprägt, der gelegentlich auch in körperliche Gewalt umschlug. Meine Interaktion mit ihr war ganz ähnlich gestaltet, eine Mischung aus hemmungsloser Liebe, unreflektierter Herabwürdigung, niederschmetternder Zurückweisung und Drohungen, von denen einige wahrgemacht wurden, andere nicht.

Erst jetzt wird mir bewusst, dass ich trotz aller Instabilität in meinem Leben immer noch großes Glück hatte und zwischen Menschen groß werden durfte – Lehrer, Ersatzgroßeltern, Babysitter, Eltern von Freunden –, denen ich die Zeit und ihr Interesse wert war, die sie für mich aufwendeten. Ich durfte Vorbildern nacheifern und harmonische Familienabendessen erleben; ich lernte, Tadel über mich ergehen lassen, der nicht mit Schlägen, bissigen Bemerkungen oder dem obligatorischen *Wieso kannst du einfach nicht zuhören, Benny?* oder *Wieso musst du manchmal so dumm sein?* einherging. Die Leute um mich herum luden mich in ihre Heime ein, in denen Regeln und Struktur herrschten und in denen die Eltern ihren Kindern Mut zusprachen. Sie zeigten mir, was ein Leben in Sicherheit und Stabilität bedeutet. Wie hätte ich jemals lernen sollen, dass man auch anders leben kann, wenn sie sich nicht die Mühe gemacht hätten? Man kann nichts anstreben, was man nicht kennt.

»Sechzig Sekunden Abkühlzeit«, sage ich – und ich brauche die Zeit ebenso wie meine Schüler. »Keiner sagt etwas. Dann werden wir analysieren, warum dieses Gespräch nicht gut war. Wir werden auch die Artikel über Negativität und Anstand wiederholen ... wenn ihr wollt.«

Köstliche Stille macht sich breit. Ich höre Blätter rascheln, Vögel zwitschern, eine Telefonleitung leise quietschen, als ein Eichhörnchen darüberflitzt. Die Fahne vor dem Gebäude knattert in der Brise, die Haken und Seile klirren in einem nicht identifizierbaren Morsecode gegen das Metall der Stange.

Es sind genau diese einzigartigen Momente des Friedens, die mit Artikel sechs, der Negativitätsregel, und der Strafe bei einem Verstoß dagegen verbunden sind. Die Schüler hassen es, jeden negativen Kommentar durch drei positive Bemerkungen ausgleichen zu müssen. Sie würden lieber stumm herumstehen, als einem anderen Menschen etwas Nettes zu sagen. So traurig das sein mag, zeigt es ihnen hoffentlich, dass eine negative Haltung Konsequenzen hat und man einen hohen Preis dafür bezahlt; dass die Kompensation dreimal so viel Aufwand bedeutet.

»Also gut«, sage ich nach etwa dreißig Sekunden. »Ihr seid gewarnt. Die Negativitätsregel ist offiziell ab sofort gültig. Der Nächste, der etwas Negatives sagt, muss es mit drei positiven Dingen ausgleichen. Wollen wir das zur Sicherheit noch mal alle zusammen üben?«

Die Reaktionen kommen sofort und zahlreich.

»Nein!«

»Auf keinen Fall!«

»Miss Silva, biiiitte! Wir haben's auch so kapiert.«

Klammheimlich sucht Nathan meinen Blick. Ich lese Erstaunen in seinen Augen... und Bewunderung? Plötzlich fühle ich mich federleicht, so als wäre dieser trübe Louisiana-Morgen ein Ballon, in den jemand Helium gepumpt hat.

»Ich fange an«, sage ich neckend. »Ihr seid unglaublich. Die Stunde mit euch gehört ganz eindeutig und unumstößlich zu meinen sechs Lieblingsstunden.«

Stöhnen und Maulen. Ich unterrichte bloß sechs Stunden am Tag, inklusive meiner Vorbereitungsstunde.

Lil'Ray hält seine Pranke über meinem Kopf in der Luft, als wollte er ihn wie einen Basketball hüpfen lassen.

»Aber eigentlich sind wir die Nummer eins«, erklärt Michael. »Weil wir die Allerbesten sind.«

Ich mache nur stumm eine Reißverschlussgeste über meinem Mund.

»Ich könnte ja Ihrem Freund auch mal mein Projekt zeigen«, fährt Michael fort, als wir die Treppe zur Bibliothek hinaufgehen. »Alter, meins ist der Oberhammer. Ich hab meine Familie gefunden, über fünf Generationen in die Vergangenheit. Die Daigres haben eine echt abgefahrene Familiengeschichte. Neun Geschwister, in West Virginia in die Sklaverei reingeboren und dann in alle Winde verstreut. Thomas hat sich der Konföderiertenarmee angeschlossen, keine Ahnung, wieso. Seine Schwester hat nach dem Krieg ihren früheren Besitzer geheiratet. Wieso das? Weil sie verliebt war oder weil sie's musste? Auch das weiß ich nicht. Aber wie gesagt, meine Geschichte ist der Oberhammer.«

»Ja, logo, aber meine ist auch der Hammer... sogar der Dreifachhammer«, wirft Lil'Ray ein, dann fällt ihm wohl auf, dass er geradewegs auf einen Verstoß der Negativitätsregel zuschlittert, und er ergänzt: »Nicht dass seine Geschichte deswegen blöd wäre oder so. Ich sag bloß, dass meine so richtig der Hammer ist. Hardcoremäßig, verstehen Sie? Ich hab sogar Sachen aus der Kongressbibliothek bekommen.«

»Meine Leute waren schon hier, bevor irgendeiner von euch aufgetaucht ist«, protestiert Sabina Gibson, die zum Stamm der Choctaw gehört. »Ich gewinne sowieso, völlig egal, was ihr habt. Es sei denn, ihr habt... keine Ahnung... Höhlenmenschen in eurer Verwandtschaft gefunden oder so was.«

Ein Streit über Verwandte bricht los, der auch noch tobt, als wir an der kleinen Marmorsäule mit dem »Augustine Carnegie Library«-Schild vorbei- und die Treppe hinaufgehen.

Die Klasse versammelt sich vor den üppig verzierten Eingangstüren, die früher einmal messingglänzend gewesen sein müssen, nun allerdings eine traurige Patina tragen. Ich sorge für Ruhe. Die Kids sollen die Bibliotheksetikette lernen, obwohl wahrscheinlich außer uns sowieso keiner da ist, von den Helferinnen der Carnegie-Ladies einmal abgesehen.

Lil'Ray protestiert im Flüsterton, es sei seine Idee, *dem Kerl* sein Projekt zu präsentieren, deshalb müsse er den Vortritt bekommen.

Der Kerl gibt keine Antwort, sondern wirft mir bloß einen Blick zu, der sagt, dass er mit allem einverstanden ist, was auch immer wir am Ende beschließen.

Erst jetzt wird mir bewusst, dass ich ihn den Kindern gar nicht offiziell vorgestellt habe, und einigen von ihnen zwar mittlerweile dämmert, wen sie vor sich haben, die meisten ihn jedoch nicht kennen. Also hole ich es nach, doch sobald ich seinen Namen laut ausspreche, verfliegt die begeisterte Leichtigkeit ringsum, als hätte ihnen jemand Zement in die Schuhe gefüllt. Eine stumme Besorgnis macht sich breit, argwöhnische, hier und da auch neugierige Blicke richten sich auf ihn. Die kleine Fish flüstert ihrer Freundin hinter vorgehaltener Hand etwas ins Ohr.

Nathan sieht aus, als würde er am liebsten die Treppe hinunterstürzen, in seinen Wagen steigen, davonfahren und nie wieder hierher zurückkehren. Doch etwas hält ihn davon ab. Ich nehme an, es ist dasselbe, was ihn heute auch hergeführt hat.

KAPITEL 21

Hannie Gossett

TEXAS, 1875

Missy Lavinia hockt auf der Pritsche, wiegt sich vor und zurück, schreit und stöhnt in der Dunkelheit. Sie hat sich in die Hose gemacht, weil sie sich weigert, den Nachttopf in der Ecke zu benutzen, außerdem hat sie der ganze Aufruhr dermaßen aufgeregt, dass sie alles von sich gegeben hat, was in ihrem Magen war. Es ist eine stille Nacht, kein Lüftchen regt sich, das zwischen den Gitterstäben durchwehen und den Gestank forttragen könnte.

Wie konnte ich bloß hier enden?, frage ich mich. *Wie konnte es bloß so weit kommen?*

Der Mann in der Zelle nebenan beschwert sich über den Lärm und den Gestank, hämmert mit der Faust gegen die Mauer zwischen uns und mault, Missy soll endlich still sein, sonst dreht er noch durch. Ich hab mitbekommen, wie die Polizisten ihn ein paar Stunden nach Sonnenuntergang hergebracht haben – ein betrunkener Narr, der sich Ärger eingehandelt hat, weil er von der Army Pferde gestohlen hat. Der Sheriff von Fort Worth wartet nun darauf, dass die Army ihn abholt und in Gewahrsam nimmt. Dem Zungenschlag nach ist er Ire.

Ich sitze in der Finsternis und lege meine Hand auf die

Stelle am Hals, wo eigentlich Grandmas Band mit den blauen Perlen sein sollte, denke an Mama und wie alles schiefgelaufen ist, seit ich die Perlen verloren hab, und dass ich jetzt vielleicht meine Familie nie wiedersehen werde, weil sie mich nicht erkennt. Die Einsamkeit legt sich wie ein Schleier über mich, sodass ich bloß noch verschwommen die Umrisse des Halbmonds vor dem Zellenfenster sehen kann.

So allein hab ich mich noch nie vorher gefühlt. Das letzte Mal war ich mit sechs Jahren eingesperrt, nachdem ich meinem Käufer auf dem Sklavenmarkt gesagt hatte, dass ich von Goswood Grove gestohlen worden war. Obwohl ich noch ein kleines Mädchen war und mich in dem Gefängnis halb zu Tode gefürchtet hab, nachdem man mich zu meiner eigenen Sicherheit dort eingesperrt hatte, blieb mir wenigstens noch die Hoffnung, dass Old Gossett mich holen kommen und auch Mama und die anderen finden würde.

Aber diesmal ist niemand hier, und es wird auch niemand kommen. Wo auch immer Juneau Jane jetzt sein mag, sie hat keine Ahnung, was aus uns geworden ist. Und selbst wenn sie's wüsste, könnte sie nichts dagegen tun. Inzwischen steckt auch sie wahrscheinlich bis zum Hals in Schwierigkeiten.

»Sieh zu, dass die Heulsuse da endlich die Klappe hält«, schimpft der irische Pferdedieb. »Halt endlich dein verdammtes Maul, sonst setzt's was.«

Ich trete zu Missy, doch bei dem Gestank, der von ihr ausgeht, dreht sich mir der Magen um. »Sei still jetzt, wegen dir kriegen wir bloß Ärger. Halt den Mund.«

Ich lege den Kopf in den Nacken, um einen Atemzug von der Nachtluft zu nehmen, und versuche, die Melodie zu summen, die die alte Frau und der Junge vor der Kirche im Sumpf gesungen haben, zwar ohne den Text, trotzdem höre ich ihn klar und deutlich, wie meine Mama ihn singt.

Who's that young girl dressed in white
Wade in the water
Must be children of the Israelite
Oh, God's a-gonna trouble the water.

Missy rollt sich auf der Pritsche zusammen und legt den Kopf auf meine Knie, so wie früher, wenn ich nachts in ihr Kinderbettchen gekrabbelt bin, um sie zu beruhigen. Das waren die einzigen Male, dass sie nett war. Wenn sie Angst gehabt und geweint hat und wollte, dass jemand sie tröstet.

Ich streichle ihr dünnes Haar und schließe die Augen, während ich weitersumme, so lange, bis das Lied und die Nacht rings um mich herum...

»Hannie!«, höre ich ein scharfes Flüstern. »Hannie!«

Ich fahre hoch und lausche. Missy regt sich, rollt sich auf die Seite und schläft wieder ein. Auch der Ire ist verstummt. Habe ich die Stimme etwa bloß geträumt?

Erstes graues Morgenlicht sickert durchs Fenster und mit ihm die Angst. Wie lange behalten die uns noch hier, und was wird dann aus uns? Ich fürchte mich davor, es herauszufinden.

»Hannibal?«, ertönt die Stimme abermals. Erst jetzt erkenne ich sie. Es gibt nur einen, der mich Hannibal nennt, aber eigentlich ist das völlig unmöglich, deshalb weiß ich jetzt, dass es doch ein Traum sein muss. Trotzdem stehe ich auf, stelle mich auf die Pritsche, lege die Hände um die Gitterstäbe und spähe hinaus. Ich will erfahren, was der Traum mir zu sagen hat.

Seine Umrisse zeichnen sich im morgendlichen Halbdunkel ab. Er steht da, die Hände um die Zügel eines Esels, der vor einen zweirädrigen Karren gespannt ist.

»Gus McKlatchy? Vom Dampfer?«

Wahrscheinlich haben sie Gus nach mir ins Wasser geworfen, und er ist unters Dampfferrad gezogen worden. Dann ist es der Geist von Gus McKlatchy, der in zerrissenen Kleidern und einem Schlapphut im Nebel unter dem Zellenfenster steht.

»Psst. Schrei nicht so, sonst hört uns noch einer«, zischt er, obwohl außer ihm keine Menschenseele weit und breit zu sehen ist.

»Kommst du, um mir was zu sagen? Hat der Herr dich geschickt?«

»Das glaub ich nicht, weil ich nicht religiös bin.«

»Bist du ein Geist?«

»Nein, zumindest hat's mir keiner gesagt.« Er blickt über die Schulter und dirigiert den Esel näher an die Mauer, ehe er sich auf den Rücken des Tieres stellt.

»Was machst du da drin, Hannie? Ich hätt ja nicht gedacht, dass ich dich jemals wiederseh, zumindest nicht lebend. Ich dachte, du wärst ersoffen, nachdem dieser Kerl, Moses, dich über Bord geschmissen hat.«

Allein bei der Erinnerung zittere ich am ganzen Leib, spüre wieder das Wasser, wie es über mir zusammenschlägt, die gewaltigen Holzschaufeln des Dampfferrads, das meine Hose erfasst und mich unter Wasser zieht. Ich spüre Moses' Atem im Genick, seine Lippen, die mein Ohr streifen. *Kannst du schwimmen?* »Nein, ich hab's geschafft und bin ans Ufer geschwommen. Gut schwimmen kann ich nicht, aber ein bisschen.«

»Ha, ich hab doch gleich gewusst, dass du's bist. Gestern. Ich hab gesehen, wie die dich festgenommen haben. Du warst mit 'nem großen weißen Schwachkopf da, aber ich wusste nicht, wie das sein kann. Ich meine, immerhin hat dieser Kerl dich in den Fluss geschmissen.« Gus' Stimme schwillt vor

Aufregung an, ehe er sich besinnt und sich wieder argwöhnisch umsieht. »Du meine Güte, du hast ja mächtig Glück gehabt«, sagt er leise. »Am nächsten Abend hab ich gesehen, wie die mit 'ner Pistole auf einen Mann eingeschlagen haben. Dann haben sie ihm die Kehle aufgeschlitzt und ihn ins Wasser geworfen. Anscheinend war's ein Federal, der ihnen hinterhergeschnüffelt hat. Hab ich zumindest gehört. Dabei war das ganze Boot voller Typen, die auf der Seite der Confeds stehen, verstehst du? Der eine, der mit der Augenklappe, den nennen sie alle ›Lieutenant‹, als wären sie Soldaten und wüssten nicht, dass der Krieg schon zehn Jahre vorbei ist. Jedenfalls hab ich mich lieber versteckt, bis nach Texas, und danach war ich heilfroh, dass ich von dem Kutter runtergekommen bin.«

Ich spüre einen Kloß im Hals. So schlimm es auch sein mag, hier zu sein, bin ich trotzdem heilfroh, dass Gus und ich leben.

»Vielleicht könnt ich dich ja da rausholen, Hannie«, sagt Gus.

»Noch besser wär's, du würdest mir verraten, wie das gehen soll. Wir stecken im Schlamassel. Ganz tief.«

Nachdenklich fährt er sich der Hand über sein sommersprossiges Kinn, dann nickt er. »Ich hab 'nen Job, auf einem Gütertreck, über Hamilton und San Saba bis nach Menardville. Das könnte ziemlich gefährlich werden, wegen Indianern und so, aber die zahlen gut. Bestimmt komm ich damit so weit runter in den Süden, wo das ganze Vieh in der Prärie rumrennt und immer mehr und immer mehr wird… man muss es bloß noch einfangen, und schon macht man ein Vermögen damit. Kannst ja mitkommen, und wir zwei werden Partner, so wie wir's besprochen haben. Vielleicht krieg ich ja den Boss dazu, dass er mir den Lohn schon vorher auszahlt, dann komm ich morgen wieder und hol dich auf Kaution raus, wenn du versprichst, dass du auch für ihn arbeitest. Die brauchen dringend Männer für den Treck, Kutscher und Wachleute. Du kannst doch mit 'nem Vierspänner umgehen, oder?«

»Natürlich kann ich das.« Ich stelle mir bereits vor, wie ich Missy Lavinia und Juneau Jane einfach ihrem Schicksal überlasse, mit Gus abhaue und überall dort nach meinen Leuten frage, wo ich hinkomme. Früher oder später würde Gus merken, dass ich ein Mädchen bin, aber vielleicht ist es ihm auch egal. Ich bin kräftig und arbeite gut, kann schuften wie ein Mann. »Ich kann Eselwagen fahren, Pferdekutschen, Ochsenkarren und auch einen Pflug. Ich weiß, wie man einen Huf beschlägt, merke, wenn ein Gaul eine Kolik kriegt, und Sattelzeug kann ich auch flicken. Du kannst deinem Boss gern von mir erzählen.«

»Genau das mach ich. Wie gesagt, gefährlich wird's wohl werden, nur damit du's gleich weißt. Da sind Komantschen, Kiowas und so weiter. Die kommen aus'm Indianerland nach Süden, machen ein paar Leute kalt, klauen ihre Sachen, dann hauen sie wieder ab in den Norden, wo das Gesetz sie nicht kriegen kann. Kannst du mit 'nem Gewehr umgehen?«

»Kann ich.« Tati hielt es für besser, wenn Jason und John auf dem Feld blieben, da sie mehr Kraft hatten als ich. Dafür streifte ich regelmäßig durch die Wälder und Bayous in Goswood Grove, auf der Suche nach Nahrung. »Ich hab mehr Eichhörnchen und Opossums erwischt, als du zählen kannst.«

»Du schießt also wie ein Mann, wenn's sein muss?«

»Ich denke schon.« Aber wissen tue ich es nicht. Ich denke an den Krieg, an die toten Männer ohne Gesicht, an Arme und Beine und andere Körperteile, die wie Fleischbrocken rumlagen, im Fluss trieben oder von Freunden oder Sklaven nach Hause geschleppt wurden, um sie zu begraben. Futter für Fliegen, Würmer und wilde Tiere.

»Wär gut, wenn du dir sicher wärst«, sagt Gus.

»Im Notfall tu ich wohl, was ich tun muss. Und gerade würde ich so ziemlich alles tun, um hier rauszukommen.«

»Ich geb mir Mühe«, verspricht Gus. Ich kann also hoffen, nehme es sogar als Zusicherung, dass ich schon bald meine Freiheit wiedererlange. »In der Zwischenzeit hab ich was für dich.« Er kramt in seiner Tasche. »Keine Ahnung, wieso ich das Ding die ganze Zeit behalten hab... vielleicht weil wir Reisefreunde waren, und ich dachte, wir werden Partner bei der Viehsache... jedenfalls bevor du über Bord gegangen bist. Außerdem hab ich dir ja versprochen, dass ich überall nach deinen Leuten rumfrage, wo es mich hin verschlägt.«

Er streckt die Hand aus. Auf seiner schmutzstarrenden Handfläche liegt ein Band mit drei runden Punkten.

Grandmas Perlen. Aber wie ist das möglich? »Gus...«

»Ich hab sie aufgelesen. Da, wo er dich über die Reling geworfen hat. Deinen Leuten zu erzählen, was aus dir geworden ist, wär das Mindeste, was ich für dich tun kann, hab ich mir gedacht... das heißt, sollte ich jemals einem von ihnen übern Weg laufen. Ich hab hier und da rumgefragt, nach jemandem, der Gossett heißt und drei Perlen an 'ner Schnur um den Hals trägt. Gus McKlatchy hält seine Versprechen, sogar dann noch, wenn der, dem er's gegeben hat, wohl ertrunken ist. Aber du bist ja nicht ertrunken, deshalb kann ich's gerade nicht beweisen, aber jedenfalls gehört das hier dir.«

Ich nehme das Band mit den Perlen an mich, spüre die schwitzige Feuchtigkeit und Wärme seiner Haut, als ich die Finger darum schließe. *Halt sie gut fest, Hannie. Halt sie fest, falls das bloß ein Traum ist.*

Die Perlen endlich wiederzuhaben ist zu schön, um wahr zu sein.

»Ich hab mich für dich umgehört«, fährt Gus fort. »Hab nach diesem Mr. William Gossett und Mr. Washburn gefragt, von dem du erzählt hast, aber nichts rausgefunden.«

Seine Stimme klingt, als wehte sie von der anderen Seite eines breiten Felds herüber, aus weiter Ferne.

Ich presse mir die Perlen an die Wange, sauge ihren Duft ein, lasse sie über meine Haut rollen, kann die Geschichte meiner Familie darin fühlen. Die Geschichte meiner Großmutter, die meiner Mama. Meine eigene. Ich spüre, wie das Blut in meinem Körper pocht, immer schneller, es erfüllt mich und trägt mich mit sich, bis ich die Arme ausbreiten und wie ein Vogel fliegen könnte. Fort von hier, aus dieser Zelle.

»Der Gütertreck fährt jedenfalls in die richtige Richtung«, sagt Gus, aber eigentlich will ich nicht, dass er weiterspricht, sondern will lieber der Musik der Perlen lauschen. »Wenn wir erst mal da unten sind, suchen wir uns Arbeit... in Menardville, Mason, Fredericksburg, Austin City vielleicht. Sparen, bis wir genug Geld haben, damit jeder von uns ein Pferd und Zaumzeug davon kaufen kann. Und ich könnte dir ja helfen, die Leute nach deiner Familie zu fragen, wo wir schon mal dabei sind. Wenn du willst, meine ich. Ich könnt überall rumfragen, wo es zu gefährlich für einen schwarzen Jungen ist, seine Nase reinzustecken. So was kann ich ziemlich gut. Wer nicht fragt, der nicht gewinnt, sagen wir McKlatchys immer.«

Ich rolle immer noch die Perlen an meiner Wange hin und her, atme und atme und atme ihren Duft, schließe die Augen. *Kann ich wohl durch diese Eisenstäbe fliegen, wenn ich es mir nur fest genug wünsche?*, überlege ich.

In der Ferne kräht ein Hahn, und irgendwo läutet eine Glocke. »Ich muss los«, sagt Gus unvermittelt. Der Esel ächzt, als er von seinem Rücken steigt. »Dann seh ich mal zu, dass ich hier wegkomm, bevor mich noch einer sieht. Aber ich komm wieder. Wie gesagt, Gus McKlatchy hält seine Versprechen.«

Ich öffne die Augen und sehe ihm hinterher, als er davonfährt, den Kopf in den Nacken gelegt, und dabei ein Liedchen in die aufgehende Sonne hinauspfeift, bis ihn der vom Fluss heraufziehende Nebel verschluckt und nur noch die Melodie von *Oh! Susanna* zu hören ist, begleitet vom Klappern der kleinen runden Hufe des Esels und dem Klackern der hölzernen Räder auf dem Pflaster.

Als es still wird, lege ich mich auf die Pritsche, die Hand immer noch fest um das Band mit den Perlen gelegt und an meine Brust gepresst, um sicherzugehen, dass all das Wirklichkeit ist.

Helles Licht dringt durchs Fenster, als ich wieder aufwache. Der Sonnenstrahl reicht bereits bis zur Hälfte des Bodens. Bis zum Ende des Tages wird er weiter durch die Zelle wandern bis zur Wand hinüber.

Ich öffne die Hand und halte sie in die Sonne, die warm und wahrhaftig ist. Sie fällt auf die Perlen, lässt sie strahlen und schimmern.

Sie sind noch hier. Immer noch real.

Missy ist wach, wiegt sich wieder vor und zurück und stöhnt, aber statt etwas zu ihr zu sagen, stehe ich auf, stelle mich auf die Pritsche und spähe hinaus. Irgendwann in den frühen Morgenstunden hat es geregnet, daher sehe ich keine Spuren, weder von dem Jungen noch von seinem Eselskarren, aber die Perlen in meiner Hand sagen mir, dass es wahr ist.

»Gus McKlatchy«, sage ich laut. »Gus McKlatchy.«

Schwer vorstellbar, wie ein zwölf- oder dreizehnjähriger Junge uns hier rausholen soll, aber an manchen Tagen greift man nach jeder Hoffnung, die man kriegen kann, selbst wenn sie in Gestalt eines armen, spindeldürren weißen Bürschchens wie Gus daherkommt.

Der Tag verläuft nicht ganz so trübselig, während die Sonne durch die Zelle wandert. Ich denke an Gus, der irgendwo in der Stadt unterwegs sein muss, an Juneau Jane, die nicht mal eine Münze bei sich hat. All unsere Habseligkeiten waren bei mir, und nun hat sie der Sheriff an sich genommen. Unser Geld. Unsere Vorräte und die kleine Pistole. Und das Buch mit den Zeitungsanzeigen. Alles.

Missy stöhnt und hält sich den Bauch und wird unruhig, lange bevor der Mann mit unserem Napf dünner Bohnensuppe und zwei Holzlöffeln kommt. Einmal am Tag. Ein Napf voll. Mehr kriegen wir nicht, sagt der Sheriff.

Ich höre den Iren in der Zelle nebenan. Jetzt, da er wach ist, fängt er bestimmt gleich wieder an herumzuschreien. Stattdessen höre ich ihn flüstern: »Hey! Hey, hörst du mich da drüben? Du hörst mich doch, oder?«

Ich stehe von der Pritsche auf und gehe ein paar Schritte zur Seite, gerade weit genug, um seine fleischigen Arme zwischen den Gitterstäben heraushängen zu sehen. Seine Haut ist rot von der Sonne und mit einem dichten Pelz gelber Haare bedeckt, bis runter zu den Fingern. Es sind die Hände eines Mannes mit viel Kraft, deshalb bleibe ich dicht an der Wand, wo er mich nicht sehen kann.

»Ja. Ich hör dich.«

»Mit wem hast du da heute Morgen geredet?«

Es gibt keinen Grund, ihm über den Weg zu trauen, deshalb sage ich nur: »Weiß ich nicht.«

»McKlatchy, hat er gesagt, ich hab's gehört.« Der Mann hat uns also belauscht. »Ein anständiger schottischer Name. Und ein Freund der Iren, so wie ich auch. Meine liebe Mutter war halb Schottin, halb Irin, oh ja.«

»Ich weiß nicht.« Was will der Kerl von mir? Hat er vor, mich beim Sheriff zu verpfeifen?

»Wenn ihr beiden mir helft, hier rauszukommen, könnt ich euch auch helfen, euch beiden.« Die Hände beschreiben hastige Kreise.

Ich halte mich immer noch ganz dicht an der Wand.

»Ich weiß was«, fährt der Ire fort. »Der Mann, nach dem ihr sucht... dieser William Gossett. Ich hab ihn gesehen, ja, ganz genau. Ein Stück südlich von hier, in den Bergen, in der Nähe von Llano. Hab ihm einen guten Handel angeboten. Ein Pferd, als sein eigenes gelahmt hat. Ich könnt dich zu ihm bringen, wenn ihr mir helft, hier rauszukommen. Dein Mr. Gossett könnt gewaltig Ärger kriegen, falls er da unten den Soldaten übern Weg läuft... als wir auseinandergegangen sind, hatte er eines ihrer Pferde unterm Sattel. Ich hab ihn gewarnt, das Vieh lieber einzutauschen, wenn er in die nächste Stadt kommt, aber der ist keiner, der 'nen Rat annimmt. Wenn ihr mir hier raushelft, zeig ich mich erkenntlich und helf euch, ihn zu suchen. Mit mir wärt ihr besser dran, mein Freund.«

»Ich glaub nicht, dass wir dir helfen können«, antworte ich, damit er gleich weiß, dass ich ihm kein Wort glaube.

»Sag deinem Freund, er soll seinem Boss ausrichten, dass ich ein guter Arbeiter bin und keine Angst hab, ihn und seine Männer zu begleiten. Wenn er mir hilft, hier rauszukommen, ohne dass die mich aufknüpfen, kriegt er alles von mir, was er haben will.«

»Die holen doch nie im Leben einen Dieb von Armeepferden aus dem Gefängnis.«

»Jeder Deputy hat seinen Preis.«

»Ich hab keine Ahnung, wovon du überhaupt sprichst.« Ich glaube kein Wort, schon gar nicht einem Iren. Die Iren erzählen immer bloß Geschichten, außerdem können sie uns nicht leiden, genauso wenig wie wir sie.

»Diese drei Perlen«, fährt er fort. »Ich hab gehört, dass du davon geredet hast, ja genau. Und ich hab sie sogar mal gesehen, als ich im Hill County unterwegs war. In 'ner Herberge mit Restaurant unten in Austin, direkt am Waller Creek. Drei blaue Perlen an einem Band. Um den Hals von 'nem kleinen weißen Mädchen.«

»Ein weißes Mädchen?« Ich nehme an, er weiß noch nicht, dass ich farbig bin und jemand, der die Perlen meiner Großmutter um den Hals trägt, ebenfalls farbig sein würde.

»Ja, ein rothaariges, mageres Ding, noch ganz klein. Acht oder zehn, würd ich sagen. Sie hat den Leuten Wasser an die Tische unter den Eichen gebracht. Ich könnte dich ja hinbringen.«

Ich wende mich ab und gehe zu meiner Pritsche zurück. »So jemanden kenn ich nicht.«

Der Ire ruft mich, aber ich gebe keine Antwort, dann fängt er an zu schwören, bei der Seele seiner toten Mama, dass es die Wahrheit ist, aber ich höre gar nicht hin.

Kurz danach – die Suppe ist noch nicht mal kalt – kommen die Soldaten und nehmen ihn mit. Er schreit und tobt so laut, dass Missy sich die Hände auf die Ohren presst und sich unter der Pritsche verkriecht, obwohl es dort dreckig und eklig ist.

Als Nächstes kommt der Deputy zu uns, packt mich und zerrt mich zur Zellentür raus. Ich kann mich nicht wehren. »Halt dein Maul, wenn du keinen Ärger kriegen willst«, schnauzt er.

Er schleift mich zum Sheriff im vorderen Raum des Reviers, wo ich anfange zu betteln und zu flehen und zu beteuern, dass ich doch gar nichts getan hab. »Hier«, sagt er und drückt mir unsere Habseligkeiten in die Hand. Sie sind vollständig. Sogar die Pistole und das Buch spüre ich. »Jemand hat dir Arbeit gegeben, die dich von hier wegführt. Sieh zu, dass ich dein Gesicht nicht mehr zu sehen kriege, wenn der Treck von J. B. French erst mal losgefahren ist.«

»Aber Mis...«, setze ich an, halte jedoch gerade noch rechtzeitig inne, bevor *Missy* über meine Lippen kommen kann. »Aber er hat niemanden sonst. Er ist harmlos, bloß ein bisschen langsam und einfach im Kopf, aber ich...«

»Halt die Klappe! Sheriff James will kein Wort von dir hören.« Der Deputy verpasst mir einen heftigen Tritt in den Rücken, sodass ich vorwärtsstolpere und auf dem Boden lande, mitten auf dem Bündel mit unseren Sachen. Eilig rapple ich mich wieder auf.

»Der Junge wird ins State Lunatic Asylum in Austin überführt«, erklärt der Sheriff. Der Deputy macht die Tür auf, schubst mich hinaus auf die Straße und wirft mir das Bündel hinterher.

Gus wartet schon auf mich und sammelt alles ein. »Lass uns lieber abhauen, bevor er es sich anders überlegt«, sagt er.

Ich erwidere, dass ich Missy nicht allein lassen kann, aber davon will er nichts hören.

»Mehr konnte ich nicht tun, Hannibal. Und wenn du Ärger machst, stecken die dich gleich wieder in die Zelle, und dann ist es vorbei mit der Hilfe.«

Ich lasse mich von Gus wegziehen. »Reiß dich am Riemen«, sagt er. »Was ist denn auf einmal in dich gefahren? Du bringst uns bloß beide in Schwierigkeiten. Mr. J. B. French und sein Vorarbeiter Penberthy können keinen Ärger gebrauchen.«

Ich folge ihm, während ich überlege, was ich tun soll. Alles rings um mich herum verschwimmt vor meinen Augen, die

Straßen, die Pferde und Karren, Schwarze und Weiße, Cowboys und Hunde, Geschäfte und Häuser. Und dann sehe ich plötzlich die Gasse neben dem Gericht. Ich bleibe stehen, erinnere mich daran, wie ich erst gestern hier gesessen und mit Missy und Juneau Jane den Proviant aus unserem Bündel zu Mittag gegessen habe.

»Hier entlang.« Gus stößt mich an. »Ein Stück geht's noch. Der eine Güterwagen ist fertig beladen, und die letzten aus der Mannschaft müssen oben auf der Fracht mitfahren. In Weatherford stoßen wir zu den anderen Wagen, und von dort aus geht's in Richtung Süden. Wir haben keine Zeit zum Rumstehen.«

»Ich komme gleich«, sage ich und drücke Gus das Bündel in die Hand, ehe er etwas erwidern kann. »Ich komme mit, aber vorher muss ich noch was erledigen.«

Ich mache kehrt und laufe durch die Straßen und Gassen, vorbei an kläffenden Hunden und scheuenden, an Holzgeländern festgebundenen Pferden. Natürlich weiß ich, dass ich das nicht tun sollte, trotzdem kehre ich dorthin zurück, wo der ganze Ärger angefangen hat. Wo Old Florida und der Schuhputzer neben dem Badehaus ihrer Arbeit nachgehen. Ich frage sie nach Juneau Jane, aber keiner hat sie gesehen, deshalb renne ich weiter, um das Haus herum, wo ich stehen bleibe und sehe, wie Arbeiter das Wasser in Kübeln heraus- und hineintragen.

Eine stämmige, rundgesichtige Farbige kommt heraus und nimmt Wäsche von einer Leine, während sie lachend mit ein paar anderen scherzt. Ich trete auf sie zu, um sie zu fragen, ob sie Juneau Jane gesehen habe.

In diesem Moment tritt ein Mann auf den Balkon direkt über mir, legt den Kopf in den Nacken und bläst eine Schwade Zigarrenrauch in die Luft, die sich unter seiner Hutkrempe kräuselt und auflöst, als er nach vorn tritt und die Asche über das Geländer schnippt. Dabei erhasche ich einen Blick auf die Augenklappe und die geschmolzen aussehende Narbe auf seiner Wange. Ich muss mich zwingen, kehrtzumachen und wegzugehen, ganz langsam, bloß nicht rennen. Ich presse die Arme gegen die Seiten, balle die Fäuste, sehe nicht nach links oder rechts oder hinter mich. Doch ich spüre, wie mir der Lieutenant hinterhersieht.

Nein, nein, tut er nicht, sage ich mir. *Bloß nicht umdrehen.*

Ich biege um die Ecke und fange an zu laufen, renne blindlings durch die Gasse. Erst jetzt fällt mir auf, dass ich nicht allein bin. Ein Mann wuchtet Kisten auf einen Karren. Er ist groß, schlank und kräftig. Ich erkenne ihn auf Anhieb, selbst im Halbdunkel. Keiner vergisst einen Mann, der drauf und dran war, einen umzubringen, sogar gleich zweimal. Und der's auch jetzt könnte, wenn er Gelegenheit dazu bekäme. Ich versuche, stehen zu bleiben und umzukehren, rutsche aber im Matsch des Waschwassers aus, das die Gasse entlangläuft.

Noch bevor ich wieder auf die Füße komme, steht Moses vor mir.

VERMISST

Sehr geehrter Herr Chefredakteur – ich wurde vor etwa siebzig Jahren in Henrico County, Virginia, geboren. Meine Mutter hieß Dolly und war Sklavin von Phillip Fraser. Und auch ich war Sklave von Fraser, bis ich etwa 13 war. Ich hatte zwei jüngere Schwestern, Charity und Rebecca. Sie waren vier und fünf Jahre, als ich an Wilson Williams aus Richmond verkauft wurde. Sechs oder sieben Monate später hat Mr. Willams mich an die Sklavenhändler Goodwinn & Glenn weiterverkauft, die mich in New Orleans, Louisiana, verkauft haben. Damals war ich etwa vierzehn Jahre alt. Danach kam ich in den Besitz vieler verschiedener Master in Louisiana und Texas, bis Präsident Lincoln erklärt hat, dass alle Sklaven befreit werden sollen. Inzwischen wohne ich hier und bin Mitglied der M. E. Church. Ich wüsste gern, was aus meinen Schwestern Charity und Rebecca geworden ist, die ich in Virginia zurücklassen musste, und vielleicht erfahre ich auch von anderen Verwandten, falls ich welche haben sollte. Daher wende ich mich an Sie. Zuschriften erbitte ich an Rev. J. K. Loggins, St. Paul's Church, Galveston, Texas.

Mrs. Caroline Williams

»Vermisst«-Rubrik im *Southwestern*,
14. April 1881

KAPITEL 22

Benny Silva

AUGUSTINE, LOUISIANA, 1987

Wieder ist es Donnerstag, und noch bevor ich den ersten Blick durch die Bäume erhasche, weiß ich bereits, dass Nathans Laster in meiner Einfahrt stehen wird. Ich drücke auf das Gaspedal meines Käfers, der inzwischen eine nagelneue Stoßstange hat – dank Cal Frazer, dem hiesigen Automechaniker und Neffen von Miss Caroline, einer unserer Carnegie-Ladies. Er liebt alte Autos wie meinen Käfer, weil sie gebaut wurden, um repariert und instandgehalten zu werden, statt dass man sie verschrottet, bloß weil die Digitalanzeige und die automatischen Gurte nicht mehr funktionieren.

Ein Streifenwagen löst sich aus seinem Versteck hinter einer Werbetafel und folgt mir. Ausnahmsweise bricht mir nicht der Angstschweiß aus, weil er mich wegen der fehlenden Stoßstange anhalten könnte. Trotzdem kann ich ein leises Unbehagen nicht abschütteln, als er mir um jede Kurve und Biegung folgt. Das Ganze ist wie in diesen Kinofilmen, in denen es keinen Unterschied mehr zwischen Gesetzeshüter und Kleinstadt-Mogul gibt, weil beide vom selben Ziel angetrieben werden: Neulinge in der Stadt daran zu hindern, an den Gepflogenheiten zu rütteln.

So gern ich das Historienspiel-Projekt unter Verschluss halten würde, bis es ein wenig weiter gediehen ist, lässt sich das kaum realisieren, wenn Dutzende Schulkinder, eine Gruppe älterer Damen und eine Handvoll Freiwilliger wie Sarge durch die Stadt rennen und alles herausziehen und ans Licht bringen, von alten Gerichtsunterlagen und Zeitungsausschnitten, über Familienfotos und Unterlagen, bis hin zu Reklametafeln und Kostümen. Inzwischen ist Anfang Oktober, somit bleiben uns nicht einmal mehr dreißig Tage bis zu unserer Aufführung.

Am Ende meiner Einfahrt halte ich an, nur um zu sehen, wer am Steuer des Polizeiautos sitzt. Redd Fontaine. Natürlich. Als Bruder des Bürgermeisters von Augustine und Cousin von Will und Manford Gossett fällt für sein Dafürhalten so ziemlich alles in seinen Zuständigkeitsbereich, dabei befinden wir uns außerhalb der Stadtgrenze. Scheinbar seelenruhig fährt er die Straße entlang, wobei er an mir vorbei zum Haus späht.

Unwillkürlich frage ich mich, ob er versucht, einen Blick auf Nathans Laster zu erhaschen. Der Käfer und ich halten die Stellung und versperren ihm die Sicht, bis er vorbeigefahren ist. Erst dann tuckern wir langsam die Einfahrt hinauf. Mein Puls beruhigt sich prompt, als ich die Khakishorts und das schlammgrüne Baumwollhemd durch den Oleanderstrauch mit dem Gartenschutzheiligen darunter schimmern sehe. Noch bevor ich Nathan auf der Schaukel sitzen sehe, erkenne ich das Outfit – soweit ich es beurteilen kann, besitzt Nathan etwa fünf Kombinationen, alle lässig, bequem und perfekt für das schwülheiße Klima hier. Sein Stil lässt sich als etwas zwischen Holzfäller und Surfer kategorisieren. Sich aufzubrezeln ist nicht sein Ding.

Das mag ich an ihm. Auch ich bin keine, der Mode viel bedeutet, obwohl ich im Beruf großen Wert darauf lege, einen guten Eindruck zu machen. *Kleide dich dem Job entsprechend, den du gerne hättest, und nicht dem, den du gerade hast*, ist ein Ratschlag, den uns die Karriereberater auf dem College regelmäßig erteilt haben. Ich glaube, ich möchte eines Tages gern Rektorin an einer Schule werden. Die Erkenntnis ist so neu, dass ich mich erst noch daran gewöhnen muss. Die Arbeit in der Sekundarstufe erweist sich als unerwartet befriedigend. Diese Kinder geben mir das Gefühl, ein Ziel zu haben; dass es wichtig ist, jeden Tag aufzustehen und an die Arbeit zu gehen.

Geräuschlos rollt der Käfer durch die Rinnen in der Einfahrt auf seinen gewohnten Platz und kommt mit einem leisen Seufzer zum Stehen, als ich die Zündung ausmache. Nathan sitzt auf der Schaukel, einen Arm lässig auf der Lehne aufgestützt, und blickt mit zusammengekniffenen Augen so konzentriert auf den Friedhof, dass ich einen Moment lang denke, er döst. Er wirkt... entspannt, ohne die geringste Sorge, ganz im Hier und Jetzt.

Das ist etwas, was ich von ihm zu lernen versuche... diese Fähigkeit, den Moment zu leben. Von Natur aus bin ich ein Mensch, der plant, der sich sorgt. Beispielsweise kann ich mich stundenlang damit quälen, mir einstige Fehler und Vergehen vor Augen zu führen, darüber nachzugrübeln, dass ich hätte klüger handeln, mehr Stärke an den Tag legen, anders entscheiden müssen. Ich lebe viel zu oft im Was-wäre-wenn-Modus. Und ich verbringe zu viel Zeit und Energie damit, Probleme vorherzusehen, die auf mich zukommen könnten. Nathans Taktik sieht eher so aus, dass er das Leben nimmt, wie es kommt, und sich mit den Problemen befasst, falls und wenn sie auftauchen. Vielleicht ist das darauf zurückzuführen, dass er in den Bergen aufgewachsen ist, großgezogen von einer Künstlerin als Mutter, die er liebevoll als Gammlerin bezeichnet.

Ich wünschte, er würde mehr von ihr erzählen, aber er gibt nur wenig von sich preis. Andererseits erzähle ich auch nichts. Es gibt nur ganz wenig über meine Familie oder meine Vergangenheit, bei dem ich nicht Gefahr laufe, den Themen zu nahe zu kommen, die ich den Großteil meines Erwachsenenlebens zu meiden versuche.

Das Knarzen der Holzdielen reißt ihn aus seinen Tagträumen. Er wendet sich mir zu und mustert mich einen Moment lang mit schief gelegtem Kopf. »Harter Tag?«, fragt er.

»Sehe ich so schlimm aus?« Verlegen zupfe ich an meinen krausen schwarzen Locken und schiebe sie in den französischen Zopf zurück, der heute Morgen noch ganz ordentlich aussah.

Er deutet auf den freien Platz auf der Schaukel. »Du wirkst besorgt.«

Ich zucke die Achseln, aber wenn ich ehrlich bin, gibt es tatsächlich etwas, das mich plagt ... eine Sorge und eine kleine Wunde. »Na ja, es geht um die Genehmigung für das Historienspiel-Projekt. Ich habe es Mr. Pevoto mehrmals erklärt, allerdings bin ich nicht sicher, ob er mir wirklich zuhört. Er tätschelt mir bloß den Kopf und sagt, ich solle die schriftliche Erlaubnis der Eltern einholen. Ein paar fehlen mir noch. Eigentlich wollte ich am Elternabend die Gelegenheit nutzen und zusehen, dass ich einen Großteil der Unterschriften zusammenkriege. Und dann waren elf Eltern da. Elf. Insgesamt. Aus fünf unterschiedlichen Klassen mit jeweils sechsunddreißig Kindern schaffen es drei Mütter, ein Vater, eine Tante, eine vom Gericht bestellte Betreuerin, eine Pflegemutter und zwei Großelternpaare. Den Großteil des Abends habe ich in meinem leeren Klassenzimmer gesessen.«

»Oje, das ist übel.« Er nimmt den Arm von der Lehne und legt ihn mir um die Schultern, wobei seine Finger meinen nackten Oberarm berühren. »Das muss wehgetan haben.«

»Ja. Hat es.« Ich lasse mich in die Tröstlichkeit der freundschaftlichen Geste sinken... oder was auch immer das sein mag. »Ich hatte Infotafeln mit ihren Aufsätzen und Fotos vorbereitet. Es sollte alles sehr schön werden, verstehst du? Aber dann habe ich allein dagesessen, mit Keksen und Dosenlimo... ich habe bei Ben Franklin sogar extra Pappteller und Becher mit Herbstmotiven gekauft. Die nächsten Monate bin ich jedenfalls eingedeckt.«

Mir ist bewusst, dass ich mich anhöre, als würde ich um sein Mitleid betteln, was furchtbar ist, andererseits stimmt es ja irgendwie auch, ich brauche Mitgefühl. Die Elternabend-Kränkung sitzt tief, und das hier... was wir hier gerade tun, ist so schön.

»Oje.« Wieder drückt Nathan kameradschaftlich meinen Arm, um mich aufzumuntern. »Ich esse ein paar deiner Kekse, wenn das hilft.«

Ich lege den Kopf an seine Schulter und spüre, wie ich mich entspanne. Plötzlich fühlt es sich ganz natürlich an. »Versprochen?«

»Versprochen.«

»Großes Indianerehrenwort?« Ich hebe die Hand, lasse sie aber abrupt wieder sinken. Das habe ich früher immer mit Christopher gemacht. Alte Gewohnheit. Sich Hals über Kopf in eine neue Beziehung zu stürzen, um den Schmerz über den Verlust der alten loszuwerden, war stets die Taktik meiner Mutter, wenngleich nie von Erfolg gekrönt. Nathan und ich sind Freunde, gewissermaßen Kollegen. Es ist klüger, es dabei zu belassen. Und er scheint das genauso zu sehen, denn wann immer ich versucht habe, ihm Details über seine Vergangenheit zu entlocken, ist er nie darauf eingegangen. Ich habe sogar mal angedeutet, dass es mich interessieren würde, wie die Arbeit auf seinem Shrimpkutter so abläuft, aber auch dazu hat er mich nie eingeladen. Er gibt mir keinen Einblick in sein Leben. Dafür muss es ja Gründe geben.

Ich löse mich von ihm, gehe wieder auf Sicherheitsabstand.

Er platziert seine Hand zwischen uns auf der Schaukel, dann nimmt er sie weg, legt sie auf seinen Schenkel, trommelt nervös mit den Fingern. Ein Zaunkönig hüpft auf dem Geländer herum und fliegt dann davon.

Schließlich räuspert sich Nathan. »Ach ja, bevor ich es vergesse. Ich wollte dir erzählen, dass ich meinen Anwalt gebeten habe, den Vertrag über den Verkauf des Grundstücks an die Friedhofsgesellschaft zu annullieren, zumindest in der jetzigen Form. Es wäre nicht richtig, das Grundstück zu veräußern, auf dem so viele Menschen vor über hundert Jahren begraben wurden. Deshalb muss die Friedhofsgesellschaft sich wohl oder übel nach einem anderen Stück Land umsehen. Das bedeutet, du brauchst dir wegen des Hauses keine Gedanken zu machen. Es gehört dir, solange du bleiben willst.«

Erleichterung und Dankbarkeit durchströmen mich. »Danke. Ich kann gar nicht sagen, wie viel mir das bedeutet.« Diese Neuigkeit hilft mir, mich zu stabilisieren. Ich brauche dieses Haus, meine Schüler brauchen das Historienspiel-Projekt. Und eine Romanze mit Nathan könnte all das bloß verkomplizieren.

Ich setze mich anders hin, sodass mein Knie zwischen uns liegt und noch mehr Platz entsteht, und lenke das Gespräch auf das Haus. Ein neutrales Thema. Nichts Persönliches. Schließlich kommen wir aufs Wetter zu sprechen, was für ein schöner Tag es ist und dass es sich beinahe schon wie Herbst anfühlt. Beinahe.

»Aber wahrscheinlich kriegen wir morgen wieder fünfunddreißig Grad«, witzelt er. »Immerhin sind wir hier im Süden von Louisiana.«

Wir sinnieren darüber, wie merkwürdig es ist, in einer Gegend zu leben, in der die Jahreszeiten so übergangslos ineinanderfließen. Mittlerweile sind die Berge von North Carolina, wo Nathan aufgewachsen ist, ein Meer aus leuchtendem Gelb und Bernstein, gesprenkelt mit dem satten Grün der Tannen. In Maine, einem der Lieblingsbundesstaaten unter den vielen, in denen ich groß geworden bin, findet man um diese Zeit überall Obst- und Gemüsestände am Straßenrand, die Leute amüsieren sich auf Heuwagenfahrten und strömen massenweise herbei, um sich an dem prachtvoll bunten Laub der Ahorn-, Amber- und Hickorynussbäume zu erfreuen. Morgens zieht sich bereits ein Zuckerguss aus Frostkristallen über die Landschaft, und erste Schneeflocken trudeln auf das verdorrte Gras, zumindest aber liegt der Geruch nach Winter in der Luft.

»Ich hätte nie gedacht, dass mir der Herbst einmal fehlen könnte, aber es ist tatsächlich so«, stelle ich fest. »Andererseits ist der Garten drüben in Goswood Grove ein ziemlich guter Ersatz, wenn man üppiges Grün mag.« Gerade als ich anfangen will, von den eindrucksvollen Antikrosen zu schwärmen, die sich über die Zäune ergießen, von den hohen Bäumen und den Überresten eines lauschigen Pavillons, den ich erst gestern beim Herumschlendern entdeckt habe, wird mir abrupt bewusst, welche Richtung unsere Unterhaltung genommen hat.

Nathans entspannte Lässigkeit weicht einer bedrückten Schwere. Eigentlich möchte ich mich gern entschuldigen, aber natürlich geht das nicht, weil es nur hervorheben würde, dass er ein massives Problem mit dem Haus und der Entscheidung hat, was auf lange Sicht damit passieren soll.

Sein Blick schweift in Richtung des Herrenhauses, während ich mich innerlich ohrfeige. Es ist, als hätte sich eine dunkle Wolke über ihn geschoben.

»Okay ... ich könnte ja schnell ein paar gegrillte Käsesandwiches und eine Tomatensuppe zaubern. Und wie wär's mit einer heißen Schokolade? Zur Feier des nicht vorhandenen Herbstbeginns.« Ich benehme mich wie ein Footballteam, das absichtlich den Kick-off so kurz hält, dass es den Ball zurückerobert, um die Dynamik des Spiels zu verändern. »Hast du Hunger? Ich nämlich schon.«

Einen Moment lang wirkt er unschlüssig. Doch dann verschwindet die Wolke plötzlich, und ein Lächeln kommt darunter zum Vorschein. »Es wäre einfacher, ins Cluck and Oink zu gehen.«

»Na, das klingt doch nach einer mächtig guten Idee«, stimme ich in einer erbärmlichen Imitation des Louisiana-Akzents zu. »Du besorgst uns dort ein paar schöne Rippchen, und ich schmeiße mich solange in meine Jeans.«

Damit sind wir wieder in sicheren Gefilden, unserem gewohnten Donnerstagabend bei mir daheim. Später werden wir einen Verdauungsspaziergang zum Friedhof machen, die alten Gräber bestaunen und Mutmaßungen darüber anstellen, was für ein Leben die Verstorbenen wohl geführt haben. Oder wir gehen zum Dammweg hinauf, um die Sonne über den Reisfeldern untergehen zu sehen, natürlich immer darauf bedacht, nicht zu nahe an Goswood Grove heranzukommen.

»Nein«, murmelt er, als wir aufstehen. Ich halte inne. Will er plötzlich doch nicht mit mir zu Abend essen? »Fahren wir lieber hin und essen dort etwas. Du hast eine harte Woche hinter wir, und so brauchst du danach nicht auch noch die Küche aufzuräumen.« Er muss mir meine Verblüffung angesehen haben, denn er fügt eilig hinzu: »Es sei denn, du willst unbedingt hierbleiben.«

»Nein!«, platze ich heraus. Allerdings waren Nathan und ich immer allein, von dem gemeinsamen Besuch in der Bibliothek abgesehen, doch auch da waren außer uns nur die Kids und ein paar Helferinnen. »Das klingt toll. Aber gib mir einen Moment, damit ich mich um meine Haare kümmern kann.«

»Fürs Cluck and Oink?« Er runzelt amüsiert die Stirn.

»Stimmt auch wieder.«

»Du siehst fantastisch aus. Jennifer Grey in *Dirty Dancing* meets Jennifer Beals in *Flashdance*.«

»Na, wenn das so ist.« Ich mache ein paar ungelenke Tanzbewegungen, die meine Kollegen der Englischfakultät auf dem College einmal liebevoll als *Laufvogel auf dem Eis* bezeichnet haben. Nathan lacht. Wir gehen zu seinem Laster und plaudern dabei über dies und das.

Sowie ich einen Fuß ins Cluck and Oink setze, überkommt mich Verlegenheit. Granny T steht hinter der Kasse, LaJuna bringt uns die Speisekarten, sagt schüchtern Hallo und dass sie uns heute bedienen wird.

Vielleicht wäre es ja doch die bessere Idee gewesen, das Essen mitzunehmen. Die Bibliothek war eine Sache, aber das hier erweckt deutlich mehr den Anschein eines Dates und fühlt sich auch wie eines an.

In der Ecke sitzt die Crosslauf-Trainerin der Mädchen und sieht alles andere als freundlich zu mir herüber. Sie und die anderen Coaches sind nicht allzu gut auf mich zu sprechen, weil einige der Kids so mit ihren Projekten beschäftigt waren, dass sie das Training vernachlässigt haben.

Lil'Ray taucht mit einer Plastikwanne voll Geschirr aus dem Hinterzimmer auf. Sprühflaschen mit rosafarbenem Reiniger hängen von seinem Gürtel wie bei einem Revolverhelden. Ich wusste noch nicht einmal, dass er hier jobbt.

In dem schmalen Durchgang zwischen der Kellnerstation und der Küchentür kreuzen sich sein und LaJunas Weg. Sie stoßen einander neckend an, und dann, als sie glauben, dass keiner hinsieht, schmiegen sie sich kurz aneinander und küssen sich.

Wie bitte? Wann hat das denn angefangen?

Du lieber Gott, wie soll ich bloß jemals mit diesen Kids fertigwerden? Sobald ich mich auch nur eine Minute umdrehe, passiert etwas – eine neue Stolperfalle, ein Schlagloch, eine Straßensperre, irgendeine Fehlentscheidung oder ein Akt schierer Dummheit.

Lil'Ray und LaJuna sind noch blutjung und haben beide ein unglaubliches Potenzial, gleichzeitig haben beide mit massiven Problemen im Alltag zu kämpfen. Als Kind aus einer Problemfamilie läuft man ständig Gefahr, sich die Liebe und Zuwendung, die man zu Hause nicht bekommt, bei Gleichaltrigen zu holen. So schön die Vorstellung einer jungen Liebe auch sein mag, ist mir klar, welche Folgen sie haben kann, und soweit ich das beurteilen kann, brauchen Lil'Ray und LaJuna eine Teeniebeziehung etwa so dringend wie ich 10-Zentimeter-Stilettos.

Interpretiere nicht zu viel hinein, denke ich. *Oft hat sich so etwas nach einer Woche schon wieder erledigt.*

»Ich habe mir Gedanken wegen des Hauses gemacht«, sagt Nathan unterdessen. Ich löse meinen Blick von der Szene hinter der Kellnerstation und bemühe mich, auch die finsteren Blicke der Trainerin zu ignorieren.

»Mein Haus?«

Die Frage hängt noch in der Luft, als der Aushilfskellner mit einem Brotkorb an unseren Tisch tritt, dem ein Duft entströmt, den ich unter anderen Umständen bloß als himmlisch bezeichnen könnte. Er stellt das abgenutzte Plastikkörbchen auf den Tisch und bestückt es mit Maismuffins, Brotsticks und Brötchen, dazu normale Butter und Honigbutter und ein Messer.

»Hey, Miss Pooh«, sagt er. Ich war so von der Rolle, dass ich gar nicht aufgesehen habe. Auch er ist einer meiner Schüler, ein Mitglied der Fish-Familie, mit zotteligen Haaren, einer der *Assis*, der Gerüchten zufolge Gras raucht, das seine Familie irgendwo in den Wäldern anbaut. Mir ist bereits aufgefallen, dass er nach Zigarettenqualm stinkt, vor allem nach der Mittagspause.

Auch im Lehrerzimmer genießen die Fishs nur wenig Sympathie. Dort gelten sie als weißer Abschaum, Menschen auf der untersten Sprosse der Gesellschaft. *Kein Fish hat jemals die Highschool abgeschlossen, deshalb kann man sich die Mühe auch gleich sparen*, lautete die wortwörtliche Einschätzung. *Je schneller sie abgehen, umso besser. Haben bloß einen schlechten Einfluss auf die anderen.*

Ich lächle ihn an. Shad, der Zweitälteste der Familie, ist der Gesprächigere. Gar Fish, der jetzt vor mir steht, hat noch nie ein Wort im Unterricht gesagt. Kein einziges. Die meiste Zeit hockt er mit vor die Stirn gelegten Fingern vornübergebeugt an seinem Tisch. Selbst in der Bibliothek. Er ist ein Faulpelz, und auch sportlich hat er nicht viel auf dem Kasten, weshalb keiner der Trainer seinen mangelnden akademischen Ehrgeiz in Schutz nimmt.

»Hey, Gar.« Dass er hier arbeitet, wusste ich nicht.

»Ich hab... geschrieben... an meinem Projekt«, stammelt er.

Mir fällt fast die Kinnlade herunter.

Er wirft mir unter seinem dunklen fettigen Pony unter der

Cluck-Mütze einen zögerlichen Blick zu. »Onkel Saul ist zum Pflegeheim in Baton Rouge rübergefahren, um Poppop zu besuchen. Ich und Shad sind auch mitgefahren, deswegen konnten wir auch mit Pops reden. Bei uns zu Hause gibt's keine Familienbibel oder so was.« Erschrocken sieht er auf, als die Hostess hinter dem Pult hervortritt und neue Gäste in die Nische direkt neben uns führt, und kehrt ihnen den Rücken zu, ehe er fortfährt. »Pops hat mir Sachen über die Familie erzählt. Früher haben die immer ein Stück den Fluss hoch Geschäfte gemacht, waren die größten Schwarzbrenner in der ganzen Gegend. Pops war gerade mal elf, als er dazugekommen ist, nachdem die Schmugglerjäger seinen Daddy wegen Verstoß gegen die Prohibitionsgesetze eingebuchtet haben. Nach einer Weile konnten sie dann nicht mehr weitermachen. Pops ist von zu Hause weggegangen, weiter flussaufwärts, um für seine Onkel zu arbeiten, die ein Sägewerk hatten. Er weiß noch, dass in der Kammer in der Scheune, wo er geschlafen hat, die Ketten der Sklaven noch an den Wänden hingen. Damals haben die entlaufene Sklaven eingefangen, nach New Orleans gebracht und dort verkauft. Können Sie sich so was vorstellen? Wie Wilderer. Das ist so, als würde man Alligatoren außerhalb der Jagdsaison jagen. Und mit so was haben meine Leute früher ihr Geld verdient…«

»Hm.« Es gibt Momente, da fällt mir kein anderer Kommentar ein, um mich zu den Fakten zu äußern, die wir im Zuge unserer Forschungsreise ans Licht gebracht haben. Die Wahrheit ist manchmal schlicht entsetzlich. »Es gibt Dinge in unserer Geschichte, die nur sehr schwer zu verstehen sind, hab ich recht, Gar?«

»Ja.« Er lässt die Schultern sacken und senkt den Blick. Unter seinem einen Auge – seine Augen haben die Farbe von trübem Sumpfwasser – prangt ein leuchtendes Veilchen, von dem ich nur spekulieren kann, woher er es hat. »Kann ich mit meinem Projekt vielleicht noch mal von vorn anfangen? Es ist bloß... die Fishs machen eine Menge blöde Sachen und gehen dafür in den Knast. Vielleicht könnte ich mir ja jemanden vom Friedhof aussuchen und über den reden. Vielleicht einen Reichen oder einen Bürgermeister oder so was?«

»Erinnere mich morgen daran, wenn wir in die Bibliothek gehen, dann überlegen wir uns gemeinsam etwas. Hast du es schon mit der anderen Seite deiner Familie versucht? Mütterlicherseits?«

»Mama ist ins Heim gekommen, als sie noch ganz klein war, deshalb kennen wir ihre Familie nicht. Ich glaube, sie sind aus der Gegend von Thibodaux.«

Beim Gedanken an ein kleines Kind, das ganz allein auf der Welt und schutzlos der Gnade wildfremder Leute ausgeliefert ist, rutsche ich unbehaglich auf meinem Stuhl herum. »Nun gut, dann sehen wir uns morgen einfach mal an, was wir herausfinden. Wir fangen mit dem Nachnamen deiner Mutter an, dann sehen wir schon, wie es läuft. Man findet den Gold...«

»...den Goldklumpen erst, wenn man danach gräbt, ja, ja, weiß ich schon.« Dieses Mantra habe ich gemeinsam mit meinen Kids erarbeitet.

»Jede Familie hat mehrere Geschichten, stimmt's? Wie hieß sie? Mit Mädchennamen, meine ich.«

»Mama war eine McKlatchy, bevor sie eine Fish wurde.«

Mit einem Klappern legt Nathan das Buttermesser auf den Teller und setzt sich auf. »Meine Mutter hat einige McKlatchys in der Familie. Nur entfernte Verwandte, aber sie leben alle in der Gegend um Morgan City, Thibodaux, Bayou Cane. Vielleicht sind wir um mehrere Ecken verwandt.«

Gar und ich starren ihn mit offenem Mund an. Ich hatte ja

keine Ahnung, dass Nathan Verwandte mütterlicherseits hier in der Gegend hat. Nach allem, was er mir erzählt hat, klang es eher, als stammte sie von irgendwo weiter entfernt. Nathan hat also ein Leben hier, südlich von Augustine, an der Küste. Ein Leben mit Verwandten und Familienfeiern.

»Kann sein«, sagt Gar. »Vorstellen kann ich's mir aber nicht so richtig.«

»Nur für alle Fälle«, fährt Nathan fort, »solltest du mal zu Augustus, ›Gus‹, McKlatchy recherchieren. Die Onkel und Tanten haben früher bei den Familienfesten immer von ihm erzählt, und falls er zu deinem Stammbaum gehört, hättest du eine prima Geschichte, versprochen.«

Noch immer sieht Gar zweifelnd drein. »Ich hoffe, das Brot schmeckt Ihnen«, murmelt er, zuckt die Achseln und sucht das Weite.

Nathan sieht ihm hinterher. »Der arme Kerl«, sagt er und wirft mir einen Blick zu, den ich als *Ich kann mir nicht vorstellen, wie du das tagein, tagaus erträgst* interpretiere.

»Ja, ich kann ein Stück weit nachvollziehen, wie er sich fühlt.« Aus irgendeinem Grund – vielleicht als Resultat von Nathans Enthüllung, dass er und die Fishs verwandt sein könnten – gebe ich noch ein paar Details über die Mussolini-Gerüchte meiner Großeltern väterlicherseits preis. »Schon seltsam, dass man sich wegen einer Familiengeschichte schuldig fühlen kann, die nichts mit einem zu tun hat, oder? Ich war viereinhalb, als meine Eltern sich endlich haben scheiden lassen, und mein Vater ist nach New York City zurückgegangen. Wir haben keinen Kontakt, aber jetzt wünsche ich mir fast, ich könnte ihn danach fragen und die Wahrheit herausfinden.« Ich kann nicht fassen, dass ich das gerade erzählt habe, noch dazu Nathan, aber wahrscheinlich beschäftigt mich das Geschichtsprojekt so sehr, dass das Thema Familienbande in der Luft liegt. Doch die Art, wie Nathan vor mir sitzt, nickt und und aufmerksam lauscht, vertreibt meine Bedenken.

Er hat das Brot noch nicht einmal angerührt.

Einen Moment lang überlege ich, ob ich ihm den Rest auch erzählen könnte – alles. Doch noch im selben Moment überkommt mich tiefe Scham, und ich verwerfe den Gedanken schnell wieder. Er würde mich mit anderen Augen sehen. Abgesehen davon sind wir in der Öffentlichkeit. Mit einem Mal wird mir bewusst, wie still die Frauen am Tisch hinter uns geworden sind. Ich hoffe nur, sie haben nicht gelauscht. Aber weshalb sollten sie?

Ich setze mich ein wenig gerader hin, worauf die Blonde mir gegenüber ihre Speisekarte ein Stück anhebt, sodass lediglich ihre sorgsam gefärbten Strähnchen zu erkennen sind.

Ich schiebe Nathan den Brotkorb zu. »Entschuldige, ich weiß gar nicht, wie ich auf dieses Thema gekommen bin. Lass es dir schmecken.«

»Ladys first.« Er schiebt mir den Brotkorb zu und reicht mir das Messer. »Solange du nicht plötzlich fanatischer Fan von Jalapeño-Maisbrot bist.«

»Du weißt genau, dass ich das nicht bin«, erwidere ich lachend. Das mit dem Maisbrot ist ein Lieferservicejoke zwischen uns. Bevor ich Maisbrot esse, nehme ich lieber Supermarkt-Weißbrot für sechzig Cent. Mir ist klar, dass Maisbrot eine Südstaaten-Spezialität ist, trotzdem kann ich mich nicht dafür erwärmen, sondern finde, es schmeckt wie Sägemehl.

Wir machen uns über das Brot her – Maisbrot für Nathan, Brotsticks für mich. Die Brötchen heben wir uns für den Hauptgang auf. So hat es sich mittlerweile etabliert.

Mein Blick ist abermals zu den Frauen am Nebentisch geschweift, als LaJuna auftaucht, um unsere Bestellung aufzunehmen. Danach bleibt sie noch einen Moment stehen, den Bleistift zwischen den Fingern. »Miss Silva.« Sie gehört zu den wenigen, die mich nicht mit Miss Pooh anspricht. Ich glaube, das ist ihre Art, sich von den anderen abzugrenzen. »Eigentlich sollte Mama neulich zu Besuch kommen und die Kleinen mitbringen, damit ich meiner Schwester ihr Geburtstagsgeschenk und einen Kuchen geben kann, den Aunt Dicey und ich gebacken haben. Aber dann konnten wir bloß telefonieren, weil Mamas Auto manchmal spinnt.«

»Oh, das tut mir leid.« Verstohlen greife ich nach der Serviette auf meinem Schoß und wringe meinen Frust an ihr aus. Dies ist bestimmt das vierte Mal, dass der versprochene Mama-Besuch ins Wasser gefallen ist. Und jedes Mal ist LaJuna zuerst ganz aus dem Häuschen vor Vorfreude, nur um danach enttäuscht in ein tiefes Loch zu fallen und sich zu verkriechen. »Aber immerhin konntest du am Telefon mit ihr reden.«

»Aber auch bloß ganz kurz, weil R-Gespräche für Aunt Dicey zu teuer sind. Aber ich hab Mama von dem Historienspiel erzählt, das wir planen. Sie hat gesagt, als sie noch ganz klein gewesen ist, hat man sich in ihrer Familie erzählt, ihre Urururgroßmutter sei steinreich gewesen, mit ganz vielen schönen Kleidern, Land und Pferden und so. Könnte ich sie vielleicht für mein Projekt nehmen, dann kann ich ein schönes Kleid tragen und so?«

»Na ja…« Der Rest des Satzes *Ich sehe keinen Grund, weshalb du das nicht tun solltest* kommt nicht über meine Lippen, weil in diesem Moment das Glöckchen über der Tür bimmelt und die Stimmung im Cluck and Oink mit einem Mal umschlägt. Es ist, als hätte jemand sämtliche Luft aus dem Raum abgesogen.

Ich sehe, wie eine Frau ihren Mann anstößt und immer

wieder in Richtung Tür zeigt. An einem anderen Tisch hört ein Gast abrupt auf zu kauen, legt seine Gabel mit dem Bissen Fleisch weg und beugt sich auf seinem Stuhl vor.

Nathans Gesichtszüge erschlaffen zuerst, dann verhärten sie sich. Ich werfe einen Blick über die Schulter, wo zwei Männer am Hostessenpult stehen; ihre Golfkleidung wirkt völlig deplatziert in dem Holz- und Zinnambiente des Restaurants. Will und Manford Gossett sind zwar gealtert, seit die Porträts in Goswood Grove aufgehängt wurden, trotzdem erkenne ich sie allein an ihrem Auftreten, auch ohne Fotos und Familienähnlichkeit. Sie durchqueren das Restaurant, als würde ihnen der Laden gehören, lachen, winken hier, schütteln dort Hände.

Sie rauschen an uns vorbei, ignorieren uns demonstrativ und setzen sich auf ihre Plätze... zu den beiden Frauen in der Nische neben unserer.

KAPITEL 23

Hannie Gossett

TEXAS, 1875

Inzwischen ist die Felslandschaft mit den Virginia-Eichen und dickblättrigen Ulmen an den steilen Hängen in endlose Wiesen übergegangen. Fluffige Mesquitebäume säumen die Wege, flache Kakteen und Kalksteinbrocken machen den Pferden das Leben schwer und zwingen uns, ganz langsam zu reiten, selbst jetzt, wo wir oben im Bergland sind, mit den Weiden und dem Ackerland, den Scheunen aus weißem Stein und den hübschen Kirchen. Wir reiten immer weiter nach Süden, vorbei an Llano, wo es nichts als ein paar dürre Sträucher und Büsche gibt, die wie grüne Flecken in einem Teppich aus Braun- und Goldtönen leuchten.

Antilopen haben wir gesehen und wildes Vieh mit geflecktem Fell in allen möglichen Farben und mit Hörnern so dick wie Radachsen. Und ein Tier, das sie Büffel nennen. Wir haben hoch oben über einem Fluss neben den Wagen gestanden und zugesehen, wie die wolligen Viecher unter uns vorübergezogen sind. Früher, bevor die Pelzjäger sie erwischt haben, sind sie in Herden zu Hunderten und Aberhunderten durchs Land gezogen, hat Penberthy gesagt. Keiner hier sagt Mr. Penberthy zu ihm, sondern bloß Penberthy.

Also nenne ich ihn auch so.

Ich bin mit Gus für die letzten beiden Wagen zuständig. Am Anfang haben wir als Aushilfen auf einem anderen Wagen gearbeitet, aber schon jetzt sind vier Männer ausgefallen – einer ist krank, einer hat sich das Bein gebrochen, einer wurde von einer Schlange gebissen, und einer ist in Hamilton abgehauen, nachdem es hieß, Indianer würden weiter südlich herumziehen und Siedler auf bestialische Weise ermorden. Ich versuche, nicht so viel darüber nachzudenken, sondern konzentriere mich darauf, den Wagen zu fahren, auf jeden Stein und Baum achtzugeben und meine Umgebung im Auge zu behalten. Ständig halte ich Ausschau, und dabei muss ich pausenlos an Moses denken.

Der Mann hat Wort gehalten. Warum, kann ich nicht sagen, sondern weiß bloß, dass er doch nicht der Teufel ist, für den ich ihn gehalten hab. Stattdessen ist er der Mann, der uns gerettet hat – mich, Missy Lavinia und Juneau Jane.

»Verschwinde«, hat er zu mir gesagt, als er sich in dieser Gasse hinter dem Badehaus mit seinem vollen Körpergewicht gegen mich gedrückt und mir die Hand auf den Mund gepresst hat, damit ich nicht schreien konnte. Aber es hätte ohnehin nichts genützt, weil mich in dieser wilden, lauten Stadt ohnehin keiner gehört oder, falls doch, sich nichts dabei gedacht hätte. Hell's Half Acre. Pete Rain hatte recht. Der Name ist mehr als verdient. Der Totengräber muss zu den reichsten Männern in Fort Worth gehören.

Nur Moses haben wir es zu verdanken, dass wir nicht längst unter der Erde liegen.

»Psst«, machte er und spähte über die Schulter die Gasse entlang, ehe er sich näher beugte. »Verschwinde, solange du noch kannst. Verschwinde aus Fort Worth, und zwar so schnell es geht.« Seine Augen hatten die Farbe von kaltem

Messing, sein schmales Gesicht mit dem dichten, buschigen Schnurrbart wirkte hart und ausgezehrt, sein Körper fühlte sich sehnig und muskulös an.

Ich schüttelte den Kopf, und er raunte mir noch einmal eine Warnung ins Ohr, bloß nicht zu schreien, dann nahm er die Hand weg.

»Ich kann nicht«, sagte ich und erklärte ihm flüsternd, dass Missy Lavinia und Juneau Jane Mr. Willam Gossetts Töchter sind, die nach Texas abgehauen sind, und dass wir drei uns jetzt verloren hatten. »Ich hab Arbeit auf einem Gütertreck, der bald losfährt, über Llano weiter nach Menardville.«

»Ich hab's gehört.« Der Schweiß lief ihm übers Gesicht.

Ich schilderte, was der Ire über Mr. Gossett gesagt hatte. »Ich muss irgendwie an Missy und Juneau Jane herankommen und dafür sorgen, dass wir von hier wegkommen, in den Süden, weit weg.«

Unter der Schweißschicht an seinem Hals sah ich eine Ader pulsieren, während er sich abermals umblickte. Lärm war zu hören, Stimmen. »Geh«, sagte er. »Von einer Holzkiste aus kannst du ihnen nicht helfen, aber genau das blüht dir, wenn du nicht aufpasst. Wenn es irgendwie geht, schicke ich sie dir hinterher.« Er zog mich aus den Schatten und drehte mich an den Schultern weg von sich. »Geh jetzt und sieh dich nicht um.«

Ich rannte los, die Straße hoch, atmete erst auf, als wir die Wagen aus Fort Worth hinauslenkten.

Zuerst waren wir noch in unserem Sammellager außerhalb der Stadt, wo wir auf den Güterzug aus Weatherford treffen sollten. Ein stämmiger Mann ritt heran, mit Missy Lavinia und Juneau Jane auf einem großen Braunen. Er war wie ein Cowboy angezogen, die Pferde trugen jedoch das Zaumzeug und die Brandzeichen eines Federal-Regiments.

»Von Moses«, sagte der Mann nur, ohne mich anzusehen.
»Aber wie hat er ...«

Ein knappes Kopfschütteln warnte mich davor, weitere Fragen zu stellen. Er half Missy und Juneau Jane in den Wagen, ehe er zu Penberthy ging, um mit ihm alles Weitere zu besprechen. Und das war's. Keine Ahnung, was gesprochen wurde, aber Penberthy hat in den darauffolgenden Tagen kein Wort davon erwähnt.

Nun sind wir die Jüngsten in der Truppe, wir drei und Gus McKlatchy, der den Wagen vor uns fährt. Wir stehen zwar ganz unten in der Hackordnung, aber Penberthys Mannschaft aus Kutschern und Wagenwachen besteht aus zumeist jungen Männern, die Hälfte davon farbig oder Indianer oder Mischlinge. Deshalb fallen wir nicht weiter auf. Wir fahren dem Tross hinterher, kriegen bloß den Staub ab, den sie aufwirbeln, rumpeln durch ihre Fahrrinnen, wenn wir einen Fluss überqueren, und müssen uns durch die Wolken aus herumfliegendem Gras und Spreu kämpfen, die über der Prärie hängen, nachdem ein halbes Dutzend Wagen darübergerumpelt ist. Wenn die Kiowa oder Komantschen den Treck überfallen sollten, greifen sie von hinten an, deshalb erwischt es uns zuerst. Wahrscheinlich sind wir so schnell tot, dass wir gar nicht mehr mitkriegen, was dann passiert. Unsere Scouts, Tonkawas und Farbige, die mit den Indianern gelebt, teilweise sogar in die Stämme eingeheiratet haben, reiten auf ihren kleinen stämmigen Ponys immer neben, hinter und vor uns und halten nach Spuren und Anzeichen eines Angriffs Ausschau. Keiner will, dass wir die Fracht verlieren. Und tot will auch keiner sein. Gus hat nicht gelogen, was die Risiken dieses Trecks betrifft.

Abends erzählen sich die Männer Geschichten am Lagerfeuer. Durch die Hand eines Indianers zu sterben ist ganz besonders brutal. Ich zeige Juneau Jane, wie die Pistole und der Karabiner funktionieren, die Penberthy uns gegeben hat. Ich hab sogar die Patronen in Old Misters kleine Pistole gesteckt, falls wir so in die Klemme geraten sollten, dass wir ausprobieren müssen, ob sie noch funktioniert. Abend für Abend zeigt Juneau Jane mir und Gus Buchstaben und Wörter, bringt uns bei, wie sie klingen und wie man sie schreiben muss, während sie an unserem *Buch der Vermissten* weiterarbeitet. Gus fällt es nicht ganz so leicht wie mir, aber wir strengen uns an. Auch auf dem Treck gibt es Männer, die Angehörige vermissen, die vor dem Krieg als Sklaven in Arkansas, Louisiana, Texas und dem Indianergebiet gearbeitet haben. Auch in den Städten, an denen wir unterwegs vorbeikommen, finden wir jede Menge Leute, die Briefe brauchen. Manchmal bekommen wir auch von Wildfremden, denen wir am Straßenrand begegnen, neue Namen, die wir in unser Buch aufnehmen können. Wir machen Halt, reden mit den Leuten, verbringen die Nacht zusammen am Feuer, essen gemeinsam und sammeln dabei immer mehr Geschichten für unser Buch oder erfahren Neues über den Weg, der vor uns liegt, über Indianer auf Beutezug oder gefährliche Stellen, wo Straßenräuber oder diese Marston Men Ausschau nach Trecks halten, die sie überfallen und bestehlen können, oder aber über den Verlauf des Flusses, ob es Stromschnellen oder sonstige Besonderheiten gibt. Ein Postkutscher in einem unserer letzten abendlichen Lager warnt uns, ganz besonders aufzupassen. Er erzählt uns von Pferde- und Viehdieben und einer blutigen Auseinandersetzung zwischen deutschen Siedlern und Amerikanern, die im Krieg auf der Seite der Konföderierten standen.

»Die Deutschen haben sich zu einer Bande zusammengerottet, die sich Hoodoos nennt. Sie haben sogar das Tor des Gefängnisses in Mason eingerannt, um ein paar Kerle zu schnappen, die dort eingesperrt waren, weil sie frei herumlaufendes Vieh gestohlen haben. Hätten um ein Haar den Sheriff und einen Texas Ranger umgebracht. Einem Mann haben sie ins Bein geschossen, der gar nichts damit zu tun hatte, sondern im Gefängnis saß, weil er einen gestohlenen Armeegaul geritten hatte. Der arme Kerl konnte noch froh sein, dass sie ihn nicht gleich aufgehängt haben. Drei Gefangene haben die Hoodoos aufgeknüpft, bevor der Sheriff und der Texas Ranger einschreiten und sie aufhalten konnten. Allerdings hatten die Hoodoos wieder einen anderen erschossen, daraufhin haben sich dessen Leute zusammengetan und einen Krieg gegen sie angezettelt. Und mit diesen Marston Men gibt es auch ständig Ärger. Ihr Anführer nennt sich ›der General‹ und behauptet, unten in Britisch Honduras würde ein neuer Süden aufgebaut werden und auf Kuba vielleicht auch. Inzwischen hat er schon einige auf seine Seite gezogen, allerdings erkennt man die nicht auf den ersten Blick. Ihr solltet gut aufpassen da draußen. Gesetzeshüter und Gesetzlose sind in diesen Zeiten schwer zu unterscheiden. Es ist ein gefährliches Land da draußen.«

»Von den Marston Men hab ich schon gehört«, sagt Gus. »Die haben ein Geheimtreffen in einem Lagerhaus in Fort Worth abgehalten und beratschlagt, wie sie mehr Leute auf ihre Seite ziehen können. Das wird noch blutig. Aber die Welt dreht sich nun mal nicht rückwärts, sondern immer vorwärts. Die Zukunft gehört dem, der stets nach vorn schaut.«

Penberthy streicht über seinen grauen Bart und nickt. Der Boss des Trecks hat den jungen Gus McKlatchy unter seine Fittiche genommen, wie ein Pa oder ein Grandpa es tun würde. »Mit der Einstellung wirst du's mal weit bringen«, sagt er und wendet sich an den Postkutscher. »Danke für die Warnung, mein Freund. Wir werden gut achtgeben.«

»Und wie hieß der Mann, dem sie ins Bein geschossen haben?«, frage ich. Alle schauen mich verblüfft an. Die ganze Reise über habe ich versucht, möglichst nicht aufzufallen, doch mir fällt wieder ein, was dieser Ire in der Gefängniszelle gesagt hat. »Der, den sie eingesperrt haben, weil er ein Armeepferd gestohlen hatte, meine ich.«

»Weiß ich nicht so genau, aber die Kugel im Bein hat er wohl überlebt. Ein komischer Kerl für einen Pferdedieb. Eher ein Gentleman. Tja, die Armee wird ihn dafür wohl hängen, wenn sie's nicht schon getan hat. Ja, ja, heutzutage herrscht überall bloß noch heilloses Durcheinander. Die Welt ist längst nicht mehr, wie sie mal war, und...«

Er redet weiter, aber ich habe erfahren, was ich wissen wollte. Was dieser Ire in Fort Worth erzählt hat, war wohl doch nicht erfunden, und er hat tatsächlich Mr. William Gossett ein gestohlenes Armeepferd angedreht. Wenn das stimmt, was ist dann mit der Geschichte von dem kleinen weißen Mädchen mit den drei blauen Perlen um den Hals? Stimmt die auch? Ich rede mit Gus und Juneau Jane darüber, als wir uns hinlegen, und wir vereinbaren, nach Mason zu fahren, sobald wir unsere Güter in Menardville abgeliefert haben, um nachzusehen, ob es sich bei dem angeschossenen Mann tatsächlich um Old Mister oder jemanden handelt, der ihn kennt.

Ich schließe die Augen und falle in unruhigen Schlaf, aus dem ich immer wieder erwache. In meinen Träumen fahre ich eine Frachtkutsche mit vier schwarzen Pferden. Statt Mr. William Gossett, nach dem ich suche, finde ich Moses, wie ein Jaguar schleicht er sich unbemerkt in meinen Traum, eine Raubkatze, die man nicht sieht, sondern man weiß bloß, dass sie hinter einem ist oder links oder rechts oder über einem drüber. Man hört, wie sie sich bewegt, und dann hat sie sich auch schon auf einen gestürzt, liegt schwer mit ihrem ganzen Körpergewicht auf einem, sodass man ihre raschen Atemzüge dicht am Ohr hört. Man bleibt ganz still, regt sich nicht und wagt nicht, ihr in die Augen zu blicken. Aus Angst. Weil einen die unbändige Kraft dieser Bestie regelrecht überwältigt.

Genauso schleicht Moses sich in meine Träume, ohne dass ich recht sagen kann, ob er Freund oder Feind ist. Ich spüre ihn, das Gewicht seines Körpers, der sich an meinen presst, sehe seine Augen, rieche seinen Duft.

Ich will, dass er verschwindet... und doch auch nicht.

Dreh dich nicht um, hat er gesagt.

Das Herz hämmert in meiner Brust wie eine Trommel. Als ich aufwache, höre ich das Grollen, ehe mir bewusst wird, dass es Donner ist. Das Rumpeln macht mich nervös und ruhelos. Wir brechen ohne Frühstück auf. Noch zwei Tage bis Menardville, sofern alles glattläuft.

In diesem trockenen Landstrich regnet es so gut wie überhaupt nicht, doch in den beiden Tagen ist es, als hätte jemand unablässig Kübel über uns ausgekippt. Heftige Donnerschläge erschrecken die Pferde, gleißende Blitze zucken über den Himmel wie die goldenen Krallen eines Habichts, der nur darauf wartet, herabzustürzen und die Erde mich sich fortzutragen. Die verdorrte Prärie verwandelt sich in eine schier endlose Landschaft aus hellem Matsch, der die Fesseln der Tiere bedeckt, die Wagenräder tief einsinken lässt, während er links und rechts aufspritzt wie verschüttete Milch.

Ich ziehe im Regen die Schultern ein, denke an Mr. William Gossett, frage mich, was ihn so tief in dieses kahle, freudlose Land getrieben haben mag, wie es kommen konnte, dass er auf einem gestohlenen Pferd reitet und dafür ins Gefängnis wandert.

Beim besten Willen kann ich ihn nicht dort sehen. Was um alles in der Welt hat ihn hierhergeführt?

Aber tief im Herzen kenne ich die Antwort: Die Liebe lässt Menschen so etwas tun. Die Liebe eines Vaters, der seinen einzigen Sohn nicht aufgeben kann. Der bis ans andere Ende der Welt reisen würde, um seinen Jungen nach Hause zurückzuholen. Lyle verdient diese Art von Liebe gar nicht. Er hat sie nie mit etwas anderem erwidert als Untaten, einem schlechten Leben und jeder Menge Ärger. Wahrscheinlich hat Lyle längst sein gerechtes Ende hier gefunden, erschossen oder an einem einsamen Baum in der Einöde aufgeknüpft, wo jetzt die Wölfe seine Knochen abnagen und er allmählich zu Staub zerfällt. Wahrscheinlich ist Old Mister einem Gespenst nachgejagt.

Am zweiten Tag hört der Regen so schnell auf, wie er angefangen hat. So ist es hier in dieser Gegend.

Die Männer schütteln das Wasser von ihren Hüten und ziehen ihre Mäntel aus Öltuch aus. Juneau Jane kommt unter dem Segeltuch der Abdeckung hervorgekrochen, wo sie sich während des Sturms verkrochen hat. Sie ist als Einzige klein genug dafür. Missy ist nass bis auf die Knochen, weil sie sich geweigert hat, einen Regenmantel anzuziehen, doch sie schlottert weder, noch beschwert sie sich, sondern hockt bloß stumm auf dem Wagen und stiert vor sich hin.

»*Quanto de temps... tiempo nos el voy... viaje?*«, fragt Juneau Jane einen der Scouts, einen Halb-Tonkawa, der kein Englisch, dafür aber Spanisch spricht. Dank ihrer Französischkenntnisse hat Juneau Jane ein bisschen ihre Sprache gelernt, und auch ich habe ein paar Brocken aufgeschnappt.

Der Scout hält drei Finger in die Höhe – noch drei Stunden also. Dann bewegt er die flache Hand über seinem Mund auf und ab, das Indianerzeichen, dass wir noch einen Fluss überqueren müssen.

Die Sonne schiebt sich durch die Wolken, und es wird heller – ganz im Gegensatz zu meinem Innern. Je näher wir Menardville kommen, umso mehr setzt mir die Aussicht zu, dass wir schon bald wieder auf der Suche nach Old Mister sein werden. Aber was, wenn wir etwas über ihn erfahren, was sich als schlimm für Juneau Jane erweist? Was, wenn er an diesem seltsamen Ort seinem Schöpfer begegnet ist?

Was soll dann aus uns werden?

Plötzlich erblicke ich in der Ferne etwas leuchtend Blaues am Himmel, das mich an etwas erinnert. »Ich kann nicht zurückgehen«, sage ich laut.

Juneau Jane klettert vom Wagenbrett herüber, setzt sich neben mich und sieht mich aus ihren silbrig grauen Augen unter der Hutkrempe hervor an.

»Ich kann nicht zurück nach Hause, Juneau Jane. Wenn wir deinen Papa in Mason finden oder zumindest mehr über ihn erfahren, kann ich nicht mit dir und Missy nach Hause zurück. Noch nicht.«

»Aber du musst.« Sie nimmt ihren nassen Hut ab, legt ihn auf ihr Knie und fährt sich mit der Hand über das krause Haar. Die Männer sind weit genug weg, deshalb kann sie es sich erlauben. Ohne den Hut besteht die Gefahr, dass man sie nicht länger für einen Jungen hält – in letzter Zeit hat sie sich sichtlich entwickelt. »Wegen dem Land. Deiner Farm. Sie ist doch das Allerwichtigste für dich, oder?«

»Nein.« Eine Gewissheit durchströmt mich. Noch weiß ich nicht, wohin mich diese Reise führen soll, aber einiges ist mir klar geworden. »Etwas ist in mir geschehen. Als wir in der Kirche im Wald waren und diese Zeitungen angeschaut haben. Als wir den Matrosen und Deckhelfern der *Katie P.* unser Versprechen gegeben und mit unserem Buch angefangen haben. Ich muss weitermachen, muss die Versprechen einlösen, die wir den Männern und Frauen gegeben haben.«

Wie ich das ohne Juneau Jane anstellen soll, weiß ich noch nicht. Sie ist diejenige, die richtig lesen und schreiben kann. Aber ich lerne es auch und werde jeden Tag besser. Bin gut genug, um die Namen und Orte festzuhalten und die Briefe für die Leute zu schreiben. »Ich will das Buch weiterführen, wenn du nach Hause zurückgekehrt bist. Aber du musst mir was versprechen. Du musst Tati, Jason und John und all den anderen Pachtbauern helfen, damit sie fair behandelt werden, so wie es in den Verträgen steht. Zehn Jahre als Pachtfarmer, dann kriegen sie das Land, das Maultier und die Geräte. Wirst du das für mich tun, Juneau Jane? Ich weiß, dass wir keine Freundinnen sind, aber schwörst du mir, dass du das für mich tust?«

Über die Zügel hinweg legt sie ihre Hand auf meine Finger. Ihre bleiche Haut fühlt sich glatt und weich auf meinen Händen an, die schwielig und hässlich von der vielen Arbeit sind, trotzdem schäme ich mich nicht für sie. Jede einzelne Scharte und Narbe ist nichts als ein Zeichen dafür, dass ich jahrelang geschuftet habe. »Ich denke sehr wohl, dass wir Freundinnen sind, Hannie«, sagt sie.

Ich nicke und schlucke gegen den Kloß in meinem Hals an. »Ein- oder zweimal hab ich mich das auch gefragt«, sage ich dann und treibe die Pferde an, weil wir ein Stück zurückgefallen sind.

Der Weg führt uns durch eine Senke auf einen Hügel zu und ist holprig, sodass ich mich voll und ganz auf die Pferde konzentrieren muss, die klitschnass und völlig erschöpft von dem qualvollen Marsch durch den Matsch sind. Der Wagen vor uns kämpft sich einen glitschigen Abhang hinauf, wobei die Räder immer wieder im Schlamm versinken. Einer der

Wagen rollt rückwärts, als könnte der Kutscher ihn nicht länger halten, deshalb lasse ich mein Gespann sicherheitshalber ein Stück zur Seite ausweichen.

Erst jetzt sehe ich, dass Missy vom Wagen gesprungen ist und am Straßenrand gelbe Blumen pflückt, als hätte sie keinerlei Sorgen auf der Welt. Mir bleibt nicht genug Zeit, ihr eine Warnung zuzurufen, ehe ein loses Fass von einem Wagen fällt und den Abhang hinabrollt, sodass Matsch, Gras und weiße Steinbrocken nur so herumfliegen.

Missy hebt den Kopf und sieht zu, wie das Fass auf sie zurollt, macht aber keine Anstalten, zur Seite zu gehen, sondern hebt bloß lächelnd die Hände und versucht, das umherfliegende, im Sonnenschein glänzende Gras zu fangen.

»Weg da!«, schreie ich. Juneau Jane ist bereits vom Bock gesprungen, rennt in ihren viel zu großen Schuhen zu Missy, springt dabei über herumwirbelnde Grasbüschel und Steine, reißt ihr die Blumen aus der Hand, packt sie und zieht sie mit sich zu Boden. Während sie zur Seite kullern, stößt Juneau Jane wütende französische Flüche aus wie ein Kutscher.

In Momenten wie diesen glaube ich nicht länger daran, dass Missy immer noch in diesem Körper ist und mitbekommt, was wir sagen, aber nicht antworten kann oder will. Stattdessen bin ich überzeugt, dass sie für immer verloren ist – dass das Gift oder aber der Schlag auf den Kopf oder was auch immer diese üblen Gestalten ihr angetan haben, etwas in ihr kaputtgemacht hat, das sich nicht wieder heilen lässt.

Wäre Missy Lavinia noch irgendwo in diesem großen, kräftigen Körper, würde sie sich wehren und ihrer Halbschwester eins verpassen, dass der Hören und Sehen vergeht, so wie Old Missus, denke ich, als ich Juneau Janes wilde Flüche höre.

Ich will mir lieber nicht ausmalen, was Old Missus mit Missy Lavinia anstellt, wenn die beiden erst nach Hause kommen. Bestimmt steckt sie sie für den Rest ihres Lebens in eine Irrenanstalt. Sollte es überhaupt eine Chance geben, dass sie wieder richtig im Kopf wird, dann ganz sicher nicht dort. Sie ist noch blutjung, gerade einmal sechzehn, das heißt, ihr stehen lange Jahre der Qual bevor.

Die Frage beschäftigt mich den restlichen Weg nach Menardville, das aus nicht viel mehr als einer Handvoll Läden, einer Schmiede, einem Radmacher, einem Gefängnis, zwei Saloons, ein paar Wohnhäusern und Kirchen besteht. Juneau Jane und ich schmieden Pläne, wie wir nach Mason weiterreisen wollen, um nach Old Mister zu suchen. Mit dem Pferd ist es eine Tagesreise entfernt, zu Fuß aber würden wir natürlich deutlich länger brauchen. Penberthy weigert sich, uns unseren Lohn auszuhändigen und uns gehen zu lassen – zu Fuß sei es viel zu gefährlich, sagt er, und er würde sich eine andere Möglichkeit für uns einfallen lassen.

Am Morgen wissen wir, dass wir nicht nach Mason gehen werden, weil ein paar Leute Penberthy erzählt haben, dass die Soldaten den Mann, der das Pferd gestohlen hat, nach Fort McKavett gebracht haben und er immer noch dort ist, allerdings sei er so schlecht beieinander, dass sie ihn nicht mal aufknüpfen könnten, heißt es.

Penberthy sorgt dafür, dass wir auf einer Postkutsche bis zum Fort mitfahren dürfen, das gerade einmal zwanzig Meilen südwestlich von Menardville liegt. Er verabschiedet sich in aller Freundschaft von uns, zahlt mir meinen Lohn aus, wie versprochen, und zieht noch nicht mal die Kaution ab, die er in Fort Worth für mich hinterlegen musste. Als Letztes ermahnt er uns noch, bloß aufzupassen, mit was für Kerlen wir uns einlassen. »Viele Jungspunde lassen sich von der Aussicht auf schnelles Geld verführen. Ihr müsst euer Geld zusammenhalten und euren Verstand benutzen.« Gus McKlatchy hat er für eine weitere Fahrt angeheuert, deshalb trennen sich unsere Wege hier.

Der Abschied von Gus fällt mir am schwersten. Er ist ein Freund für mich geworden. Ein wahrer, aufrichtiger Freund.

»Ich würd ja mitkommen«, sagt er, bevor unser Wagen davonrollt. »So ein Fort hätt ich auch gern mal gesehen. Vielleicht hätt ich mich sogar gemeldet und für die Army ein bisschen Scout gespielt. Aber ich muss mir doch ein Pferd kaufen und all das wilde Vieh zusammentreiben, das bloß drauf wartet. Eine Fahrt noch zurück nach Fort Worth, dann habe ich genug zusammen, dass ich anfangen kann, mein Vermögen aufzubauen.«

»Pass auf dich auf«, sage ich, worauf er bloß grinst und meint, die McKlatchys würden doch immer auf den Füßen landen. Unser Wagen rollt davon, und die Ladung bewegt sich unter uns hin und her. Juneau Jane klammert sich an mich, ich halte mich mit einer Hand an den Seilen fest, und mit der anderen stütze ich Missy. »Pass auf dich auf, Gus McKlatchy«, rufe ich ein letztes Mal, als der Wagen den Weg nach Fort McKavett einschlägt.

Er tätschelt die Waffe im Seitenholster und verzieht das Gesicht zu einem Grinsen, das bloß aus Sommersprossen und Zähnen zu bestehen scheint. »Ich hoffe, du findest deine Leute, Hannibal Gossett!«

Es ist das Letzte, was ich höre, ehe die Stadt hinter uns kleiner wird und das Tal des San Saba River uns verschluckt.

VERMISST

Informationen über meine Mutter Martha Jackson gesucht, eine Mulattin, die Richter Lomocks in Fredericksburg, Virginia, gehörte und die 1855 verkauft wurde. Zuletzt betrieb sie ein Hutgeschäft in Columbia, Mississippi. Sie hatte drei Schwestern, zu einem Achtel schwarz: Serena Jackson, geboren am 13. Februar 1849, Henrietta Jackson, geboren am 5. September 1853, Louisa Jackson, etwa vierundzwanzig Jahre alt. Sie alle wurden zusammen mit ihrer Mutter in Virginia verkauft. Als allein gelassene, liebende Tochter bin ich mehr als dankbar für jegliche Information. Adresse: Mrs. Alice Rebecca Lewis, geb. Jackson, 259 Peters Street, zwischen Delord und Calliope, New Orleans, Louisiana.

»Vermisst«-Rubrik im *Southwestern*,
5. Oktober 1882

KAPITEL 24

Benny Silva
- -

AUGUSTINE, LOUISIANA, 1987

Es ist Samstagabend, und ich mache mir Sorgen, nehme mir aber fest vor, mir nichts anmerken zu lassen. Schon die ganze Woche haben wir versucht, eine Kostümprobe für unser Projekt auf die Beine zu stellen, nur hat uns leider das Wetter einen gewaltigen Strich durch die Rechnung gemacht. Regen, Regen und noch mehr Regen. Jetzt hat es endlich aufgehört, allerdings ist der Friedhof aufgeweicht, im Stadtpark steht das Wasser, mein Garten ist der reinste Sumpf, und der Obstgarten hinter meinem Haus hat sich in eine knöcheltiefe Matschlandschaft verwandelt. Wir müssen etwas unternehmen. Uns bleiben bloß noch zwei Wochen bis zum Halloween-Wochenende und damit unserem großen Tag. Die Landwirtschaftskunde-Abteilung in der Schule schmeißt eine Halloween-Spukhausparty in der schuleigenen Scheune und hat bereits Flyer verteilt. Wenn wir irgendwie dagegenhalten wollen, müssen wir anfangen, Werbung für unser Projekt zu machen.

Aber vorher muss ich sichergehen, dass wir es auch wirklich hinkriegen. Noch ist das nicht klar – einige Schüler sind fertig und stehen in den Startlöchern, andere tun sich schwer vorwärtszukommen, und dann gibt es noch welche, die sich nicht entscheiden können, ob sie beim eigentlichen Auftritt wirklich mitmachen wollen. Dass viele von ihren Eltern kaum unterstützt werden und kein Geld für Kostüme und sonstiges Material haben, ist der Sache auch nicht gerade zuträglich.

Allmählich verliere ich die Hoffnung und überlege, ob wir stattdessen nicht lieber auf schriftliche Referate oder Präsentationen im Unterricht umschwenken sollen, was sich natürlich leichter bewerkstelligen ließe. Kein öffentliches Historienspiel auf dem Friedhof. Keine Werbung. Ohne Publikum aus der Gemeinde und damit ohne die Gefahr öffentlicher Demütigung oder bodenloser Enttäuschung unter allen, die sich so sehr für dieses Projekt ins Zeug gelegt haben.

Am Ende habe ich mir ein Herz gefasst und eine Kostümprobe angesetzt, die auf dem alten Footballfeld stattfinden soll. Es liegt etwas erhöht, und ich sehe dort ziemlich häufig die Stadtkinder spielen, deshalb darf es wohl benutzt werden.

Es ist kurz vor Sonnenuntergang, außerdem haben wir meinen Käfer und ein paar Klapperkisten von Schülern so hingestellt, dass die Scheinwerfer uns Licht spenden. Für das Stadion selbst habe ich keinen Schlüssel, aber die krummen, teilweise sogar zerbrochenen Scheinwerfer über den alten Zuschauerrängen funktionieren wahrscheinlich ohnehin nicht. Eine Handvoll windschiefer, schwach leuchtender Straßenlaternen wird reichen müssen. Von den letzten Spendendollars des Geschichtsvereins habe ich im Billigshop Laternen für die Kids gekauft, die verblüffend echt aussehen. Sie sind mit Teelichtern bestückt, doch sie am Brennen zu halten hat sich als ziemlich schwierig entpuppt.

Irgendeiner kam auf die Idee, Feuerwerkskracher könnten eine stimmungsvolle Beigabe sein, was für ein Heidenchaos gesorgt hat, als sie losgingen. Die Kids stoben schreiend, kreischend und lachend in sämtliche Richtungen davon, wobei sie versehentlich einige unserer selbst gebastelten, aber verblüffend authentischen Pappgrabsteine über den Haufen rannten. Manche Kids waren sogar auf den Friedhof gegangen und hatten mit Zeichenkohle Reliefs und Sprüche auf die echten Grabsteine gemalt, auf denen ihr Projekt basierte.

Unsere neuen Laternen flackern nun fröhlich im Halbdunkel, ein paar liegen auf dem Boden, nachdem die Kinder sie bei der Flucht vor den Feuerwerksknallern umgeworfen haben.

Das alles ist viel zu weit von ihrem normalen Leben weg, sagt die Stimme in meinem Kopf. *Mit so etwas kommen sie nicht klar. Wenn sie nicht mal eine Kostümprobe hinkriegen, ist ein öffentlicher Auftritt völlig ausgeschlossen.*

»Auf geht's, Leute«, sage ich, »lasst uns das jetzt nicht vermasseln.« Ich bemühe mich um einen nachdrücklichen Tonfall, obwohl ich in Wirklichkeit gegen die Enttäuschung ankämpfen muss. »Wir reden hier von Menschen, von atmenden, denkenden Lebewesen. Sie verdienen Respekt. Also schnappt euch eure Grabsteine und Laternen, und dann geht's weiter. Wenn ihr euer Kostüm dabeihabt, es aber noch nicht tragt, zieht es über eure normalen Sachen. Los jetzt.«

Meine Anweisungen bewirken nicht allzu viel. Die Kids sind komplett aus dem Häuschen, stieben hierhin und dahin.

Ich brauche Hilfe. Die Handvoll erwachsener Freiwilliger, die größtenteils lieber auf dem Bürgersteig bleiben, weil das Spielfeld matschig und nass ist und schließlich keiner stürzen soll, genügt nicht. Ich habe einen der Geschichtslehrer/Football-Hilfstrainer um kurzfristige Unterstützung gebeten, der mich jedoch daran erinnerte, dass es mitten in der Saison sei. »Außerdem klingt das Ganze ziemlich kompliziert. Haben Sie sich das Projekt überhaupt vom Schulbeirat genehmigen lassen?«

Seither ist mir ein wenig flau im Magen. Müssen Lehrer sich für jede Aktivität grünes Licht beim Beirat einholen? Rektor Pevoto weiß von unserem Historienspiel ... mehr oder weniger. Ich fürchte, das ganze Ausmaß ist ihm nicht bewusst. Er hat immer eine Menge um die Ohren und ist die meiste Zeit unterwegs, deshalb ist ein Termin bei ihm schwer zu kriegen.

Ich wünschte, Nathan wäre hier. Die Kids fragen dauernd nach ihm. Nach unserer peinlichen Begegnung mit seinen Onkeln und deren Blondinen letzte Woche sind wir Stadtgespräch. Als Nathan mich nach Hause brachte, meinte er, den Rest der Woche, inklusive des Wochenendes, sei er ziemlich eingespannt. Einen Grund hat er nicht genannt – er war nicht gerade in Plauderlaune.

Und nun habe ich ihn seit über einer Woche nicht mehr zu Gesicht bekommen, allerdings bin ich eingeknickt und habe ein paarmal bei ihm angerufen, aber aufgelegt, bevor der Anrufbeantworter angesprungen ist. Gestern habe ich eine Nachricht über die heutige Kostümprobe hinterlassen, deshalb sehe ich mich ständig um in der Hoffnung, dass er auftaucht, auch wenn es noch so albern sein mag und ich eigentlich andere Sorgen habe.

Lil'Ray schleicht über das Footballfeld – als wäre so etwas bei einem 125-Kilo-Teenie physisch überhaupt möglich –, um sich unbemerkt zu den anderen zu gesellen. Er kommt zu spät, und mit ihm LaJuna, die ihre Pappgrabsteine in der Hand hat. Sie trägt ein rosa gerüschtes Abendkleid mit Reifrock und einer weißen Spitzenstola dazu, er eine lange Hose und eine reich verzierte Seidenweste mit Paisleymuster, die womöglich vor vielen Jahren einmal Teil eines Hochzeitsanzugs war. Über seinem Arm hängt ein graues Jackett, in der Hand hat er einen Zylinder.

Ihre Kostüme sind nicht übel – Sarge hat erwähnt, dass

sie LaJuna geholfen hat –, ihre Verspätung allerdings gefällt mir gar nicht. Unter neckendem Gerangel und Geschubse mischen sie sich unter die anderen, und ich sehe, wie sie an seinem Arm hängt, besitzergreifend und sichtlich hochzufrieden mit sich selbst.

Ich verstehe sie durchaus. Obwohl meine Teeniezeit eine Weile zurückliegt, ist sie noch frisch und sehr präsent, ebenso wie mein Wissen um die potenziellen Risiken. Meine Mutter hat sie mich gelehrt, lange bevor ich in LaJunas Alter war. Themen wie Sex, Schwangerschaft im Teenageralter, die Entscheidung für den falschen Partner, die auch sie mehr als einmal getroffen hatte, waren kein Tabu für sie. Stattdessen erklärte sie unumwunden, die Frauen in ihrer Familie hätten stets ein Händchen dafür gehabt, sich frühzeitig schwängern zu lassen, und zwar von Losern, denen es an der Reife fehlte, anständige Väter zu sein. Deshalb habe sie ihren Heimatort auch verlassen. Das Problem war bloß, dass es ihr nichts genützt hat. Sie wurde trotzdem vom falschen Mann schwanger ... und endete als alleinerziehende Mutter, die Mühe hatte, ihr Kind durchzubringen.

Das Problem dabei war, dass es mich schmerzte, mir all das anhören zu müssen. Es verstärkte meine Unsicherheiten und die Angst, dass meine pure Existenz lästig und ein stetes Ärgernis war.

Vielleicht solltest du mal mit LaJuna reden. Ich lege die Idee in meinem geistigen Eingangskästchen ab, gemeinsam mit einem Dutzend anderer Dinge. *Und mit Lil'Ray. Mit beiden. Dürfen Lehrer so was überhaupt? Vielleicht sollte ich mich vorher lieber mit Sarge besprechen.*

Aber jetzt gilt es erst einmal, entweder diese Kostümprobe auf die Beine zu stellen oder aber die ganze Veranstaltung abzublasen, je nachdem.

»Aufpassen, Leute!«, rufe ich über das Geplapper hinweg. »Aufpassen, sage ich! Hört sofort auf, mit den Laternen herumzuspielen. Hört auf mit dem Geschrei. Hört auf, euch gegenseitig die Pappgrabsteine auf den Kopf zu schlagen. Und lasst die Kleinen in Ruhe. Aufgepasst! Wenn ihr es nicht hinkriegt, gehen wir alle jetzt nach Hause. Dann ist es sinnlos, mit dem Projekt weiterzumachen, stattdessen gibt es Referate und Präsentationen im Unterricht, und das war's.«

Der Lärm verebbt, erstirbt aber nicht ganz.

Als Nächstes ermahnt Granny T die Kids, den Mund zu halten, und droht, ihren Mamas zu erzählen, wie schlecht sie sich benommen haben. »Und ich weiß, wo ich sie finde, glaubt mir.«

Das hilft zwar ein wenig, trotzdem ist es immer noch schwierig, die Truppe im Zaum zu halten. Auf der linken Seite bricht ein Gerangel zwischen ein paar Jungs aus, die sich gegenseitig schubsen und lachend in den Schwitzkasten nehmen. Prompt geraten sie ins Straucheln und mähen ein Grüppchen Siebtklässler nieder.

Du wusstest, dass genau das passieren würde. Die Zynikerin in mir holt zu einem gezielten Tiefschlag aus. *Einhörner und bunte Regenbogen, Benny. So bist du eben. Immer hochfliegende Träume und Ideen.* Die Stimme klingt verdächtig nach meiner Mutter, dieser höhnische Tonfall, mit dem sie so häufig unsere Streitereien gewürzt hat.

»Schluss jetzt!«, schreie ich. In diesem Moment bemerke ich einen Wagen, der ganz langsam am Spielfeld vorbeifährt und dessen Fahrer sich neugierig aus dem Fenster lehnt. Schließlich wendet der Wagen und fährt ein zweites Mal vorbei, diesmal sogar noch langsamer.

Wieso starrt er herüber?

Ein schriller Pfiff ertönt und macht dem Chaos ein Ende.

Ich drehe mich um und sehe Sarge um das Schulhaus kommen. Eigentlich dachte ich, sie hätte heute Babysitterdienst, deshalb bin ich außer mir vor Freude und Erleichterung über die Verstärkung.

Ihr zweiter Pfiff ist so laut und durchdringend, dass er das Trommelfell vibrieren lässt, und erzielt eine erstaunliche Reduzierung des Lärmpegels. »Also gut, ihr kleinen Sauerstoffdiebe, es ist kalt hier draußen, ich hab echt was Besseres zu tun, als hier herumzustehen und zuzusehen, wie ihr Dummköpfe aufeinander losgeht. Wenn ihr nichts Anständiges zustande kriegt, verschwendet ihr bloß Zeit. Meine Zeit. Die von Miss Silva. Die der Ladys. Wenn ihr euch wie Loser aufführen müsst, dann verschwindet nach Hause. Ansonsten presst ihr jetzt schön die Backen zusammen und lasst erst wieder los, wenn ihr die Hand hebt und Miss Silva euch auffordert, den Mund aufzumachen. Und die Hand geht auch nur hoch, wenn ihr irgendetwas Intelligentes zu sagen habt. Verstanden?«

Stille. Ein Paradebeispiel für eingeschüchtertes Schweigen.

Die Kids sind unschlüssig. Sollen sie gehen? Und tun, was sie normalerweise an einem Samstagabend im Oktober tun? Oder sich der Autorität beugen und kooperieren?

»Ich höre euch nicht?«, blafft Sarge.

Unbehagliches, zustimmendes Gemurmel.

Sarge sieht zu mir herüber und brummt: »Deshalb bin ich nicht Lehrerin geworden. Ich hätte sie längst bei den Ohren gepackt und ihre Köpfe aneinandergehauen.«

Es ist, als würde ich mich nach einem Sturz in die Tiefen einer Schlucht nun an der Felswand emporhangeln. »Also, wie geht's jetzt weiter? Aufhören oder weitermachen? Es ist eure Entscheidung.«

Wenn sie jetzt gehen, dann gehen sie eben.

Tatsache ist, dass ohnehin keiner an dieser Schule sonderlich hohe Erwartungen hat. Die Hälfte der Lehrer macht Dienst nach Vorschrift. Die Schüler daran hindern, Rabatz zu machen, zu schwänzen oder auf dem Schulgelände zu rauchen, ist im Grunde die wichtigste Anforderung an den Lehrkörper. So war es immer schon.

»Es tut uns leid, Miss Pooh.« Ich bin nicht sicher, wer von den Jungs das gesagt hat. Die Stimme erkenne ich nicht, aber es scheint einer der jüngeren zu sein, ein Siebtklässler. Andere folgen seinem Beispiel.

Plötzlich kommt Zug in die Sache. Sarges »Sauerstoffdiebe« wenden sich ohne weitere Anweisungen ab, schnappen ihre Teelicht-Laternen, suchen ihre Pappgrabsteine zusammen und nehmen Aufstellung.

Mein Herz hüpft vor Freude, trotzdem bemühe ich mich um eine strenge, ernste Miene, während Sarge ihre militärische Haltung lockert und mir befriedigt zunickt.

Wir fangen mit den Proben an, die allerdings keineswegs so flüssig wie ein gut geölter Motor laufen. Stattdessen stammeln sich die Kids durch die Monologe, während ich herumgehe und Publikum spiele.

Lil'Ray hat sich zwei eigene Grabsteine gebastelt. Er spielt seinen Urururgroßvater, Sohn einer versklavten Mutter in Goswood, der schließlich befreit und Wanderprediger wurde. »Als ich Lesen und Schreiben gelernt hab, war ich zweiundzwanzig und immer noch ein Sklave. Ich hab mich in den Wald geschlichen, wo mir ein freies schwarzes Mädchen alles beigebracht hat. Es war sehr gefährlich, und zwar für uns beide, weil so was damals noch verboten war. Man konnte getötet oder ausgepeitscht oder an einen Sklavenhändler verkauft werden, der einen mitgenommen hat. Aber ich wollte unbedingt Lesen lernen, also hab ich's getan«, deklamiert

Lil'Ray mit einem nachdrücklichen Nicken. Er hält inne, und im ersten Moment fürchte ich, er hat seinen Text vergessen, doch nach einer Sekunde, in der er kaum merklich aus der Rolle fällt und sein flüchtiges Lächeln verrät, dass er die ungeteilte Aufmerksamkeit seines Publikums genießt, holt er tief Luft und fährt fort: »Nachdem die Schwarzen ihre eigenen Kirchen haben durften, bin ich Prediger geworden und habe viele der Gemeinden in der Gegend aufgebaut. Und ich war ständig zwischen den Gemeinden unterwegs, was ebenfalls gefährlich war, weil man immer Angst haben musste, dem Ku Klux Klan oder den Knights of the White Camelia über den Weg zu laufen. Ich hatte ein gutes Pferd und einen zuverlässigen Hund, die mich beide treu gewarnt haben, wenn sie jemanden gehört oder gewittert haben. Ich kannte sämtliche Verstecke und auch Leute, bei denen ich im Notfall unterschlüpfen konnte.«

Er hält seinen anderen Grabstein in die Höhe. »Und ich hab das Mädchen geheiratet, das mir Lesen und Schreiben beigebracht hat. Sie hieß Seraphina Jackson und war jedes Mal halb verrückt vor Angst, wenn ich wieder in den Sumpfwäldern unterwegs war. Sie hörte die Wölfe an den Wänden schnüffeln und scharren und saß die ganze Nacht mit dem Gewehr da, das wir eines Tages neben einem Steinwall auf einem alten Schlachtfeld gefunden hatten. Manchmal hörte sie auch Unruhestifter herumziehen, aber die haben weder sie noch meine Kinder bedroht. Warum? Weil sie schon vor der Befreiung eine freie Frau und ihr Daddy der Bankier war.«

Lil'Ray richtet sich auf, wirft sich in die Brust, setzt den Zylinder auf und wechselt den Grabstein. Dann senkt er die Lider und mustert uns mit kühler Herablassung. »Mr. Thomas R. Jackson. Ich bin ein Weißer und steinreich. Ich hielt sieben Sklaven in meinem Stadthaus, und als es Jahre später abbrannte, wurden auf dem Grundstück die Black Methodist Church und die Bibliothek gebaut. Aber ich hatte auch drei Kinder mit einer freien Schwarzen, daher waren auch sie frei, weil sich der Status des Kindes nach dem der Mutter richtet. Ich hab ihnen ein Haus gekauft und eine Näherei für sie, weil von Gesetzes wegen eine Heirat nicht möglich war. Aber ich wollte auch keine andere heiraten. Unsere Söhne haben das College in Oberlin besucht, unsere Tochter, Seraphina, hat einen befreiten Sklaven geheiratet, dem sie Lesen und Schreiben beigebracht hatte. Sie wurde Pfarrersfrau, und als ich alt war, hat sie sich um mich gekümmert. Sie war eine gute Tochter und hat vielen Menschen Lesen beigebracht, ehe sie zu alt wurde und die Buchstaben nicht mehr erkennen konnte.«

Als er fertig ist, stehen mir die Tränen in den Augen, und Sarge, die neben mir steht, räuspert sich. Sie hat sich bei Granny T und Aunt Dicey untergehakt, aber nur weil die beiden unbedingt dabei sein wollten und sie nicht will, dass sie auf dem matschigen Boden stürzen, während wir die Stationen abgehen.

Jetzt kommen wir zu LaJuna. »Ich bin Seraphina«, sagt sie. »Mein Daddy war der Bankier...«

Damit ist klar, dass sie die Recherche ihrer eigenen Familiengeschichte zugunsten von Lil'Rays Familie aufgegeben hat... nun, da sie ja ein Paar sind und so.

Darüber werden wir uns später noch unterhalten.

Ich lausche ihrem Vortrag, und dann gehen wir weiter. Einige Lebensgeschichten sind noch unvollständig, dennoch wohnt jeder einzelnen von ihnen ein Zauber inne, und selbst die Jüngsten schaffen es, sich irgendwie durch ihren Vortrag zu stottern. Tobias gibt in kurzen Worten die Geschichte von Willie Tobias wieder, der als Junge gemeinsam mit seinen

Geschwistern auf tragische Weise bei dem Brand umgekommen ist.

Am Ende der Probe kann ich meine Gefühle kaum in Worte kleiden, als ich mit den anderen Freiwilligen beisammenstehe. Ich bin begeistert. Ich bin ergriffen. Ich bin stolz. Meine Zuneigung zu diesen Kindern hat eine neue Tiefe gewonnen. Sie sind unglaublich.

Und sie haben Publikum angezogen. Mehrere Autos stehen am Straßenrand, wo üblicherweise die Pseudo-Quarterback-Daddys Posten beziehen, wenn sie ausnahmsweise mal ihren bequemen Sessel verlassen. Bei einigen der heutigen Beobachter handelt es sich zweifellos um Elternteile, die ihre Kinder abholen wollen. Bei anderen bin ich mir nicht so sicher. Die protzigen SUVs und schnittigen Limousinen sind eigentlich viel zu nobel für diese Schule, und die Leute stehen in Grüppchen zusammen, reden, sehen zu, deuten hierhin und dorthin, wobei ihre Körpersprache nichts Gutes verheißt. Ich glaube auch die Frau des Bürgermeisters unter ihnen zu erkennen. Ein Streifenwagen kommt um die Ecke, aus dem Redd Fontaine mit dem Wanst voran aussteigt. Sofort gesellen sich einige Schaulustige zu ihm.

»Oje, das gibt Ärger«, sagt Granny T. »Ein Treffen der Wichtigtuer-Gesellschaft. Und ja, klar, Mr. Fontaine muss natürlich herumlaufen und nachsehen, ob bei irgendeinem das Rücklicht nicht funktioniert oder das Kennzeichen abgelaufen ist, damit er einen schönen Strafzettel schreiben kann. Der schwingt doch bloß seine Speckschwarten durch die Gegend, was anderes kann er sowieso nicht.«

Ein rostiger Truck am Ende der Kolonne fährt los, noch bevor Officer Fontaine ihn erreicht. Also wird einer meiner armen Schüler wohl oder übel zu Fuß nach Hause gehen müssen.

»Genau«, murmelt eine der anderen Carnegie-Ladies angewidert.

Ich spüre, wie die Hitze unter meiner Jacke aufsteigt und am Kragen herausquillt. Dies ist ein Abend des Triumphs, den ich mir unter keinen Umständen vermiesen lasse.

Gerade als ich losmarschieren will, halten mich die Kids auf und wollen wissen, wie ich es fand, was sie mit ihren Laternen machen sollen und woher sie Material für ihre Kostüme bekommen, wenn sie noch nicht alles beisammenhaben. Nachdem die Kostümprobe so gut gelaufen ist, sind nun auch diejenigen, denen es vorher noch an Enthusiasmus gefehlt hat, plötzlich Feuer und Flamme.

»War's okay?«, will Lil'Ray wissen. »Findet das Historienspiel nun statt? LaJuna und ich haben uns nämlich schon die Werbeplakate dafür überlegt. Der Manager im Cluck sagt, wenn wir etwas aufschreiben, lässt er Kopien davon machen, wenn er nach Baton Rouge fährt und neue Ware besorgt. Auf Buntpapier und so. Wir können doch loslegen, oder, Miss Pooh?« Er befreit sich aus LaJunas Umklammerung und vollführt eine effektvolle 360-Grad-Drehung.

Allerdings verblasst sein Lächeln, als er bemerkt, dass LaJuna als Einzige lacht. »Miss Pooh? Sind Sie noch sauer auf uns?«

Ich bin nicht sauer, sondern bloß wegen der Autos und Schaulustigen dort drüben abgelenkt. Was läuft da?

»Also? Dürfen wir? In Ordnung?«, fragt LaJuna und hakt sich wieder bei Lil'Ray ein. Sie sieht so süß aus in ihrem Abschlussballkleid, aber es ist viel zu tief ausgeschnitten, und sie sieht viel zu süß darin aus. Ich kann die Wolke aus Teenagerpheromonen förmlich sehen, die sie umgibt. Und ich weiß genau, was sich so unter den Zuschauerrängen abspielt, weiß genau, wozu es führen kann.

Geh doch nicht immer gleich vom Schlimmsten aus, Benny.

»Ja, ist in Ordnung.« Trotzdem habe ich eine düstere Ahnung, dass das vielleicht schon bald nicht mehr der Fall sein wird. »Ihr wart fantastisch. Ich bin wirklich stolz auf euch... auf die meisten zumindest. Und die anderen, nun ja, ihr müsst euch gegenseitig ein wenig helfen, dann wird das schon.«

»Ich sag's ja.« Er stolziert mit seinem Zylinder auf dem Kopf davon, LaJuna rafft die Röcke und eilt ihm hinterher.

Sarge, die mit einer Schachtel Teelichter vorbeikommt, bleibt stehen. »Das gefällt mir gar nicht«, raunt sie und deutet in Richtung Straße, doch bevor ich etwas erwidern kann, fällt ihr Blick auf LaJuna und Lil'Ray, die in der Dunkelheit verschwinden. »Und das da genauso wenig.« Sie formt mit beiden Händen einen Trichter um den Mund. »LaJuna Rae, was glaubst du, wo du mit dem Jungen hinwillst?«, schreit sie und stapft aufgebracht davon.

Unterdessen sehe ich zu, wie sich unsere Zuschauer allmählich zerstreuen. Die Eltern fahren mit ihren Kindern los, und die uneingeladenen Schaulustigen gehen nacheinander zu ihren Autos zurück. Redd Fontaine bleibt noch, um einem armen Elternteil einen Strafzettel unter den Scheibenwischer zu klemmen. Als ich das verhindern will, meint er nur, ich solle mich um meine eigenen Angelegenheiten kümmern. »Haben Sie überhaupt eine Genehmigung, dass die Kinder abends hier herumhängen dürfen?«, fragt er, leckt die Spitze seines Stifts an und schreibt den nächsten Strafzettel.

»Sie hängen nicht herum, sondern arbeiten an einem Projekt.«

»Das hier ist Eigentum der Schule.« Er nickt in Richtung Schulhaus, wobei sein Dreifachkinn schwabbelt. »Und das Footballfeld ist für sportliche Aktivitäten gedacht.«

»Es handelt sich aber um ein Schulprojekt. Außerdem sehe ich ständig Kinder nach der Schule und an den Wochenenden hier spielen und Football trainieren.«

Er hält inne, und sowohl er selbst als auch der Unglücksrabe, der den Strafzettel bekommen sollte – ein Großvater, der beim Elternabend war –, sehen mich an, während seine Enkelin aus der achten Klasse schnell einsteigt und mit dem Beifahrersitz verschmilzt.

»Sie wollen sich also mit mir anlegen, ja?« Officer Fontaine wuchtet seinen massigen Leib zu mir herum.

»Das würde mir im Traum nicht einfallen.«

»Und jetzt auch noch frech werden, was?«

»Absolut nicht.« Für wen hält sich dieser Kerl eigentlich? »Ich sorge nur dafür, dass meine Kinder sicher nach Hause kommen.«

»Wieso sorgen Sie nicht dafür, dass dieses Spielfeld aufgeräumt ist?«, brummt Fontaine und zückt wieder seinen Stift. »Und sammeln Sie die Kerzen ein, nicht dass der Rasen Feuer fängt und Sie das ganze Spielfeld abfackeln.«

»Ich denke, nach all dem Regen sind wir da auf der sicheren Seite«, blaffe ich und werfe dem Großvater einen entschuldigenden Blick zu. Wahrscheinlich habe ich es ihm gerade noch schwerer gemacht. »Aber danke für die Warnung. Wir passen ganz besonders auf.«

Sarge wartet auf mich, als ich auf den Bürgersteig neben dem Schulgebäude trete. LaJuna und Lil'Ray stehen neben ihr und runzeln im Doppelpack die Stirn. »Und?«, fragt Sarge.

»Ich weiß nicht genau«, gestehe ich. »Ehrlich, ich habe keine Ahnung.«

»Ich bezweifle, dass das schon alles war. Sag Bescheid, falls du mich brauchen solltest.« Sarge krallt sich LaJuna, um sie nach Hause zu bringen. Immerhin eine Sorge weniger heute

Abend. Lil'Ray verschwindet mit seinem Zylinder in der Hand in der Dunkelheit. Solo.

Zu Hause ist es viel zu still. Zum ersten Mal, seit ich eingezogen bin, wirken die dunklen Fenster unheimlich. Als ich die Verandastufen hinaufgehe, greife ich durch den Oleander und streiche dem Gartenschutzheiligen über den Kopf, damit er mir Glück bringt. »Mach dich lieber mal an die Arbeit, mein Freund.«

Das Telefon läutet, verstummt jedoch, gerade als ich nach dem vierten Läuten den Hörer von der Gabel reiße.

»Hallo?«, sage ich. Nichts.

Aus einem Impuls heraus wähle ich Nathans Nummer. Vielleicht war er es ja. Aber es geht niemand dran. Ich platze mit einer Kurzversion des heutigen Abends heraus, meinem Triumph angesichts der Probe, dem lästigen Auftritt von Redd Fontaine. »Na ja... jedenfalls... hatte ich gehofft, dich an die Strippe zu kriegen. Ich... wollte nur quatschen«, stammle ich am Ende.

Danach mache ich eine Runde durchs Haus, schalte alle Lichter ein und trete dann auf die hintere Veranda, um den Glühwürmchen zuzusehen und zwei Nachtschwalben zu lauschen, die einander rufen.

Ein Paar Scheinwerferkegel schweift über den Garten. Ich beuge mich übers Geländer, gerade noch rechtzeitig, um den Streifenwagen um den Friedhof herum und auf den Highway zurückfahren zu sehen. Ein seltsames Unbehagen macht sich in mir breit, als würde ich eine Krankheit ausbrüten, die sich noch nicht recht entschieden hat, wann und in welcher Stärke sie zum Ausbruch kommen soll.

Ich lehne den Kopf gegen den trockenen, rissigen Holzpfosten, der auch schon bessere Tage gesehen hat, und lasse den Blick über den Garten und den sternenübersäten Himmel schweifen, der sich darüber spannt. Wie können wir Menschen auf den Mond schicken, Raumschiffe ins All und wieder zurück fliegen lassen, den Mars erforschen, während wir es nicht mal schaffen, die Grenzen des menschlichen Herzens zu überwinden und in Ordnung zu bringen, was schiefgelaufen ist?

Wie ist es möglich, dass immer noch alles so ist?

Das ist der Grund für unser Historienspiel, sage ich mir. *Geschichten verändern Menschen. Gelebte Geschichte hilft ihnen, einander zu verstehen und so zu sehen, wie sie wirklich sind.*

Den Rest des Wochenendes bringe ich damit zu, eine wachsende Anzahl von Besuchern auf dem Friedhof zu beobachten, und nicht nur die Polizei. Scheinbar verspüren ganz normale Bürger auf einmal den Drang, vorbeizuschauen und sich zu vergewissern, dass die hiesigen Youngsters – oder ich – die Ruhestätten nicht stören. Auch Redd Fontaine lässt sich ab und zu blicken. Und ich bekomme noch mehr Anrufe, bei denen keiner was sagt, bis ich aufhöre ranzugehen und stattdessen den Anrufbeantworter anspringen lasse. Abends schalte ich das Telefon ganz aus, liege aber wach auf dem Sofa und halte Ausschau nach Scheinwerfern, deren Licht durch die Jalousien dringt, wobei mir auffällt, dass die Anrufe und Fontaines Ausflüge zum Friedhof niemals zeitgleich stattfinden. Andererseits kann ein ausgewachsener Mann, noch dazu ein Polizist, wohl kaum so ein Kindskopf sein.

Am Sonntagnachmittag liegen meine Nerven blank, und ich bin ziemlich sicher, dass ich beim nächsten Horrorszenario, das mir mein angespannter Verstand um die Ohren haut, raus auf das Reisfeld gehe und mich den Alligatoren zum Fraß vorwerfe. Obwohl ich mir fest vorgenommen habe, es nicht zu tun, greife ich ein weiteres Mal zum Hörer und wähle Nathans Nummer, lege wieder auf.

Ich überlege, ob ich zu Sarge fahren und mich mit ihr und Aunt Dicey und vielleicht auch mit Granny T beraten soll, will sie aber nicht unnötig verrückt machen. Vielleicht will mir der Bulle ja bloß eins auswischen, weil ich mich mit ihm angelegt habe. Oder aber die vielen Friedhofsbesuche sind reiner Zufall, oder das Interesse der Kids hat die allgemeine Neugier geweckt.

In meiner Verzweiflung gehe ich nach Goswood Grove hinüber, auf der Suche nach Einhörnern und Regenbogen... und vielleicht auch nach Nathan, den ich natürlich nicht antreffe. Ebenso wenig wie LaJuna. Wahrscheinlich ist sie mit ihrer neuen Liebe beschäftigt. Ich kann nur hoffen, dass sie und Lil'Ray gerade irgendwo sind, um ihre Auftritte für das Historienspiel zu proben.

Hoffentlich gibt es überhaupt ein Historienspiel.

Es wird stattfinden, rede ich mir gut zu. *Es wird stattfinden. Wir kriegen das schon irgendwie hin. Man muss immer positiv denken.*

Leider entpuppt sich der Montag trotz all meiner Bemühungen, guter Dinge und zuversichtlich zu bleiben, als Einhorn-Killer. Um zehn Uhr morgens sitze ich im Büro des Rektors. Die Aufforderung, mich dort einzufinden, habe ich in der zweiten Stunde bekommen, daher muss ich jetzt meine große Pause hier zubringen und mir von Rektor Pevoto mit Unterstützung und unter der Kontrolle von zwei Mitgliedern des Schulbeirats einen Einlauf verpassen lassen. Sie haben sich wie zwei Sturmsoldaten links und rechts in den Büroecken postiert. Eine von ihnen ist die Blondine aus der Nachbarnische im Cluck and Oink und die zweite oder dritte Trophäenfrau von Nathans Onkel Manford. Deren Kinder noch nicht einmal hier auf die Schule gehen, sondern – Überraschung! – unten am See.

Noch nerviger als ihre herablassende Art ist ihre schrille Stimme. »Was dieser Hokuspokus mit dem vom Schulbezirk genehmigten Lehrplan zu tun haben soll, für dessen Entwicklung wir einem erfahrenen Spezialisten eine Menge Geld bezahlt haben, kann ich nicht einmal *ansatzweise* nachvollziehen.« Ihr Südstaaten-Akzent lässt die Worte taktvoll und zuckersüß klingen, obwohl sie es keineswegs sind. »Dabei sollte ein unerfahrener Neuling wie Sie für unseren vorgefertigten Lehrplan dankbar sein und darauf achten, ihn bis ins letzte Detail anzuwenden.«

Inzwischen ist mir aufgegangen, weshalb sie mir im Cluck and Oink so bekannt vorkam: Sie war diejenige, die an meinem ersten Schultag an mir vorbeigefahren ist, als der Laster die Stoßstange meines Käfers abgerissen hat. Sie hat mich damals direkt angesehen, geschockt und entsetzt darüber, was gerade um ein Haar passiert wäre. So etwas vergisst man nicht so schnell wieder. Aber dann ist sie einfach weitergefahren, als hätte sie nichts mitbekommen. Wieso? Weil es ein Laster von Gossett Industries war. Damals konnte ich das noch nicht einordnen, heute aber schon. Es bedeutet, dass Leute einen faktisch umnieten können, aber keiner etwas sieht oder etwas sagt. Weil sich keiner traut.

Ich sitze auf meinem Stuhl und kralle mich an der dünnen Polsterung fest. Am liebsten würde ich aufspringen und rufen: *Ihr Laster hat mich beinahe von der Straße gefegt und um ein Haar einen sechsjährigen Jungen umgefahren, aber Sie haben nicht mal angehalten. Und jetzt liegt Ihnen diese Schule auf einmal so sehr am Herzen? Mit diesen Kindern? Ich kriege noch nicht mal das Unterrichtsmaterial, das ich brauche. Stattdessen bringe ich selbst gebackene Kekse mit, damit die*

Kinder nicht hungrig im Unterricht sitzen müssen, während Sie hier mit Ihren manikürten Fingernägeln und Ihrem fetten Brillantarmband vor meiner Nase herumwedeln.

Aber ich beiße die Zähne zusammen. Die Worte lauern direkt hinter meinen Zähnen. Direkt dahinter, direkt...

Dahinter.

Rektor Pevoto weiß das ganz genau. Er wirft mir einen Blick zu, schüttelt kaum merklich den Kopf. Es ist nicht seine Schuld. Er versucht bloß, Jobs zu retten. Meinen und seinen eigenen. »Miss Silva ist noch unerfahren«, erklärt er in einem besänftigenden Tonfall, wie ein Kindermädchen, das versucht, einen verwöhnten Fratz zu beruhigen. »Sie konnte ja nicht wissen, welche Genehmigungen erforderlich sind, bevor man so ein Projekt...« – er sieht mich entschuldigend an. Er steht auf meiner Seite. Bloß eben nicht offiziell, weil er es nicht darf – »...von diesem Ausmaß ins Leben ruft. Zu ihrer Verteidigung muss ich sagen, dass sie mir davon erzählt hat. Ich hätte genauer nachhaken müssen.«

Ich klammere mich an meinem Stuhl fest, der jeden Moment zum Schleudersitz zu werden droht. Ich ertrage das Ganze hier keine Sekunde länger. Es geht einfach nicht.

Was kümmert es dich, Lady? Deine Kids sind doch sowieso viel zu gut für diese Schule.

In meiner Fantasie stehe ich mitten im Büro und schleudere ihr die Worte voll gerechtfertigter Empörung ins Gesicht. Die meisten Schulbeiratsmitglieder – Geschäftsleute, Anwälte, Ärzte – haben ihre Kinder nicht hier angemeldet, sondern sitzen lediglich aus Prestige- und Kontrollgründen im Beirat. Sie wollen die Erhaltung klarer Trennlinien in der Stadt – Anfragen für eine Erhöhung der Vermögenssteuer, die Ausgabe von Anleihen und eventuelle Wechsel von Schülern auf die Vorzeigeschule des Bezirks wollen sie in der Hand haben, alles

Dinge, die sie bares Geld kosten könnten, weil sie Grundstücke besitzen und den Großteil der Geschäfte in der Gegend betreiben.

»Wir händigen jeder neuen Lehrkraft ein Mitarbeiterhandbuch aus, in dem sämtliche Gepflogenheiten und Vorschriften der Schule aufgeführt sind.« Die reizende Mrs. Gossett löst die Ferse aus ihrem glänzend silbernen Alligatorleder-Stiletto und lässt ihn an den Zehen baumeln. »Und die neuen Lehrkräfte bestätigen doch schriftlich, dass sie es auch gelesen haben, oder? Die Bestätigung kommt in die Personalakte, richtig?«

Ihre kleine Begleit-Speichelleckerin, eine adrette Brünette, nickt eifrig.

»Natürlich«, antwortet Rektor Pevoto.

»Nun, im Handbuch steht unmissverständlich, dass jegliche Aktivität außerhalb des Unterrichts, an der mehrere Schüler zu einer Gruppe oder einem Club zusammengebracht werden, die Genehmigung des Schulbeirats erfordert.«

»Um zwei Blocks weit zur Stadtbibliothek zu gehen?«, platze ich heraus. Rektor Pevoto reißt erschrocken die Augen auf. Ohne Aufforderung darf ich nicht sprechen. Eine Warnung habe ich ja bereits bekommen.

Mit roboterhafter Präzision – *klick, klick, klick* – wendet die Blonde sich um und blickt mich über ihr spitzes Kinn hinweg an. Nun bin ich mitten in ihrem Fadenkreuz. »Diesen Kindern zu versprechen, dass sie Theater spielen dürfen... außerhalb des Schulgeländes und außerhalb der Unterrichtszeiten, ist eine klare Missachtung der Vorschriften. Und zwar eine eklatante. Noch dazu auf dem Friedhof. Gütiger Himmel, also wirklich! Das ist nicht nur lächerlich, sondern geradezu obszön und respektlos den armen Verstobenen gegenüber.«

Jetzt verliere ich endgültig die Nerven. Mayday. Mayday. »Ich habe die Bewohner des Friedhofs selbst gefragt. Sie hatten nichts dagegen.«

Rektor Pevoto holt scharf Luft.

Mrs. Gossett schürzt die Lippen. Ihre Nasenlöcher blähen sich. Sie sieht wie eine dürre Miss Piggy aus. »Das war kein Scherz. Oder hörte es sich für Sie so an? Allerdings bemühe ich mich nach Kräften, kein Drama daraus zu machen. Ihnen mag dieser Friedhof völlig gleichgültig sein, schließlich stammen Sie aus... keine Ahnung, woher Sie kommen... Uns jedoch bedeutet er sehr viel. Unter anderem weil Familienmitglieder dort begraben liegen. Natürlich wollen wir nicht, dass ihre letzte Ruhe in irgendeiner Weise gestört wird und ihre Gräber entweiht werden... nur damit irgendwelche jugendlichen Flegel und Gören ihren Spaß haben. Es ist schon schwierig genug, *diese Art Kinder* daran zu hindern, dort irgendwelchen Unsinn anzustellen, deshalb sollen sie nicht auch noch in dem Glauben bestärkt werden, dass unser Friedhof ein Spielplatz ist. Es ist leichtsinnig und gefühllos.«

»Ich habe sie wohl kaum...«

Sie lässt mich nicht ausreden, sondern richtet ihren spitzen kleinen Finger auf das Fenster. »Vor ein paar Jahren wurden mehrere sehr teure Grabsteine einfach umgeworfen. Ein Fall von Vandalismus.«

»Wenn die Leute sich mit der Geschichte der Stadt beschäftigten und etwas über die Menschen wüssten, deren Gräber die Steine markieren, würde so etwas vielleicht gar nicht erst passieren. Die Angehörigen einiger meiner Kinder liegen auch dort begraben, sogar die der meisten...«

»Das sind nicht *Ihre* Kinder.«

Rektor Pevoto schiebt sich einen Finger in den Kragen und zieht unbehaglich daran. Sein Gesicht ist so rot wie der

Wagen der freiwilligen Feuerwehr, hinter dessen Steuer er am Wochenende sitzt. »Miss Silva ...«

»Oder aber ihre Angehörigen sind auf dem Grundstück direkt daneben verscharrt«, fahre ich fort. Nun, da ich erst einmal angefangen habe, gibt es kein Halten mehr. Ich kann nicht zulassen, dass diese Schnepfen sich über meine Schüler stellen. »In unmarkierten Gräbern. Auf einem Friedhof, dessen Details meine Schüler gerade mühsam in den Computer eingeben, damit die Bibliothek Unterlagen über all jene hat, die auf diesem Anwesen gelebt haben. Als Sklaven.«

Das war's. Damit habe ich den Schalter umgelegt. Das ist das wahre Problem. Goswood Grove. Das Haus. Alles, was sich darin befindet. Die Teile seiner Geschichte, die peinlich sind, sich nicht einfach wegerklären lassen. Die ein Stigma tragen, weil keiner so recht weiß, wie er darüber sprechen soll, und die von einem unbequemen Erbe zeugen, das sich selbst heute noch in Augustine manifestiert.

»Das geht Sie überhaupt nichts an«, stößt sie hervor. »Wie können Sie es wagen?«

Die Speichelleckerin steht mit geballten Fäusten daneben, als wollte sie auf mich losgehen.

Rektor Pevoto erhebt sich und beugt sich über seinen Schreibtisch. »Gut. Das reicht jetzt.«

»Ganz genau, es reicht«, bekräftigt Mrs. Gossett. »Ich weiß nicht, wofür Sie sich eigentlich halten. Sie leben hier seit ... wie lange ... seit zwei Monaten? Drei? Wenn die Schüler jemals ihre Herkunft hinter sich lassen und produktive Mitglieder der Gesellschaft werden wollen, müssen sie ihre Vergangenheit abstreifen, etwas Praktisches tun, sich Kenntnisse auf dem beruflichen Gebiet aneignen, das für sie geeignet ist. Die meisten können doch schon froh sein, wenn sie ausreichend lesen und schreiben können, um ein Bewerbungsformular auszufüllen. Wie können Sie es wagen, Andeutungen zu machen, dass unsere Familie in dieser Hinsicht ihren Verpflichtungen nicht nachkommt! *Wir* zahlen mehr Steuern in diesem Schulbezirk als jeder andere. *Wir* sind diejenigen, die diesen Menschen Arbeit geben, die ihnen ein Leben hier in Augustine ermöglichen. Die mit den Gefängnissen zusammenarbeiten, damit die Leute nach ihrer Entlassung wieder eine Beschäftigung finden. Sie hingegen wurden engagiert, damit Sie den Kindern Englisch beibringen. Und zwar anhand des geltenden Lehrplans. Es wird kein Friedhofsunterhaltungsprogramm geben, merken Sie sich das! Der Friedhof wird von einem Beirat verwaltet, der diesem Schnickschnack niemals zustimmen wird. Dafür werde ich schon sorgen.«

Sie steht auf und schiebt sich an mir vorbei, dicht gefolgt von ihrer Begleit-Soldatin. An der Tür bleibt sie noch einmal stehen und holt zum letzten Schlag aus. »Machen Sie Ihre Arbeit, Miss Silva. Und passen Sie gut auf, mit wem Sie hier reden, sonst können Sie von Glück sagen, wenn Sie morgen noch einen Job haben.«

Als sie weg sind, versucht Rektor Pevoto, mich zu beschwichtigen, und sagt, jeder hätte im ersten Jahr seine Startschwierigkeiten. Er wisse mein Engagement durchaus zu schätzen und könne sehen, dass ich eine Bindung zu den Schülern aufbaue. »Das macht sich irgendwann bezahlt«, verspricht er matt. »Wenn die Sie mögen, stehen sie auch hinter ihnen und arbeiten mit. Halten Sie sich in Zukunft einfach bloß an den Lehrplan. Gehen Sie nach Hause, Miss Silva. Nehmen Sie ein paar Tage frei, damit Sie einen klaren Kopf kriegen, und dann kommen Sie zurück. Ich habe schon eine Vertretung für Sie organisiert.«

Ich murmle irgendeine Erwiderung und verlasse sein Büro, gerade als es läutet. Auf halbem Weg bleibe ich stehen, während mir schlagartig bewusst wird, dass ich gar nicht in den Unterricht zurückkehren soll, sondern mitten an einem Schultag nach Hause geschickt worden bin.

Schüler laufen an mir vorbei. Es ist, als teilte sich die Menge auf wundersame Weise vor mir, als wäre ich nicht länger Teil der Welt.

Die Flure haben sich geleert, die Glocke ist verklungen, bis ich mich sortiert habe und den Weg zu meinem Klassenzimmer einschlage. Vor der Tür sammle ich mich kurz, ehe ich hineingehe, um meine Sachen zu holen.

Eine Aushilfe hat Aufsicht ... wahrscheinlich, bis meine Vertretung eintrifft. Trotzdem bombardieren mich meine Schüler mit Fragen. *Wieso gehen Sie schon? Was fehlt Ihnen denn? Wer geht jetzt mit uns rüber in die Bibliothek?*

Aber morgen sind Sie doch wieder hier, oder, Miss Pooh? Oder, Miss Pooh?

Die Aushilfe sieht mich mitfühlend an, ehe sie sich an die Schüler wendet und sie anschreit, sie sollen gefälligst die Klappe halten. Eilig schlüpfe ich hinaus und fahre nach Hause, wobei ich mich danach nicht einmal erinnern kann, wie ich dorthin gekommen bin. Das Haus sieht verloren und leer aus. Als ich die Wagentür öffne, höre ich das Telefon viermal läuten, dann hört es auf.

Am liebsten würde ich losrennen, den Hörer von der Gabel reißen, ihn mit beiden Händen umklammert halten und hineinschreien: »Was stimmt bloß nicht mir dir, verdammt noch mal! Lass mich doch einfach in Ruhe!«

Das Lämpchen des Anrufbeantworters blinkt. Ich drücke auf den Knopf, als wäre es die Spitze eines scharfen Messers. Vielleicht eskaliert das Ganze ja, und der Anrufer, wer auch immer es sein mag, hinterlässt mir anonyme Botschaften. Aber weshalb sollte sich jemand die Mühe machen, wo man mich auch ganz offen über den Schulbeirat und Rektor Pevoto aus dem Rennen kegeln kann?

Doch die Nachricht stammt von Nathan. Seine Stimme klingt ernst. Er entschuldigt sich, weil er sich erst jetzt meldet, aber er ist bei seiner Mutter in Asheville. Es war der Geburts- und auch der Todestag seiner Schwester. Dreiunddreißig wäre sie geworden. Diese Tage im Jahr gehen seiner Mutter sehr an die Nieren, und diesmal musste sie sogar wegen Blutdruckbeschwerden ins Krankenhaus, aber jetzt ist alles wieder in Ordnung. Sie ist zu Hause, eine Freundin ist bei ihr und kümmert sich um sie.

Ich wähle die Nummer. Er geht ran. »Nathan, es tut mir so leid. So leid. Ich hatte ja keine Ahnung«, platze ich heraus. Eigentlich will ich ihm ja nicht noch mehr aufhalsen. Gemessen an der Trauer um Robin, die er und seine Mutter gerade durchleben, sind meine Jobsituation und der Kleinkrieg mit dem Schulbeirat unwichtig und blöd. Eine Auseinandersetzung mit den Gossetts ist so ziemlich das Letzte, was er jetzt noch gebrauchen kann. Dafür muss ich andere Verbündete um mich scharen – Sarge, die Carnegie-Ladies, die Eltern meiner Schüler. Ich werde bei der Zeitung anrufen. Was hier gerade geschieht, ist einfach nicht richtig.

»Alles in Ordnung mit dir?«, fragt er vorsichtig. »Erzähl mir, was los ist.«

Mir kommen die Tränen, schnüren mir die Luft ab. Ich bin frustriert. Ich bin traurig. Ich schlucke, schlage mir mit der flachen Hand gegen die Stirn. *Hör auf damit!* »Mir geht's gut.«

»Benny...«, sagt er nur, doch ich höre, was er nicht ausspricht. *Ich bitte dich, Benny, erzähl mir doch nichts. Ich kenne dich.*

Das ist der Moment, in dem alles aus mir herausbricht. Ich

schildere die Vorkommnisse in Rektor Pevotos Büro und ende mit der herzzerreißenden Schlussfolgerung aus diesem Morgen: »Sie wollen das Projekt stoppen, und wenn ich nicht kooperiere, bin ich meinen Job los.«

»Mach dir keine Sorgen.« Ich höre ein Poltern im Hintergrund. »Ich bin gerade auf dem Weg zum Flughafen, um zu sehen, ob ich spontan einen Rückflug kriege. Ich muss mich beeilen, aber Mom hat mir erzählt, Robin hätte unmittelbar vor ihrem Tod an einer Art Projekt gearbeitet, von dem sie nicht wollte, dass meine Onkel davon erfahren. Unternimm erst mal nichts, sondern warte, bis ich wieder da bin.«

KAPITEL 25

Hannie Gossett

FORT MCKAVETT, TEXAS, 1875

Es ist schwer, den tief in der Matratze eingesunkenen Mann als Mister William Gossett zu erkennen. Er liegt zwischen einfachen weißen Laken, die halb zurückgeschlagen und völlig zerknüllt sind, wo er sie gepackt und krampfhaft festgehalten hat, als wollte er sie auswringen wie einen Putzlappen. Seine Augen, einst so blau wie Großmutters Glasperlen, sind geschlossen und liegen tief in den Höhlen inmitten seines bleichen Gesichts. Der Mann hat keinerlei Ähnlichkeit mit dem Gentleman aus meiner Erinnerung, nicht einmal die dröhnende Stimme ist geblieben, sondern nur leises Stöhnen, immer wieder Stöhnen.

Als die Soldaten uns in dem langen Krankentrakt von Fort McKavett allein mit ihm zurücklassen, muss ich wieder an früher denken. Damals, vor der Befreiung, gab es jedes Jahr zu Weihnachten ein großes Fest, bei dem Marse für alle Geschenke hatte. Neue Schuhe, auf der Plantage angefertigt, zwei neue Sackkleider für die Arbeit, zwei Garnituren Unterwäsche, sechs Meter Stoff pro Kind, acht Meter für die Frauen und Männer, und ein weißes Baumwollkleid mit einem Taillenband, damit die Gossett-Sklaven besser aussahen als alle anderen, wenn sie Master und Missus sonntags in die Kirche begleitet haben. Bei der Feier waren alle da, meine Geschwister, Mama und Aunt Jenny Angel und meine Cousinen, Grandma und Grandpa. Es gab Schinken und Äpfel und irische Kartoffeln und richtiges Weizenbrot, Pfefferminzbonbons für die Kinder und Maisschnaps für die Erwachsenen. Das waren die schöneren Zeiten in den schweren, schlimmen Zeiten.

Dieser Mann, der da im Bett liegt, mochte Feiern. Es freute ihn, wenn er glauben konnte, wir seien alle glücklich und blieben bei ihm, weil es uns so gut gefiel, nicht weil wir es mussten, und dass wir eigentlich gar nicht frei sein wollten. Ich denke, das hat er sich eingeredet, damit es sich für ihn richtig anfühlte.

Ich trete vom Bett weg, während mir all das wieder in den Sinn kommt, und weiß nicht, was ich empfinde. *Das ist doch gar nicht deine Sache, Hannie. Du musst bloß wissen, wo der Pachtvertrag ist, in dem drinsteht, dass Tati, Jason und John fair behandelt werden müssen. Er hat dir mehr als genug von deinem Leben gestohlen. Er und Old Missus.*

Aber die Mauer, die ich in mir aufgebaut hab, steht auf Sand und bewegt sich bei jedem rasselnden Atemzug von ihm, wackelt und schwankt beim Anblick des bläulich weiß verfärbten Körpers. Manchmal ist Sterben ein Kraftakt. Dieser Mann tut sich jedenfalls nicht leicht damit. Die Wunde in seinem Bein hat sich entzündet, während er im Gefängnis war, aber obwohl der Doktor es abgenommen hat, hatte sich das Gift längst in seinem Körper ausgebreitet.

Ich glaube, ich empfinde so was wie Gnade für ihn. Gnade, die ich mir auch für mich wünschen würde, wenn ich in dem Bett läge.

Juneau Jane berührt ihn als Erste. »Papa. Papa.« Sie lässt

sich neben das Bett sinken, nimmt seine Hand und legt sie an ihre Wange. Ihre mageren Schultern beben. Die ganze Reise über war sie so tapfer und geduldig, doch dieser Anblick lässt sie zerbrechen.

Missy Lavinia hat sich mit beiden Händen an meinem Arm festgeklammert. Ganz fest. Sie tritt keinen Zentimeter näher zu ihm. Ich tätschele sie, als wäre sie ein kleines Kind. »Nun geh schon. Er beißt nicht. Er hat bloß eine Blutvergiftung von der Kugel, das ist alles. Einfangen kannst du dir nichts von ihm. Setz dich hier auf den Hocker und nimm seine Hand. Aber mach bloß nicht wieder dieses komische Quietschen wie auf dem Gütertreck oder fang an zu heulen oder zu quengeln oder sonst was. Sei nett zu ihm, damit er ein bisschen Trost und Frieden kriegt. Vielleicht kommt er ja zu sich und kann etwas sagen.«

Aber sie will nicht. »Los, mach schon«, dränge ich. »Der Doktor sagt, er wacht nicht mehr oft auf, wenn überhaupt.« Ich drücke sie auf einen Hocker, muss mich aber über sie beugen, weil sie sich immer noch an meinem Arm festklammert und mir die Finger ins Fleisch gräbt. »Setz dich anständig hin.« Ich nehme ihr die Mütze ab und lege sie auf das kleine Regalbrett über dem Bett. Sämtliche Pritschen im Raum, geschätzt ein Dutzend, sehen aus wie diese hier, nur ist bei den anderen die Matratze zusammengerollt. Ein Spatz flattert im Gebälk herum wie eine Seele, die den Körper noch nicht verlassen kann.

Ich streiche Missy das dünne Haar glatt und hinter die Ohren. Ihr Daddy soll sie nicht so sehen – falls er überhaupt zu sich kommt. Die Frau des Doktors war zutiefst erschrocken, als wir ihr erzählt haben, dies seien seine beiden Töchter, die nach ihm gesucht haben. Sie ist eine sehr freundliche Frau und wollte, dass Missy Lavinia und Juneau Jane sich waschen und anständige Kleider anziehen, aber Juneau Jane hat sich geweigert, ihrem Vater von der Seite zu weichen. Also werden wir drei wohl noch eine Weile länger in Jungskleidern rumlaufen.

»Papa«, ruft Juneau Jane, die am ganzen Leib zittert. »*Aide-nous, Dieu. Aide-nous, Dieu...*«, murmelt sie und bekreuzigt sich ununterbrochen.

Stöhnend wirft ihr Vater sich in den Kissen hin und her, bewegt die Lippen, dann wird er wieder still und atmet ganz tief, während er erneut tiefer in der Ohnmacht versinkt.

»Erwarten Sie nicht zu viel«, warnt der Doktor von seinem Schreibtisch neben dem Kamin am Ende des Raums.

Der Kutscher des Wagens, mit dem wir hergekommen sind, hat uns die Geschichte auf der Fahrt erzählt. Er fährt regelmäßig zwischen dem Fort und Scabtown auf der anderen Seite des Flusses hin und her. Old Mister wurde aus dem Gefängnis in Mason hergebracht, damit er dem Kommandanten schildert, was er über den Mann weiß, der ihm das Armeepferd angedreht hatte, aber dazu kam's nicht, weil der Trupp aus dem Hinterhalt angegriffen wurde. Ein Soldat wurde angeschossen, noch bevor sie in Deckung gehen und sich verteidigen konnten. Der Soldat starb noch an Ort und Stelle, und auch Old Mister erwischte es übel. Sein Zustand war lebensbedrohlich, als er ins Fort gebracht wurde. Man nahm an, bei demjenigen, der sie angegriffen hatte, könnte es sich um jemanden gehandelt haben, den Old Mister kannte, vielleicht sogar um den Dieb, der die Armeepferde ursprünglich gestohlen hatte. Man wollte die Männer unbedingt schnappen, auch weil sie einen Soldaten getötet hatten.

Natürlich könnte ich ihnen von dem Iren erzählen, aber was würde das schon nützen? Er saß ja längst in Fort Worth im Gefängnis, deshalb konnte er für den Hinterhalt nicht verantwortlich sein. Und wenn Old Mister den Namen des Übeltäters kennt, wird er ihn wohl kaum verraten, weil's nur einen Menschen gibt, den er hier in der Gegend kennt – den Mann, dessentwegen er den langen Weg nach Texas gekommen ist: sein Sohn, der nicht gefunden werden will.

Aber ich halte den Mund, sage nichts, weder an diesem noch am nächsten und auch nicht am übernächsten Tag, obwohl es mir unter den Nägeln brennt, ihnen von Lyle zu erzählen, wie Old Mister ihn vor zwei Jahren aus Louisiana hergeschickt hat, einen Jungen von gerade mal sechzehn Jahren, dem eine Anklage wegen Mordes drohte. Und wie Lyle das Anwesen in Texas verkauft hat, das eigentlich eines Tages Juneau Janes Erbe hätte sein sollen. Ein Junge, der so was tut, der würde auch auf seinen eigenen Vater schießen.

Aber ich sage nichts. Weil ich Angst hab, dass es nicht gut für uns wäre, wenn ich's täte. Stattdessen behalte ich das Geheimnis für mich, während Old Mister zwischen Leben und Tod schwebt. Die Frau des Doktors kümmert sich um uns, gibt uns saubere, anständige Sachen, die sie bei den anderen Frauen im Fort zusammengesammelt hat. Wir kümmern uns um Old Mister und umeinander.

Juneau Jane und ich verbringen viel Zeit mit unserer Namenssammlung. Hier im Fort leben auch Soldaten von Farbigen-Regimenten, Buffalo Soldiers werden sie genannt – Männer aus nah und fern, die nach nah und fern reiten, weit hinaus in dieses wilde Land. Wir fragen sie nach den Namen, die wir im Buch aufgeschrieben haben, lauschen ihren Geschichten und schreiben die Namen ihrer Angehörigen auf und die Orte, wo sie von ihnen getrennt wurden.

»Haltet euch von Scabtown fern«, warnen sie uns. »Das ist kein Ort für Damen.«

Es fühlt sich merkwürdig an, nach all der Zeit, in denen

wir als Jungs verkleidet waren, plötzlich wieder eine Frau zu sein. In gewisser Weise ist es schwieriger, aber ich würde ohnehin das Fort nicht verlassen und einen Fuß in die Stadt setzen. Wieder spüre ich so eine Vorahnung in mir. Etwas kommt auf uns zu, ich weiß nur noch nicht, was es sein wird.

Nur dass es was Schlimmes ist.

Deshalb halte ich mich dicht bei den Soldaten und verlasse kaum das Lazarettgebäude, das sich ein Stück abseits befindet, damit sich Krankheiten nicht auf die übrigen Bewohner des Forts ausbreiten können. Aus der Ferne beobachte ich die Frauen der Offiziere und ihre Kinder, die spielen, sehe den Soldaten zu, wie sie exerzieren, Aufstellungen üben, in ihre Trompeten blasen und in langen Zweierreihen auf ihren Pferden gen Westen reiten.

Ich warte, dass Old Mister seinen letzten Atemzug macht.

Und ich beobachte den Horizont.

Auf den Tag genau zwei Wochen sind wir im Fort, als ich aus dem Fenster des Zimmers schaue, in dem die Frau des Doktors uns drei Mädchen schlafen lässt, und einen Mann ganz allein bei Sonnenaufgang durch die Prärie heranreiten sehe, kaum mehr als ein Schatten im beginnenden Licht des Tages. Der Doktor hat gesagt, Old Mister wird den heutigen, allerhöchstens den morgigen Tag nicht überleben, deshalb denke ich beim Anblick des Reiters, dass er der Engel des Todes ist, der uns allen Frieden bringen wird. Jede Nacht sucht mich Old Mister in meinen Träumen heim, eine rastlose Seele, die mich einfach nicht in Ruhe lassen will. Bevor er geht, will er mir noch etwas sagen, will mir ein Geheimnis anvertrauen, aber seine Zeit läuft ab.

Ich hoffe bloß, er lässt mich los, wenn er seine irdische Hülle verlassen hat. Dieser Gedanke beschäftigt mich, als ich den Todesengel durch den frühmorgendlichen Nebel heranreiten sehe. Ich bin schon angezogen, trage ein blaues Baumwollkleid von der Sorte, wie wir auch Juneau Jane eines in Jefferson gekauft haben. Es ist ein bisschen kurz, aber nicht unschicklich, und das Oberteil brauche ich nicht auszustopfen, so wie ich es bei Juneau Jane tun musste.

Missy wacht auf und springt würgend, eine Hand vor den Mund gepresst, aus dem Bett. Um ein Haar schaffe ich es nicht mehr, ihr mit der Waschschüssel entgegenzulaufen, damit sie nicht den ganzen Boden versaut.

Juneau Jane steht auf, taucht ein Tuch in den Waschkrug und reicht es mir. Ihre Augen sind rot und verquollen. Das qualvolle Warten hat das Mädchen ausgelaugt. »*Nous devons en parler*«, sagt sie leise, mit einem Nicken auf Missy. *Wir müssen darüber reden.*

»Nicht heute«, antworte ich. Mittlerweile verstehe ich genug Französisch, deshalb benutzen wir es, wenn wir nicht wollen, dass jemand mitbekommt, worüber wir sprechen. Überall im Fort gibt es Leute, die sich fragen, welche Geheimnisse wir wohl haben. »Dafür ist auch morgen noch Zeit.«

»*Elle est enceinte.*« Das letzte Wort, das ich noch nicht kenne, braucht Juneau Jane mir gar nicht erst zu übersetzen. Wir wissen beide, dass Missy ein Kind erwartet. Seit wir aufgebrochen sind, hatte sie keine Blutung mehr, meistens erbricht sie sich morgens, ihre Brüste sind empfindlich, deshalb wollte sie mir auch nicht erlauben, sie einzuschnüren, als wir noch als Jungen unterwegs waren. Sie wehrt sich ständig gegen das ohnehin lose geschnürte Korsett, das sie im Fort aber aus Anstandsgründen tragen muss.

Bis zu diesem Moment haben Juneau Jane und ich unausgesprochen gelassen, was wir beide längst wissen, vielleicht weil wir gehofft haben, dass es nicht wahr ist, solange wir es nicht erwähnen. Ich will lieber gar nicht erst darüber nachdenken, wie es passiert ist und wer der Vater sein mag. Fest steht, dass die Frau des Doktors es schon bald merken wird. Deshalb können wir nicht mehr lange bleiben.

»Der Tag heute gehört deinem Papa«, sage ich zu Juneau Jane. Die Worte bleiben mir im Hals stecken, krallen sich fest mit ihren winzigen Widerhaken wie Burzeldorne in der Steppe. »Mach dich ganz besonders hübsch für ihn. Soll ich dir bei deinem Haar helfen? Es ist schon ein gutes Stück gewachsen.«

Mit einem betrübten Nicken lässt sie sich auf die Bettkante sinken. Im Zimmer gibt es zwei metallene Betten mit dünnen Matratzen. Ich schlafe auf einer niedrigen Pritsche, praktisch auf dem Boden. Zwei weiße und ein schwarzes Mädchen dürfen bloß in einem Zimmer schlafen, wenn die Farbige ihr Lager am Fußende der Betten einrichtet, wie früher die Sklaven.

Juneau Jane sitzt stocksteif da. Ihre mageren Schultern drücken sich durch den dünnen Baumwollstoff. Ich kann ihre Muskelstränge unter ihrer Haut sehen. Ihr Kinn bebt, und sie presst die Lippen fest aufeinander.

»Man darf auch mal weinen«, sage ich zu ihr.

»Meine Mutter mag so etwas nicht«, erwidert sie.

»Tja, ich fürchte, ich mag deine Mutter nicht sonderlich.« Im Lauf der Wochen habe ich nicht gerade eine hohe Meinung von ihr gewonnen. Meine Mama mag mir sehr früh weggenommen worden sein, aber in der kurzen Zeit, die wir zusammen sein durften, hat sie mir viel Gutes beigebracht. Dinge, die ich bis heute im Herzen trage. »Außerdem ist sie doch gar nicht hier, oder?«

»*Non.*«

»Gehst du zu ihr zurück?«

Juneau Jane zuckt die Achseln. »Ich weiß es nicht. Sie ist alles, was ich noch habe.«

Mir blutet das Herz. Ich will nicht, dass sie zurückkehrt. Nicht zu einer Frau, die ihre Tochter einfach an jeden Mann verhökern würde, der ihr Geld anbietet, damit er Juneau Jane als Mätresse halten darf.« »Aber du hast doch mich, Juneau Jane. Wir sind verwandt. Wusstest du das? Meine Mama und dein Papa hatten denselben Daddy, deshalb waren sie praktisch Geschwister, auch wenn es niemand je aussprechen würde. Als meine Mama noch ein Baby war, musste Grandma sie zurücklassen und ins Grand House gehen, um dort als Amme für das neugeborene Baby zu arbeiten. Der Mann, der jetzt im Lazarett liegt – er ist praktisch mein Onkel. Du bist nicht allein auf der Welt, wenn dein Daddy tot ist. Ich möchte, dass du das weißt, deshalb sage ich es dir.« Ich erzähle ihr noch mehr von Old Mister und meiner Mama, die nur wenige Monate nacheinander geboren wurden, als Halbgeschwister. »Das macht dich und mich gewissermaßen zu Cousinen.«

Ich drücke ihr den Spiegel in die Hand, und als sie unsere beiden Gesichter darin sieht, lächelt sie und schmiegt das Gesicht an meinen Arm. Tränen füllen ihre sanften grauen Augen, die an den äußeren Winkeln leicht nach oben zeigen, wie die meinen.

»Es wird alles gut, du wirst sehen«, sage ich zu ihr, obwohl ich keine Ahnung habe, wie wir das anstellen sollen. Wir sind zwei verlorene Seelen, sie und ich, weit von unserem Zuhause entfernt. Und wo ist dieses Zuhause überhaupt?

Ich wende mich Juneau Janes Haar zu, während ich erneut aus dem Fenster sehe. Inzwischen ist die Sonne über der Bergkette aufgegangen und löst allmählich den Frühnebel auf. Der Schattenmann hat sich in ein Wesen aus Fleisch und Blut verwandelt. Und er ist nicht der Todesengel, sondern jemand, den ich kenne.

Ich beuge mich vor, um ihn besser sehen zu können, als er die Handschuhe abstreift, sie in seinen Gürtel steckt und mit zwei Männern auf dem Hof spricht. Es ist Moses. Seit wir hier sind, habe ich einiges über ihn erfahren, Geschichten gehört. In Gegenwart eines farbigen Mädchens reden die Männer ungeniert, weil sie glauben, sie hört nichts, versteht nichts, weiß nichts. Die Frau des Doktors redet auch gern. Sie lädt die anderen Damen aus dem Fort an den heißen Nachmittagen zum Kaffee oder Tee ein, wo sie über alles plaudern, was ihre Männer beim Frühstück oder Abendessen so erzählt haben.

Moses ist ganz anders, als ich dachte, als ich ihn das erste Mal am Steg in Louisiana gesehen habe. Kein schlimmer Mann, kein Gesetzesbrecher und auch nicht der Dienstbote des Einäugigen, der sich Lieutenant nennt.

Und sein Name ist auch nicht Moses, sondern Elam. Elam Salter.

Er ist Deputy U.S. Marshal.

Ein Farbiger ist Deputy U.S. Marshal und sorgt hier im Westen für Recht und Ordnung! Ich kann es kaum glauben, trotzdem ist es wahr. Die Soldaten erzählen sich eine Menge Geschichten über ihn. Vor dem Krieg ist er von einer Plantage in Arkansas geflohen und ins Indianergebiet gegangen. Er spricht ein halbes Dutzend indianischer Sprachen, hat mit den Indianern gelebt und all ihre Sitten und Gebräuche kennengelernt. Und er kennt das wilde Land wie kaum ein anderer.

Er war nicht bei den üblen Kerlen, um sie zu unterstützen, sondern um den Anführer der Bande zu finden, von der wir immer wieder hören, den Marston Men. Elam Salter hat sie quer durch drei Bundesstaaten und das Indianergebiet gejagt. Was der Kutscher des Gütertrecks erzählt hat, ist also wahr.

Ihr Anführer, dieser Marston, schreckt vor nichts zurück, hat die Frau des Doktors ihren Freundinnen erzählt. *Er schart Mörder und Diebe um sich. Seine Gefolgsmänner würden sogar, ohne nachzufragen, von einer Klippe springen, bloß weil er es von ihnen verlangt, habe ich gehört.*

Elam Salter jagt die Kerle direkt bis zum Tor zur Hölle, hat einer der Buffalo Soldiers über ihn gesagt. *Quer durchs Indianergebiet, wo die Kiowa und Komantschen ihre Lager haben, bis runter nach Mexiko, wo die* Federals *am liebsten jeden amerikanischen Gesetzeshüter kaltmachen würden, wenn sie könnten, und nach Westen ins Gebiet der Apachen.*

Elam Salter trägt eine Glatze, damit er es gar nicht erst wert ist, skalpiert zu werden. Einmal die Woche rasiert er sich den Schädel, komme, was da wolle, erzählen die Soldaten.

Ich sehe, wie sich die Männer um ihn scharen, Buffalo Soldiers und Weiße, die den Deputy Marshal gleichermaßen wie einen Freund begrüßen. Unwillkürlich muss ich an den Moment in jener Gasse denken, als er mich mit seinem Körper gegen die Wand gepresst und wie mein Herz gegen seines geschlagen hat. *Geh*, hat er gesagt und mich fortgeschickt.

Womöglich wäre dieser Tag sonst mein letzter gewesen. Oder aber ich hätte mich in Ketten auf einem Schiff in Richtung Britisch Honduras widergefunden, eingefangen und als Sklavin verkauft von den Marston Men, die, wenn man den Frauen im Fort glauben kann, reihenweise Leute rauben, Farbige, Weiße, Frauen und Mädchen.

Eigentlich würde ich Elam Slater gern danken, dass er uns gerettet hat. Ich fühle mich zu ihm hingezogen, gleichzeitig hab ich Angst vor ihm. Er ist wie eine Flamme, nach der sich meine Hand ausstreckt, ohne dass ich es will. Selbst durch die Fensterscheibe kann ich seine Kraft spüren.

Es klopft an der Tür. Die Frau des Doktors ist gekommen,

um uns zu sagen, dass wir uns beeilen sollen. Die Zeit von Old Mister sei gekommen.

»Dein Daddy braucht uns, damit wir ihm sagen, dass es in Ordnung ist, wenn er uns jetzt verlässt«, flüstere ich Juneau Jane zu. »Wir müssen den Psalm sprechen, damit er weiß, dass er gehen kann. Weißt du noch, wie er lautet?«

Nickend steht Juneau Jane auf und streicht ihr Kleid glatt.

»Hmmm-hmmmm ... hmmm-hmmmm, hmmm-hmmmm«, summt Missy Lavinia, die in der Ecke hockt und sich vor und zurück wiegt. Ich lasse sie eine Weile weitermachen, bis ich sie angezogen habe, dann schiebe ich sie zur Tür.

»So, jetzt ist es Zeit, damit aufzuhören«, sage ich zu ihr. »Dein Daddy braucht nicht noch mehr Sorgen am Hals, wenn er diese Welt verlässt. Ganz egal, was du an ihm auszusetzen hattest, er ist immer noch dein Daddy. Und jetzt sei still.«

Missy verstummt. Wir gehen ins Lazarett und treten leise und respektvoll an Old Misters Bett. Juneau Jane kniet auf dem harten Boden und hält ihm die Hand, Missy sitzt still auf dem Hocker. Der Doktor hat dünne Stoffbahnen rings um das Bett herum aufhängen lassen, deshalb sind es nur wir vier in dieser seltsamen, farblosen Welt aus weißem Stein, weißem Putz, weißen Dachbalken und weißen Laken, von denen sich die schlaffen, dürren, bläulich verfärbten Arme abheben. Ich blicke in sein Gesicht, das ebenso weiß ist wie alles rings um uns.

Atemzüge, flach und dünn.

Eine Stunde. Zwei.

Juneau Jane und ich sprechen Psalm 23, beteuern Old Mister, dass es in Ordnung ist, jetzt zu gehen.

Trotzdem verharrt er im Diesseits.

Ich weiß auch, warum. Es ist das Geheimnis, das er immer noch in sich trägt. Er kann es nicht zurücklassen.

Missy wird unruhig, weil sie ihre Notdurft verrichten muss. »Wir sind gleich wieder hier«, sage ich und berühre beim Hinausgehen Juneau Janes Schulter. Bevor ich den Vorhang zuziehe, sehe ich, wie sie den Kopf auf die Brust ihres Vaters legt und leise auf Französisch ein Kirchenlied anstimmt.

Ein Soldat in einem Bett am anderen Ende des Saals schließt die Augen und lauscht.

Ich bringe Missy zum Abort und helfe ihr, was nun, da sie ein richtiges Kleid trägt, viel schwieriger ist als bisher. Es ist heiß, und als wir endlich fertig sind, bin ich schweißgebadet. Aus der Ferne blicke ich zum Lazarett hinüber, während die Sonne auf mich niederbrennt und mir ein heißer Wind ins Gesicht bläst. Ich bin erschöpft, mein Körper ebenso sehr wie meine Seele, ausgedörrt und kraftlos.

»Erbarme dich«, flüstere ich und schiebe Missy zu einer grob gezimmerten Bank neben einem Gebäude mit einer breiten Veranda, dann setze ich mich neben sie in den Schatten, lege den Kopf zurück und schließe die Augen, während ich die Finger um Grandmas Perlen lege. Der Wind rauscht durch die Virginia-Eichen und die Pappeln, und Vögel zwitschern in den Ästen über dem Wasser.

»Hmmm-hmmm...«, summt Missy erneut, aber ganz leise.

Die Laute entfernen sich, als triebe sie flussabwärts dahin. Oder ich selbst. *Du solltest nach ihr sehen*, denke ich noch. Aber ich kann meine Augen nicht öffnen. Ich bin so unendlich müde, von der langen Reise, den vielen Nächten auf irgendwelchen Fußböden, von meinen Bemühungen, stets die richtigen Entscheidungen zu treffen. Meine Hand löst sich von den Perlen, fällt in meinen Schoß. Es riecht nach Kalkstein, nach den Palmlilien mit ihren seltsam hohen Stängeln mit den weißen Blüten daran und nach den stachligen Kaktusfeigen mit den kleinen rosa Früchten, nach Wüsten-Beifuß und Federgras, das sich bis zum Horizont erstreckt. Ich treibe davon, wie auf dem unendlichen Meer, von dem Grandma uns immer erzählt hat, bis nach Afrika, wo das Gras rot und braun und golden wächst und wo alle blauen Perlen an einem Band vereint sind, um den Hals einer Königin hängen.

Es ist wie Afrika, ist das Letzte, was ich denke, während ich mit einem Lachen auf den Lippen über das Gras dahintreibe. *Hier bin ich. In Afrika.*

Eine Berührung am Arm lässt mich hochfahren. Lange habe ich nicht geschlafen, wie mir der Stand der Sonne verrät.

Elam Salter steht vor mir. Er hält Missy am Ellbogen fest, die eine Handvoll Wildblumen, einige davon mit den Wurzeln herausgerissen, umklammert hält. Ausgetrocknetes Erdreich rieselt auf den Boden und schimmert im Sonnenschein. Unter einem von Missys Fingernägeln dringt Blut hervor.

»Ich hab sie erwischt, als sie durch die Gegend spaziert ist«, sagt Elam, dessen dichter, sorgfältig gestutzter Schnurrbart seinen Mund wie ein Bilderrahmen von drei Seiten einfasst. Er hat einen schönen Mund, breit und ernst, mit einer vollen Unterlippe. Das Licht verleiht seinen Augen den goldbraunen Ton von poliertem Bernstein.

Mein Herzschlag beschleunigt sich, und mir schwirrt der Kopf. Es ist, als erwachte mein ganzer Körper zum Leben. Ich weiß nicht, was ich tun soll, ob weglaufen oder sitzen bleiben und ihn anstarren, weil ich etwas so Schönem und zugleich Angst Einflößendem wahrscheinlich nie wieder so nahekommen werde.

»Oh...« Meine Stimme dringt wie aus weiter Ferne an meine Ohren. »Das hätte ich nicht zulassen dürfen.«

»Außerhalb des Forts ist sie nicht sicher«, sagt er. Ich sehe ihm an, dass er mir gern mehr über die Gefahren sagen würde, doch stattdessen drückt er Missy auf die Bank. Dabei fällt mir auf, wie behutsam er mit ihr umgeht und ihre eine Hand in den Schoß legt, damit die Blumen nicht zerdrückt werden. Er ist ein guter, anständiger Mann.

Ich stehe auf, strecke meinen schmerzenden Nacken und nehme all meinen Mut zusammen. »Ich weiß, was Sie für uns getan haben, und...«

»Das ist meine Arbeit«, unterbricht er. »Ich habe nur meine Arbeit gemacht. Nicht so gut, wie ich es gern getan hätte.« Er nickt in Missys Richtung, als wollte er sagen, dass er sich in gewisser Weise für ihren Zustand verantwortlich fühlt. »Ich habe erst danach davon erfahren. Der Kerl, dem Sie gefolgt sind, William Gossett, war irgendwie in die Geschäfte der Marston Men verwickelt, deshalb haben sie sich seine Töchter geschnappt. Ich habe erfahren, dass sie sie am Hafen in Louisiana festhalten wollten, und hab einen Mann losgeschickt, damit er sie befreit, sobald die *Genesee Star* abgelegt hat, aber als er an Bord kam, waren sie verschwunden.«

»Was wollten die von ihm... von Old Gossett?« Mir gelingt es beim besten Willen nicht, mir vorzustellen, was der Mann, den ich mein ganzes Leben kenne, mit einer Bande wie dieser zu schaffen gehabt haben könnte.

»Geld, Land oder, falls er bereits mit ihnen unter einer Decke gesteckt hat, nur die Zusicherung, dass er auch weiterhin auf ihrer Seite steht. Mit diesen Methoden haben sie es geschafft, sich zu bereichern und ein Vermögen zu erbeuten. Sie benutzen die Kinder aus wohlhabenden Familien. Manche nehmen sie als Geiseln, andere schließen sich ihnen freiwillig an. Wiederum andere sind erst das eine, dann das andere, sobald sie erst vom Honduras-Fieber infiziert sind. Die Vorstellung eines freien Landes in Mittelamerika ist durchaus verführerisch.«

Ich senke den Blick und denke an das Baby, das Missy unter dem Herzen trägt. Die Hitze steigt mir ins Gesicht, während ich auf den cremefarbenen Staub starre, der seine Stiefelspitzen bedeckt. »Ist so auch Missy Lavinia an sie geraten? Zuerst hat sie sich mit ihnen eingelassen, aber dann ist alles auf einmal schiefgegangen?« Sollte ich ihm von Missys Bruder erzählen? Aus den Augenwinkeln sehe ich, wie er sich mit Daumen und Zeigefinger über den Schnurrbart streicht, er scheint darauf zu warten, dass ich fortfahre, aber ich schweige.

»Wahrscheinlich. Die Marston Men verfolgen ihre Ziele mit allen Mitteln. Die Idee, die alten Zeiten mit den Baumwoll-Königreichen wieder aufleben zu lassen – in einem Land, das sie nach ihrem eigenen Gutdünken regieren können –, gibt ihnen die Hoffnung, dass die Zeiten der feudalen Herrenhäuser und Sklaven doch nicht vorbei sind. Die Marston Men verlangen bedingungslose Loyalität. Ehefrau gegen Ehemann, Vater gegen Sohn, Bruder gegen Bruder. Es zählt nur, dass sie Marston folgen, sich seinen Zielen unterwerfen. Je höher die Beute, die sie ihm geben können, und je größer der Verrat an ihren Familien, an ihren Gemeinden, ihren Nachbarn, desto weiter oben stehen sie in der Hierarchie und desto mehr Land wird ihnen in ihrer Kolonie in Honduras versprochen, von der sie alle träumen.«

Prüfend heftet er den Blick auf mich.

Ein Schauder überläuft mich, dringt bis tief ins Mark vor. »Mister William Gossett würde doch nie bei so etwas mitmachen. Nicht wenn er wüsste, was da gespielt wird. Ganz sicher.« Trotzdem frage ich mich insgeheim, ob es mehr mit Old Misters Reise nach Texas auf sich hatte, als ich weiß. Ist das der Grund, weshalb das Buch mit den Verträgen der Pachtbauern verschwunden ist? Wollte er uns alle betrügen, sein Land verkaufen und ebenfalls nach Honduras gehen? Ich schüttle den Kopf. Nein, das kann nicht sein. Er muss versucht haben, Lyle zu retten. »Er war kein schlechter Mensch, aber blind, was seinen Sohn betrifft. Ein Narr. Er hätte alles für den Jungen getan. Er hat ihn nach Texas geschickt, weil er in Louisiana in Schwierigkeiten geraten war, die ihn hätten den Kopf kosten können. Aber dann, vor ein paar Monaten, ist Lyle auch hier in Schwierigkeiten geraten, deshalb ist Old Mister gekommen. Er wollte nach seinem Sohn suchen, das ist der einzige Grund.«

Elam Salter sieht mich an, blickt tief in mich hinein, als wäre meine Haut ein Spitzenvorhang.

»Ich lüge nicht«, sage ich und richte mich auf.

Wir sehen einander an, Elam Salter und ich. Obwohl ich hochgewachsen bin, muss ich wie ein Kind den Kopf in den Nacken legen, damit ich ihm ins Gesicht schauen kann. Ich spüre ein Knistern zwischen uns, eine Spannung wie bei einem Blitz. Es ist ein Prickeln, das über meinen ganzen Körper läuft, als würde er mich berühren, obwohl wir gar nicht dicht voreinanderstehen.

»Das weiß ich, Miss Gossett.« Ihn meinen Nachnamen aussprechen zu hören, so förmlich wie ein Gentleman, ernüchtert mich ein wenig. Ich war doch immer einfach bloß Hannie. »Die Regierung von Texas hatte auf Lyle Gossett ein Kopfgeld wegen verschiedener Verbrechen in Comanche, Hill und Marion County ausgesetzt. Vor sechs Wochen wurde er der Company A der Texas Rangers im Comanche County als tot gemeldet, und das Kopfgeld wurde ausgezahlt.«

Schlagartig breitet sich eine eisige Kälte in meinem Innern aus, als wäre ein böser Geist an mir vorbeigeschwebt.

Lyle ist tot. Sein Daddy ist also einer Seele nachgejagt, die ohnehin längst dem Teufel gehört hat.

»Ich will damit nichts zu tun haben. Nichts. Ich bin bloß

hergekommen, weil... ich hab das alles nur gemacht, weil...« Ich halte inne, weil alles, was ich sage, für einen Mann wie Elam Salter bloß verkehrt klingen kann. Für einen Mann, der vor seinem Besitzer geflohen und sich in die Freiheit durchgeschlagen hat, als er praktisch noch ein Junge war. Und der zu einem Mann geworden ist, von dem selbst die weißen Soldaten mit allergrößtem Respekt sprechen. Und hier bin ich, Hannie Gossett... die auch jetzt noch den Nachnamen des Mannes trägt, der sie einst besessen hat. Ich hab mir noch nicht mal einen eigenen zugelegt aus Angst, Old Missus damit zu verärgern. Hannie, die bis heute in einer Hütte lebt und verzweifelt versucht, einem kleinen Stück Land irgendetwas abzutrotzen. Die ein Maultier und einen Ochsen besitzt und nichts als eine Feldarbeiterin ist, die nie etwas aus sich gemacht hat, bloß ein paar Wörter lesen, aber nicht mal schreiben kann. Die den ganzen weiten Weg nach Texas gekommen ist, nur wegen irgendwelcher Weißer, so wie früher.

Ich war immer ein Nichts und bin es auch jetzt.

Was muss ein Mann wie Elam Salter von mir denken?

Ich kralle meine Hände in den zerknitterten Baumwollstoff, schiebe die Unterlippe vor und versuche, mich wenigstens aufrecht vor ihn hinzustellen.

»Was Sie getan haben, war sehr tapfer, Miss Gossett.« Sein Blick schweift zu Missy, die immer noch auf der Bank hockt, die welkenden Blütenblätter abzupft und zusieht, wie sie in einem bunten Haufen auf den ausgedörrten Boden fallen. »Ohne Sie wäre sie tot.«

»Vielleicht hätte ich es einfach passieren lassen sollen.«

»So ein Mensch sind Sie nicht.« Seine Worte sind wie süße, flüssige Butter. Denkt er tatsächlich so über mich? Ich sehe ihn an, doch sein Blick ist immer noch auf Missy gerichtet. »*Denn was der Mensch sät, das wird er auch ernten*«, sagt er mit seiner tiefen Stimme. »Sind Sie eine gläubige Frau, Miss Gossett?«

»*Irrt euch nicht. Gott lässt sich nicht spotten.*« Ich kenne den Vers. Old Missus hat ihn uns immer wieder unter die Nase gerieben, wenn sie uns bestraft hat. Damit wir glauben, es ist es nicht ihre Schuld, sondern unsere eigene, und Gott will, dass wir ausgepeitscht werden. »Ich bin eine gläubige Frau, Mr. Salter, aber Sie können Hannie zu mir sagen, wenn Sie mögen. Mittlerweile kennen wir uns wohl gut genug.« Ich denke an den Moment auf dem Dampfer zurück, als er mich gepackt und über Bord geworfen hat. So wie er mich angefasst hat, muss er wohl gemerkt haben, dass ich kein Junge bin.

Einer seiner Mundwinkel hebt sich kaum merklich. Vielleicht denkt auch er gerade an diesen Augenblick zurück, allerdings sieht er immer noch Missy an.

»Ich sollte sie reinbringen«, sage ich. »Der Doktor meint, es könnte jederzeit mit ihrem Daddy zu Ende gehen.«

Elam nickt, rührt sich aber nicht vom Fleck. »Wissen Sie schon, wohin Sie danach gehen wollen?« Wieder streicht er über seinen Bart, reibt sich das Kinn.

»Nein, nicht genau«, antworte ich wahrheitsgetreu. »Ich hab noch etwas in Austin City zu tun.«

Ich ziehe Grandmas blaue Perlen aus dem Ausschnitt und erzähle ihm von Juneau Jane und dem *Buch der Vermissten*. Am Ende schildere ich ihm, was ich von dem Iren über das kleine Mädchen erfahren habe. »Es muss ja nichts bedeuten. Vielleicht hat sie die Perlen auch bloß irgendwo gefunden, oder die Geschichte stimmt noch nicht mal. Immerhin hat sie mir ein irischer Pferdedieb erzählt. Aber ich kann nicht nach Hause fahren, ohne es genau zu wissen. Ich hab mir überlegt, ob ich vielleicht bleiben und weiter mit dem

Buch herumreisen soll, um nach meinen Leuten zu suchen und die Namen der Vermissten zu verbreiten, noch weitere aufzunehmen und die Leute nach ihren Familien und auch nach meiner eigenen zu fragen.« Ich sage nicht, dass ich gar nicht diejenige bin, die das Buch schreibt und in Wirklichkeit bloß stockend lesen kann. Elam ist ein angesehener Mann mit Würde und Stolz, und ich will, dass er gut von mir denkt. Wieder schweifen meine Gedanken zu unserem *Buch der Vermissten*, zu all den Namen und den Versprechen, die wir gegeben haben. »Vielleicht komme ich in ein oder zwei Jahren nach Texas zurück und reise hier mit dem Buch herum. Jetzt kenne ich mich hier ja aus.« Ich sehe Missy an, die wie ein zentnerschwerer Erntesack ist, den man mir auf den Rücken geschnallt hat. Wer um alles in der Welt soll sich um sie kümmern? »Aber trotz allem kann ich sie in ihrem Zustand nicht einfach sich selbst überlassen, oder?«, fahre ich fort. »Und ich kann auch Juneau Jane nicht ihre Last allein tragen lassen. Sie ist ja noch ein Kind und verliert gerade ihren Vater. Und ich will nicht, dass man sie um ihr Erbe prellt. Wir hatten gehofft, die Papiere ihres Daddys zu finden, damit wir beweisen können, was ihr zusteht, aber der Doktor sagt, Old Gossett hätte nichts bei sich gehabt, als man ihn hergebracht hat.«

»Ich schreibe an das Gefängnis in Mason, damit jemand einen Blick auf seinen Sattel und seine Sachen wirft, und ich werde dafür sorgen, dass jemand Sie nach Austin bringt, von wo der Zug nach Osten geht. Marston und seine Männer sind irgendwo ganz in der Nähe. Sie werden alles tun, um ihre Ziele weiterzuverfolgen, und wollen ganz sicher nicht, dass irgendwelche Zeugen am Leben bleiben, die gegen sie aussagen könnten, wenn wir sie schnappen und vor Gericht bringen. Die Mädchen könnten die Identität des Lieutenants lüften und vielleicht auch die von anderen Männern. Genauso wie Sie selbst. Deshalb sollten Sie Texas lieber verlassen.«

»Wir wären Ihnen zu großem Dank verpflichtet.« Der Wind rauscht durch die Blätter in dem Baum über uns, und die Sonne taucht sein Gesicht abwechselnd in Licht und Schatten, lässt seine Augen sanft braun, dann wieder golden aussehen. Plötzlich scheinen die Geräusche des Forts zu verebben, alles ringsum scheint zu verblassen. »Seien Sie bloß vorsichtig mit diesen Männern, Elam Salter. Sehr, sehr vorsichtig.«

»Ich kann nicht erschossen werden. So heißt es zumindest immer.« Er lächelt ein wenig und legt mir die Hand auf den Arm. Die Berührung zuckt wie ein Blitz durch meinen Körper, bis in die Tiefen meines Bauches, an eine Stelle, von der ich gar nicht wusste, dass es sie gibt. Ich blinzle, schwanke ein wenig, sehe die Schatten umherwirbeln. Ich mache den Mund auf, um etwas zu sagen, doch meine Zunge bewegt sich nicht. Aber ich weiß ohnehin nicht, was ich sagen soll.

Spürt er es auch? Diesen Wind, der in der sommerlichen Hitze um uns herumweht?

»Hab keine Angst«, flüstert er, ehe er sich umwendet und mit den langen Schritten eines Mannes, der seinen Platz in der Welt gefunden hat, davonmarschiert.

Hab keine Angst, denke ich.

Aber ich fürchte mich trotzdem.

VERMISST

Sehr geehrter Herr Chefredakteur – ich hoffe, auf diesem Weg mehr über die Familie meines Vaters zu erfahren. Mein Großvater ist Dick Rideout, meine Großmutter Peggy Rideout. Sie gehörten Sam Shags aus Maryland, 13 Meilen von Washington City entfernt, und hatten 16 Kinder – Betty, Jams, Barbary, Tettee, Rachel, Mary, David, Henderson, Sophia, Amelia, Christian, Ann. Mein Vater ist Henderson Rideout. Er wurde verkauft, ist entflohen, aber geschnappt und 1844 an einen Negerhändler verkauft worden, der ihn nach New Orleans mitgenommen und in Mississippi weiterverkauft hat. Meine Tante Sophia habe ich 1866 besucht, die damals im Claiborne County, Mississippi, gelebt hat. Meine Adresse ist Columbia, Mississippi.

DAVID RIDEOUT

»Vermisst«-Rubrik im *Southwestern*,
25. November 1880

KAPITEL 26

Benny Silva

AUGUSTINE, LOUISIANA, 1987

Ich biege in die Auffahrt von Goswood Grove. Der Rasen ist frisch gemäht – ein Zeichen, dass Ben Rideout bereits zugange war. Ich drossle das Tempo, um meinen Käfer durch das linke Tor zu manövrieren, da das rechte mit quietschenden Scharnieren unschlüssig hin und her schwingt, als müsste es erst überlegen, ob es mich überhaupt hereinlassen will.

Eigentlich sollte ich aussteigen und es wieder ganz aufschieben, stattdessen gebe ich Gas und quetsche mich daran vorbei. Ich bin viel zu ungeduldig und werde das Gefühl nicht los, dass gleich jemand auftauchen und uns daran hindern wird, unsere Pläne in die Tat umzusetzen – Nathans Onkel, eine Abordnung des Schulbeirats, Rektor Pevoto mit der Mission, mich wieder auf Linie zu bringen, oder Redd Fontaine auf Patrouille in seinem Streifenwagen. Diese Stadt ist wie ein alter, übellauniger Köter, dessen Fell wir gegen den Strich gebürstet und damit jede Menge Flöhe aufgeschreckt haben. Wenn wir ihm erlauben, sich wieder hinzulegen und weiterzuschlummern, darf ich vielleicht bleiben, falls nicht, wird er gnadenlos zuschnappen, daran hat er keinen Zweifel gelassen.

Die Anrufe haben nicht aufgehört, Fontaine fährt immer noch in unregelmäßigen Abständen am Haus vorbei, heute Morgen fuhren vier Männer in einem SUV am Friedhof vor, stapften überall herum, redeten, nickten, deuteten auf Grundstücksgrenzen, darunter auch die zu meinem Haus und dem Obstgarten dahinter.

Als Nächstes flattert mir wahrscheinlich der Räumungsbefehl ins Haus, und der Schaufelbagger steht vor der Tür... allerdings gehört das Grundstück Nathan, der mir klipp und klar gesagt hat, dass er nicht verkaufen wird. Oder war der Vertrag bereits so weit unter Dach und Fach, dass er keinen Rückzieher mehr machen kann? Ich habe nicht die leiseste Ahnung. Er hat mehr als vierundzwanzig Stunden für die Heimreise gebraucht, da aufgrund eines Tornados im Landesinneren der Flughafen geschlossen wurde und Flüge verschoben werden mussten. Am Ende ist er die Strecke mit einem Mietwagen gefahren, hatte aber noch keine Zeit, irgendwo anzuhalten und mich von einer Telefonzelle aus anzurufen, um mich auf den neuesten Stand zu bringen.

Zu meiner Erleichterung sehe ich seinen Wagen, einen kleinen blauen Honda, in der Auffahrt stehen. Zumindest nehme ich an, dass es sein Mietwagen ist. Ich fahre vorbei und stelle meinen Käfer hinter dem Herrenhaus ab, wo man ihn von der Straße aus nicht sehen kann. Dies ist Tag drei meines Zwangsurlaubs. Meine Kinder glauben, ich hätte die Grippe, wie ich von Granny T, den Carnegie-Ladies und Sarge erfahren habe, als sie anriefen, um sich zu erkundigen, wie es mir gehe. Ich habe den Anrufbeantworter anspringen lassen, da ich nicht weiß, was ich ihnen sagen soll. Ich bin krank, aber mich plagen nicht Husten oder Schnupfen, sondern mein Herz blutet.

Ich hoffe nur, Nathans neueste Erkenntnisse haben das Potenzial, Berge zu versetzen, denn genau das brauchen wir –

einen genialen Spielzug, der in den letzten Sekunden das Ruder noch mal herumreißt. Meine Schüler haben den Sieg verdient, sie sollen lernen, dass harte Arbeit und Köpfchen sich bezahlt machen.

»Tja, da wären wir also«, sage ich zu meinem Käfer und bleibe noch einen Moment lang in der Stille sitzen. Wir beide haben einen langen Weg hinter uns, seit wir den heiligen Hallen der Englisch-Fakultät der Uni den Rücken gekehrt haben. Ich bin nicht mehr derselbe Mensch. Was auch immer passieren wird – diese Stadt hat mich verändert. Aber ich kann nun mal kein System unterstützen, bei dem die Schüler nicht relevant sind und es auch nie sein werden; ein System, bei dem oberste Priorität ist, dass die Kinder möglichst auf ihren Plätzen sitzen bleiben und keinen Muckser machen. Sie verdienen dieselbe Chance, die auch ich von Freunden und Mentoren bekommen haben: zu lernen, dass das Leben, das man sich selbst erschafft, ganz anders sein kann als das, welches hinter einem liegt. Ich muss eine Möglichkeit finden. Und ich bin kein Drückeberger, definitiv nicht. Drückeberger erschaffen nichts Großes. Drückeberger gewinnen keinen Krieg wie diesen. *Erst wenn du aufhörst zu kämpfen, bist du besiegt*, sage ich mir.

Nathan sitzt hinter dem Steuer des blauen Honda, dessen Fenster er heruntergelassen hat, und schläft tief und fest. Er trägt sein Blau-in-Blau-Outfit, wie ich es insgeheim nenne: Jeans und ein blaues Baumwollhemd. Sein Haar ist zerzaust, im Schlaf wirkt er wie ein Mann, der mit sich und dem Rest der Welt im Reinen ist. Aber ich weiß, dass der Eindruck täuscht. Es ist unglaublich schwierig für ihn, hier zu sein. Bei seinem letzten Besuch im Herrenhaus hat er seine Schwester zum letzten Mal lebend gesehen. Trotzdem ist uns beiden bewusst, dass das hier nicht warten kann.

»Hey«, sage ich leise. Er zuckt zusammen und rammt dabei den Ellbogen auf das Steuer, sodass die Hupe angeht. Erschrocken sehe ich mich um, doch außer uns ist niemand hier.

»Hey.« Verlegen verzieht er das Gesicht zu einem schiefen Grinsen. »Tut mir leid«, sagt er, während ich verblüfft feststelle, wie sehr mir seine Stimme gefehlt hat. *Nicht nur seine Stimme, sondern er selbst*, denke ich, als er die Tür öffnet und sich aus dem Auto zwängt.

»Du hast es geschafft.« Es fällt mir schwer, meine Gefühle unter Kontrolle zu halten, aber genau das muss ich tun. »Du siehst müde aus.«

»Ich habe einen kleinen Umweg gemacht.« Ohne Vorwarnung streckt er die Arme aus und zieht mich in eine Umarmung, keine flüchtige, die nur die Schultern einschließt, sondern eine richtige, wie man sie jemandem angedeihen lässt, der einem nicht aus dem Sinn ging, solange man weg war.

Im ersten Moment bin ich erstaunt, weil ich... damit... nicht gerechnet habe, sondern eher mit diesem unklaren Vor- und-zurück-Tänzchen, das wir sonst umeinander aufführen. Freunde... oder zwei Menschen, die mehr voneinander wollen? Das war bisher nie so ganz klar. Ich schiebe meine Arme unter seine und erwidere den Druck.

»Schwierige Tage?«, flüstere ich, woraufhin er das Kinn auf meinen Kopf legt. Ich lausche seinem Herzschlag, spüre die sinnliche Wärme seiner Haut an meiner. Mein Blick ruht auf den verschlungenen Glyzinien und den Kreppmyrtenzweigen, die die uralten Mauern und Spaliere des einst so prachtvollen Gartens von Goswood Grove überwuchern und mit ihnen die Geheimnisse, die hinter ihnen verborgen liegen.

»Wie es sich anhört, bin ich nicht der Einzige«, sagt er schließlich. »Lass uns reingehen.« Doch er macht keine Anstalten, sich von mir zu lösen.

Nur ganz langsam lösen wir uns voneinander, doch keinem von uns scheint klar zu sein, wie der nächste Schritt aussehen soll. Ich weiß nicht recht, wie ich das Ganze einordnen soll. Im einen Moment sind wir uns nahe, und es fühlt sich so natürlich an wie das Atmen, im nächsten befinden wir uns wieder auf Armeslänge voneinander entfernt, jeder in seiner Sicherheitszone.

Auf der Verandatreppe bleibt er stehen, dreht sich um und stellt sich etwas breitbeiniger hin. Er verschränkt die Arme, legt den Kopf schief und sieht mich an, ein Auge zusammengekniffen. »Was sind wir eigentlich füreinander?«

Einen Moment lang stehe ich mit offenem Mund da, ehe ich stammle: »In... in... welcher Hinsicht?«

Ich habe Angst, deshalb antworte ich nicht rundheraus. In einer Beziehung muss man sich gegenseitig die Wahrheit erzählen, was mit enormen Risiken verbunden ist. *Du hast einen Knacks weg, Benny,* sagt ein alter, verunsicherter Teil von mir. *Jemand wie Nathan würde so etwas niemals verstehen. Er würde dich niemals wieder so betrachten wie vorher, wenn er von der furchtbaren Sache wüsste.*

»Ich habe dich vermisst, Benny«, sagt er, »und mir geschworen, es diesmal auch auszusprechen. Weil du... na ja... du bist schwer einzuschätzen.«

»*Ich* bin schwer einzuschätzen?« Nathans Innenleben ist mir weitgehend ein Rätsel, das ich mühsam aus Einzelteilen zusammenzusetzen versuche. »Ich?«

Entweder bemerkt er mein Ausweichmanöver nicht, oder aber er hat beschlossen, nicht darauf einzugehen. »Also, Benny Silva, sind wir... Freunde... oder sind wir...« Der Rest seiner Frage bleibt unausgesprochen. Diese »Bitte hier die passende Antwort einsetzen«-Fragen sind kniffliger als Multiple Choice.

»Freunde...« Ich suche nach der richtigen Antwort, nicht zu großspurig, aber dennoch treffend. »Freunde auf dem Weg zu etwas anderem... in unserem eigenen Tempo. Hoffe ich.«

Ich fühle mich regelrecht nackt, als ich vor ihm stehe. Verängstigt. Verwundbar. Und höchstwahrscheinlich seines Interesses nicht würdig. Ich darf denselben Fehler nicht noch einmal begehen. Es gibt Dinge, die er wissen muss, das ist nur fair, aber dies ist weder der richtige Zeitpunkt noch der richtige Ort dafür.

Er stemmt die Hände in die Hüften und stößt den Atem aus, den er offenbar angehalten hat. »Okay.« Er hebt einen Mundwinkel zu einem angedeuteten Lächeln. »Das ist doch schon mal was.«

»Sehe ich genauso.«

»Dann sind wir uns ja einig.« Er zwinkert mir zu, dreht sich um und geht sichtlich zufrieden die Treppe vollends hinauf. »Über die Details können wir ja später noch reden.«

Ich folge ihm mit einem Hochgefühl, das in keinem Zusammenhang mit unserem heutigen Vorhaben steht. Wir betreten eine schöne neue Welt, in mehr als nur einer Hinsicht. Dies ist das erste Mal, dass ich in der Eingangstür von Goswood Grove stehe. Bislang kenne ich nur die Küche, die Butlerkammer, den vorderen Salon und die Bibliothek. Nicht dass es mich bei meinen Besuchen nicht gereizt hätte, auf Entdeckungsreise zu gehen, doch ich hatte mir stets vorgenommen, mich Nathans Vertrauens würdig zu erweisen und nicht zu schnüffeln.

Der Eingangsbereich ist der reinste Prunksaal. Unglaublich. Zwar habe ich ihn durchs Fenster bereits gesehen, doch als ich nun auf dem fadenscheinigen Perserteppich stehe, komme ich mir angesichts der holzvertäfelten Wände und gewölbten Freskendecken wie ein Zwerg vor. »So habe ich das

Haus auch nicht oft betreten«, murmelt er, wobei ich nicht sicher bin, ob er mit mir oder mit sich selbst spricht. »Aber ich habe dir den einzigen Schlüssel zur Hintertür gegeben.«

»Oh.«

»Der Richter war hier übrigens auch nie lange.« Er lacht leise. »Schon komisch, aber das ist eines der Dinge, an die ich mich noch gut erinnern kann. Er kam am liebsten durch die Küchentür ins Haus und hat auf dem Weg irgendetwas Essbares gemopst. Dicey hatte immer frisch gebackenen Kuchen oder Brot oder so herumstehen. Und Kekse in der Dose.«

Ich denke an die Art-déco-Glasbehälter in der Küche.

»Teegebäck«, sagt Nathan in dem Moment.

Das passt zu einem Haus wie diesem. Alles an diesem Haus zeugt davon, wie es früher war – feudal, opulent, eine Augenweide. Heute ist es eine alte Lady. Eine Dame, deren Knochenstruktur immer noch ihre einstige Schönheit ahnen lässt.

Ich kann mir nicht vorstellen, auf so einem Anwesen zu leben. Und Nathan scheint es ähnlich zu gehen. Er reibt sich den Nacken, wie immer, wenn es um Goswood Grove geht, so als lastete jeder Ziegelstein, jeder Balken, jede Querstrebe und jeder Stein auf seinen Schultern.

»Ich ... all das bedeutet mir nicht wirklich viel«, sagt er, als wir am Fuß der geschwungenen Treppe stehen, die zu beiden Seiten der Eingangshalle nach oben führt. »Ich hatte nie so eine Verbindung zu dem Haus wie Robin. Der Richter würde sich wahrscheinlich im Grab umdrehen, wenn er wüsste, dass ich derjenige bin, der es am Ende bekommen hat.«

»Das bezweifle ich.« Ich denke an die Geschichten, die ich über Nathans Großvater gehört habe. Wenn ich das richtig sehe, war er ein Mann, der sich mit seiner Stellung in Augustine nicht allzu wohlgefühlt hat, sondern sich mit den Ungerechtigkeiten und den hiesigen Gegebenheiten, ja, sogar mit der Geschichte dieses Anwesens und des Hauses eher schwergetan hat. Es hat ihn verfolgt, trotzdem war er nicht bereit, im großen Stil irgendwelche Kämpfe auszutragen, sondern hat stattdessen im kleineren Rahmen Wiedergutmachung geleistet, indem er sich für die Gemeinde eingesetzt und Menschen geholfen hat, die auf die schiefe Bahn geraten waren, er hat bei Benefizauktionen Bücher erstanden und Kindern Enzyklopädien abgekauft, die sich dadurch das Geld fürs College oder ein Auto zusammengespart haben. Er hat LaJuna unter seine Fittiche genommen, als sie mit ihrer Großtante herkam. »Ich bin sicher, er würde deine Entscheidungen gutheißen, Nathan. Ich persönlich glaube ja, er wollte, dass die Geschichte von Goswood endlich anerkannt wird.«

»Du, Benny Silva, bist eine wahre Kreuzritterin.« Lächelnd streicht er mir über die Wange. »Du erinnerst mich an Robin... Für den Richter kann ich nicht sprechen, aber Robin hätte dein Historienspiel-Projekt gut gefallen.« Seine Stimme droht zu brechen, und er presst die Lippen aufeinander, schluckt und schüttelt beinahe entschuldigend den Kopf, als er die Hand auf das Holzgeländer legt. »Sie hätte dich gemocht.«

Es ist fast, als wäre sie hier bei uns; die Schwester, die er von Herzen geliebt hat und deren Tod er so tief betrauert. Ich habe mir immer eine Schwester gewünscht. »Ich wünschte, ich hätte sie kennenlernen dürfen.«

Wieder holt er tief Luft, ehe er in Richtung Treppe nickt und zur Seite geht, um mir den Vortritt zu lassen. »Meine Mutter sagte, Robin habe eine Menge für ihr letztes Projekt recherchiert. Sie habe Material gesammelt, es aber unter Verschluss gehalten. Es hatte wohl etwas mit dem Haus zu tun, mit Dingen, die sie aus den Journalen und Unterlagen des

Richters erfahren hat. Du hast das Material nicht zufällig in der Bibliothek gefunden, oder?«

»Alles, was ich gefunden habe, hast du schon gesehen. Neueren Datums war nichts dabei.« Meine Neugier erwacht. Ich würde alles dafür geben, nur ein einziges Mal mit Robin reden zu können.

Schließlich sehe ich in ihrem Zimmer im oberen Stock ein Foto von ihr. Keines aus der Kindheit, wie die ausgebleichten Porträts im Salon, sondern eines, das sie als Erwachsene zeigt. Die Aufnahme in dem Treibholzrahmen steht auf einem zierlichen Sekretär und zeigt eine lächelnde junge Frau mit hellblondem Haar, zartem Körperbau, schmalem Gesicht und riesigen blaugrünen Augen – wunderschöne Augen voller Wärme. Genauso wie die ihres Bruders.

Sie steht auf einem Shrimpkutter mit Nathan, der damals noch ein Teenager war, im Hintergrund. Beide lachen über die hoffnungslos verheddderte Angelschnur, die sie in die Höhe hält. »Das Boot hat unserem Onkel gehört.« Nathan blickt über meine Schulter auf das Foto. »Mütterlicherseits. Meine Mutter stammt aus bescheidenen Verhältnissen, aber ihr Dad und ihre Onkel wussten, wie man sich amüsiert, Junge, Junge. Ab und zu haben wir sie auf ihren Touren begleitet, sind auf dem Kutter mitgefahren, haben ein bisschen geangelt, sind ab und zu mal von Bord gegangen, um ein, zwei Tage irgendwo zu bleiben. Mein Großvater und seine Brüder kannten jeden und waren mit der Hälfte der Leute da unten verwandt.«

»Klingt toll.« Wieder sehe ich es vor mir – den Shrimpkutter, Nathans anderes Leben, seine Wurzeln an der Küste.

»Das war es auch. Allerdings hat Mom es unten im Sumpf nicht lange ausgehalten. Manche Leute kommen einfach nicht damit klar, woher sie stammen und wie sie aufgewachsen sind. Sie hatte einen Kerl geheiratet, der fünfzehn Jahre älter war als sie und eine Menge Kohle hatte, allerdings hatte sie immer das Gefühl, dass die Familien auf beiden Seiten es ihr irgendwie übel genommen haben, als hätte sie es bloß getan, weil sie auf sein Geld scharf war oder so was. Damit kam sie nicht zurecht, deshalb ist sie weggezogen. Asheville mit seiner Künstlerszene hat ihr geholfen, eine neue Heimat zu finden, quasi eine neue Identität, verstehst du?«

»Ja, allerdings.« Als ich von zu Hause weggegangen bin, habe ich meine gesamte Vergangenheit ausgelöscht oder es zumindest versucht. Augustine hat mir jedoch gezeigt, dass einen die eigene Geschichte stets begleitet, egal, wohin man geht. Entscheidend ist, ob man vor ihr davonläuft oder aus ihr lernt.

»Ehrlich gesagt, ist es nicht so schwer, hier zu sein, wie ich dachte«, sagt Nathan, doch seine steifen Bewegungen drücken etwas anderes aus. »Allerdings habe ich keine Ahnung, wonach wir eigentlich suchen. Und es könnte durchaus sein, dass es ohnehin nicht mehr hier ist. Will und Manford und ihre Frauen und Kinder waren nach Robins Tod hier und haben sich so ziemlich alles unter den Nagel gerissen.«

Obwohl Robin seit zwei Jahren tot ist, fühlt es sich an, als würden wir ihre Privatsphäre verletzen, indem wir in ihrem Zimmer herumwühlen. Ihre persönlichen Dinge sind immer noch hier. Behutsam nehmen wir uns Schubladen, Regale, den Kleiderschrank, eine Kiste in der Ecke, einen alten Lederkoffer vor. Alles scheint schon einmal durchsucht worden zu sein, ohne dass sich derjenige die Mühe gemacht hat, die Sachen wieder anständig aufzuräumen.

Wir finden nichts, was uns irgendwie weiterbringt. Kreditkartenabrechnungen, Rezepte, Briefe von Freunden, Urlaubskarten, Briefpapier, ein Tagebuch mit einem niedlichen goldenen Schloss. Es ist unverschlossen, der Schlüssel liegt zwischen den Seiten, doch es enthält lediglich Robins Bücherliste mit Lieblingszitaten aus jedem einzelnen Buch, Minizusammenfassungen und die Daten, wann sie angefangen und wann sie es ausgelesen hat. Manchmal hat sie mehrere Bücher innerhalb einer Woche verschlungen, alles querbeet, von Klassikern über Western bis hin zu Sachbüchern und die *Reader's Digest*-Sammelbände aus den Kartons im Erdgeschoss.

»Deine Schwester war definitiv eine Büchernärrin«, sage ich und spähe über Nathans Schulter hinweg auf Robins Leseliste.

»Das hat sie vom Richter«, gibt er zurück. Zwischen den Seiten finden wir auch eine Strichliste zu den Billardpartien, die sie gemeinsam mit ihrem Großvater an dem alten Brunswick-Tisch in der Bibliothek gespielt hat, eine Art Wettbewerb zwischen Großvater und Enkelin während seines letzten Lebensjahrs. »Sie hatten eine Menge gemeinsam.«

Die Schreibtischschublade kippt leicht nach vorn, als Nathan sie aufzieht, um die Papiere wieder hineinzulegen. Dabei kullert eine weiße Billardkugel hervor, schnellt über den Rand hinweg und knallt auf den Boden, wo sie über die unebenen Holzdielen rollt, hierhin und dorthin, wobei sich die Sonnenstrahlen auf der glatten Oberfläche brechen und sie zum Schimmern bringen, ehe sie unter dem Bett verschwindet.

Unwillkürlich erschaudere ich.

Nathan durchquert den Raum, hebt die Überdecke an, die bis auf den Boden hängt, und späht unters Bett. »Bloß ein paar Bücher«, sagt er und schiebt sie mit dem Fuß hervor.

Die Schublade will sich nicht schließen lassen. Ich knie mich hin, um nachzusehen, wo das Problem liegt, und schiebe sie in die Schienen zurück. Dabei sehe ich, dass sich das Plastikdreieck und die restlichen Billardkugeln ganz hinten im

Schubladenfach verklemmt haben. Dank meiner langen Karriere als Schnäppchenjägerin habe ich ein Händchen für alte Möbel, und nach ein wenig Ruckeln und Schieben lässt sich die Schublade wieder problemlos schließen.

Als ich mich umdrehe, sitzt Nathan auf dem Boden, den Rücken gegen das Himmelbett gelehnt, die langen Beine ausgestreckt, tief in die Seiten von *Wo die wilden Kerle wohnen* versunken.

Ich will ihn fragen, ob es sein Kinderbuch war, doch die Antwort ist unübersehbar: Er ist völlig in die Geschichte vertieft, so sehr, dass ich gerade noch nicht einmal im selben Raum mit ihm bin, sondern ein Geist, der zufällig neben ihm steht. Stattdessen liest er das Buch mit seiner Schwester, so wie sie es früher bestimmt unzählige Male getan haben.

Ich sehe ihm zu, und für einen Moment kann ich auch sie vor mir sehen – die Frau von dem Foto. Sie blättert für ihren kleinen Bruder die Seiten um, bis sie auf der Hälfte von allein aufgehen. Nathan nimmt einen Umschlag und einen Stapel Fotos heraus und legt das Buch aufgeschlagen in seinen Schoß.

Behutsam trete ich neben ihn, während er die Fotos nacheinander um sich herum ausbreitet.

Babyfotos. Vom ersten Schultag, von Ferienaufenthalten. Eine Familienaufnahme beim Skilaufen. Nathans Mutter, eine große, schlanke Frau mit rotblondem Haar, die wie ein Supermodel aussieht, in einem rosafarbenen Skioverall. Robin ist etwa zehn, Nathan ein dick eingemummeltes Kleinkind auf dem Arm seines in teures Skioutfit gekleideten Vaters. Er lächelt. Er wirkt glücklich. Unbesorgt.

Als Nächstes reißt Nathan den Umschlag auf. Wieder sehe ich über seine Schulter und lese mit.

Nathan,

ich wusste, dass du diesem Buch nicht widerstehen kannst.

Mom hatte die Fotos in der Kiste mit ihren Malsachen liegen. Du weißt ja, wie unsentimental sie ist. Ich dachte, ich nehme sie lieber an mich und bewahre sie für dich auf. So weißt du wenigstens, wie du mal ausgesehen hast. Du warst so ein knuddeliges Kerlchen, wenn auch ab und zu ziemlich anstrengend. Du hast Mom die ganze Zeit mit Fragen gelöchert, deshalb hätte ich dir manchmal am liebsten den Mund zugeklebt. Als ich einmal von dir wissen wollte, wieso du ständig so viel fragen musst, hast du mich bloß angesehen und ganz aufrichtig geantwortet: »Damit ich alles weiß, so wie du.«

Tja, Bruderherz, Überraschung! Ich weiß nicht alles, eines aber schon: dass du zu einem echt tollen Mann heranwachsen würdest. Du warst den Ärger definitiv wert. Du hast das Herz auf dem rechten Fleck. Wenn du diesen Brief liest, sind da vermutlich ein paar Fragen offen, die ich dir nicht mehr beantworten konnte.

Im letzten Jahr seit Großvaters Tod habe ich mich mit ein paar Dingen eingehend beschäftigt. Ich hatte immer das Gefühl, dass er ein Geheimnis hat, sich aber nicht überwinden kann, es jemandem anzuvertrauen. Nur für den Fall, dass ich nicht mehr hier sein werde und jemand anders vor dir die Bibliothek durchforstet... du weißt schon, wen ich meine... wollte ich sichergehen, dass du die Informationen bekommst. Sobald du alles durchgele-

sen hast, wirst du wissen, warum. Solltest du meine Papiere in der Bibliothek nicht finden, geh zur Bank, wo ich den Großteil davon als Kopie in einem Schließfach verwahre. Ich habe deinen Namen angegeben und die Miete für mehrere Jahre im Voraus bezahlt, deshalb steht es nur dir zur Verfügung.

Das Ganze liegt jetzt in deinen Händen, Nat. Es tut mir leid. Du wirst einen Entschluss fassen müssen, wie du damit verfahren willst. Es ist schlimm für mich, dir diese Last aufzubürden, aber du wirst schon die richtigen Entscheidungen treffen, wie auch immer sie aussehen mögen.

Wie der Autor dieses Buches (das ich dir so oft vorlesen musste, dass ich Angst hatte, ich verliere den Verstand, wenn ich es noch ein weiteres Mal tun muss) vor seinem Tod gesagt hat: »Mir ist nichts geblieben, außer froh über mein Leben zu sein. So viele wunderschöne Dinge muss ich zurücklassen, wenn ich sterbe, aber ich bin bereit, ich bin bereit, ich bin bereit.«

Finde die schönen Dinge im Leben für dich, kleiner Bruder. Wann immer du um mich trauerst, werde ich weit, weit weg sein, doch wenn du feierst, bin ich dir ganz nah und tanze.

Kümmere dich um Mom. Sie hat ihre Spleens, aber du weißt ja, wie wir Künstler sind: Wir tanzen im Takt unserer eigenen Musik.

Mit all meiner Liebe
 Robin

In dem hinteren Buchdeckel ist ein Schlüssel eingeklebt, den Nathan herauslöst und betrachtet.

»Das ist so typisch für sie. Genau so war sie.« Seine Stimme ist belegt vor Rührung und Zärtlichkeit. Er legt den Arm übers Knie und lässt den Schlüssel zwischen seinen Fingern baumeln, während er minutenlang stumm aus dem Fenster sieht, die weißen Wölkchen am Himmel betrachtet. Schließlich fährt er sich mit der Hand über die Augen. »Keine Tränen, hat sie gesagt«, presst er mit einem wehmütigen Lachen hervor.

Ich setze mich auf die Bettkante und warte, bis er sich ein wenig gefangen und die Fotos in das Buch zurückgelegt hat. Er klappt es zu und steht auf. »Fällt dir irgendetwas ein, wo meine Schwester diese Unterlagen versteckt haben könnte?«

»Eher nicht. Ich habe die Bibliothek in den letzten Wochen ziemlich auseinandergenommen.«

»Dann fahren wir zur Bank.«

Er bleibt im Türrahmen stehen und sieht sich ein letztes Mal im Raum um. Ein Luftzug weht durch den Spalt zwischen Tür und Rahmen, als er sie schließt, gefolgt von einem leichten Rumpeln – die Billardkugel, die ein weiteres Mal über den Fußboden rollt, bis sie auf der anderen Seite der Tür gegen das Holz prallt. Ich zucke zusammen.

»Es ist ein altes Haus.« Eine Diele knarzt, als Nathan nach hinten tritt. Prompt kullert die Kugel wieder zurück.

Irgendwann auf halbem Weg die Treppe hinunter drehe ich mich um und denke: *Wieso bewahrt Robin Billardkugeln in ihrer Schreibtischschublade auf?* Gebraucht wurden sie unten nicht. Als ich kam, war der Billardtisch abgedeckt, und sie hatte Bücher darauf gestapelt.

Der Billardtisch…

KAPITEL 27

Hannie Gossett

TEXAS, 1875

Ich bete, dass Elam Salter, wo auch immer er gerade stecken mag, tatsächlich so schwer zu töten ist, wie sie behaupten.
Wie *er* behauptet.
Er kann nicht erschossen werden. Niemals.
Ich sammle die Geschichten der Soldaten über ihn ein, baue mir ein behagliches Lager daraus wie eine Katze an einem kalten Wintertag in der Scheune.

- Zweimal haben sie ihm den Hut vom Kopf geschossen.
- Dreimal ist ihm der Gaul unterm Hintern weggeschossen worden.
- Er hat Dange Hinge, einen berüchtigten Banditen, im Alleingang zur Strecke gebracht.
- Er hat Ben John Lester, dieses Halbblut, bis ins Indianergebiet gejagt und in Kansas schließlich aufgestöbert. Elam Salter kann Spuren lesen wie kein anderer.

Die Geschichten werden mir zugetragen, während Old Mister von der hiesigen in die jenseitige Welt übergeht, in den darauffolgenden Tagen der Trauer und der Tränen, in denen ich zusehen muss, wie er zu Grabe getragen wird, und mich frage, wie viel Missy von alledem begreift. Nach dem Begräbnis legt sie sich auf das Grab, direkt neben Juneau Jane, und wimmert. Ich sehe, wie sie die Finger ins Erdreich gräbt und nicht loslassen will.

Es sind seltsame, traurige Tage. Ich kann es kaum erwarten, dass sie endlich vorbei sind.

Schließlich machen wir, Missy, Juneau Jane und ich, uns in einem Wagen mit zwei Armeemaultieren und einem Kutscher sowie drei Soldaten als Begleitschutz auf den Weg, die San Saba River Road entlang. Auf dem Rückweg sollen die Soldaten Waffen von Austin zum Fort transportieren. Zumindest hat man es uns so erklärt.

Die drei Soldaten sitzen lässig auf ihren Pferden, die Gewehre und Handfeuerwaffen in den Lederscheiden, lachen und unterhalten sich. Unbekümmert kauen sie auf ihren Tabakstücken herum und schließen Wetten ab, wer weiter spucken kann.

Auch der Kutscher fährt scheinbar ohne jede Sorge dahin, sieht sich die Landschaft an, ohne darauf zu achten, ob sich uns jemand nähern könnte.

Juneau Jane und ich tauschen besorgte Blicke. Die Haut unter ihren Augen ist wund vom vielen Weinen und ganz verquollen. Sie hat stundenlang geweint, so heftig, dass ich mich gefragt habe, wie sie all das jemals überleben soll. Wieder und wieder sieht sie sich um und betrachtet das Land, in dem ihr Papa nun begraben liegt, allerdings wird er wohl keine Ruhe finden, so fern von seiner Heimat und Goswood Grove. Juneau Jane wollte ihn mit nach Hause nehmen, damit er dort bestattet wird, doch es ging nicht, da wir auf die Gnade anderer angewiesen sind, um unsere eigene Rückkehr bewerkstelligen zu können. Dasselbe gilt für Old Misters Begräbnis. Einst hat er riesige Ländereien besessen, und nun liegt er in einem Grab im Nirgendwo, mit einem einfachen Holzkreuz darauf. Noch nicht mal sein Geburtsjahr kannten wir. Juneau Jane und ich waren uns nicht sicher, und Missy kann es uns nicht sagen.

Nieselregen setzt ein, deshalb ziehen wir die Vorhänge des Wagens zu und sitzen einfach da, während die Räder Meile um Meile über die holprigen Pfade rattern. Irgendwann höre ich die Männer jemanden in der Ferne rufen. Meine Nackenhärchen richten sich auf. Ich knie mich hin und hebe die Plane ein Stück an. Juneau Jane rutscht neben mich.

»Du bleibst hinten und passt auf Missy auf«, sage ich zu ihr. Sie gehorcht. In diesen vergangenen drei Wochen sind wir mehr geworden als bloß Halbcousinen. Im Grunde bin ich inzwischen ihre Schwester.

Wieder erscheint der Mann wie ein Geist, als wäre er eins mit dem Land, dem braunen und goldfarbenen Gras und den stachligen Kaktusfeigen. Er reitet auf einem großen Falben und hat ein zweites Pferd im Schlepptau, mit einem mexikanischen Sattel, dessen ledernes Seitenteil blutbefleckt ist.

Mein Herzschlag beschleunigt sich. Ich werfe die Plane zurück und spähe hinaus, um mich zu vergewissern, dass es nicht Elam Salters Blut ist. Er scheint mir meine Frage anzusehen, denn er reitet neben den Wagen heran. »Ich bin besser beieinander als der andere.«

»Das beruhigt mich.« Ich lächele breit, ohne allzu viele Gedanken an den Mann zu verschwenden, der tot von diesem Sattel gefallen ist. Wenn Elam ihn getötet hat, dann muss es sich um einen üblen Banditen gehandelt haben.

»Ich hatte gehofft, ich sehe Sie noch, bevor Sie aufbrechen. Mein Auftrag hat länger gedauert als erwartet.« Elam stützt sich mit dem Ellbogen auf dem Sattelhorn ab. Er ist nass und schlammverspritzt. Getrockneter Schaum klebt am Brustgeschirr des Pferdes. Elam lässt die Zügel locker, woraufhin der arme, erschöpfte Falbe den Kopf sinken lässt und mit einem tiefen Atemzug seine Lunge füllt.

»Ich wollte Ihnen sagen, dass wir der Schlange den Kopf abgeschlagen haben«, erklärt er und sieht von mir zu Juneau Jane und wieder zurück zu mir. »Marston selbst sitzt in Hico im Gefängnis und wartet darauf, dass ihm der Prozess gemacht und er gehängt wird. Ich hoffe, das macht Ihren Verlust ein klein wenig erträglicher.« Wieder sieht er Juneau Jane an, dann mich. »Als Nächstes schnappen wir uns seine engsten Gefolgsleute, Lieutenants und höhere Offiziere, aber ohne Marston verlieren wahrscheinlich viele den Glauben an die Sache und machen sich in Richtung Mexiko oder über die Grenze davon. Ihr Anführer hat sich keineswegs in Tapferkeit ergeben, sondern wir haben ihn aus einem Maisspeicher herausgezerrt, wo er sich wie eine Ratte versteckt hat. Wir brauchten noch nicht mal einen Schuss abzufeuern.«

Juneau Jane nickt schniefend, bekreuzigt sich und verkrallt ihre Hände im Schoß. Eine Träne kullert ihr über die Wange und hinterlässt einen kleinen Fleck auf ihrem Kleid.

Unbändige Wut kocht in mir hoch. »Das freut mich. Ich bin froh, dass er bezahlen muss. Und dass Sie heil und in einem Stück zurück sind.«

Sein dichter Schnurrbart hebt sich, als er lächelt. »Das habe ich Ihnen doch versprochen, Miss Gossett.«

»Hannie«, korrigiere ich. »Ich habe doch gesagt, Sie dürfen mich Hannie nennen.«

»Das ist wahr.« Er legt die Finger zum Gruß an den Hut und reitet nach vorn zu den Soldaten.

Sein Lächeln begleitet mich den gesamten restlichen Tag

und bis in den Abend hinein. Vom Wagen aus sehe ich ihn wegreiten, zurückkehren und wieder über die Hügel verschwinden. Ab und an mache ich ihn in der Ferne am Horizont aus. Zu wissen, dass er in der Nähe ist, gibt mir ein Gefühl der Sicherheit.

Erst als wir Halt machen und unser Lager aufschlagen, regt sich Unbehagen in mir. Die Pferde werden unruhig, werfen die Köpfe abrupt nach hinten und spitzen die Ohren. Juneau Jane nimmt die Halfter eines großen Wallachs und streichelt seine Nase. »Sie spüren irgendetwas«, sagt sie.

Sofort kommen mir Indianer, Jaguare, Kojoten und mexikanische Grauwölfe in den Sinn, die ich nachts immer in der Prärie habe heulen hören. Ich halte Missys alten Pompadour fest umklammert, spüre das Gewicht der kleinen Pistole darin, das mir Trost spendet, wenn auch nicht viel.

Elam Salter kommt ins Lager geritten, was wesentlich tröstlicher ist. »Bleibt zwischen den Felsen und dem Wagen«, sagt er, ehe er leise mit den Männern auf der anderen Seite des Wagens redet. Ich sehe, wie sie sich hin und her drehen, gestikulieren, Ausschau halten.

Einer der Soldaten hängt eine Decke zwischen zwei Zedern auf, damit wir unsere Notdurft dahinter verrichten können, während ein anderer sich an einer Kochstelle neben dem Wagen zu schaffen macht.

Heute Abend gibt es keine freundliche Unterhaltung mit Elam, kein Lächeln.

Als wir uns hinlegen, ist er wieder verschwunden. Ich weiß nicht, wohin er geritten ist, ob er schläft. Die Dunkelheit verschluckt ihn einfach. Danach höre und sehe ich nichts mehr von ihm.

»Wonach sucht er denn?«, will Juneau Jane wissen, als wir uns mit Missy zwischen uns ins Zelt legen. Ich binde Missys

Knöchel an meinem fest für den Fall, dass sie aufwacht und herumwandert... oder ich im Traum.

Missy ist eingeschlafen, kaum dass sie sich hingelegt hat.

»Keine Ahnung.« Ich glaube Rauchgeruch wahrzunehmen, nur einen Hauch, aber sicher bin ich nicht. Unsere Kochstelle ist seit Stunden erloschen. Ich nehme an, uns kann heute Nacht nichts passieren, schließlich haben wir fünf Männer, die nach uns sehen. Wir hatten es schon wesentlich unruhiger.« Ich denke an den Sumpf, an die Ungewissheit, ob wir am nächsten Morgen die Sonne noch einmal aufgehen sehen würden. »Wenigstens sind wir nicht allein.«

Juneau Jane nickt, doch im Schein der Lampe sehe ich die Tränen in ihren Augen glitzern. »Ich habe Papa im Stich gelassen. Er ist ganz allein.«

»Er ist auf die andere Seite der Tür gegangen und nicht mehr in diesem Körper«, erkläre ich ihr. »Schlaf jetzt.« Ich ziehe die Decke hoch, finde aber selbst keine Ruhe.

Schließlich kommt der Schlaf wie ein ausgetrockneter Fluss im Sommer, ein dünnes Rinnsal, das sich um Steine, Wurzeln und Äste windet, sich immer wieder teilt und zusammenfindet, bis es im Morgengrauen zu einem müßigen Tropfen verebbt.

Beim Aufstehen glaube ich neuerlich Rauch zu riechen, doch das Feuer gibt kaum genug Glut für einen Kaffee her, außerdem weht der Wind es in die entgegengesetzte Richtung davon. *Dein Verstand spielt dir einen Streich, Hannie*, sage ich mir, trotzdem sorge ich dafür, dass wir drei zusammen aufstehen und hinter der Decke unsere Notdurft verrichten. Missy will unbedingt die dicken Schneeballblüten pflücken, aber ich erlaube es ihr nicht.

Elam Salter erscheint aus seinem Unterschlupf – ich weiß nicht, wo er die Nacht verbracht hat –, scheint aber nicht geschlafen zu haben. Er ist wachsam, hält nach irgendetwas Ausschau, sagt uns jedoch nicht, wonach.

Wir essen trockene Hartkekse, die wir in den Kaffee tunken, damit sie sich ein bisschen leichter kauen lassen. Missy macht Theater und spuckt alles wieder aus. »Dann bleibst du eben hungrig«, sage ich zu ihr. »Aber du musst essen, für das...« In letzter Sekunde verkneife ich mir das Wort *Baby* und schlucke.

Juneau Jane sieht mich an. Lange lässt sich Missys Zustand nicht mehr verheimlichen. Sie muss zu einem Arzt, aber wenn ihr Verstand nicht bald wieder anständig funktioniert, würde man sie bloß in eine Anstalt stecken.

Als wir aufbrechen, galoppiert Elam auf seinem Wallach auf einen Hügelkamm. Ich sehe ihn mit seinem Fernglas in der Hand, während der Horizont in ein Farbenmeer aus Rosa, Orange und Goldtöne getaucht ist, so hell, dass man es auch dann noch sehen kann, wenn man die Augen schließt. Der Himmel ist gewaltig, so breit wie die Erde selbst.

Auch jetzt hat der Anblick von Elam und seinem Pferd vor dieser endlosen Weite etwas Beruhigendes. Unser Wagen fährt um einen Hügel herum und holpert in eine Schlucht hinunter, ich spähe aus dem Wagen, zuerst auf der einen, dann auf der anderen Seite, doch Elam ist verschwunden, und wir bekommen ihn den ganzen Vormittag nicht mehr zu Gesicht.

Gegen Mittag hole ich die kleine Pistole aus Missys Pompadour und überprüfe sie. Ich weiß nicht, ob sie noch funktioniert, trotzdem fühle ich mich sicherer, wenn ich sie in Reichweite habe.

Juneau Jane sieht die Waffe an, dann mich.

»Ich hab sie bloß angeschaut«, sage ich, »mehr nicht.«

Im Lauf des Tages begegnen wir immer wieder anderen Reisenden – Bauern oder Männern, die auf ihren Wagen Waren transportieren. Einer Postkutsche. Reitern und Leuten, die zu Fuß von ihren Farmen in die Stadt unterwegs sind. Ab und zu sehe ich Reiter einen großen Bogen um uns machen und frage mich, was das für Leute sein mögen, die nicht gern in der Nähe von Soldaten gesehen werden wollen.

Abends schlagen wir unser Lager auf, und die Männer sagen, wir sollen in der Nähe bleiben, was wir auch tun. Am Morgen geht es weiter, dasselbe am nächsten und am übernächsten und am Tag danach. Manchmal gesellt sich Elam zu uns und reitet ein Stück mit oder bleibt bei uns im Lager, aber meistens ist er allein unterwegs. Und wenn er bleibt, ist er aufmerksam. Irgendetwas hat er da draußen gefunden.

Wir fahren immer weiter, von Sonnenaufgang bis Sonnenuntergang. Irgendwann zieht ein Sturm auf, sodass wir die Vorhänge fest zuziehen müssen. Die Pferde und Maultiere kämpfen sich durch Regen und Schlamm, bis das Gewitter so schnell aufhört, wie es gekommen ist. Ich halte nach Elam Ausschau, kann ihn aber nirgendwo entdecken, schon den ganzen Morgen nicht. Das macht mich nervös.

Wir begegnen einem Mann, der aber nicht mit den Soldaten spricht, sondern bloß sein Pferd zur Seite dirigiert, gerade so weit, dass der Wagen durchkommt. Sobald wir an ihm vorbeigerumpelt sind, lässt er sein Pferd einen Schritt nach vorn machen und späht von hinten in den Wagen. Ich erschrecke mich fast zu Tode. Wieder schweift mein Blick zu der kleinen Waffe neben mir, in deren mit silbernen Rosen verziertem Griff sich die Sonne spiegelt. Missy greift danach, doch ich schlage ihre Hand weg.

»Fass das nicht an«, zische ich. »Die kriegst du nicht.«

Kreischend weicht sie zurück und verkriecht sich in einer Ecke, von wo aus sie mich mit zusammengekniffenen Augen anstarrt. Ich schiebe die Pistole unter meinen Schenkel.

Um die Mittagszeit gelangen wir zu einem Fluss.

Wieder sind Gewitterwolken aufgezogen, deshalb sehen wir zu, dass wir ihn überqueren, statt zuerst die Pferde und Maultiere Rast machen zu lassen. Die Strömung ist schnell, das Wasser aber nicht sehr tief.

»Direkt auf den Abhang zu!«, ruft der Sergeant und lässt die Faust über seinem Kopf kreisen. »Auf der anderen Seite halten wir an, lassen die Tiere ausruhen und etwas saufen.«

Der Sergeant reitet voran, der Kutscher treibt das Gespann an, und die beiden Soldaten reiten links und rechts neben uns, um sicherzugehen, dass die Maultiere nicht mitten im Wasser stehen bleiben und der Wagen in den Fluten hängen bleibt. Das Flussbett ist felsig, deshalb schaukelt der Wagen mächtig hin und her und knallt mit voller Wucht in die Achsen, als er durch tiefe Stellen rumpelt. Missy schlägt sich den Kopf an und schreit auf.

Ich schiebe sie ein Stück weiter nach hinten und setze mich neben sie, damit wir im Notfall rausspringen können. Eigentlich hätte die Überquerung des Flusses ohne größere Umstände vonstattengehen sollen, tut es aber nicht.

Ich beuge mich hinaus und sehe Elam. Zwar steht er immer noch hinter uns auf dem Abhang, aber immerhin ist er da.

Mittlerweile reicht das Wasser den Maultieren bis zu den Bäuchen und schwappt auch in den Wagen.

In diesem Moment ertönt ein scharfes Knacken, als wäre ein Rad oder eine Achse gebrochen, die Plane über unseren Köpfen bebt. Ich drehe mich um und sehe ein rundes Loch in der Plane. Es knackt erneut. Noch ein Loch, direkt über uns.

»Ein Hinterhalt!«, schreit einer der Soldaten. Die Maultiere machen einen Satz nach vorn. Der Kutscher schwingt die Peitsche. Meine Finger verlieren den Halt um die hintere Klappe, und ich falle um ein Haar aus dem Wagen. Die Kante gräbt sich in meinen Bauch, sämtliche Luft wird aus meiner Lunge gepresst. Direkt vor meinen Augen rauscht der Fluss dahin, nur wenige Zentimeter unterhalb meines Kinns. Eine Hand packt mich, eine große, kräftige, die nur Missy gehören kann. Auch Juneau Jane bekommt mich am Kleid zu fassen, und mit vereinten Kräften ziehen sie mich wieder in den Wagen, mit so viel Schwung, dass wir auf den Boden knallen. In diesem Moment sehe ich Elam Salter und seinen großen Braunen nach hinten wegkippen, allerdings bekomme ich nicht mit, wie sie auf dem Boden aufschlagen, sondern höre bloß ein Pferd vor Schreck und Schmerz wiehern, das Sirren einer Kugel, das Stöhnen eines Soldaten, gefolgt von einem lauten Platschen und dem Poltern von Hufen, die sich entfernen, zuerst im Wasser, dann auf festem Boden. Die Soldaten erwidern das Feuer.

Die Maultiere ziehen den Wagen weiter durch die Fluten, die ihn wild hin und her reißen wie ein Spielzeug. Ich packe Missy und Juneau Jane und drücke beide ganz fest auf den Boden, während ich mich zwischen sie zwänge. Holzsplitter fliegen uns um die Ohren, Fetzen der Plane rieseln auf uns herab.

Ich fange an zu beten, mache meinen Frieden mit der Welt. Nach allem, was passiert ist, endet es nun also auf diese Weise. Nicht durch eine Wildkatze im Sumpf und auch nicht auf dem Grund eines Flusses oder in einem Treck durch ein wildes Land, sondern hier, in dieser Schlucht und aus Gründen, die ich nicht kenne.

Ich hebe den Kopf und suche alles ringsum nach Old Misters Pistole ab.

Wenn das Indianer oder Wegelagerer sind, darf ich nicht zulassen, dass sie uns lebend kriegen, ist mein einziger Gedanke. Ich hab zu viele Geschichten gehört, seit wir in Texas sind, Geschichten darüber, was sie mit Frauen anstellen. Und gesehen hab ich es schließlich auch, an Missy und Juneau Jane. *Gütiger Herr, gib mir die Kraft, zu tun, was notwendig ist*, bete ich, doch selbst wenn ich die Pistole finden sollte, hat sie bloß zwei Kugeln, wir sind aber drei.

Gib mir die Kraft und auch die Mittel.

Im Wagen ist alles wild durcheinandergeflogen, deshalb kann ich die Pistole nirgendwo entdecken.

Plötzlich wird es still. Die Schreie verstummen, das Gewehrfeuer hört auf. Schießpulverwolken hängen in der Luft, dick und ekelhaft sauer stinkend. Das einzige Geräusch ist das Stöhnen eines Pferdes, seine rasselnden, blutigen Atemzüge im Todeskampf.

»Psst«, zische ich. Vielleicht denken sie ja, dass der Wagen leer ist, doch der Gedanke ist so schnell verflogen, wie er mir in den Sinn gekommen ist. Natürlich ist es nicht so.

»Raus da!«, befiehlt eine Stimme. »Wenn ihr ganz ruhig rauskommt, bleibt der eine oder andere Soldat vielleicht am Leben.«

»Ihr habt's selber in der Hand«, sagt eine zweite Stimme, bei deren Klang mich ein eisiger Schauder überläuft, aber ich kann nicht sagen, woher ich die Stimme kenne. »Wollt ihr vier tote Soldaten und einen toten Deputy Marshal auf dem Gewissen haben? Mir ist es egal, ich sag's bloß ...«

»Nicht ...«, schreit einer der Soldaten, als ein Knacken ertönt, als hätte jemand einen Kürbis aufgeschlagen, dann herrscht Stille.

Juneau Jane und ich sehen einander an. Sie hat die Augen weit aufgerissen, sodass man das Weiße sehen kann. Ihre Lippen zittern, trotzdem nickt sie. Missy macht bereits Anstalten aufzustehen, wahrscheinlich weil der Mann es gesagt hat. Was genau passiert, versteht sie nicht.

Wieder taste ich vergeblich nach der Pistole. »Wir kommen raus. Kann sein, dass wir sowieso schon was abgekriegt haben«, rufe ich, während ich den Boden des Wagens abtaste. *Die Pistole...*

Die Pistole...

»Los jetzt!«, schreit der Mann. Ein Schuss ertönt, die Kugel zerfetzt die Plane nicht mal einen halben Meter über unseren Köpfen. Der Wagen schnellt nach vorn, bleibt wieder stehen. Entweder hält jemand die Maultiere fest, oder aber eines ist bereits tot.

Missy krabbelt zum Eingang.

»Warte!«, sage ich, aber sie lässt sich nicht aufhalten. Von der Pistole ist auch jetzt nichts zu sehen. Ich weiß nicht, was passieren wird. Was sind das für Männer da draußen, und was wollen sie von uns?

Als Juneau Jane und ich aus dem Wagen springen, ist Missy schon einige Meter entfernt. Ich sehe mich ganz langsam um, nehme alles wahr, was sich meinen Augen bietet – die auf dem Bauch liegenden Soldaten, einer mit einer Schusswunde im Bein. Blut sickert aus dem Kopf des Kutschers. Seine Augen öffnen und schließen sich, öffnen sich wieder. Er versucht, bei Bewusstsein zu bleiben, um sich selbst zu retten oder auch uns, aber was kann er schon tun?

Der Sergeant hebt den Kopf. »Sie behindern eine Einheit der United States Cavalry...« Der Griff einer Pistole saust auf seinen Kopf herab.

Missy stöhnt, als wäre sie es, die den Schlag abbekommen hat.

Ich sehe den Kerl mit der Pistole an. Er ist noch ein halber Junge, dreizehn, vielleicht vierzehn.

Und dann blicke ich an ihm vorbei und sehe den Mann aus dem Gebüsch treten. Ein Gewehr liegt locker auf seiner

Schulter, seine Schritte sind so lässig und gemächlich wie die einer Katze, die weiß, dass sie sich nicht zu beeilen braucht, weil ihre Beute ohnehin in der Falle sitzt. Ein Lächeln breitet sich auf seinem Gesicht aus, das unter der Krempe seines Huts nur halb zu erkennen ist. In diesem Moment schiebt er den Hut nach hinten und gibt den Blick auf die Augenklappe und die zerflossenen Narben auf seiner Wange frei. Jetzt weiß ich, wieso mir seine Stimme einen Schauder über den Rücken gejagt hat. Heute könnte der Tag sein, an dem er sein Werk vollendet, das er damals am Fluss begonnen hat.

Missy grollt wie ein wildes Tier, fletscht die Zähne, lässt ihren Kiefer mahlen.

Lachend wirft der Mann den Kopf in den Nacken. »Immer noch ein bissiges Luder, was? Ich dachte, wir hätten dir das ausgetrieben, bevor sich unsere Wege getrennt haben.«

Diese Stimme. Fieberhaft denke ich nach, doch meine Erinnerungen wollen sich nicht greifen lassen, wehen davon wie Staub im Wind. Kannten wir ihn schon früher? Kannte Old Mister ihn irgendwoher?

Missys Knurren wird lauter. Ich packe sie am Arm, doch sie will sich losreißen. Wieder überlege ich krampfhaft, woher ich den Mann kenne. Wenn ich ihn mit seinem Namen anspreche, bringe ich ihn vielleicht aus der Fassung und lenke ihn lange genug ab, dass die Soldaten sich den Jungen schnappen und ihm die Waffe abnehmen.

Ich höre Pferde durchs Wasser platschen und sich ans Ufer kämpfen, halte den Blick aber weiter auf den Mann gerichtet. Er ist derjenige, vor dem wir uns vorsehen müssen. Der Junge ist blutrünstig und scheint nicht ganz bei Sinnen zu sein, doch es ist der Mann, der hier das Sagen hat, daran besteht kein Zweifel.

»Und du.« Er wendet sich Juneau Jane zu. »Eine Hellbraune zu erledigen ist immer eine Schande, vor allem, wenn sie so hübsch ist wie du und... einen gewissen Wert hätte. Vielleicht ist es ja eine glückliche Wendung des Schicksals, dass du es geschafft hast, so lange am Leben zu bleiben. Vielleicht behalte ich dich ja... als letzte Entschädigung für die enormen Verluste, die ich wegen deines Vaters erlitten habe.« Er hält seine behandschuhte Linke hoch, an der mehrere Finger fehlen, dann deutet er auf die Augenklappe.

Dieser Mann glaubt also, Old Mister sei schuld, dass er so entstellt ist? Aber wieso?

Ich lasse Missy los und schiebe Juneau Jane hinter mich. »Lassen Sie das Kind in Ruhe. Sie hat Ihnen nichts getan.«

Er legt den Kopf schief und betrachtet mich lange Zeit mit seinem gesunden Auge. »Und wen haben wir denn da? Den kleinen Kutschjungen, von dem Moses behauptet hat, er habe ihn kaltgemacht? Aber in diesem Spiel ist wohl keiner das, was er zu sein vorgibt, was?« Auch sein Lachen kommt mir mehr als bekannt vor. Er tritt näher. »Vielleicht behalte ich dich ja auch. Ein anständiges Paar Sklaveneisen, dann gibt's keinen Ärger mehr mit dir. Euresgleichen lässt sich im Handumdrehen brechen. Der verdammte Neger. Nicht besser als ein Maultier. Und auch nicht klüger. Am besten in einem Geschirr aufgehoben... oder für was anderes benutzt.« Die pure Gemeinheit liegt in seinem Blick, als er mich von oben bis unten mustert, und auch das kommt mir bekannt vor. »Ich glaube, ich hab deine Mama gekannt.« Er feixt. »Sogar ziemlich gut.«

Er wendet den Kopf ab, als mehrere Männer vom Fluss heraufkommen. Meine Gedanken überschlagen sich, gehen zurück in die Vergangenheit, immer tiefer und tiefer. Auf einmal sehe ich das Gesicht hinter der Augenklappe und den Narben, die Form seiner Nase, das spitze Kinn, sehe ihn neben dem Karren hocken, neben dem wir uns mit Mama gegen die Kälte zusammengekauert haben. Ich sehe seine Hände, wie sie Mama packen und sie hochzerren, obwohl ihr Arm noch an die Speichen gekettet ist, höre ihre schmerzerfüllte Stimme im Dunkel, kann aber nichts sehen. »Ihr bleibt hier, unter der Decke, meine Kleinen, ich bin zurück, wenn es hell wird«, presst sie hervor. Ich drücke mir die Decke ganz fest auf die Ohren, damit ich nichts hören muss. Aber ich höre trotzdem, was er mit ihr macht.

Nacht für Nacht klammere ich mich an meine Geschwister, zuerst acht, dann sieben, dann sechs... drei, zwei, eines, dann ist auf einmal nur noch meine Cousine, die kleine Mary Angel, da, und dann bin ich allein, zu einem Ball unter der zerschlissenen Decke zusammengerollt, damit er mich nicht findet.

Er ist dieser Mann, Jep Loach, nur älter, narbig, mit einem zerschmolzenen Gesicht, weshalb ich ihn nicht gleich wiedererkannt habe. Hier steht der Mann, der mir meine Familie weggenommen hat. Der Mann, den Old Mister gesucht hat und der sich anscheinend den Konföderierten angeschlossen hat. Aber er war nicht auf einem Schlachtfeld gefallen, wie alle dachten, sondern steht nun leibhaftig vor mir.

Aber diesmal werde ich ihn aufhalten, oder aber ich lasse mein Leben bei dem Versuch. Jep Loach wird mir nie wieder irgendwas wegnehmen.

»Nimm mich an ihrer Stelle«, sage ich. Ohne Missy und Juneau Jane, auf die ich achtgeben muss, bin ich wesentlich stärker. »Nur mich.« Ich werde schon einen Weg finden, um zu tun, was dieser Mann verdient hat. »Nimm mich und lass die Mädchen und die Soldaten in Ruhe. Ich bin eine anständige Frau. So gut wie meine Mama damals.« Die Worte brennen in meiner Kehle. Der saure Geschmack nach trockenen

Keksen und Kaffee füllt meinen Mund. Ich schlucke dagegen an und sage: »Und auch so kräftig wie meine Mama.«

»Du bist ganz bestimmt nicht in der Position, hier einen Handel mit mir zu schließen«, erwidert Jep Loach und lacht erneut.

Die zwei anderen Männer hinter uns lachen ebenfalls, während sie um uns herum auf die andere Seite reiten. Den einen erkenne ich, doch selbst nach allem, was ich über ihn gehört habe, traue ich meinen Augen kaum. Lyle Gossett. Auch er ist von den Toten auferstanden. Nicht gegen ein Kopfgeld ausgeliefert, wie Elam Salter dachte, sondern er steht hier, neben seinem Onkel – zwei Männer, aus demselben Holz geschnitzt. Dem Holz der Loaches, Old Missus' Familie.

Lyle und der andere Reiter, ein mageres Bürschchen auf einem Schecken, bleiben hinter Jep Loach stehen und drehen ihre Pferde so um, dass sie mit den Gesichtern zu uns stehen.

Missy knurrt lauter, beißt in die Luft, reckt das Kinn und faucht wie eine Katze.

»Mach, dass sie endlich die Schnauze hält«, sagt der Junge auf dem Schecken. »Die jagt mir echt Angst ein. Das Ding ist von 'nem Dämon besessen und versucht… uns zu verhexen oder so was. Knallen wir sie einfach ab und verschwinden.«

Lyle hebt sein Gewehr und zielt. Auf seine eigene Schwester. »Die ist ohnehin nicht mehr richtig im Oberstübchen.« So kalt seine Worte klingen, sehe ich ihm die Freude an, als er den Finger auf den Hahn legt und ihn nach hinten zieht. »Genau der richtige Zeitpunkt, um sie von ihrem Leid zu erlösen.«

Missy zieht den Kopf zwischen die Schultern, während sie ihre blauen Augen fest auf Lyle gerichtet hält, leuchtend blaue Kreise, halb unter die Lider hochgerollt, sodass man das Weiße aufblitzen sieht.

»Sie bekommt ein Baby!«, platze ich heraus und versuche, Missy zurückzuziehen, doch sie reißt sich los. »Sie trägt ein Kind unterm Herzen.«

»Los, mach schon!«, schreit der Junge. »Knall sie ab, sie will uns verhexen! Mach endlich!«

»Schluss damit! Wegtreten, Corporal«, brüllt Jep Loach und sieht von einem zum anderen. »Wer hat hier das Kommando?«

»Sie, Lieutenant«, antwortet Lyle, als wären sie alle Soldaten im Krieg. Soldaten für Marston. Genau wie Elam es gesagt hat.

»Sie stehen hinter unserer Sache?«

»Ja, Sir, Lieutenant«, antworten die drei jungen Marston-Soldaten.

»Dann befolgen Sie gefälligst meine Befehle, verstanden?«

»Deputy Federal Marshals haben Marston geschnappt«, stößt einer der auf dem Boden liegenden Soldaten hervor. »Und ins Gefängnis gesteckt ...«

Jep Loach schießt ihm in die Hand, dann tritt er mit drei raschen Schritten neben ihn, stellt ihm seinen Stiefel auf den Kopf und drückt sein Gesicht in den Schlamm. Der Mann bekommt keine Luft. Zuerst versucht er noch, sich zu wehren, doch er hat keine Chance.

Lyle lacht. »Tja, jetzt hält er wohl die Schnauze, was?«

»Sir?« Der Junge auf dem Schecken starrt ihn mit offenem Mund an und lässt kopfschüttelnd sein Pferd einen Schritt nach hinten treten. Sein Gesicht ist kreidebleich. »Was ... was sagt er über General Marston? Dass man ihn ... geschnappt hat?«

»Alles Lügen!« Jep Loach drückt den Kopf des Soldaten neuerlich in den Matsch. »Die Sache! Die Sache ist viel größer als ein einzelner Mann. Und Ungehorsam wird mit dem Tod bestraft.« Er zieht seine Pistole und wendet sich um, doch der Junge prescht auf seinem Schecken auf das dichte Gebüsch zu. Momente später ist er verschwunden, während die Kugeln aus Jep Loachs Pistole durch die Luft sirren.

Stöhnend hebt der Soldat auf dem Boden den Kopf und schnappt nach Luft. Jep Loach steckt seine Pistole ein, legt sich das Gewehr wieder auf die Schulter und beginnt, ruhelos auf und ab zu gehen. »Eigentlich ist das hier die perfekte Gelegenheit. Ja, genau. Alle Erben meines Onkels sind hier, alle zusammen. Natürlich wird mein armes Tantchen meine Hilfe in Goswood Grove brauchen. Bis die Trauer und ihre schwere Krankheit sie ins Jenseits befördern, was nicht allzu lange dauern wird...«

»Onkel Jep?« Inzwischen lacht auch Lyle nicht mehr. Er nimmt die Zügel und prescht los, ebenfalls in Richtung Gebüsch, doch er hat noch nicht einmal Gelegenheit, seinem Pferd anständig die Sporen zu geben, da hat Jep Loach schon sein Gewehr von der Schulter genommen und einen Schuss abgegeben. Lyle sackt zusammen und fällt vom Pferd, mitten in den Schlamm.

In diesem Moment scheint die Luft zu explodieren. Kugeln sirren, Staub wirbelt auf, Äste fliegen umher. Juneau Jane zieht mich nach hinten und drückt mich auf den Boden. Ich höre Schreie. Stöhnen. Das satte Schmatzen von Kugeln, die in Fleisch eindringen. Ein Heulen wie von einem Tier. Wieder hängt der Gestank von Schießpulver in der Luft.

Dann ist es still. So still wie in der Morgendämmerung, aber nur einen oder zwei Augenblicke lang. Ich huste, lausche, liege ganz still da. »Nicht bewegen«, flüstere ich in Juneau Janes Haar.

So verharren wir, bis die Soldaten wieder aufgestanden sind. Jep Loach liegt mit einer Schusswunde in der Brust auf dem Boden, Lyle immer noch an der Stelle, wo er vom Pferd gefallen ist. Missy liegt auf der Erde, ihr Baumwollkleid aufgebauscht wie eine Wolke. Reglos. Ein Blutfleck breitet sich auf dem blauen Stoff aus wie eine Rosenblüte. Der Kutscher schleppt sich herüber und rollt sie herum, doch sie ist tot.

Die kleine Pistole hängt schlaff in ihrer Hand. Vorsichtig nimmt der Soldat sie an sich.

»Missy«, flüstere ich. Juneau Jane und ich knien uns neben sie. Ich halte ihre Hand und streiche ihr das dünne schlammverkrustete Haar aus den blauen Augen. Ich zwinge mich, sie mir als Kind vorzustellen, versuche, an schöne Dinge zu denken. »Missy, was hast du nur getan?«

Ich sage mir, dass es ihr Schuss war, der Jep Loach getötet hat, frage nicht die Soldaten, ob die Taschenpistole abgefeuert wurde oder nicht. Ich will es gar nicht wissen, sondern muss einfach glauben können, dass Missy das getan hat. Für uns.

Nach einer Weile schließe ich ihr die Augen, nehme mein Kopftuch ab und lege es über ihr Gesicht.

Juneau Jane bekreuzigt sich und spricht ein Gebet auf Französisch, während sie die Hand ihrer Halbschwester festhält.

Lange Zeit stehe ich vor dem Café in Austin City. Ich kann nicht hineingehen, nicht einmal in den kleinen Gastgarten unter den ausladenden Eichen, deren dicke Äste sich wie die Balken eines Daches darüber vereinen.

Ich sehe zu, wie das farbige Personal an die Tische tritt, volle Teller vor den Gästen abstellt, Tassen und Gläser mit Tee, Wasser und Limonade füllt, schmutziges Geschirr abträgt. Jedes einzelne Gesicht studiere ich, frage mich, ob es eine Ähnlichkeit gibt, ob ich es schon einmal gesehen habe.

Drei Tage warte ich schon darauf, endlich hierherzukommen. Drei Tage sind vergangen, seit wir uns mit vier verwundeten Soldaten und dem, was von Elam Salter noch übrig ist, nach Austin City geschleppt haben. Gewiss ist es wahr, dass ihn keine Kugel treffen kann, dafür hat ihn das Pferd beinahe unter sich zerquetscht, als es auf ihn gefallen ist. Stunden habe ich an seinem Krankenlager ausgeharrt und lasse ihn auch nur jetzt allein, weil Juneau Jane nach ihm sieht. Wir können bloß warten. Er ist ein starker Mann, doch der Tod hat seine Tür geöffnet, und nun muss er entscheiden, ob er jetzt hindurchtreten will oder ein andermal, irgendwann in einer fernen Zukunft.

An manchen Tagen sage ich mir, ich sollte ihn gehen lassen und meinen Frieden damit schließen, denn wenn er sich ans Leben klammert, liegt eine lange, schwere Zeit der Schmerzen und des Leidens vor ihm. Trotzdem hoffe ich darauf, dass er bleibt. Ich habe seine Hand gehalten, seine Haut mit meinen Tränen benetzt, es ihm wieder und wieder gesagt.

Ist es richtig, ihn darum zu bitten? Ich könnte auch nach Goswood Grove zurückkehren, nach Hause, zu Jason und John und Tati, auf die Farm, könnte das *Buch der Vermissten* einfach begraben und alles vergessen, was vorgefallen ist. Vergessen, dass Elam Salter hier liegt, schwer verletzt und leidend. Wenn er am Leben bleibt, wird er nie wieder derselbe sein, sagt der Doktor. Er wird nie wieder laufen, nie wieder reiten können.

Texas ist ein übler Ort, ein harter, hinterhältiger Ort.

Und doch stehe ich hier, atme einen weiteren Tag die texanische Luft ein, sehe dieses Café, für das ich die halbe Stadt zu Fuß durchquert habe, und denke: *Könnte dies der Ort sein, nach dem ich suche?* Und wenn ja, war es dann all das wert, was hinter mir liegt? All den Kummer, das Leid und das vergossene Blut? Vielleicht sogar den Verlust eines tapferen Mannes?

Ich sehe ein Mädchen mit walnussbrauner Haut an, das einen Glaskrug voll Limonade auf einem Tablett trägt und zwei Damen mit Sommerhüten einschenkt, beobachte einen Mann mit hellbrauner Haut, der einen Teller serviert, einen halbwüchsigen Jungen mit einem Lappen, der etwas Verschüttetes auf dem Fußboden aufwischt. *Sehen sie wie ich aus? Würde ich nach all den Jahren meine Leute wiedererkennen?*

Ich erinnere mich an ihre Namen, an die Orte, an denen sie mir entrissen wurden, und daran, wer es getan hat. *Aber habe ich ihre Gesichter vergessen? Ihre Augen? Ihre Nasen? Ihre Stimmen?*

Ich sehe ihnen noch eine Weile länger zu.

Du dummes Ding, schimpfe ich im Geiste, wieder und wieder, weil mir bewusst ist, dass dieser Ire sich all das auch nur ausgedacht haben könnte. *In einer Herberge mit Restaurant unten in Austin, direkt am Waller Creek. Drei blaue Perlen an einem Band. Um den Hals von 'nem kleinen weißen Mädchen...*

Bestimmt ist kein Wort davon wahr.

Ich wende mich ab und gehe los, bemerke nach einer Weile den Fluss in der Nähe. *Siehst du*, denke ich. Ich frage einen alten Mann, der mit einem Kind an der Hand vorbeikommt. »Ist das dort der Waller Creek?«

»Richtig«, antwortet er und schlurft weiter.

Ich gehe zu dem Café zurück, trete um das große Kalksteingebäude herum, in dem sich die Zimmer für die Reisenden befinden, und stelle mich auf die Zehenspitzen, um durch die geöffneten Fenster hineinzuspähen, wo weitere Farbige arbeiten. Aber soweit ich sehe, kenne ich keinen davon.

In diesem Moment erblicke ich das kleine weiße Mädchen am Brunnen hinter dem Haus. Sie ist klein und dünn und drahtig. Acht, vielleicht zehn, mit einem dichten Schopf rötlichbrauner Wellen unter einem gelben Kopftuch, die ihr über den Rücken fallen. Sie schwingt einen schweren Eimer über die Kante, woraufprompt das Wasser auf ihr Bein spritzt und einen nassen Fleck auf der Schürze über ihrem grauen Kleidchen hinterlässt.

Ich werde sie einfach fragen: *Gibt es hier jemanden, der Gossett heißt? Oder der vor der Befreiung so hieß? Hast du schon mal jemanden mit diesen drei Perlen gesehen? Eine Farbige? Ein Mädchen? Einen Jungen?*

Meine Finger wandern zu meinem Hals, während ich auf das Mädchen zugehe und überlege, wie ich die Frage stellen soll, ohne ihr Angst einzujagen. Doch als sie stehen bleibt und mich ansieht, mit ihren grauen Augen in einem Gesichtchen, so niedlich wie das einer Puppe, bringe ich keinen Ton heraus. Denn um ihren Hals hängen drei blaue Perlen an einem roten Band.

Der Ire hat also doch die Wahrheit gesagt.

Ich sinke in den Staub, schlage hart auf, als meine Beine unter mir nachgeben, doch ich spüre es kaum. Ich fühle gar nichts, höre nichts, halte nur meine Perlen umklammert, während ich versuche, etwas zu sagen, aber meine Zunge versagt ihren Dienst. Ich kann die Worte nicht formen. *Woher hast du diese Perlen, Kind?*

Scheinbar endlos lange verharren wir, sind wie erstarrt, das Mädchen und ich, sehen einander bloß an.

Ein Spatz kommt aus dem Baum herbeigeflogen. Ein kleiner brauner Spatz. Er landet auf dem Boden, um von dem Wasser zu trinken, das aus dem Eimer tropft. Erschrocken lässt das Mädchen den Eimer fallen, sodass das Wasser neuerlich über den Rand schwappt und im trockenen Boden versickert. Der Spatz taucht den Kopf ein und schüttelt das Wasser über sein Gefieder.

Das Mädchen wirbelt herum und rennt den steinernen Weg und durch die Hintertür ins Haus. »Mama!«, höre ich sie rufen. »Maaaa-maa!«

Ich rapple mich auf. Soll ich weglaufen? Immerhin ist das Mädchen weiß, und ich habe es erschreckt. Sollte ich versuchen, mich zu erklären? *Ich wollte ihr nichts tun. Ich hab mich bloß gefragt, woher sie die drei blauen Perlen hat.*

Und dann sehe ich sie in der Tür stehen, eine große, schlanke Frau mit kupferfarbener Haut und einem hölzernen Kochlöffel in der Hand. Im ersten Moment denke ich, es ist Aunt Jenny Angel, aber sie ist zu jung. Sie ist gerade mal in Juneau Janes Alter, kein Mädchen mehr, aber auch noch keine Frau. Sie schickt die Kleine ins Haus und kommt mit gegen die Sonne zusammengekniffenen Augen die Treppe herunter. Um ihren Hals hängt ein Band mit drei blauen Perlen.

Ich weiß noch genau, wie sie an dem Tag aussah, als sie sie umgebunden bekommen hat – an dem Tag, als ich sie zum letzten Mal gesehen habe, auf dem Sklavenmarkt. Sie war drei Jahre alt. Ich sehe noch ihr Gesicht vor mir, bevor der Mann sie hochgehoben und weggetragen hat.

»Mary...«, flüstere ich, dann rufe ich es noch einmal, ganz laut, über die Entfernung der vielen Jahre hinweg. »Mary...« Wieder spüre ich, wie meine Knie nachgeben. »Mary Angel?«

Ein Schatten erscheint in der Tür, der in die Sonne getaucht wird, als die Person heraustritt. Ich sehe das Gesicht, das ich all die Jahre in meinen Gedanken bei mir getragen habe. Ich erkenne es auf Anhieb, trotz des ergrauten Haars, trotz der leicht gebeugten Haltung.

Das kleine rothaarige Mädchen klammert sich an ihren

Röcken fest, und ich sehe, wie ähnlich sie einander sehen. Das ist das Kind meiner Mama. Von einem weißen Mann, geboren viele Jahre nachdem wir uns verloren haben. Die Ähnlichkeit ist unverkennbar, an den Augen, die an den Winkeln leicht nach oben zeigen, so wie Juneau Janes.

Und wie meine.

»Ich bin Hannie!«, rufe ich laut über den Hof hinweg und strecke Grandmas drei blaue Perlen vor. »Ich bin Hannie! Ich bin Hannie! Ich bin Hannie!«

Zuerst merke ich gar nicht, dass ich laufe. Ich laufe auf Beinen, die ich nicht einmal spüre, über den Boden, den ich nicht sehe. Ich laufe oder fliege wie ein Spatz.

Und bleibe erst stehen, als ich die Arme meiner Mama um mich spüre.

VERMISST

Ocean Springs, Mississippi.
Dr. A.E.P. Albert:

Lieber Bruder: Über den SOUTH-WESTERN konnten meine Schwester, Mrs. Polly Woodfork und acht Kinder wiedergefunden werden. Dafür danke ich Gott und dem SOUTH-WESTERN und wünsche dem Chefredakteur viel Erfolg bei dem Vorhaben, in den nächsten dreißig Tagen 1 000 neue Abonnenten zu gewinnen, die das Blatt mit ihren Zahlungen unterstützen. Ich selbst werde alles in meiner Macht Stehende tun, um so viele Abonnenten zu finden, wie ich nur kann. Gott segne Dr. Albert und möge ihn mit Erfolg überhäufen.

Mrs. Tempy Burton

»Vermisst«-Rubrik im *Southwestern*,
13. August 1891

KAPITEL 28

Benny Silva

AUGUSTINE, LOUISIANA, 1987

So schnell ich kann, laufe ich die Treppe hinunter, schwinge mich um den Holzknauf am Ende und renne wie von Sinnen den Korridor hinunter.

»Benny, was...« Nathan hetzt hinter mir her. An der Tür zur Bibliothek prallen wir gegeneinander. »Was ist denn los?«

»Der Billardtisch, Nathan«, japse ich. »Als ich das erste Mal reingekommen bin, war er mit einem Tuch abgedeckt, und lauter Taschenbücher lagen darauf. Seither haben wir sie durchgesehen und in Stapeln für die Stadtbibliothek und die Schule sortiert. Allerdings habe ich mir nie die Mühe gemacht nachzusehen, was sich unter der Abdeckung verbirgt. Was, wenn Robin verhindern wollte, dass jemand einen Grund hat, sie wegzuziehen und Billard zu spielen, und deshalb die Kugeln und die Queues versteckt und all die alten Taschenbücher daraufgestapelt hat? Wenn sie ihre Arbeit schützen wollte? Schließlich konnte sie sicher sein, dass keiner einbrechen und den Billardtisch mitnehmen würde. Dafür wäre schon ein ganzes Umzugskommando nötig gewesen.«

Wir laufen zu dem alten Brunswick-Tisch, schnappen die Anwalts-Thriller und Western und stapeln sie mit für uns untypischer Lieblosigkeit neben den reich verzierten Nussbaumbeinen. Papier raschelt, und Staub wirbelt auf, als wir die steife Abdeckung anheben. Darunter befindet sich Robins Arbeit: ein Stammbaum in der Gestalt einer riesigen Virginia-Eiche auf einem weißen Laken, wie eine Art Quilt mit seidenen Ornamenten und Stickereien besetzt, mit Blättern aus Filz und Fotos, die in Stoffrahmen mit Klarsichteinsätzen stecken. Auf den ersten Blick sieht es wie ein Kunstwerk aus, gleichzeitig ist es die akribische Dokumentation einer Familiengeschichte. Die Geschichte von Goswood Grove und den vielen Menschen, die dieses Anwesen seit Beginn des neunzehnten Jahrhunderts bewohnt haben. Tode und Geburten innerhalb von Ehen, aber auch außerhalb davon. Ein Stammbaum der Gossetts über neun Generationen. Eine Geschichte von Weiß und Schwarz.

Ein beigefarbener Filzausschnitt eines Hauses zeigt, wie es von einer Generation zur nächsten die Besitzer wechselte. Die Menschen selbst sind durch Blätter dargestellt, jedes mit Name, Geburts- und Sterbedatum sowie einem Buchstaben, der sich anhand einer Legende in der rechten unteren Ecke erklärt.

B – Bewohner
S – Sklave
I – Indentur
L – *libre*
A – *affranchi*

Die beiden letzten Begriffe kenne ich von unseren Recherchen. *Affranchi* ist der Ausdruck für all jene, die durch ihren Besitzer von der Sklavenschaft befreit wurden, als *libre* wurden diejenigen bezeichnet, die als freie Farbige geboren wurden, Händler und Grundbesitzer, viele davon überaus wohlhabend, einige sogar selbst Sklavenbesitzer. Meine Schüler taten sich schwer damit zu begreifen, wie Menschen, die selbst unter dieser brutalen Art der Ungerechtigkeit gelitten haben, sie anderen auferlegen und sogar noch Profit daraus schlagen konnten, und doch gab es so etwas tatsächlich. Es ist ein Teil unserer geschichtlichen Realität.

Hier und da sind Kopien von Zeitungsartikeln, alte Fotos und Dokumente an dem Stoff angeheftet, vermutlich um später ihren Platz auf dem Kunstwerk zu finden. Robin war sehr gründlich in ihren Recherchen.

»Meine Schwester...«, murmelt Nathan. »Das ist...«

»Das ist die Geschichte deiner Familie. Die vollständige. Die Wahrheit.« Ich erkenne so viele Querverbindungen zu den Recherchen meiner Schüler wieder. Mit dem Finger fahre ich die Linien nach oben nach, vorbei an Ästen, die dünner werden und schließlich gänzlich enden, versickern wie Meeresarme im Ozean der Zeit. Tod. Krankheit. Krieg. Unfruchtbarkeit – all das hat den einen oder anderen Familienzweig absterben lassen.

Andere Äste wiederum gehen weiter, winden sich durch die Jahrzehnte. Ich finde Granny T und Aunt Dicey, deren Abstammung sowohl zu den weißen als auch zu den schwarzen Gossetts zurückreicht. Bis zu ihrer gemeinsamen Großmutter, Hannie, geboren 1857 als Sklavin.

»Die Carnegie-Ladies«, sage ich und deute auf Hannies Filzblatt. »Das ist die Großmutter, von der Granny T im Unterricht gesprochen hat. Diejenige, die das Restaurant ins Leben gerufen hat. Hannie wurde hier in Goswood Grove geboren. Als Sklavin. Sie ist auch die Großmutter der Frau, die früher im Haus am Friedhof gelebt hat, Miss Retta.«

Ich bin völlig fasziniert, komme aus dem Staunen nicht

mehr heraus. Vorsichtig lasse ich meine Hand weiter nach außen wandern, zu den weißen Stellen auf dem Laken. »Hier würden einige meiner Schüler stehen, LaJuna, Tobias. Und auch Sarge. An diesem einen Zweig hier, ganz außen.«

Ich spüre die Geschichte förmlich unter meinen Fingern, als ich durch die Generationen zurückwandere. »Hannies Mutter war ein Mischling und eine Halbschwester der Gossetts, die damals im Grand House gelebt haben. Diese Generation von Lyle, Lavinia, Juneau Jane und Hannie, sie sind Bruder, Schwester, Halbschwester, Cousine. Lyle und Lavinia sind jung gestorben, und... damit ist die Tochter der zweiten Frau... Moment mal...«

Nathan hebt den Kopf und blickt mich an, während er um den Tisch herum neben mich tritt.

Ich tippe hierhin, dorthin. »Diese Frau, Juneau Janes Mutter, war gar nicht William Gossetts zweite Frau, sondern seine Mätresse, eine freie Farbige. Ihre Tochter, Juneau Jane LaPlanche, kam zur Welt, während William Gossett mit Maude Loach-Gossett verheiratet war. Er hatte bereits einen Sohn mit Maude und wurde dann innerhalb von nicht einmal zwei Jahren Vater von zwei Töchtern, einmal mit seiner Ehefrau und einmal mit seiner Mätresse. Lavinia und Juneau Jane.«

Ich weiß, dass so etwas früher häufig vorkam, dass in New Orleans und anderen Städten eine eigene, in sich geschlossene Gesellschaft existierte, in der sich reiche Männer Mätressen hielten, die ihre gemeinsamen Kinder großzogen. Die gemischtrassigen Nachkommen aus diesen Verbindungen wurden ins Ausland oder auf von Nonnen geführte Internate geschickt, die Jungen erhielten eine Handelsausbildung. Trotzdem kann ich mir lebhaft die Dramen vorstellen, die unter der Oberfläche dieser Arrangements brodelten: Eifersucht. Abneigung. Verbitterung. Wetteifern.

Statt einer Erwiderung fährt Nathan mit dem Finger eine Linie von der Basis des Stammbaums in Richtung der Äste nach und verfolgt die Linie der hausförmigen Symbole, die für die Eigentümer von Goswood Grove stehen.

»Eines ist seltsam«, sagt er schließlich und verharrt bei dem Blatt, das Williams jüngere Tochter aus seiner nicht ehelichen Verbindung darstellt. »Mir ist nicht ganz klar, wie die Gossetts das Haus heute noch besitzen können. Denn der letzte männliche Gossett, Lyle, ist umgekommen. Folglich gingen das Herrenhaus und das Land an Juneau Jane LaPlanche, die laut Robins Stammbaum nie Kinder hatte. Und selbst wenn, würden sie nicht Gossett heißen.«

»Es sei denn, hier endet Robins Recherche. Vielleicht ist sie nicht weitergekommen, denn es liegt auf der Hand, dass sie noch daran gearbeitet hat, als sie... Es ist fast, als wäre sie besessen davon gewesen.« Ich sehe Nathans Schwester über den Unterlagen und dem Stammbaum sitzend vor mir. Was hatte sie damit vor?

Auch Nathan scheint sich keinen Reim darauf machen zu können. »Dass es zwei Familienzweige gibt, ist ein Geheimnis, von dem ich nichts wusste«, sagt er und richtet sich stirnrunzelnd auf. »Bestimmt ist das ein Punkt, von dem weder die restliche Familie noch viele in der Stadt wollen, dass er ans Licht kommt.« Er tippt auf das kleinen Filzhaus, das zeigt, dass Juneau Jane einst Grundstück und Haus besessen hat. Er pflückt einen Umschlag ab, der daneben angebracht ist. *Hannie* steht in Robins gleichmäßiger Handschrift darauf.

Eine kleines Goswood-Grove-Filzhäuschen fällt herunter und landet direkt neben Hannies Blatt. Die Kopie des Zeitungsartikels in Hannies Umschlag verrät uns, weshalb er dort hing.

SCHEINERBIN MUSS SICH GESCHLAGEN GEBEN

Goswood-Herrenhaus geht wieder auf rechtmäßigen Besitzer über

Nach mehr als einem Dutzend Jahre erbitterter Streitigkeiten um die Familienzugehörigkeit und das Erbe wurde den Klägern die Rechtmäßigkeit des Besitzes am Herrenhaus der Goswood Grove Plantage durch den Louisiana Supreme Court endgültig mit einem Urteil bestätigt, gegen das weder jetzt noch in Zukunft Berufung eingelegt werden kann. Die angebliche Erbin, eine farbige Kreolin von zweifelhafter und nicht begründeter Herkunft, die sich dreist Juneau Jane Gossett nannte, musste zwangsweise enteignet werden.

Die rechtmäßigen Erben und Träger des Namens Gossett, direkte Verwandte des verstorbenen William P. Gossett, werden nun schnellstmöglich Haus und Grundstück übernehmen, um es für die Familie zu bewahren und zu führen. »Natürlich ist es unsere Absicht, dem Herrenhaus zu seiner einstigen Pracht zu verhelfen. Daher sind wir den Gerichten dankbar für die zweifelsfreie Rechtsprechung«, sagt Carlisle Gossett aus Richmond, Virginia, Cousin ersten Grades des Verstorbenen William P. Gossett und somit rechtmäßiger Erbe des alten Plantagenanwesens.

Der Artikel beschreibt den zwölfjährigen Kampf vor verschiedenen Gerichten, in dem versucht wurde, Juneau Jane ihres Erbes zu berauben, zuerst durch William Gossetts Witwe, Maude Loach-Gossett, die sich weigerte, die überschaubare Summe zu akzeptieren, die William ihr in seinem Testament zugesprochen hatte, und später durch immer entferntere Gossett-Verwandte. Mehrere einstige Sklaven und Pachtbauern traten vor Gericht auf, um für Juneau Jane auszusagen und ihre Herkunft zu bestätigen. Ein Anwalt aus New Orleans vertrat sie unermüdlich, konnte am Ende allerdings nicht viel ausrichten. Cousins von William Gossett brachten Juneau Jane um ihr Erbe, und sie musste sich mit sechzehn Hektar Schwemmland neben dem Friedhof von Augustine zufriedengeben.

Jenem Grundstück, auf dem ich heute lebe.

Wem sie dieses Grundstück letztlich hinterlassen hat, steht, handschriftlich und in ihren eigenen Worten verfasst, in der Kopie ihres Testaments aus dem Jahr 1912, die Robin hinten an den Zeitungsartikel geheftet hat. Juneau Janes Haus und Grundstück gehen an Hannie, »*die wie eine Schwester für mich war und mir stets gezeigt hat, was Tapferkeit bedeutet.*« Jede weitere Erbschaft, die sich in ihrem Namen ergeben könnte, solle den Kindern der Gemeinde hinterlassen werden, »*denen ich treu als Lehrerin und Freundin zur Seite gestanden habe.*«

Beim letzten Blatt von Robins Recherche handelt es sich um einen Zeitungsartikel von 1901 über die Eröffnung der *Augustine Colored Carnegie Library*. Auf dem Foto posieren die Frauen in ihren schönsten Kleidern und Hüten – um die Jahrhundertwende trugen die Menschen diese Sachen sonst nur sonntags für die Kirche – auf den Stufen des wunderschönen neuen Gebäudes für den feierlichen Moment, wenn das rote Band durchgeschnitten wird. Es ist die Aufnahme, deren Original Granny T bei ihrem ersten Besuch in meinem Unterricht mitgebracht hat

Robin hat zwei der Mitglieder der Carnegie-Ladies mit Namen versehen, Hannie und Juneau Jane. Auf einer kleineren Aufnahme im Fließtext sehe ich die beiden Frauen neben einer Bronzestatue eines Heiligen stehen, die auf das Podest daneben gehoben werden soll.

Auch den Heiligen erkenne ich auf Anhieb.

Das erste Buch der Bibliothek, steht in dicken Lettern darunter.

Ich lege das Kinn auf Nathans Schulter und lese weiter.

Im Innern dieses Marmorpodests befindet sich eine sogenannte Jahrhundertkiste, die die Gründungsmitglieder der Bibliothek von der ursprünglichen Farbigen-Bücherei hinter der Kirche in das prachtvolle neue Carnegie-Gebäude verlagert haben. Die 1888 von den Bibliotheksgründern zusammengestellte Kiste soll für einhundert Jahre verschlossen bleiben. Mrs. Hannie Gossett-Salter erst kürzlich aus Texas hergezogen, wohnt hier der Aufstellung einer Statue bei, die im Gedenken an ihren verstorbenen Ehemann gestiftet wurde, den allseits verehrten Deputy U.S. Marshal Elam Salter, den sie auf seinen Reisen quer durchs Land begleitet hat, wenn er von seinem Leben und seiner Arbeit als Gesetzeshüter erzählte, die er nach einer schweren Verletzung jedoch leider nicht länger ausüben konnte. Die Spende erfolgte durch den in Texas und Louisiana ansässigen Rinderzüchter August McKlatchy, einen lebenslangen Freund der Salters und edlen Unterstützer nicht nur dieser, sondern auch zahlreicher anderer Bibliotheksgebäude im Land.

In die Jahrhundertkiste legte Mrs. Salter eine Ausgabe des Buchs der Vermissten, *das dazu diente, abgelegene Gemeinden zu informieren und die Vermissten-Rubrik im* Southwestern Christian Advocate *zu ergänzen. Durch die Zeitung und Mrs. Salters Buch konnten zahllose durch die Wirren des Krieges und die Sklaverei auseinandergerissene Familien zusammengeführt werden. »Nachdem ich Mitglieder meiner eigenen Familie wiedergefunden hatte«, so Mrs. Salter, »war es mir ein Herzensanliegen, auch anderen Menschen diese Chance zu schenken. Sich Jahr um Jahr Sorgen um das*

Schicksal der geliebten Menschen machen zu müssen ist eine der schlimmsten Qualen für die menschliche Seele.«

Nach Beendigung der heutigen Zeremonie wird die Marmorsäule mit der darin befindlichen Kiste neuerlich versiegelt und soll es bis ins Jahr 1988 bleiben – in der Hoffnung, dass sich künftige Generationen der Bedeutung dieser Bibliothek bewusst sein und zur Geschichte des Landes und seiner Menschen forschen werden.

Die Statue, die von ihrem Sockel aus wohlwollend und stets wachsam auf die Besucher der Bibliothek blicken wird, ist der heilige Antonius von Padua, der Schutzheilige der Verlorenen.

EPILOG

Benny Silva — 1988

LOUISIANA STATE CAPITOL GROUNDS,
BATON ROUGE

Mit fedriger Leichtigkeit landet ein einzelner Marienkäfer auf meinem Finger und klammert sich daran fest, ein lebendiger, satt schimmernder Rubin mit schwarzen Punkten und Beinchen. Bevor eine leichte Brise den Besucher verscheucht, kommt mir ein alter Kinderreim in den Sinn.

Marienkäferchen, Marienkäferchen, fliege weg!
Dein Häuschen brennt, dein Mütterchen flennt,
du stehst ganz alleine dort,
denn deine Kinder sind fort.

Wie ein düsterer Schatten schweben die Worte über mir, als ich LaJuna an der Schulter berühre, der unter ihrem blaugoldenen Baumwollkleid der Schweiß ausgebrochen ist. Das Freiluft-Klassenzimmer, das wir heute als Teil der Feierlichkeiten auf dem Gelände des Louisiana State Capitol eingerichtet haben, ist bisher die mit Abstand größte Veranstaltung unseres Geschichtsprojekts, das uns seit einem Jahr beschäftigt. Die Öffnung der Zeitkapsel hat uns Wissen beschert, von dem wir nicht einmal zu träumen gewagt hätten. Zwar haben wir es mit unserem Historienspiel bisher nicht auf den Friedhof von Augustine geschafft – und werden es vielleicht auch nie dorthin schaffen –, dafür haben wir unser Historienspiel *Geschichten aus dem Untergrund* in Museen, auf dem Campus mehrerer Unis, bei Bibliotheksfesten und in Schulen in drei Bundesstaaten aufgeführt. Der handgenähte Saum wellt sich leicht auf LaJunas glatter hellbrauner Haut, weil ihr das Kleid etwas zu groß ist. Unter der lose zugeknöpften Ärmelmanschette ragt eine wulstige Narbe hervor. Kurz frage ich mich, woher sie sie wohl haben mag.

Was bringt es mir, das zu wissen?, denke ich dann. *Wir alle haben unsere Narben.* Erst wenn man zu ihnen steht, findet man die Menschen, die einen trotz der Narben lieben. Vielleicht sogar genau deswegen.

Und die Menschen, die das nicht können? Tja, vielleicht sind sie ganz einfach nicht die richtigen für uns.

Ich halte inne und lasse den Blick über unseren Sammelplatz unter den Bäumen schweifen, über die Carnegie-Ladies, über die kleinen Geschwister meiner Schüler, Aunt Sarge und die anderen Freiwilligen, die sich alle verkleidet haben, um unserem Projekt zusätzliche Authentizität zu verleihen, aus Respekt und Solidarität mit all jenen, die nicht mehr unter uns sind und nicht selbst ihre Geschichte erzählen können. Unser Historienspiel haben wir zwar inzwischen etliche Male aufgeführt, dies ist jedoch das erste Mal, dass wir im Zuge dessen auch die Vermissteninserate verlesen. Wir haben uns vorzustellen versucht, wie sie vor über einem Jahrhundert verfasst wurden, in Kirchenbänken, an Küchentischen, in improvisierten Klassenzimmern, in denen sich all jene eingefunden hatten, denen man verboten hatte, lesen und schreiben zu lernen. Überall im ganzen Land, in Dörfern und Städten, wurden diese Briefe zu Papier gebracht, um in Zeitungen wie dem *Southwestern* veröffentlicht zu werden, verbunden mit der Hoffnung, auf diesem Weg Angehörige und damit verlorene Jahre, Jahrzehnte, ja ein ganzes Leben wiederzufinden.

Die Jahrhundertkiste und das *Buch der Vermissten* haben uns zu einem wahren Rockstar-Status hier verholfen und sogar das Fernsehen angelockt. Eigentlich waren die eh da, um über eine politische Debatte zu berichten, doch nun wollen sie auch mit uns reden, und dank der Medienaufmerksamkeit interessieren sich plötzlich auch Würdenträger und Politiker für uns und wollen dabei *gesehen* werden, wie sie uns unterstützen. Was die Kids völlig aus der Bahn geworfen hat. Sie haben Angst – selbst LaJuna, die normalerweise nichts aus der Ruhe bringt.

Während die anderen an den windschiefen Tischen sitzen, mit Füllfederhaltern, Löschpapier und Tintengläsern herumfummeln, ihre Notizen lesen, stumm die Worte noch einmal proben, die sie gleich laut vortragen werden, sitzt LaJuna reglos da, den Blick auf die Bäume über ihr geheftet.

»Bereit?«, frage ich und werfe einen Blick auf ihre Arbeit, weil ich den Verdacht habe, dass sie noch nicht ganz fertig ist. »Hast du geübt, es laut vorzulesen?«

Neben uns sitzt Lil'Ray über seinen Tisch gebeugt und spielt mit einem der Füllfederhalter aus der Sammlung, die ich im Lauf der Jahre bei Haushaltsauflösungen und auf Flohmärkten erstanden habe. Mittlerweile tut er nicht länger so, als würde er seinen Vortrag üben.

Sollte LaJuna sich nicht überwinden können, droht uns ein kleines Fiasko. Eigentlich sollte sie vor Selbstbewusstsein strotzen, da sie die Annonce, die sie vortragen soll, sehr gut kennt. Wir haben sie im inneren Umschlag vom *Buch der Vermissten* gefunden – oben in der Ecke das Datum, an dem sie im *Southwestern* abgedruckt wurde. An beiden Rändern stehen in säuberlicher Handschrift die Namen von Hannies acht verlorenen Geschwistern, ihrer Mutter, ihrer Tante und ihrer drei Cousinen sowie das Jahr, in dem sie sie wiedergefunden hat.

Mittie – meine liebste Mama, Restaurantköchin, 1875

Hardy

Het – die älteste und geliebte Schwester, mit ihrem Ehemann und ihren Kindern, 1887

Pratt – liebster ältester Bruder, Holzfäller für den Eisenbahnbau, mit seiner Frau und seinem Kind, 1889

Epheme – geliebte Schwester und immer meine engste Vertraute, Lehrerin, 1895

Addie

Easter

Ike – jüngster Bruder, ein gebildeter junger Geschäftsmann, 1877

Baby Rose

Aunt Jenny – geliebte Tante, mit ihrem zweiten Mann, einem Prediger, 1877

Azelle – Cousine und jüngste Tochter von Aunt Jenny, Wäscherin mit mehreren Töchtern, 1881

Louisa

Martha

Mary – liebste, wunderbare Cousine und
Restaurantköchin, 1875

Es ist eine Geschichte über eine glückliche Familienzusammenführung und das Ende von Kummer und Leid. Und es ist auch eine Geschichte über innere Stärke und Beharrlichkeit. Genau diese Eigenschaften sehe ich in LaJuna, von ihrer Urururgroßmutter Hannie durch die Generationen an sie weitervererbt, obwohl LaJuna sie immer wieder anzweifelt.

»Ich kann das nicht«, sagt sie resigniert. »Nicht… wenn *diese* Leute zuschauen.« Verzweifelt schweift ihr Blick über die Besucher, die sich rings um das Freiluft-Klassenzimmer versammelt haben – wohlhabende Männer in gut geschnittenen Anzügen und Damen in teuren Kleidern, die sich mit Handzetteln und von der hitzigen politischen Debatte am Morgen übrig gebliebenen Papierfächern Luft zufächeln. Direkt hinter ihnen steht ein Kameramann auf einem Picknicktisch, ein Toningenieur hat sich mit einem Mikrofon weiter vorn postiert.

»Man weiß erst, was man schaffen kann, wenn man es ausprobiert hat«, sage ich und tätschele aufmunternd ihren Arm. Gleichzeitig liegt mir so viel mehr auf der Zunge. *Verkauf dich nicht zu billig. Du bist wunderbar. Gut genug. Sogar viel mehr als das: Du bist unglaublich. Siehst du das denn nicht?* Möglicherweise liegt ein langer Weg vor ihr. Das weiß ich. Weil ich es am eigenen Leib erlebt habe. Aber mit ein bisschen Glück gewinnt sie auf diesem Weg an Kraft.

Man darf nicht von anderen Menschen den eigenen Wert definieren lassen, sondern muss ihn selbst bestimmen.

Diese Lektion lehre ich und muss sie gleichzeitig immer noch lernen. Zeig dich. Bestimme selbst, wer du bist. Artikel zwölf der Klassenzimmerverfassung.

»Aber ich kann nicht«, stöhnt sie und presst sich die Hände auf den Bauch.

Ich raffe die unhandlichen Stoffmassen meines Kleids und Unterrocks und gehe in die Hocke, um ihr ins Gesicht zu sehen. »Aber von wem sollen sie die Geschichte erfahren, wenn nicht von dir? Wie es ist, seiner eigenen Familie entrissen und einfach gestohlen zu werden? Wie es sich anfühlt, wenn man sich an die Zeitung wendet, weil man so sehr darauf hofft, etwas über seine Angehörigen zu erfahren. Wie man alles dafür tut, irgendwie die fünfzig Cent zusammenzubekommen, damit der Aufruf im *Southwestern* veröffentlicht und vielleicht in den angrenzenden Bundesstaaten und Landesteilen verbreitet wird. Wie sollen unsere Gäste sonst den Schmerz und das Sehnen all jener verstehen können, die sich jahrelang gefragt haben *Sind meine Liebsten irgendwo da draußen?*«

LaJuna hebt die mageren Schultern, sackt jedoch sofort wieder in sich zusammen. »Aber die Leute sind doch nicht gekommen, weil sie wissen wollen, was ich zu sagen habe. Es ändert rein gar nichts.«

»Vielleicht aber doch.« Manchmal frage ich mich, ob ich mehr verspreche, als die Welt jemals wird halten können – ob meine Mutter mit ihrem Vorwurf, ich sei eine hoffnungslose Einhörner- und Regenbogenidealistin doch recht hatte. Was, wenn diese Kinder meinetwegen Ablehnung erfahren, vor allem LaJuna? Dieses Mädchen und ich haben Stunden damit zugebracht, Bücher zu sortieren, sie hin und her zu schieben, zu überlegen und zu planen, welche Materialien wir von dem Geld, das wir mit dem Verkauf einnehmen, für die Augustine Carnegie Library kaufen sollen. Letzten Endes soll sie den Kids genau dieselben hochmodernen Möglichkeiten bieten, wie sie den Schülern der Lakeland Prep zur Verfügung stehen. Und wenn das neue, freistehende Schild erst einmal seinen

Platz vor der Bibliothek gefunden hat, kehrt auch der Schutzpatron auf sein Podest zurück, um über das neue Jahrhundert und alle darauffolgenden zu wachen. Diese alte Bibliothek hat nun eine Zukunft vor sich. Nathan ist fest entschlossen, Robins Besitz in eine Stiftung zu überführen, die nicht nur die Bücherei unterstützt, sondern auch zum Erhalt von Goswood Grove und zu der Umwandlung in ein Zentrum für Genealogie und Geschichte beiträgt.

Aber kann all das, irgendetwas davon, die Welt verändern, in die die Fernsehkameras, die Politiker, die Zuschauer zurückkehren, wenn sie erst ihre Plätze unter den Bäumen verlassen haben? Können eine Bibliothek und ein Geschichtszentrum tatsächlich etwas bewirken?

»Wirklich wichtige Dinge lassen sich nicht ohne ein gewisses Risiko erreichen«, füge ich hinzu. Diese Tatsache ist am schwersten zu akzeptieren. Sich auf neues, unbekanntes Terrain zu begeben ist beängstigend, gleichzeitig werden wir nie erfahren, wohin die Reise führt, wenn wir sie nicht beginnen.

Diese Erkenntnis lässt mich innehalten, schnürt mir einen Moment lang die Luft ab, während ich mich frage: *Werde auch ich eines Tages den Mut aufbringen, das Risiko einzugehen und mich mit meinen Schatten zu konfrontieren?* Ich richte mich wieder auf, streiche meine Röcke glatt und blicke am Klassenzimmer vorbei zu Nathan, der mit der nagelneuen Bibliotheks-Videokamera auf der Schulter dasteht. Er reckt den Daumen, während sich auf seinem Gesicht dieses Lächeln ausbreitet, das *sagt: Ich kenne dich, Benny Silva, all deine Wahrheiten, und für mich bist du jemand, der alles schaffen kann.*

Ich muss versuchen, für diese Kids zu sein, was Nathan für mich ist: jemand, der mehr an mich glaubt als ich selbst. Der heutige Tag gehört meinen Schülern, der Vermissten-Rubrik im *Southwestern Christian Advocate* und allem, wofür die Veröffentlichungen in der christlichen Tageszeitung von einst stehen.

»Wir müssen unsere Geschichten erzählen, findest du nicht auch? Die Namen laut aussprechen.« Ich verfalle in den Tonfall der Lehrerin aus dem neunzehnten Jahrhundert, weil das Mikrofon plötzlich gefährlich dicht über unseren Köpfen baumelt. »Es gibt ein altes Sprichwort. *Jeder Mensch stirbt zweimal*, heißt es: *Das erste Mal, wenn wir unseren letzten Atemzug tun, und dann endgültig, wenn jemand zum letzten Mal unseren Namen ausspricht*. Auf Ersteres haben wir keinen Einfluss, das Zweite jedoch können wir versuchen zu verhindern.«

»Wenn Sie es sagen«, erwidert LaJuna resigniert. Ich kann nur hoffen, dass das nicht aufgezeichnet wurde. Sie holt zittrig Luft. »Aber dann will ich es lieber gleich hinter mich bringen, bevor mich der Mut verlässt. Darf ich als Erste vorlesen, vor den anderen?«

Ich bin unendlich erleichtert. »Wenn du den Anfang machst, ist es für die anderen bestimmt viel leichter.«

Ich beiße die Zähne zusammen und kreuze die Finger in der Tasche meines schlichten getüpfelten Lehrerinnenkleids aus Musselin, während ich mir inbrünstig wünsche, dass alles wie geplant laufen wird und die Geschichten in den Herzen und Köpfen der Leute, die sie gleich hören werden, tatsächlich nachhallen. Neben uns steht der Schaukasten mit dem *Buch der Vermissten* aus der Jahrhundertkassette, daneben Notizen und Stickarbeiten und andere Erinnerungsstücke aus dem 19. Jahrhundert. Ich denke an all die Vermissten und Verlorenen, all die Menschen, die den Mut hatten zu hoffen, Erkundigungen einzuziehen, nach ihren Lieben zu suchen. Die das Risiko eingegangen sind, diese Briefe zu schreiben, wohl wissend, dass sich ihre schlimmsten Befürchtungen bewahrheiten oder sie niemals eine Antwort bekommen könnten.

Auch ich werde dieses Risiko eingehen, eines Tages, wenn die Zeit reif dafür ist. Ich werde nach dem kleinen Mädchen suchen, das ich nicht einmal eine halbe Stunde in den Armen halten durfte, ehe die Krankenschwester sie mir entrissen und mir stattdessen ein kaltes, hartes Plastikklemmbrett mit Formularen in die Hand gedrückt hat, die ich unterschreiben sollte.

Mit jeder Faser wollte ich das Klemmbrett wegschleudern, die Formulare zerreißen. Ich sehnte mich danach, dem quietschenden Echo hinterherzurufen, das die weißen, blitzblanken Gummisohlen der Schwester auf dem Boden hinterließen. *Bringen Sie sie zurück! Ich will sie sehen, will sie noch eine Weile halten, will mir ihr Gesicht einprägen, ihren Duft, ihre Augen.*

Ich will sie behalten, wollte ich rufen.

Stattdessen habe ich getan, was von mir erwartet wurde. Das Einzige, was mir gestattet war. Die einzige Alternative, die man mir genannt hatte. Ich habe die Formulare unterschrieben, das Klemmbrett auf den Nachttisch gelegt und bittere Tränen in die Kissen geweint. Ganz allein.

Es ist das Beste so, habe ich mir gesagt... Aber das waren nicht meine Worte, sondern die Worte meiner Mutter, des Therapeuten, der Krankenschwester. Und selbst die meines Vaters, als ich mich an ihn gewandt habe, damit er mir hilft.

Es sind genau dieselben Worte, die ich mir heute noch vorbete, die ich an jedem Geburtstag, jedem Weihnachtsfest, jeder sonstigen besonderen Gelegenheit wie eine tröstliche Decke um mich schlinge. Zwölf Jahre. So alt ist sie heute.

Ich klammere mich an den Gedanken, dass ich uns die

Schande und die öffentliche Verurteilung erspart habe, der eine Fünfzehnjährige, die von einem älteren Mann schwanger wird, noch dazu einem Nachbarn mit eigener Familie, zwangsläufig ausgesetzt ist. Die Sorte Mann, der sich gnadenlos und eiskalt das Bedürfnis eines vaterlosen Mädchens zunutze macht, sich geliebt und gewollt zu fühlen. Ich rede mir ein, dass ich diesem kleinen Mädchen die Scham erspart habe, die ich selbst empfunden habe, die verächtlichen Blicke der anderen Leute, die schrecklichen Schimpfnamen, die meine Mutter mir an den Kopf geworfen hat.

Und ich hoffe, ich habe meiner Tochter die wunderbaren Eltern geschenkt, die ihr niemals das Gefühl geben, nicht geliebt zu werden. Sollte ich sie jemals wiedersehen, werde ich ihr sagen, dass sie niemals ungeliebt war, keine einzige Sekunde lang. Jemand hat sie geliebt, von ihrem ersten Atemzug an, hat an sie gedacht, für sie gehofft.

Ich habe dich nie vergessen. Keinen Moment.

An diesem Tag des Wiedersehens, wann immer er kommen wird, sind dies die ersten Worte, die ich an meinen eigenen geliebten, vermissten Menschen richten werde.

ANMERKUNG DER AUTORIN

Wann immer ein neues Buch zum Leben erwacht, ist »Was war Ihre Inspiration?« die Frage, die am häufigsten gestellt wird. Wie es anderen Autoren geht, kann ich natürlich nicht sagen, aber ich kann nie im Voraus sagen, was den Ausschlag gibt, was der zündende Funke sein wird. Wenn es jedoch passiert, spüre ich es sofort. Es ist, als würde mich irgendetwas packen, regelrecht verschlingen, und der Tag, der eigentlich ganz normal war... ist es plötzlich nicht mehr. Jedes Mal begebe ich mich auf eine Reise, ob ich will oder nicht; eine Reise, die lange dauern wird und von der ich nicht sagen kann, wohin sie mich führt, ich weiß nur, dass ich dem Impuls folgen muss.

Der Funke für Hannies und Bennys Geschichte kam auf ganz heutige Art und Weise – per E-Mail. Eine Frau, die gerade meinen Roman *Libellenschwestern* gelesen hatte, schrieb mir, weil sie mir ein anderes, wenn auch durchaus ähnliches, geschichtliches Detail näherbringen wollte. In ihrer Funktion als Freiwillige der Historic New Orleans Collection fütterte sie eine Datenbank mit den Angaben aus über hundert Jahre alten Zeitungsannoncen. Ziel des Ganzen war, eine Vermissten-Rubrik zu erhalten und all jenen zur Verfügung zu stellen, die via Internet genealogische und historische Recherchen anstellten. Allerdings sah die Frau sehr viel mehr darin als reines Recherchematerial. »Hinter jeder dieser Annoncen steckt eine Geschichte«, schrieb sie mir. »Die fortwährende Suche nach geliebten Menschen, die man teilweise vierzig Jahre oder länger nicht mehr gesehen hatte.«

Auf meine Bitte hin verschaffte sie mir Zugang zu der Datenbank, wo ich regelrecht in einen Kaninchenbau fiel, in ein Wunderland aus längst vergangenen Leben, aus Geschichten und Gefühlen und Sehnsüchten, festgehalten mit den leicht verschwommenen Lettern alter Druckerpressen. Manche der Menschen, die hier genannt sind, lebten möglicherweise nur noch in diesen verzweifelten Bittschriften, verfasst in behelfsmäßigen Klassenzimmern, an Küchentischen oder auf Kirchenbänken und anschließend weitertransportiert mit Zügen, Postkutschen, auf Raddampfern und in den Satteltaschen von Reitern, die die Post in die entlegensten Landesteile einer sich immer weiter ausbreiteten Nation brachten. Und stets waren die Schreiben von Hoffnung und Sehnsucht beflügelt.

In der Hochphase der Annoncen, die im *Southwestern Christian Advocate*, einer methodistischen Zeitung, veröffentlicht wurden, ging das Blatt an fast fünfhundert Prediger, achthundert Postämter und mehr als viertausend Abonnenten im ganzen Land. In der Einführung wurden die Pastoren gebeten, die Schreiben von der Kanzel herab zu verlesen, um so die Namen all jener publik zu machen, die nach ihren vermissten Angehörigen suchten. Zudem wurden auch all jene gebeten, deren Suche von Erfolg gekrönt war, dies der Zeitung zu melden, um so andere zur Mithilfe zu ermutigen. Die Vermisstenannoncen, »Lost Friends« waren quasi das Äquivalent zu unseren heutigen Social-Media-Plattformen – ein Mittel, um selbst die abgelegensten Teile eines zerstückelten, von Not und Ängsten gebeutelten Landes zu erreichen, das nach dem jahrelangen Krieg noch immer Mühe hatte, seine eigene Identität zu finden.

An diesem ersten Tag las ich Dutzende dieser Annoncen, die man heute aufbereitet auf https://www.hnoc.org/database/lost-friends/ findet, und hatte das Gefühl, all den Familien zu begegnen, die Suchenden kennenzulernen. Und am Ende wusste ich, dass ich die Geschichte einer Familie schreiben musste – durch Gier, Chaos und Grausamkeit auseinandergerissenen. Und über die Vermissteninserate war Hoffnung erblüht, wo vorher vielleicht längst keine mehr gewesen war.

Nachdem ich diese besondere Annonce gelesen hatte, hatte ich auf einmal Hannies Stimme im Ohr:

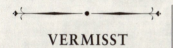

VERMISST

Briefe von Abonnenten werden kostenfrei abgedruckt, für alle anderen fällt eine Gebühr in Höhe von 50 Cent an. Pastoren werden gebeten, die Gesuche im Zuge ihrer Predigten zu verlesen und uns über alle Fälle in Kenntnis zu setzen, in denen Freunde und Familien einander über im SOUTHWESTERN veröffentlichte Briefe gefunden haben.

Sehr geehrter Herr Chefredakteur – ich bin auf der Suche nach meiner Familie. Mein Stiefvater hieß George, meine Mutter Chania. Ich bin das älteste von zehn Kindern und heiße Caroline. Die anderen waren Ann, Mary, Lucinda, George Washington, Right Wesley, Martha, Louisa, Samuel Houston, Prince Albert, aufgeführt nach ihrem Alter, und sie waren alles, was meiner Mutter noch geblieben war, als wir voneinander getrennt wurden. Unser erster Besitzer war Jeptha Wooten, der uns alle von Mississippi nach Texas brachte, wo er starb. Dort wurden wir von Green Wooten gestohlen, einem Neffen von Jeptha, der uns auf dem Pearl River zurück nach Mississippi gebracht und an einen Anwalt namens Bakers Baken verkauft hat, der aber offenbar nicht für uns

> bezahlt hat. Er hat meinen Stiefvater und meinen ältesten Bruder gestohlen, nach Natchez, Mississippi, verschleppt und dort verkauft. Uns andere hat er im Bezirksgefängnis von Pike County in Holmesville in Verwahrung gegeben, von wo aus wir dann in die Hände eines anderen Anwalts namens John Lambkins kamen, der uns alle zusammen verkauft hat. Meine Mutter und drei Kinder wurden an Bill Files in Pike County, Mississippi, verkauft, meine Schwester Ann, die ein bisschen dumm und leichtsinnig war, an einen gewissen Coleman im selben County. Meine Schwester Mary kam zu einem Mann namens Amacker, der in der Gegend von Gainesville, Mississippi, wohnte. Lucinda wurde nach Louisiana verkauft. Right Wesley wurde zur gleichen Zeit verkauft, allerdings weiß ich nicht, an wen und wohin. Martha wurde ebenfalls verkauft, irgendwohin in der Nähe der Siedlung, in der meine Mutter lebte, aber Genaueres weiß ich nicht. Ich wurde an Bill Flowers verkauft. Damals war ich noch eine junge Frau. Heute bin ich sechzig und habe einen Sohn, Orange Henry Flowers, Prediger für die Mississippi Conference in Pearlington, Hancock County, Mississippi, zuständig für Bay St. Louis. Ich bin für jegliche Information dankbar. Bitte schreiben Sie an Caroline Flowers, c/o Rev. O.H. Flowers, Hancock County, Mississippi.

Mir war klar, dass Hannies Geschichte sich am Leben von Caroline Flowers orientieren musste, die diese Annonce verfasst hatte, nur dass Hannies Suche sie auf eine Reise führen würde; eine Art Odyssee, die ihr Leben für immer verändern sollte. Wegen Hannies Alter und um diese von Gesetzlosigkeit und Gefahr geprägte Ära darzustellen, musste ich die Geschichte 1875 ansiedeln, also zehn Jahre nach dem Krieg. Zwar haben auseinandergerissene Familien bereits seit Kriegsende Annoncen in Zeitungen aufgegeben, doch eine Verbreitung der Vermisstenannoncen begann tatsächlich erst 1877 und zog sich bis in die Anfänge des neuen Jahrhunderts.

Ich hoffe, es hat Ihnen Freude bereitet, Hannie und ihr modernes Pendant Benny kennenzulernen, und Sie haben ihre Reise mit ebenso viel Spannung und Begeisterung verfolgt wie ich, als ich sie zu Papier gebracht habe. Für mich sind sie zwei bemerkenswerte Frauen, die den Grundstein für das Vermächtnis gelegt haben, von dem wir heute profitieren: Lehrerinnen, Mütter, Geschäftsfrauen, Aktivistinnen, Pionier-Farmerinnen und Frauen in Schlüsselpositionen in den Gemeinden, die davon überzeugt waren, die Welt besser machen zu können, und dafür große Risiken auf sich genommen haben.

Mögen wir alle tun, was in unserer Macht steht, wo auch immer wir uns befinden. Und möge dieses Buch seinen Beitrag dazu leisten, wie auch immer er aussehen mag.

DANK

Kein Roman ist das Werk eines Einzelnen, sondern entsteht aus einer Vielzahl von ersten Skizzen in unterschiedlichen Farben, mit Highlights hier und Schatten dort, erschaffen im stillen Kämmerlein. Diese literarischen Schöpfungen beginnen als beiläufige Kritzeleien und entwickeln sich fortan unweigerlich weiter, werden zu einer Art Gemeinschaftsprojekt, zu einem Wandgemälde, zu dem diverse Menschen einen Beitrag leisten, die alle eines gemeinsam haben – sie sind so nett und fügen etwas hinzu, füllen eine oder auch zwei leere Stellen. Dieser Roman bildet da keine Ausnahme, deshalb möchte ich nicht versäumen, die Namen einiger freundlicher Menschen festzuhalten, ehe ich mich verabschiede.

Zunächst einmal gilt mein Dank den engagierten Menschen der Historic New Orleans Collection, die die Lost-Friends-Datenbank erstellt haben. Dank eurer Arbeit wird nicht nur die Geschichte eines Ortes, einer Ära und tausender Familien bewahrt, sondern auch der Öffentlichkeit zugänglich gemacht. Vor allem danke ich Jessica Dorman, Erin Greenwald, Melissa Carrier und Andy Forester für ihre hingebungsvolle Arbeit für die Anzeigensammlung der Historic New Orleans Collection. Weiterhin danke ich Diane Plauché – was soll ich sagen? Hättest du mir nicht die *Vermissten-Rubrik* »*Lost Friends*« vorgestellt, hätte ich niemals ihre Bekanntschaft gemacht, und Hannie und Benny gäbe es heute nicht. Danke, dass du sie mir nähergebracht hast, danke für deine Bereitschaft, mich in deine Freiwilligenarbeit bei der Digitalisierung der Annoncen einzubeziehen. Ich werde dir und Andy immer dankbar sein, für die vielen gemeinsamen Stunden, in denen ich den Erzählungen gelauscht, die Geschichte in mir aufgesogen, alte Unterlagen studiert, mit Jess und ihren Verwandten gesprochen habe und auf dem stillen Friedhof herumspaziert bin, wo ich die Inschriften auf den verwitterten Grabsteinen gelesen und mich gefragt habe, was wohl nicht darauf festgehalten wurde. Das Erstaunlichste an diesen literarischen Reisen ist ja, dass sie neue Freundschaften im realen Leben entstehen lassen. Ich fühle mich geehrt, euch heute zu meinen Freunden zählen zu dürfen.

Ich danke den vielen netten Menschen, die mir auf meinen Reisen durch Louisiana ihre Zeit und ihr Wissen zur Verfügung gestellt haben. Es war schön, Ihre Heimat besuchen zu dürfen! Aber wie könnte eine Autorin auf Reisen auch etwas anderes von einer Region erwarten, die so berühmt für ihre Gastfreundschaft ist? Vor allem danke ich meinen Gastgebern, den Fremdenführern und Kuratoren der Whitney Plantation und den netten Mitarbeitern im Cane River Creole National Historical Park. Danke, Park Ranger Matt Housch, dass Sie mich unter Ihre Fittiche genommen und mir eine tolle Privatführung gegeben haben, bei der Sie all meine Fragen beantwortet haben und mir sogar bestätigen konnten, dass es diese versteckten Bodenklappen in den alten Plantagenhäusern gab.

Wie immer sind wir, diese Geschichte und ich, meiner unglaublichen Familie, Erstlesern und alten Freunden zu Dank verpflichtet, die mir geholfen haben, diesen Roman zu verwirklichen. Ich danke meiner Autorenkollegin Judy Christie dafür, dass du all die Stunden im Kritzelstadium mit mir auf der Veranda gesessen, mit Ideen herumgespielt und anschließend das Manuskript in den unterschiedlichen Stadien gegengelesen hast, dass du nicht nur deine Louisiana-Expertise eingebracht, sondern mich auch mit regelmäßigen Portionen Ermutigung, Liebe und der einen oder anderen Hühnersuppe oder einem Chili des kühnen Paul Christie unterstützt hast. Ich danke meiner Mutter, Tante Sandy, Duane Davis, Mary Davis, Allan Lazarus, Janice Rowley, meiner tollen Assistentin Kim Floyd: Ihr seid das großartigste Beta-Leseteam aller Zeiten, und ich danke euch, dass ihr geholfen habt, die Story zu veredeln und Hannie und Benny auf der Zielgeraden anzufeuern. Ich weiß nicht, wo die beiden ohne euch wären.

Verlagsseits kann ich mich gar nicht genug bei meiner tollen Agentin Elisabeth Weed bedanken, die vom ersten Moment an die Story geglaubt und mich ermutigt hat, sie zu schreiben. Du bist einfach die Allerbeste! Ich danke meiner Lektorin Susanna Porter dafür, dass sie immer hinter diesem Buch gestanden und sich durch sämtliche Fassungen gearbeitet hat. Welches Buch könnte es ohne ein erstklassiges PR-Team schaffen? Danke an Kara Welsh, Kim Hovey, Jennifer Hershey, Scott Shannon, Susan Corcoran, Melanie DeNardo, Rachel Parker, Debbie Aroff, Colleen Nuccio und Emily Hartley, die der Motor hinter alledem waren und jede neue verlegerische Etappe mit mir gefeiert haben. Und dass sie einfach ein tolles Team sind, mit dem die Arbeit riesigen Spaß macht. Ich danke auch den Teams in der Herstellung, im Marketing, der PR und dem Verkauf, und Andrea Lau für die Seitengestaltung sowie Scott Biel und Paolo Pepe für das wunderschöne Cover. Ohne euch würden meine Bücher niemals ihren Weg in die Regale, auf die Nachttische und die Hände meiner Leserinnen und Leser finden.

Apropos Leserinnen und Leser: Natürlich danke ich auch den vielen wunderbaren Menschen in den Buchhandlungen, Bibliotheken und Gemeinden, die Lesungen, Diskussionen und Signierstunden organisiert haben, die meine Bücher Leserinnen und Lesern ans Herz gelegt, Buchclubs auf die Beine gestellt und mich in ihren Geschäften und Heimatstädten willkommen geheißen haben. Als Letztes (und das ist mir am allerwichtigsten) möchte ich den vielen befreundeten Leserinnen und Lesern danken, sei es um die Ecke oder am anderen Ende der Welt. Danke, dass ihr meinen Büchern ein so liebevolles Zuhause schenkt. Danke, dass ihr sie mit Freunden und Familie teilt, an Flughäfen fremden Menschen empfehlt und sie in Buchclubs besprecht. Dafür stehe ich tief in eurer Schuld.

Heute, morgen und für immer.

Lisa

Eine bewegende Familiensaga über das kraftvolle Band, das Geschwister verbindet, über verborgene Geheimnisse und ihre heilende Wirkung ...

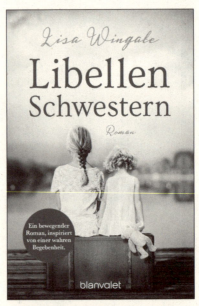

480 Seiten. ISBN 978-3-7341-0377-3

Für Avery hat das Leben keine Geheimnisse. Bis sie auf May trifft. Die 90-Jährige erkennt ihr Libellenarmband, ein Erbstück, und besitzt auch ein Foto von Averys Großmutter. Was hat diese Frau mit ihrer Familie zu tun? Bald stößt Avery auf ein Geheimnis, das sie zurück in ein dunkles Kapitel der Geschichte führt ... Memphis, 1939: Die junge Rill lebt mit ihren Eltern und Geschwistern in einem Hausboot auf dem Mississippi. Als die Kinder eines Tages allein sind, werden sie in ein Waisenhaus verschleppt. Rill hat ihren Eltern versprochen, auf ihre Geschwister aufzupassen. Ein Versprechen, das sie nicht brechen will, ihr aber mehr abverlangt, als sie geben kann ...

Lesen Sie mehr unter: **www.blanvalet.de**

Die bewegende Geschichte dreier unterschiedlicher Frauen, die im Angesicht des Krieges eines eint: ihr unerschütterlicher Kampf für die Liebe, ein Leben in Freiheit und die Erfüllung ihrer Träume.

688 Seiten, 978-3-7341-1073-3

1939: Caroline Ferriday liebt ihr Leben. Doch ihr Glück nimmt ein jähes Ende, als sie die Nachricht erreicht, dass Hitlers Armee über Europa hinwegfegt und ihr geliebter Paul aus Angst um seine Familie nach Europa reist – mitten in die Gefahr. Auch das Leben der jungen Polin Kasia ändert sich mit einem Schlag, als deutsche Truppen in ihr Dorf einmarschieren und sie in den Widerstandskampf hineingerät. Währenddessen würde die Düsseldorferin Herta alles tun um als Ärztin zu praktizieren. Als sie ein Angebot für eine Anstellung erhält, zögert sie deshalb keinen Augenblick. Noch ahnen die drei Frauen nicht, dass sich ihre Wege an einem der dunkelsten Orte der Welt kreuzen werden und sie bald für alles kämpfen müssen, was ihnen lieb und teuer ist …

Lesen Sie mehr unter: **www.blanvalet.de**

Ein gefährliches Geheimnis. Feinde, die zu Geliebten werden. Und ein dramatisches Ereignis, dessen Folgen bis in die Gegenwart reichen.

640 Seiten. ISBN 978-3-7341-0663-7

Frankreich 1940. Als Antoine Mardieu in die Vichy-Regierung berufen und in den kleinen Ort Izieu versetzt wird, weiß er noch nicht, dass dies sein Leben grundlegend verändern wird. Denn dort lernt er Marguérite kennen, und verliebt sich in sie. Als er erfährt, dass sie eine aus Deutschland geflohene Jüdin ist, muss er seine bisherigen Ideale überdenken. Doch kommt sein Sinneswandel noch rechtzeitig?
Gegenwart. Bei einem Segelkurs begegnen sich die Lehrerin Valerie und der französische Historiker Rick. Die beiden verlieben sich ineinander. Es scheint jedoch eine Verbindung zwischen ihren beiden Familien zu geben, die den beiden Liebenden Jahrzehnte später zum Verhängnis werden könnte …

Lesen Sie mehr unter: **www.blanvalet.de**

Liebe Leserinnen und Leser,

ihr liebt Bücher und verbringt eure Freizeit am liebsten zwischen den Seiten? Wir auch! Wir zeigen euch unsere liebsten Neuerscheinungen, führen euch hinter die Verlagskulissen und geben euch ganz besondere Einblicke bei unseren AutorInnen zu Hause. Lasst euch inspirieren, wir freuen uns auf euch.

Euer

Blanvalet Verlag

blanvalet.de

@blanvalet.verlag

/blanvalet